Seidel, August

Chinesische Konversations-Grammatik

Im Dialekt der nordchinesischen Umgangssprache

Seidel, August

Chinesische Konversations-Grammatik

Im Dialekt der nordchinesischen Umgangssprache

Inktank publishing, 2018

www.inktank-publishing.com

ISBN/EAN: 9783750134249

All rights reserved

Methode Gaspey-Otto-Sauer.

Chinesische

Konversations-Grammatik

im Dialekt der nordchinesischen Umgangssprache

nebst einem

Verzeichnis von ca. 1500 der gebräuchlichsten chinesischen Schriftzeichen

von

A. Seidel,

Sekretär der Deutschen Kolonialgesellschaft, Herausgeber der Zeitschrift für afrikanische und ozeanische Sprachen, Redakteur der Deutschen Kolonialzeitung, der Beiträge zur Kolonialpolitik u. s. w.

Heidelberg.

Julius Groos' Verlag.

1901.

Seiner Exzellenz

Herrn

Vize-Admiral z. D. Valois

ehrerbietigst zugeeignet.

Vorwort.

Die nordchinesische Umgangssprache ist bisher im Zu= sammenhange grammatisch noch nicht bearbeitet worden. Vom Standpunkt der Sprachwissenschaft ist das vorliegende Buch daher sicherlich legitimiert. Wie weit von praktischen Gesichtspunkten betrachtet ein Bedürfnis für die vorliegende Arbeit anzuerkennen ist, ist des näheren in der unten fol= genden Einleitung dargelegt.

Die Schwierigkeit, die sich mir bei der Abfassung des Werkes entgegenstellte, lag darin, das grammatische Material in systematischem Zusammenhange darzustellen, ohne die Rücksichten auf die Bedürfnisse derjenigen, die das Buch lediglich zu praktischen Zwecken benutzen wollen, außer Augen zu verlieren.

Ich habe daher den gesamten grammatischen Stoff in drei Hauptabschnitte eingeteilt, die zu einander im Verhältnis konzentrischer Kreise stehen. Jeder Abschnitt ist wiederum in eine Anzahl von Unterabteilungen zerlegt, bei deren Ab= messung praktische Erwägungen maßgebend gewesen sind. Die einzelnen Unterabschnitte sind von Texten und Über= setzungsübungen begleitet, um den Lernenden gleichzeitig praktisch in die Sprache einzuführen.

Mit Rücksicht auf den mir zugemessenen Raum habe ich natürlich meine Aufgabe nach keiner Richtung hin er= schöpfen können; ich mußte mich vielmehr in diesem Buche auf die Darstellung der wichtigsten grammatischen Er= scheinungen beschränken.

Die Darstellung der Grammatik ist, wie ich besonders hervorheben muß, in allen ihren Teilen mein geistiges Eigentum; die aufgestellten Regeln habe ich selbst aus einer reichhaltigen Sammlung von Beispielen für die einzelnen grammatischen Erscheinungen der Sprache abstrahiert. Mein

Buch bringt die erste systematische Darstellung der Grammatik der nordchinesischen Umgangssprache. Da das Nordchinesische von einem wissenschaftlich geschulten Grammatiker bisher überhaupt nicht untersucht war, so kann es nicht Wunder nehmen, daß ich vielfach zu gänzlich ab= weichenden Ergebnissen selbst hinsichtlich der Elemente der Sprache gegenüber früheren Forschern gelangt bin. Hierzu rechne ich beispielsweise die systematische Darstellung der Akzentlehre, den adjektivischen und prädikativischen Ge= brauch des Genitivs des substantivierten Infinitivs, die Aufstellung eines absoluten und eines adverbialen Kasus, die Auffassung des Eigenschaftswortes als eines Zustands= verbums, den adverbiellen Gebrauch des substantivierten In= finitivs u. v. a. m., was bisher überhaupt nicht erkannt oder gründlich verkannt worden war. Erst mit dieser meiner Grammatik wird es möglich sein, Texte der nordchinesischen Umgangssprache im einzelnen streng grammatisch zu erklären, ohne jeden Augenblick zu dem asylum ignorantiae des „bedeutungslosen Füllwortes" seine Zuflucht nehmen zu müssen.

Dabei stellt sich heraus, daß die Grammatik des Nord= chinesischen ebenso einfach, klar und dabei reich an feinen Nuancen, wie sie andererseits streng und gegen Abweichungen unbuldsam ist.

An die Darstellung der Grammatik schließt sich eine nach dem Inhalt geordnete Sammlung der gebräuchlichsten Phrasen, von der ich glaube, daß sie für die dringendsten praktischen Bedürfnisse ausreichend sein wird.

Ein ziemlich ausführliches chinesisch=deutsches Wörter= buch bietet denjenigen Teil des chinesischen Sprachschatzes, der sich im allgemeinen Gebrauch befindet.

Hinsichtlich der Anordnung desselben sei hier bemerkt, daß die zusammengesetzten Wörter stets unter dem Worte aufgeführt sind, welches den ersten Bestandteil der Zusammensetzung bildet. Im übrigen sind die Stichwörter alphabetisch und zwar nach der Reihenfolge des deutschen Alphabets geordnet. Dabei ist zu bemerken, daß ć an der Stelle von c, hs hinter h, k̓ hinter k, p̓ hinter p, š hinter s, t̓ hinter t, ts hinter ts und ž an Stelle des deutschen z aufgeführt sind.

Das deutsch=chinesische Wörterverzeichnis wird für die dringendsten Bedürfnisse völlig ausreichen; für weitergehende Zwecke verweise ich den Lernenden auf mein demnächst erscheinendes größeres deutsch=nordchinesisches Wörterbuch (Berlin 1901, W. Süßerott).

Die in diesem Buche dargestellte nordchinesische Umgangs= sprache ist zwar im wesentlichen nur eine gesprochene Sprache, wie

in der Einleitung des näheren klargestellt worden ist. Die chine=
sischen Wörter sind daher im Texte der Grammatik und in den
Übungen durchweg in lateinischer Umschrift wiedergegeben. Nichts=
destoweniger wird diese Sprachform des Chinesischen doch mitunter
auch an Stelle der Schriftsprache (vergl. die Einleitung) verwendet
und dann natürlich mit chinesischen Schriftzeichen geschrieben. So
sind z. B. die Fabeln und Erzählungen in nordchinesischer Umgangs=
sprache, welche Imbault-Huart veröffentlicht hat, und denen die zu=
sammenhängenden Übungsstücke des vorliegenden Buches entnommen
sind, nur mit chinesischen Schriftzeichen wiedergegeben, ebenso die
beiden Übersetzungen des neuen Testaments u. a. m. Für die Lek=
türe derartiger Texte ist daher die Kenntnis der chinesischen Schrift=
zeichen unerläßlich. Deshalb ist zunächst im IV. Abschnitt des vor=
liegenden Buches das notwendigste über die chinesische Schrift mit=
geteilt worden. Ferner findet sich am Schlusse des Buches ein
Verzeichnis aller der Schriftzeichen, welche den im chinesisch=deutschen
Wörterbuche aufgeführten Wörtern entsprechen. Diese Schriftzeichen
sind nach dem chinesischen Schlüsselsystem geordnet. Eine Liste der
214 Schlüssel oder Klassenhäupter ist dem Verzeichnis beigegeben,
wie auch ein zusammenhängender Text, der auf Seite 188 der
Grammatik transskribiert ist.

Um die Auffindung des einem chinesischen Worte entsprechenden
Schriftzeichens zu ermöglichen, sind die Schriftzeichen fortlaufend
numeriert und die betreffende Nummer ist im Wörterbuche bei dem
entsprechenden Worte angegeben worden. Bei zusammengesetzten
Wörtern ist die Nummer des Stichwortes nicht wiederholt, sondern
nur die Nummer des Zusatzwortes angegeben. Will man also bei=
spielsweise die chinesischen Schriftzeichen für das Wort tung¹-hsi¹
(Ding) aufsuchen, so suche man zunächst das Wort tung¹-hsi¹ im
Wörterbuch unter tung¹. Hier wird man für tung¹ das Schrift=
zeichen Nummer 671 angegeben finden, neben tung¹-hsi¹ außerdem
die Nummer 1239 des Schriftzeichens für das Zusatzwort hsi¹, sodaß
also tung¹-hsi¹ mit den Schriftzeichen 671 + 1239 geschrieben wird.
Die Zeichen für die Genitivpartikel ti, für die Pluralendung men,
die Negation pu und die Bildungssilben örh, tse und tö sind ge=
wöhnlich nicht angegeben.

Will man umgekehrt den Laut und die Bedeutung eines
chinesischen Schriftzeichens auffinden, so suche man zunächst nach
den Anweisungen auf Seite 81 ff. zu ermitteln, unter welchem
Schlüssel das Wort im Wörterbuche aufgeführt sein muß. Not=
wendig ist, daß man sich die Form und die Bedeutung der
Schlüssel (die letztere ist auf Seite 83 ff. angegeben) sowie die
Stellung derselben in zusammengesetzten Schriftzeichen genau ein=
prägt. Hat man den Schlüssel gefunden, so muß man die ein=
zelnen, unter jedem Schlüssel aufgeführten Schriftzeichen durch=
mustern, bis man das Gesuchte gefunden hat. In größeren
Wörterbüchern sind zur Erleichterung des Auffindens der Zeichen

unter jedem Schlüssel, wie auf Seite 82 ausgeführt ist, noch Unter=
abteilungen gemacht.

Bei jedem Schriftzeichen ist nun der Laut angegeben, den das=
selbe hat. Diesen suche man im chinesisch=deutschen Wörterbuche auf,
vergewissere sich aber, da derselbe Laut meistens mehreren Schrift=
zeichen eigen ist, daß die Nummern des Schriftzeichens und des be=
treffenden Wortes im Wörterbuche übereinstimmen.

Es fehlte nun freilich auch bisher nicht gänzlich an Ver=
öffentlichungen über das Nordchinesische und insonderheit den
Pekingdialekt. Allerdings enthält keine, wie oben bereits
bemerkt, eine zusammenhängende und systematische Dar=
stellung der Grammatik. Die grammatischen Bemerkungen,
die sich darin vorfinden, sind meist Fragmente ohne inneren
Zusammenhang und nicht selten irrig.

In neuester Zeit ist das bedeutendste Werk über den
Pekingdialekt von Professor Arendt veröffentlicht. Im
ersten Bande seiner Einleitung in das chinesische Sprach=
studium erörtert er zunächst die Stellung der chinesischen
Dialekte zu einander, und es ist sein besonderes Verdienst, die
Wichtigkeit des Pekingdialekts gegenüber dem Nankingdialekt
mit schlagenden Gründen dargethan zu haben. Seiner Be=
weisführung habe ich mich in der unten folgenden Einleitung
größtenteils anschließen können. Dieser erste Band hat in=
dessen mehr wissenschaftliches Interesse. Im zweiten Bande
beabsichtigt Arendt den Lernenden an der Hand einer großen
Fülle von Übungssätzen praktisch in die Sprache einzuführen.
Auch dieser Teil seiner Arbeit ist außerordentlich verdienst=
voll wegen des reichen Materials, das darin aufgehäuft ist.
Dagegen ist der Verfasser in seinen grammatischen Auf=
stellungen häufig nicht glücklich. Auch ist es ein Fehler,
daß die Lautlehre getrennt im ersten Bande behandelt wird.
Ich vermag es ferner nicht zu billigen, daß die Schrift=
sprache und ältere Entwicklungsstufen der Umgangssprache
allzuweitgehende Berücksichtigung gefunden haben. Dies
kann nur verwirrend wirken. Verdienstlich ist die sorgfältige
Behandlung der Lautlehre, wenn ich auch in mehreren
Punkten von ihm abweiche. Seine Ausführungen über den
Akzent und die durchgängige Angabe desselben bei den auf=
geführten Wörtern haben mir bei meiner Bearbeitung der
Akzentlehre wesentliche Dienste geleistet. Alles in allem be=
deuten die Arendt'schen Arbeiten in der Erforschung der
nordchinesischen Umgangssprache einen Fortschritt.

Unter den älteren Werken ragt besonders die umfang=
reiche Arbeit von Sir Thomas Francis Wade*) hervor.
Dieselbe ist bereits ausführlich von Arendt in der Vorrede
zu seinem Buche besprochen, sodaß ich hier nicht darauf
zurückzukommen brauche. Auch hier ist der grammatische
Teil nach Umfang und Korrektheit der Auffassung der
schwächste.

Besonders günstig ist von der Kritik die Arbeit des
Herrn v. Möllendorff**) aufgenommen worden. Ich kann mich
diesem Urteil nur mit Einschränkung anschließen. Das Buch
enthält 50 kurze Gespräche mit Interlinear=Übersetzung und
freier Wiedergabe des Sinnes. Die Interlinear=Übersetzung
ist aber leider an sehr vielen Stellen anfechtbar, die gramma=
tische Einleitung außerordentlich dürftig und trotzdem nicht
frei von Irrtümern.

Ähnlich ist das Buch von Haas***) angelegt. Doch
sind die dagegen geltend zu machenden Bedenken noch ge=
wichtigerer Art. Einmal werden Peking= und Nankingdialekt
durcheinander geworfen und andererseits Schriftsprache und
Umgangssprache unkritisch miteinander vermengt. Die ge=
legentlich eingestreuten grammatischen und lexikalischen Er=
läuterungen sind noch viel mehr als in dem Möllendorff'schen
Buche der Korrektur bedürftig. Die vorstehenden Be=
merkungen über Möllendorff und Haas beziehen sich auf die
zweite Auflage der von denselben verfaßten Werke.

Das Werk von Haas beruht größtenteils auf den
Edkins'schen Arbeiten über den Mandarindialekt†). Edkins
hat ja zweifellos außerordentlich viel zur Erforschung der
chinesischen Sprache beigetragen; aber er ist offenbar gramma=
tisch zu wenig geschult, als daß er sich über eine gewisse
äußerliche Auffassung hätte erheben können. So viel wert=
volles Material er auch beibringt, so gelingt es ihm doch

---

*) T. F. Wade and W. C. Hillier, Yü Yen Tzŭ Erh Chi. A Pro-
gressive Course designed to assist the student of Colloquial Chinese as spoken in the Capital and the Metropolitan Department.
II. ed. Shanghai 1886.

**) P. G. von Möllendorff. Praktische Anleitung zur Erlernung
der Hochchinesischen Sprache. 2. Aufl. Shanghai 1891.

***) J. Haas, Deutsch-chinesisches Konversationsbuch nach Joseph
Edkins' Progressive Lessons in the Chinese spoken Language.
II. ed. Shanghai 1885.

†) J. Edkins, A Grammar of the Chinese Colloquial Language, commonly called the Mandarin Dialect. Shanghai 1857.
II. ed. 1864.

selten, die grammatischen Verhältnisse mit der Klarheit zu erfassen, die die Voraussetzung für eine scharf umrissene, systematische Darstellung bildet.

Ein sehr gutes Buch ist die kleine Sammlung von Texten in pekinesischer Mundart, welche Imbault = Huart*) herausgegeben hat. Sie sind in reinem modernen Peking= dialekt geschrieben, aber für Anfänger nicht leicht zu benutzen, da der chinesische Text nicht transskribiert ist.

An lexikalischen Hülfsmitteln sind hervorzuheben die Werke von Goodrich, Doolittle und Stent (abgesehen von den lexikalischen Abschnitten in Wades Arbeit). Das Buch von Goodrich**) ist alphabetisch nach den Silben geordnet, vernachlässigt aber fast ganz die zusammengesetzten Ausdrücke, während die Arbeit von Doolittle***), die viele sehr nützliche lexikalische und sonstige Zusammenstellungen bietet, leider da= durch an Wert verliert, daß sie die Töne unbezeichnet läßt.

Das Stent'sche Wörterbuch†) ist bisher die beste lexi= kalische Darstellung des Pekingdialekts, an der nur wenige Ausstellungen zu machen sind, wie z. B. die Nichtbeachtung des Tonwechsels in einzelnen Fällen, der durch die Bildungs= silbe örh bewirkten lautlichen Veränderungen und dergleichen mehr. Auch Williams hat in seinem großen Wörterbuche den Pekingdialekt mitberücksichtigt. Die hauptsächlichsten Originalwörterbücher zählt Edkins in seiner oben erwähnten Grammatik auf, ebenso die in nordchinesischer Umgangs= sprache sonst vorhandenen Texte, wie die Paraphrase des „heiligen Edikts", den historischen Roman: „Der Traum des roten Turms" u. s. w.

Zu erwähnen ist schließlich noch Scarboroughs Samm= lung von Sprichwörtern des pekinesischen Dialekts††).

Berlin.

A. Seidel.

---

*) C. Imbault-Huart, Anecdotes, historiettes et bons mots en chinois parlé. Péking 1882.

**) Ch. Goodrich, A Pocket Dictionary (Chinese-English) and Pekingese Syllabary. Peking 1891.

***) J. Doolittle, Vocabulary and Handbook of the Chinese Language, romanized in the Mandarin Dialect. Foochow 1872.

†) G. C. Stent, A Chinese and English Vocabulary in the Pekinese Dialect. II. ed. Shanghai 1877.

††) W. Scarborough, A Collection of Chinese Proverbs. Shanghai 1875.

XIII

Inhaltsverzeichnis.

I. Einleitung.

Geltungsgebiet.

Das Chinesische wird nicht nur im eigentlichen China, sondern auch in der Mandschurei*) gesprochen. Nicht minder hat das Chinesische bereits im Süden der Mongolei festen Fuß gefaßt. Die chinesische Schriftsprache ist ferner gleichzeitig die Schriftsprache Koreas**). Zahlreiche chinesische Kolonien in aller Welt***) haben die Sprache des Mutter= landes vielfach treu bewahrt. Man wird, mangels zu= verlässiger Zählungen, kaum fehlgehen, wenn man die Zahl der chinesisch Redenden auf etwa 400 Millionen schätzt.

Sprachwissenschaftliche Stellung.

Sprachwissenschaftlich wird das Chinesische zu den monosyllabischen (einsilbigen) Sprachen gerechnet. Man versteht hierunter eine Anzahl Sprachen der hochasiatischen oder mongolischen Rasse, deren Stammwörter in der Regel einsilbig auftreten und die Abwandlung nicht durch An= hängung von Suffixen, sondern teils durch die Stellung im Satze, teils durch Verbindung des einsilbigen Stammes mit einem einsilbigen Hülfsworte vollzogen wird†). Hierher gehören außer dem Chinesischen z. B. auch die Sprachen von Tibet, Birma, Siam und Annam.

---

*) Über die geringen Überreste nicht=chinesischer Sprachen in diesen Gebieten vgl. Arendt, Handbuch der nordchinesischen Umgangssprache I, S. 1 ff. (im folgenden zitiere ich dies Werk nur mit A. I).

**) Die Sprachen von Japan, Annam, Tonkin, Cochinchina und die der Liukiu=Inseln sind besonders im Wortschatz stark vom Chinesischen beeinflußt und stehen mehr oder weniger unter der Herrschaft des chinesischen Schriftsystems.

***) Z. B. in Cochinchina, in Singapore und auf Malakka, in Penang, auf Manila, Java und Sumatra, in San Francisco, auf Kuba, in Peru, auf Honolulu, in Australien, in Südafrika rc. (A. I, S. 10).

†) Fr. Müller, Grundriß der Sprachwissenschaft. II. Bd., 2. Abt., S. 332.

Dialekte.

Es ist selbstverständlich, daß eine Sprache von so außer=
ordentlich großer Verbreitung in zahlreiche Dialekte (chin.
hsiang[1]-t'an[2]) zerfallen muß. Die Verschiedenheit der ein=
zelnen Dialekte geht zum Teil sogar sehr weit, so daß sich
beispielsweise ein Chinese aus Kanton und einer aus Setschuan
schwerlich verständigen werden.

Die Unterschiede der Dialekte beruhen in der Haupt=
sache auf abweichender Aussprache, einem größeren oder
geringeren Silbenvorrat (der Dialekt von Kanton hat z. B. 707,
der von Peking nur etwas über 400 Silben, vergl. § 22), einer
größeren oder geringeren (4—9) Anzahl von Tönen (§ 23 ff.)
und manchen Besonderheiten in Grammatik und Wortschatz.

Wir unterscheiden zunächst zwei Hauptgruppen von
Dialekten:

I. Die Mandarin=Dialekte oder das Kuán[1]-hua[4] *),
auch Hochchinesisch genannt.

II. Abweichende Dialekte in Mittel= und Südchina
(Niederchinesisch).

Mandarin=Dialekte werden gesprochen in den Pro=
vinzen Tschili, Schansi, Schensi, Kansu, Schantung; dem
nördlichen Kiangsu bis zum Yangtse, einschließlich Nankings;
Anhui, Honan, Hupe, Setschuan, Kueitschou, einem Teile
von Kuangsi und Hunan **), sowie in der Mandschurei,
Mongolei und den Thienschan=Ländern (soweit in den beiden
letztgenannten Gebieten überhaupt chinesisch gesprochen wird).

Niederchinesische ***) Dialekte spricht man im süd=
lichen Kiangsu, in Tschekiang, Fukien (mit Formosa), Kuang=
tung (mit Hainan), Kiangsi und Teilen von Kuangsi und
Hunan **).

In den chinesischen Kolonien im Auslande wird
gewöhnlich der Dialekt der engeren Heimat gesprochen †).

Die Mandarin=Dialekte.

Die Mandarin=Dialekte beherrschen nach dem Vor=
stehenden den größten Teil des chinesischen Sprachgebietes.

---

*) Der Ausdruck Kuanhua kann in sechsfacher Bedeutung ge=
braucht werden, daher man sich in jedem einzelnen Falle fragen muß,
was er gerade bezeichnet. Vergl. A. I, S. 369 und die Karte am Schlusse des Werkes.

**) Mit diesem von uns eingeführten Namen soll nichts über
das sprachwissenschaftliche Verhältnis zu den Mandarin=Dialekten aus=
gesagt werden.

†) Näheres siehe A. I, S. 10.

Ihre wichtigsten Unterscheidungsmerkmale gegenüber den niederchinesischen Dialekten bestehen in folgenden Punkten:

a) sie kennen nur 4 oder 5 Töne (§ 23 ff.);
b) sie haben nur die einfachen harten (tenues) und die aspirierten harten Konsonanten entwickelt; die mittleren b, d, g, z, v, dz, dż fehlen;
c) sie dulden als Auslaute nur n, ng, rh, aber nie p, t, k, m;
d) m und ng können nie eine Silbe für sich bilden*).

Obwohl die chinesische Dialektforschung erst in den Anfängen steht und z. B. die genaue Abgrenzung der Verbreitungsgebiete der Dialekte und Mundarten nur in wenigen Fällen einigermaßen durchführbar erscheint, so lassen sich doch einige allgemeine Andeutungen über die weitere Gliederung der oben erwähnten Hauptgruppen, der hoch= und der nieder=chinesischen Dialekte, auch heute schon geben.

Die Mandarin=Dialekte scheiden sich nämlich wieder in
a) die nordchinesischen,
b) die mittelchinesischen und
c) die westchinesischen Dialekte,

als deren Hauptrepräsentanten die Dialekte von Péking**) (Nord), Nánking***) (Mittel) und von Sétschuan†) (Szechuen) angesehen werden können.

In der Provinz Anhui werden nach A. I zwei verschiedene Dialekte gesprochen (A. nennt den von Húitschou). Über den Dialekt von Hánkou (Hankow, Provinz Húpé) handelt gleichfalls A. I, S. 378 ff.††). Die Dialekte von

---

*) Vergl. A. I, S. 363 f. und Edkins, Grammar of the Mandarin Dialect, S. 9.

**) Hinsichtlich der bisherigen Hülfsmittel für diesen Dialekt vergl. die Vorrede.

***) Das Morrisonsche Wörterbuch (A Dictionary of the Chinese Language. 1865) giebt nach A. I, S. 400 ff. eine ältere Form des Nanking=Dialekts; Prémares Notitia linguae Sinicae steht nach Edkins unter dem Einfluß der Dialekte westlich von Nanking; Edkins (Grammar of the Mandarin Dialect) vermengt den Nanking= mit dem Peking=Dialekt, noch schlimmer S. Wells Williams in seinem Syllabic Dictionary of the Chinese Language (Shanghai 1874. II. Aufl. 1883). Das beste Werk ist Kühnerts Syllabar des Nanking=Dialekts. Wien 1898.

†) Vergl. Edkins in seiner Grammar of the Mandarin Dialect. (II. Aufl. Shanghai 1864.)

††) Vergl. auch Text und Wörterverzeichnis bei Williams in der Einleitung zu seinem großen Wörterbuch.

1*

Tschifu (Chefoo), Tsinangfu und Tientsin werden erwähnt. Sonst ist bisher noch wenig Zuverlässiges bekannt*).

Der Hangtschou-Dialekt (Hangchow-) in der Provinz
Tschekiang bildet insofern eine den Übergang zur folgenden
Gruppe vermittelnde Sprachinsel, als er sich — im übrigen
den mittelchinesischen Küstendialekten angehörig — als vom
Hochchinesischen hinsichtlich der grammatischen Hülfswörter
und dergl. beeinflußt erweist**).

Niederchinesische Dialekte.

Die niederchinesischen Dialekte lassen sich vorderhand
in drei Untergruppen zerlegen, nämlich

    a) die mittelchinesische Küstengruppe, zu welcher die
        Dialekte von Shánghai***), Ningpo†), Hang-
        tschou (Hangchow), Wéntschou††) (Wenchow)
        und Sútschou (Soochow) gehören†††);

    b) die Dialekte von Húnan (mit Ausnahme des nörd-
        lichen Teiles) und Kiángsi, unter andern die von
        Fútschou*†), Nánkhang und Nántschhang;

    c) die südchinesischen Dialekte in der Provinz
        Kuángtung, Fúkien und dem größten Teile von Kuángsi.

Die bedeutendsten sind die Dialekte von Ámoy**†)
(auch Emoy, Tschángtschou-, Tsiáng-tsiu-Dialekt genannt),

---

*) Vergl. A. I, S. 371.
**) A. I, S. 369 ff. Es bestehen Übersetzungen des Matthäus-
und des Johannes-Evang. (London, Soc. f. Prom. Christ. Know.).
***) Vergl. J. Edkins, Grammar of Colloquial Chinese, as
exhibited in the Shanghai Dialect. 2. ed. Shanghai 1868. —
Derselbe, Vocabulary of the Shanghai Dialect. Shanghai 1869. —
J. Macgowan, Collection of Phrases in the Shanghai Dialect.
1862. — M. T. Yates, First Lessons in Chinese in the Shanghai
Dialect. 1893. — Vergl. auch Williams großes Wörterbuch (siehe
Vorrede).
†) Es besteht eine transskribierte Übersetzung des Neuen Testa-
ments (London 1868). — W. T. Morrison, Anglo-chinese Vocab.
of the Ningpo Dialect. Shanghai 1876. — Pillay, a Manual for
Youth and Students; or Chinese Vocab. and Dialogues, containing
an easy introduction to the Chinese Language (Ningpo Dial.). 1846.
††) P. H. S. Montgomery, Introduction to the Wénchow
Dialect. 1893.
†††) Ningpo, Hangtschou und Wentschou in der Provinz Tschekiang,
Shanghai und Sutschou in der Provinz Kiangsu.
*†) Nicht zu verwechseln mit Foochow (Futschou) in Fukien.
**†) Macgowan, Manual of the Amoy Colloquial. 3. ed. 1892.
— Derf., English-Chinese Dictionary of the Amoy Dialect. 1883. —
Poletti, Dictionary of the Chinese Lang. — C. Douglas, Chinese-
Engl. Dictionary of the Amoy Dialect. — Schlegel, Nederlandsch-

Ránton*) (auch Púnti, Pénti genannt), Fútſchou**) (Foochow, Hokkien), der Dialekt an der Küſte von Háinan (auch zum Dialekt von Swatow gerechnet), Hátta***), Swátau†) (Swatow, Tiéċiu, T'ïë-tschiu, Chiuchiu, Ciu-ċeo, Hoklo).

Amoy wird in den beiden ſüdlichen Diſtrikten von Fúkien geſprochen, der Kanton-Dialekt iſt in Kuángtung und Kuángſi verbreitet. Fútſchou in Fúkien (mit Ausnahme der

Chineesch Woordenboek in het Tsiangtsiu-Dialekt. Leiden. — Francken und de Grijs, Chineesch-Hollandsch Woordenboek van het Emoi Dialect. Batavia 1882. Eine transſkribierte Überſetzung des Neuen Teſtaments erſchien 1882, der Pſalmen in demſelben Jahre. — Es werden 11 Mundarten des Amoy erwähnt; auch die meiſten Chineſen auf Java ſowie viele auf Malacca und Borneo ſollen aus Amoy ſtammen. Die Chineſen auf Formoſa reden gleichfalls dieſen Dialekt.
*) E. J. Eitel, Chinese Dictionary in the Cantonese Dialect. London 1877—87. — Das große Wörterbuch von Williams. — Burdon, Fourty Exercises adapted to Cantonese. Hongkong 1877. — J. de Ball, Easy Sentences in the Cantonese Dialect. With vocab. Hongkong 1887. — J. Chalmers, English and Cantonese Dictionary. 5. ed. Hongkong 1878. — Lobſcheid, English-Chinese Dictionary with the Punti and Mandarin Pronunciation. 1866—69. — Stedmann u. Lee, Chinese and English Phrasebook. 1888. — Ball, An English-C. Pocket Vocab. 1894. — Derſ., The Cantonese Made Easy Vocab. 2. ed. 1892. — Derſ., Cantonese Made Easy. 2. ed. 1888. — Derſ., How to speak Cantonese. 1889. — Dennys, Handbook of the Canton Vernacular. 1874. — E. Heß, Chineſiſche Phraſeologie. 1891. — Lobſcheid, Select Phrases and Reading Lessons. 1867. — Morriſon, Vocab. of the Canton Dialect. 1828. — Der Kanton-Dialekt (neben dem Futſchou-Dialekt) wird auch von den Chineſen in Singapore geſprochen.
**) Wörterbuch von Maclay u. Baldwin. 1871. — Überſetzung des Johannes-Evang. (London 1886. Brit. a. For. B. S.). — C. C. Baldwin, Manual of the Foochow Dialect. 1871.
***) Es exiſtiert ein New Testament in the Colloquial of the Hakka Dialect (Baſel 1879) in Transſkription, ſowie eine Überſetzung des Evang. Joh., chineſiſch gedruckt (1883). — Ferner Ball, Easy Sentences in the Hakka Dialect, with a vocab. 1881. — W. H. Medhurſt, Dictionary of the Hok-Këen Dialect of the Chinese Language. 1832.
†) Giles, Handbook of the Swatow Dialect. With a Vocabulary. 1877. — J. W. Gibſon, Index to the Dictionaries of Wells Williams and C. Douglas, giring the Swatow sound of 12500 characters. 1886. — A. M. Fielde, First Lessons in the Swatow Dialect. 1878. — W. Duffus, English-Chinese Vocab. of the Swatow Vernacular. 1883. — Zwei Wörterbücher von R. Lechler (Baſeler Miſſ.) ſind bisher Manuſkript geblieben.

beiden füdlichen Diftrikte), Hákka in einem großen Teile
von Kuángtung und Kuángfi neben dem Kantonefifchen und
Swátau im Diftrikt Ch'áochou (Tfchautfchou) am nördlichen
Teil der Küfte von Kuangtung*).

Hinfichtlich ihrer gegenfeitigen Verwandtfchaft laffen fich
diefe Dialekte folgendermaßen gruppieren**):

1. Fútfchou;
2a. Amoy, } nahe verwandt, aber von 1 erheblich ab=
  b. Swatow, } weichend;
3. Kanton, } der Unterfchied ift fo groß, daß fich die
4. Hakka, } Leute gegenfeitig nicht verftehen.

Der Peking-Dialekt.

Unter allen diefen Dialekten nimmt der von Peking
(chin. čing[1]-hua[4]***) um deswillen eine befonders hervor=
ragende Stellung ein, weil er

    a) die Sprache des Hofes und der Hauptftadt ift,
       ferner

    b) die Grundlage für die Sprache des offiziellen
       Verkehrs im ganzen Reiche, die Sprache der Man=
       darinen bildet†); er gilt daher

    c) als die jetzt anerkannte muftergültige Form der
       hochchinefifchen Rede††) (A. I, S. 400), als das
       reinfte Kuanhua und ift deshalb

    d) von ausgedehnteftem Gebrauch gegenüber den
       andern Dialekten.

Der Peking-Dialekt ift das eigentliche Kuanhua
(zweite Bedeutung diefes Wortes), die Sprache der Beamten
(kuan = Beamter, hua = Rede), der Mandarinen†††)
(daher Mandarinenfprache). Umgekehrt wird deshalb die
pekinefifche Umgangsfprache nicht felten einfach als
Kuanhua (dritte Bedeutung) bezeichnet, und fofern der

---

    *) Ebenfo im füdlichften Fukien, an der Küfte von Hainan und
von den Chinefen in Siam.
    **) A. I, S. 242.
    ***) čing[1] = Refidenz, hua[4] = Sprache, alfo Refidenzfprache (fpr.
tsingchwa).
    †) Die (wie A. I, S. 412 fagt) jeder Beamte und jeder Gelehrte
auch außerhalb Pekings fich anzueignen fucht, fobald das praktifche
Bedürfnis an ihn herantritt.
    ††) Dagegen find andere Dialekte, z. B. der Nanking-Dialekt,
befonders in feiner älteren Form, z. T. für wiffenfchaftliche
Zwecke wichtiger, weil fie meift weniger abgefchliffen find.
    †††) Vom indifchen mantri, Ratgeber, Minifter.

Peking-Dialekt als der bedeutendste Repräsentant des Chinesischen überhaupt angesehen wird, erhält der Ausdruck Kuanhua zuweilen die allgemeine (vierte) Bedeutung „Chinesisch".

Sprache des amtlichen Verkehrs und Umgangssprache der Gebildeten.

Es sei indes hier gleich hervorgehoben, daß der Peking-Dialekt mit der Sprache des offiziellen Verkehrs ebensowenig völlig identisch ist, wie er sich mit dem Begriffe des Hochchinesischen deckt. Er ist vielmehr, wie dargethan, nur ein Dialekt — wenn auch der wichtigste — des Hochchinesischen, und andrerseits ist es eine von den Ausdrücken der Volkssprache und von Provinzialismen gereinigte Form dieses Dialekts, die im amtlichen Verkehr zur Anwendung gelangt. Diese Sprache des offiziellen Verkehrs ist im ganzen chinesischen Reiche dieselbe; aber sie ist auf die Beamten beschränkt. Eine allgemeine chinesische Umgangssprache der Gebildeten giebt es nicht. Die Beamten, welche nicht geborene Pekinesen sind, müssen das Kuanhua (zweite Bedeutung) neben ihrem heimischen Dialekt besonders erlernen*). Gerade die Notwendigkeit eines allgemeinen Verständigungsmittels für die über das ganze Reich zerstreute, die verschiedensten Heimatsdialekte sprechende Beamtenschaft hat zur Bildung des Kuanhua geführt, dabei ist es aber auch geblieben; zur allgemeinen Umgangssprache aller Gebildeten ist es nicht geworden. Selbst die Gebildeten sprechen vielmehr in den Provinzen durchweg ihren heimischen Dialekt.

Bei dieser Lage der Dinge ist für den Europäer, der Chinesisch für praktische Zwecke studieren will, die Erlernung des Peking-Dialekts der gewiesene Weg, da derselbe**) für den Verkehr mit den Behörden unentbehrlich ist. Freilich muß der Missionar, der Kaufmann, der Techniker u. s. w. daneben auch den Dialekt der Landschaft erlernen, in welcher sein Thätigkeitsfeld liegt, um sich mit der Masse des Volkes wie mit den Gebildeten (soweit sie nicht Beamte sind) verständigen zu können. Aber dies wird ihm auf der

---

*) Wobei dann freilich, besonders in der Aussprache, manche dialektische Eigenheit sich unausrottbar zeigt, ähnlich wie das Hochdeutsche z. B. in Dresden mit sächsischem Tonfall und meist mit sächsischer Artikulierung der Laute gesprochen wird.

**) In der oben beschriebenen geläuterten Form.

durch den Peking-Dialekt gewonnenen Grundlage auch nicht
schwer werden.

Suhua und Kuanhua.

Doch auch innerhalb der einzelnen Dialekte zeigen sich
nicht unerhebliche Verschiedenheiten. Zwar in der Aussprache
ihres Dialekts pflegen alle Klassen der Bevölkerung — und
dies gilt insonderheit auch von Peking — im allgemeinen
vollkommen konform zu gehen. Dagegen besitzt die Sprache
des niederen Volkes einen großen Reichtum vulgärer Aus-
brücke, die von ihm bevorzugt und von den Gebildeten gewöhnlich gemieden werden. Andrerseits lassen sich die Gebildeten von der Schriftsprache (s. u.) mehr oder weniger
beeinflussen. In allen Dialekten unterscheidet sich daher das
Súhua*), die Volkssprache, vom Kuánhua (fünfte
Bedeutung), der Umgangssprache der Gebildeten**).

Buchaussprache.

Manche Dialekte haben neben dem Súhua und dem
Kuanhua (5) noch eine dritte Redeform, die in einer ab-
weichenden Aussprache der Wörter besteht, sobald Gedrucktes
oder Geschriebenes laut gelesen wird. Wir nennen diese
Redeform Buchaussprache. So spricht man in Shanghai
k'a (schnell), aber man liest k'ué. Im Peking-Dialekt
kommen derartige Fälle nur vereinzelt vor, ebenso im Kan-
tonesischen. Dagegen haben im Amoy-Dialekt sehr viele
Wörter eine doppelte Aussprache. Williams (a. a. O.) hebt
besonders die Dialekte von Tschekiang, Kiángsi und Fükien
in dieser Beziehung hervor. Auch in Húitschou soll eine
besondere Buchaussprache üblich sein. Doch ist über den
ganzen Gegenstand noch nicht genügend Licht verbreitet***).

Schriftsprache.

Haben die Chinesen auch keine für das ganze Herrschafts-
gebiet ihrer Sprache gültige allgemeine Umgangssprache
geschaffen†), so besitzen sie doch eine allgemein übliche und

---

*) su gewöhnlich, hua Sprache. Noch herabsetzender ist T'ú-hua
Vulgärdialekt.

**) Die natürlich nach dem Gesagten in jedem Dialektgebiet eine
besondere ist. Die Umgangssprache der Gebildeten in Peking (das
Pei³-čing¹-ti kuán¹-hua⁴) ist z. B. von der der Gebildeten in Kanton
gänzlich verschieden.

***) Insbesondere ist noch unbekannt, ob etwa und wieweit die
Gebildeten sich der Buchaussprache auch beim Sprechen bedienen.

†) Die Gründe dafür liegen natürlich wesentlich in der großen
Ausdehnung des Reiches und dem Mangel schneller Verkehrsmittel.

verständliche Schriftsprache*). Alle gebrauchen dieselbe Schrift, und da diese eine Wortschrift ist, so ist das Geschriebene oder Gedruckte allen verständlich. Aber auch nur durch das Medium des Auges. Sowie das Geschriebene oder Gedruckte laut gelesen wird, spricht jeder die einzelnen Schriftzeichen oder Wörter nach Maßgabe seines heimatlichen Dialektes aus, und mit der Gleichförmigkeit ist es vorbei.

Es darf nun aber nicht angenommen werden, daß die Schriftsprache lediglich geschriebene Umgangssprache sei. Dann würde bei der in der Phraseologie und der Satzkonstruktion sehr weit gehenden Verschiedenheit der einzelnen Dialekte eine Gleichförmigkeit der Schriftsprache natürlich unerreichbar sein.

Die Schriftsprache (wir sprechen hier nicht von der Schrift) ist vielmehr eine Sprache für sich, die auch vom Chinesen eigens erlernt werden muß, und in ihren höheren Stilarten von der Umgangssprache der Beamten**) so stark verschieden ist, daß sie, geschrieben oder gelesen, für jeden, der nur die letztere kennt, völlig unverständlich bleibt***).

Moderner Geschäftsstil.

Der Umgangssprache der Beamten am nächsten steht das Kuánhua (sechste Bedeutung) des modernen Geschäftsstils, „wie er in allen amtlichen Charakter tragenden Schriftstücken, also z. B. im diplomatischen Verkehr, in der Korrespondenz der chinesischen Behörden mit den Konsuln der Vertragsmächte, und besonders auch in den in der Peking=Zeitung zur Veröffentlichung gelangenden Dokumenten, aber auch z. B. in kaufmännischer Korrespondenz zur Anwendung kommt†)".

Auch der moderne historische Roman, die Novelle, Theaterstücke und sonstige Erzeugnisse der leichteren Litteraturgattungen suchen sich, um auch der großen Menge verständlich zu werden, je mehr und mehr der Umgangssprache zu nähern.

*) Dies beschränkt sich natürlich zunächst auf das moderne Schrifttum.
**) Und ebenso oder noch mehr von den Provinzial=Kuanhuas oder =Suhuas.
***) Ein ähnliches Verhältnis besteht z. B. im Arabischen und (mit Einschränkung) im Japanischen.
†) A. I, S. 203 f.

Das Wenhua.

Die geschriebene Sprache ernster Bücher und der Poesie, das Wénhua, steht aber der Umgangssprache völlig fern. Wenn sich auch je nach dem Alter der betreffenden Litteraturerzeugnisse (alter Stil*), mittlerer Stil, neuer Stil) oder nach der Litteraturgattung gewisse Unterschiede in der Schreibart erkennen lassen, so gehen diese doch mehr den Stil und den Wortschatz als die Grammatik an. Die eigentliche Materie älterer Litteraturerzeugnisse, die damalige Aussprache der betreffenden Schriftzeichen ist freilich verloren gegangen, alles wird nach der heutigen Aussprache gelesen, und nur in der Buchaussprache mancher Dialekte kann ein Rest älterer Entwicklungsstufen der Sprache gesehen werden**).

Schriftsprache und Umgangssprache in ihrem Verhältnis zu einander.

Schrift- und Umgangssprache sind natürlich einem gemeinsamen Boden entsprossen, sie stehen unter der Herrschaft desselben grammatischen Princips. Ihr Unterschied ist aber nicht nur ein Unterschied des Stils, die Schriftsprache entspricht nicht etwa nur der gehobenen Sprache des Redners oder des Dichters gegenüber der platten Prosa des täglichen Lebens — sondern beide sind in der That verschiedene Zweigsprachen von einem Mutterstamme.

Die Schriftsprache unterscheidet sich nun von der Umgangssprache hauptsächlich in folgenden Punkten:

a) sie verwendet andere Wörter für dieselben Begriffe, oder
b) dieselben Wörter in abweichender Bedeutung, oder
c) dieselben Wörter bei gleicher Bedeutung in abweichender Aussprache,
d) der Wortschatz ist bei weitem größer infolge Verwendung zahlreicher seltener und poetischer Ausdrücke sowie von Synonymen,
e) Komposita auf -örh und -tse sind so gut wie nicht vorhanden,
f) auch sonst ist die Komposition auf wenige Fälle eingeschränkt,

---

*) Hierher gehört z. B. die archaistische Sprache der alten Klassiker im Schuking, Schiking und einigen andern Werken. Dieser Stil wird Kúwen (alter Stil) genannt.

**) Im Swatau-Dialekt wird die Buchaussprache hauptsächlich bei der Lektüre der alten Klassiker angewendet und zwar auch nur, wenn sie in singendem Tone gelesen werden. A. I, S. 225.

g) die grammatischen Hülfswörter sind verschieben, oder
sie werden ganz durch das syntaktische Mittel der
Stellung ersetzt,

h) die Phraseologie ist verschieben.

Je höher die Stilgattung, desto weniger wird in der
Schriftsprache von denjenigen Mitteln (Hülfswörter, Komposition 2c.) Gebrauch gemacht, welche die Umgangssprache
verwendet, um dem Verständnis des Hörers entgegenzukommen.

Der Wegfall der zahlreichen Komposita der Umgangssprache in der Schriftsprache hat zur Folge, daß die letztere
eine überaus große Zahl von Homophonen (gleichlautenden
Wörtern) aufweist. Beispielsweise haben im Pekinger Dialekt
bis zu 70 Schriftzeichen (was im Grunde gleichbedeutend ist
mit „Begriffen") den nämlichen Laut, und ähnliche Beispiele
lassen sich häufen. Unter solchen Umständen die jeweilige
Bedeutung eines solchen Wortes beim bloßen Hören eines
schriftsprachlichen Textes aus dem Zusammenhang zu er-
schließen, ist meist so gut wie unmöglich. Hat man den
Text freilich geschrieben vor Augen, so fällt diese Schwierigkeit so ziemlich fort, da (im allgemeinen) jeder Bedeutung
eines Homophons ein besonderes Schriftzeichen entspricht
(vergl. das Wörterbuch).

Da also die Schriftsprache, wenn laut gelesen,
dem Hörer — auch wenn er sie zu lesen versteht — völlig
unverständlich bleibt, also lediglich für das Auge berechnet
ist, so kann man sie nur mit Einschränkung eine wirkliche
Sprache nennen.

Die Einschränkung des Gebrauchs grammatischer Hülfswörter hat ferner eine große Konzision, damit aber auch
oft Zweideutigkeit oder Dunkelheit des Ausdrucks im Gefolge.

Wie bereits oben angedeutet, pflegen daher die leichteren
Stilarten der Litteratur ebenso wie der Geschäftsstil
mehr oder weniger eine Annäherung an die Umgangssprache
anzustreben, beispielsweise seltene und poetische Ausdrücke zu
vermeiden, Hülfswörter reichlicher zu verwenden u. f. w., ohne
daß jedoch das volle Verständnis beim bloßen Vorlesen
vom Hörer in allen Fällen erwartet werden könnte.

Gebildete werden natürlich selbst in der gesprochenen
Sprache, besonders wenn sie zu höherem Schwunge sich zu
erheben strebt, hin und wieder in beschränktem Maße auch
Ausdrücke der Schriftsprache verwenden, von denen sie erwarten können, daß sie beim Hörer Verständnis finden.

II. Lautlehre.

A. Die Laute und ihre Bezeichnung in lateinischer Umschrift*).

a) Die Konsonanten.

§ 1. Die Konsonanten des Nordchinesischen sind:

	Verschlußlaute trocken, aspiriert		Reibelaute	Zitterlaute	Resonanzlaute
a) Kehllaute	k	k'	h	—	ng
b) Gaumenlaute	č	č'	hs, š, ž	y	—
c) Zungenlaute	ts	ts'	—	l, rh	—
d) Zahnlaute	t	t'	s	—	n
e) Lippenlaute	p	p'	f	w	m

§ 2. Wie man sieht, fehlen die mittleren Laute g, d, b vollständig; doch findet sich d im Dialekt von Tientsin, sowie b und dz gelegentlich (als Erweichung von p und ts) auch in Peking, z. B. kẹn-pan-ti (Diener), sprich: kẹmbánti, und mo-tsẹ, sprich: módzẹ (Schaum).

Anm. Die Silbe tsẹ (eigentlich: Kind) wird als zweiter Teil von Zusammensetzungen (§ 75) immer wie dzẹ gesprochen.

§ 3. Von den aufgeführten Lautbezeichnungen werden nur *l, n, f* und *m* wie im Deutschen gesprochen.

§ 4. Die Verschlußlaute (Explosivae) sind in doppelter Reihe vorhanden, trocken (Tenues) und aspiriert.

Die trockenen Verschlußlaute (k, č, ts, t, p) sind ohne den leichten Nachklang eines h zu sprechen, der ihnen im Deutschen anzuhaften pflegt; den aspirierten Verschlußlauten folgt dagegen ein starker, deutlich hörbarer Hauchlaut.

*) Von dem Arendt'schen Transkriptionssystem weicht das meinige nur insofern ab, als ich für hᶜ einfach h, für hs und hṣ nur hs, für tsz, tsz' und sz nur ts, ts' und s, sowie für č und č̣ nur č schreibe, was für praktische Zwecke völlig ausreicht.

Dies vorausgeschickt, läßt sich die Aussprache der Ver=
schlußlaute mit deutschen Buchstaben etwa folgendermaßen
wiedergeben:

k = k in kalt; k' = kh in krankhaft,
č = tsch in klatschen; č' = tschh in klatschhaft,
ts = z in Schmerz; ts' = zh in schmerzhaft,
t = t in statt; t' = th in statthaft,
p = p in knapp; p' = ph in Knappheit.

Anm. 1. Vor langem auslautenden i, sowie vor jedem in=
lautenden i und jedem ü lautet č fast wie ts mit leichter Hinneigung
zu tsch*).

Anm. 2. ts hat vor e einen summenden Laut, der aber nicht
besonders bezeichnet zu werden braucht**), da er sich bei korrekter
Aussprache des Vokales von selbst ergiebt. Über tse = dze siehe
§ 2, Anm.

§ 5. Von den Reibelauten (Fricativae) lautet *h*
wie ch in „ach", *hs* wie ch in „ich" (norddeutsche Aussprache),
š wie sch in „Schluß", *ž* wie j in „Journal", *s* wie ß in
„reißen" (nie wie s in reisen), *f* wie f in „laufen".

§ 6. Der Zitterlaut *l* klingt ziemlich wie l in
„lesen", *y* lautet wie j in „jagen"; *w* ist wie im Englischen
mit beiden Lippen (z. B. wa = ŭá), nicht (wie im
Deutschen) mit Oberzähnen und Unterlippe zu bilden; es
klingt daher wie ein kurzes u.

rh kommt nur in der Silbe örh vor, welche wie örl
gesprochen wird (das l etwas länger als gewöhnlich an=
gehalten).

§ 7. Von den Resonanzlauten verlangt nur *ng*
eine Beschreibung. Es kommt nur am Ende einer Silbe
vor und lautet hier wie ng in „Menge", d. h. so, daß das
g in der Aussprache nicht hörbar wird, wie auch z. B. im
Englischen song.

§ 8. Aus dem Vorstehenden ergiebt sich folgende
Tabelle in der Reihenfolge des deutschen Alphabets***):

*) A. umschreibt in diesem Falle mit č (für k anderer Dialekte)
oder ç (für ts). Diese Unterscheidung hat aber in der Hauptsache
nur wissenschaftlichen Wert.

**) A. schreibt tsz (bezw. tsz'), ebenso sz für s im gleichen Falle.

***) Hiernach ist auch das Wörterbuch angeordnet.

č = tſch (tj)	l = l	s = ß	w = u
č′ = tſch (tſh)	m = m	š = ſch	y = i
f = f	n = n	t = t	ž = j(ournal)
h = ch (in ach)	p = p	t′ = t-h	rh = rl ⎱ nur
hs = ch (in ich)	p′ = ph	ts = z	ng = n(g) ⎰ am
k = l		ts′ = zh	⎱ Wort-
k′ = th			⎰ enbe.

§ 9. Im Anfange der Wörter vor a, o, ǫ und ê (auch ai, ao, ou) findet ſich noch ein Konſonant, der nicht geſchrieben wird. Wir werden ihn, wenn erforderlich, durch n̈ bezeichnen. Er iſt ein naſaler Guttural, der etwa dem auslautenden ng entſpricht, nur daß das g noch weniger anklingt. Man erhält den Laut, wenn man nur die erſte Silbe des Wortes enge ſpricht (ohne das g anklingen zu laſſen) und dieſe Silbe dann rückwärts ausſpricht.

Anm. Die Vokativpartikel a hat den gutturalen Vorſchlag nicht.

§ 10. Doppelkonſonanten kommen nicht vor.

§ 11. Konſonantenverbindungen finden ſich nur in zuſammengeſetzten Wörtern, in denen aus= lautendes n, ng oder rh*) vor einen der übrigen Kon= ſonanten zu ſtehen kommen. (Über die hierbei eintretenden euphoniſchen Änderungen vergl. unten.)

b) Die Vokale.

α) Einfache Vokale.

§ 12. Wir unterſcheiden einfache und zuſammen= geſetzte Vokale.

Die einfachen Vokale zerfallen in lange und kurze.

§ 13. Die langen Vokale ſind: a (in Vater), i (in mir), u (in Kuh), ü (in Lüge) und o.

Anm. 1. o lautet faſt wie ǒo̊ d. h. wie ein langes geſchloſſenes o (in Mohr) mit kurzem Nachſchlag, der wie ǒ (oder å) klingt. Am Ende mancher Wörter wechſelt es dialektiſch mit u, z. B. yō (haben) = yu. In k'o (können) lautet es ſehr offen, wie ao im niederdeutſchen Vaoter.

Anm. 2. Langes e kommt eigentlich nicht vor; doch lautet der Diphthong ei meiſt faſt wie ē (§ 17).

§ 14. Die kurzen Vokale ſind:
a) mit Kürzezeichen: ă, ĭ, ŭ, ü̆, ŏ.
b) ohne Kürzezeichen: e, ę, ǫ, ê, ö.

---

*) Andere Konſonanten kommen im Auslaut nicht vor.

Die ersteren fünf lauten wie in „dachte, bitte, Butter, Bütte, mochte".

e ist = e in hell, ę = e (kurz und dumpf) wie in Rolle oder im franz. de (me, te, se ꝛc.).

ẹ, nur im Silbenauslaut eng, klingt etwa wie e in Rolle oder wie o im engl. nation. Man versuche z. B. fẹng ganz ohne Vokal zu sprechen (f'ng), so wird man den richtigen Laut erhalten.

ê klingt wie ę mit kurzem ŏ-Nachschlag: ę͜ŏ.

ŏ = ŏ in Böttcher.

§ 15. Jeder Vokal in geschlossener d. h. kon= sonantisch auslautender Silbe ist kurz, z. B. man, ŝin. In diesem Falle wird daher bei ă, ĭ, ŭ und ŭ das Kürzezeichen fortgelassen *).

§ 16. Im Silbenauslaut (= in offener Silbe) können sowohl lange wie kurze Vokale stehen, z. B. ma, må.

β) Zusammengesetzte Vokale.

§ 17. Wir unterscheiden Diphthonge (Zwielaute) und Triphthonge (Dreilaute).

Eigentliche Diphthonge sind ei, ai, ao, āo, ou und ui.

ei klingt wie ein betontes langes e (in Lehrer) mit ganz kurzem i-Nachschlag: ē͜i.

Doch ist das i in Nordchina meist wenig hörbar.

ai = ai in „Kaiser".

ao = au in „lau".

Dagegen wird āo mit langem betonten a und nach= schlagendem o gesprochen: ā͜o. Man unterscheide: hao² (spr. chau, Stadtgraben) und hāo³ (spr. chā͜o, gut).

ou klingt wie kurzes, helles, betontes o (in Gott) mit schnell darauffolgendem kurzen u: ŏ͜u. Man unterscheide es von ao.

Anm. tou (alle) wird tō͜u (mit langem o) gesprochen.

ui lautet teils wie ui im deutschen „pfui", teils wie ú͜e, teils wie ō͜e. Im Wörterbuche ist die Aussprache im einzelnen Falle bezeichnet.

§ 18. Außer den eigentlichen Diphthongen giebt es noch eine Anzahl Verbindungen von i, u oder ü mit einem der andern Vokale.

---

*) o kommt in geschlossener Silbe nicht vor.

Hierher gehören:
a) mit i: *ia, ie, io, iu*;
b) mit u: *ua, uo*;
c) mit ü: *üa, üe.*

Ist der zweite Vokal dieser Gruppen betont, so geht in der Aussprache i in y, u und ü in w*) über, z. B. lién (spr. lyén), kuán (spr. kwún).

In den auf iá, iáng, iĕn, ió, uá, uán, uáng, üán auslautenden Wörtern liegt der Ton, wie angegeben**), stets auf dem zweiten Vokal.

Dagegen betont man stets úo und úe.

Anm. Ausgenommen ist kuŏ (Land, Reich).

Im übrigen werden diese Gruppen so gesprochen, daß jeder Vokal seinen eigentümlichen Laut behält.

Im einzelnen merke man:
ia = yá***); **iang** = yáng; **io** = tĕ; **ié** = yĕ;
ien = yĕn; **io** = yŏᵃ; **iu** = ĕŏ†); **iú** = teils yú, teils yŏü††); **iung** = yúng; **ua** = wá; **uan** = wán; **uang** = wáng; **uo** = úŏ oder ŏŏ†††); **üe** = úĕ (mit langem ü); **üan** = üán oder wán*†).

§ 19. **Triphthonge** sind:
a) mit i: iai, iao, iáo,
b) mit u: uai, uei,

und zwar lauten iai = yai (oder deutsch: jei); iao = yau (wie in Jauche); iáo wie yŭŏ; uai wie wai**†); uei = wĕⁱ oder wĕ, seltener = wĭ*††).

---

*) d. h. englisches.
**) Man beachte auch die Quantität (Länge bezw. Kürze) des Vokals.
***) Der wagerechte Strich über einem Vokal (ā) deutet dessen Länge, das Häkchen (ă) seine Kürze an. Der Akut (á) bezeichnet die Tonstelle.
†) Nur tiu (verlieren) wird wie tiŭ gesprochen.
††) Meist yŭ; yŏü z. B. in diú (Wein), diú (neun); selten ist die Aussprache yŏ, z. B. hsiú (spr. chyŏ, elegant), niú (spr. nyŏ, Knopf). — liú (Weidenbaum) lautet bald lyŭ, bald lyŏu oder lyŏ.
†††) kuo (Topf) wird stets kŭŏ gesprochen, und kuo (Land) stets kwŏ.
*†) Mit breitem, aber kurzem ä.
**†) Das w hier und im folgenden immer nach englischer Art zu lesen.
*††) z. B. kuei (zurückkehren), spr.: kwĭ.

B. Der Bau der Silbe.

a) Anlaut, Inlaut, Auslaut.

§ 20. Die Silbe besteht entweder

α) aus einem einfachen Vokal,

β) aus einem kurzen Vokal mit folgendem n oder (in einem Falle) rh,

γ) aus einem Konsonanten (außer rh und ng, aber einschließlich ň) mit folgendem (kurzen oder langen) einfachen Vokal,

δ) aus einem Konsonanten mit folgendem Diphthong oder Triphthong,

ε) aus einem Konsonanten, folgendem kurzen Vokal und schließendem n oder ng,

ζ) aus einem Konsonanten, folgendem iá, iĕ, iŭ, uĭ, uá, üá und schließendem n oder ng.

Beispiele:

a) i eins; b) örh' Knabe (einziges Beispiel); c) pu Schritt, (ŭ)ai lieben; d) huá Rede, hsiáo klein; e) hsin neu, kung zusammen; f) kuáng spazieren gehen, hsién früher.

§ 21. Andere Kombinationen sind nicht gestattet. Der Silbenvorrat des Nordchinesischen (speciell des Peking-Dialekts) ist daher nur gering und beläuft sich, zumal nicht alle möglichen Kombinationen in der Sprache wirklich vorkommen, nach Ausweis der folgenden Übersicht*) auf wenig mehr als 400:

b) Die Silben des Peking-Dialekts

α) aus einem einfachen Vokal bestehend: a (§ 9, Anm.), i (dafür meist yi gelesen), u = 3,

β) aus einem kurzen Vokal mit folgendem n oder rh: en, örh = 2,

γ) aus einem Konsonanten (einschließlich ň) mit folgendem einfachen Vokal:

a	—	—	o					
ča	či	ču	čo	čü	čĕ	čĭ	—	—
č'a	č'i	č'u	č'o	č'ü	č'ĕ	č'ĭ	—	—
fa	—	fu	fo	—	—	—	—	—
ha	—	hu	ho	—	—	—	—	—
—	hsi	—	—	hsü	—	—	—	—
ka	—	ku	ko	—	—	—	—	—

---

*) Die zugleich als Leseübung dienen möge.

k'a	—	k'u	k'o	—	—	—	—	—
la	li	lu	lo	lü	lê	—	—	—
ma	mi	mu	mo	—	—	—	—	—
na	ni	nu	no	nü	—	—	—	—
pa	pi	pu	po	—	—	—	—	—
p'a	p'i	p'u	p'o	—	—	—	—	—
sa	—	su	so	—	sê	—	sẹ	—
ša	—	šu	šo	—	šê	šI	—	—
ta	ti	tu	to	—	tê	—	—	—
t'a	t'i	t'u	t'o*)	—	t'ê	—	—	—
tsa	—	tsu	tso	—	tsê	—	tsẹ	—
ts'a	—	ts'u	ts'o	—	ts'ê	—	ts'ẹ	—
wa	—	wu	wo	—	—	—	—	—
ya	yi	yu	yo	yü	—	—	—	ye
—	—	žu	žo	—	—	žI	—	—

ʒ) siehe Seite 19.   = .95

s) aus einem Konsonanten (einschließlich ṅ), folgendem kurzen Vokal und *n* oder *ng*:

an	ang	—	ẹng	—	—	—	—	—
čan	čang	čẹn	čẹng	čin	čing	čun	čung	čün
č'an	č'ang	č'ẹn	č'ẹng	č'in	č'ing	č'un	č'ung	č'ün
fan	fang	fẹn	fẹng	—	—	—	—	—
han	hang	hẹn	hẹng	—	—	hun	hung	—
—	—	—	—	hsin	hsing	—	—	hsün
kan	kang**)	kẹn	kẹng	—	—	kun	kung	—
k'an	k'ang**)	k'ẹn	k'ẹng	—	—	k'un	k'ung	—
lan	lang	lẹn	lẹng	lin	ling	lun	lung	lün
man	mang	mẹn	mẹng	min	ming	—	—	—
nan	nang	nẹn	nẹng	nin	ning	nun	nung	—
pan	pang	pẹn	pẹng	pin	ping	—	—	—
p'an	p'ang	p'ẹn	p'ẹng	p'in	p'ing	—	—	—
san	sang	sẹn	sẹng	—	—	sun	sung	—
šan	šang	šẹn	šẹng	—	—	šun	—	—
tan	tang	tẹn	tẹng	—	ting	tun	tung	—
t'an	t'ang	—	t'ẹng	—	t'ing	t'un	t'ung	—
tsan	tsang	tsẹn	tsẹng	—	—	tsun	tsung	—
ts'an	ts'ang	ts'ẹn	ts'ẹng	—	—	ts'un	ts'ung	—
wan	wang	wẹn	wẹng	—	—	—	—	—
—	yang	yẹn	—	yin	ying	—	yung	yün
žan	žang	žẹn	žẹng	—	—	žun	žung	—

(Fortsetzung Seite 20!)   = 133.

*) Fehlt bei A.
**) Fehlen bei A.

b) aus einem Konsonanten mit folgendem Diphthong oder Triphthong:

-ai	-ao	-ei	-ui	-ia	-ie	-io	-iu	-ou	-ua	-uo	-üe	-iai	-iao	-uai	-uei
ai	ao	—	—	—	—	—	—	—	—	—	—	—	—	—	—
čai	čao	čei	čui	—	čie	čio	čiu	čou	čua	—	čüe	čiai	čiao	čuai	—
č'ai	č'ao	—	č'ui	—	č'ie	č'io	č'iu	č'ou	č'ua	—	č'üe	č'iai	č'iao	č'uai	—
fai	—	fei	—	—	—	—	—	fou	—	—	—	—	—	—	—
hai	hao	hei	hui	hsia	hsie	hsio	hsiu	hou	hua	huo	hsüe	hsiai	hsiao	huai	—
—	—	—	—	—	—	—	—	—	—	—	—	—	—	—	—
kai	kao	kei	—	—	—	—	—	kou	kua	kuo	—	—	—	kuai	kuei
k'ai	k'ao	k'ei	—	—	—	—	—	k'ou	k'ua	k'uo	—	—	—	k'uai	k'uei
lai	lao	lei	lui	lia	lie	lio	liu	lou	—	—	lüe	—	liao	—	—
mai	mao	mei	—	—	mie	—	miu	mou	—	—	—	—	miao	—	—
nai	nao	nei	nui	—	nie	nio	niu	nou	—	—	nüe	—	niao	—	—
pai	pao	pei	—	—	pie	pio	—	pou	—	—	—	—	piao	—	—
p'ai	p'ao	p'ei	—	—	p'ie	—	—	p'ou	—	—	—	—	p'iao	—	—
sai	sao	sei	sui	—	—	—	—	sou	—	—	—	—	—	—	—
šai	šao	šei	šui	—	—	—	—	šou	šua	šuo	—	—	—	šuai	—
tai	tao	tei	tui	—	tie	—	tiu	tou	—	—	—	—	tiao	—	—
t'ai	t'ao	—	t'ui	—	t'ie	—	—	t'ou	—	—	—	—	t'iao	—	—
tsai	tsao	tsei	tsui	—	—	—	—	tsou	—	—	—	—	—	—	—
ts'ai	ts'ao	—	ts'ui	—	—	—	—	ts'ou	—	—	—	—	—	—	—
wai	—	wei	—	—	—	—	—	—	—	—	—	—	—	—	—
yai	yao	—	—	—	yie	—	—	—	—	—	yüe	—	—	—	—
—	žao	—	žui	—	—	—	—	žou	žua	—	—	—	—	—	—

= 155

ζ) aus einem Konsonanten, mittlerem ia, ie, iu, ui, ua, üa und schließendem n oder ng.

čiang	čien	čiung	čuan	čuang	čüan
č'iang	č'ien	č'iung	č'uan	č'uang	č'üan
—	—	—	huan	huang	—
hsiang	hsien	hsiung	—	—	hsüan
—	—	—	kuan	kuang	—
—	—	—	k'uan	k'uang	—
liang	lien	—	luan	—	lüan
—	mien	—	—	—	—
niang	nien	—	nuan	—	—
—	pien	—	—	—	—
—	p'ien	—	—	—	—
—	—	—	suan	—	—
—	—	—	šuan	šuang	—
—	tien	—	tuan	—	—
—	t'ien	—	t'uán	—	—
—	—	—	tsuan	—	—
—	—	—	ts'uan	—	—
—	—	—	—	—	yüan
—	—	—	žuan	—	

= 43.

§ 22. Die Sprache gebietet also nur über 431 ver=
schiedene Silben*).

Aus der gegebenen Übersicht geht zugleich hervor:

a) h steht nie vor i und ü, während hs nur vor diesen beiden Vokalen vorkommt**);

b) vor ü können nur č, č', hs, l, n und y stehen;

c) f steht nie vor i, ü oder u; k und k' nie vor i oder ü;

d) vor ng kommt kein anderer e=Laut als ẹ vor; anderer= seits findet sich auch ẹ nur vor ng***).

Daß diese Lautgruppen, auch sofern sie dem deutschen Auge zweisilbig erscheinen möchten, sämtlich einsilbig zu sprechen sind, bedarf wohl kaum besonderer Hervorhebung (vergl. indessen § 42 ff.).

---

*) Wade zählt nur 420. Rechnet man die durch verschiedene Aussprache derselben Silbe entstehenden Varianten (čie und čié, kwī, lêo, čiôu ꝛc.) hinzu, so kommt man noch etwas höher als 431.

**) hs wäre also eigentlich als besonderes Zeichen entbehrlich.

***) Die besondere Bezeichnung des ẹ könnte also auch entbehrt werden.

C. Die mufikalifchen Töne.

a) Befchreibung der vier Töne.

§ 23. Jedes einfache (nicht zufammengefeßte) Wort im Chinefifchen ift einfilbig. Die Sprache hat alfo (nach § 22) nur 431 verfchiedene Wörter, um den ganzen Ideen= reichtum des Geiftes auszudrücken.

Um dies zu ermöglichen, bedient fie fich vorzugsweife zweier Mittel:

a) der Unterfcheidung gleichlautender Silben durch die Stimmbiegung (den mufikalifchen Ton);
b) der Zufammenfeßung (wovon weiter unten).

§ 24. Man unterfcheidet im Nordchinefifchen vier Stimmbiegungen (chin. sę-sęng) oder Töne (in anderen Dialekten z. T. mehr), die wir mit Ziffern be= zeichnen werden*): ma¹, ma², ma³, ma⁴.

§ 25. Diefe mufikalifchen Töne haben nichts mit dem Stimmnachdruck zu thun, von dem weiter unten die Rede fein wird.

§ 26. Stimmnachdruck fowohl wie auch die mufi= kalifchen Töne finden fich auch im Deutfchen.

„überfeßen" und „überfeßen" unterfcheiden fich durch den verfchieden gelegten Stimmnachdruck (die Betonung, den Akzent).

„Ja?" im Frageton gefprochen, unterfcheidet fich von „ja" als zuftimmender Antwort durch die Stimmbiegung (den mufikalifchen Ton).

§ 27. Im Deutfchen fpielt aber die Stimmbiegung eine weniger wichtige Rolle. Sie dient mehr zur Nüancierung des Sinnes eines ganzen Sates, wie z. B. bei der Unterfcheidung von Frage und Antwort, von Haupt= und Nebenfaß u. dgl. und ift in diefen Fällen meift nicht einmal das einzige und wichtigfte Unterfcheidungsmittel.

Im Chinefifchen hat fie z. T. ähnliche Funktionen; hauptfächlich aber dient fie dazu, gleichlautende Wörter verfchiedener Bedeutung von einander zu unterfcheiden.

Von diefem Mittel macht die chinefifche Sprache einen fo umfangreichen Gebrauch, daß

---

*) Über Bezeichnung der Töne in der chinefifchen Schrift vergl. unten.

die Vernachläſſigung der muſikaliſchen Töne
bei der ſehr großen Zahl von Homonymen
(gleichlautenden Wörtern) die Rede völlig unver=
ſtändlich machen würde. Jede Silbe hat ihren
beſonderen Ton*); erſt hierdurch wird ſie zum
wirklichen Wort. Die ſorgſamſte Beachtung der Töne
iſt daher von der größten Wichtigkeit.

§ 28. So unterſcheidet man z. B. li² Birne, li³ Pflaume
und li⁴ Kaſtanie nur durch die Stimmbiegung.

§ 29. Um die Töne zu beſchreiben und von einander
zu unterſcheiden, bedienen wir uns zunächſt, da es ſich um
die Höhe und Tiefe des Tones (also ein muſikaliſches Element)
handelt, der Notenſchrift. Nehmen wir an, daß die mittlere
Stimmhöhe des Sprechenden durch die Note g auf der zweiten
Linie des fünfteiligen Violinſchlüſſelſyſtems bezeichnet ſei, ſo
ergiebt das Wort ma, in den vier Tönen geſprochen, die
folgenden vier Notenbilder:

Die Töne werden auch glücklich durch die verſchiedene
Ausſprache des Wörtchens „ſo“ in dem folgenden Geſpräch
(zwiſchen einem Meiſter und zwei Lehrlingen) veranſchaulicht:

1. Ton. A.: Du mußt es ſo (hoch, ohne Ton=
ſchwankung) machen.

2. Ton. B.: Meinſt du es ſo (hoch, gegen Ende
noch höher ſteigend)? — A.: Ja.

3. Ton. C. (verwundert): So (tief anhebend und
erſt ganz gegen Ende hoch ſteigend)?

4. Ton. A. (ärgerlich): Nein, ſo (halb hoch anhebend
und dann ſtark ſinkend).

---

*) Ausnahmen ſiehe §§ 35 ff.

§ 30. Ein Wort im ersten Ton (chin. šang[4]-pʻing[2] = der obere gleiche) wird also um eine Terz oder Quart (drei oder vier Töne der Tonleiter) höher gesprochen als der gewöhnliche Sprechton. Der Ton wird ganz gleichmäßig bis zu Ende, ohne Schwankung zur Höhe und Tiefe, ausgehalten. Im ersten Ton stehen z. B.

ma[1] Mutter	huá[1] Blume	ča[1] stechen
čʻi[1] Huhn	san[1] drei	pa[1] acht
čo[1] Tisch	tou[1] alle	to[1] viel
čʻi[1] Ehefrau	an[1] Ruhe	ša[1] Sand
čiá Haus	feng[1] Wind	sun[1] Enkel
hei[1] schwarz	yin[1] Ton	čin[1] Gold
hsin[1] Herz	wu[1] Zimmer	kuá[1] Melone
hsi[1] Westen	tʻién[1] Himmel	se[1] Seide
kuan[1] Beamter	kʻai[1] öffnen	ying[1] Falke
pei[1] Glas	hui[1] Asche	čie[1] Straße
šeng[1] (musit.) Ton	hsiúng[1] älterer Bru-	feng[1] Biene
šan[1] Berg	der	šu[1] Buch
ču[1] Schwein	čü[1] wohnen	tʻa[1] er

§ 31. Der zweite Ton (chin. hsiá[4]-pʻing[2] = der untere gleiche) setzt in derselben Höhe ein wie der erste, um dann gegen Ende noch (um eine Terz oder Quart) höher zu steigen. Beispiele:

čʻa[2] Thee	čüán[2] Quelle	ma[2] Hanf
huáng[2] gelb	húi[2] zurückkehren	fang[2] Haus
kuó[2] Land	lai[2] kommen	ho[2] Fluß
lei[2] Donner	lang[2] Wolf	lan[2] blau
liú[2] fließen	lo[2] Maultier	nang[2] Sack
lü[2] Esel	niú[2] Rind	ya[2] Zahn
mei[2] Steinkohle	min[2] Volk	čiáo[2] Brücke
nan[2] Süden	örh[2] Knabe	men[2] Thür
šï[2] essen	šui[2] wer?	hsie[2] Schuh
tʻang[2] Zucker	tê[2] erlangen	mang[2] eilig
wang[2] König	yang[2] Schaf	pʻai[2] Spielkarte
ye[2] Vater	yu[2] Öl	ying[2] gewinnen.

§ 32. Der dritte Ton (chin. šang[4]-šeng[1] = steigender Ton) setzt tief ein, verweilt bei gedehnter Aussprache ein wenig auf dem tiefen Ton*) und steigt dann stark in die Höhe. Im dritten Ton stehen z. B.:

---

*) Vergl. A. Einleitung, S. 50.

li³ Pflaume	liāo³ vollenden	wo³ ich
hai³ Meer	nai³ Brust, Milch	ts'ao³ Gras
hsüe³ Schnee	šāo³ wenig	yen³ Auge
lao³ alt	tsę³ Kind	č'ü³ heiraten
ma³ Pferd	čing³ Brunnen	hsiāo³ klein
örh³ Ohr	li³ Recht	kúo³ Frucht
tsao³ früh	čiu³ Wein	liú³ Weidenbaum
wang³ Netz	húo³ Feuer	niú³ Knopf
va³ heiser, stumm	kei³ geben	t'úi³ Bein
čiu³ neun	lién³ Gesicht	yo³ haben
háo³ gut	niao³ Vogel	mai³ kaufen
yi³ schon	t'íe³ Eisen	k'o³ durstig sein.

§ 33. Der vierte Ton (chin. č'ü⁴-sèng¹ = fortgehender Ton) setzt etwas tiefer als der erste oder zweite ein, um dann gegen Ende stark zu sinken, z. B.:

ai⁴ lieben	mi⁴ Honig	ye⁴ Nacht
č'ü⁴ gehen	örh⁴ zwei	hsiá⁴ Sommer
i⁴ Bedeutung	tou⁴ Bohnen	nü⁴ Weib
liu⁴ sechs	węn⁴ fragen	čién⁴ sehen
nei⁴ das Innere	li⁴ Kastanie	hsiá⁴ das Untere
ta⁴ groß	húo⁴ Unglück	li⁴ Kraft
wan⁴ zehntausend	č'i⁴ Zorn	na⁴ jener
yüe⁴ Monat	fan⁴ Reis	sę⁴ vier
tao⁴ eingießen	kuei⁴ teuer, geehrt	wai⁴ die Außenseite
čê⁴ dieser	mu⁴ Holz, Baum	yo⁴ rechts
čüán⁴ Taschentuch	p'a⁴ sich fürchten	ku⁴ mieten
kai⁴ bedecken	tsę⁴ Schriftzeichen	pao⁴ melden.

§ 34. Wenn auch mit Hülfe der Stimmbiegungen die Zahl der verschieden lautenden Silben bezw. Wörter beträchtlich erhöht wird, so reicht dies Mittel doch bei weitem nicht aus, um für jeden Begriff im chinesischen Ideenkreise einen gesonderten sprachlichen Ausdruck zu liefern. Vielmehr bleibt dennoch die Zahl der Homonymen (gleichlautender Wörter mit verschiedener Bedeutung) sehr beträchtlich, z. B.:

sèng¹ 1. Berggipfel, 2. verrückt, 3. Wind, 4. zukleben, 5. Biene, 6. eine Baumart, 7. siegeln, 8. reichlich, 9. Fee, 10. ein Fluß in Shensi, 11. ein Distrikt in Setschuan, 12. elegant, 13. Lanze u. s. w.;

čung¹ 1. Wanduhr, 2. Mitte, 3. loyal, 4. Becher, 5. Güte, 6. Grashüpfer, 7. Ende, 8. unruhig u. s. w.;

li⁴ 1. Kastanie, 2. Vorteil, 3. stehen, stellen, 4. Kraft,

5. Regulation, 6. elegant, 7. Almanach, 8. gefchickt, 9. ge=
fchwäßig, 10. Kern, 11. Hügel, 12. vorübergehen, 13. Tropfen,
14. ftrophulöfe Schwellungen, 15. Eiche, 16. ftreng, 17. Ge=
fchwür, 18. Aufter, 19. erfchreckt, 20. kalt (Wind), 21. herr=
fchen, 22. Ries, 23. Schritt, 24. Waffer (einer Perle),
25. fchelten u. f. w.;

pi⁴ 1. vermeiden, 2. Edelftein, 3. Saum, 4. übertragen,
5. vulva, 6. verurfachen, 7. niedrig, 8. Rheumatismus,
9. Schenkel, 10. ftrömen, 11. Geruch gekochter Speifen,
12. ein Ort in Schanfi, 13. verbergen, 14. zu Ende gehen,
15. fchmeicheln, 16. plötzlicher Tod, 17. Goldfafan, 18. fchützen,
19. Kamm, 20. fchließen u. f. w.

Da auf diefe Weife das Verftändnis des Gefprochenen
immer noch unmöglich fein würde, fo hilft fich die Sprache
durch das bereits erwähnte Mittel der Kompofition.

b) Wechfel der Töne.

§ 35. Manche Wörter können mit verfchiedenem Ton gelefen
werden, z. B. šang (das Obere) im britten und vierten u. f. w.

Dies gilt befonders für den Fall, daß fie mit andern
zufammengefeßt find, und kann dann die verfchiedenften
Urfachen haben. So fteht z. B. čiä³ (Panzer) im britten
Ton; aber in čiä⁴-yü² (Panzerfifch) wird es ftets im vierten
Ton gelefen, um es von čiä³-yü² (falfcher Fifch) zu unter=
fcheiden. Derartige Fälle find feften Regeln nicht unter=
worfen; der Sprachgebrauch giebt den Ausfchlag, und fie
können daher lediglich im Wörterbuch verzeichnet werden.

§ 36. Über die Beeinfluffung der Töne durch den
Wortgruppen=Akzent vergl. § 59 ff.

§ 37. Regelmäßigem Tonwechfel unterliegen i (ober yi)
eins, pa acht und pu nicht.

i und pu können im erften, zweiten und vierten Ton
ftehen.

Beim Zählen mit unbenannten Zahlen wird i (auch in
Zufammenfetzungen mit anderen Zahlen) ftets i¹ gelefen.

Steht aber hinter i ein Zählwort oder ein anderes Sub=
ftantiv, fo wird es
a) in den zweiten Ton gefeßt, wenn das folgende Wort
den vierten hat, fonft
b) in den vierten Ton.

Ähnlich wird pu behandelt. Steht es allein, fo lautet
es pu¹, vor Wörtern im vierten Ton pu², fonft pu⁴.

pa hat gewöhnlich den ersten Ton, aber vor dem Zähl=
wort ko^4 liest man stets pa^2.

Wenn bei der Bildung von Adverbien nach dem Schema
man-mán-ti (Reduplikation + ti) das Grundwort den 3. Ton
hat, so liest man meist x^2 + x^3 + ti; steht das Grundwort
im 4. Ton, so wird x^4 + x^1 + ti oder x^1 + x^4 + ti oder
(zuweilen) x^2 + x^4 + ti gelesen.

§ 38. Nicht selten dient der Tonwechsel zur Unter=
scheidung grammatischer Kategorien u. dergl., wie z. B.

a) des einfachen Verbums und des Kausativums: yin^3
trinken: yin^4 trinken lassen, tränken;

b) des Hauptwortes und des Verbums: yi^1 Kleider,
yi^4 sich ankleiden; tan^4 (-tse) Traglast: tan^1 tragen*);

c) des Adjektivs und des Verbums: hao^3 gut: hao^4
gut finden, lieben, č'ang^2 lang: čang^3, lang werden,
wachsen**);

d) der ursprünglichen und der abgeleiteten Bedeutung
eines Adjektivs: šao^3 wenig: šao^4 jung u. s. w.

e) Tonbeschränkungen und tonlose Wörter.

§ 39. Die in § 73 aufgeführten und ähnliche Aus=
brücke stehen stets nur im ersten Ton, da sie als ursprüngliche
Zweisilber des Unterscheidungsmittels der Töne entraten können.

Wörter auf ao können nur im dritten oder vierten Ton
stehen.

Die Silbenschlüsse iáng, ién, uáng, uán, üán, werden in
seltenen Fällen auch íang (auch éang gesprochen), íen, úang, úan,
üan gelesen. Sie können dann nur den vierten Ton haben.

§ 40. Tonlos (und stets akzentlos, § 41 ff.) sind a) die
Pluralpartikel men;

b) die Genetivpartikel ti***);

c) die Schlußpartikel ni oder nă;

d) das Zeichen der Vergangenheit liăo†), verkürzt lă
(lĕ, lŏ, liĕ);

e) die Fragepartikel mö;

f) das Zählwort kö (verkürzt auch kĕ);

g) die Partikel čö (verkürzt čĭ);

---

*) Vermittelst einer Tragstange auf der Schulter.
**) Zugleich mit Wechsel im Anlaut; doch werden beide mit dem=
selben Zeichen geschrieben.
***) In der Verbindung men-ti auch men-tă gesprochen.
†) Aber liăo^1 vollenden (beide mit demselben Zeichen geschrieben).

b) bie Silben örh unb tse (als Nominalfuffixe, § 75 ff.);

i) mitunter ber akzentlofe Teil von Zufammenfetzungen, z. B. t'óu²-fà (Haupthaar) neben tóu²fa³.

D. Der Akzent.

a) Der Wortakzent.

§ 41. Akzent (Ton) nennen wir ben größeren Nachbruck, mit bem ber erfte Teil eines Einfilbers gegen= über bem zweiten ober ein Einfilber gegenüber ben anbern zu berfelben Akzentgruppe gehörigen Einfilbern ober fchließlich ein Wort (ober eine Wortgruppe) gegenüber anbern in bem= felben Satze ausgefprochen wirb. Hiernach unterfcheiben wir

a) Wortakzent*),

b) Wortgruppenakzent,

c) Satzakzent.

Dazu kommt bann noch ber rhetorifche Akzent.

Der Akzent (Ton) ift nicht mit ber Stimmbiegung (Ton)**) zu verwechfeln. Insbefonbere ift zu beachten, baß ber Akzent im Chinefifchen nur in einem größeren Nachbruck ber Stimme befteht unb nicht (wie im Deutfchen) gleichzeitig mit einer Erhöhung bes (mufikalifchen) Tones ber akzentuierten Silbe verbunben ift.

§ 42. Wenn wir bas beutfche Wörtchen „fo" im un= willig=verwunbert=fragenben Tone (alfo fo³) ausfprechen, kann es eigentlich, profobifch genommen, nicht mehr als reiner Einfilber betrachtet werben, benn es lautet faft wie „só-ö?" mit einem langen o unb kurzem Nachfchlage besfelben Vokals***). Denfelben Vokallaut fchreibt z. B. ber Grieche in bem Worte Ἀχελῷος (Achelóös) mit zwei Vokalen, bie zwei verfchiebene Silben bilben. Es handelt fich alfo in biefem Falle (fo?) um eine Lautgruppe, bie auf ber Grenze zwifchen Einfilber unb Zwei= filber fteht. Wir nennen folche Silben gebrochene Silben.

---

*) Hie bei ift unter Wort ein Einfilber zu verftehen; bie zwei= unb mehrfilbigen Zufammenfetzungen fallen unter bie Wortgruppen.

**) Ton kann im Deutfchen in beiben Bebeutungen gebraucht werben unb ift baher mißverftänblich.

***) A. (Einl. S. 117) meint, hui unb pfui feien bie einzigen Beifpiele bes Silbentons im Deutfchen.

§ 43. Derselben Art sind alle chinesischen Silben*) und zwar besonders diejenigen, welche gewisse (uneigentliche) Diphthonge und Triphthonge enthalten.

Anm. Ausgenommen sind die tonlosen Silben (§ 40), sowie diejenigen, welche im ersten Ton stehen, soweit sie nämlich bestehen:

a) aus einem Vokal, z. B. i¹;

b) aus einem Konsonanten mit folgendem einfachen Vokal, z. B. ta¹;

c) aus einem Konsonanten mit folgendem einfachen Vokal und schließendem n oder ng, z. B. feng¹;

d) aus einem Konsonanten mit folgendem ai, ao; ei (wenn es nur wie ē lautet), iá, ié, ió, iú, uá, uó, üá, üé, iai, iao, uai, uei (wenn es wē oder wī lautet), z. B. kiao (spr. kjau).

§ 44. Die chinesische Silbe zerfällt also (abgesehen von den Ausnahmen in § 43) in zwei Teile, deren ersterer mit größerem Nachdruck gesprochen wird als der zweite, d. h. den Silbenakzent trägt.

Hiernach lautet die korrekte Aussprache der verschiedenen vorkommenden Silben**) (vergl. § 21):

a) a²⁻⁴ = á·ᵃ***), i²⁻⁴ = í·ⁱ, u²⁻⁴ = ú·ᵘ;

b) en²⁻¹ = ĕ´·ⁿn, örh²⁻⁴ = örl·ⁱ;

c) ča²⁻⁴ = tschá·ᵃ, či²⁻⁴ = tsí·ⁱ, ču²⁻⁴ = tschú·ᵘ, čo²⁻⁴ = tschó·ᵒ, čü²⁻⁴ = tsü·ü, čė²⁻⁴ = tschĕ´·ᵒ, čī²⁻⁴ = tschī·ⁱ, se²⁻⁴ = se´·ᵉ, ye²⁻⁴ = yĕ·ᵉ;

d) čai²⁻⁴ = tschái·ⁱ, čao³⁻⁴ = tschău·ᵘ, hāo²⁻⁴ = há´·ᵒ, čei²⁻⁴ = čĕ·ⁱ oder čĕ·ᵉ, čui²⁻⁴ = tschú·ⁱ, tschú·ᵉ, tschŏē, čiá²⁻⁴ = tsjá·ᵃ, čie²⁻⁴ = tsí·ᵉ†) oder tsjĕ·ᵉ, čio²⁻⁴ = tsjó·ᵃ, čiu²⁻⁴ = tséó³, čiú²⁻¹ = tsjú·ᵘ oder tsjó·ᵘ†), čou²⁻⁴ = tschó·ᵘ, čua²⁻⁴ = tschwá·ᵃ, huo²⁻⁴ = chú·ᵒ oder chúō†), čüe²⁻⁴ = tsü´·ᵉ†), č'iai²⁻⁴ = tshjái·ⁱ, čiao²⁻⁴ = tsjáu·ᵘ, čiāo³⁻⁴ = tsjá·ᵒ, čuai²⁻⁴ = tschwái·ⁱ, kuei²⁻⁴ = kwé·ⁱ, kwé·ᵉ oder kwī·ⁱ;

*) Wenigstens im Peking= bezw. nordchinesischen Dialekt. Die Wörter des Südchinesischen z. B., welche den sogenannten eingehenden (5.) Ton haben, entsprechen genau unseren ungebrochenen Silben wie „kann, hat ꝛc.".

**) Es kommt natürlich auf den konsonantischen Anlaut hierbei nicht an, so daß z. B. das von ča Gesagte auch für sa, ha, ka ꝛc. gilt. — Übrigens weiche ich in diesem Paragraphen nicht unerheblich von A.'s Auffassung ab. (Einl. S. 117.)

***) Natürlich ist die Umschreibung mangelhaft. Es darf durchaus kein Hiatus entstehen, vielmehr handelt es sich nur um einen kurzen Nachschlag.

†) Hier geht es, wie man sieht, ganz und gar nicht mehr an, von Einsilbern zu reden.

e) čan$^{2-4}$ = tschá-ⁿn, čen$^{2-4}$ = tschéⁿn, čeng$^{2-4}$ = tsché-ᶜng, čin$^{2-4}$ = tsĬ-ⁿn, č'un$^{2-4}$ = tschhú-ᵘng, čün$^{2-4}$ = tsŭ-ᵘn.

f) čiang$^{2-4}$ = tjá-ⁿng, čien$^{2-4}$ = tsjěᶜn, čiung$^{2-4}$ = tsjú-ᵘng, čuan$^{2-4}$ = tschwá-ⁿn, čüan = tswěᶜn.

b) Der Wortgruppenakzent.

§ 45. Unter Wortgruppen verstehen wir hier sowohl eigentliche Zusammensetzungen als auch stän=bige Wortverbindungen und durch grammatische Beziehungen loser zusammengehaltene Kom=plexe*).

Der wesentlichste Exponent der einen wie der andern ist (abgesehen von den Gesetzen der Stellung 2c.) der ge=meinsame Akzent, der die Zusammensetzungen ebenso wie die loseren grammatischen Gruppen fest zu einer Einheit zusammenfaßt, z. B.:

a) fó³-čiao⁴ Buddhalehre;

b) wŏ³-ti fú⁴-č'in¹ mein Vater**).

§ 46. Der Akzent - der eigentlichen Zusammen=setzungen wird unten bei der Lehre von der Komposition mitbesprochen werden.

§ 47. Hinsichtlich des Akzents grammatisch zu=sammengehöriger Komplexe sei dagegen im fol=genden eine Reihe der wichtigsten Fälle***) in Beispielen vorgeführt; Einzelheiten sind der Besprechung in der Gram=matik überlassen.

§ 48. In drei= und mehrsilbigen Wort=gruppen pflegt außer der Silbe, welche den Hauptakzent trägt, eine andere einen schwächeren Nebenakzent zu haben. Vergl. das Beispiel b) in § 45 und im Deutschen: Lánd=verpàchtung (d. h. nicht Wásserverpachtung); Haupt= und Nebenakzent können indes je nach dem Zusammenhang ver=tauscht werden: Làndverpáchtung im Gegensatz zu Lándverkàuf.

---

*) Die Grenze zwischen eigentlichen Zusammensetzungen und grammatisch zusammengehörigen Gruppen ist im Chinesischen unsicherer als in den meisten andern Sprachen.

**) Der Akut (ó) bezeichnet den Hauptakzent, der Gravis (ò) den Nebenakzent.

***) Es ist mehr Wert auf praktische Wichtigkeit als auf theoretische Vollständigkeit gelegt worden.

§ 49. a) Ein Hauptwort im Plural: lào³-ye² Herr: lào³-ye²-men Herren. Die Pluralendung stets ton- und akzentlos.

Ebenso beim Fürwort: wo³ ich: wó-³-men wir.

b) Ein Hauptwort im Genitiv: α) mit ti: lào³-ye²-ti*) šú¹ des Herrn Buch; ebenso bei Fürwörtern: wò³-ti šú¹ mein Buch, šùi²-ti šú¹ wessen Buch? β) ohne ti: wò³ šú¹ mein Buch. Im Plural: α) lào³-ye²-men-ti šú¹ der Herren Buch, wò³-men-ti šú¹ unser Buch; β) wò-³ men šú¹ unser Buch; ohne Regens: mú⁴-t'ou²-ti von Holz; wó³-ti das meinige. Akzentuiert ist also stets das Regens, der Genetiv hat Nebenakzent, nur im letzten Falle Hauptakzent.

c) Ein Hauptwort mit attributivem Adjektiv: hào³ žèn² (oder žẹn²) gute Menschen, aber: pú⁴ hào³ žèn² (žẹn²) nicht=gute Menschen. Mit folgendem Zweisilber: hào³ kú¹-niang² (ein) gutes Mädchen (vergl. aber § 55). Oder mit ti: hào³-k'án⁴-ti žèn² (ein) schöner Mensch. Mit zwei Adjektiven: hào³ pai² yáng²-pu⁴ guter, weißer Schirting. -

d) Ein Hauptwort mit hinweisendem oder fragendem Fürwort: čê'⁴-kŏ mà³**) dies Pferd, ná⁴-kŏ mà³ jenes Pferd, ná³-kŏ mà³ welches Pferd? čê'⁴-hsie³ žèn oder čê'⁴-hsie³-kŏ žèn diese Menschen u. s. w. Bei folgendem Zweisilber: čê'⁴-kŏ čó¹-tsẹ dieser Tisch.

e) Ein Hauptwort mit einem Zahl= und Zählwort: sán¹-kŏ žèn² drei Menschen***), örh⁴-šĭ¹-kŏ žèn 20 Menschen, örh⁴-šĭ¹-wú³-kŏ žèn 25 Menschen†), aber kŏ láng ein Wolf. Mit folgendem Zweisilber: sán¹-kŏ čó¹-tsẹ drei Tische, örh-šĭ²-kŏ čó¹-tsẹ 20 Tische, örh⁴-šĭ²-wú³-kŏ čó¹-tsẹ 25 Tische.

Die Zahl mit dem Zahlwort steht nach: mà³ sán-p'i¹ Pferde, drei Stück; mà³ šĭ²-sán-p'i¹ Pferde, 13 Stück.

Ordnungszahlen: ti⁴-örh⁴ hùi² das zweite Mal (der Hauptton immer auf der Zahl), aber t'ou²-yi² hùi⁴ das erste Mal.

---

*) Um das Verständnis zu erleichtern, sind die korrespondierenden Hauptwörter im Text und in der Übersetzung gesperrt gedruckt.

**) Event. auch: čê'⁴-ko má³ (vergl. § 43 und die Lehre vom Satzakzent).

***) Die Betonung sàn¹-kŏ zén² bei A. II, S. 10 ist nicht die natürliche, sondern eine rhetorische.

†) Auch liá³ zẹn, sà¹ zẹn.

Grundzahlen statt der Ordnungszahlen: sán¹-yüè⁴ der dritte Monat, č'u¹-sán¹-žï⁴ am dritten Tag, wú³-nien² im fünften Jahr, örh⁴-teng³ č'in¹-č'ai¹ zweit= klassiger Gesandter.

f) Ein Hauptwort mit attributivem Adjektiv und hinweisendem (fragendem) Fürwort oder einem Zahlwort: α) čê⁴-kŏ hsiáo³ má˙rh³ dies kleine Pferd= chen; β) yi⁴-p'i¹ háo³ má³ ein gutes Pferd. Mit Genitiv verbunden: t'a¹ tá⁴ örh²-tse sein großer (ältester) Sohn.

g) Ein Hauptwort mit besitzanzeigendem Fürwort (Genitiv des persönlichen Fürworts) und hin= weisendem Fürwort: wó³ čê⁴-kŏ má³ dies mein Pferd, ní³ na⁴-i-⁴p'i má³ jenes dein Pferd (vergl. oben b, β).

h) Ein Hauptwort mit Zahlwort (+ Zahlwort) und Fürwort: α) čê⁴-liáng³-kŏ žen² diese zwei Menschen; β) čê⁴-yi⁴-p'i¹ má³ dies (eine) Pferd; γ) na⁴ liá³ žen² jene beiden Menschen; δ) ná³ san¹-wèi⁴ welche drei Herren?

i) Ein Hauptwort der Art c)—h) im Genitiv oder mit einem Genitiv: α) háo³ žen²-ti mú³-č'in¹ eines guten Menschen Mutter, žen²-ti háo³ mú³-č'in¹ des Menschen gute Mutter; β) čê⁴ žen²-ti mú³-č'in¹ dieses Menschen gute Mutter, wó³ čê⁴-kŏ má³ dies mein Pferd; γ) sàn¹-t'ien¹-ti kúng¹-fu¹ ein Zeitraum von drei Tagen, žen²-ti san¹ p'i¹ má³ des Mannes drei Pferde; δ) örh⁴-teng³ č'in¹-č'ai¹ Gesandter zweiter Klasse u. s. w.

Die übrigen Fälle sind leicht unter Beobachtung des Grundsatzes zu konstruieren, daß das Regens des Geni= tivs jedenfalls akzentuiert ist.

§ 50. (Fortsetzung des vorigen Paragraphen.)

k) Ein Hauptwort mit Adjektiv und Adverb: tíng³ háo³-ti žen ein sehr guter Mensch.

l) Ein Hauptwort (auch substantivierte Wörter anderer Klassen) als Apposition: tsá¹ örh⁴-žen² wir zwei Menschen, t'á-men liá³ tòu¹ sie beide, ní³-men čê⁴-hsie-kŏ žen² ihr, diese Menschen.

m) Dativ eines Hauptwortes oder Fürwortes: ti⁴ kei³ čê⁴-kŏ žen² reiche es diesem Menschen (kei³ ist immer unbetont).

n) Objektsakkusativ eines Hauptwortes oder

Fürwortes: α) hinter dem Verbum: kei³ wo³ č'ién²
gieb mir Geld! (betont); β) vor dem Verbum: pɐ³ č'ièn²
kéi³ wo³ gieb mir Geld!

o) Ein Hauptwort mit einer Präposition oder
einer Postposition: tsai⁴ péi³-čing¹ in Peking, čó¹-
tsᴇ šàng⁴ auf dem Tische (Verhältniswort ohne Akzent
oder bei vorhergehendem Zweisilber im Nebenakzent).

p) Ein Hauptwort oder Fürwort als Subjekt
eines einfachen Satzes: α) šùi³ k'ái-lä oder k'ái-lä šúi³
das Wasser kocht (auch unbetont šui³); β) t'ièn¹ t'uán³
die Tage sind kurz (t'ien¹ auch unbetont); γ) nǐ³-na⁴ (oder
ni³-na⁴) šì⁴ fä⁴-kuö-żᴇn² mö sind Sie ein Franzose?
(zugleich Beispiel für den Fall, daß das Hauptwort als
Prädikat gebraucht ist); δ) čô⁴ šì⁴ nǐ³-ti mö ist dies das
deinige? (Prädikat im Genitiv); ε) šū¹ tsai⁴ nä᾿ 'rh⁴ das
Buch ist dort.

Das Subjekt ist also gewöhnlich unbetont oder nur mit
einem Nebenakzent versehen, dagegen trägt das Prädikat den
Hauptakzent.

q) Ein Hauptwort im absoluten Kasus: lü²
šì⁴ čúng¹-kuo² ti ku᾿ài⁴ (was) Esel (anbetrifft, so) sind
die chinesischen schnell.

In diesem Falle ist sowohl der absolute Kasus als auch
das folgende grammatische Subjekt (čúng-kuo ti, scil. lü²)
stark akzentuiert; das Prädikat trägt nur einen Nebenton.

§ 51. Hinsichtlich der Akzentuierung des Eigen=
schaftswortes als Attribut und als Prädikat vergl.
§ 49 c), f), i) und § 50 k), und p).

Hier seien noch drei weitere Verbindungen erwähnt:

a) Ein Adjektiv, durch ein (substantiviertes) Verbum
(im Adverbialkasus) näher bestimmt: háo³ hò¹ (auch hào³
hó¹) gut (zu) trinken, háo³ č'ī¹ (auch hào³ č'ī¹ gut (zu) essen).

Aber verneint: pù⁴ háo³ hó¹ nicht gut (zu) trinken,
pù⁴ hào³ č'ī¹ nicht gut (zu) essen.

b) Ein Adjektiv in Verbindung mit steigernden
Adverbien (oder adverbialen Wendungen) der Bedeutung
„sehr, zu sehr ꝛc.": hén³ k'uai⁴ oder hᴇn³ k'uái⁴*) sehr

---

*) Ebenso wie im Deutschen: „sehr schnell" und „sehr schnéll";
die letztere Betonung gehört eigentlich in die Erörterung über den
rhetorischen Akzent.

schnell, tíng³ **kao**¹ oder ting³ **káo**¹ außerordentlich hoch, tsúi⁴ **hāo**³ oder tsui⁴ **hāo**³ höchst gut, best, kéng⁴ **hāo**³ noch mehr gut, besser, t῾äi⁴ **to**¹ oder t῾äi⁴ tó¹ zu viel (oder zuviel).

Ferner: hāo³ tê² hẹn³ sehr gut, pú⁴ hẹn³ hāo³ nicht sehr gut, aber hẹn³ pú⁴ hāo³ oder pú⁴ hāo³ tê² hẹn³ bedeutet: sehr schlecht.

c) Ein Adjektiv mit der Negation pu²⁻⁴: α) pu⁴ háo³ nicht gut, aber β) pú⁴ hāo³ = schlecht.

§ 52. Was das Verbum und seine grammatischen Verbindungen hinsichtlich der Akzentuierung anlangt, so seien zunächst

a) einige Temporal- und Modalpartikeln, sowie die Negationen in Verbindung mit dem Zeitworte aufgeführt. α) Tempus der Vergangenheit: lái²-liao, lái²-lä, lái²-kuo¹ ist gekommen. — tso⁴-wán⁴-lä es ist (fertig) gemacht. — wo³ ší⁴ tsó²-t῾ien¹ lái²-ti ich bin gestern gekommen. β) Imperativ: ni³ lái² komm! č῾ü⁴ pa⁴ geh nur! γ) Futurum: k῾uái¹ lái²-lä wird (gleich) kommen. δ) Ästimativ: lái²-lä pa⁴ wird wohl gekommen sein. ε) Negierte Formen: pu⁴ lái² kommt nicht, wird nicht kommen; píe² lai² oder píe² lái², pie² lái-lä komm nicht; méi² lai² oder méi² yō³ lái² ist nicht gekommen; mei² lái²-kuo⁴ niemals gekommen u. s. w.

§ 53. (Fortsetzung von § 52.)

b) Ein Verbum mit Objekt: wo³ mai¹ šü¹ ich verkaufe Bücher, pa³ č῾ién² kẹi⁴ wo³ gieb mir Geld.

Hier ist stets das Objekt akzentuiert; abweichend ist nur die häufige Wendung: č῾áng² č῾áng² oder č῾áng² i¹ č῾áng² (ein Kosten kosten =) einmal kosten *).

c) Ein Verbum mit direktem und indirektem Objekt. Beispiele siehe § 50 n.

d) Ein Verbum mit abhängigem Objektsinfinitiv: wo³ ái⁴ č῾ï¹ li³-tse ich liebe (zu) essen Pflaumen.

e) č῾ü⁴ (gehen) mit finalem Infinitiv: tso⁴ šẹn² mŏ č῾ü-lä (zu) thun was ist er gegangen?

f) Ein Verbum mit einem Adverb: wo³ pú⁴ hẹn³ ái⁴ ꝛc. ich liebe nicht sehr u. s. w.

---

*) Sog. figura etymologica.

§ 54. Unter ständigen Wortverbindungen ver=
stehen wir derartige Fälle wie im Deutschen: Tag und Nacht,
Sommer und Winter, auf und ab u. dgl. m.

Im Chinesischen z. B. tsò³ yó⁴ links und rechts*), nàn²
péi³ Nord und Süd*), tùng¹ hsí¹ Ost und West, hǎo³ tái³
gut und böse, tà¹ hsiǎo³ groß und klein, fēng¹-yǚ³ Wind
und Regen, hàn²-šú³ Kälte und Hitze u. s. w.

Bei zweisilbigen Gruppen hat das erste Wort den
Neben=, das zweite den Hauptakzent.

Dreisilbige betonen die erste und die dritte Silbe, vier=
silbige entweder die zweite und vierte, häufiger aber die
erste (Nebenakzent) und vierte (Hauptakzent), z. B. č'un¹
hsia⁴ č'iu¹ túng¹ Frühling, Sommer, Herbst und Winter. —
čin¹ yin² ts'ai² páo³ Gold, Silber, Schätze und Juwelen.

§ 55. Das Streben des Chinesen nach rhyth=
mischer Gliederung seiner Rede**) führt mitunter zu
einer Verschiebung des Wortgruppenakzentes. Der
Chinese liebt es z. B., die erste und dritte Silbe drei=
silbiger Gruppen betont zu sehen. In dem Falle in
§ 49 c: hǎo³ kú¹-niang² (ein gutes Mädchen, Adjektiv mit
folgendem zweisilbigen, auf der ersten Silbe betonten
Substantiv) wird daher die Akzentuierung abgeändert (hǎo³
ku¹-niàng²), sobald der auf dem ersten Worte ohnehin ruhende
Akzent durch Zusammenfallen mit dem Satzton oder aus
anderen Gründen noch eine besondere Verstärkung erhält.
Man vergleiche z. B. tá⁴ kú¹-niang² ein großes Mädchen und
tá⁴ ku¹-niàng² das älteste Mädchen (= das große par
excellence, daher denn auch tá⁴ emphatisch akzentuiert wird).

Über sonstige gelegentliche Abweichungen in der Akzen=
tuierung der Wortgruppen vergl. § 58.

e) Der Satzakzent.

§ 56. Unter Satzakzent wird die besondere Hervor=
hebung eines Satzteils (der ein einzelnes Wort oder eine
Wortgruppe sein kann) innerhalb desselben Satzes verstanden.
Die gewöhnlichsten Fälle desselben sind bereits in der
Lehre vom Wortgruppenakzent***) behandelt worden. Ver=

---

*) Im Chinesischen rechts und links, Süd und Nord.
**) Am höchsten entwickelt im p'ing²-tsč⁴, dem Gesetze der Ton=
folge in der Poesie.
***) Von welchem der Satzakzent im Grunde ja auch nur eine
Unterart ist.

gleiche den Akzent des Subjekts, des absoluten Kasus, des Prädikats, des direkten und indirekten Objekts, der adverbialen Bestimmung in § 50 p und § 53.

Fällt der Satzakzent auf eine Wortgruppe, so nimmt er die Tonstelle des Wortgruppenakzents ein.

§ 57.   d) Der rhetorische Akzent

ist die durch die besondere Absicht des Redenden in einem speziellen Falle herbeigeführte Akzentuierung eines Wortes (oder einer Wortgruppe) innerhalb desselben Satzes, insofern diese Akzentuierung mit dem gewöhnlichen Satzakzent in Widerspruch steht.

Einer der gewöhnlichsten Fälle ist der, daß ein Wort in ausgesprochenem (oder gedachtem) Gegensatz zu einem andern desselben oder eines andern Satzes steht, z. B.:

a) Du sollst kommen (gewöhnlicher Satzakzent),

b) Du sollst kommen (d. h. nicht ein anderer, rhetorischer Akzent).

Ebenso im Chinesischen

a) ni³ yáo⁴ lái²,

b) ní³ yáo⁴ lai².

§ 58.   Da der rhetorische Akzent auf jedwede Silbe eines Satzes fallen kann, so bringt er nicht selten auch Abweichungen des Wortgruppenakzents zuwege, z. B. ta⁴ má³, pu² ta⁴ lü² große Pferde, nicht große Esel (Abweichung von § 49 c).

E. Einfluß des Wortgruppen-, Satz- und rhetorischen Akzents auf die musikalischen Töne.

§ 59.   So wichtig die musikalischen Töne für das Chinesische sind, so werden sie doch nicht in allen Fällen mit gleicher Sorgfalt gesprochen.

Während die Töne der Wörter, welche einen Hauptakzent tragen, mit allem Nachdruck und voller Deutlichkeit zu Gehör kommen müssen, werden die der schwach oder überhaupt nicht akzentuierten Wörter gewöhnlich erheblich weniger markiert. Doch bleiben sie — mindestens in den Wörtern mit Nebenton — immer noch deutlich erkennbar.

3*

§ 60. In gänzlich unbetonten Silben wird der Ton mitunter überhaupt vernachläſſigt. Das letztere iſt z. B. immer der Fall bei dem Subſtantivſuffix tsẹ und den übrigen akzentloſen Wörtern (§ 40).

§ 61. Für zuſammengeſetzte Wörter und Wortgruppen gilt die Regel, daß die Töne der Silben vor dem Haupt= akzent deutlicher markiert werden, als die der nachfolgenden.

Bei Drei= und Vierſilbern, die die erſte und letzte Silbe akzentuieren, werden die Töne der zweiten, bezw. zweiten und dritten Silben gewöhnlich vernachläſſigt.

§ 62. Wiederholt ſei darauf hingewieſen, daß der Akzent im Chineſiſchen nicht (wie im Deutſchen) die Wirkung hat, die muſikaliſche Tonlage der akzentuierten Silbe zu erhöhen (§ 41).

F. Die muſikaliſchen Satztöne.

§ 63. Während der muſikaliſche Ton im Chineſiſchen zur Wortunterſcheidung gebraucht wird, findet er ſich im Deutſchen (meiſt zugleich mit andern Mitteln) zur Unter= ſcheidung der Satzarten*) verwertet.

Bei einem Ausſageſatze laſſen wir die Stimme am Schluſſe ſinken, bei einem Frageſatze ſteigt ſie in die Höhe, bei einem Nebenſatz bleibt ſie in der Schwebe, ſofern er nicht das ganze Satzgefüge ſchließt u. ſ. w.

§ 64. Dieſer muſikaliſche Satzton findet ſich im Chine= ſiſchen nicht, da er mit den Worttönen kollidieren würde.

Beſonders mag hervorgehoben werden, daß ein Frage= ton nach deutſcher Art im chineſiſchen Frageſatze nicht denkbar iſt. Die Frage wird nur durch Hülfswörter oder durch den Zuſammenhang gekennzeichnet**).

---

*) Nur ſcheinbar kommt er im Deutſchen auch in einzelnen Wörtern vor (vergl. das Beiſpiel in § 26). Stets handelt es ſich um Wörter, die in der einen oder andern Weiſe einen ganzen Satz vertreten, alſo um verkürzte Sätze.

**) A. (I, S. 127) iſt anderer Anſicht, vermag aber den Wider= ſpruch nicht zu beſeitigen, daß beiſpielsweiſe das Wort húi⁴ (verſtehen), wenn es am Schluſſe eines Frageſatzes ſtünde und im Frageton (nach deutſcher Art) geſprochen werden ſollte, in der Akzentſtelle ſeine weſentlichſte Eigentümlichkeit, ſeinen Ton, aufgeben und húi² lauten müßte, was aber „zurückkehren" bedeutet. Das von ihm an= geführte Beiſpiel (t'a¹ lái²-lä) beweiſt nichts, denn der zweite Ton, mit welchem lai² geſprochen wird, iſt zufällig, muſikaliſch genommen, mit dem deutſchen Frageton identiſch, und z. B. t'a¹ húi⁴-lä (hat er verſtanden?) lautet ganz anders als t'a¹ húi²-lä (iſt er zurückgekehrt?).

III. Wortbildungslehre.

§ 65. Der Form nach sind sämtliche Stamm=
wörter des Chinesischen einander vollkommen gleich ge=
bildet. Die Unterschiede der Wortklassen werden
im allgemeinen durch Unterschiede in der Wortform (vergl.
im Deutschen: „Haus" und „hausen" u. s. w.) nicht gekenn=
zeichnet.

§ 66. In voller Schärfe gilt dies indes nur für die
Schriftsprache, wo die Bedeutung und die jeweilige
(grammatische) Funktion (im Chinesischen ziemlich gleich=
bedeutend mit Stellung) eines Wortes innerhalb eines
Satzes den einzigen Anhalt für die Bestimmung der Wort=
klasse bilden, der es angehört.

Die pekinesische Umgangssprache hat indessen auch bereits
einige geringe Ansätze gemacht, einzelne Wortklassen durch
die Form zu unterscheiden.

Hierher gehören die Ableitungen mit den Endungen
tse und meistens auch örh (§ 75, 76), welche sämtlich
Hauptwörter sind u. s. w.

§ 67. Im allgemeinen aber werden auch in der Um=
gangssprache die Wortklassen nur durch die Bedeutung ge=
schieden, nach welcher „dieser Lautkomplex als Ausdruck
eines Individuums (Nomen), jener Lautkomplex dagegen als
Ausdruck eines Zustandes, einer Eigenschaft, einer Thätig=
keit (Verbum, Adjektivum) aufgefaßt werden muß."*)

Danach ist z. B. hsiung¹ (älterer Bruder) ein Haupt=
wort, ta⁴ (groß) ein Eigenschaftswort und lai² (kommen) ein
Zeitwort.

§ 68. Nach der Einteilung chinesischer Grammatiker
unterscheidet man

a) volle Wörter (Stoffwörter) u. z.

α) tote Worte (Hauptwort, Fürwort, Eigenschafts=
wort, Zahlwort),

β) lebende Wörter (Zeitwort)

b) leere Wörter (Formwörter).

Da die Umstandswörter, Verhältniswörter
und Bindewörter von einer der genannten Wortklassen
abgeleitet werden (vergl. unten), so gehören sie teils unter
a, α, teils unter a, β.

*) Friedr. Müller, Grundriß der Sprachwissenschaft. II. Bd.
II. Abtlg., S. 404.

§ 69. Wir unterscheiden im folgenden nachstehende Kategorien:

a) Hauptwörter, b) Fürwörter, c) Eigenschaftswörter, d) Zahlwörter, e) Zeitwörter, f) Umstandswörter, g) Verhältniswörter und h) Bindewörter.

Hierzu kommen schließlich noch die Empfindungswörter.

§ 70. Indessen ist die Scheidung des chinesischen Wortschatzes nach Wortklassen keineswegs mit festen Grenzen vor sich gegangen.

Der Fall ist vielmehr sehr häufig, daß ein und dasselbe Wort mehreren Wortklassen zugleich angehört, z. B. hui² a) Kapitel, b) zurückkehren, nai³ a) Brust, Milch, b) säugen.*)

Hier kann nur der grammatische Zusammenhang lehren, in welcher Bedeutung das Wort im einzelnen Falle gebraucht ist.

Zuweilen wird die Zugehörigkeit zu verschiedenen Wortklassen durch verschiedene Betonung gekennzeichnet (Beispiele siehe § 38).

§ 71. Die chinesischen Stammwörter sind der weitaus überwiegenden Masse nach einsilbig (vergleiche über die Einschränkung, mit der dieser Ausdruck zu verstehen ist, § 42 ff.).

§ 72. In einigen Fällen hat die Sprache indessen auch zweisilbige Stammwörter entwickelt. Sie kennzeichnen sich als Stammwörter

a) durch den Umstand, daß man sie nicht, wie andere Mehrsilber, in Einsilber mit selbständiger, passender Bedeutung auflösen kann,

b) dadurch, daß beide Silben stets in gleichem u. z. meist im ersten Tone gesprochen werden**) (vergleiche § 39).

Die zweisilbigen Stammwörter lassen sich in folgende Klassen scheiden***):

a) reduplizierte u. z.

α) Verwandtschaftsnamen, β) lautmalende Wörter, γ) verschiedene.

---

*) Ähnliches ist z. B. auch gar nicht selten im Englischen: drink a) Getränk, b) trinken.

**) Was so viel bedeutet, als „dem Gesetze der allgemeinen Betonung chinesischer Silben nicht unterliegen", insofern der erste Ton der natürliche Sprechton ist.

***) Vergl. A. I, S. 39 ff.

b) laut= und sinnmalende Wörter, aus zwei Reim=
silben bestehend.

c) laut= oder sinnmalende Wörter verschiedener Form,

d) Wörter verschiedener Bedeutung und Form (auch
reimende).

Beispiele zu a: α) pá⁴-pa⁴ Papa; mä¹-ma¹ Mama,
Magd, Amme; kó¹-ko¹ älterer Bruder (Akzent auf der
ersten Silbe). β) ha¹-há¹ lautes Lachen, pa¹-pá¹ Ton der
Axt, ka¹-ká¹ Krächzen (der Krähen und Raben); Akzent auf
der zweiten Silbe. γ) pó¹-po¹ Kuchen, čú¹-ču¹ (auch
čï¹-ču¹) Spinne.

Beispiele zu b: lá³-pa¹ Trompete, tá¹-la¹ herabhängen
(von Hundeohren), k´á¹-č´a¹ kratzen (aber k´a¹-č´ü¹ krach!),
čá¹-ša¹ sich plötzlich auseinanderbreiten, p´ú¹-lu¹ flattern,
má¹-sa streicheln (auch má-sa mà-sa), kuá¹-č´a¹ kuà¹-č´a¹
abschaben. Akzent meist auf der ersten Silbe.

Beispiele zu c: ko¹-táng¹ (oder kä¹-táng¹) Ticken (der
Wanduhr), tú¹-nang¹ brummen, murmeln, kó¹-čï¹ kitzeln
(auch kó²-čï¹), p´ú¹-ša¹ in Strömen herabrinnen. Akzent
meist auf der ersten Silbe.

Beispiele zu d: kú¹-tu¹*) Knospe, kó¹-ta¹ Geschwür,
Pickel, tú¹-lu¹*) Traube, há²-ma¹ Frosch, Kröte u. s. w.
Akzent auf der ersten Silbe.

Da die Lehre von der Wortbedeutung und ihrer ge=
schichtlichen Entwicklung im Chinesischen noch in den Windeln
liegt, so ist es nicht ausgeschlossen, daß das eine oder andere
der aufgeführten**) und sonst hierherzuziehenden Wörter sich
doch noch auf einsilbige Elemente wird zurückführen lassen.
So kommt ma¹ (Mutter) neben má⁴-ma¹ und tá⁴-ko¹
(der älteste von mehreren Brüdern) neben kó¹-ko¹ vor.

§ 73. Dagegen hat die Umgangssprache in großer
Menge Zwei= und Mehrsilber durch Zusammensetzung
geschaffen.

§ 74. Die Regeln, nach denen Wörter von einander
abgeleitet und miteinander zusammengesetzt werden,
sind im folgenden dargelegt. Dabei ist gelegentlich auch
erörtert worden, wie der Chinese Begriffe, die im Deutschen
durch einfache und zusammengesetzte Wörter ausgedrückt
werden, durch Umschreibungen wiedergiebt.

---

*) Vielleicht auch unter b) gehörig.
**) Vergl. A. I, S. 39 ff.

Abgeleitete und zusammengesetzte Hauptwörter.

I. Abgeleitete Hauptwörter.

Hauptwörter werden abgeleitet:

§ 75. a) von Hauptwörtern, durch die (stets unbetonte — § 40 h — und wie dze gesprochene — § 2 Anm.) Silbe tse*). Die Bedeutung des Stammwortes erfährt meist keine Veränderung; doch ist dasselbe ohne die Endung tse in der Umgangssprache meist nicht gebräuchlich (wohl aber in der Schriftsprache). Mitunter bildet tse Verkleinerungs= wörter (kou^1-tse kleiner Graben, von kou^1 Graben) wird aber in dieser Funktion meist durch hsião^3 (klein) vertreten.

Nicht nur von Hauptwörtern, sondern auch von Eigen= schaftswörtern und Zeitwörtern leitet man durch tse Hauptwörter ab, z. B.: t'ú^1-tse Kahlkopf, von t'u^1 kahl, ting^1-tse Nagel, von ting^1 annageln, cién^3-tse Scheere, von cién^3 schneiden.

Beispiele:

lo^2-tse Maultier**)	hai^2-tse Kind	hsien^1-tse Genius
yi^3-tse Stuhl	šl^1-tse Löwe	tao^1-tse Messer
ciao^4-tse Tragstuhl	šeng^2-tse Strick	c'l^2-tse Löffel
cu^2-tse Bambus	hsiang^1-tse Seite	ya^1-tse Ente
li^3-tse Pflaume	p'ao^2-tse Mantel	li^4-tse Kastanie
c'ou^2-tse Seide	lin^2-tse Wald	nao^3-tse Gehirn
tu^4-tse Bauch	cü^2-tse Apfelsine	wan^2-tse Kloß
cung^1-tse Becher	cang^4-tse Moskito=	yie^1-tse Blatt
šl^4-tse Gelehrter	netz	cu^4-tse Pfeiler
wen^2-tse Moskito	p'u^4-tse Laden	pen^3-tse Notizbuch
c'iao^4-tse Scheibe	c'l^2-tse Teich	cu^1-tse Perle
c'u^2-tse Koch	wa^2-tse Kindchen	kun^1-tse Stock
c'ung^2-tse Insekt	tién^3-tse ein Bis=	yang^4-tse Muster
fa^3-tse Mittel	chen***)	sang^4-tse }
tan^1-tse Liste	hsiü^4-tse Ärmel	šang^4-tse } Kehle.
hsüe^1-tse Stiefel	ling^3-tse Kragen	kou^1-tse Haken
wa^4-tse Strumpf	šua^1-tse Bürste	žl^1-tse Tag
tai^4-tse Gürtel	c'ün^2-tse Unterrock	tuan^4-tse Atlas
co^1-tse Tisch	mao^4-tse Hut	to^4-tse Last

   *) Eigentlich „Sohn".
   **) Da der Akzent immer auf der ersten Silbe ruht, lassen wir ihn hier unbezeichnet.
   ***) Wörtlich: ein Tröpfchen.

č'i²-tsę Fahne · šī⁴-tsę Kalifrucht · pao⁴-tsę Bote
niú³-tsę Knopf · yao¹-tsę Niere · yüan¹-tsę Hof
č'a¹-tsę Gabel · mo¹-tsę Schaum · fu³-tsę Axt
šao²-tsę Löffel · fang²-tsę Haus · pao²-tsę Hagel
k'uai⁴-tsę Speise= · hsia¹-tsę Blinder · teng¹-tsę Bank
stübchen · hu²-tsę Bart · tan³-tsę Mut
ko¹-tsę Taube · p'ao²-tsę Reh · yin²-tsę Silber.

Auch Kompositis wird tsę angehängt, z. B.: hsiao³-
č'ê¹-tsę (kleiner Wagen =) Karren, nai³-ping³-tsę (Milch=
Kuchen =) Käse, pai³-ling²-tsę Sandfliege, tu⁴-yü²-tsę
Bücherwurm, čiao³-lü²-tsę Reitesel, lao³-huá¹-tsę Bettler.

§ 76. b) Durch die Endung örh² (örh² Knabe*) werden
ferner Substantive abgeleitet. Sie ist gleichfalls ton= und
akzentlos (§ 40, h).

Dieselbe verursacht und erleidet dabei mancherlei laut=
liche Veränderungen, z. B.:

α) lange Vokale werden verkürzt und der Vokal von
örh schwindet, z. B. lü̃`rh² (sprich lürl) Eselchen (von
lü²), huä`rh¹ (sprich chwárl) Blümchen (von huä¹),
ko`rh (sprich kórl) Bruder (von ko¹).

β) ai und ei fallen häufig aus oder werden zu ä und
ê verkürzt, z. B. haᵉörh² (sprich chörl) Kind**) (von
hai²), wᵉörh⁴ (sprich wörl) Geschmack (von wei⁴),
kaⁱrh⁴ (sprich kärl) Deckel (von kai⁴).

γ) n fällt ab und der Vokal von örh schwindet, z. B.
tieⁿrh³ (sprich tiĕrl) (von tien³).

δ) ng wird abgeworfen, das ö von örh schwindet und
das ganze Wort wird durch die Nase gesprochen,
z. B. fãⁿᵍrh² (sprich fãⁿrl) (von fang²).
Wörter auf iang und uang verlieren oft auch
das a; dann behält örh seinen Vokal, z. B. ni`örh²
(sprich njörl) Frau (von niang²). Wörter auf ing
lauten -yi`rh (= yⁱⁿrl).

Durch diese Veränderungen werden diese Ableitungen
wieder einsilbig, und örh wird unter die Herrschaft des Tons
der Hauptsilbe mit einbegriffen.

---

*) Davon örh²-tsę Sohn.
**) Wir schreiben die ausfallenden Laute der Hauptsilbe mit
kleinen Lettern.

Die Endung örh hat oft, aber bei weitem nicht immer verkleinernde Bedeutung, z. B. lü῾rh^2 Eselchen. Oft tritt noch hsiāo^3 (klein) hinzu: hsiāo^3 lü῾rh^2.

Auch von Eigenschaftswörtern können mit örh Hauptwörter abgeleitet werden: tié^n῾rh^1 Spitze, von tién^1 spitz.

Beispiele:

pie^n῾rh^1 Rand, Ufer	yi῾rh^3 Schwanz
me^n῾rh^1 Langweile	ču῾rh^3 Person
t'i^{ng}῾rh^1 Saal	mi^{ng3}rh^2 Name
t'iao῾rh^1 Abschnitt, Kapitel	tie^n῾rh^3 Tropfen
m^1·örh^4 Rätsel	ša^n῾rh^1 Hemd
húi῾rh^3 Augenblick	mo῾rh^4 Abfall
šao῾rh^1 Wipfel, Schiffshinter- teil	sü῾rh^4 Zahl
	č'iao῾rh^3 kleiner Vogel
t'ou῾rh^2 Anfang	hsüá^n῾rh^1 Strudel
čié^n῾rh^1 Spitze	yé῾rh^4 Blätter
niáo῾rh^3 Vogel	mié^n῾rh^1 Fläche
k'o῾rh^{1,2} (spr. k'orl) Schale	hsi^n῾rh^4 Nachricht.

Fast noch häufiger ist es nach Zwei (und Mehr-)silbern:

lao^3-t'óu῾rh^2 alter Mann	čiao^3-t'á^n῾rh^1 Fußbank
št^2-hou῾rh^4 Zeit	ya^2-čié^n῾rh^1 Zahnstocher
tse^4-yé^n῾rh^3 Schriftzeichen	me$^n2$-k'óu῾rh^3 Thor
t'í^4-șe^n῾rh^1 Stellvertreter	čle^4-čí῾rh^3 Ring
sú^2-yü῾rh^3 Sprichwort	ho^2-pié^n῾rh^1 Flußufer
yen^1-čüá^n῾rh^3 (Tabaksröll- chen =) Cigarre	pi^2-liá^{ng}῾rh^2 Nasenrücken
yàng^2-č'ü^3-té^{nk}῾rh^1 Streich- hölzer	pén^9-ču῾rh^3 Eigentümer
	yü^3-șe^{ng}῾rh^1 Stimmton
hsí^3-f^n·örh^1 Frau	șe$^n1$-liá^{ng}῾rh^4 Statur
k'án^3-čie^n῾rh^1 Weste	šuang^4-se^{ng}῾rh^1 Zwilling
líng^3-ta῾rh^4 Halsbinde	mien^1-p'á^{ng}῾rh^2 Gesichts- bildung.

Der Akzent des Zweisilbers bleibt unverändert.

Auch Wörter mit der Endung tse nehmen mitunter noch örh, z. B.: či^1-tse῾rh^3 Hühnerei, č'i^2-tse῾rh^3 Schachfiguren.

Beachte den Akzent!

Wörter mit der Endung örh können auch weiter zusammengesetzt werden, z. B. mao῾rh^2-wó^1 (Haar-Nest =) Morgenschuh.

§ 77. c) Hauptwörter werden ferner gebildet durch Doppelung (Reduplikation) von α) Hauptwörtern, z. B. niáng²-niàng² Göttin, von niáng² Frau, Mutter; méi⁴-mei⁴ jüngere Schwester, von méi⁴ (dasselbe, aber allein ungebr., dagegen méi⁴-tse) u. s. w.

β) Eigenschaftswörtern, z. B. láo³-lào³ eine alte Frau, von lao³ alt; t´ái⁴-t´ài⁴ eine Dame, von t´ai⁴ geehrt. Der Akzent ruht auf der ersten Silbe.

§ 78. Hauptwörter können auch durch Substantivierung von Eigenschafts= und Zeitwörtern gebildet werden. Die ersteren hängen dabei das Hilfswort ti, mitunter auch tse oder örh an, z. B.:

a) háo³-ti von den Guten*), von háo³ gut.

b) ai⁴ Liebe, von ai⁴ lieben; ŝî⁴ Recht, von ŝî⁴ sein; pú²-ŝî¹ Unrecht, Schuld, von pu² ŝî¹ nicht sein.

Statt dessen verwendet man auch Verbindungen mit č´u⁴ (Ort**), oder bisweilen tí⁴-fang¹, z. B.: háo³-č´u⁴ guter Ort = etwas Gutes, yùng⁴-č´u⁴ Gebrauchsort = Verwendung, Nutzen, ĉï¹-k´uèi¹ ti tí⁴-fang¹ Ort des erlittenen Nachteils = erlittener Nachteil***).

II. Zusammengesetzte Hauptwörter†).

§ 79. Auf dem Wege der Zusammensetzung werden ferner Hauptwörter gebildet

A) durch Verbindung zweier Hauptwörter (§79—87).

B) aus einem Zeitwort und einem Hauptwort (§ 88—92).

C) aus einem Eigenschaftswort und einem Hauptwort (§ 93).

D) aus einem Zahlwort und einem Hauptwort (§ 94).

E) aus zwei Zeitwörtern (§ 95).

F) aus einem Adverb und einem Zeitwort (§ 96).

A. Aus zwei Hauptwörtern gebildete substantivische Komposita.

§ 80. Die einzelnen Teile eines aus zwei einsilbigen Hauptwörtern gebildeten Hauptwortes können sein:

a) einander nebengeordnet und zwar

α) zwei synonyme oder nah verwandte Begriffe (§ 81).

*) Entstanden aus háo³ti žen² durch Ellipse von žen².
**) In der älteren Sprache č´ú⁴-č´u⁴ (Geh=Ort).
***) A. II, S. 316.
†) Wir behandeln zunächst nur die Zweisilber, die Mehrsilber in § 98ff.

β) zwei Artbegriffe zum Ausbruck eines Gattungs=
begriffes (§ 82).

γ) ein Artbegriff mit einem Gattungsbegriff zur
Bezeichnung eines Artbegriffes (§ 83).

δ) zwei Artbegriffe derselben Gattung zum Aus=
bruche der engen Zusammengehörigkeit (§ 84).

b) das erste dem zweiten untergeordnet und zwar berart, daß
es das zweite in irgend einer Beziehung näher bestimmt
und dadurch von andern derselben Art (oder Gattung)
unterscheidet, z. B.: Hausthür zum Unterschiede von
Hofthür, Stubenthür, Ofenthür u. s. w.

Die wichtigsten Unterarten dieser Gattung der Zu=
sammensetzung sind in § 85—87 behandelt.

§ 81. Zwei synonyme (gleichbedeutende) Ausdrücke
werden oft zusammengesetzt, um die Zweibeutigkeit des Einzel=
wortes zu beseitigen*), z. B.:

či² Krankheit + ping⁴ Krankheit = či²-ping⁴ Krankheit
šan¹ Koralle + hu² Koralle = šán¹-hu² Koralle
p'eng² Genosse + yö³ Freund = p'éng²-yo³ Freund
tao⁴ Weg + lu¹ Pfad = táo⁴-lu¹ Weg
i⁴ Idee + sę⁴ Gedanke = í⁴-sę¹ Sinn, Bedeutung
i⁴ Kleider + fu⁴ Kleider = í¹-fu² Kleider
i⁴ Kleider + šang¹ Kleider = í⁴-šang¹ Kleider
ts'e⁴ Mal + ti⁴ Reihenfolge = ts'é⁴-ti⁴ Reihenfolge
kuan¹ Beamter + yüan² Beamter = kuán¹-yüan² Beamter
hu² Gasse + t'ung⁴ Gasse = hú²-t'ung⁴ Gasse
šęn² Geist, Gott + hsien¹ Halbgott = šęn²-hsien¹ Gott
tsu³ Vorfahr + tsung¹ Ahne = tsú³-tsung¹ Vorfahr,
  Ahne
su¹ Gemüse + ts'ai⁴ Gemüse = sú¹-ts'ai⁴ Gemüse
yęn² Farbe + sę⁴ Farbe = yęn²-sę⁴ Farbe
yüan² Grund + ku⁴ Ursache = yüan²-ku⁴ Grund, Ursache
fa³ Gesetz + lü⁴ Gesetz = fá³-lü⁴ Gesetz
lien³ Gesicht + mien⁴ Gesicht = lién³-mien⁴ Gesicht
ší⁴ Angelegenheit + t'i³ Wesenheit = ší⁴-t'i³ Vorfall, Er=
  eignis.
húi⁴ Bestechung + lu⁴ Bestechung = húi⁴-lu⁴ Bestechung
hsiang¹ Dorf + ts'un¹ Dorf = hsiang¹-ts'un¹ Dorf
hu² Fuchs + li² Fuchs = hú²-li**) Fuchs

---

*) Etwa wie im Deutschen: „Art und Weise".
**) li verliert hier Ton und Afzent.

ęn¹ Güte + ai⁴ Liebe = ęn¹-ai⁴ (Geschlechts=)Liebe
č'in¹ Verwandter + č'i⁴ Verwandter = č'in¹-č'i⁴ Ver=
wandter*) u. s. w.

Alle sind auf der ersten Silbe akzentuiert mit Aus=
nahme von kęn¹ Wurzel + pęn³ Wurzel = kęn¹-pęn³
Ursprung**).

§ 82. Zwei Artbegriffe werden zum Ausdruck eines
Gattungsbegriffs zusammengesetzt, z. B.:

čié³ (-čie³) ältere Schwester + méi¹ (-mei¹) jüngere Schwester
    = čie³-méi⁴ Schwester
tsę³ ältere Schwester + méi¹ (-mei⁴) jüngere Schwester =
    tsę³-méi⁴ Schwester
ti⁴ jüngerer Bruder + hsiung¹ älterer Bruder = ti⁴-
    hsiung¹ Bruder
ming² Rufname + tsę⁴ Titelname = ming²-tsę⁴ Name
    (überhaupt).

    Anm.: Man merke jedoch, daß umgekehrt hsiung¹-ti⁴ jüngerer
Bruder (eigentlich: des älteren jüngerer Bruder) und méi⁴-tsę³ jüngere
Schwester bedeutet.

Diese Art der Zusammensetzung ist gleichfalls dem
Chinesischen eigentümlich. Der Akzent liegt auf der zweiten
Silbe.

§ 83. Ein Artbegriff wird oft mit einem Gattungs=
begriff zusammengesetzt, um den ersteren vor Zweideutigkeit
zu schützen.

So z. B. kann *fu⁴* bedeuten a) Vater, b) entgegensetzen,
c) spalten, d) beaufsichtigen, e) reichlich, f) ein wildes Gemüse,
g) elegant, gestickt, h) Unterhose, i) abliefern, k) befehlen,
l) folgen, m) eine Fischart, n) Ahnen anbeten, o) Weib,
p) Unterleib, und vieles andere.

Man setzt es daher mit dem Gattungsbegriff č'in¹
(Verwandter) zusammen; fú⁴-č'in¹ kann nunmehr lediglich
„Vater" bedeuten.

Weitere Beispiele:

mu³ Mutter + č'in¹ Verwandter = mú³-č'in¹ Mutter
p'ing² Apfel + kuo³ Frucht = p'ing²-kuo³ Apfel
kao¹ Salbe + yao⁴ Medizin = káo¹-yao⁴ Salbe
nü³ Weib + žęn² Mensch = nü³-žęn² Weib

---

*) Der Mutter oder Frau.
**) Gesprochen kęmbęn.

nan² Mann + żẹn² Mensch = nán²-żẹn² Mannsperson
lien² Lotus + hua¹ Blume = lién²-hua¹ Lotusblume
kao¹ Lamm + yang² Schaf = káo¹-yang² Lamm
lu⁴ Thau + šui³ Wasser = lú⁴-šui³ Thau
wei² Mast + kan¹ Pfahl = wéi²-kan¹ Mast
fu¹ Gatte + żẹn² Mensch = fú¹-żẹn² Gattin*)
šẹn² Gott + nü³ Weib = šẹn²-nü³ Göttin
ku¹ Fräulein + niang² Frau = kú¹-niang² Fräulein
ši¹ Lehrer + fu⁴ Vater = ši¹-fu⁴ Lehrer
ćiang⁴ Handwerker + żẹn² Mensch = ćiáng⁴-żẹn² Hand=
    werker.

Der Akzent liegt stets auf der ersten Silbe.

Von deutschen Kompositis wie „Thauwasser" sind die
vorstehenden wesentlich verschieden, da im Deutschen der zweite
Teil der Komposition vom ersten (also z. B. das Thauwasser von
anderen Wässern) unterschieden wird, im Chinesischen umge=
kehrt der erste Teil (z. B. das vieldeutige lu⁴) vom zweiten
näher bestimmt wird.

§ 84. Zwei Artbegriffe derselben Gattung werden
nicht selten zusammengesetzt, um die enge Zusammengehörig=
keit zu kennzeichnen. Im Deutschen verbindet man der=
artige Begriffe durch „und".**)

Auch im Chinesischen kann bloße Zusammenstellung
(mit oder meist ohne eine der unser „und" vertretenden
Präpositionen) anstelle der Zusammensetzung treten, z. B.
ćo¹-tzẹ yi³-tsẹ Tische und Stühle, statt des Kompositums
ćo¹-yí³.

Oft kann man daher zweifelhaft sein, ob man wirklich
ein Kompositum vor sich habe. Über die Mittel zur Unter=
scheidung vergl. unten.

Was den Akzent betrifft, so haben ihn sowohl Kompo=
sita wie auch Zusammenstellungen gewöhnlich auf der zweiten
Silbe, z. B.:
ć'i¹(-tsẹ) Frau***) + tsẹ³ Sohn = ć'i-tsẹ³ Frau und Kind

---

*) Der „Gatte" ist ćang⁴-fu¹ (wörtlich: der ältere Gatte).
**) Aber z. B. das Sanskrit kennt in seinen dwandwa-Kompositis
dieselbe Art der Zusammensetzung wie das Chinesische.
***) In Zusammensetzungen werden nur die einfachen Ausdrücke,
ohne tsẹ, örh und die näher bestimmenden synonymen und Gattungs=
bezeichnungen (§ 81, 82 und 83) gebraucht.

fú^4-(c'in^1) Vater + mú^3 (-c'in^1) Mutter = fú^4-mú^3 Vater und Mutter, Eltern

čó^1(-tsę) Tisch + yí^3(-tsę) Stuhl = čo^1-yí^3 Tische und Stühle.

Dagegen wird die erste Silbe akzentuiert, wenn die beiden Artbegriffe geradezu zum Ausdrucke eines Gattungs= begriffes gebraucht werden, z. B.:

tsę^3 Sohn + sun^1(-tsę) Enkel = tsę^3-sun^1 Nachkommen
čuang^1 Gehöft + t'ien^2 Feld = čuáng^1-t'ien^2 Grundbesitz
hsing^2 Art zu handeln + wei^2 Art zu sein = hsíng^2-wei^2 Charakter
tsu^3 Großvater + fú^4(-c'in^1) Vater = tsú^3-fu^1 Vorfahren
k'ou^3 Mund + č'i^3 Zähne = k'óu^3-č'i^3 (Mund und Zähne als Redemittel, daher) Redefertigkeit
'pi^3 Pinsel + mo^4 Tusche = pí^3-mo^4 (Pinsel und Tusche als Schreibwerkzeuge, daher) Schreibart, Stil
ku^{2,3} Knochen + žou^4 Fleisch = kú^{2,3}-žou^4 Körper
hsin^1 Herz + č'ang^2 Eingeweide = hsín^1-č'ang^2 Gesinnung
tung^1 Osten + hsi^1 Westen = túng^1-hsi^1 Ding*).

Dagegen in eigentlicher Bedeutung, z. B.:

k'ou^3-č'i^3 Mund und Zähne
pi^3-mó^4 Pinsel und Tusche
tung^1-hsi^1 Ost und West.

Natürlich sind die Grenzen fließend, und so findet man z. B.: č'ién^2-ts'ai^2 Vermögen, neben č'ien^2-ts'ái^2 Geld und Reichtum, das im Grunde dieselbe Bedeutung hat.

§ 85. Vorweg sei bemerkt, daß Zusammensetzungen zweier Hauptwörter, deren Bestimmungswort im Verhältnis des Subjekts oder des Objekts zum Grundwort (einem Ver= balnomen) steht (wie Elternliebe, Vaterlandsliebe), im Chinesischen nicht vorkommen.

Der zweite Teil solcher Komposita ist im Deutschen ein Verbalnomen, das eine Thätigkeit oder den Ausüber des= selben in substantivischer Form ausdrückt (hier: Liebe). Im Chinesischen behält aber das substantivierte Verbum viel mehr von seiner verbalen Natur; es regiert beispielsweise sein Objekt im Akkusativ, nicht, wie im Deutschen, im Genitiv, z. B.: ling^3-ši^4 Geschäftsführer, im Chinesischen wörtlich „Führend(er) (ling^3) die Geschäfte (ši^4)“.

---

*) Der Bedeutungszusammenhang ist nicht ganz klar.

Derartige Komposita werden wir daher als aus einem Verbum und einem Hauptwort bestehend betrachten und weiter unten behandeln.

§ 86. Das Bestimmungswort bei subordinierender Zusammensetzung zweier Hauptwörter kann nun bezeichnen:

a) Das Ganze, zu dem der im Grundwort genannte Teil gehört, z. B.: fang²-mén² Hausthür, tí⁴-mién⁴ Erdfläche, čo¹-mién⁴-tsẹ Tischplatte, ho²-piéⁿrh¹ Flußufer, pi²-liãⁿgʻrh² Nasenrücken, ma³-čäng Pferdehuf, Hufeisen, tseʻ-yín¹ Laut eines Schriftzeichens, tʻóu²-fa³ Kopfhaar, tí⁴-fang¹ Erdgegend = Gegend.

Bei einem Teil der hierher gehörigen Komposita ist übrigens das Grundwort in seiner Bedeutung so abgeschwächt, daß das ganze Kompositum keine andere Bedeutung hat als das Bestimmungswort allein. Hierher gehören besonders viele Komposita mit tʻou² (Kopf, Ende), und einige mit kʻou³ (Mund) und muʻ (Auge), z. B.:

mú⁴-tʻou² Holz-Ende = Holz
šč'²-tʻou² Zungen-Ende = Zunge
kú²ʻ³-tʻou² Knochen-Ende = Knochen
čí²ʻ³-tʻou² Finger-Ende = Finger
yáʻ-tʻou² Mädchen-Kopf = Magd, Mädchen
mán²-tʻou² Brot-Kopf = Brot
šíʻ²-tʻou² Stein-Kopf = Stein, Felsen
ᾗʻ-tʻou² Sonnen-Kopf = Sonne
sèngʻ-kʻou³ Tier-Mund = Tier
šú⁴-muʻ Zahl-Auge = Zahl
míng²-muʻ Namen-Auge = Namen*)
yén³-čing¹ Augen-Iris = Auge
tseʻ-yénⁿrh³ Schriftzeichen-Auge = Schriftzeichen.

Über den Akzent dieser und der folgenden zweisilbigen Komposita vergl. § 87.

b) Das Eigentum des im Grundwort bezeichneten Besitzers, z. B. tsʻái²-čuʻ³ Reichtumsherr = reicher Mann.

c) Die Herkunft aus einem der drei Naturreiche oder von irgend einer Örtlichkeit, z. B.:

hsíʻ-kuaʻ West-Melone = Wassermelone
čingʻ-paoʻ Peking-Zeitung
sänʻ-číʻ Berg-Huhn = Fasan

---

*) tʻou², kʻou³ und muʻ scheinen in diesen Zusammensetzungen ähnlich wie tse und örh ihre ursprüngliche Bedeutung aufgegeben zu haben.

t'ién²-ći¹ Feld=Huhn = der eßbare Frosch
ćúng¹-kuo² Reich der Mitte = China
t'ien¹-ó² Himmels=Gans = Schwan
wái⁴-kuo² Land der Außenseite = Ausland
t'ién¹-hsia⁴ Himmels=Unterseite = Reich, Herrschaft,
    Thron
hai³-tséi² Seeräuber
niu²-nái³ Kuhmilch
yü²-tsé̜'rh³ Fisch=Kinder = Fischeier, Kaviar
ći¹tsé̜'rh³ Hühner=Kind = Ei.

d) Die **Zweckbestimmung**, der etwas dient, z. B.:

ćiú²-ć'ien² Wein=Geld = Trinkgeld
píng¹-pu⁴ Kriegsministerium
páo⁴-fang² Zeitungs=Haus = Zeitungsexpedition
šú¹-fang² oder šu¹-fáng² Buch=Zimmer = Bibliothek,
    Arbeitszimmer
hsin⁴-pę̈n³-tsę Briefbuch
fan⁴-t'[ng'rh¹ Reis=Halle = Speisesaal
k'o⁴-t'áng² Gasthalle = Salon
ma³-p'éng² Pferdestall
ćó¹-pu⁴ Tischdecke
ć'i²-p'án² Schachbrett
ć'i²-tsé̜'rh³ Schach=Kinder = Schachfiguren
hsin⁴-ćĭ³ Briefpapier
lién³-p'ę̈n³ Gesichtsbecken = Waschbecken
šóu³-ćin¹ Handtuch, Taschentuch
ć'iang¹-tsé̜'rh³ Flinten=Kind = Kugel
míng²-p'ien⁴ Namens=Blatt = Visitenkarte
fan⁴-kúo¹ Reistopf, Pfanne
ć'ién²-p'u⁴ Geld=Laden = Wechselstube
ya²-ć'iénrh¹ Zahn=Zwiebel = Zahnstocher
kúng¹-ć'ien² Arbeits=Geld = Lohn
má³-ć'ien² Pferde=Geld = Honorar (des Arztes)*).

Hierher dürften auch viele Komposita mit -žę̈n² (Mensch),
-fu¹ (Mann), -ćiang⁴ (Handwerker), šou³ (Hand = Mensch),
-kung¹ (Arbeiter) u. dgl. zu rechnen sein, wie:

ćiáo⁴-fu¹ Sänften=Mann = Sänftenträger
tó⁴-kung¹ Steuerruder=Arbeiter = Steuermann

---

*) Weil man annimmt, der Arzt nähme nur seine Auslagen für
Pferde u. dergl., aber nichts für die Behandlung.

wǎ³-čiang⁴ Ziegel-Handwerker = Maurer
núng²-fu¹ Ackerbau-Mann = Ackerbauer, Landmann
šúi³-šou³ Wasser-Hand = Matrose.

e) Den Stoff, aus dem etwas besteht oder verfertigt ist, z. B.: p'í²-áo³ Pelzmantel.

f) Den Inhalt, z. B.: náo³-tai⁴ Gehirn-Tasche = Kopf. táo⁴-čiao⁴ Tao-Lehre, Tauismus.

g) Ein sonstiges, die Art gegenüber anderen Arten der-selben Gattung kennzeichnendes Merkmal*):

pén³-č'ien² Wurzel-Geld = Kapital
lí⁴-č'ien² Profit-Geld = Zinsen
žén²-hsiung² Menschen-Bär (große Art)
kóu³-hsiung² Hunde-Bär (kleine Art)
čiá⁴-yü² Panzer-Fisch = Schildkröte
šĭ²-či¹ Stein-Huhn = eine Art Rebhuhn
šá¹-či¹ Sand-Huhn = Rebhuhn
húo³-či¹ Feuer-Huhn = Truthahn
p'í²-huo⁴ Pelzwaren
pén³-ču³ ⎫
pén³-ču`rh³ ⎬ Wurzel-Herr = Eigentümer
péi³-čing¹ Nordresidenz, Peking
čing¹-č'eng² Residenz-Stadt, Hauptstadt
máo²-ping⁴ Haar-Krankheit = Fehler
t'ién¹-č'i⁴ Himmels-Stimmung = Wetter
kuán¹-hsien² Beamtentitel
kuán¹-hua⁴ Beamtensprache
nién²-či⁴ Jahres-Reihe = Lebensalter
tí²-ping¹ Feindesheer
šàng³-fan¹ Mittagessen
huo³-t'úi³ Feuer-Bein = Schinken
ping¹-t'ang² Eis-Zucker = Kandiszucker
téng¹-ts'ao³ Lampen-Gras = Docht
čiá¹-fu⁴ Haus-Vater = mein Vater
túng⁴-č'uang¹ Frostbeule
yü³-šeⁿᵍ`rh¹ Stimmton
t'ien¹-míng⁴ Himmels-Befehl = Vorsehung
féi³-hua⁴ Diebs-Sprache, Jargon.

---

*) das z. B. auch in der Ähnlichkeit bestehen kann, die der durch das Grundwort ausgedrückte Gegenstand mit dem durch das Bestimmungswort bezeichneten hat.

má³·fēng¹ Pferde=Biene = Wespe
kuó²·čia¹ Landesheim = Vaterland, Regierung.

h) Ein beliebiges und selbstverständliches Merkmal der Art, lediglich zu dem Zweck, um das Grundwort von Homonymen zu unterscheiden, z. B.:

mi⁴·fēng¹ Honig=Biene = Biene
kuo³·wáng¹ Landes=König = König
han⁴·šaⁿ·rh¹ Schweiß=Hemd = Hemd
šui³·ča³ Wasser=Schnepfe = Schnepfe
ló⁴·t'o² Graupferd=Kameel = Kameel.

Hier sagen die zusammengesetzten Ausdrücke nicht mehr als die einfachen fēng¹, wang¹ und šaⁿ·rh¹ (ča³ und t'o² kommen nicht allein vor).

i) Viele offenbar hierher gehörige Komposita lassen sich bei dem heutigen Stande der Wortbedeutungslehre noch nicht klassifizieren, da entweder die Grundbedeutung eines oder beider Teile dunkel oder, wenn bekannt, ein Zusammenhang zwischen derselben und der derzeitigen Bedeutung des Kompositums nicht festzustellen ist oder zu weit hergeholt erscheint, z. B.:

pén²·ší⁴ Wurzel=Sache = Talent
čie¹·fang¹ Straßen=Laden = Nachbar
kung¹·fu¹ Arbeiter=Mann = Zeit
t'áng³·k'o⁴ Hallen=Gäste = Damen
máo³·ping⁴ Haar=Krankheit = Fehler, Mangel*) ꝛc.

§ 87. Was den Akzent anlangt, so haben die in § 85 und 86 behandelten Komposita denselben der Regel nach, wie aus den gegebenen Beispielen ersichtlich, auf der ersten Silbe. Ausgenommen sind indessen:

fang²·mén² Hausthür
čo¹·mién⁴·tse Tischplatte
pi²·liaⁿ·rh² Nasenrücken
ho²·pié·rh¹ Flußufer
ma³·čúng Pferdehuf
tse⁴·yín¹ Laut eines Schrift=zeichens
tse⁴·yóⁿ·rh³ Schriftzeichen
t'ien¹·ó² Schwan
hai³·tséi² Seeräuber
niu²·nái³ Kuhmilch

yü²·tsé·rh³ Kaviar
či¹·tsé·rh³ Ei
šu¹·fáng² = šú¹·fang² Bibliothek
hsin¹·pén³·tse Briefbuch
k'o⁴·t'áng¹ Salon
ma³·p'éng² Pferdestall
č'i²·p'án² Schachbrett
č'i²·tsé·rh³ Schachfiguren
č'iang¹·tsé·rh³ Flintenkugel
fan⁴·kúo¹ Reistopf

*) Siehe eine Erklärung bei A. II.

4*

han⁴·šáⁿ'rh¹ Hemd   č'eng²·mén² Stadtthor
ya¹·č'iéⁿ'rh¹ Zahnstocher   mien²·áo³ Wattemantel
p'í²·áo³*) Pelzmantel   žl⁴·pén³ Sonnenwurzel =
huo³·t'úi³ Schinken   Japan.
t'ien¹·míng⁴ Vorsehung

Hieraus geht z. B. hervor, daß die Komposita, deren
zweiter Teil mit tse oder örh zusammengesetzt ist, den
Akzent auf der zweiten Silbe tragen. Nur yü³·se͞ⁿs'rh¹
(Stimmton) habe ich ausgenommen gefunden.

B. Hauptwörter, die aus einem Verbum und einem einfachen Hauptwort zusammengesetzt sind.

§ 88.   Bei derartigen Hauptwörtern ist das gram=
matische Verhältnis beider Teile folgendermaßen zu
denken:

  a) Das Hauptwort ist das Objekt des Verbums und
    das Ganze bezeichnet
    α) eine Handlung (§ 89),
    β) den Handelnden (§ 90).
  b) Das Verbum bezeichnet eine Eigenschaft des Haupt=
    wortes**) (§ 91).
  c) Das Verbum bezeichnet den Zweck des Hauptwortes
    (§ 92).

§ 89.   Jedes Verbum kann, wie oben (§ 78) erwähnt,
als Hauptwort im Sinne des substantivierten Infinitivs
gebraucht werden. Dies ist auch noch zulässig, wenn das
Verbum ein Objekt bei sich hat. Es entsteht dann ein Kom=
positum der in § 88a erwähnten Art, das sich von dem
reinen Verbum mit seinem Objekt nur durch den Akzent
unterscheidet, z. B.: kao⁴·šl⁴ eine Proklamation verkünden,
aber káo⁴·šl⁴ Proklamationsverkündung, Proklamation; šou⁴
léi⁴ Mühsal erdulden, aber šóu⁴·léi⁴ (Mühsalerduldung =)
Bedrängnis, Not. Auch mit örh: tá³·paⁿ'rh⁴ Tracht.

§ 90.   Oft hat indessen das Verbum in solchen Kom=
positionen nicht die Bedeutung des Infinitivs, sondern die
eines aktiven Partizipiums, z. B.:

čiáng¹·čün¹ leitend das Heer = Heerführer
fén¹·šui² teilend das Wasser, Wasserteiler = Flosse.

---

*) So A. I. S. 124, aber II 275 steht p'í²·áo³.
**) Genauer: des durch das Hauptwort bezeichneten Gegenstandes.

t'í⁴-šęⁿ'rh¹ vertretend einen Körper (Person) = Stell=
vertreter.

Derartige Zusammensetzungen können natürlich nicht
beliebig gebildet werden, sondern unterliegen der Herrschaft
des Sprachgebrauchs.

Ihre Entstehung erklärt sich folgendermaßen: čiang¹-
čün¹ ti žęn² bedeutet z. B. Heer führend=ist welcher
Mann = ein Mann, welcher Heer führend=ist. Dies
ist die gewöhnliche relative Konstruktion des Chinesischen.
Hierfür kann auch unter Weglassung von ti: čiang¹ čün¹
žęn² gesagt werden.

Vermittels einer im Chinesischen ganz gewöhnlichen
Ellipse wird nur das regierende Hauptwort žęn² infolge
seiner allgemeinen Bedeutung gern ausgelassen, so daß die
beiden Ausdrücke čiang¹-čün¹ ti und čiang¹-čün¹ in gleicher
Bedeutung übrig bleiben.

Die zweite Wendung erstarrt nun mitunter zu einem
förmlichen Kompositum der oben beschriebenen Art, ist
aber nur zulässig, wo der Sprachgebrauch, wie erwähnt, ein
solches Kompositum ein für alle Mal geschaffen hat; sie
zieht den Akzent auf das erste Glied zurück*). Die erstere
steht dagegen in der Mitte zwischen einem starren Kom-
positium und der loseren Fügung eines grammatischen
Komplexes. Dies zeigt schon der Akzent, der auf dem
Objekt verbleibt. Die Bildung derartiger Ausdrücke ist
auch völlig unbeschränkt. Einige der gebräuchlichsten sind:

sung⁴-hsín⁴ ti Briefverteiler = Briefträger
kan³-lü² ti Eseltreiber
kan³-c'é¹ ti Wagentreiber = Kutscher
p'ao³-hsín⁴ ti Nachricht=beschleunigend = Eilbote
ta³-čing¹ ti Nachtwache=haltend = Nachtwächter
šuo¹-šú¹ ti Bucherzähler = Geschichtenerzähler 2c.

§ 91. Häufig sind Zusammensetzungen eines Verbums
mit einem Substantiv zu dem Zweck, dem letzteren eine
Eigenschaft beizulegen. Intransitive Verben sind in diesem
Falle im aktiven, transitive meist im passiven Partizipium zu denken, z. B.:

---

*) Eine Ausnahme ist z. B. kęn¹-pã'ⁿrh¹ (Diener); hier wird der
Akzent durch das Suffix örh (§ 76) festgehalten.

húi²-hsin⁴ zurückkehrender Brief = Antwort(brief)
č'óu⁴-č'ung² stinkendes Insekt = Wanze
páng¹-šou³ helfende Hand = Helfer, Stütze
lì⁴-čung¹ stehende Uhr = Standuhr
kuà⁴-čung¹ hängende Uhr = Wanduhr
žün⁴-yüe⁴ eingeschalteter Monat = Schaltmonat
šēng¹-ts'ai⁴ rohes Gemüse = Salat
ling⁴-ai⁴ die befehlende Geliebte = Ihr Fräulein
    Tochter
ling⁴-láng² der befehlende Sohn = Ihr Herr Sohn
ling⁴-yó³ der befehlende Freund = Ihr Freund.

Der Akzent liegt auf der ersten Silbe, dem Verbum, wodurch das Kompositum sich als solches von gleichlautenden grammatischen Komplexen anderer Bedeutung unterscheidet, z. B.: a) wei³ yüan² einen Beamten entsenben; b) wéi³-yüan² ein entsanbter Beamter, Delegierter.

Anm. Abweichend sind die Komposita mit ling⁴ (befehlenb) betont, da ling⁴ hier die Stelle von (gleichfalls unbetontem) ni³ ti (Ihr) vertritt.

§ 92. In zusammengesetzten Hauptwörtern, die aus einem Verbum und einem Hauptwort bestehen, bezeichnet das Verbum häufig den Zweck, die Bestimmung, dem bez. der der durch das Hauptwort ausgedrückte Gegen= stanb zu dienen hat, z. B.:

wó⁴-fang² }
wo⁴-fáng² } Schlafzimmer
ts'ä⁴-pu⁴ Wischtuch, Serviette
suàn⁴-p'an² Rechenbrett
čú⁴-fang² Wohnhaus
č'óu¹-t'i⁴ Ziehkasten = Schublade
hsíng²-li³ Reise=Pflaume = Reisegepäck
č'ü⁴-lu⁴ Geh=Weg = Weg, Auskunftsmittel
hsüe²-šēng¹ zum Lernen Herangewachsener = Schüler
hsiáo⁴-hua⁴ Lachrede = Anekdote.

Der Akzent liegt auch hier stets auf dem Verbum; nur wo⁴-fang² kann ihn auch auf dem Hauptwort haben.

C. Zusammengesetzte Hauptwörter,
aus einem Adjektiv und einem Hauptwort bestehenb.

§ 93. Bei diesen Zusammensetzungen ist die Grenze zwischen Kompositum und grammatisch verbundenem

Wortkomplex bezw. ständiger Wortverbindung be=
sonders schwer zu ziehen. Der Akzent liegt regelmäßig auf der
ersten, oft aber auch auf der zweiten Silbe, z. B.: a) kúng¹-
ču³ öffentliche Herrin = Prinzessin. b) yˉe³-čí¹ Wild=Huhn
= Fasan.

Letzteres scheint hauptsächlich rhetorische Gründe zu
haben (§ 57).

Ein sicheres Kennzeichen der Komposition besteht z. B.
in der Bedeutung: huáng² yang² heißt z. B. als gram=
matische Verbindung eines Eigenschaftswortes mit einem
Hauptworte „gelbes Schaf" und würde so eine besondere
Schafart bezeichnen. In der ganz neuen Bedeutung „Anti=
lope", zur Bezeichnung einer verwandten Gattung (oder
auch eines gänzlich verschiedenen Begriffs) gebraucht, wird
diese Verbindung zum Kompositum: huáng²·yang² Gelb=
schaf, Antilope.

Oft bezeichnet indessen die Komposition nichts anderes,
als die grammatische Verbindung bezeichnen würde. Als
sicheres Merkmal der Komposition kann in diesem Falle nur
noch der Umstand dienen, daß der eine oder andere Teil
des Kompositums für sich allein ungebräuchlich ist, z. B.:
hsiáo³-šúˋrh² kleiner Schwager = jüngerer Bruder des
Mannes; šuˋrh² allein ist nicht gebräuchlich.

In manchen Zusammensetzungen dieser Art ist das Ad=
jektiv pleonastisch und nur hinzugesetzt, um einen mehrsilbigen,
eindeutigen Ausdruck zu erhalten, z. B. hsién²-yen², salziges
Salz = Salz.

Weitere Beispiele:

a) tái⁴·yang² das große männliche Prinzip = die
  Sonne
  tái⁴-fu¹ großer Mann = Arzt
  hiáo³-šú²-tsḛ = hsiáo³-šúˋrh²
  ta⁴-pái³-tsḛ Schwager (älterer Bruder d. Mannes)
  tá⁴·ye² großer Vater = ta⁴-pái³-tsḛ
  kúng¹·tao⁴ öffentlicher Weg = öffentliche Moral
  láo³-p'o² alte Stiefmutter = Weib, Frau
  ta⁴-táo⁴ großer Weg = Landstraße
  ta⁴-yí⁴ großer Sinn = das (zu Grunde liegende)
  Prinzip
  lao³-má¹ alte Mutter = Magd
  hsiáo³-šúoˋrh¹ kleine Rede = Novelle

tá⁴-čiang¹ der große Strom = der Yangtse
č'áng²-čiang¹ der lange Strom = der Yangtse
pái²-ts'ai⁴ weißes Gemüse = Kohl
yse³-wei⁴ wilder Geschmack = Wildpret
huáng²-kua¹ gelbe Melone = Gurke
huang²-yú² gelbes Öl = Butter
tá⁴-čia¹ großes Haus = die Gesamtheit, Alle
žó⁴-nao⁴ heißer Lärm = Amüsement
ta⁴-kú¹ großer Handel = Taku*)
tái³-ši⁴ böse Sache = Vergehen, Verbrechen
šáo⁴-yě² junger Vater = junger Herr**)
tá⁴-žẹn² großer Mann = Minister, Gesandter
tá⁴-č'ẹn² }
ta⁴-č'ẹn² } Großer Würdenträger = tá⁴-žẹn²
č'ing¹-č'un¹ grüner Frühling = Lebensjahr
lao³-t'óu'rh² alter Kopf = Greis
lao³-huá¹-tsẹ altes Blümchen = Bettler
kung¹-kuán³ öffentliches Hotel = Gesandtschafts=
        hotel
sú²-hua⁴ gewöhnliche Rede = Umgangssprache.

b) kúng¹-ši⁴ öffentliche Angelegenheiten
č'ái¹-ši³ amtlicher Auftrag
č'ín¹-č'ai¹ kaiserlicher Gesandter
lao³-ši'¹ alter Lehrer
kung¹-só³ }
kung¹-só'rh³ } öffentliche Räume = Amtsbureaus
méi³-žẹn² schöner Mensch, schönes Weib.

c) pái²-t'ang² weißer Zucker = Zucker
pái²-yen² weißes Salz = Salz
hsién¹-ts'ai⁴ frisches Gemüse = Gemüse
č'ing¹-ts'ai⁴ grünes Gemüse = Gemüse
pai²-fán² weißer Alaun = Alaun.

D. Zusammengesetzte Hauptwörter, aus einem Zahlwort und einem Hauptwort bestehend.

§ 94. Ist die Zahl als Grundzahl zu fassen, so trägt das Hauptwort den Akzent, im Sinne einer Ord= nungszahl ist jedoch meist das Zahlwort akzentuiert.

_____

*) Der Außenhafen von Tientsin.
**) Sohn aus guter Familie.

Das Kompositum ist durch das Fehlen eines Zählworts charakterisiert.

Beispiele:

a) sę⁴·čï¹ die vier Glieder = Arme und Beine
wan⁴·wú⁴ die 10000 Dinge = die Welt
č'ien¹·čïn¹ die 1000 Goldstücke = Ihr Fräulein Tochter
sę⁴·yï³ die vier Barbaren(=Stämme)*)
wu³·kú³ die fünf Getreide(=Arten)
po²·⁴·kuán¹ die hundert Beamten = die Beamtenschaft
po²·huá¹ die hundert Blumen = alle Blumenarten
wan⁴·kuó² die 10000 Staaten = alle Staaten
liang³·k'óu³·tsę die beiden Münder = die beiden Gatten
wu³·lún² die fünf menschlichen Beziehungen**)
san¹·kuó² die drei Reiche***)
sę⁴·šú¹ die vier (heiligen) Bücher†) (zweiten Ranges)
liu⁴·pú⁴ die sechs Ministerien
sę⁴·šéng¹ die vier (musikalischen) Töne
wu³·číng¹ die fünf King d. h. heiligen Bücher ersten Ranges
sę⁴·hái³ die vier Meere = die ganze Erde
čiu³·pái² die neun Weißen††).

b) sán¹·yüe⁴ der dritte Monat
örh⁴·šï³·sán¹·žï⁴ der 23. Tag
wú³·nien² das fünfte Jahr†††) u. s. w.

Hierher ist auch t'ou² zu rechnen: t'óu²·pin³ erste Rangklasse.

Das Wort yi¹·²·⁴ (eins) bedeutet in solchen Zusammensetzungen oft so viel wie „ganz", z. B.

---

*) Im Norden, Süden, Osten, Westen von China.
**) Wie z. B. zwischen Eltern und Kindern, Unterthanen und Obrigkeit ꝛc.
***) Die sich von ca. 180—280 n. Chr. in die Herrschaft Chinas teilten.
†) Auch sę⁴·šú¹ akzentuiert, wegen des Gegensatzes zu wu³·čing¹. Ebenso betont pó²·hsing⁴, die 100 Familien, immer die erste Silbe.
††) Nämlich acht Pferde und ein Kameel, welche als Tribut von einem mongolischen Stamm gesandt zu werden pflegen.
†††) Doch auch „fünf Jahr".

yi⁴·t'ién¹ der ganze Tag
yi²·péi⁴·tsę }
yi⁴·sẹng'¹ } das ganze Leben.

E. Hauptwörter, welche aus zwei Zeitwörtern gebildet sind.

§ 95. Wie oben (§ 78) erwähnt, kann jedes Zeit=
wort mit gewissen Einschränkungen (aber jedenfalls in Kom=
positis) auch substantivisch gebraucht werden und zwar sowohl
im Sinne des substantivierten Infinitivs wie auch in dem
eines Partizipiums.

Die Zusammensetzung zweier substantivierter Zeitwörter
hätte also ebensogut auch in § 79—87 mitbehandelt werden
können, und dies ist auch geschehen, soweit solche die Be=
deutung substantivierter Infinitive hatten.

§ 96. Hier ist jedoch noch der (übrigens) nicht häufige Fall
zu betrachten, daß beide im Sinne eines Partizipiums ge=
braucht sind, z. B.

č'i²·kai² bettelnd + bittend = Bettler
ts'ái²·fẹng² zuschneidend + nähend = Schneider
p'ú¹·kai⁴ ausgebreitet + bedeckend = Bettzeug.
Der Akzent ruht auf dem ersten Bestandteil.

F. Hauptwörter, welche aus einem Adverb und einem (substantivierten) Zeitwort gebildet sind.

§ 97. Beispiele: wei⁴·lái¹ noch=nicht + gekommen=
sein = Zukunft; hsién¹·sẹng¹ früher=geboren = Älterer;
daher: Lehrer, Herr.

§ 98. Bisher ist nur von denjenigen Hauptwörtern
die Rede gewesen, die aus zwei einsilbigen Gliedern be=
stehen. Jedes Glied kann indessen auch seinerseits wieder
zusammengesetzt sein, so daß drei=, vier= und mehrsilbige
Komplexe entstehen.

Da indessen derartige Komposita bis auf gewisse Akzent=
verschiebungen den in § 79—97 entwickelten Hauptregeln
entsprechen, so beschränken wir uns hier auf einige Bei=
spiele:

a) vergl. § 81.

huá¹·yen²·č'iao³·yü³ Blumen=Worte (und) schillernde
Reden = schöne Redensarten.

b) vergl. § 84.

čin¹·yin²·tsʻai²·páo³ Gold und Silber sowie Schätze und Edelsteine = Schätze aller Art.

c) vergl. § 86 c.

tung¹·yàng²·čʻé¹ Ostmeer = Wagen = Japanischer Wagen

lò⁴·tʻoˊ²·žúng² Kameel=Sammt = Kameelwolle

wái⁴·kuo²·člʻ¹ Ausland=Huhn = Truthahn

šàn¹·yao⁴·tóuˊrh⁴ Berg = Medizin — Bohne = Kartoffel

hó²·lan²·šùi³ Holland = Wasser = Mineralwasser.

d) vergl. § 86 d.

hán²·šu³·piào³ Uhr für Kälte=Hitze (Temperatur) = Thermometer

féng¹·yü³·piào³ Uhr für Wind = Regen (Witterung) = Barometer

tsáo⁴·šĭ¹·piào³ Uhr für Trockne = Nässe (Wassergehalt der Luft) = Hygrometer

čʻú¹·kʻou³·hùo⁴·wu¹·šui⁴·tsô == ausgehend = aus Hafen Waren=Sachen Zoll=Tarif = Zolltarif für aus einem Hafen ausgehende Waren = Exportzolltarif.

e) vergl. § 86 g.

örh⁴·tʻaoˊ⁴·čʻêˊ¹ zwei=Gespann=Wagen = zweispänniger Wagen

šúi³·yèn¹·tai⁴ Wasser = Rauch = Beutel = Wasserpfeife

šĭ²·tsê⁴·čiáˊ⁴ Zehn = Schriftzeichen = Gestell = ein Gestell wie das Schriftzeichen Zehn*) = ein Kreuz

šóu³·hsia⁴·žèn² Hand = unter = Mensch = Mensch (den man) unter (seiner) Hand (hat) = Untergebener

šàng⁴·pan⁴·tʻièn¹ Obere=Hälfte=Tag = Vormittag

kuán¹·lʻ¹·šang¹ Amts=Kleider

tĭ⁴·an¹·mên² Erdruhe=Thor, Thor der irdischen Ruhe, ein Thor von Peking

tsêˊ⁴·čiˊ³·žên² Selbst=selbst=Mensch, ein anderes Selbst, ein Freund

---

*) Welches die Gestalt eines Kreuzes hat.

hùo³-čǐ³-méi³-tsẹ Feuerpapier=Kohle = Fibibus

líng³-šǐ⁴-kuàn¹ Besorgend = Geschäfte = Beamter = Konsul

čǐ⁴-k'u⁴-tái⁴ Festbindend = Hosen = Gürtel = Hosen= träger

pièn⁴-hsi⁴-fá'rh³-ti wechselnd=Schauspielsweise=welcher = Jongleur

túng¹-tsẹ-yüe⁴ Winterchen=Monat = November.

f) vergl. § 89.

hú⁴-wei⁴-żẹn² wachend = Wachthabender = Mensch = Wachmann.

g) vergl. § 92.

wu²-hua¹-kúo¹ ermangelnd=Blüte=Frucht = Feige.

h) vergl. § 93.

tá⁴-lao³-yè² großer alter Vater = hochzuverehrender Herr

tsùng³-li³-yá³-mẹn² allgemeines Verwaltungs=Amt = Auswärtiges Amt

ta⁴-č'ìng¹-kuo² Groß=China

tá¹-tò-kuo² Groß=Deutschland*)

tá¹-yìng¹-kuo² Groß=Britannien

ta⁴-žǐ⁴-pén³-kuo² Groß=Japan

ta⁴-žǐ⁴-kuo² Spanien**).

§ 99. Hinsichtlich des Akzentes der im vorigen § be= handelten Komposita ist zwischen Drei=, Vier= und Mehr= silbern zu unterscheiden.

Im allgemeinen bleibt die Betonung der einzelnen Glieder unverändert, nur daß der Akzent des einen gegen den des andern (nach den oben für die Zweisilber gegebenen Regeln) etwas zurücktritt; doch kommen auch einzelne Akzent= verschiebungen vor.

Was die Dreisilber anlangt, so kommen, wenn wir jede Silbe des Kompositums mit — und das Ende des ersten Gliedes mit | bezeichnen, folgende Fälle vor:

1) ´ | ` — z. B. tá⁴ + láo³-ye²; dies wird zwar regelmäßig zu ´ | ` — (kuàn¹-l¹-sang¹), gern aber

---

*) Das Epitheton ist ehrend und z. B. in amtlichen Schriftstücken unentbehrlich.

**) čúng¹-kuo² (Reich der Mitte) und tung¹-yáng² (Ostmeer = Japan) werden nicht mit ta⁴ verbunden.

infolge des im § 55 erwähnten rhythmischen Gesetzes zu
‒́ | — ‒́ (tá⁴·lao³·yè²).

Anm.: Abweichend akzentuieren ta⁴·č·íng¹·kuo² und ta⁴·žĭ·kuo².

2) ‒́ — | ‒́ z. B. ló⁴·t·o² + zúng²; dies wird regel=
mäßig zu ‒́ — | ‒́ oder ‒́ — | ‒́.

3) — ‒́ | ‒́ z. B. tung¹·yáng² + č·ê¹. wird zu — ‒́
‒́, seltener zu ‒́ — ‒́ (oder ‒́ — — ‒́).

Über die Akzentuierung der Vierfilber vergl. § 54.

Ein Beispiel für die Akzentuierung mehrfilbiger Kom=
posita ist der oben erwähnte Ausdruck für „Exportzolltarif".

Abgeleitete und zusammengesetzte Eigenschafts= wörter.

I. Abgeleitete Eigenschaftswörter.

§ 100. Eigenschaftswörter werden abgeleitet
von oder — korrekter gesagt — können ersetzt werden
durch

a) einfache Hauptwörter im Genitiv;
b) Hauptwörter im Genitiv, welche mit einem Eigenschaftswort verbunden sind;
c) substantivierte Infinitive im Genitiv;
d) substantivierte Infinitive im Genitiv mit einer näheren Bestimmung (Objekt, Adverb);
e) Adverbien oder adverbiale Wendungen (z. B. Hauptwort mit Verhältniswort) mit folgendem ti (also gleichsam im Genitiv).
f) Adjektive mit folgendem näher bestimmenden In= finitiv und ti.

Beispiele zu a: čùng¹·kuo² ti lú² Esel von China
= chinesische Esel. čê⁴·kŏ čiá³ ší⁴ t·ie³ ti dieser Panzer
ist von Eisen, eisern.

Beispiele zu b: tà⁴ tao⁴ ti žẹn² ein Mann von
großer Tugend, ein freimütiger Mann. kúng tao⁴ ti
šẹn³·p·an⁴ eine gerechte Entscheidung. č·áng² míng⁴ ti žẹn²
ein langlebiger Mensch. č·áng² örh³ ti šẹng¹·k·ou³ ein
langohriges Tier.

Beispiele zu c: mài³ ti lü² der gekaufte Esel (tran=
fitiv). tsò⁴ ti žẹn² der sitzende Mann (intransitiv).

76

Beiſpiele zu d: mai⁴ šù¹ ti žęn² ein Bücher ver=
kaufender Menſch. p'ęn¹ hsiàng¹ ti zóu⁴ Duft verbreitendes
Fleiſch.

Beiſpiele zu e: ná⁴-mo šúo ti žęn² ein ſo ſprechen=
der Menſch.

Beiſpiele zu f: hāo³ k'an¹ ti nǚ³-žęn² ein ſchön
anzuſehendes Weib.

II. Zuſammengeſetzte Eigenſchaftswörter.

§ 101. Zuſammengeſetzte Adjektive bildet man
a) aus einem Adjektiv, beſtimmt durch ein vor=
   geſtelltes Hauptwort;
b) aus zwei Adjektiven.

§ 102. In dem Kompoſitum nien²-yó⁴ (der Akzent
liegt hier ſtets auf dem zweiten Gliede) wird yo⁴ (jung)
durch den Beiſatz nien² näher beſtimmt, die durch yo⁴ aus=
gedrückte Eigenſchaft auf einen beſtimmten Punkt beſchränkt
(vergl. den accus. limitationis im Griech. und den abl.
limit. im Lateiniſchen). nien²-yó⁴ bedeutet daher „jung
an Jahren".

Ebenſo hsing⁴-čí² von Gemütsart ungeduldig.

§ 103. Zwei ſynonyme oder ſinnverwandte Eigen=
ſchaftswörter werden häufig zuſammengeſetzt, um einen un=
zweideutigen mehrſilbigen Ausdruck zu gewinnen, z. B.:
han¹ kalt + liang² kühl = hán¹-liang² kalt
kung¹ gerecht + p'ing² gleichmäßig = kúng¹-p'ing² ge=
   recht, unparteiiſch
čien³ ſparſam + šęng³ genügſam = cién³-šęng³ ſparſam
č'in² fleißig + čin³ aufmerkſam = č'ín²-čin³ fleißig
žuan³ weich + žo⁴ weich = žuán³-žo⁴ weich
čie¹ feſt + šĭ² ſolid = číe¹-šĭ² feſt
čien³ rauh + čüe² entſchloſſen = cién³-čüe² dreiſt, ent=
   ſchloſſen
šu¹ geſund + t'an³ ruhig = šú¹-t'an³ geſund, wohlauf
ming² hell + pai² weiß = míng²-pai² deutlich
kan¹ trocken, rein + čing⁴ rein = kán¹-čing⁴ rein
ang¹ ſchmutzig + tsang¹ ſchmutzig = áng¹-tsang¹ ſchmutzig
p'ing² normal + č'áng² beſtändig = p'ing²-č'áng² gewöhnlich
lan³ unluſtig + to⁴ faul = lán³-to⁴ träge, faul
čung⁴ ſchwer + ta⁴ groß = cung⁴-tá⁴ gewichtig
yin¹ eifrig + č'in² fleißig = yín¹-č'in² fleißig, eifrig

ts'ung¹ schnell hörend + ming² klar sehend = ts'úng¹-
ming² klug, gescheit

hsien² tugendhaft + hui⁴ weise = hsién²-hui⁴ tugendhaft.

hu² verkleistert + tu¹ mit Lehm verschmiert = hú²-tu¹
dumm, vernagelt

lao³ alt + ši² solid = láo³-ši² zahm.

Der Akzent ruht stets auf dem ersten Gliede; ausgenommen sind p'ing²-č'áng² und čung⁴-tü¹.

Abgeleitete und zusammengesetzte Zeitwörter.

I. Abgeleitete Zeitwörter.

§ 104. Zeitwörter werden abgeleitet

a) von Hauptwörtern oder Eigenschaftswörtern
durch Tonwechsel, nur in einzelnen Fällen; vergleiche darüber § 38.

b) von Hauptwörtern, Eigenschaftswörtern
und Adverbien, besonders zusammengesetzten, durch
Bedeutungswechsel, z. B.:

čién³-šeng³ a) sparsam b) sparsam sein, sparen

kuán¹-hsi⁴ a) Wichtigkeit, Bedeutung b) wichtig
sein, folgenschwer sein

hsing³-žán³ a) auf nüchterne Art b) sich nüchtern
benehmen.

šang¹ a) Wunde b) verwunden.

c) durch Doppelung, z. B.:

č'áng²-č'ang² einmal kosten. Wörtlich: ein Kosten
kosten, daher auch mit yi (ein): č'áng²-yi⁴-č'ang².*)

Die Doppelung giebt dem Zeitwort die Bedeutung der
einmaligen Handlung: tsou³ gehen: tsóu³-tsou³ einmal
gehen; hsiang³ nachdenken: hsiáng³-hsiang³ einmal (ein
wenig, etwas) nachdenken.

Anm. 1: č'ü⁴ (gehn) und lai² (kommen) können nicht verdoppelt
werden.

Anm. 2: Zusammengesetzte Zeitwörter schieben niemals yi ein,
z. B. tá²-t'ing¹-tä²-t'ing¹ sich einmal erkundigen.

Selten werden die einzelnen Glieder eines Kompositums verdoppelt, z. B. šúo¹-šuo¹-hsiao⁴-hsiao⁴ plaudern und lachen.

Der Hauptakzent liegt auf dem ersten Gliede, woraus
hervorgeht, daß es sich um eine Art Kompositum handelt,
da sonst der Akzent auf das Objekt fallen müßte.

---

*) Figura etymologica.

§ 105. Zeitwörter werden ferner abgeleitet von Zeitwörtern und zwar

a) durch Bedeutungswechsel;
b) durch die Partikel čö (akzent= und tonlos).

Durch Bedeutungswechsel werden z. B. von transi= tiven Zeitwörtern intransitive, von aktiven kausa= tive u. s. w. abgeleitet, z. B.:

k'ai[1] a) transitiv: öffnen; b) intransitiv: sich öffnen, daher: anfangen (= eröffnet werden), blühen (von Blumen), zu kochen beginnen (vom Wasser) u. s. w.

č'i[3] a) aufstehen b) č'i[3] šęn[1] den Körper aufstehen lassen = aufbrechen.

sę[3] a) sterben b) sterben lassen (kausativ) = töten, z. B. in tíng[1]-sę[3] (annagelnd töten ⸗) kreuzigen.

č'u[1] a) hinausgehen b) hinausgehen lassen.

an[1] a) ruhig sein b) beruhigen.

§ 106. Die Partikel čö bildet abgeleitete Verben mit der Bedeutung eines dauernden Zustandes im Gegen= satz zu einer Thätigkeit

a) von intransitiven Verben, von denen viele — ihrer Bedeutung entsprechend — fast immer mit čö verbunden sind, z. B.: tsó[4] sich setzen: tsó[4]-čö sitzen. čan[4] aufstehen: čan[4]-čö stehen. t'ang[3] sich nieder= legen: t'ang[3]-čö liegen. húo[2] leben: húo[2]-čö leben. láo[4] sich niederlassen (v. Vögeln): láo[4]-čö sitzen.

b) transitiven Verben angefügt, bezeichnet čö meist den dauernden Zustand, in welchen etwas ver= setzt worden ist und sich daher nun befindet, z. B.: hsie[3] schreiben: hsié[3]-čö geschrieben sein, geschrieben stehen. ko[1] hinlegen, =stellen, =setzen: kó[1]-čö hin= gelegt, =gestellt, =gesetzt sein = stehen, liegen. fang[4] hinlegen, hinsetzen: fáng[4]-čö daliegen, dasein. so[3] verschließen: só[3]-čö verschlossen sein. kua[4] hängen: kuá[4]-čö hangen. t'ie[1] anheften: t'íe[1]-čö angeheftet sein.

Nicht selten bezeichnet es in diesem Falle aber einfach die Fortdauer einer Handlung, während eine andere ein= tritt oder vor sich geht, z. B. na[4]-kö kou[3] hęn[2]-čö i[2]. k'uai[4] žou[4] kuo[4] ho[2] jener Hund hielt ein Stück Fleisch im Maule und währenddem ging er über einen Fluß.

Oft wird ein solches Verb passend durch ein adverbiales Partizip zu übersetzen sein.

II. Zusammengesetzte Zeitwörter.

§ 107. Zeitwörter können zusammengesetzt sein
a) mit Hauptwörtern, die im Adverbialkasus
zu denken sind, z. B.: mu⁴-tü³ mit (eigenen) Augen
sehen*); čen⁴-wáng² in der Schlacht sterben; čiü¹-čü⁴
in einem Hause wohnen (bald das Hauptwort, bald
das Verb akzentuiert);
b) mit Adverbien, z. B. wán³-hsiao⁴ (das Adverb
akzentuiert) töricht lachen = scherzen;
c) mit Zeitwörtern;
d) mit Hauptwörtern, die im Objektskasus
stehen.

§ 108. Die unter § 107 c genannte Art zerfällt wieder
in drei Gruppen, nämlich solche, die bestehen
α) aus zwei Synonymen zur Vermeidung der Zweideutigkeit eines Einsilbers (§ 110);
β) aus zwei verwandten Artbegriffen zur Bezeichnung eines allgemeinen Begriffs (§ 111); oft auch
nur zur Bezeichnung eines der beiden Artbegriffe
(vgl. unten čiáo⁴-tso⁴);
γ) aus zwei beigeordneten Zeitwörtern zur Bezeichnung der Verbindung durch „und" (§ 112);
δ) aus zwei Zeitwörtern, deren erstes dem zweiten
untergeordnet ist, indem es die besondere Art und
Weise bezeichnet, in welcher die durch das zweite
Glied bezeichnete Thätigkeit vor sich geht (§ 113).

§ 109. Von den aus zwei Zeitwörtern gleicher oder
ähnlicher Bedeutung bestehenden Kompositionen (§ 108 α),
ebenso wie von den analytischen (§ 108 β) und kopulativen
Zusammensetzungen (§ 108 γ) gilt dasselbe wie von den auf
gleiche Art gebildeten zusammengesetzten Hauptwörtern
(§ 81 u. 84).

Wir können uns daher hier darauf beschränken, eine
Anzahl der häufigsten Beispiele vorzuführen mit dem Hinzufügen, daß der Akzent meist auf dem ersten Gliede dieser
Kompositionen ruht. (Siehe die wenigen Ausnahmen unter
den Beispielen.)

§ 110. Beispiele zu § 108 α:
čing⁴ ehren + čung⁴ schätzen = čing⁴-čung⁴ achten

---

*) In derselben Bedeutung auch yen³-cién⁴.

Chines. Konv.-Grammatik.   5

t'eng^2 zärtlich lieben + ai^4 lieben = t'éng^2-ai^4 lieben

hai^4 sich fürchten*) + p'a^4 sich fürchten = hai^4-p'á^4 sich fürchten

yüan^4 wünschen + yi^4 wollen = yüan^4-yi^4 oder yüan^4-yí^4 wünschen

tan^1 versäumen + wu^4 vernachlässigen = tán^1-wu^4 vernachlässigen

yu^1 traurig sein + č'ou^2 betrübt sein = yú^1-č'ou^2 traurig sein

yen^2 oder yüan^2 sprechen + yü^3 reden = yén^2-yü^3 oder yüán^2-yu^3 sprechen, reden

kai^1 verpflichtet sein + tang^1 verpflichtet sein = kái^1-tang^1 verpflichtet sein, müssen

ta^1 antworten + ying^4 antworten = tá^1-ying^4 antworten, einwilligen

hu^4 beschützen + wei^4 bewachen = hu^4-wei^4 beschützen, bewachen

žen^4 erkennen + ší^2 erkennen = žén^4-ší^3 kennen (von Personen)

k'uán^1 verzeihen + šu^4 vergeben = k'uán^1-šu^4 verzeihen, Nachsicht haben

čen^1 überlegen + čŏ^2 überlegen = čén^1-čŏ^2 überlegen

ší^4 versuchen + yen^3 probieren = ší^4-yen^3 versuchen

lin^2 naß werden + ší^1 naß werden = lin^2-ší^1 naß werden

tsun^1 befolgen + čao^4 sich richten nach = tsun^1-čáo^4 befolgen

kuo^4 vorübergehen + wang^3 fortgehen = kuo^4-wáng^3 vorübergehen

čüe^2 entscheiden + tuan^4 entscheiden**) = čüe^2-tuan^4 entscheiden

pi^4 ausweichen + hui^4 meiden = pí^4-hui^4 jem. ausweichen***)

i^4 erörtern + lun^4 besprechen = í^4-lun^4 besprechen

čan^4 stehen + li^4 stehen = čán^4-li^4 stehen

suan^4 berechnen + či^4 berechnen = suán^4-či^4 berechnen

tê^2 erlangen + čao^2 treffen = té^2-čao^2 erlangen.

§ 111. Beispiele zu § 108β:

hsing^3 nüchtern werden + wu^4 erwachen = hsíng^3-wu^4 zur Besinnung kommen†)

---

*) hai^4 allein heißt jetzt meist jemanden verletzen.
**) Eigentlich: abschneiden.
***) D. h. vermeiden, mit ihm zusammentreffen.
†) Im übertrag. Sinne.

yu¹ traurig sein + lü⁴ besorgt sein = yú¹-lü⁴ nachdenklich
  sein, nachdenken
ku¹ meinen + mo¹ fühlen = kú¹-mo¹ vermuten
hsi³ waschen + tsáo³ waschen, reinigen = hsi³-tsáo³ baden
yang³ ernähren + huo² leben lassen = yang³-huo² unterhalten, ernähren
tsê² bestrafen + čï⁴ regieren = tsé²-čï⁴ bestrafen
čiáo⁴ genannt werden + tso⁴ fungieren als = čiáo⁴-tso⁴
  heißen
hsiáo⁴ kindlich verehren + čing⁴ ehren = hsiáo⁴-čing⁴
  (jem. etw.) verehren, als Geschenk darbringen
šou⁴ ertragen + yung⁴ gebrauchen = šóu⁴-yung⁴ genießen
ta³ schlagen + čao² treffen = tá³-čao² treffen (Kugel)
p'íng² gleichmäßig sein + an¹ ruhig sein = p'íng²-an¹
  sich wohlbefinden
wang⁴ sehen nach jem. + k'an⁴ ansehen = wáng⁴-k'an⁴
  besuchen
fēn¹ teilen + pie² unterscheiden = fēn¹-pie² unterscheiden
čang³ lang werden + ta⁴ groß werden = čang³-tá⁴
  heranwachsen
kan³ dankbar sein (im Herzen) + hsie⁴ Dank sagen =
  kán³-hsie⁴ dankbar sein
nēng² imstande sein + kou⁴ hinreichen = néng-kou⁴
  können
kan³ gerührt sein + tung⁴ bewegt sein = kán³-tung⁴ gerührt sein
čiao¹ lehren + tao³ leiten = čiáo¹-tao³⋅⁴ unterrichten
čin⁴ verhindern + čï³ anhalten = čin⁴-čï³ verbieten.

§ 112. Beispiele zu § 108 γ:
k'an⁴ ansehen + tai⁴ behandeln = k'án⁴-tai⁴ ansehen und
  behandeln
lai² kommen + wang³ besuchen = lái²-wang³ oder lai²-
  wáng³ kommen und besuchen
č'uan¹ am Körper tragen + tai⁴ auf dem Kopfe tragen
  = č'uán¹-tai⁴ oder č'uan¹-tái⁴ am Körper und auf
  dem Kopfe tragen
hsi² ausüben + hsüe² lernen = hsi²-hsüe² lernen und
  ausüben.

§ 113. Zusammengesetzte Zeitwörter der in
§ 108 δ erwähnten Art sind außerordentlich beliebt. Das

5*

erste Glied folcher Kompositionen giebt eine adverbiale Beſtimmung der Art und Weiſe zu dem zweiten, z. B.: ča¹ ſtechen + se³ töten = čä¹-se³ ſtechend töten, auf die Art töten, daß man ſticht, wie wenn man im Deutſchen ſagte „ſtechtöten" ſtatt totſtechen.

Alle unſere mit Verhältniswörtern, Adverbien u. dgl. zuſammengeſetzten Zeitwörter müſſen im Chineſiſchen auf dieſe Art wiedergegeben werden, z. B.: šang⁴ aufſteigen + lai² kommen = šáng⁴-lai² aufſteigend kommen, herauf- ſteigen.

Weitere häufige Beiſpiele dieſer Art der Zuſammen- ſetzung ſind:

k'an⁴ ſehen + čien⁴ bemerken = k'án⁴-čien⁴ ſehend be- merken = ſehen, wahrnehmen

t'ing¹ hören + čien⁴ bemerken = t'íng¹-čien⁴ hörend be- merken = hören

č'u¹ herausgehen + č'ü⁴ gehen = č'ú¹-č'ü⁴ ausgehend gehen = ausgehen

kão⁴ verkünden + su⁴ ſagen = kão⁴-su⁴ verkündend ſagen = zu jem. ſagen*)

č'ao¹ abſchreiben + hsie³ ſchreiben = č'áo¹-hsie³ abſchreiben

čin⁴ hineingehen + č'ü⁴ gehen = čin⁴-č'ü⁴ hineingehen

šuo¹ reden + ho² vereinigen = šúo¹-ho² verſöhnen

kuo⁴ vorbeigehen + č'ü⁴ gehen = kúo⁴-č'ü⁴ vorbeigehen

šang⁴ aufſteigen + č'ü⁴ gehen = šáng⁴-č'ü⁴ hinaufgehen

tai¹ verbinden + č'ü⁴ gehen = tái¹-č'ü⁴ mitnehmen

sung⁴ begleiten + lai² kommen = súng⁴-lai² herbringen

na² nehmen + lai² kommen = ná²-lai² herbringen

no² rücken + k'ai¹ fortſchaffen = nó²-k'ai¹ fortrücken

na² nehmen + k'ai¹ fortſchaffen = ná²-k'ai¹ fortnehmen, wegnehmen

fen¹ teilen + kei³ geben = fén¹-kei³ abgeben (jem. etw. von etw.)

yang¹ drängen + č'iu² bitten = yáng¹-č'iu² anflehen

ting¹ annageln + se³ töten = tíng¹-se³ kreuzigen

čien³ aufheben + č'ü⁴ weggehen = čién³-č'ü⁴ (etwas am Boden liegendes) mitnehmen

tiao¹ im Schnabel oder Maule halten + č'ü⁴ fortgehen = tiáo¹-č'ü⁴ im Maule forttragen

---

*) In dieſer Bedeutung wird šuo¹, das ſonſt „ſagen" heißt, nicht gebraucht.

p'eng⁴ an etw. stoßen + p'o⁴ zerbrechen = p'eng⁴-p'ó⁴
zerstoßen

čeng⁴ vorne sein, obenan sein + tso⁴ sich setzen = čeng⁴-
tso⁴ sich obenan setzen

ta³ schlagen + sę³ töten = tá³-sę³ totschlagen

šuo¹ reden + ming² deutlich machen*) = šuo¹-ming² erklären

yen¹ ertrinken + sę³ sterben = yén¹-sę³ ertrinken

kuang⁴ spazieren + č'ü⁴ gehen = kuáng⁴-č'ü⁴ spazieren gehen

č'u¹ ausgehen lassen + tsu¹ dingen = č'u¹-tsú¹ vermieten

kęn³ nagen + tuán⁴ in zwei Teile teilen = kęn³-tuán⁴
entzwei nagen

ho¹ trinken + č'iang⁴ husten = ho¹-č'iáng⁴ sich verschlucken

kung¹ angreifen + p'o⁴ zerbrechen = kung¹-p'ó⁴ erstürmen.

Das deutsche „aus-, heraus-" wird also oft durch
Zusammensetzungen mit č'u¹ (hinausgehen) wiedergegeben;
ebenso hinein-, herein- durch čin⁴ hineingehen; vorbei-
durch kuo⁴ vorbeigehen; hinauf-, herauf- durch šang⁴
aufsteigen; hinab-, herab- durch hsia⁴ hinabsteigen; her-
durch lai² (kommen); hin- durch č'ü⁴ (gehen). Ebenso werden
oft k'ai¹ (fortschaffen) für die deutschen Vorsilben „weg-,
fort-" und ču⁴ (verharren) für die Vorsilbe „fest-" gebraucht.

§ 114. Besondere Aufmerksamkeit erfordern die Komposita mit lai² (kommen), č'ü⁴ (gehen), šang⁴ (hinaufsteigen)
und hsia⁴ (hinabsteigen), teils wegen der Häufigkeit ihres
Vorkommens, teils auch weil sie z. T. nur lose zusammengesetzt sind und unter Umständen getrennt werden können,
teils endlich, weil die ursprüngliche Bedeutung der genannten
Verben in diesen Kompositis nicht selten stark verwischt
erscheint.

§ 115. lai² (kommen) und č'ü⁴ (gehen) verbinden
sich gern mit allen Zeitwörtern, die eine Bewegung ausdrücken; sie entsprechen dann etwa den deutschen Vorsilben
„her-" und „hin-", z. B.:

šang⁴ aufsteigen + lai² = heraufkommen (auch einfach:
herkommen);

+ č'ü⁴ = hinaufgehen (auch einfach:
hingehen)

----

*) A. II, S. 412, faßt ming² adverbial, wie ich glaube, un-
zutreffend.

hsiá⁴ niedersteigen + lai² = herabkommen, herunterkommen
                     + č´ü⁴ = hinabgehen, hinuntergehen.
čin⁴ eintreten + lai² = hereinkommen
                  + č´ü⁴ = hineingehen
č´u¹ ausgehen + lai² = herauskommen
                 + č´ü⁴ = hinausgehen
kúo⁴ vorbeigehen + lai² = vorbeikommen (oft = herüber=
                               kommen, herkommen)
                 + c´ü⁴ = vorbeigehen (oft = hinüber=
                               gehen, hingehen)
húi² zurückkehren + lai² zurückkommen
                    + c´ü⁴ zurückgehen
č´i³ aufstehen + lai² aufstehen, anfangen.

Neben diesen Kompositis sind übrigens die einfachen Verben durchaus gebräuchlich. Da dieselben nach chinesischem Sprachgebrauch transitiv sind, so können sie ein Objekt zu sich nehmen. Geschieht dies, so werden die Komposita wieder aufgelöst, indem das Objekt zwischen beide Glieder tritt*) z. B.: čin⁴ wú² li³ lai³ = betritt das Zimmerinnere = komm herein ins Zimmer.

Dieselbe Stellung hat das nachgestellte Subjekt und eine etwaige Ortsbestimmung.

Das erste Glied solcher Zusammensetzungen mit lai² und č´ü⁴ kann auch seinerseits bereits zusammengesetzt sein, so daß alsdann dreisilbige Komposita entstehen, bei denen gleichfalls lai² und č´ü⁴ meist nach Belieben stehen und wegbleiben können, sofern sie aber stehen, durch einen etwaigen Objektskasus bezw. das nachgestellte Subjekt rc. die Verbin= dung zerrissen wird.

Beispiele:

ná² nehmen + šang⁴·lai² nehmend herauskommen == herauf=
                                     bringen
                + šang⁴·č´ü⁴ hinaufbringen
                + hsia⁴·lai² herunterbringen**) (=holen)
                + hsia⁴·č´ü² hinunterbringen**)
                + čin⁴·lai² hereinbringen
                + čin⁴·č´ü⁴ hineinbringen
                + č´u¹·lai² herausbringen (=tragen, =nehmen)
                + č´u¹·č´ü⁴ hinausbringen (=tragen)

---

*) Sofern nicht statt dessen der absolute Kasus gewählt und an die Spitze des Satzes gestellt wird.
**) Dagegen ná²·hsia⁴ allein = festnehmen.

ná² nehmen + kuo⁴-lai² herüberbringen, herbringen
　　　　　 + kuo⁴-č'ü⁴ hinübertragen, hintragen
　　　　　 + hui⁴-lai² hierher zurückbringen
　　　　　 + hui⁴-č'ü⁴ wo andershin zurückbringen
　　　　　 + č'i³-lai² in die Hand nehmen
lá¹ ziehen + č'u¹-lai² herausziehen
p'áo³ laufen + č'u¹-lai² herausgelaufen kommen
yáng³ gebären + hsia⁴-lai² zur Welt bringen, niederkommen
čién³ aufheben + č'i³-lai² aufheben
tiao⁴ fallen lassen + hsia⁴-lai² herabfallen lassen
ẓeng¹ werfen + hsia⁴-č'ü⁴ hinabwerfen
súo¹ reden + č'i³-lai² zu reden anfangen
hsiáo⁴ lachen + č'i³-lai² zu lachen anfangen u. s. w.

Der Akzent liegt stets auf der ersten Silbe, außer bei
kúo⁴-č'ü⁴, wenn es „zu Ende gehen" bedeutet, z. B. k'ai¹-
kúo⁴-č'ü⁴ verblühen.

Die obigen Ausdrücke können auch ohne lai² und č'ü⁴
gebraucht werden, so daß z. B. tiao⁴ = tiáo⁴-hsia⁴ =
tiáo⁴-hsia⁴-lai² (fallen lassen) ziemlich gleichbedeutend sind.

§ 116. šang⁴ hat als Verbum die verschiedenartigsten
Bedeutungen, die sich indes meist leicht auf die Grundbedeutung „aufsteigen" oder kausativ „aufsteigen lassen" zurückführen lassen, z. B.:

šang⁴ šán¹ a) auf einen Berg steigen, b) ins Gebirge gehen
šang⁴ č'uán² ein Schiff besteigen
šang⁴ án⁴ ans Land steigen
šang⁴ fán⁴ das Essen auftragen (servieren)
šang⁴ húo⁴ Waren ausladen
šang⁴ nién³-či⁴ die Jahresreihe hinaufsteigen = älter werden
šang⁴ hsién² eine Uhr aufziehen.

Als zweites Glied verbaler Komposita, deren erstes Glied
gleichfalls ein Verbum ist, wird es mit vielen Zeitwörtern
verbunden, um eine Aufwärtsbewegung zu bezeichnen. Diese
Grundbedeutung wird vielfach auf andere, auch geistige Verhältnisse übertragen. Oft dient šang⁴ nur zur Verstärkung eines ohnehin bereits im Begriff des Grundverbums
enthaltenen Bedeutungsmomentes, z. B.:

na¹ nehmen, bringen: ná¹-šang⁴ aufwärts bringen
p'a² klettern: p'á²-šang⁴ hinaufklettern
čia¹ hinzufügen: čiá¹-šang⁴ noch hinzufügen
so³ schließen: só³-šang⁴ zuschließen

tien³ anzünden: tien³-šang⁴ anzünden
mo³ wischen, streichen: mó³-šang⁴ aufstreichen
kai⁴ bedecken: kái⁴-šang⁴ zubecken
kan³ nacheilen: kán³-šang⁴ einholen, erreichen
čuang¹ füllen: čuáng¹-šang⁴ auffüllen, laden (Gewehr)
hsie³ schreiben: hsié³-šang⁴ aufschreiben
c'uan¹ anlegen (Kleidung): č'uán¹-šang⁴ anlegen.

§ 117. *hsiá⁴* ist das Gegenteil von šang⁴; es bedeutet „abwärts steigen" und kann sowohl das Ziel als auch den Ausgangspunkt der Bewegung als Objekt zu sich nehmen, z. B.: hsia⁴ tí⁴ auf die Erde herabsteigen, hsia⁴ má³ vom Pferde steigen, hsia⁴ č'uán² a) aus dem Schiffe steigen, b) ins Schiff hinabsteigen.

In Zusammensetzungen bezeichnet es eine Abwärtsbewegung in eigentlichem und in übertragenem, zuweilen sehr verblaßtem Sinne. Oft verstärkt es lediglich den ohnehin in einem Verbum gelegenen Begriff der Abwärtsbewegung, z. B.:
na² holen, bringen: ná²-hsia⁴ herabholen, hinabbringen
tiao⁴ fallen lassen: tiáo⁴-hsia⁴ hinabfallen lassen
ženg¹ werfen: žéng¹-hsia⁴ hinabwerfen
la¹ ziehen: lá¹-hsia⁴ herabziehen
tsu¹ mieten: tsú¹-hsia⁴ abmieten
ting⁴ festsetzen: tiing-hsia⁴ festsetzen
tso⁴ handeln: tsó⁴-hsia⁴ begehen
yang³ gebären: yáng³-hsia⁴ gebären
liü² behalten: liü²-hsia⁴ zurückbehalten
ling³ bekommen: líng³-hsia⁴ erheben (z. B. Abgaben)
la⁴ zurücklassen: lá⁴-hsia⁴ zurücklassen u. s. w.

§ 118. Wie in § 115 ausgeführt, lösen die mit *lai²* und *č'ü⁴* als letztem Gliede gebildeten zusammengesetzten Verba die Verbindung auf, sobald das Subjekt oder das Objekt oder auch eine Ortsbestimmung auf dieselben folgt; lai² bezw. č'ü⁴ werden alsdann abgetrennt und die genannten Satzteile treten unmittelbar hinter das erste Glied*) des Kompositums, z. B. ná²-lai² herbringen, aber na² šúi³ lai² bringe Wasser her.

Auch durch tê² (können) und pu (nicht können) werden diese und andere Komposita oft gesprengt.

---

*) Das natürlich nicht bloß einsilbig sein braucht.

§ 119. Zusammengesetzte Zeitwörter können schließlich auch durch Verschmelzung eines Zeitwortes mit seinem Objekt entstehen, z. B. ta³ schlagen + sao³ das Fegen = tá³-sao³ = fegen.

Meist handelt es sich um erstarrte Phrasen, die dann im Gegensatz zu der bloßen grammatischen Verbindung (selbst wenn sie zur ständigen Verbindung, zur Phrase, geworden ist) den Akzent meist auf das Zeitwort zurückwerfen.

Bei manchen dieser Phrasen ist der Erstarrungsprozeß noch nicht abgeschlossen; so kommt z. B. liú²-pu⁴ und liú²-pú⁴ (Schritt anhalten = nicht weiter gehen) noch nebeneinander vor.

Bei der Verbindung von Zeitwort und Objekt lassen sich demnach sozusagen vier Stärkegrade unterscheiden:

a) čï¹-tao⁴ Wegwissen = wissen: festes Kompositum;
b) liú²-pu⁴ oder liú² pú⁴ anhalten: loses Kompositum;
c) sa¹ huáng³ eine Lüge loslassen = lügen: ständige Verbindung, Phrase;
d) kuan¹ mén² die Thür zumachen: lose grammatische Verbindung.

Zu der ersten und dritten Kategorie seien hier noch einige häufige Beispiele verzeichnet:

zu a) nú³-li⁴ (seine) Kräfte anstrengen = sich bemühen
tá³-suan⁴ Berechnung schlagen = beabsichtigen
hsiáo⁴-hua⁴ Worte verlachen = auslachen
tá³-t'ing¹ ein Horchen schlagen*) = sich erkundigen
ting⁴-kuei¹ ein Gesetz festsetzen = verabreden
tá³-pan⁴ eine Tracht anlegen (wörtlich: schlagen)
huái²-hęn⁴ Groll hegen u. s. w.;
zu c) t'an¹ hsín das Herz begehren lassen = begehren
šęng¹ č'ï Zorn erzeugen = zornig werden
liú² hsín¹ das Herz bewahren = sich hüten
č'ï³ šęn¹ den Körper in Bewegung setzen = aufbrechen u. s. w.

Abgeleitete und zusammengesetzte Adverbien.

§ 120. Alle Adverbien sind im Chinesischen von Hauptwörtern, Eigenschaftswörtern oder Zeitwörtern

*) Hinsichtlich des phraseologischen Verbums ta³ vergl. z. B. das gleichbedeutende und gleich verwendete kupiga im Suahili.

abgeleitet; wenn wir ein chinesisches Adverb als ur=
sprünglich bezeichnen, so ist das nur in dem Sinne zu
verstehen, daß die Etymologie dunkel oder das Stammwort
in seiner eigentlichen Bedeutung veraltet bezw. sein Gebrauch
auf einen Dialekt oder auf die Schriftsprache beschränkt ist.

Hiernach sind z. B. als ursprüngliche Adverbien an=
zusehen:

yo⁴ wieder	meng³ plötzlich	pu¹·²·⁴ nicht
i³ schon	tōu¹ } gänzlich	čı³ nur
tsai⁴ wieder	kung⁴ }	tan⁴ nur
žu² wie	hai² noch, wieder	örh² noch, und
ts'ai² erst, eben	čiu⁴ dann, so	(meist Wenhua)
keng⁴ in noch	hsiang⁴ bisher	fu² wieder
höherem Grade	ts'eng² früher	mö, ma Frage=
hen³ sehr	ping⁴ keineswegs	partikel
č'ié³ auch, überdies	wei⁴ noch nicht	pi⁴ sicherlich, gewiß
ye³ auch	(meist Wenhua)	č'ang² immer 2c.
a¹, ni } sahschließ.		
nä, lä } Hülfswörter		

Viele andere sind veraltet und finden sich nur noch in
der einen oder anderen Verbindung oder Zusammensetzung.

§ 121. Abgeleitet oder ersetzt können Adverbien
werden:

a) durch Hauptwörter im Adverbialkasus u. z.:

α) einfache,

β) gedoppelte,

γ) zusammengesetzte,

δ) grammatisch näher bestimmte;

b) durch Hauptwörter mit einem Verhältniswort;

c) durch Fürwörter im Adverbialkasus oder mit einem
Verhältniswort;

d) durch Eigenschaftswörter u. z.:

α) ohne weiteres,

β) durch Doppelung, oft unter Anfügung von ti (örh ti);

e) durch den substantivierten Infinitiv eines Zeit=
worts im Adverbialkasus (mit oder ohne gram=
matische Bestimmung);

f) durch Doppelung ursprünglicher Adverbien;

g) durch die Endungen žan², t'ou², lai², örh;

h) durch ti.

i) durch Zusammensetzung zweier ursprünglicher
   Adverbien u. f. w.

Wir behandeln die einzelnen Arten eingehender in
§ 122 ff.

§ 122.   Einfache Hauptwörter im Adverbialkasus werden
häufig gebraucht, um den Begriff eines Adverbs auszudrücken.   Einige der häufigsten sind:

hou⁴ Rückseite: auf der Rückseite, hinten
tsao³ Morgen: am Morgen, früh
wai⁴ Außenseite: an der Außenseite, draußen
hsién¹ Vorderseite: früher, vorher, im voraus, zuerst
wan³ Abend: abends, spät u. f. w.

§ 123.   Doppelung von Hauptwörtern erzeugt
Adverbien, z. B.:

pú⁴-pu⁴ auf Schritt und Tritt
ší²-ší² zu jeder Zeit
t'ien¹-t'ién¹ Tag für Tag.

Mitunter wird auch noch örh angehängt: t'ien-t'ién⁻rh¹.

§ 124.   Alle Arten zusammengesetzter Hauptwörter
können im Adverbialkasus als Adverbien gebraucht werden.
Hierher gehören z. B.:

a) aus zwei Hauptwörtern bestehend:
sáng⁴-yüě⁴ (Oberseite=Monat =) im vorigen Monat
hsià⁴-yüe⁴ (Unterseite=Monat =) im nächsten Monat
wó³ č'ü⁴ ti ší²-hou'rh⁴ zur Zeit meines Gehens = als
   ich ging
pu⁴-nié⁻rh³ im Tragsessel der Füße = auf Schusters
   Rappen;

b) Adjektiv oder Verb und Hauptwort:
tá⁴-tao⁴ (große Art) freimütig*)
tie²-tse⁴ (wiederholte Male) zu wiederholten Malen
č'ín¹-sou³ (eigene Hand) eigenhändig
ta⁴-fan³ (großes Ganze) im allgemeinen
míng²-žl⁴ (heller Tag =) morgen
míng²-t'ien¹ (heller Tag =) morgen
méi³-t'ien¹ (jeder Tag =) täglich;

c) Zahlwort und Hauptwort oder substantivierter
Infinitiv.   Besonders Ausdrücke mit yi¹·²·⁴ (eins) in der
Bedeutung „ganz", z. B.:

---

*) Dagegen ta⁴-táo⁴ Landstraße, vgl. § 93.

i^2-péi^4-tsę im ganzen Leben
i^2-tíng^4 (eine Bestimmung =) sicherlich, gewiß
i^4-lién^2 in einer Verbindung = hintereinander
i^2-yfe^4 die ganze Nacht
i^2-č'íe^4 mit einem Schnitt = sämtlich
i^4-šęng^1 im ganzen Leben
i^2-kai^4 in einer Summe = sämtlich
i^4-ši^2 in einem Augenblick
i^4-čš^2 in einer Graben = geradewegs, geradezu.

d) Adverb und Hauptwort:
čín^{1}-šl^4 (jetzt Tag =) heute
čín^{1}-t'ien^1 (jetzt Tag =) heute
tsó^2-šl^4 (morgen Tag =) morgen
čín^{1}-nien^2 (jetzt Jahr =) heuer.

§ 125. Aber auch Hauptwörter in grammatischer Ver=
bindung mit Fürwörtern, Eigenschaftswörtern oder einem
Genitiv können, im Adverbialkasus gebraucht, die Bedeutung
eines Adverbiums erlangen, z. B.:
čê^4 t'ién (dieser Tag =) eines Tages
čé^4 yang^4 auf diese Weise, so
ná^4 pien^1 (jene Seite =) dort.

§ 126. Hauptwörter mit einem Verhältniswort
= Adverb:
pan^4-yfe^4 li^3 mitternachts
héi^1 hsia^4 unter dem Dunkel = abends
sę^1 hsia^4 unter der Heimlichkeit = im geheimen.

§ 127. Fürwörter im Adverbialkasus oder mit Ver=
hältniswort = Adverb:
wó^3 čê'rh^4 hier bei mir
čê^4-li^3 hier (wörtl.: in diesem)
ná^4-li^3 dort (wörtl.: in jenem)
ná^3-li^3 wo? (wörtl.: in welchem?).

§ 128. Jedes Eigenschaftswort kann auch als
Adverb gebraucht werden, z. B.: k'uai^4 (schnell, bald),
hsien^2 (müßig, zwecklos), šl^2 (geradezu, in einem fort), hsin^{1}-
čín^4 (neu und nah = neulich), čęn^1 (wirklich), hsi^4 (genau).
Sehr oft wird es dann verdoppelt und dann meist noch ti
oder örh ti angefügt:
hāo^3 gut: hāo^3-hâo'rh^3 ti gut, ordentlich
k'uai^4 schnell: k'uai^4-k'uái^4 ti   ⎫
               k'uai^4-k'u^{ai}'örh^4 ti ⎭ schnell.

Hinsichtlich des Akzents vergl. § 37.

§ 129. Der substantivierte Infinitiv eines Zeit=
worts im Adverbialkasus (meist am besten durch ein Par=
tizip auf =end zu übersetzen) dient unendlich oft zur Wieder=
gabe eines adverbialen Begriffs, z. B.:

tsung³ durch Zusammenfassen, zusammenfassend =
   durchaus
kén¹-čŏ folgend = hinterher
č'iáng³ durch Zwang = mit Gewalt
méi² nicht vorhanden seiend = nicht
pi³ im Vergleich (mit*).

Auch der Infinitiv des Perfekts kommt in gleicher
Weise vor, z. B.: lí²-liáo getrennt von, č'ú²-liáo ausge=
nommen, mit Ausnahme von.

Dabei kann das Zeitwort sowohl die Negationspartikel
als auch ein Objekt bei sich haben, z. B.:

pu² kúo⁴ nicht hinausgehend über = nicht mehr als
pu⁴ čt³ nicht stehen bleibend bei = mehr als
tč² hén³ erlangend einen hohen Grad = sehr
tsáo³ č'i³ früh anhebend = des Morgens
čt⁴ tó¹ erreichend viel = wenn es hoch kommt, höchstens
čt⁴ šáo³ erreichend wenig = wenigstens
lien⁸ . . . . ye³ bindend . . . . auch = sogar auch
i³-čing¹ bereits erlebt habend = schon.

§ 130. Ursprüngliche Adverbien werden mitunter
verdoppelt, oft unter Anfügung von ti, z. B.: hen³ sehr
= hen³-hén³-ti sehr; č'ang² immer = č'ang²-č'áng² (-ti)
immer.

§ 131. Durch die Endungen žan² (=enderweise, =weise),
t'ou² (eigentl. Kopf, Ende, vergl. § 86), lai² (kommend),
örh werden von verschiedenen Wortklassen in bestimmten
Fällen Adverbien abgeleitet:

a) žan²: kuo³-žán² (ergebnisweise =) in der That, wirk=
lich, hu¹-žán² plötzlich, tsé⁴-žan² natürlich;
b) t'ou²: lí³-t'ou² darin, šáng⁴-t'ou² oben (dafür auch
šáng⁴-pien¹ an der Oberseite), hsiá⁴-t'ou² unten
(besser: hsiá⁴-pien¹), wái⁴-t'ou² draußen;
c) lai²: húi²-lai² nachher (von húi² zurückkehren), čiang¹-
läi² in Zukunft, hóu⁴-lai² nachher, später, kú³-lai²

*) Siehe Lektion XIV (II. Stufe).

92

vor alters, hsiang⁴-lái² bisher, čin⁴-lái² neuerlich,
pęn³-lai² ursprünglich;

d) *örh:* pęn³-žęⁿrh² (Wurzel-Mensch ═) persönlich,
čê'rh⁴ hier, nä'rh⁴ da, nä'rh³ wo?, čê-kw'örh⁴ hier,
tso'rh² gestern, čⁱⁿ'rh¹ heute, čięⁿ'rh² vorgestern u. s. w.

§ 132. Manchen der erwähnten adverbialen Ausdrücke
kann auch noch, sofern sie mindestens zweisilbig sind, das
Hilfswort ti angefügt werden; mitunter wird dies durch den
Sprachgebrauch sogar verlangt. Hier kann indessen nur das
Wörterbuch sichere Auskunft geben.

§ 133. Einige Adverbien sind durch Zusammen=
setzung aus zwei Adverbien entstanden, z. B.: žú²-čin¹
wie jetzt ═ jetzt.

Bildung der Verhältniswörter.

§ 134. Auch bei den meisten Verhältniswörtern ist
der nominale oder verbale Ursprung (die Ableitung
von einem Hauptwort oder einem Zeitwort) noch deutlich
zu erkennen.

Die Verhältniswörter sind ursprünglich entweder Haupt=
wörter im Adverbialkasus und regieren daher dann
den Genitiv (ohne ti) oder sie sind Zeitwörter im Ad=
verbialkasus des Infinitivs und regieren daher den
Objektskasus; im ersteren Falle stehen sie, ganz im Ein=
klange mit ihrer Grundbedeutung, hinter dem Hauptwort,
in letzterem vor demselben.

Einige Beispiele werden dies näher erläutern:

a) von Hauptwörtern abgeleitet:

li³ Innenseite, Inneres: fáng-tsę li³ im Innern des Hauses
    ═ im Hause

hsia⁴ Unterseite: t'iéⁿ¹ hsia⁴ an der Unterseite des Himmels
    ═ unter dem Himmel

šang⁴ Oberseite: có¹-tsę šang⁴ an der Oberseite des Tisches
    ═ auf dem Tische u. s. w.

b) von Zeitwörtern abgeleitet:

tsai⁴ darin sein: darin seiend ═ in

č'i³ aufbrechen: aufbrechend von ═ von . . . her

tao⁴ gelangen: gelangend zu ═ bis nach, bis

li² sich trennen: sich trennend von ═ von . . . weg

na² nehmen: nehmend (z. B. als Werkzeug) ═ mit

wang³ hinblicken: hinblickend ═ gen, nach . . . hin

ts'ung² herkommen: herkommend von = von . . . her
yung⁴ gebrauchen: gebrauchend (als Werkzeug) = mit u. f. w.

Bildung der Konjunktionen.

§ 135. Unter den Konjunktionen findet sich eine
Anzahl, deren Ursprung sich nicht mehr mit Sicherheit fest=
stellen läßt und die wir daher ursprüngliche nennen,
z. B.: sui¹ obgleich, či⁴ da, nachdem, örh² und (meist W.).
Andere sind von Hauptwörtern oder Zeitwörtern (im Ad=
verbialkasus) abgeleitet, z. B.: yin¹ (weil) von yin¹ Ursache.
Weiteres siehe im Abschnitt über den Gebrauch der Kon=
junktionen.

Die Merkmale der Komposition gegenüber der ständigen Verbindung und der grammatischen Verknüpfung.

§ 136. Es ist schon oben gesagt, daß die Grenzen
zwischen eigentlicher Zusammensetzung, ständiger Wortver=
bindung und bloßer grammatischer Verknüpfung oft sehr
schwer und häufig überhaupt nicht zu ziehen sind.

§ 137. Dies liegt einmal darin, daß sich die einzelnen
Glieder eines Kompositums lautlich wenig beeinflussen. Nur
selten kommt der Fall vor, daß ein schließendes n vor einem
folgenden Lippenlaut in m übergeht, wie z. B. in šén²-mö,
das stets šémmö gesprochen wird, oder in kęn¹-pán¹-ti,
welches wie kęm¹-bán¹-ti lautet.

Dies in andern Sprachen so weitreichende Merkmal
leistet also für die Erkennung zusammengesetzter Wörter so
gut wie gar keine Dienste.

§ 138. Nur ein Umstand läßt untrüglich ein Kom=
positum erkennen, wenn nämlich eines seiner Glieder ein
Wort ist, das allein in der Umgangssprache nicht gebraucht
wird. So muß fu⁴-mú³ (Eltern) eine Zusammensetzung
sein, da weder fu⁴ (Vater) noch mu³ (Mutter) allein üblich
sind, man vielmehr fü⁴-č'in¹ und mú³-č'in¹ sagt.

§ 139. Auch die Akzentuierung der Komposita
unterscheidet sich häufig von den bloßen gleichlautenden grammatischen Verbindungen, wie oben im einzelnen angegeben
ist, und bildet so ein wichtiges Kennzeichen der Komposition.
Doch ist der Akzent bekanntlich rhetorischen Einflüssen (§ 57)
unterworfen und daher nicht immer ein zuverlässiger Weg=
weiser.

IV. Die chinesische Schrift.[*)]

§ 140. Die Schrift der Chinesen ist eine Wort=
schrift; sie verwendet nicht, wie beispielsweise die deutsche
Schrift, einzelne Zeichen für Vokale und Konsonanten, durch
deren Zusammensetzung das einen Lautkomplex bildende
Schriftbild geschaffen wird, sondern hat für jedes Stamm=
wort ein besonderes Zeichen. Wohl gemerkt, für jedes
Stammwort! Da alle Stammwörter im Chinesischen ein=
silbig sind, kann man daher die chinesische Schrift auch eine
Silbenschrift nennen.

§ 141. Von den eigentlichen Silbenschriften, wie sie
z. B. das Japanische im Katakana und Hirakana besitzt,
ist das chinesische Schriftsystem indessen sehr verschieden.
Während nämlich bei den eigentlichen Silbenschriften im
allgemeinen nur ein Zeichen für jeden silbenbildenden Laut=
komplex besteht, also z. B. die Silbe «ka» immer mit dem
gleichen Zeichen geschrieben wird, in welchem Zusammenhange
und in welcher Bedeutung sie sich auch finden möge, so hat
das Chinesische für ein und dieselbe Silbe[**)] im allgemeinen
so viel verschiedene Zeichen geschaffen, als dieselbe Haupt=
bedeutungen besitzt.

Der Silbe li² entspricht also z. B. je ein besonderes
Schriftzeichen für jede der folgenden Bedeutungen: 1. Fuchs,
2. Birne, 3. Zaun, 4. ausstrecken, 5. sich trennen, 6. wilde
Birne, 7. erleiden, 8. tibetischer Büffel, 9. schöne Frau,
10. anstarren u. s. w.

§ 142. Während daher der Silbenvorrat des Nord=
chinesischen, wie oben in § 22 dargelegt, ohne Rücksicht auf den

---

[*)] Wir handeln hier nur von der modernen chinesischen Druck=
schrift. — Vergl. J. D. Ball, How to write the Radicals. 1888. —
Ders. How to write Chinese. 1888. — Edkins, Introduction to the
Study of the Chinese Characters. 1876. — Giles, Synoptical
Studies in Chinese Characters. 1874.

[**)] Unter Silbe verstehe ich hier den durch den Ton differen=
zierten silbenbildenden Lautkomplex; ta¹, ta², ta³ und ta⁴ rechne ich
also als 4 verschiedene Silben.

Ton sich nur auf 431 und unter Berücksichtigung der Töne auf nicht viel über 1200 beläuft, beträgt die Anzahl der chinesischen Schriftzeichen, die sich in allgemeinem Gebrauch befinden, gegen 10000 und, wenn man die zahlreichen Varianten und veralteten Formen hinzurechnet, gegen 40000 und mehr.

Die hiernach für die Erlernung der chinesischen Schrift sich ergebenden Schwierigkeiten scheinen auf den ersten Blick unüberwindlich zu sein; indes schrumpfen sie bei näherer Betrachtung ganz erheblich zusammen.

§ 143. Einmal ist der Wortschatz, über den ein Schriftsteller verfügt, wenn er nicht gerade einen technischen Gegenstand abhandelt, ziemlich gering; im gewöhnlichen Leben, im amtlichen Verkehr und den leichteren Gattungen der Litteratur reicht man mit einer Kenntnis von etwa 3000 Worten so ziemlich aus und wird nur hin und wieder seine Zuflucht zum Wörterbuch nehmen müssen.

§ 144. Ferner sind die chinesischen Schriftzeichen durchaus nicht vollständig willkürlich für jedes einzelne Wort*) gebildet.

Der Gesamtheit der chinesischen Schriftzeichen (chinesisch tsǵ[4]) liegen vielmehr 214 einfache Elemente zu Grunde, die man mit dem Namen Klassenhäupter oder Schlüssel (chinesisch tsǵ[4]-pu[4]) zu bezeichnen pflegt. Diese 214 Grundformen findet man nebst Angabe ihres Lautes und ihrer Bedeutung am Schlusse des Buches.

Aus diesen Grundformen werden alle übrigen Zeichen zusammengesetzt; so besteht beispielsweise das Zeichen für ḱou[1], befehlen, aus den 3 Klassenhäuptern für „Mund" (ḱou), „acht" (pa) und „Messer" (tao).

§ 145. Die Bildung der zusammengesetzten chinesischen Schriftzeichen vollzieht sich nun zwar nicht ganz regellos, aber doch auch nicht nach absolut durchgreifenden Grundsätzen, was sich wohl daraus erklärt, daß sie zu verschiedenen Zeiten entstanden und die bei der Begründung des Schriftsystems geltenden Grundsätze in der Folgezeit nicht immer allein und gleichmäßig eingehalten worden sind.

§ 146. Die Klassenhäupter sind so ausgewählt, daß sie eine Anzahl von Gattungsbegriffen darstellen, deren

*) „Wort" gebrauche ich hier der Kürze wegen nach dem Vorstehenden in dem Sinne von Hauptbedeutung eines Stammwortes.

Gesamtheit das ganze Gebiet des menschlichen Denkens um=
spannt.

Jeder Begriff muß sich also einem der durch die Klassen=
häupter bezeichneten Gattungsbegriffe unterordnen lassen.

So rechnen denn die Chinesen z. B. unter das 75. Klassen=
zeichen, welches „Baum" bedeutet, alle Bezeichnungen für
Bäume und was damit zusammenhängt; unter das 61. (Herz)
alles, was sich auf das Gefühlsleben bezieht.

Natürlich ist die Klassifizierung der Begriffe nach diesen
214 Unterabteilungen vielfach willkürlich; jedenfalls aber muß
das Schriftzeichen für einen Begriff, der z. B. zur 75. oder
61. Klasse gehört, das entsprechende Schriftzeichen für „Baum"
bezw. „Herz" in sich enthalten. (Man vergleiche beispiels=
weise die unter diesen Klassenhäuptern im Wörterbuche auf=
geführten Zeichen.)

§ 147. Die chinesischen Wörterbücher pflegen daher
nach den 214 Klassenhäuptern, die eine feste Reihenfolge*)
haben, angeordnet zu sein. Unter jedem Klassenhaupte findet
man die zugehörigen zusammengesetzten Zeichen geordnet nach
der Anzahl der Striche, aus denen das oder die Zusatzzeichen
bestehen.

§ 148. Die einem Klassenhaupt zur Bildung eines zu=
sammengesetzten Schriftzeichens hinzugefügten Elemente
können nun wieder einfach oder zusammengesetzt sein, d. h.
es wird entweder ein einzelnes Grundzeichen (Klassenhaupt)
oder eine Gruppe von mehreren hinzugesetzt.

§ 149. Sehr häufig, aber bei weitem nicht immer, wird
dieses einfache oder zusammengesetzte Zusatzzeichen so ge=
wählt, daß es genau oder ungefähr den Laut anzeigt, den
das ganze Zeichen haben soll, so z. B. li⁴ (hohe Bergkette).
Zum Schreiben desselben verwendet man als Klassenzeichen
das 46., welches „Berg" bedeutet (san¹); um aber anzudeuten,
daß das ganze Zeichen zum Ausdrucke des Lautes «li» dienen
soll, fügt man hierzu das 77. Klassenhaupt, welches diesen
Laut hat, wenn auch mit anderer Betonung und mit der
Bedeutung „stehen".

§ 150. Das Klassenzeichen deutet also in derartigen
Zusammensetzungen auf den Sinn, das Zusatzzeichen auf
den Laut des zusammengesetzten Zeichens.

----

*) Die Reihenfolge ist bestimmt durch die Anzahl von Strichen,
aus welchen die Zeichen bestehen.

§ 151. Doch erscheint das Zusatzzeichen in sehr vielen Fällen völlig willkürlich gewählt zu sein und auch keine Hindeutung auf den Laut des zusammengesetzten Schriftzeichens zu enthalten.

§ 152. Seltener sind die Fälle, in denen auch das Zusatzzeichen auf die Bedeutung, nicht auf den Laut des zusammengesetzten Zeichens hinweist. Hierher gehört beispielsweise das Zeichen für «ming²» (hell), welches aus dem Klassenzeichen „Sonne" und dem Zusatzzeichen „Mond" besteht, wodurch die beiden hauptsächlichsten Helligkeitsquellen der Erde bezeichnet werden. Das Wort «ming²» bezeichnet auch den Schrei eines Vogels. In diesem Falle besteht das entsprechende Schriftzeichen aus dem Klassenhaupt für „Vogel" und dem Zusatzzeichen „Mund".

Da indes, wie bemerkt, auch diese wenigen Regeln durchaus keine auch nur halbwegs allgemeine Bedeutung haben, so muß das Gedächtnis bei der Aneignung der chinesischen Schriftzeichen das Beste thun.

§ 153. Was die äußere Form der Zusammensetzung betrifft, so haben die meisten Klassenhäupter eine bestimmte Stelle, die sie regelmäßig in dem zusammengesetzten Wortbilde einzunehmen pflegen. Da die Kenntnis dieser Stellung für die Bestimmung des Klassenhauptes, dem ein Schriftzeichen untergeordnet ist, sich als notwendig erweist, so folgt hier eine Tabelle der durch Ziffern bezeichneten Klassenhäupter mit Angabe der Stellung, die sie in zusammengesetzten Zeichen einnehmen. Hierbei sei zugleich darauf hingewiesen, daß einzelne Klassenhäupter in Zusammensetzungen eine etwas abweichende Gestalt zu erhalten pflegen. Diese Nebenformen sind im Verzeichnis der Klassenhäupter am Schluß des Buches mitaufgeführt und sorgfältig dem Gedächtnis einzuprägen.

§ 154.

Bedeutung	Stellung in zusammengesetzten Zeichen	Bedeutung	Stellung in zusammengesetzten Zeichen
o. = oben, u. = unten, l. = links, r. = rechts, um. = umfassend.			
1. eins	—	5. Stundenzeichen	—
2. graph. Element*)	—	6. graph. Element	—
3. „ „	—	7. zwei	—
4. „ „	—	8. graph. Element	o.

*) Einige Klassenhäupter sind nur graphische Elemente ohne selbständige Bedeutung.

6*

Bedeutung	Stellung in zusammengesetzten Zeichen		Bedeutung	Stellung in zusammengesetzten Zeichen
9. Mensch	l.		49. selbst	—
10. graph. Element	u.		50. graph. Element	l.
11. eintreten	—		51. Schild	—
12. acht	—		52. klein	—
13. graph. Element	um.		53. graph. Element	o.
14. " "	o.		54. "	l.
15. " "	l.		55. die „Hände" falten	u.
16. Bank	—		56. schießen	r.
17. graph. Element	um.		57. Bogen	l.
18. Schwert	r.		58. graph. Element	—
19. Kraft	r.		59. Haare	r.
20. graph. Element	um.		60. graph. Element	l.
21. Löffel	—		61. Herz	l. u.
22. graph. Element	um.		62. Lanze	r.
23. " "	um.		63. Thür	o.
24. zehn	—		64. Hand	l.
25. losen	—		65. Zweig	l.
26. graph. Element	r.		66. schlagen	r.
27. " "	um.		67. Buchstabe	r.
28. " "	—		68. Maß	r.
29. wieder	—		69. Axt, Gewicht	r.
30. Mund	l.		70. Seite	l.
31. graph. Element	um.		71. nicht sein	—
32. Erde	l.		72. Sonne	l.
33. Gelehrter	—		73. sagen	—
34. folgen	—		74. Mond	l.
35. langsam gehen	u.		75. Baum	l.
36. Dunkelheit	—		76. nicht zureichen	r.
37. groß	—		77. stehen	—
38. Weib	l.		78. Skelett	l.
39. Kind	l. u.		79. Stock	r.
40. graph. Element	o.		80. nicht sein	—
41. Zoll	r. u.		81. vergleichen	—
42. klein	—		82. Haare	l.
43. hinkend	l.		83. graph. Element	—
44. graph. Element	o.		84. Familie	o.
45. Sproß	l.		85. Wasser	l.
46. Berg	l. o.		86. Feuer	l.
47. graph. Element	—		87. Kralle	o.
48. Handwerker	—		88. Vater	—

Bedeutung	Stellung in zusammengesetzten Zeichen	Bedeutung	Stellung in zusammengesetzten Zeichen
×89. Loslinien	—	129. Pinsel	—
90. graph. Element	l.	130. Fleisch	l.
91. „	l.	131. Unterthan	—
92. Zähne	—	132. von, aus	—
93. Rind	l.	133. gelangen	—
94. Hund	l.	134. Mörser	—
✗95. Himmelsfarbe	—	135. Zunge	l.
96. Jaspis	l.	136. gegenüberliegen	—
97. Kürbis	r.	137. Schiff	l.
98. Ziegel	l.	138. Grenze	—
99. süß	—	139. Farbe	—
100. leben	—	140. Pflanze	o.
101. gebrauchen	—	141. graph. Element	o.
102. Feld	l.	142. Insekt	l.
103. Fuß	—	143. Blut	—
104. graph. Element	o. l.	144. thun, gehen	um.
105. „ „	o.	145. Kleid	l.
106. weiß	l.	146. bedecken	o.
107. Haut	r.	147. sehen	r.
108. Schüssel	u.	148. Horn	l.
109. Auge	l. o.	149. Wort	l.
110. Lanze	l.	150. Thal	l.
111. Pfeil	l.	151. Bohnen	l.
112. Stein	l.	152. Schwein	l.
113. Erdgeist	l.	153. Wurm	l.
114. Fußspur	—	154. Reichtum	l.
115. Getreide	l.	155. rot	l.
116. Höhle	o.	156. gehen	l.
117. stehen	l.	157. Fuß	l.
118. Bambus	o.	158. Körper	l.
119. Reis	l.	159. Wagen	l.
120. Rohseide	l.	160. herb	l.
121. irdener Topf	l.	161. Stunde	—
122. Netz	o.	162. gehen	l. u.
123. Schaf	l.	163. Stadt	r.
124. Federn	—	164. Wein	l.
125. alt	—	165. trennen	—
126. und	—	166. Meile	—
127. Pflug	l.	167. Gold, Metall	l.
128. Ohr	l.	168. lang	l.

Bedeutung	Stellung in zusammenge- setzten Zeichen	Bedeutung	Stellung in zusammenge- setzten Zeichen
169. Thür	um.	192. Wohlgeruch	—
170. Erdhausen	l.	193. Dreifuß	l.
171. gelangen	r.	194. Dämon	l.
172. kleiner Vogel	r.	195. Fisch	l.
173. Regen	o.	196. Vogel	r.
174. blau	—	197. Salz	l.
175. nicht sein	—	198. Hirsch	o.
176. Gesicht	l.	199. Getreide	l.
177. rohe Haut	l.	200. Hanf	o.
178. gegerbte Haut	l.	201. gelb	l.
179. Zwiebel	—	202. Hirse	l.
180. Laut	l.	203. schwarz	l.
181. Kopf	r.	204. nähen	l.
182. Wind	l.	205. Frosch	—
183. Flug	—	206. Dreifuß	—
184. essen	l.	207. Trommel	o.
185. Kopf	—	208. Ratte	l.
186. guter Geruch	l.	209. Nase	l.
187. Pferd	l.	210. ordnen	—
188. Knochen	l.	211. Zahn	l.
189. hoch	—	212. Drache	—
190. Haare	o.	213. Schildkröte	—
191. Kampf	o.	214. Flöte	l.

§ 155. Wie oben bereits angedeutet, entspricht im all=
gemeinen jeder Hauptbedeutung eines Stammwortes ein be=
sonderes Schriftzeichen. Doch ist die Teilung nicht so streng
durchgeführt, daß nicht viele Fälle vorkämen, in denen ein
einziges Zeichen für grundverschiedene Bedeutungen desselben
Wortes dienen müßte. So entspricht dem Worte li² in
seiner Bedeutung „Baumart, Korb, Klinge" nur ein einziges
Schriftzeichen. Ebenso kommt auch der Fall vor, daß das=
selbe Schriftzeichen für verschiedene Lautwerte mit verschiedener
Bedeutung gebraucht wird. So bezeichnet das Schriftzeichen
für «hai²» (noch) gleichzeitig auch den Laut «huan²» (zurück=
erstatten). Schließlich ist umgekehrt auch der Fall nicht selten,
daß für einen einzigen Lautkomplex mit derselben Bedeutung
mehrere Schriftzeichen vorhanden sind. Mitunter ist eines
derselben veraltet oder gehört nur einer besonderen Stil=
art an oder ist endlich nur in nachlässiger Schreibweise üblich.

Oft aber auch können mehrere Zeichen unterschiedslos für denselben Lautkomplex mit gleicher Bedeutung verwendet werden.

§ 156. Die Zeilen der chinesischen Schrift laufen nicht wie bei uns von der linken zur rechten Seite, sondern von oben nach unten, und zwar beginnt die erste Zeile auf der rechten Seite des Blattes, und dementsprechend beginnt ein chinesisches Buch, wo wir es schließen. Doch ist in dem unten folgenden Lesestücke die Seitenfolge aus praktischen Gründen nach deutscher Art angeordnet.

§ 157. Interpunktionszeichen kennt das Chinesische für gewöhnlich ebenso wenig wie die Bezeichnung der musikalischen Töne. Doch werden mitunter in modernen Texten ein Komma zur Rechten eines Schriftzeichens und ein kleiner Kreis zur Gliederung des Sinnes benutzt. Auch bedient sich das Chinesische häufig gewisser Partikeln, um den Satzschluß zu markieren (satzschließende Hülfswörter). Häufiger ist schon die Bezeichnung des Tones in Fällen, wo ein und dasselbe Schriftzeichen mit verschiedener Betonung gesprochen und demgemäß in verschiedenem Sinne aufgefaßt werden kann. Man pflegt alsdann den ersten Ton durch einen kleinen Halbkreis links oben vom Schriftzeichen, den zweiten durch einen solchen rechts oben, den dritten durch einen Halbkreis links unten und den vierten durch einen Halbkreis rechts unten anzudeuten. Auch die Zusammengehörigkeit zusammengesetzter Wörter, der Anschluß von bedeutungslosen Hülfswörtern an Vollwörter wird nicht bezeichnet, sondern die Schriftzeichen für jedes Stammwort werden ohne Verbindung untereinandergesetzt.

Bemerkungen zur Umschrift.

§ 158. In unserer Umschrift haben wir auch bei Eigennamen nirgends große Anfangsbuchstaben gesetzt. Dagegen ist zur Erleichterung des Verständnisses die deutsche Interpunktion eingeführt.

§ 159. Der Bindestrich ist meist nur zur Bezeichnung zusammengesetzter Wörter verwendet worden. Die enklitischen Hülfswörter mŏ, čŏ, men ꝛc. sind immer durch einen Bindestrich mit dem vorausgehenden Worte verknüpft, nicht dagegen ti.

§ 160. Der Wortakzent ist nur in den jeder Übung vorausgeschickten Wörterverzeichnissen durchweg angegeben, in den Übungen selbst dagegen — abgesehen vom ersten Teil (Lektion 1—10) — nur hin und wieder der Satzakzent und gelegentlich der rhetorische markiert.

V. Praktische Einführung in die Elemente der Sprache.

(1.—10. Lektion.)

Erste Lektion. — ti⁴-yí² k͗o⁴.

§ 161. Die Sprache unterscheidet kein grammatisches Geschlecht; t͗a¹ heißt daher sowohl „er" als auch „sie".

§ 162. Das Hauptwort hat keinen Artikel: ma³ = Pferd, ein Pferd, das Pferd.

§ 163. Einzahl und Mehrzahl sind in der Form nicht verschieden: ma³ = Pferde, die Pferde.

§ 164. Das Eigenschaftswort ist unveränderlich; als Attribut steht es vor, als Prädikat hinter dem Haupt=wort: hsiāo³ ma³ ein kleines Pferd.

ma³ hsiāo³ das Pferd ist klein.

§ 165. Die Kopula „ist, sind" wird nicht ausgedrückt; „ist nicht, sind nicht" werden durch pu*) (nicht) gegeben.

Wörter.

šan¹ Berg.	kao¹ hoch.
žen² Mensch, Mann.	lao³ alt.
ma³ Pferd.	hsiāo³ klein.
fang²-tsę Haus**).	ta⁴ groß.
lu⁴ Weg.	č͗ang² lang.

Übung 1.

šan¹ káo¹***). — káo¹ šan¹. — žen² láo³. — láo³ žen². — šan¹ pu⁴ káo¹. — žen² pu⁴ láo³. — ma³ láo³. — láo³ ma³. — ma³ pu⁴ láo³. — ma³ pu⁴ hsiáo³. — fang²-tsę tá⁴. — tá⁴ fang²-tsę. — fang²-tsę pu² tá⁴. — fang²-tsę káo¹. — káo¹ fang²-tsę. — fang²-tsę pu káo¹.

---

*) Wegen der Betonung von pu vergl. § 37.
**) Sprich fang²-dzę vergl. § 2.
***) Der Satzakzent ist durchweg angegeben, vergl. § 49c und 50p.

Aufgabe 2.

Ein alter Mann. — Alte Männer. — Der alte Mann. — Das hohe Haus. — Ein hohes Haus. — Hohe Häuser. — Das Haus ist hoch. — Die Häuser sind hoch. — Das Haus ist nicht hoch. — Die Häuser sind nicht hoch. — Der Weg ist lang. — Ein langer Weg. — Lange Wege. — Der Weg ist nicht lang.

Zweite Lektion. — ti⁴-örh⁴ k'o⁴.

§ 166. Die persönlichen Fürwörter lauten:

wo³ ich	wó³-men wir
ni³ du	ni³-men ihr
t'a¹ er, sie	t'á¹-men sie.

Anm. Die Endung men ist tonlos (vergl. § 40).

§ 167. Die hinweisenden Fürwörter sind:

čê'⁴-kŏ dieser, diese, dies   Mehrz.: čê'⁴-hsie¹ oder čê'⁴-hsie¹-kŏ diese

ná⁴-kŏ jener, jene, jenes   „   ná⁴-hsie¹ oder ná⁴-hsie¹-kŏ jene.

Sie stehen vor dem Hauptwort.

§ 168. Die gewöhnliche Wortstellung bleibt auch im Fragesatz unverändert; die Frage wird durch das satzschließende Hülfswort mŏ gekennzeichnet, z. B. šan¹ káo¹ mŏ ist der Berg hoch?

Wörter.

pi² Schreibpinsel.	k'uái⁴ schnell.
čie¹ (spr. tsiě) Straße.	man⁴ langsam.
lü² Esel.	tuán⁴ kurz.
háo³ gut.	šao⁴ jung.

Übung 3.

wo³ láo³. — t'a¹-men láo³ mŏ. — t'a¹ pu⁴ láo³. — t'a¹ pu⁴ láo³ mŏ. — ni³ háo³. — ni³-men pú háo³. — čê'⁴-kŏ ma³ hsiáo³. — na⁴-kŏ ma³ tá⁴. — čê'⁴-hsie¹ ma³ tá⁴. — čê'⁴-kŏ šan¹ kao¹. — čê'⁴-kŏ žen² háo³. — na⁴-kŏ fang³-tsę káo¹. — čê'⁴-kŏ lu¹ č'áng² mŏ. — čê'⁴-kŏ ma³ k'uái⁴, na⁴-kŏ ma³ man⁴. — čê'⁴-kŏ pi³ č'áng², na⁴-kŏ pi² tuán³. — na⁴-kŏ čie¹ č'ang² mŏ.

Aufgabe 4.

Diese Straße ist kurz. — Ihr seid alt. — Wir sind jung. — Jener Berg ist hoch. — Dies Haus ist nicht hoch.

— Ist jenes Haus nicht hoch? — Jene Straße ist nicht
kurz. — Dieser Esel ist langsam. — Ist das Pferd schnell?
— Dies Pferd ist nicht groß. — Jener Esel ist klein. —
Er ist nicht gut. — Ist er gut?

Dritte Lektion. — ti⁴-sán¹ k'o⁴. 第三課

§ 169. Der Objektskasus des Hauptwortes, welcher
gleicherweise unserm Akkusativ und unserm Dativ ent=
spricht, unterscheidet sich, soweit die Form in Betracht kommt,
in nichts vom Subjektskasus (Nominativ), z. B.:

žen² a) dem Manne, den Mann
    b) den Männern, die Männer.

Das Gleiche gilt von den Fürwörtern:

wo³ mir, mich   wó³-men uns
ni³ dir, dich   ní³-men euch
t'a¹ a) ihm, ihn   t'á¹-men ihnen, sie.
    b) ihr, sie

§ 170. Der Objektskasus steht hinter dem Zeitwort.

§ 171. Das Zeitwort ist in seiner Form stets un=
veränderlich; lai² z. B. bezeichnet sowohl

a) den Infinitiv: kommen (auch: zu kommen, um zu
kommen) wie auch

b) den Imperativ: komm! kommt! und

c) das Prädikat: (ich) komme, (du) kommst, (er) kommt
u. s. w.

§ 172. Die Person kann durch das persönliche Für=
wort bezeichnet werden; dasselbe bleibt aber gewöhnlich fort,
wenn kein Mißverständnis zu befürchten ist:

wo³ lái²   wo³-men lái²
ni³ lái²   ni³-men lái²
t'a¹ lái²   t'a¹-men lái².

§ 173. Diese Form, welche wir Aorist (d. h. die un=
bestimmte) nennen, kann für Gegenwart (ich liebe), Ver=
gangenheit (ich liebte, habe geliebt) und Zukunft (ich
werde lieben) gebraucht werden.

§ 174. Die Konjunktion „und" wird gewöhnlich nicht
ausgedrückt.

§ 175. Adverbien stehen zwischen Subjekt und Zeit=
wort oder an der Spitze des Satzes.

Wörter.

láo²-ye²)(alter Vater =) Herr.
k'o⁴ Gast.
ling³-ši⁴-kuàn³(führend-Geschäfte-
    Beamter =) Konsul.
fan⁴ Reis; Speise, Essen.
tsɇ¹ Schriftzeichen (chinesisches).
č'ü⁴ hingehen, weggehen; gehen.
tsou³ gehen (b. h. zu Fuß), weg-
    gehen.
č'ing³ bitten, einladen.
lai² kommen.

šuo¹ sprechen, reden, sagen.
yáo⁴ wollen, wünschen, mögen.
mai³ kaufen.
mai⁴ verkaufen.
č'ši¹ essen.
neng² können (= imstande sein).
hui⁴ können (= verstehen).
hsie³ schreiben.
ming²-t'ien¹ morgen.
k'uai⁴-k'uái⁴-ti schnell   } Ab-
man⁴-mán⁴-ti langsam   } verbien.

Übung 5.

č'ü⁴ č'ing³ t'a¹ lái². — č'ü⁴ č'ing³ lao³-ye² lái². — č'ü⁴ č'ing³ t'a¹-men lái². — wo³ ming²-t'ien¹ č'ing³ k'ó⁴. — t'a¹ k'uai⁴-k'uái⁴-ti tsou³. — t'a¹ man⁴-mán⁴-ti šuo¹. — wo³-men lái² č'ing³ ni³ lái². — ni³ yáo⁴ mai³ čê⁴-kǒ má³ mǒ. — wo³ yáo⁴ mai³ na⁴-kǒ lü².

Aufgabe 6.

Geh (und) kaufe jenen Esel! — Geht (und) ladet den Konsul ein zu kommen! — Er will dies Haus kaufen. — Verkauft er jenes Haus? — Ich will Speise essen. — Kannst du kommen? — Kannst du dies Schriftzeichen schreiben? — Schreibe jenes Schriftzeichen! — Ihr geht langsam, wir gehen schnell. — Bitte jenen Mann, morgen zu kommen!

Vierte Lektion. — ti⁴-sɇ́⁴ k'o⁴.

§ 176. Der Genitiv wird durch das nachgestellte Hülfswort ti gebildet: żɇn² ti des Menschen, eines Menschen, der Menschen.

Der Genitiv steht stets vor dem regierenden Hauptwort: żɇn² ti má³ des Menschen Pferd, das Pferd des Menschen (eines Menschen u. s. w.).

§ 177. In gleicher Weise bilden die persönlichen Fürwörter ihren Genitiv; derselbe wird an Stelle unserer besitzanzeigenden Fürwörter gebraucht: wò³ ti má³ das Pferd von mir = mein Pferd.

§ 178. Verhältniswörter stehen teils vor, teils hinter dem unveränderten Hauptwort, z. B. tsai⁴ fang²-tsɇ = fang²-tsɇ li³ im Hause.

Die Verneinung pu steht unmittelbar vor dem Zeitwort.

106

Wörter.

č'ien² Geld.

hua⁴ Rede, Worte.

örh³-tse Sohn.

šeng¹·žï¹ Geburtstag.

k'o⁴·t'áng² (Gasthalle =) Salon.

men² |
men³rh² } Thür.

fú⁴·č'in¹ (Vater-Verwandter =) Vater.

mú³·č'in¹ (Mutter-Verwandter =) Mutter.

fú⁴·mu³ (Vater-Mutter =) Eltern.

čiá³ Haus (das eigene); Familie.

ping⁴ Krankheit.

hsiúng¹·tï³) jüngerer Bruder*).

t'ou² Kopf.

kou⁴ ausreichen.

kuo⁴ 1) vorbeigehen, 2) verleben.

k'ai¹ öffnen.

tsai⁴ sein in (mit folgendem Accusativ).

šeng¹ erzeugen; šeng¹ ping⁴ eine Krankheit erzeugen = krank werden oder sein.

yung⁴ brauchen.

ta³ schlagen; ta³ men³ an die Thür klopfen.

tso⁴ irrig, unrichtig, falsch.

č'iúng² arm.

pu¹·²·⁴ nicht

Übung 7.

lao³-ye² ti č'ien² pu² kou⁴. — wo³ ti č'ien² pu³ kou⁴. — lao³-ye² ti hua⁴ pu³ tso⁴. — ni³·men ti fang²-tse pu⁴ kao¹. — li³ lao³-ye² ti örh²-tse ming²-t'ien¹ kuo⁴ šeng¹-žï⁴. — k'ai¹ k'o⁴-t'ang² ti men³rh². — wo³ ti fu⁴-č'in¹ pu² tsai⁴ čia. — t'a¹ ti mu³-č'in¹ šeng¹ ping⁴. — pu² yung⁴ ta³ men², t'a¹ pu² tsai⁴ čia. — li³ lao³-ye² ti mu³-č'in¹ lao³. — t'a¹ ti fu⁴-č'in¹ lao³ mö. — ni³ ti fu⁴-mu³ hao³ mö. — li³ lao³-ye² ti hsiung²-tï³ lai² mö.

Aufgabe 8.

Herrn Li's jüngerer Bruder ist arm. — Mein jüngerer Bruder ist in jenem Hause. — Herrn Li's Vater ist krank. — Reicht dein Geld aus? — Ist des Herrn jüngerer Bruder zu (übersetze: im) Hause? — Der Kopf dieses Pferdes ist klein. — Er öffnete die Thür des Hauses. — Mein Sohn ist krank. — Meine Mutter verlebt morgen den Geburtstag. — Unsere Eltern sind nicht zu Hause. — Deine Rede ist irrig.

Fünfte Lektion. — ti⁴-wü³ k'o⁴.

§ 179. Der Chinese liebt es, ein Hauptwort aus dem Zusammenhang des Satzes herauszuheben und im absoluten Kasus an die Spitze des Satzes zu stellen, z. B.: žen² yo³ č'ien² = (was) den Mann (anlangt), (so) ist Geld da = der Mann hat Geld.

---

*) Vergl. über die Grundbedeutung und die Art des Kompositums § 82.

Anm. Unſer „haben" wird immer auf dieſe Weiſe durch yo⁴ (da ſein, vorhanden ſein, exiſtieren) ausgedrückt.

§ 180. Das Subjekt intranſitiver Zeitwörter ſteht meiſt hinter dem Zeitwort.

§ 181. Iſt das Prädikat ein Hauptwort, ſo wird die Kopula durch ší⁴ (ſein), verneint pú³ ší⁴ (nicht ſein) aus= gedrückt, z. B.: wo³ ší⁴ tê²-kuo²-żen³ ich bin ein Deutſcher.

§ 182. Das Verbum yo³ (da ſein) wird nicht mit pu, ſondern mit mei² (nicht), der Imperativ jedes Zeitwortes mit píe² (nicht) verneint, z. B.: píe² na² nimm nicht!

Wörter.

ti⁴-fang¹ (Erd-Seite =) Gegend, Ort, Platz.
ší⁴ Angelegenheit, Sache.
kú¹-niang² Tochter.
láo²-t'ai⁴ alte Dame.
sui⁴ (Lebens=)Jahr.
hsiáo³ ti der Kleine = Ihr Diener.
čê⁴-wei⁴ dieſer Herr
kó¹-ko¹ älterer Bruder.
čúng¹-kuo² żen² (Mitte-Reich-Menſch =) Chineſe.

mú⁴-čiang⁴ (Holz-Handwerker ==) Tiſchler.
č'iao⁴ heißen.
čê⁴ dies, das (neutral).
šen²-mö (ſprich šĕmmö) was? was für ein?
čê⁴-mö (ſprich č'ĕmö) ſo.
háo²-hsie¹-kö (wohl-einige-Stück) viele.
ší²-tsai⁴ wirklich, in der That.
yí²-kö ein.
liáng³-kö zwei.

č'i¹-ší² ſiebzig.

Übung 9.

na⁴-kö żen², mei² yo³ č'ien². — čê⁴-kö ti⁴-fang¹, yo³ háo³-hsie¹-kö żen². — čê⁴-kö ti⁴-fang¹, mei² yo³ č'iung³ żen². — wo³-men, mei² yo³ ti⁴-fang¹ hsie³ tse⁴. — čê⁴-kö fan⁴, wo³ ší²-tsai⁴ pu⁴ neng² č'ī¹. — čê⁴ pu² ší⁴ ni³ ti ší⁴. — t'a¹, yo³ liáng³-kö örh²-tse, yi²-kö ku¹-niang². — čê⁴-kö lao³-t'ai⁴, yo³ č'i¹-ší² sui⁴. — ni³ pu² ší⁴ li³ lao³-ye² ti hsiung¹-ti⁴ mö. — ni³ ší⁴ šen²-mo żen². — hsiáo³ ti č'iao⁴ li³. — píe² k'ai¹ čê⁴-kö meⁿrh².

Aufgabe 10.

Hat jener Mann Geld? (überſetze: jener Mann, iſt Geld da?) — Sind in dieſer Gegend viel Menſchen? (über-ſetze: dieſe Gegend, ſind viele Menſchen da?) — Herr Li hat eine Krankheit (überſetze: Herr Li, eine Krankheit iſt da). — In jener Familie ſind zwei Töchter (überſetze: jene Familie, zwei Töchter ſind da). — Dieſer Herr iſt ſein älterer Bruder. — Herr Li iſt ein Chineſe. — Iſt nicht ſein jüngerer Bruder ein Tiſchler? — Herrn Li's älterer Bruder iſt 70 Jahre alt (überſetze: Herrn Li's älterer Bruder, 70 Jahre ſind da). — Was für ein Menſch iſt er*)? — Er iſt ein guter Menſch. — Lade Herrn Li's älteren Bruder nicht ein zu kommen! — Geh nicht ſo ſchnell!

Sechſte Lektion. — ti⁴-lú⁴ k'o⁴.

§ 183. Adverbien und adverbiale Beſtimmungen ſtehen zwiſchen Subjekt und Zeitwort oder auch an der Spitze des Satzes (vor dem Subjekt), z. B.: t'a¹ čeng¹ lai² er kommt gerade; čê⁴-kŏ ſï²-hou'rh⁴ t'a¹ č'ï¹ fan⁴ um dieſe Zeit iſt er Eſſen.

§ 184. Der Adverbialkaſus des Hauptwortes unter= ſcheidet ſich in der Form nicht vom Objektskaſus, z. B.: čin¹-t'ien¹ am Jetzt=Tag (= heute).

Er dient zur näheren Beſtimmung des Zeitworts nach Ort, Zeit oder Art, z. B.: ná⁴-pien¹ (jene Seite) auf jener Seite, dort; čê⁴-kŏ ſï²-hou'rh⁴ (dieſe Zeit) um dieſe Zeit.

§ 185. Eigenſchaftswörter können auch adverbial ge= braucht werden, z. B.: t'a¹ k'uai⁴ lai² er kommt ſchnell = bald.

Wörter.

ſï²-hou'rh⁴ Zeit(punkt).
kúng¹-fu¹ Zeit(raum).
yíe⁴ Nacht.
míng²-t'ien¹ der morgende Tag.
wái⁴-mien⁴ Außenſeite.
li³-mien⁴ Innenſeite.
śáng⁴-pien¹ oberer Rand.
tsáo³ 1) Morgen, 2) am Morgen, früh.
tién² Punkt, Tropfen; yi⁴-tien² ein Tropfen = ein wenig.
ná⁴-pien¹ jene Seite.
t'ien¹-t'ien¹ alle Tage.
wán³-śang⁴ Abend.
ču⁴ verweilen, wohnen.
tso⁴ ſich ſetzen.
č'ï³-lai² aufſtehen.

k'án⁴-čien⁴ (ſehend bemerken =) ſehen.
teng³ warten.
čan⁴-čŏ ſtehen.
leng⁴ kalt.
nan⁴ ſchwierig, ſchwer.
čeng¹ gerade, eben.
tsai⁴ čê⁴ li³ (= in hoc =) hier.
tsai⁴ wieder.
wei⁴ wegen.
śęn²-mö was?
śui⁴ wer?
ni den Satzſchluß kennzeichnendes Hülfswort (§ 157).
huo⁴ oder.
hao³-hsie⁴ — hao³-hsie⁴-kŏ.
yi²,⁴ ein, eine.

Übung 11.

čê⁴-kŏ tse¹ ſï²-tsai⁴ nan⁴ hsie³. — na⁴-kŏ ſï²-hou'rh⁴, wo³ pu⁴ neng² lai². — wo³-men čeng¹ č'ï¹ fan⁴. —

_____
*) Ohne Fragewort am Satzſchluß, da der Satz bereits ein ſolches (śęn²-mö) enthält.

wo³ tsai⁴ čě⁴ li³ ču⁴ yi² yie⁴, ming²·t'ien¹ tsai⁴ tsou³. —
wai⁴·mien⁴ ši²·tsai⁴ leng³. — č'ing³, lao²·ye², šang⁴·pien¹
tso⁴. — č'ing³, ming²·t'ien¹ tsao³ yi⁴·tien³ č'i³·lai².

Aufgabe 12.

Warum kommst du nicht ein wenig früher (Stellung: du warum früh ein wenig nicht kommst)? — Bitte, setze dich auf jene Seite. — Wer klopft draußen an die Thür? — Ich sehe ihn Tag für Tag. — Wohnst du hier oder außerhalb? — Abends kann ich nicht kommen. — Um jene Zeit ist er nicht zu Hause. — Er steht drinnen und wartet lange (viel) Zeit.

— — — — —

Siebente Lektion. — ti⁴-č'i¹ k'o⁴.

§ 186. Um dem Zeitwort die Bedeutung der Vergangenheit zu geben, gebraucht man das Hülfswort liāo³ (vollenden), welches meist zu liao, häufiger noch zu lā (ton- und akzentlos) verkürzt wird, z. B.: wo³ lái³ lā ich bin gekommen.

Die Verneinung wird mit méi² (nicht) oder mei² yo³ gebildet, alsdann bleibt lā fort, z. B.: wo³ méi² lai² oder wo³ mei² yo³ lai² ich bin nicht gekommen, aber wo³ pu⁴ lai² ich komme nicht, werde nicht kommen.

Wörter.

tsáo³·fan⁴ (Früh-Reis =) Frühstück.
hsién¹·šeng¹ (früher-geborener = älterer) Herr = lao²·ye².
tsei² Dieb.
i⁴·šang¹ (Kleider - Kleider =) Kleider.
túng¹·hsi¹ (Ost-West =) Gegenstand, Sache, Ding.
čin¹ Pfund.
mién²·hua¹ Baumwolle.
č'eng² Stadt.
ži⁴·tse Tag.
nien² Jahr.
pei³ Norden.
čing¹ Residenz.
péi³·čing¹ Nordresidenz = Peking.
hsin⁴ Brief.

č'in¹·yen³ die eigenen Augen.
šeng¹·k'ou³ (Tiermund =) Tier.
hui² mal.
se³ sterben.
wáng²·či⁴ vergessen.
kuo⁴ 1) vorübergehen, 2) verfließen (Zeit).
kei³ geben.
t'ou¹ stehlen.
sung⁴·lai² hinbringen.
káo⁴·su⁴ sagen jem. oder zu jem.*)
ming²·pai² verstehen.
k'án⁴·čien⁴ (sehend bemerken =) sehen.
p'áo³·č'ü⁴ (laufend=weggehen =) fortlaufen.
pan⁴ halb.
i²·č'ing² schon, bereits.

*) šuo¹ kann nicht mit einem Dativ verbunden werden, sondern ist dann stets durch káo⁴·su⁴ zu ersetzen.

hai² noch; dennoch.

šẹn²-mŏ 1) was? 2) irgend etwas;
  mit Verneinung: nichts.

ho² mit

tsai⁴ } wieder.
yo⁴ }

tsai⁴ . . . . šang⁴ auf.

tsai⁴ . . . . li² in.

tsung⁴ von (. . . her).

Übung 13.

t'a¹ mei² č'I¹ tšúo³-fan⁴. — li³ lao³-ye² ti mu³-č'in¹ i³-čing¹ sẹ³ lă. — wo³ i³-čing¹ č'I¹ lă fan⁴. — t'a¹ i³-čing¹ teng³ lă san¹ t'ien¹. — čê⁴-kŏ tse⁴, wo³ wang²-či⁴ lă. — i³-čing¹ kuo⁴ lă šI²-hou'rh⁴. — li³ hsien¹-šeng¹ lai² lă mŏ. — wo³ i³-čing¹ kei³ lă ni³, ni³ hai² lai² yāo⁴ mŏ. — t'a¹ hai² mei² tsou³ mŏ. — ni³ mai³ lă šẹn²-mŏ. — mei² mai³ šẹn²-mŏ. — t'a¹ tsai⁴ čê⁴ li³ tso⁴ lă pan⁴ t'ien¹. — tsei² t'ou¹ lă wo³ ti i⁴-šang¹ č'ü⁴ lă. — čê⁴-hsie¹ tung¹-hsi¹, ni³ hai² mei² sung⁴-lai² mŏ. — t'a¹ i³-čing¹ ho² wo³ šuo¹ lă. — wo³ i³-čing¹ kāo⁴-su⁴ ni, pu² yung⁴ tsai⁴ lai²; ni³ yo⁴ lai² lă mŏ.

Aufgabe 14.

Ich habe noch nicht Reis gegessen. — Er hat deine Worte nicht verstanden. — Ich habe auf (tsai⁴ . . . šang⁴) der Straße drei Pfund Baumwolle gekauft. — Der Herr ist bereits gegangen. — Er verweilte viele Tage*) in der Stadt. — Er wohnte viele Jahre in diesem Hause. — Der Herr ist noch nicht gekommen. — Hat der Herr Reis gegessen? — Er hat schon gegessen. — Von Peking ist ein Brief gekommen. — Ich habe (es) nicht gesehen. — Haben Sie es mit eigenen Augen (Adverbialkasus) gesehen? — Herrn Li's Tier ist fortgelaufen. — Ich habe (es) dir schon dreimal gesagt, hast du (es) wieder vergessen?

Achte Lektion. — ti⁴-pá¹ k'o⁴.

§ 187. Um das Futurum als solches näher zu bestimmen, setzt man Adverbien, welche auf die Zukunft deuten, zum Aorist. Derartige Adverbien sind z. B.:

čiu⁴ dann, darauf

pi² bestimmt, sicherlich

čiu⁴ pi² dann sicherlich

k'uai⁴ bald.

čiáng¹-lai² in Zukunft

hóu⁴-lai² künftighin

---

*) Wird im Chinesischen als direktes Objekt zu ču⁴ betrachtet.

111

Also: wo³ čiu⁴ lai², wo³ pi² lai², wo³ ciu⁴ pi² lai²,
wo³ k'uai⁴ lai², wo² ciang¹-lai² lai², wo³ hou⁴-lai² lai²
== ich werde kommen.

§ 188. Das Futurum kann auch vermittelst des
Hülfsverbums yào⁴ (wollen) umschrieben werden: wo³ yào⁴
lai² == ich werde kommen.

Auch hier treten gern noch verstärkend die Adverbien
čiu⁴, pi² u. s. w. hinzu: wo³ pi² yào⁴ lai² (ich will bestimmt kommen ==) ich werde kommen.

§ 189. Das Futurum der Vergangenheit wird
umschrieben, indem man die in § 187 genannten Adverbien
zum Perfekt (mit lǎ) fügt: wo³ čiu⁴ pi² hui⁴-lai² lǎ ich
bin dann bestimmt zurückgekehrt == ich werde zurückgekehrt
sein.

Wörter.

čin¹-ži⁴ der heutige Tag; Adverbialkasus: heute.
čin³rh¹ heute.
ming²-nien² das nächste Jahr;
  Adverbialkasus: im nächsten
  Jahr.

tsai¹ ná³ li² wo?
wang¹ ná³ li² wohin?
tsung² ná³ li³ woher?
tó¹-tsan¹ wann?
čien⁴ bemerken, sehen.

Übung 15.

wo³ pi² č'ing³ t'a¹ lái². — t'a¹ ciu⁴ yào⁴ č'ing³
k'o⁴. — wo³-men čiu⁴ pi² mai⁴ cê⁴-kǒ ma³. — ni³ hou⁴-
lai³ mai³ lü³ mǒ. — wo³ pi² lai³. — ni³ pi² tsai¹ na⁴-
kǒ fang²-tsẹ li³ mǒ? — wo³ k'uai⁴ yào⁴ k'ai¹ na⁴-kǒ
men². — na⁴-ko žen², ciang¹-lai² yo³ č'ien². — ni³ čiu⁴
pi² seng¹ ping⁴. — ming²-t'ien¹ wo³ pi² tsou³. — lao³-
ye² tsai⁴ na³ li yào⁴ tsou⁴ ni. — čin¹-ži⁴ pi² ži⁴ leng³ t'ien¹.

Aufgabe 16.

Wohin wirst du gehen? — Wird er heute abend zu
Hause sein? — Morgen werde ich ihn sehen. — Wo wirst
du im nächsten Jahre wohnen? — Wann wirst du Frühstück essen? — Sein Vater wird sicher sterben. — Er wird
bereits gestorben sein. — Diese Schriftzeichen (absoluter
Kasus) werde ich sicher wieder vergessen. — Wird der Herr
irgend etwas kaufen? — Ich werde dir nichts geben. —
Wirst du mit ihm sprechen?

Neunte Lektion. — ti⁴-ciu³ k'o⁴.

§ 190. Der Infinitiv eines Zeitworts kann auch
substantivisch gebraucht werden, z. B.: ai⁴ lieben: das

Chines. Konv.-Grammatik.   7

Lieben oder (passiv) das Geliebtwerden, die Liebe. Doch be=
hält er seine verbale Natur insoweit, daß er ein etwaiges
Subjekt oder Objekt im Subjekts= bezw. Objektskasus (nicht
im Genitiv oder mit einer Präposition) zu sich nimmt, z. B.:
ai^4 ʒęn^2 (das Lieben die Menschen =) die Liebe zu den
Menschen.

§ 191. Der Genitiv eines substantivierten In=
finitivs wird oft zur näheren Bestimmung eines Haupt=
wortes verwendet, z. B.: mai^3 ti šū^1 Bücher des Kaufens
= Kaufbücher = gekaufte Bücher.

Von intransitiven Verben gebildet, entspricht ein
solcher Genitiv in der Bedeutung etwa unserm adjektivisch
gebrauchten Partizip auf „=end", von transitiven Verben
teils dem aktiven Partizip auf =end, meist aber dem passiven,
wie oben „gekauft".

Wir werden diese Form daher der Kürze wegen das
„adjektivische Partizip" nennen*). Dieser Name ist um
so passender, als die Form als Attribut und Prädikat zur
näheren Bestimmung eines Hauptwortes dient (wie ein
Adjektiv).

§ 192. Das adjektivische Partizip ist wie der Aorist
in seiner Bedeutung nicht an eine bestimmte Zeit gebunden.

Indem man das adjektivische Partizip als Prädikat
mit einem Subjekt (mit oder ohne die Kopula šī^4) ver=
bindet, erhält man einen umschriebenen Aorist von aktiver
bezw. passiver Bedeutung: wo^3 lai^2 ti = ich bin ein Kom-
menber = ich komme, kam, werde kommen, ni^3 lai^2 ti
du kommst, kamst u. s. w.; t'a^1 lai^2 ti er kommt; kam u. s. w.

Folgt dem Verbum das Subjekt oder ein Objekt, so
tritt dasselbe natürlich vor ti.

Wörter.

tši^3 Wein.	ti^4 Erbe; Land.
yü^3 Regen.	ču^3=ʒęn^2 (Herr=Mensch) Herr,
na^4-yi^2-wei^4 jener Herr.	Eigentümer.
niu^2 Rind.	tao^1 Messer.
čung^1-kuo^2 (Mitte=Reich=) China.	žu^4 Fleisch.
yin^2-tse Silber.	čien^1 Raum; Stück (Zimmer).
nei^4-ti^4 (Innere=Land) Binnen=	wü^1-tse Zimmer.
land, Inland.	čī^3 Papier.

*) Nach der voraufgehenden Darlegung wird wohl kein Zweifel
darüber entstehen können, daß dies nur eine aus Bequemlichkeitsrück=
sichten gewählte Bezeichnung ist, die dem wahren Wesen der Sache
nicht entspricht.

č'ou^2 gewobene Seide.
t'áng^3-tö liegen.
p'o^4 (zer)brechen (transf. und intransitiv).
hsia^4 1) herabsteigen, 2) herabfallen (Regen).
tsó^4-tö sitzen.
mo^2 schleifen.
sao^8 ausfegen.
ču^8 kochen.
tso^4 1) machen, 2) verfertigen, fabrizieren.

k'uai^4 1) schnell, 2) scharf.
kán^1-čing^4 (rein · sauber =) rein, sauber.
liang^3 beide.
na'rh^4 dort.
t'ai^4 zu sehr, zu.
hęn^3 sehr.
tou^1 gänzlich, zusammen.
pęn^3-lai^2 ursprünglich (Abv.).
žu^2-čin^1 jetzt.
pi^2 im Vergleich zu.

Übung 17.

tsai^4 čie^1 šang^4 na'rh^4 t'ang^3-tö ti na^4-kö žęn^2 liang^3 tui^3 töu^1 p'o^4 lä. — pu^2 hsia^4 yü^3 ti ši^2-hou'rh^4. — t'a^1 tsou^3 ti hęn^3 k'uai^4*). — tsai^4 ni^3 ti k'o^1-t'áng^2 li^3 tso^4-tö na^4-yi^3-wei^4 ši^4 šui^2 ni. — yo^3 t'ou^1 niu^2 ti tsei^2. — mai^4 ti ma^3 pi^3 cê^4- kö hǎo^3. — čung^1-kuo^2, pęn^3-lai^2 yo^3 yin^2-tsę ti, žu^2-čin^1 nei^4-ti^4, mei^2 yo^3 ti. — mai^3 ti^4 ti ču^3-žęn^2 yo^3 č'ien^2 mö.

Aufgabe 18.

Dies Messer ist nicht scharf geschliffen (übersetze: dies Messer geschliffen nicht scharf). — Der Salon ist nicht sauber ausgefegt (der Salon gefegt nicht sauber). — Du sprichst zu schnell. — Dies Fleisch ist nicht gut gekocht (Stellung: gekocht nicht gut). — Ich bewohne drei Stück kleine Zimmer. — Er ist ein Papier verkaufender Mensch (= ein Papierhändler). — Wo wird gewobene Seide fabriziert?

Zehnte Lektion. — ti^4-ši^2 k'o^4.

§ 193. Wenn substantiviert, kann der Infinitiv, wie jedes andere Hauptwort, auch in den Adverbialkasus gesetzt werden, z. B.: yung^4 auf dem Wege des Gebrauchens, durch Gebrauchen, gebrauchend.

§ 194. Er wird in dieser Form als adverbiale Bestimmung eines Zeitworts zur Bezeichnung der Art und Weise gebraucht, auf welche die Handlung vor sich geht, z. B.: t'a^1 yung^4 kun^4-tsę ta^8 lä wo^3 er schlug mich auf dem Wege des Gebrauchs eines Stockes = indem er einen Stock gebrauchte = einen Stock gebrauchend = mit einem Stock.

*) Die Adverbien stehen stets hinter dem umschriebenen Aorist.

7*

Aus der gegebenen Übersetzung ergiebt sich bereits die Art des Gebrauchs; die deutsche Konjunktion „indem“, das adverbial gebrauchte Partizip auf „-end“, sowie manche deutsche Verhältniswörter werden damit wiedergegeben. Wir nennen diese Form das adverbiale Partizip. Vom adjektivischen Partizip unterscheidet sie sich dadurch, daß jenes zur näheren Bestimmung eines Hauptworts dient (wie ein Adjektiv), während das adverbiale Partizip (wie ein Adverb) zur näheren Bestimmung eines Zeitwortes verwendet wird.

§ 195. Der im Adverbialkasus stehende Infinitiv kann, wie ersichtlich, ebenso wie das adjektivische Partizipium, ein Objekt*) im Objektskasus bei sich haben.

Als adverbiale Bestimmung muß ein solcher Infinitiv (samt seinem Objekt) zwischen Subjekt und Zeitwort treten (nach § 183).

Wörter.

pei¹ Glas.
šui⁸ Wasser.
šou³ Hand.
nü³-žen² Frau.
li⁴-č'i⁴ Kraft.
šang¹ Wunde.
hui² Mal.
lien³ Gesicht.
mán²-t'ou² Brot.
hsiáng¹-hsia⁴ Land.
teng¹ Lampe.
wái⁴-kuo² (Außenseite-Land =) Ausland.
li³-pai⁴ Woche.
se¹ Seide.
hsien⁴ Zwirn.
se¹-hsien⁴ Seidenzwirn.
na² nehmen.

(h)si³ waschen; sich waschen. 洗
pi³ vergleichen.
yung⁴ gebrauchen.
č'i⁴ gelangen zu, erreichen.
tao⁴ gelangen zu, erreichen.
či⁴-tao⁴ erreichen.
č'ie¹ schneiden.
t'ing¹ zuhören, horchen.
kuo⁴ vergehen, verfließen.
hui² zurückkehren.
feng² nähen.
žo⁴ heiß.
šao³ wenig.
hāo³ gut, ordentlich (Adv.).
hai² 1) noch, 2) sogar.
yi²,⁴ kö ein, eine.
san¹ drei.
se⁴ vier.

Übung 19.

na² yi⁴ pei¹ šui³ lai²!—na² žo⁴ šui³ hai² hsi³ pu⁴ kan¹-čing¹ mö. — na² šou³ ta³ t'a¹! — t'a¹ nü³-žen² ti li⁴-č'i⁴, pi³ t'a¹ ti**) ta⁴. — yung⁴ šui³ hsi³ šang¹, či⁴-tao⁴ šāo³ yi⁴ t'ien¹ yi⁴ hui². — na² pi³ lai² hsie³ tse⁴.— na² žo⁴ šui³ hāo³ hsi³ ni³ ti lien³! — yung⁴ k'uai⁴ tao¹ č'ie¹ man²-t'ou². — tao⁴ hsiang¹-hsia⁴ č'ü⁴! — wo³ t'ing¹ pu⁴ ming²-pai² ni³ ti hua⁴.

*) Auch ein Subjekt.
**) Ergänze li⁴-č'i⁴.

Aufgabe 20.

Geh (und) nehmend eine Lampe komm! (= Geh und hole eine Lampe!) — Schreibe Schriftzeichen mit (übersetze: nehmend) einem Schreibpinsel. — Du solltest mich nicht mit einem gemeinen (kleinen) Menschen vergleichen (übersetze: dich anlangend, es ist nicht gut, nehmend einen gemeinen Menschen, zu kommen und zu vergleichen mich)! — Chinas (= chinesische) Schriftzeichen im Vergleich zu (denen) des Auslandes sind schwer zu schreiben. — Nach Verlauf von (= vergehend) drei (bis) vier Wochen ich werde nach Hause (bloßer Objektskasus) zurückkehren. — Nähe (es) mit Seidenzwirn (übersetze: nehmend Seidenzwirn, nähe)!

VI. Syftematifche Zufammenfaffung
der wichtigften in der „Einführung" behandelten grammatifchen Erfcheinungen.

I. Zur Wortlehre*).

§ 196. A. Kafus des Hauptwortes, gleichlautend in Einzahl und Mehrzahl:

Abfoluter Kafus: t'ien¹ den Tag anlangend, die Tage anlangend.

Subjektskafus (Nominativ): t'ien¹ der Tag; die Tage.

Genitiv: t'ién¹ ti des Tages; der Tage.

Objektskafus (Dativ und Akkufativ): t'ien¹ den Tag; die Tage — dem Tage, den Tagen.

Adverbialkafus: t'ien¹ an dem Tage; an den Tagen.

Ruffafus: t'ien¹ o Tag!

§ 197. B. Fürwörter, und zwar:

a) perfönliche: wo³ ich, ni³ du, t'a¹ er, fie; wo³-men wir, ni³-men ihr, t'a¹-men fie.

Abgewandelt wie Hauptwörter, die Genitive dienen zum Erfatz der fehlenden

b) befitzanzeigenden: wó³ ti mein, ni³ ti dein, t'a¹ ti fein ihr; wó³-men ti unfer, ni³-men ti euer, t'a¹-men ti ihr:

c) hinweifende: cé⁴-kŏ diefer; Mehrzahl: cé⁴-hsie³, ná⁴-kŏ jener; Mehrzahl: ná⁴-hsie³;

d) fragende: šui² wer? šén²-mŏ was? was für ein?

---

*) Der Ausdruck „Formenlehre" würde in einer formlofen Sprache, wie das Chinefifche ift, nicht angebracht fein.

§ 198. C. Übersicht der bisher behandelten Zeiten und Aussageweisen des Verbums:

Infinitiv.

Bejahend.

Rein verbal: lai² kommen, zu kommen.
Substantivisch: lai² das Kommen.
Genitiv: lai² ti kommend) adjektivisches
mai³ ti gekauft) Partizip.
Adverbialkasus: lai² auf dem Wege des) adverbiales
Kommens, kommend) Partizip.

Verneinend.

pú⁴ lai² nicht kommen, nicht zu kommen.
pú⁴ lai² das Nichtkommen.
pú⁴ lai² ti nicht kommend.
pú mai³ ti nicht gekauft.
pú lai² auf dem Wege des Nicht-Kommens, nicht kommend.

Imperativ.

Bejahend.	Verneinend.
lai² komm! kommt!	pie² lai² komm nicht! kommt nicht!

Einfacher Aorist.

wo³ lái² ich komme, kam, werde kommen.   wo³ pú⁴ lai² ich komme nicht, kam nicht, werde nicht kommen.

Umschriebener Aorist.

wo³ lái² ti ich komme, kam, werde kommen.   wo³ pú⁴ lai² ti ich komme nicht, kam nicht, werde nicht kommen.

Perfekt.

wo³ lái² lä ich bin gekommen.   wo³ méi² lai) ich bin nicht
wo³ méi² yo³ lái²) gekommen.

Futurum I.

wo³ ĉiu⁴*) lái²)
wo³ yāo⁴ lái²) ich
wo³ ĉiu⁴ yāo⁴ lái²) werde
kommen.
wo³ ĉiu⁴ pú⁴ lai³) ich wer-
wo³ pú² yāo¹ lai³) de nicht
wo³ ĉiu⁴ pú² yāo⁴ lai²) kommen.

Futurum II.

wo³ ĉiu⁴*) lái² lä ich werde gekommen sein.   wo³ ĉiu⁴ pú⁴ lai² lä ich werde nicht gekommen sein.

---

*) Oder ein anderes der in § 187 genannten Adverbien.

II. Zur Saplehre.

§ 199. Grundgeſetze der Wortſtellung.

Hauptregel: das Beſtimmende ſteht vor dem Be=
ſtimmten.

Beſondere Regeln:

a) das Subjekt vor dem Verbum; doch kann das Sub=
jekt intranſitiver Zeitwörter auch nachſtehen;

b) ein Hauptwort im abſoluten Kaſus immer vor dem
Zeitwort, event. auch vor dem Subjekt;

c) der Genitiv vor dem regierenden Hauptwort;

d) das Objekt hinter dem Zeitwort (Ausnahme ſiehe
§ 202c), beim abjektiviſchen Partizip und dem um=
ſchriebenen Aoriſt zwiſchen dem Verbum und ti;

e) das attributive Eigenſchaftswort vor, das prä=
dikative hinter dem Hauptwort;

f) das Verbum hinter dem Subjekt (bei intranſitiven
auch vor demſelben) und vor dem Objekt;

g) Adverbien meiſt vor dem Abjektivum;

h) Adverbien und adverbiale Beſtimmungen meiſt
vor dem Zeitwort (hinter dem voranſtehenden Subjekt);
Zeitbeſtimmungen ſtehen gern an der Spitze des Satzes.
In gewiſſen Fällen tritt das Adverb auch hinter das
Zeitwort.

VII. Syſtematiſche Grammatik.
A. Erſte Stufe.

Erſte Lektion. — ti⁴-yi² k'o⁴.
Vorbemerkung.

§ 200. Im Chineſiſchen werden die grammati=
ſchen Beziehungen (wie die Kaſus des Hauptworts, die
Steigerungsgrade des Eigenſchaftsworts, die Perſonen= und
Zeitbeſtimmungen des Zeitworts u. dgl.) der Wörter nicht
durch Veränderung der Form (Endungen, Vorſilben),
ſondern nur

- a) durch die Stellung im Satze,
- b) durch grammatiſche Hülfswörter (Partikeln) aus=
  gedrückt *).

Das Hauptwort.

§ 201. Das Hauptwort hat weder einen beſtimmten
noch einen unbeſtimmten Artikel, unterſcheidet kein
grammatiſches Geſchlecht und weder Einzahl noch Mehr=
zahl: ma³ a) das Pferd, b) ein Pferd, c) die Pferde, d) Pferde.

§ 202. Beim Hauptwort unterſcheiden wir folgende
Fälle:

- a) Das Hauptwort als Subjekt oder Prädikat (Sub=
  jekts=, Prädikatsfall, Nominativ) wird nur durch ſeine
  Stellung gekennzeichnet; als Subjekt ſteht es vor
  dem Prädikat, als Prädikat mit der Kopula ſı⁴ (iſt,
  ſind), verneint pu² ſı⁴ (iſt nicht, ſind nicht), hinter
  dem Subjekt, z. B.: čĕ⁴-ko fang²-tsẹ ſı⁴ k'o⁴-t'áng²
  = dies (čĕ-ko) Zimmer (fáng-tsẹ, Subjekt) iſt (ſı) ein
  Salon (k'o-t'ang, Prädikat).

---

*) Bezw.: ſind aus dem Zuſammenhange zu erſchließen, wie
z. B. die Perſon bei einem Verbum, deſſen Subjektspronomen fehlt:
lai² (ich, du, er ꝛc.) komme (kommſt, kommt ꝛc.).

Akzentuiert nach § 50 p, γ.

b) Das Hauptwort in Abhängigkeit von einem Haupt=
worte (im Deutschen der Genitiv), charakterisiert
durch das nachgesetzte Hülfswort *ti* (ton= und akzentlos,
§ 40b) und die Stellung vor dem regierenden
Hauptworte, z. B.: lào³-ye² ti fáng²-tsę des Herrn
Zimmer, oder: das Zimmer des Herrn*). *ti* kann
in manchen Fällen fortbleiben, so z. B. vor Post=
positionen (nachgestellten Verhältniswörtern), z. B.:
čiá¹ li³ (Hauses Innere =) im Hause.

Akzentuiert nach § 49 b, α.

c) Das Hauptwort als direktes Objekt, charakterisiert
entweder durch seine Stellung nach dem Zeitwort
oder durch das vorantretende Hülfswort *pa³**) und
die Stellung vor dem Zeitwort (und dessen Sub=
jekt), z. B.: kei³ wo³ č'ién² gieb mir Geld! oder:
pa³ č'ièn² kéi³ wo³ gieb mir Geld!

Akzentuiert nach § 50 n.

d) Das Hauptwort als indirektes Objekt (unser Dativ),
charakterisiert durch seine Stellung hinter dem Verbum,
aber vor dem direkten Objekt, in manchen Fällen auch
durch das Hülfswort *kei³***), z. B.: kei³ *lao³-yc²*
č'ién² gieb dem Herrn Geld!

Aber bei voranstehendem direkten Objekt: pa³ č'ièn²
kéi³ lao³-ye² gieb dem Herrn das Geld! wo³ čle⁴
kei³ láo³-yc² lâ ich habe (es) dem Herrn geliehen.

Akzentuiert nach § 50 m u. n.

e) Das Hauptwort als adverbiale Bestimmung (im
Deutschen meist durch eine Präposition wiederzugeben),
z. B.: méi³ t'ien¹ an jedem Tage.
Auch nach Präpositionen, z. B. tsai⁴ čúng¹·kuo²
in China.

Akzentuiert nach § 50 o.

f) Das Hauptwort außerhalb des engeren gram=
matischen Zusammenhangs (absoluter Kasus, wie

---

*) lao³-ye² (wörtlich: alter Vater =) Herr, ehrende Bezeichnung
einer Person, auch der angeredeten, daher oben auch übersetzt werden
kann: Ihr Zimmer (oder: sein Zimmer).
**) Wörtlich: nehmend.
***) Wörtlich: gebend.

im Französischen), z. B.: čĕ⁴·kŏ tí⁴·fang¹, wo³ mei²
č'ú⁴·kuo⁴ biese Gegend (anlangend, so) bin ich noch
nicht (bort) gewesen = in bieser Gegend bin ich noch
nicht gewesen.

Hierher mag auch das von einer Apposition be-
gleitete Hauptwort gerechnet werden, insofern basselbe
mit der Apposition zu einem grammatisch unteilbaren
Ganzen verschmilzt, z. B.: li³ láo³·ye² Li, der Herr
= Herr Li. Genitiv: li³ lào³·ye² ti, nicht etwa:
li³ ti lao³·ye².

g) Das Hauptwort als Anruf (Bokativ) wird gewöhnlich
durch die nachgestellte Partikel a gekennzeichnet: pá⁴·
pa⁴·a Bater!

Das Eigenschaftswort.

§ 203. Das Eigenschaftswort kennzeichnet natürlich
ebensowenig wie das Hauptwort durch besondere Formen bie
Unterschiede von Geschlecht oder Zahl. Es ist unveränderlich und steht als Attribut vor bem Hauptwort, z. B.:
háo³ źẹn² ein guter Mensch.

Akzentuiert nach § 49 c.

Ist das Eigenschaftswort mehrsilbig oder selbst näher
bestimmt, so wird es (wie auch sonst zuweilen) vermittels
des Hülfswortes ti (akzent- und tonlos, siehe oben) mit dem
Hauptworte verbunden, z. B.: tíng³ hào³ ti źẹn² ein sehr
guter Mensch.

Akzentuiert nach § 50 k.

§ 204. Das Eigenschaftswort als Prädikat steht
hinter dem Subjekt. Die Kopula wird gewöhnlich nicht, in
der Verneinung durch pu*) (nicht) ausgedrückt, z. B.: mà³
k'uái⁴ das Pferd ist (nicht ausgedrückt) schnell, mà³
pu² k'uái⁴.

Akzentuiert nach § 50 p, ß u. § 51 c.

Statt bessen sagt man häufig: mà³ šĩ⁴ k'uái⁴ ti das
Pferd ist (ausgedrückt) ein schnelles**) (ma³ ist nochmals zu benken).

_____

*) Im zweiten ober vierten Ton, vergl. § 37.
**) Berneint: mà³ pu² šĩ⁴ k'uái⁴ ti.

Vermischte Bemerkungen.

a) Die Stellung des Fragesatzes unterscheidet sich nicht von der des Aussagesatzes, z. B.: mà³ k'uái⁴ ist das Pferd schnell?

b) Der Fragesatz wird gewöhnlich durch das satzschließende Hülfswort mŏ (ton- und akzentlos, § 40 e) gekennzeichnet (sofern derselbe nicht bereits ein fragendes Fürwort oder Adverb enthält), z. B.: mà³ k'uái⁴ mŏ.

c) Hinsichtlich des musikalischen Satztones der Frage vergl. § 64.

d) ni³ entspricht sowohl dem deutschen „du", wie auch der Höflichkeitsanrede „Sie".

Wörter.

Hauptwörter.

t'ién¹ 1) Himmel, 2) Tag.
yüe⁴ 1) Mond, 2) Monat.
č'a² Thee.
lin² (Wald) ⎫ Eigennamen.
fang¹ (Seite) ⎭
sī⁴-č'ing² Angelegenheit, Sache*).
čiu¹ 1) Herbst, 2) Ernte.
pei⁴ Norden.
pién¹ Grenze, Ufer, Seite.
žēn² Mensch, Mann**)
tung¹ Winter.
tung¹-t'ien¹ Winterszeit.
ti⁴-fang¹ (Erdseite) Gegend.
t'ién¹-č'i¹ (Himmelsgeist =)
　Klima.

i¹-fu² Kleid(er), Kleidung.
tung¹ Osten.

Eigenschaftswörter.

yüán² rund.
tan⁴ schwach.
nung² stark.
to¹ viel.
leng³ kalt.
ts'o⁴ falsch, irrig.

Verschiedene.

yi¹,²,⁴, yí²-kŏ eins***).
liáng³ zwei.
č'i¹ sieben.
sī²-örh⁴-kŏ zwölf.
sán¹-sī² dreißig.

Übung 21.

č'i¹ t'ien¹ sī⁴ yi²-kŏ li³-pai⁴. — san¹-sī² t'ien¹ sī⁴ yi²-kŏ yüe⁴. — sī²-örh⁴-kŏ yüe⁴ sī⁴ yi⁴ nién². — tì⁴ sī⁴ yüán² ti. — t'ien¹ tuán³. — čung¹-kuo² ti lü sī⁴ k'uái⁴ ti. — lü² sī⁴ čung¹-kuo² ti k'uài. — č'a² sī⁴ hǎo³ ti. č'à² sī⁴ tán⁴ ti, pù² sī⁴ núng² ti. — lao³-ye² ti pi³ pu⁴ hǎo³. — lao³-ye² ti č'ien² pu² tó¹. — čé⁴ pu² sī⁴ lin² lao³-ye² ti sī⁴-č'ing². — lao³-ye² ti mà³ k'uái⁴ mŏ. — lin² lao³-ye² ti fù⁴-č'in¹ pu² tsai¹ čiá¹. — lào³-ye² pu⁴ hǎo³ mŏ. — čúng¹-kuo² sī⁴ yi⁴ nién² liáng³ čiu¹. — pei³-pien¹ ti t'ien¹-č'i¹ léng³.

---

*) Aber nie „Ding" in konkreter Bedeutung. Dies ist vielmehr tung¹-hsi¹.

**) Soll das Geschlecht hervorgehoben werden, so sagt man nán²-žēn².

***) Über den Tonwechsel von yi und pu vergl. § 37.

Aufgabe 22.

Herr Lin ist ein alter Mann. — Herrn Fangs Salon ist groß. — Die Winterszeit ist kalt. — Ist der Thee nicht gut? — Pferde sind schnell, Esel sind langsam. — Dies ist ein falsches Schriftzeichen. — Herrn Lins Zimmer ist klein. — Das Klima dieser (čé⁴-kŏ) Gegend ist heiß. — Der Thee ist nicht Herrn Lins (Thee, nicht übersetzt). — Das Pferd ist nicht Herrn Fangs (= gehört nicht u. s. w.). — (Es) sind nicht die Kleider des Vaters. — Die Oststraße (Straße des Ostens, ohne ti) ist lang.

Zweite Lektion. — ti⁴-örh⁴ k'o⁴.

Das Eigenschaftswort (Fortsetzung).

§ 205. Adverbien, durch welche ein Eigenschafts=wort näher bestimmt wird, stehen in der Regel vor dem=selben, z. B.:

hén³ hāo³ sehr gut
ting³ hāo³ außerordentlich gut
tsúi⁴ hāo³ höchst gut, best
kéng⁴ hāo³ noch mehr gut = besser
t'ái⁴ hāo³ zu gut.

Die Negation pu tritt davor: pú⁴ hẹn³ hāo³ nicht sehr gut.

tĕ² hẹn³ steht hinter dem Adjektiv: hāo³ tĕ² hẹn³ (sehr gut).

Akzentuiert nach § 51 b.

§ 206. Ein Zeitwort, durch welches ein Eigenschafts=wort näher bestimmt wird, steht hinter demselben, z. B.: hāo³ hŏ¹ gut (zu) trinken, trinkbar. Mit der Verneinung: pù⁴ hāo³ hó¹.

Akzentuiert nach § 51 a.

Diese Verbindung ist sehr beliebt; häufige Beispiele sind noch:

hāo³ č'ī¹ gut zu essen, wohlschmeckend
hāo³ k'àn⁴ gut anzusehen, hübsch, schön
hāo³ t'īng¹ gut anzuhören, gutklingend
pù⁴ hāo³ k'àn⁴ nicht gut anzusehen, häßlich
pù⁴ hāo³ č'ī¹ nicht gut zu essen, unschmackhaft
hāo³ pàn⁴ gut auszuführen, leicht ausführbar

pù⁴ hǎo³ hsié³ nicht gut zu schreiben, schwer schreibbar
pù⁴ häo³ mái³ nicht gut zu laufen, schwer zu haben
(im Handel) u. s. w.

Die Fürwörter.

§ 207. Die persönlichen Fürwörter lauten:

   wó³ ich   *wó³-men*)* wir
   ni³ du   *ni³-men* ihr
   t'a¹ er, sie, es   *t'á¹-men* sie.

Sie werden grammatisch wie Hauptwörter behan=
delt**), z. B.:

  a) *t'à¹* ši⁴ láo³ žęn² er ist ein alter Mann, *t'à¹* pu²
    ši⁴ láo³ žęn² er ist kein alter Mann;
  b) *t'à¹ ti* fáng²-tsę das Zimmer von ihm = sein
    Zimmer;
  c) wo³ ai⁴ *t'á¹* ich liebe ihn; pa³ *t'à¹* wo³ ái⁴ ihn
    liebe ich;
  d) kei³ *t'a¹* č'ién² gieb ihm Geld!
  e) tsai⁴ wó³ čě'rh⁴ hier bei mir***) (tsai⁴ kann auch
    fehlen);
  f) ni³-men čě⁴-hsìe-kö žęn² ihr, diese Leute.

§ 208. In der dritten Person wird das Geschlecht
nicht unterschieden; *t'a¹* bedeutet „er" und „sie", auch „es",
sofern sich dies auf einen sächlichen Personennamen im
Deutschen bezieht.

Auf Sachen, Handlungen, Vorgänge u. s. w. bezüglich
wird „es" meist überhaupt nicht ausgedrückt, ebensowenig
wenn es zum Ersatz des wirklichen Subjekts mitunter als
grammatisches Subjekt auftritt, z. B.: wo³ wang⁴ lä ich
habe es vergessen; pu² ši⁴ fù⁴-č'in¹ ti i¹-fu² es sind nicht
die Kleider des Vaters.

§ 209. Besondere besitzanzeigende Fürwörter hat
das Chinesische nicht; man gebraucht an deren Stelle die
Genitive der persönlichen Fürwörter (vergl. oben § 202b),
also:

wò³ ti č'á² mein Thee   wò³-men ti č'á² unser Thee
ni³ ti č'á² dein Thee   ni³-men ti č'á² euer Thee
t'à¹ ti č'á² sein, ihr Thee   t'à¹-men ti č'á² ihr Thee†).

---

  *) Die Pluralendung men ist ton= und akzentlos (§ 40).
  **) Vergleiche zu den Beispielen die Erörterungen in § 202 a—f.
  ***) Der Zusatz von čě'rh⁴ (hier) oder na'rh⁴ (dort) ist in dieser
Verbindung obligatorisch.
  †) Über die Fälle, in denen ti fortbleiben kann, vergl. unten.

Mit fehlendem Regens: wo³ ti ber (bie, baß) mei=
nige u. f. w.

§ 210. Die hinweisenden Fürwörter sind čé⁴
(dieser, diese, dieses) und na⁴ (jener, jene, jenes). Diese
werden gewöhnlich substantivisch in der neutralen Be=
deutung „dies" bezw. „das" gebraucht, wenn sie Subjekt
des Satzes sind; sonst wird dafür čé⁴-kŏ und ná⁴-ko gesagt.

„Dieser" und „jener", substantivisch genommen und
auf Personen bezogen, ist čéi⁴-kŏ und nái⁴-kŏ, oder höf=
licher čei⁴-wei⁴ (dieser Herr, diese Dame), nái⁴-wei⁴ (jener
Herr, jene Dame).

Hierfür sagt man auch čé´⁴-yi²-kŏ und ná⁴-yi²-kŏ oder
zusammengezogen čéi⁴kŏ und nái⁴-kŏ (néi⁴-kŏ).

Adjektivisch gebraucht man — vor dem Substantiv
stehend — čé´⁴-kŏ (dieser) und ná⁴-kŏ (jener*).

Anm. Die Aussprache čé´⁴-kĕ (čé⁴-kĕ, čĭ-kŏ), ná-kŏ (ná⁴-kŏ,
né-kĕ), čéi-kĕ, néi-kĕ ist nachlässig und zu vermeiden.

§ 211. Die Endung kŏ bei den hinweisenden Für=
wörtern ist ein sog. Zählwort und zwar das allgemeinste
(f. die Zahlwörter). Statt derselben können auch die sonst
in Verbindung mit den einzelnen Hauptwörtern üblichen be=
sonderen Zählwörter eintreten. Dann wird indessen fast
stets noch yi²·⁴ (eins) eingeschoben, z. B.: čé⁴-yi⁴-p'i¹ má³
= dies eine Stück Pferd = dies Pferd. čé⁴-yi wird ge=
wöhnlich zu čéi⁴, na⁴-yi zu nái⁴ (nei⁴).

Folgt auf das Demonstrativ ein Zahlwort, so werden
die Formen čé⁴ und na⁴ allein gebraucht**), z. B.: čé⁴-
sán¹-p'i¹ ma³ = diese drei Stück Pferde.

§ 212. čé⁴-kŏ und na⁴-kŏ können auch vor Wörtern
gebraucht werden, die in der Mehrzahl zu denken sind.
Doch werden in diesem Falle lieber čé´⁴-hsie¹, čé´⁴-hsie¹-kŏ
und ná⁴-hsie¹, ná⁴-hsie¹-kŏ gebraucht.

kŏ (bezw. ein anderes Zählwort) kann beliebig hinzu=
gefügt oder weggelassen werden: čé´⁴-hsie žĕn², čé´⁴-hsie-kŏ
žĕn² diese Leute.

Über die Akzentuierung vergl. § 49 d.

---

*) čé⁴ und na⁴ allein sind in dieser Verwendung seltener,
siehe Lektion XI.

**) Weil das sonst angehängte Zählwort ja hinter der Zahl folgt.

Wörter.

Hauptwörter.

t'ien¹-ši² (Himmels · Zeit =) Wetter.

kung¹-ĉiáng⁴ (Arbeiter · Handwerker =) Baumeister.

ĉin¹-ĉiang⁴ (Goldhandwerker =) Goldschmied. [Uhrmacher.

piáo³-ĉiang⁴ (Uhrhandwerker =) hsién¹-šeng¹ Lehrer; Herr.

túng¹-hsi¹ Ding, Gegenstand, Sache.

hsüe²-wen⁴ Kenntnisse.

ts'o⁴ 1) Versehen, Irrtum, Fehler, 2) falsch, irrig.

huá'rh¹ Blume (sprich chwarl, vergl. § 76).

yi²-tse (sprich yídse, vergl. § 2), Stuhl.

Zeitwörter.

k'an⁴ ansehen.

t'ing¹ anhören.

pan⁴ ausführen, erledigen.

hsüe² lernen.

Eigenschaftswörter.

kou⁴ ausreichend.

Übung 23.

wo³ hen³ lǎo³. — ni³ ši⁴ ĉúng¹-kuo²-žen² mö? — t'a¹ ši⁴ t'ing³ hǎo³ ti žen². — wo³-men ši⁴ ĉúng¹-kuo²-žen². — ni³-men ti lü² ši⁴ hen³ man⁴ ti. — t'a¹-men ti fäng²-tse pú⁴ hen³ ta⁴. — ĉè⁴-kŏ tse⁴ pu⁴ hǎo³ k'an⁴. — na⁴-kŏ ĉie¹ hen³ ĉ'ang². — ĉè⁴-hsie¹-kŏ tse⁴ pu⁴ ši⁴ hǎo³ hsie³ ti. — t'ien¹-ši² t'ing³ leng³. — t'ien¹-ši² hǎo³ mö? — t'a¹ ši⁴ kúng¹-ĉiang⁴. — wo³ ši⁴ ĉin¹-ĉiang⁴. — na⁴-kŏ žen² ši⁴ piáo³-ĉiang⁴. — ni³ ti hua⁴ pu⁴ hǎo³ t'ing¹.—ĉè⁴-kŏ ši⁴-ĉ'ing² pu⁴ hǎo³ pan⁴. — nei⁴-kŏ pi³ pu⁴ hen³ hǎo³. — ĉè⁴-hsie¹ tse⁴ nan² hsüe².

Aufgabe 24.

Dieser alte Lehrer ist sehr arm. — Diese Sachen sind nicht gut zu gebrauchen. — Dies Schriftzeichen ist nicht schwer zu schreiben. — Diese Worte sind schwer zu lernen. — Mein Geld ist nicht ausreichend. — Seine Kenntnisse sind nicht groß. — Dieser Gegenstand gehört mir (übersetze: ist der meinige). — Eure Kleider sehen gut aus (übersetze: sind gut anzusehen). — Dies ist nicht Herrn Lins Angelegenheit. — Dies ist mein Versehen. — Chinesische Schriftzeichen sind sehr schwer zu lernen. — Jene Blumen sind schön (übersetze: gut anzusehen). — Auf diesen Stühlen sitzt es sich nicht gut (übersetze: diese Stühle sind nicht gut zum Sitzen).

Dritte Lektion. — ti⁴-sán¹-k'o⁴.

Die Fürwörter (Fortsetzung).

§ 213. Die fragenden Fürwörter sind *šui²* (in Peking auch *šei²*) wer? *šęn²-mŏ* (sprich *šęmŏ*) was? Sie werden grammatisch wie Hauptwörter behandelt, z. B. *šui²-ti fáng²-tsę* wessen Haus?

šęn²-mŏ kann auch adjektivisch in der Bedeutung „was für ein?" gebraucht werden, z. B. *šęn²-mŏ fáng²-tsę* was für ein Haus?

§ 214. Das Fragefürwort „welcher" lautet *na³* und wird genau wie *na⁴* (jener) behandelt, also meist mit Zählwörtern verbunden, z. B. *nä³-kŏ, ná³-yi²-kŏ, nǎi³-kŏ* (néi-kŏ ꝛc.). In der Mehrzahl sagt man: *nä³-čỉ³-kŏ**) oder *ná³-čỉ³-kŏ* (welche?).

§ 215. Unbestimmte Fürwörter:

Das deutsche „man" wird ebenso wie „jemand" durch *žęn²* (ein Mensch) umschrieben oder das erstere gar nicht ausgedrückt.

„Irgend etwas" ist *šęn²-mŏ*, „irgend jemand", irgend wer *šui²*.

„Etwas" kann auch durch *túng¹-hsi¹* (Sache, Ding) oder *šỉ⁴* und *šỉ⁴-č'ing²* (Angelegenheit) umschrieben werden.

„Niemand" und „nichts" werden durch die Ausdrücke für „jemand" und „etwas" mit verneintem Verbum gegeben, z. B.: *wo³ méi² yo³ šęn²-mŏ* ich habe nicht etwas = nichts.

Anm.: *šęn²-mŏ* wird in diesem Falle gern durch *žęn⁴* (gleichviel) verstärkt: *žęn⁴ šęn²-mŏ* gleichviel was, irgend etwas, was es auch immer sei. Dahinter kann noch *tou¹* (alles) oder *yě³* (auch) treten.

„Kein" wird gewöhnlich nicht besonders ausgedrückt, sondern durch „nicht" mit dem Verbum umschrieben. Ist es stark betont, so braucht man *šęn²-mŏ, kŏ, yi-kŏ* (irgend ein).

Das Zeitwort.

§ 216. Das Zeitwort bleibt in seiner Form stets unverändert. Die Person wird nur durch das Subjekt (Hauptwort oder Fürwort) bezeichnet. Die persönlichen Fürwörter können indessen auch fortbleiben, wo keine Zweideutigkeit entsteht.

Zeiten und Aussageweisen können z. T. durch Hülfswörter näher bestimmt werden.

---

*) Auch *ná³-čỉ³-kŏ'rh⁴*; *čỉ³* bedeutet „einige".

§ 217. Die Hauptformen des Zeitworts sind bereits in § 171—172, 186—195 behandelt und in § 198 noch= mals übersichtlich zusammengestellt; hier sei folgendes er= gänzend bemerkt:

a) Das adjektivische Partizip wird auch als Infinitiv und Imperativ gebraucht; lai² ti kommend sein = kommen! und: sei kommend = komm!

b) Da der Genitiv eines Hauptwortes auch ohne die Partikel ti gebildet werden kann (§ 202b), so tritt das adjektivische Partizip (aber nur als Attribut) gleichfalls nicht selten ohne ti auf, z. B.: lai² ẓen² ein kommender Mann.

c) Zum Imperativ treten gern die persönlichen Für= wörter ni³ bezw. ni³-men: ni³ lai² komm (du)! Auch fügt man nicht selten die auffordernde Partikel pa⁴ (doch) hinzu: lai² pa⁴ (aber nicht dem verneinten Imperativ).

Eine mildere Form des Imperativs wird mit yāo⁴ (wollen) gebildet: ni³ yāo⁴ č'ing³ t'a¹ lai² wolle ihn einladen zu kommen.

d) Das Perfekt kann auch mit dem Hülfszeitwort kūo⁴, vorbeigehen, gebildet werden: wo³ lái² kuo⁴ ich bin gekommen.

lai² liāo (lai² lǎ) und lai² kuo⁴ dienen als In= finitiv des Perfekts, der Genitiv als adjektivisches Par= tizip des Perfekts und, prädikativ gebraucht, als um= schreibendes Perfekt.

e) Das Futurum kann auch mit Hülfe von k'uái⁴ (bald) liāo³ (vollendet sein) folgendermaßen gebildet werden: wo³ lai² k'uai⁴ liāo³ mein Kommen ist bald vollendet, wird bald vollendet sein = ich werde bald kommen.

f) Ein Zeitwort in der Stammform (lai²*) kann also aufgefaßt werden: 1) als Infinitiv, 2) als Imperativ, 3) als adjektivisches Partizip (aktiv und passiv), 4) als adverbiales Partizip, 5) als Aorist, z. B.

α) č'ing³ t'a¹ *lai²* bitte ihn zu kommen

β) *lai²* komm, kommt!

γ) *lai²* ẓen² der kommende Mann (= lai² ti ẓen²)

δ) *lai²* auf dem Wege des Kommens, kommend

ε) wo³ lai³ ich komme, kam, werde kommen.

Der Zusammenhang allein kann darüber entscheiden, welche Bedeutung an einer bestimmten Stelle zutrifft.

_____

*) D. h. ohne Hülfswörter wie lǎ, liāo, kuo⁴ ꝛc.

Vermischte Bemerkungen.

a) Adverbien und adverbiale Bestimmungen, durch welche ein Zeitwort näher bestimmt wird, stehen zwischen Subjekt und Zeitwort,
aber vor der Negation, z. B.: wo³ ši²·tsai⁴ pu⁴ neng² lai⁴ ich
wirklich nicht kann kommen.

b) šui² wird in Verbindung mit ši⁴ (sein) immer als dessen Prädikat aufgefaßt, steht also hinter ši⁴: dei⁴·wei⁴ ši⁴ šui² wer ist
dieser Herr? dš⁴·kö šu¹ ši⁴ šui² ti dies Buch ist wessen? =
wem gehört dies Buch.

c) Hauptwörter im Adverbialkasus, welche ein Verhältniswort ver-
treten, nehmen den Genitiv ohne ti zu sich: men² wai⁴ an der
Außenseite der Thür = außerhalb der Thür, draußen an der
Thür (vergl. § 202 b).

d) Viele Zeitwörter, welche im Deutschen intransitiv sind, werden
im Chinesischen transitiv (also mit direktem Objekt) gebraucht,
z. B.: tsai⁴ sein in (oder an): tsai⁴ k'o⁴·t'ing¹ im Salon sein.
(Doch ist auch die Postposition li³, in, gestattet.)
    Ferner dʻu¹ herausgehen: dʻu¹ men² aus der Thür heraus-
gehen; dʻin⁴ hineingehen in, hsia⁴ hinabsteigen von (oder „nach“),
šang⁴ hinaufsteigen auf u. s. w.

e) Das deutsche „sein“ kann (sofern es nicht überhaupt unausgedrückt gelassen wird) durch ši⁴, tsai⁴ oder yo³ gegeben werden.
Diese Ausdrücke sind streng zu unterscheiden: ši⁴ ist die bloße
Kopula (vergl. § 181 und § 202 a), tsai⁴ bezeichnet ört-
liches Verweilen (irgendwo sein, sich befinden) und yo³ das
Vorhandensein, die Existenz (dasein, vorhanden sein, geben).
    yo³ dient auch zur Wiedergabe des deutschen „haben“. Das
deutsche Subjekt wird im absoluten Kasus vorangestellt, das
deutsche Objekt wird (nachgestelltes, § 268) Subjekt von yo³, z. B.
    wo³, yo³ dʻien² = (was) mich (anbetrifft), Geld ist vorhanden
= ich habe Geld.

f) yo³ wird stets (auch im Präsens) durch mei² verneint.

g) Um die Frage zu bezeichnen, wendet man oft die Wiederholung
des Prädikats mit pu an, z. B. t'a¹ neng² pu⁴ neng² kann
er (oder) kann er nicht?
    mo bleibt alsdann fort. Ebenso wird mo ausgelassen, wenn
der Satz bereits ein Fragewort (fragendes Fürwort, Adverb ꝛc.)
enthält.

h) Das prädikative Partizipium mit ti nimmt ein etwaiges Objekt
vor ti, z. B. tso⁴ šęn²·mo ti was thuend.

i) Unser „zu“ vor dem Infinitiv wird nicht ausgedrückt; lai² heißt
„kommen“ und „zu kommen“.

k) „wenn“ wird oft nicht ausgedrückt, wenn der Nebensatz vor dem
Hauptsatz steht.

Wörter.

li³ Recht
cęng¹·yüe⁴ der erste Monat
hsiu⁴·mi ⁿg·rh (Stinkname =)
    übler Ruf
dʻeng² (feste) Stadt
wai⁴ Außenseite

wái⁴·žęn² (Außenseite·Mensch)
    Fremder
ši²·hour rh⁴ (spr. schischourl) Zeit
    (·punkt)
kúng¹·fu¹ Zeit(raum)
pú²·ši⁴ (Nicht·Sein) Unrecht, Fehler

8*

t'ái^4-t'ai^4 Dame, gnädige Frau
č'ú^2-fang^2 (Kochhaus =) Küche
huá^4-šuo^1 (Worte-Rede) Gerede
čúng^1-fan^4 (Mitte-Speise =) Mittagbrot
šu^1 Buch

Zeitwörter.

čl^1-tao^4 wissen
tso^4 machen, thun
čiao^4 rufen; čiao^4 męn^2 Einlaß begehren
ming^2-pai verstehen*)
žęn^4-žęn^4 prüfen
žęn^4-tê^1 (er)kennen

k'an^4 a) sehen, b) meinen

Eigenschaftswörter.

šl^2 a) Wahrheit, b) wahr
hao^3-hsie^1 sehr viele

Verschiedene.

wái^4-t'ou^3 (Adv.) außerhalb
čê^4-li^3 } hier
tsai^4 čê^4-li^3 }
čin^1-t'ien^1 (heute-Tag =) heute
šl^2-tsai^4 (Adv.) wirklich
li^3 (nachstehend) } in
tsai^4 (vorstehend) }
tsai^4 .... li^3 in**)
wei^4 (vorstehend) wegen

Übung 25.

t'a^1 wei^4 šęn^2-mŏ ta^3 ni^3 ni? — šui^2 tsai^4 męn^2 wai^4? — na^3-kŏ tsai^4 k'o'-t'ang^2? — čê^4-hsie^1 pi^3 šl^4 šui^2 ti? — šui^2 tsai^4 č'u^2-fang^2 li^3? -- mei^2 yo^3 šui^2. — Ni^3 k'an^4, čin^1-t'ien^1 nęug^2 hsia^4 yü^1 pu^4 nęng^2? — na^4-ko šui^2 čl^4-tao^1? — čê^4-li^3 mei^2 yo^3 wai^4-žęn^2, pu^2 šl^4 ni^3, šl^4 šui^2? — cê^4 šl^4 šęn^2-mŏ hua^4-šuo^1! — ni^3 zęn^4-zęn^4 čê^4-hsie^1 pi^3, na^3-yi^3-kŏ šl^4 ni^3 ti! — na^3-yi-kŏ yo^3 li^3? — čin^1-t'ien^1 šl^4 čęng^1-yüe^4 na^3-yi t'ien^1***)? — Ni^3 šl^4 kŏ tso^4 šęn^2-mo ti žęn^2? — na^4-ko žęn^2 yo^3 ping^4, pu^4 nęng^2 č'l^1 fan^4. — pu^2 yāo^1 k'ai^1 na^4-kŏ męn^2. — čê^4-kŏ žęn^2 pu^4 šuo^1 šl^2 hua^4. — č'ing^3, hsie^3 čê^4-kŏ tsę^4. — t'a^1 mei^2 č'l^2 tsao^3-fan^4. — wo^3 mei^2 yo^3 č'ien^2. — čê^4-kŏ šl^2-hou'rh^1 t'a^1-men čeng^2 č'l^1 fan^4. — čê^4-kŏ šl^4-č'ing^2 wo^3 šl^1-tsai^4 pu^2 čl^1-tao^4. — wo^3 i^3-čing^1 č'l^1 lă fan^4. — t'a^1 i^3-čing^1 tęng^3 lă san^1 t'ien^1. — lin^2 lao^3-ye^2 ti mu^3-č'in^1 i^3-cing^1 sę^3 lă.

Aufgabe 26.

Wer begehrt draußen Einlaß? (übers. draußen ist wer und begehrt Einlaß?) — (Was) jenes Mannes schlechten Ruf (anlangt), wer kennt (ihn) nicht (Schlußpartikel)? — Wenn (es) nicht dein Fehler ist, wessen Fehler ist (es dann)? — Welches wünscht der Herr (zu) kaufen (Schlußpartikel)?

*) Wörtlich: (sich) deutlich und klar machen.
**) Z. B. tsai^4 fang^2-tsę li^3 im Hause = tsai^4 fang^2-tsę = fang^2-tsę li^3.
***) Nicht na^3-yi^2-kŏ, vergl. § 237.

— Jener Mensch hat kein Geld. — Die Dame kann nicht
essen diese Speise. — Sie (Plur. 3. Pers.) können nicht
kommen. — Ich verstehe dies Schriftzeichen nicht. —
Zu jener Zeit (bloßer Adverbialkasus) kann ich nicht (übers.:
ich nicht kann) (hin)gehen. — Diese Woche (Adverbialkasus)
kann ich nicht kommen (übers.: ich nicht kann kommen). —
Wir haben noch kein Mittagbrot gegessen. — (Was) dies
Essen (anlangt), ich kann (es) wirklich nicht essen (Stellung:
ich wirklich nicht kann essen). — (Was) dies Ding (anlangt),
ich kann (es) dir nicht geben. — Er versteht deine Rede nicht.
— Bitte, gieb mir jenes Buch! — Welches Buch wünschest
du? — Um diese Zeit (bloßer Adverbialkasus) haben sie noch
nicht Mittagbrot gegessen (übers.: sie noch nicht haben gegessen Mittagbrot). — Er wohnte lange Zeit (übers.: viele
Tage) in der Stadt. — Der Herr ist noch nicht gekommen.
— Ist Herr Lin gekommen? — Kennst du mich nicht? —
Bitte, (mein) Herr, setzen Sie sich hier(her)!

Vierte Lektion. — ti⁴-sé⁴-k'o⁴.

Die Adverbien.

§ 218. Die Adverbien zerfallen in ursprüngliche
und abgeleitete (vergl. darüber § 120—133).

§ 219. Häufige ursprüngliche Adverbien sind z. B.:

yo⁴ } wieder
tsai⁴ }
hen³ sehr
ping⁴ keineswegs
pi⁴ sicherlich, gewiß

ye³ auch
ĉiu⁴ dann, so*)
hai² noch
tan⁴ nur
ĉ'ang² immer.

§ 220. Andere häufige Adverbien und adverbiale
Ausdrücke:

ĉé'rh⁴, ĉé⁴ li³, tsai⁴ ĉé⁴ li³ hier; nä'rh⁴, ná⁴ li³,
tsai⁴ ná⁴ li³ da, dort; nä'rh³, ná³ li³, tsai⁴ ná³ li³ wo?**)
li³-mien⁴, tsai⁴ li³-mien⁴ }
li³-t'ou², tsai⁴ li³-t'ou³   } darin, drinnen, inwendig
li³-pien¹, tsai⁴ li³-pien¹ }

*) Im Beginn des Nachsatzes.
**) Gebildet aus den hinweisenden und fragenden Fürwörtern
mit der Endung örh (§ 76) bezw. dem Verhältniswort li³ (in).

wái⁴-mien⁴, tsai⁴ wái⁴-mien⁴ ⎫
wái⁴-t'ou², tsai⁴ wái⁴-t'ou² ⎬ braußen, außen, auswendig
wái⁴-pien¹, tsai⁴ wái⁴-pien¹ ⎭
(tsai⁴) č'ién²-t'ou² vorn, voran, voraus
(tsai⁴) hóu⁴-t'ou² hinten, hinterher
tsai⁴ tsó³-pien¹ links
tsai⁴ yó⁴-pien¹ rechts
(tsai⁴) šáng⁴-mien⁴ ⎫
(tsai⁴) šáng⁴-pien¹ ⎬ oben
(tsai⁴) šáng⁴-t'ou² ⎭
(tsai⁴) hsiá⁴-pien¹ ⎫
(tsai⁴) hsiá⁴-t'ou² ⎬ unten *)
tí³-hsia⁴ ⎭
čé⁴-pien¹ auf dieser Seite, ná⁴-pien¹ auf jener Seite
čín¹- ži⁴ (wörtl. jetzt = Tag) ⎫
čín¹-t'ien¹ (jetzt = Tag)   . ⎬ heute
čiⁿ'rh¹ (jetzt + örh) ⎭
tsó²-ži⁴ (gestern = Tag) ⎫
tsó²-t'ien¹ (gestern = Tag) ⎬ gestern
tso'rh³ (gestern + örh) ⎭
míng³-ži⁴ (heller Tag) ⎫
míng³-t'ien¹ (heller Tag) ⎬ morgen
miⁿᵍ'rh³ ⎭
t'ien-t'ién täglich
čín¹-nien² (jetzt = Jahr) in diesem Jahre, heuer
č'ú⁴-nien² (gegangenes Jahr =) im vorigen Jahr
míng²-nien³ im nächsten Jahr
tsáo-č'i³ morgens
wán³-šang⁴ abends
tó¹-tsan¹ wann?
čê⁴-mó (spr. čé⁴-mo) ⎫ so
ná⁴-mó (spr. ná⁴-mo) ⎭
tsén³-mó (spr. tsém³-mó) wie?

§ 221. Adjektive können auch als Adverbien gebraucht werden, z. B.: k'uai⁴ (schnell).

Oft werden sie alsdann verdoppelt, meist unter Hinzufügung von ti oder örh ti, z. B.:

k'uai⁴-k'uái⁴, k'uai⁴-k'uái⁴ ti oder k'uai⁴-k'uᵃ¹'örh⁴
ti = schnell.

---

*) li³, wai⁴, č'ien², hou⁴, šang⁴, hsia⁴ bedeuten die Innen-, Außen-,
Vorder-, Hinter-, Ober- und Unterseite; mien⁴ und pien¹ bezeichnen
die Seite. Wegen t'ou² vergl. § 131. — tí³-hsia⁴ bedeutet „unterhalb
des Bodens."

Über den Akzent und den gelegentlichen Tonwechsel dieser Dopplungen vergl. § 37.

§ 222. Adverbial werden ferner gern gebraucht:

a) Hauptwörter im Adverbialkasus: tsao³ am Morgen = früh;

b) substantivierte Infinitive im Adverbialkasus (adverbiale Partizipien § 194), z. B.:

č'iang² durch Zwingen = mit Gewalt*)

§ 223. Adverbien und adverbielle Ausdrücke (Bestimmungen des Orts, der Zeit und der Art und Weise) stehen gewöhnlich zwischen Subjekt und Zeitwort.

Wörter.

č'uán² Boot, Schiff
čiá⁴·č'ien² (Preis-Geld =) Preis
keng¹ Lebensalter
hsin⁴·č'uan² (Brief-Boot =) Post-
  dampfer
fong¹ Wind
k'uai⁴ Stück
t'ie³ Eisen
ts'ai⁴ Gemüse
yüan² Garten
ts'ai⁴·yüan⁴ Gemüsegarten
čien⁴ Zählwort für Angelegenheiten (§ 233)
šï⁴ Angelegenheit
č'ou¹·t'i¹ Schublade
ling² Glocke, Klingel
sou⁴ mager

t'ing¹·čien⁴ (hörend wahrnehmen
  =) hören
tso⁴·hao³(gut machen)fertigmachen
yao² schwingen, ertönen (Glocke)
k'an¹ bewachen, beaufsichtigen
kua¹ wehen
t'o¹ anvertrauen
kén¹·čö folgen
č'i³·lai² aufstehen
t'ai⁴ zu sehr, zu
kuei⁴ a) teuer, b) hochgeschätzt
šang⁴ (nachstehend) auf
čê⁴·mo (spr. čê'·mo) so
tsęn²·mo wie io? warum?
wan³ spät
žu²·čin¹ jetzt
ta'ung² von . . . her
wang⁴ nach . . . . hin

Übung 27.

wei⁴ šęn²·mo mei² yo³ žęn² tsai⁴ čê⁴ li³ k'an¹ męn².— tsai⁴ čê⁴ li³ yo³ šui³? — č'uan² tsai⁴ na³ li³. — čia⁴·č'ien² t'ai⁴ kuei⁴. — čin¹·nien² kuei⁴ keng¹? — hsin¹·č'uan² čin¹·t'ien¹ mei² yo³ tao⁴. — wo³ tsai⁴ li³·mien⁴, t'a¹ tsai⁴ wai⁴·mien⁴. — wai⁴·t'ou³ šï²·tsai⁴ lęng³. — t'a¹·męn tsai⁴ li³·t'ou² šuo¹ hua⁴, wo³ tsai⁴ wai⁴·mien⁴ t'ing¹·čien⁴ lä. — tsai⁴ wai⁴·pien¹ kua¹ ta⁴ fęng¹. — čê⁴ k'uai⁴ t'ie³ t'ai⁴ č'ang². — čê⁴ k'uai⁴ ti⁴ čęng⁴ hao³ tso⁴ ts'ai⁴·yüan². —

*) Gewöhnlich lassen sich diese Infinitive im Deutschen passend durch ein Partizipium auf -end wiedergeben, z. B.: kén¹·čö folgend = hinterher.

wai⁴·t'ou² lai² lä san¹·wei⁴ lao³·ye². — yao² lä ling³,
ni³ tsẹn³·mö mei² t'ing¹·čien⁴ ni. — tsẹn³·mö hai² mei²
tso⁴·häo³ lä fan⁴ ni. —

Aufgabe 28.

Sage ihm, er solle draußen warten (er solle warten =
einfacher Aorist). — Ist dort wirklich Wasser? — Ihr
Boot ist hinten. — Ich werde voran gehen, ihr könnt hinter=
her folgen. — Bitte, stehe morgen ein wenig früher (über=
setze: früh) auf, ich habe dir eine Sache anzuvertrauen (über=
setze: ich habe ein Stück Sache anzuvertrauen dir). — Es
ist zu warm im Zimmer. — Unten auf dem Tische sind
Schreibpinsel. — Der Tisch hat auf der einen Seite eine
Schublade, auf der andern hat er keine. — Gestern fiel ein
großer Regen. — Wo wohnen Sie? — Warum gehst du so
langsam? — Warum kommst du (umschriebener Aorist) so
spät (Schlußpartikel)? — Woher kommt er, (und) wohin
will er gehen? — Warum bist du jetzt so mager? —

Fünfte Lektion. — ti⁴-wú³-k'o⁴.
Die Grundzahlen und die Zählwörter.

§ 224. Die Grundzahlen von 1—10 lauten beim
unbenannten Zählen: 1 i¹ oder yi¹, 2 örh⁴, 3 san¹,
4 sẹ⁴, 5 wu³, 6 liu⁴*), 7 č'i¹, 8 pa¹, 9 čiú³**), 10 ší².

§ 225. Beim Zählen benannter Gegenstände steht yi im
2. oder 4. Ton (vergl. § 37), pa im 1. oder 2. Ton
(vergl. ebenda). Statt öhr⁴ wird auch liáng³ gebraucht.

§ 226. Bei den Zahlen von 11—19 fügt man
die Einer (akzentuiert) ohne Bindeglied hinter ší² (zehn):
11 ší²-yí¹, 12 ší²-örh⁴, 13 ší⁴-sán¹, u. s. w.

§ 227. Die Zehner werden mit ší² und vorgesetzten
(akzentuierten) Einern gebildet: 20 örh⁴-ší², 30 sán¹-ší²,
40 sẹ⁴-ší², 50 wú³-ší², 60 liu⁴-ší², 70 č'í¹-ší², 80 pá¹-ší²,
90 čiú³-ší².

§ 228. Die Einer werden diesen Zehnern, wie bei
den Zahlen von 11—19, ohne Bindewort angefügt. Sie
sind stets akzentuiert, das erste Glied bekommt einen Ne=
benton: 41 sẹ⁴-ší²-yí¹. 88 pà¹-ší²-pá¹.

---

*) Sprich lío⁴. — **) Sprich tsjóu³.

§ 229. Hundert heißt: i⁴-pai³ (wörtlich einhundert), 200 örh⁴-pai⁴ u. s. w. Ebenso wird i⁴-č'ien¹ (eintausend) behandelt. Doch kann man liáng³-č'ien¹ sagen, während nur örh⁴-pai⁴ gestattet ist.

7636 heißt also: č'i¹-č'ien¹-liu⁴-pai³ sän¹-šı²-liu⁴ = 7 Tausender + 6 Hunderter + 3 Zehner + 6 (Einer).

Hiernach sind alle Zahlen bis 9999 zu bilden, d. h. man nennt erst die Anzahl der Tausender, dann die der Hunderter, der Zehner und der Einer.

§ 230. Zur Bildung höherer Zahlen wird — abweichend vom Deutschen — yi²-wan⁴ = 1×10000 verwandt.

20000 kann örh⁴-wan⁴, aber auch liáng³-wan⁴ heißen. So wird nach Zehntausendern weiter gezählt*).

100000 ist daher šı²-wan⁴ (oder i⁴-šı²-wan⁴ = 1 × 100000).

Eine Million = 100×10000 = i⁴-pai³-wan⁴. Dafür auch seltener čao⁴.

§ 231. Wenn in drei- oder mehrstelligen Zahlen ein Mittelglied nicht vertreten ist (im Deutschen durch 0 bezeichnet), so setzt man in die Lücke das Wörtchen ling², z. B.:

    107 = i⁴-pai³ ling² č'i¹
    1207 = i⁴-č'ien¹ örh⁴-pai³ ling² č'i¹
    1027 = i⁴-č'ien¹ ling² örh⁴-šı² č'i¹
    10007 = i²-wan⁴ ling³ č'i¹.

ling² vertritt also auch mehrere fehlende Mittelglieder.

§ 232. Zahlen wie 250, 2500 (mit einer oder zwei Nullen am Ende) kürzt man gern dadurch ab, daß man die Benennung der letzten Zahleneinheit (zehn, hundert) fortläßt: örh⁴-pai³ wú³, örh³-č'ien¹ wú³.

Dagegen müßten 205 und 2005 nach § 231 lauten: örh⁴-pai³ ling² wú³, örh⁴-č'ien¹ ling² wú³.

§ 233. Die Grundzahlen werden nicht gern ohne weiteres vor ein Substantiv gesetzt. Meist bedient man sich zur Verbindung gewisser Gattungsbegriffe, die wir Zählwörter nennen, in derselben Art, wie wir zu sagen pflegen „hundert Mann Soldaten", „zehn Stück Rindvieh" u. s. w.

Nur ist diese Redeweise im Chinesischen das Gewöhnliche.

---

*) Eine dem deutschen „dreißigtausend" entsprechende Bildung ist unzulässig.

§ 234. Das am meisten gebrauchte Zählwort ist ko^4 (meist tonlos und kurz):

i^2-kŏ żėn^3 ein Mensch
liáng^3-kŏ żėn^2*) zwei Menschen
sán^1-kŏ żėn^2 drei Menschen.

Dafür sagt man auch: żėn^2 san^1-kó^4 (bemerke die abweichende Akzentuierung =) Menschen, (nämlich) drei Stück.

§ 235. Zahlreiche Hauptwörter erfordern nun aber besondere Zählwörter, die im übrigen ganz wie ko^4 gebraucht werden, z. B.

wei^4 (Sitz) für Personen, denen man Achtung schuldet, z. B. i^2-wei^4 t'ài^4-t'ai^4 eine Dame**)

p'i^3 (Paar) für Pferde, Kamele, z. B. sán^1-p'i^3 mà^3 drei Stück Pferde

t'ou^2 (Kopf) für Esel, Maultiere, z. B. sán^1-t'ou^2 lü^2 drei Esel; auch überhaupt für Tiere

k'ou^3 (Mund) für Schwerter, Messer, Glocken, Anker, Menschen

pa^3 (Griff) für Stühle; Messer, Gabeln, Löffel

ting^3 (Knopf) für Sänften, Hüte, Regenschirme

tao^4 (Weg) für Edikte und Flüsse

tsun^1 (Heiligkeit) für Buddhas und Kanonen

t'iao^2 (Zweig) für Straßen, Gassen und Beinkleider

feng^1 (Siegel) für Briefe und Packete

liang^3 für Taels

yėn^3 (Auge) für Brunnen, Gewehre

tu (Mauer) für Mauern, Pallisaden

p'u^1 (Lage) für Betten

čī^1 für Kisten, Schiffe, Schuhe; Hände, Füße, Augen; Hühner, Hunde u. s. w.

mien^4 (Fläche) für Trommeln, Gongs, Spiegel

liáng^4 (Gefährt) für Wagen und Karren

čang^1 (Öffnung) für Tische und Stühle

čien^4 (Ding) für Angelegenheiten, Gegenstände, Kleider

kuán^3 (Röhre) für Pinsel und Pfeifen

kėn^1 (Wurzel) für Pfeiler, Stangen, Masten

tien^1 (Tropfen, Punkt) für Stunden

wei^3 (Schwanz) für Fische   [Brunnen

tso^4 (Sitz) für Tempel, Gräber, Wirtshäuser, Hügel,

k'o^1 (Köpfchen) für Perlen

---

*) örh^4-kŏ ist nicht gebräuchlich.
**) Man kann örh^4-wei^4 und liáng^3-wei^4 sagen.

k'uai⁴ (Stück) Ziegel, Gärten, Dollars

čien¹ (Zwischenraum) für Zimmer u. s. w.

Auch diese werden mitunter durch ko⁴ vertreten.

§ 236. Diese Zählwörter treten auch statt ko⁴ hinter die hinweisenden und fragenden Fürwörter (čê⁴, na⁴, na³), wenn ein Hauptwort folgt, welches ein besonderes Zählwort erfordert.

Tritt daher ein Zahlwort vor ein hinweisendes oder fragendes Fürwort, so wird es ausnahmsweise ohne Zählwort gebraucht.

§ 237. Wörter, welche Maßeinheiten bedeuten, werden mit den bloßen Zahlwörtern (ohne Zählwort) verbunden, z. B.:

i⁴-wan³ č'a² oder č'a² i⁴-wán³ eine Tasse Thee.

Derartige Wörter sind z. B.

tai⁴ Strecke (Landes)	pęn³ Heft	č'ľ³ Fuß
č'ê¹ Wagenladung	p'i¹ Ballen (Tuch)	ts'un⁴ Zoll
č'ün² Herde	tau¹ Pikul, Centner	t'ien¹ Tag
k'ou³ Mundvoll	tui¹ Haufen	čang¹ Blatt (Papier)
pa¹ Handvoll	wan³ Tasse	čung³ Art, Gattung
šuang¹ } Paar	nien² Jahr	k'uai⁴ Stück (Tuch)
tui⁴ }	li³ Meile	čin¹ Pfund
pei¹ Glas	súi⁴ Lebensjahr	mu³ Morgen (Land)
yše⁴ Nacht *)	t'ao⁴ Band (eines	u. s. w.
húi² a) Mal,	Buches)	
b) Kapitel		

Außerdem werden in vielen Zusammensetzungen oder festen Verbindungen, die sich auf bestimmte Gruppen beziehen, die Zahlen ohne Zählwörter verwendet. Beispiele siehe in § 94.

Wörter.

č'ien², č'ien¹ rh² a) ein mace (spr. mehs), ein cash = ¹/₁₀ Tael
b) (Kupfer-)Geld

kú¹-niang² (Mädchen-Mutter =) Tochter

tiao⁴ 1000 cash (spr. Käsch)

pái²-li² (Weißbirnen) eine Birnenart

hsüe²-t'ang² (Lern-Halle) } Schule
hsüe²-fang² (Lern-Haus) }

čin¹ Pfund (catty **)

mai³-mai⁴ (Kauf-Verkauf =) Geschäft, Handel

yin²-tsę Silber, Silbergeld

pan⁴ die Hälfte, ein halb

*) Als Maßeinheit für Zeit.

**) Von den Engländern gebrauchter und allgemein eingeführter Ausdruck (sprich: kätti); Mehrzahl: catties (sprich: kättihs).

t'ién¹-fęn¹ (Himmels-Anteil =) Anlage, natürliche Begabung
ti⁴-hsiung¹ Bruder (im allgem.)
mou⁸ } Morgen = ¹/₆ engl. acre
mu³ } (ungefähr)
táo¹-tsę = tao¹ Messer
tá⁴-č'ien² = č'ien³ ein cash
yang² Schaf
či'rh¹ Huhn
kung¹ Männchen; kung¹ ti männ-lich
mu³ Weibchen; mu³ ti weiblich
niu² Rind
ló⁴-tsę Maultier
mo⁴ Tusche
čĭ³ Papier
šĭ⁴ Markt
yá¹-t'ou² Dienerin
fęng¹ Biene
mi⁴ Honig
fęng¹-mi⁴ Bienenhonig
mù⁴-č'ai² (Holz-Brennmaterial) Brennholz
k'ung¹ a) leer, b) Muße (freie Zeit)
č'a²-ye⁴ (Theeblätter =) Thee
hsie¹-tsę Schuh
wu¹-tsę Zimmer
pu⁴-šan¹ Wolljacke
hsiáng¹-tsę Kiste

č'á²-hsiang¹ Theekiste
kai¹ schulden
tai⁴ mitnehmen
k'an⁴ meinen
yáo⁴ a) wollen, b) beanspruchen
šang⁴ (mit Objektskasus) gehen [auf
čęng⁴ verdienen
kuan³ sich kümmern um, besorgen
k'ó³-i³ können
šou¹ bekommen, erhalten
čao³ suchen
žun⁴ einschalten
hsie³-wán⁴ fertig schreiben
hsüe²-hui⁴ lernen
yáng³-čŏ a) ernähren, b) halten (Tiere)
čién⁴ billig
yüán² rund
mei² jeder
to¹ a) viel, b) und mehr, und darüber, über
ye³ a) auch, b) sogar, selbst, c) mit Verneinung: nicht einmal
tao⁴-tó¹
kao¹-kúo¹ ti } höchstens
tsui⁴-tó¹
tao⁴-šáo³ wenigstens, mindestens
tou¹ zusammen, im ganzen
ts'ái² eben, soeben
žó⁴-šĭ⁴ wenn

Übung 29.

yi⁴ nien² yo³ san¹ pai³ liu⁴ šĭ² wu³ t'ien¹. — čê⁴-kŏ žęn² yáo⁴ liu⁴ č'ien². — t'a¹ yo³ liang³-kŏ örh²-tsę yi²-kŏ ku¹-niang². — t'a¹ kai¹ wo³ liang³ tiao⁴ to¹ č'ieⁿrh². — čê⁴-kŏ lao³-t'ai⁴ yo³ č'i¹-šĭ² to¹ sui⁴. — čê⁴-kŏ pai³-li³ mai⁴ san¹ č'ien² yi²-kŏ. — tsai⁴ č'ęng² li³ yo³ yi⁴ pai³ to¹ hsüe²-t'ang². — wo³ tsai⁴ čie⁴ šang⁴ mai³ lǎ san¹ čin¹ mien²-hua¹. — wo³ i³-čing¹ tęng³ lǎ san¹ t'ien¹. — t'a¹ tso¹ lǎ yi⁴ nien² mai³-mai⁴, čęng⁴ yi⁴ pai³-wu³-šĭ¹ liang³ yin²-tsę. — wo³ wu³ tien¹ pan⁴ čung¹ tao⁴ lǎ čia¹. — t'a¹ i³-čing¹ hsie³ lǎ san¹ tien¹ čung¹ ti kung¹-fu⁴, hai⁴ mei² hsie³-wan². — wo³ ti hsiung¹-ti⁴ tai⁴ lǎ yi⁴ pai³ liang³ yin²-tsę č'ü⁴. — wo³ i³-čing¹ kāo⁴-su⁴ ni³ san¹ hui², ni³ yo³ wang⁴-či⁴ lǎ mŏ. — žo⁴-šĭ¹ t'ien¹-fęn¹ hūo³, örh⁴ nien² ye³ nęng³ hsüe²-hui⁴ lǎ (§ 217d). — wo³ k'an⁴ ni³ tao⁴-to¹ yo³ san¹-šĭ² sui⁴. — hsie³ čê⁴ nęn⁴ šu¹ tao⁴-šáo³ ye³ yāo⁴ san¹-kŏ yüe⁴ ti kung¹-fu⁴. — t'a¹-men ti⁴-hsiung¹ san¹-kŏ tsui⁴-to¹ yo³ sę⁴-šĭ² mou³ ti⁴.

wo³ mai³ lǎ kao¹˙kao¹ ti yi⁴-pai³ örh⁴-šï²čin¹. — sẹ⁴ pai³ č'ien² mai³ cê⁴ pẹn³ šu¹, ni³ k'an⁴ čien⁴ pu² cien⁴. — örh⁴ wei⁴ t'ai⁴-t'ai⁴ i³-čing¹ tsou³ lǎ. — wo³ yo³ liu³ pa³ tao¹˙tsẹ, ni³ k'an⁴ kou⁴ pu² kou⁴. — wo³ cia¹ li³ yi²-kŏ ta⁴-č'ien² tou¹ mei³ yo³. — yi²-kŏ žẹn² yo³ yi⁴-pai² čï¹ yang². — wo³ mai³ lǎ č'i¹ čï¹ hsiāo³ či'rh¹, liang³ čï¹ kung¹ ti, wu³ čï¹ mu³ ti. — t'a¹ yang³-čǒ yi⁴ t'ou³ niu³, yi⁴ p'i³ lü², liang³ t'ou² lo²-tsẹ. — čin¹-t'ien¹ ni³ č'u¹-č'ü⁴, kei³ wo³ mai³ šï² kuan³ pi³, liang³ k'uai⁴ mo⁴, šï²-wu³ čang¹ čï³. —

Aufgabe 30.

Ich möchte, du machtest (Aorist) mir (kei³ wo³) zwei runde Tische. — Wenn*) du morgen auf den Markt gehst (gehen auf = šang⁴), kannst du fünf catties Fisch kaufen. Ich (bin) heuer 83 Jahre (alt), (ich) kann auch nichts mehr besorgen. — Ich gebe dir breitausend Käsch, reicht es hin (oder) reicht es nicht hin? — Diese Straße ist über drei Li lang. — Die alte Dame hat zwei Dienstmädchen. — Auf der Straße ist ein Honighändler (Bienen-Honig-Verkaufender); er verlangt 80 Käsch (für) ein Pfund. — China schaltet alle fünf Jahre zwei Monate ein. — In Li's Familie sind (giebt) es acht Personen (Mäuler Menschen). — Nehmend ein (Stück) Messer komm = bringe ein Messer! (Es) ist eine Wagenladung Brennholz gekommen (lai² als intransitives Zeitwort voran). — Er hat nicht einmal Zeit, einen Mundvoll Reis zu essen (übersetze: zu essen einen Mundvoll Reis sogar ist nicht Zeit). — Geh und kaufe drei catties Thee! — Ich möchte zwei Paar Schuhe kaufen. — Ich bewohne drei (Stück) kleine Zimmer. — Mache (mir) eine lange Wolljacke. — Es sind vier Stück Theekisten gekommen. — Ich erhielt soeben zwei Briefe. — Suche mir (kei³ wo³) vier Stück leere Kisten. —

---

*) Nicht übersetzt, vergl. 115k.

Sechste Lektion. — ti⁴-líu⁴ k'o⁴.

Die Ordnungszahlen.

§ 238. Aus den Grundzahlen werden die Ordnungs=
zahlen durch Vorsetzung von ti⁴ (Reihenfolge) gebildet, z. B.:

> ti⁴-yí¹ der erste
> ti⁴-örh⁴ (nie ti⁴-liang³) der zweite
> ti⁴-sán¹ der dritte u. s. w.

Für „der erste" sagt man häufiger t'óu²-yi (oder in
Zusammensetzungen bloß t'ou²) = (der) am Kopfe.

§ 239. Die Ordnungszahlen können auch mit Zähl=
wörtern verbunden werden.

In einigen Fällen werden die bloßen Grundzahlen (nie
liang³) ohne Zählwort in der Bedeutung der Ordnungs=
zahlen gebraucht, nämlich

> a) in den Monatsnamen
> b) bei den Namen der Wochentage
> c) bei den Monatstagen
> d) bei Angabe der Regierungsjahre
> e) beim Zählen der Prinzen der Kaiserlichen Familie
> f) in einzelnen feststehenden Ausdrücken.

§ 240. Die Monatsnamen sind:

(čeng¹-yüe⁴ der erste Monat); 2. örh⁴-yüe⁴, 3. sán¹-
yüe⁴, 4. sẹ⁴-yüe⁴, 5. wú³-yüe⁴, 6. liu⁴-yüe⁴, 7. č'i¹-yüe⁴,
8. pá¹-yüe⁴, 9. čiú³-yüe⁴, 10. ši²-yüe⁴, 11. ši²-yí²-yüe⁴
oder túng¹-tse-yüe⁴ (Winterchen=Monat), 12. ši²-örh⁴-yüe⁴
oder la⁴-yüe⁴ (Monat des Fleischtrocknens).

Dagegen z. B. sán¹-kö yüe⁴ drei Monate (mit Zähl=
wörtern!).

Ein Schaltmonat (žún⁴-yüe⁴, in Peking auch žẹn⁴-
yüe⁴) wird durch vorgesetztes žun⁴ (žẹn⁴), eingeschaltet, oder
yo⁴ (nochmals) gekennzeichnet, z. B. žún⁴-san¹-yüe⁴ oder yó⁴
san¹-yüe⁴ = der nach dem dritten Monat eingeschaltete.

§ 241. Die Wochentage werden vom Montag ab
gezählt und bezeichnet als: der Woche so und sovielter (Tag),
also li³-pai⁴ liu⁴ (der Woche sechster =) Sonnabend.

Sonntag ist án¹-hsi²-ži⁴ (Ruhetag).

§ 242. Das Monatsdatum wird durch das Wort
ži⁴ (Tag) mit den Kardinalzahlen gebildet, z. B. ši³-örh⁴-
ži⁴ der zwölfte.

Die Tage von 1—10 werden noch besonders durch den Zusatz von č'u¹ (Anfang) gekennzeichnet, z. B. č'u¹-yi²-żi⁴ der erste.

żi⁴ (Tag) kann auch fehlen.

Der Name des Monats tritt vor die Angabe des Tages, z. B.

čêng¹-yüe⁴ č'u¹-yi² (-żi⁴) der erste Januar oder am ersten Januar (Adverbialkasus).

§ 243. Das Jahr bezeichnen die Chinesen stets als das „so und sovielste (der Regierung) des Kaisers so und so". Die Jahre (nién²) werden mit den Grundzahlen*) benannt, z. B.:

kuáng¹-hsü⁴ sán¹-nien² (die Zahl akzentuiert) das dritte Jahr Kuang-hsü's (des gegenwärtigen Kaisers), oder: im dritten Jahre u. s. w.

§ 244. Ein geschichtliches Datum wird also nach folgendem Muster ausgedrückt: kuáng¹-hsü⁴ sán¹-nien² čêng¹-yüe⁴ č'u¹-yi² (-żi⁴) = am ersten Januar des dritten Jahres (der Regierung) Kuang-hsü's**). Die einzelnen Teile werden stets ohne Hülfspartikel (ti) aneinandergereiht.

§ 245. Die Prinzen der kaiserlichen Familie werden mitunter nach der Reihenfolge des Alters bezeichnet, z. B.:

sán¹-ye² der dritte Herr = der drittälteste Prinz.

§ 246. Man sagt z. B. örh⁴-ku¹-niang² die zweitälteste Tochter; örh⁴-örh²-tsę der zweitälteste Sohn; örh⁴-č'in¹-č'ai¹ der zweite Gesandtschaftsbeamte (ebenso sán¹-č'in¹-č'ai¹); örh⁴-teng³, sán¹-teng³ zweite, dritte Rangklasse u. s. w.

Die Bruchzahlen.

§ 247. Bruchzahlen werden mit Hülfe von fęn¹ (Teil) und či¹ (von = ti) nach folgendem Muster ausgedrückt: sán¹-fęn¹ či¹ yi⁴-fęn¹ von drei Teilen ein Teil = ¹/₃. sán¹-fęn¹ či¹ örh⁴-fęn¹ von drei Teilen zwei***) Teile = ²/₃.

---

*) sán¹-nien² bedeutet aber auch „drei Jahre" (nach § 237 —), dagegen liang²-nien² nur — zwei Jahre.

**) Für die Umrechnung in das europäische Datum vergl. Fritsche, On Chronology and the Construction of the Calendar, with special regard to the Chinese computation of time etc. Petersburg 1886 — die Namen und die Reihenfolge der chinesischen Kaiser sind z. B. verzeichnet in der Zeitschrift Toung Pao.

***) Immer ohne Zählwörter.

Das zweite Mal kann fẹn¹ auch fehlen: sán¹-fẹn¹ čĭ¹ örh⁴.
„Ein halb" ist pan⁴ z. B. pan⁴ t'ien¹ ein halber Tag.

Unbestimmte Zahlwörter.

§ 248. či³, čí³-to¹ wieviel? (meist Plural); tó¹-šāo³*)
wieviel? to¹ viel, und mehr.

čĭ³-to¹ . . . . . čí³-to¹ | soviel . . . . soviel
to¹-šāo³ . . . . to¹-šāo³ |
hsie¹, hsie¹-kŏ |
či³-kŏ | einige
hăo³-hsie¹ |
yi⁴-ta³-hsie¹ | viel
šāo³ wenig
ná⁴-mŏ hsie¹ (-kŏ), żẹn⁴-mŏ hsie¹, na⁴-mŏ yi⁴-hsie¹
= soviele
t'ai⁴ to¹ zuviel
čung⁴ zẹn² tōu¹ | alle (substantivisch)
čung⁴ wei² tōu¹ |
čung⁴, fan² alle (adjektivisch)
čung⁴ . . . tōu¹ alle . . . zusammen (adjektivisch)
kŏ . . . pu (einer . . . nicht) |
yi²-kŏ . . . pu (einer . . . nicht) | niemand,
šui² . . . pu (irgendwer . . . nicht) | keiner
żẹn² . . . pu (ein Mensch . . . nicht) | (substan=
yi²-kŏ ye³ . . . pu (sogar einer . . . nicht) | tivisch)
yi²-kŏ tōu¹ . . . pu (überhaupt einer . . . nicht) | nicht ein
šui² tōu¹ . . . pu (irgendwer überhaupt | einziger,
. . . nicht) | auch nicht
yi²-kŏ żẹn² . . . pu (ein Mensch . . . nicht) | einer
fang²-tsẹ, yi²-kŏ fúng²-tsẹ, sẹn²-mo fang²-tsẹ, sẹn²-mŏ
fang²-tsẹ ye³, sẹn²-mŏ fang²-tsẹ tōu¹, żẹn⁴ sẹn²-mŏ fang²-
tsẹ (ye³, tōu¹) mei² yo³ = es ist kein Haus da
sẹn²-mŏ irgendetwas, etwas
sẹn²-mŏ, żẹn⁴ sẹn²-mo, šĭ² (mit Verneinung) = nichts
t'á¹-żẹn² ein anderer (substantivisch)
pie² ti anderer, andere (adjektivisch)
liang³-kŏ . . . tōu¹ beide
ko² żẹn² jeder (substantivisch)
ko², mei³, fan² jeder (adjektivisch)

---

*) to¹-šāo⁴ heißt auch „mehr oder weniger, etwas".

Anm. 1. či³ wird stets mit Zählwörtern verbunden, also či³-či¹ hsiang¹-tse wieviel Kisten?

Anm. 2. to¹ und šāo³ werden mit Vorliebe ins Prädikat gesetzt, z. B.: ši⁴-šang⁴ ti žen² ts'ung¹-ming² ti šāo³, hu²-t'u² ti to¹ die Menschen auf der Welt (anlangend), die klugen sind wenig, die dummen sind viel.

Anm. 3. „Alle, alles" wird meist durch tōu¹ gegeben, das aber ein Adverb ist mit der Bedeutung „zusammen, insgesamt, im ganzen, gänzlich" u. s. w.

Anm. 4. „Ganz" im Sinne der Ungeteiltheit wird häufig durch das Zahlwort yi (eins) ausgedrückt. Beispiele siehe in § 94.

Anm. 5. Der Begriff „zuviel" wird häufig mit Hülfe des Verbums kuo⁴ (zu weit gehen) umschrieben, z. B.: kuo⁴ yü² ta³-suan⁴ = zu weit gehen im Pläne-machen = zuviel Pläne machen.

Anm. 6. „Einige, manche" wird gewöhnlich mit yo³ umschrieben, z. B.: yo³ ta⁴ ti, yo³ hsiao⁴ ti (es giebt große, es giebt kleine =) einige (manche, welche) sind groß, andere sind klein.

Wörter.

wáng³-ye² (Prinz-Vater =) Prinz
péi²-cing¹(Nord-Residenz=)Peking
hsin¹-či¹ (Herz-Springen=) Mühe
ting²-t'ou²-feng¹ (Spitzen-Kopf-Wind =) Gegenwind
lu⁴ Weg
suan⁴ a) Rechnen, b) Plan
ta³ suán (Plan schlagen*) beabsichtigen
hui² a) Mal, b) Kapitel
mei² Steinkohlen
hái²-tse Kind
li³-tse Pflaume
líng²-lang³(der befehlende Sohn=) Ihr Herr Sohn, Sohn**)

mao²-ping⁴ (Haar-Krankheit =) Fehler
fei⁴ verschwenden
kuo⁴ a) überschreiten, b) zu weit gehen
čien⁴ sehen
ying⁴-hsü³ versprechen
huán² zurückgeben
tê³ bekommen, erlangen
hei¹ schwarz
pai² weiß
yo⁴ wiederum, nochmals
i³-hou⁴ später, danach
čí⁴-wán² spätestens
ts'ung² von . . . . her.

Übung 31.

či'i¹ wang³-ye² to¹-tsan¹ ts'ung² pei³-čing¹ tsou³ lä mö. — ši²-yi¹ ts'ung² pei³-čing¹ tsou³ lä. — wo³ wei⁴ t'a¹ fei¹ lä to¹-šāo³ hsin¹-či¹. — ti⁴-san¹ 2l⁴ ting³-t'ou²-feng¹ hen³ ta⁴, yi¹ t'ien¹ pu² kuo⁴ tsou³ lä wu³-ši² li³ lu⁴. — čin¹-2l⁴ ši⁴ čeng¹-yüe⁴ na³-yi¹ t'ien¹. — ši²-san¹. — čin¹-t'ien¹ ši⁴ č'u¹-san¹, ming²-t'ien¹ ši⁴ č'u¹-se⁴. — tsai⁴ örh⁴-yüe⁴ li³ wo³ čien⁴ lä t'a¹, i³-hou⁴ tsai⁴ mei² čien⁴ t'a¹. — wo³ ta³ suan⁴ ši² wu³ liu¹ tao⁴ čia¹, či⁴-wan³ pu² kuo⁴ ši²-č'i¹. — t'a¹ yo⁴ ying⁴-hsü³ örh⁴-ši² huan² č'ien². — čê⁴ ši⁴ ti⁴-san¹ hui². — ni³ ta³ suan⁴ mai³

---

*) Vergl. unser „ratschlagen".
**) In höflicher Rede.

to¹·śao³ mei². — ni³ ti hai²·tse čin¹·nien³ či³ sui⁴. — ni³
ti fang²·tse li³ yo³ či³ dien¹ wu¹·tse. — čung⁴ wei⁴ tōu¹
lai² lä mŏ. —

Aufgabe 32.

Es giebt wenig gute Menschen (übersetze: die guten
Menschen sind wenig). — Wem gehört (übersetze: wessen ist)
das zweite Brot? — Er ist der dritte mich heute zu sehen
kommende Herr. — Gieb mir zwei Drittel von jenen
Pflaumen (jene Pflaumen anlangend ꝛc.). — Schwarze sind
wenig da, weiße viel. — Wieviel Leute werden kommen?
— Wie alt ist Ihr Herr Sohn? (übersetze: Ihr Herr Sohn
wieviel Lebensjahre?) — Jenes Rind (anlangend), (man)
verkaufte (es um) wieviel Geld? — Wieviel Söhne hat der
Herr? — Wieviel Geld kannst du jeden Monat bekommen?
— Dies Papier ist nicht gut zu gebrauchen, jeder Bogen
hat einen Fehler. — Auch du hast zuviel gesagt (übersetze:
Auch du=gesagtes ist zu weit gegangen). — Jeder zehnte
Mensch ist krank in dieser Stadt.

Siebente Lektion. — ti⁴-č'i¹ k'o⁴.

Die Verhältniswörter.

§ 249. Die Verhältniswörter des Chinesischen
sind teils von Hauptwörtern, teils von Zeitwörtern
abgeleitet. Meist ist das Wort auch in seiner ursprünglichen
Bedeutung in der jetzigen Sprache noch erhalten, z. B.:

ken¹ a) folgen, mitgehen
       b) mit.

§ 250. Von Hauptwörtern abgeleitete
Verhältniswörter.

Dies sind sämtlich im Adverbialkasus stehende
Hauptwörter und werden daher mit dem Genitiv (und
zwar stets ohne ti) verbunden. Da sie demnach hinter dem
Hauptwort stehen, hat man sie auch Postpositionen ge=
nannt. Hierher gehören:

li³ Inneres: im Innern = in, innerhalb
wäi⁴ Äußeres: am Äußeren = außen an, außerhalb.
śang⁴ Oberteil: am Oberteil = auf, über, oberhalb
hsiá⁴ Unterteil: am Unterteil = unterhalb, unten,
     unten an

č'ién² Vorderteil: am Vorderteil = vor
hou⁴ Hinterseite: an der Hinterseite = hinter, nach
čung¹ Mitte: in der Mitte = inmitten
nei⁴ Inneres*): im Innern = in, innerhalb

Diese Wörter werden auch zum Teil mit mien⁴ (Seite), pien¹ (Rand), t'ou² (Ende) zusammengesetzt und nehmen dann den Genitiv (mit *ti*) zu sich:

li³-mien⁴, li³-pien¹, li³-t'ou² = innerhalb
wái⁴-mien⁴, wái⁴-pien¹, wái⁴-t'ou² = außerhalb
šáng⁴-mien⁴, šáng⁴-pien¹, šáng⁴-t'ou² = oberhalb
hsiá⁴-pien¹, hsiá⁴-t'ou² = unterhalb
č'ien²-t'ou² vor (nur von der Zeit); hou⁴-t'ou² hinter
Ebenso werden z. B. behandelt:
ti³-hsia⁴ (Bodens-Unterseite =) unter
pien¹, pienⁿrh¹ (an der Seite =) neben
p'áng²-pienⁿrh¹ (an der Seite =) neben
cě⁴-pien¹ auf dieser Seite = diesseits, und ná⁴-pien¹
auf jener Seite = jenseits.

§ 251. Ein Hauptwort, welches mit einer der in § 250 genannten Postpositionen verbunden ist, kann gleichzeitig — und zwar ohne Änderung des Sinnes der Verbindung — die Präposition tsai⁴ zu sich nehmen: tsai⁴ wu¹-tsę ti li³-mien⁴ = innerhalb des Zimmers.

§ 252. Zeitwörter, welche als Verhältniswörter verwendet werden, sind in der Bedeutung des **adverbialen Partizipiums** aufzufassen. Das Hauptwort, mit dem sie verbunden sind, ist im Grunde ihr Objekt; sie stehen daher vor demselben und sind also wirkliche Präpositionen.

Hierher gehören:
tsai⁴ darin sein: darin seiend = in, an
ts'ung² herkommen von: herkommend von = von
wang⁴ hingehen nach: hingehend nach = nach . . . hin, gen
t'i⁴ vertreten: vertretend = für (an Stelle von), anstatt; auch: zu
kei³ geben: gebend = für (= zu Gunsten)
tao⁴ erreichen: erreichend = bis zu, bis an, bis nach
tui⁴ (spr. töě⁴) gegenüberstehen: gegenüberstehend = gegenüber, angesichts, zu

*) Ziemlich veraltet.

t'ung² begleiten: begleitend = mit, zusammen mit

ken¹ oder kén¹-čö folgen: folgend = mit (in Ge-
     sellschaft von)

yung⁴ gebrauchen: gebrauchend | mit (Werkzeug), ver-
na² nehmen: nehmend   /   mittels

tai⁴ oder tái⁴-čö mitnehmen: mitnehmend = mit
     (Begleitung, Beisichtragen)

hsiang⁴ sich wenden zu: sich wendend zu = gen,
     nach . . . hin, gegen (Richtung), zu

ho²·¹ (auch hai⁴, han⁴) übereinstimmen mit: überein-
     stimmend mit = mit

tang¹ treffen: treffend = zu (Zeit), in, an, bei, vor
     (örtlich)

tai⁴ vertreten: vertretend = anstatt, für

tái⁴-t'i⁴ oder t'i⁴-tai⁴ = tai⁴ anstatt, für

wang⁴ oder wáng⁴-čö ansehen: ansehend: in Bezug
     auf, gegen (freundlich).

wei⁴ oder wéi⁴-čö sein: seiend = wegen

č'i³ aufbrechen von: aufbrechend von = ⎫
     von . . . her   ⎬ ts'ung²

ta³ schlagen: schlagend = von . . . her ⎪

čie³ ausliefern: ausliefernd = von . . . her ⎭

ai¹ oder ái¹-čö sich anlehnen: sich anlehnend =
     neben, an.

k'áo⁴-čö sich anlehnen: sich anlehnend = neben, an

pen⁴ hineilen nach: hineilend nach = nach . . . hin

cao⁴, čáo⁴-čö, án⁴-cao⁴, án⁴-čö entsprechend = gemäß

č'áo², č'áo²-čö gegenüberstehend = nach . . . hin, mit
     Bezug auf, im Interesse von u. s. w.

Anm. 1. Nach einem Worte mit ts'ung² (von) steht häufig
noch č'i³ (anfangend); ebenso entspricht der Präposition tao⁴ häufig
ein č'i³ (stehen bleibend) hinter dem Hauptworte; č'i³ (von . . . . her)
tritt nicht selten gleichzeitig mit li³ (in) auf.

Anm. 2. č'i⁴ (erreichend =) bis zu, tse⁴ von . . . her, yü in
und yü² (gebend ⇒) für gehören vorzugsweise der Schriftsprache an
und kommen nur gelegentlich in der Umgangssprache vor, z. B.: tse⁴
ts'e³ von diesem (Punkte) ab = von jetzt ab, fortan.

Anm. 3. ai¹-čö (ai¹) tritt häufig gleichzeitig mit den Postpositionen pien¹ (pienⁿrh¹) und p'áng²-pienⁿrh¹ auf.

Anm. 4. Statt des Infinitivs des Aorists kann, wenn die Grundbedeutung des Zeitwortes es gestattet, auch der des Perfektums eintreten. Ein Beispiel siehe Lektion 10, Erläuterungen, tao⁴ lä.

Wörter.

čü³-žęn² (Herr-Mensch =) Herr
yi⁴-sę¹ (Wille-Gedanke) Wille
tien⁴ Laden
kang⁴ Ofenbett
šęn¹ Körper
pęn³-šī² (Wurzel-Sache =) natürliche Anlage. Fähigkeit
lai²-wáng⁴ (herkommen — hingehen =) Verkehr
čung¹ Stunde
huo³-lu² (Feuer-Ofen =) Ofen
huo³ Feuer
mao⁴-tsę Hut
ti⁴ Erde
sę¹-hsien⁴ Seidenzwirn
č'uáng² Bett
fu⁴-mu² (Vater-Mutter =) Eltern
tso⁴-mao⁴ ti Hutmacher

č'i⁴-hsing⁴ Charakter
č'ién²-męn² Vorderthür
yi⁴ t'ien¹ a) ein Tag, b) der ganze
Tag
k'ęn³ willig sein, wollen
hsing² handeln
nien¹ laut lesen, studieren
tung⁴ bewegen; tung⁴ šęn¹ den
Körper (= sich) in Bewegung
setzen, aufbrechen
č'a¹ sich unterscheiden
čęng¹ sich streiten
fang⁴ hinlegen
fęng² nähen
č'i³-lai² aufstehen
t'ang⁴-čŏ liegen
hsiang⁴-čęng¹ streiten [während
č'ang²-č'ang² stets, immer, fort-

šęn²-mŏ (mit Verneinung) in keiner Beziehung, durchaus nicht.

Übung 33.

t'a¹ pu⁴ k'ęn³ an⁴-čŏ t'a¹ čü³-žęn² ti yi⁴-sę¹ hsing².
— t'a¹ ti hai²-tsę kęn¹-čŏ li³ hsien¹-sęng¹ nien⁴ šu¹. —
čęng¹ tui⁴-čŏ męn² yo³ čang¹ hsien¹-sęng¹ ti tien⁴. —
t'a¹ mu³-č'in¹ yo³ ping⁴, t'ang³-čŏ tsai⁴ kang⁴ šang⁴. —
ni³ čin¹-t'ien¹ ts'ung² šęn²-mŏ ti⁴-fang¹ tung⁴ šęn¹ ni.
— t'a¹ ti pęn³-šī² ho² t'a¹ fu⁴-č'in¹ pu⁴ č'a¹ šęn²-mŏ.
— ni³-men čęng¹ šī¹ wei⁴ šęn²-mŏ šī¹ ni. — čê⁴-kŏ žęn²
č'ang²-č'ang² ho² t'a¹ hsiung⁴-ti⁴ hsïang¹-čęng¹. — tsai⁴
örh⁴-yüe¹ li³ wo³ čien⁴ lä t'a¹. — wo³ i³-čing¹ san¹ hui¹
ho² t'a¹ šuo¹ lä. — wo³ ho² t'a¹ mei² yo² lai²-wang⁴. —
wo³-men tsai⁴ lu¹ šang¹ tso⁴ lä liang³ tien³ čung¹. —
huo³-lu² li³ hai² yo³ huo³ mŏ. — ni³ ti mao⁴-tsę pu⁴
hāo³ fang⁴ tsai⁴ ti⁴-hsia⁴. — yung⁴ sę¹-hsien⁴ fęng² ti.
— ni³ tsai⁴ na³ čęng¹ li³ ču⁴ mŏ. — t'a¹ tsai⁴ na³
čien¹ wu⁴-tsę li³ ni. — t'a¹ i³-čing¹ č'i³-lai² mŏ?
mei² č'i³-lai², hai² t'ang³-čŏ tsai⁴ č'uang² šang¹.

Aufgabe 34.

Du mußt (du kannst nicht nicht) nach dem Willen deiner
Eltern handeln. — Bei wem studierst du (übersetze: liest du
Bücher)? — Gerade gegenüber unserm Hause ist der Laden
eines Hutmachers. — Warum liegt er auf dem Ofenbett,
ist er krank? — Wann wirst du von hier aufbrechen?

Sein Charakter unterscheidet sich (aber) nicht viel von (dem) seines älteren Bruders. — In diesem Monat habe ich sie noch nicht gesehen. — Meine Angelegenheit (anlangend), wann wollen Sie mit ihm reden? — Hast du noch Verkehr mit ihm? — Habt ihr ihn auf dem Wege gesehen? — Im Ofen ist kein Feuer. — Lege deinen Schreibpinsel auf den Tisch! — Hast du (es) mit Seidenzwirn genäht (oder) nicht (genäht)? — Wir haben stets in der Stadt gewohnt. — Ist er nicht draußen an der Vorderthür? — Er liegt den ganzen Tag im (auf dem) Bette.

Achte Lektion. — ti⁴-pa¹ k'o⁴.
Die Bindewörter (Konjunktionen).

§ 253. Die Konjunktionen sind, wie die Adverbien, sämtlich von Zeitwörtern und Hauptwörtern abgeleitet.

Doch giebt es eine Anzahl, deren Mutterwort heute nicht mehr gebräuchlich bezw. überhaupt nicht mehr sicher festzustellen ist. Solche nennen wir ursprünglich. Hierher gehören z. B.:

huo⁴ oder	sui¹, súi¹-žan² obgleich
žo⁴ ⎫	tan⁴, tan⁴ ši⁴ aber
žó⁴ ši⁴ ⎬ wenn	či³ aber.
yāo⁴ ši ⎭	

Abgeleitet sind z. B.:

tsê² daher, von tsê² Ursache
yin¹ weil, von yin¹ Grund
so³-i³ (welches benutzend =) daher, deshalb
teng³, tèng³-čö (wartend bis =) wenn (zeitlich), sobald.

§ 254. Besondere Aufmerksamkeit verlangt die Art, wie die deutschen Konjunktionen und, oder (§ 255), daß (§ 256), „als" (§ 257) und wenn (§ 258) ausgedrückt werden.

§ 255. „Und" und „oder" werden meist nicht besonders ausgedrückt, sondern durch bloße Nebeneinanderstellung bezeichnet, z. B.:

ma³ lü² Pferde und Esel
se⁴ wu³ vier oder fünf.

„Oder" kann indes auch durch huo⁴, „und" durch eins der folgenden Adverbien gegeben werden:

hai² noch (dazu), ye³ auch

ho² mit, č'ié¹ ferner

örh³ č'ié¹ (mehr Schriftfpr.) noch ferner.

§ 256. Die deutsche Konjunktion „daß" wird in ihren hauptsächlichsten Bedeutungen nach Maßgabe der folgenden Beispiele bezeichnet:

a) Als Bindewort eines Subjektsatzes:

Es ist nutzlos, daß er die Schule besucht = sein Schulbesuch ist nutzlos: šang¹ hsüe³ ši⁴ pai²·pai`rh² ti.

Der deutsche Nebensatz wird in einen substantivierten Infinitiv verwandelt und zum Subjekt des Hauptsatzes gemacht.

b) Als Bindewort eines Objektsatzes:.

Herr Wang fühlt, daß ich ihn ungerecht behandelt habe = Herr Wang fühlt, ich habe ihn ungerecht behandelt: wang² hsien¹·šęng¹ ćiao³·čŏ, wo³ tai⁴ t'a¹ pu⁴ kung¹·tao⁴.

Der Nebensatz tritt ohne Verbindung hinter den Hauptsatz. Hierher gehören z. B. alle Fälle, wo der Hauptsatz ein Verbum des Sagens oder Denkens enthält.

c) Als Bindewort eines Absichtsatzes = damit:

Der Herr wünscht, daß du die Wahrheit sprichst: hsien¹·šęng¹ yào⁴, ni³ šuo¹ ši²·hua⁴ = der Herr wünscht, du sprechest die Wahrheit.

Der Nebensatz tritt ohne Verbindung hinter den Haupt= satz. Im Hauptsatz steht meist ein Verbum des Wollens, Wünschens, Befehlens.

d) Als Bindewort eines Kausalsatzes = weil:

Der Gast beklagt sich, daß der Wein kalt ist: k'o⁴ hsien², čiu³ lęng³ = der Gast beklagt sich, der Wein (sei) kalt.

Der Nebensatz tritt ohne Verbindung hinter den Hauptsatz.

e) Als Bindewort eines Folgesatzes = so daß:

Wer bist du, daß du wagst hierher zu kommen? ni³ ši⁴ šęn²·mŏ žęn², kan³ wang⁴ čě⁴ li³ lai²?

Der Nebensatz tritt ohne Verbindung hinter den Hauptsatz.

§ 257. „Als" wird gewöhnlich durch ši²·hou`rh⁴ (Zeit) mit adjektivischem Partizip ausgedrückt, z. B.:

als er kam = t'a¹ lai² ti ši²·hou`rh⁴ (eigentlich = zur Zeit seines Kommens).

Es kann aber auch einfach durch das adverbiale Partizip gegeben werden: t'ien¹ hei¹ lä als der Tag dunkel geworden war.

§ 258. „Wenn" kann durch žo⁴ (žo⁴ šī⁴) gegeben oder unausgedrückt gelassen und durch das adverbiale Partizip ersetzt werden.

Die hauptsächlichsten Arten der Bedingungssätze werden durch die folgenden Beispiele veranschaulicht:

a) Wenn dein Geld nicht ausreicht, werde ich dir etwas borgen: ni³ ti č'ien² pu² kou⁴, wo³ čiu⁴ čie⁴ kei³ ni³ yi⁴·tien³.

Im Bedingungssatz der Aorist, im Nachsatz das Futur (bezw. der Aorist, der Imperativ) u. f. w.

b) Wenn Wang in der That diese Worte gesagt hat, hat er wirklich kein gutes Herz: (žo⁴) wang² šī² šuo¹ lä čê⁴·hsie¹ hua⁴, t'a¹ šī²·tsai⁴ mei² yo³ hăo³ hsin¹.

Im Bedingungssatz das Perfekt.

c) Wenn Jemand dich so behandeln würde, würdest du (es) auch nicht dulden: žo⁴ šī⁴ yo³ žen² čê⁴ yang⁴ tai⁴ ni³, ni³ ye³ šī⁴ pu⁴ žen³·nai⁴.

Im Bedingungssatze der Aorist.

d) Wenn er es nicht mit eigenen Augen gesehen hätte, würde er wagen, so zu sprechen? t'a¹ mei² č'in¹·yen¹ k'an³·čien⁴, hai² kan³ čê⁴ yang⁴ šuo¹ mö.

Im Bedingungssatze das Perfekt, im Nachsatze der Aorist.

e) Wenn ihr jetzt nicht gekommen wäret, würden wir fortgegangen sein: ni³·men žu²·čin¹ žo⁴ pu⁴ lai², wo³·men čiu⁴ tsou³ lä.

Im Bedingungssatze der Aorist, im Nachsatze das Perfekt.

§ 259. Ist „wenn" zeitlich gebraucht, so wird es meist wie in den Bedingungssätzen durch das adverbiale Partizip gegeben. Man kann aber auch teng³ (teng³·čö) gebrauchen, z. B.:

teng³ t'a¹ lai² lä wenn er kommt (bemerke das Perfekt im Chinesischen).

Wörter.

huo² Arbeit

hu''rh³ Weilchen

tien³ Tropfen; yi⁴ tien³ ein wenig

šeng¹·č'i⁴ (Stimme·Stimmung =) Stimme

fa²·tse Mittel, Ausweg

ta⁴·žen² (großer Mann =) Großwürdenträger, General, Minister

šang⁴·suan⁴ Zweck

hsien¹·šeng¹ Lehrer

mao²-ping⁴ Fehler (einer Sache)
tso⁴ Fehler (einer Person)
i²-č⁴n⁴ Nutzen
hão³-č⁴u⁴ (guter Ort ==) Tugend
hsien² müßig
hsia⁴-č⁴u⁴ (niedriger Ort) Wohnung (des Redenden)
žẹn⁴-tê² kennen, wissen
čao⁴ suchen

tso⁴-wán² fertig machen
líng³-čŏ führen
šuo¹ huá⁴ (Worte reden ==) sprechen
ta⁴ groß machen, erheben
kuo⁴-lái² herüberkommen
pái⁴-wang⁴ besuchen
hóu⁴-t⁴ien¹ übermorgen
p⁴a⁴ fürchten
nai³-zan³ doch dennoch.

Übung 35.

ni³ pu² žẹn⁴-tê² lu⁴, k⁴o³-yi³ čao³ kŏ žẹn² lai² ling³-čŏ
ni³. — žẹn² kuo⁴ lă pa¹-šı̌² sui⁴, čiu⁴ pu⁴ nẹng² kuan³ šẹn²-
mŏ šı̌⁴. — ni³ č⁴ü⁴ kāo⁴-su⁴ t⁴a¹, tẹng³ yi⁴ tẹng³. — tso⁴-
wan² lă huo², ni³ k⁴o³-yi³ lai² kăo⁴-su⁴ wo³. — tẹng³
t⁴a¹ lai² lă, k⁴o³-yi³ č⁴ing³ t⁴a¹ tao⁴ k⁴o⁴-t⁴ang² tso⁴ yi⁴
hu⁴rh³. — ho² wo³ šuo¹ hua⁴, kai¹ ta⁴ yi⁴-tien⁸. šẹng¹-
č⁴⁴. — žo⁴ šı̌⁴ čı̌¹-tao⁴, ni³ ču⁴ ti čê⁴rh⁴, čiu⁴ tsao³ kuo⁴-
lai² pai⁴-wang⁴ lă. — ni³ žo⁴ šı̌⁴ pu⁴ lai², wo³-mẹn čiu⁴
mei³ yo³ fa³-tsẹ. — sui¹ i³-čing¹ kei³ lă ni³, ni³ hai²
lai² yäo⁴ mŏ. — wang² ta⁴-zẹn², yo³ hsin⁴ šuo¹, t⁴a¹
hou⁴-t⁴ien¹ lai² čien⁴ wo³. — yo³ hua⁴, k⁴uai⁴-k⁴uai⁴ ti
šuo¹ pa⁴. — kuan³ hsien² šı̌⁴, hai² yo³ šẹn²-mŏ šang⁴-
suan⁴ mŏ.

Aufgabe 36.

Wenn der Lehrer (es) wüßte, würde er dich sicherlich
schlagen. — Wenn du sein Haus nicht weißt, so (čiu⁴) frage
seinen älteren Bruder! — Als mein älterer Bruder krank
war, hat er acht Tage nichts (keine Speise) gegessen. — Daß
du wieder nach Fehlern von mir (meinen Fehlern) suchst,
was für einen Nutzen hat (es)? — Wenn das Messer einen
Fehler hat, kannst du (es) nicht kaufen. — Jener Mensch,
obwohl er nicht irgendwelche große Tugenden hat, (so) hat
er doch auch nicht irgendwelche große Fehler. — Wenn Sie
Zeit haben (über.: bekommen), (so) bitte, kommen Sie doch
in unsere Wohnung! — Obwohl er¹ nicht kommt, solltest
(Aorist von kai¹, müssen) du doch gehen. — Obwohl in dem
Buche einige kleine Fehler sind, ist es doch gut zu lesen. —
Ich fürchte, daß ich morgen nicht kommen kann. — Wenn
es 12 Uhr ist (übers.: wenn 12 Stunden erreicht sind), so
komme und sage es mir!

Neunte Lektion. — ti⁴-čiu³ k'o⁴.

Vermischte Beispiele zu Lektion 1—8.

Wörter zur Übung 37.

ži⁴-tsę a) Tag, b) Tage, Leben	č'ién²-męn³ Vorderthür
šeng¹-ži⁴ Geburtstag	hóu⁴-męn² Hinterthür
nü'rh³ Tochter	lang² Wolf
šu¹-fang²(Bücher-Haus)Bibliothek	yęn¹ Wort
męn'rh² — męn² Thür	yü³ Gespräch, Rede
lao⁴-t'óu²-tsę(altesKöpfchen)Greis	pu² nęng² pu⁴ tso⁴ ihun müssen
yang⁴ Art, Sorte	kuo⁴ übertreffen; verleben
yüán²-t'ou² Quelle	tsai⁴ am Leben sein
mu⁴ = šú⁴-mu⁴ Baum	č'u¹ męn² (zur Thür hinausge-
kęn¹ Wurzel	hen=)sich verheiraten(von Mäd-
yin¹ Ursache	k'án⁴-k'an⁴ ansehen [chen]
hsin¹ Herz	p'a⁴ fürchten
kuá¹ Melone	čo¹ fangen
č'in¹-čia¹ Verwandte	čie⁴ borgen
ló²-po² Rabieschen	čiāo⁴ rufen
tan¹ ein Pikul, ein Zentner	o⁴ hungrig sein
hu³	p'o⁴ zerbrechen, zerreißen
lao²-hu³ } Tiger	šou⁴ erdulden
či¹ Huhn, Hahn	tê² möglich sein
tú³-tsę Bauch	lü⁴ grün
ta'an¹ Gang, Mahlzeit	t'ien² süß
i¹ (besser i¹-fu² oder i¹-šang¹) Klei-	yi⁴ leicht
pi²-tsę Nase	pao³ satt
lién³ Gesicht	o⁴ böse, schlimm
hsiang¹ Gestalt, Aussehen	leng² kalt

pi⁴ notwendigerweise.

Übung 37.

wo³ pu² yāo⁴ čê⁴-kŏ hsiāo³ fang²-tsę. — t'a¹ pu⁴ nęng² pu² kuo⁴ č'iung² ži⁴-tsę. — Lin³ lao³-ye² ti örh²-tsę ming³-t'ien¹ kuo⁴ šeng¹-ži⁴. — Lin³ lao³-ye² ti nü'rh³ hai⁴ mei² č'u¹ męn². — pu² yāo⁴ k'ai¹ šu¹-fang² ti męn'rh². — wo³ ti fu⁴-č'in¹ pu² tsai⁴ čia¹. — wo³ ti mu³-č'in¹ hai² tsai⁴. — t'a¹-męn tsai⁴ č'eng² li³ ču⁴. — tsai⁴ šang⁴ yo³ t'ien¹, tsai⁴ hsia⁴ yo³ ti⁴. — pu² yung⁴ ta³ męn², t'a¹ pu² tsai⁴ čia¹. — tsai⁴ čo¹-tsę šang⁴ yo³ hāo³-hsie¹ šu¹. — tsai⁴ č'eng² li³ yo³ yi⁴-pai³ to¹ hsüe²-fang². — yo³ yi²-kŏ lao³-t'ou²-tsę tsai⁴ męn² wai⁴ yāo⁴ fan⁴. — č'ing³, ni³ na² či³ yang⁴ lü⁴ č'a² kei³ wo³ k'an⁴-k'an⁴. — šui³ yo³ yüan²-t'ou², mu⁴ yo³ kęn¹ (Sprichw.). — fan² ži⁴ pi⁴ yo³ yin¹ (Sprichw.). — ži⁴ p'a⁴ yo³ hsin¹ žęn² (Sprichw.). — mai⁴ kua¹ ti šuo¹: kua¹ t'ien² (Sprichw.). — č'in¹-čia¹, pu⁴ č'in¹-čia¹, ló²-po² san¹-pai³ č'ien² yi⁴ tan¹ (Sprichw.). — šang⁴ šan¹ čo² hu³ yi⁴, k'ai¹ k'ou³ čie⁴ č'ien² nan² (Sprichw.). —

či¹ čiao⁴ tsao³
tu³-tsę pao³
či¹ čiao⁴ čung¹
tu³-tsę k'ung¹ (Sprichw.). —
    fan⁴ yo³ san¹ ts'an¹, pu² o⁴
i¹ yo³ san¹ čien⁴, pu² p'o² (Sprichw.). —
  pi²-tsę ta⁴, kuo⁴ lien³ (Sprichw.). — lao³-hu³ pu⁴
č'ї¹ žęn², o⁴ hsiang¹ nan² k'an⁴. — č'ien²-męn² č'ü⁴
hu³, hou⁴-męn² čin⁴ lang² (Sprichw.). —
    lęng³ č'a² lęng³ fan⁴ č'ї¹ tȇ²
lęng³ yęn² lęng³ yü³ šou⁴ pu⁴ tȇ³ (Sprichw.).

Wörter zur Aufgabe 38.

hsi¹-men² Westthor
kou³ Hund
li⁴-hai⁴ gefährlich
tao¹-tsę Taschenmesser
pao¹ Ballen
čung⁴ Schwere
t'ou²-fa³ Kopfhaar
wái⁴-kuo²-žęn² Ausländer
pién⁴-tsę Zopf
túng¹-t'ien¹ Wintertage
huá¹ Blume
yang²-žou⁴ Hammelfleisch
čïng²-šui³ Brunnenwasser
čien²-tse Schere
číng²-li³ Vernunft

ho² (mit Akkus.) übereinstimmen
  mit, passen zu
č'ou⁴ stinkend werden
tsó⁴-tao⁴ Platz nehmen
t'ing² stehen bleiben
k'ái¹-k'ai¹ ⎫ aufziehen (Uhr)
šáng⁴-šang⁴ ⎭
č'áng²-č'ang² kosten, probieren
tïng⁴-kuei¹ entscheiden
čiao¹ (mit Akkus.) umgehen mit
áng¹-tsang¹ schmutzig
hsien² a) salzig, b) Salzgeschmack
šao³ ein wenig
hsie¹ ein wenig, etwas
t'é⁴ = t'ai¹ zu, zu sehr

Aufgabe 38.

Herrn Lins Sohn betreibt (übers.: macht) einen Handel
außerhalb des Westthors. — Sein Hund ist sehr gefährlich.
— Dein Taschenmesser ist sehr scharf. — Diese Angelegen=
heit (anlangend), (man) kann (sie) heute nicht entscheiden;
(du) kannst bis morgen warten (und mir's) noch einmal
sagen. — Ein Ballen Baumwolle hat wieviel cntties
Schwere? — Woher kommt die Baumwolle alle? (um=
schreibender Aorist). — Das Kopfhaar ist noch nicht sehr
lang. — Die Fremden haben keinen Zopf. — Heute (ist es)
zu heiß. — Deine Kleidung ist zu schmutzig. — Im Win=
ter (übers.: an den Wintertagen, Adverbialkasus) ist der
Wind kalt. — Was ist das (jenes) für eine Blume? —
Kaufe Hammelfleisch, sieben (bis) acht Pfund! — Ich habe
keine andern Worte (= nichts anders) zu sagen. — Das
Brunnenwasser ist etwas salzig (übers.: hat etwas Salz=

geschmack). — Jene Schere ist unbrauchbar (= nicht gut
zu gebrauchen). — Dieser Gegenstand kann nicht sehr teuer
sein. — Diese deine (überf.: deine — ohne ti — diese) An=
gelegenheit widerspricht (harmoniert nicht mit) der Vernunft.
— Jenes Stück Fleisch ist bereits verdorben (Perf.). —
Die Leute jenes Ortes sind nicht umgänglich (= nicht gut
zu besuchen). — Wollen Sie nicht ein wenig Platz nehmen,
ehe Sie gehen? [überf.: ein wenig Platz nehmen, (dann)
wieder gehen, (ist es) nicht gut?] — Die Uhr im Salon
(überf.: des Salons) ist stehen geblieben, gehe und ziehe (sie)
auf! — Hast du zur Zeit (Adverbialkasus, an den Anfang
zu setzen) der Zubereitung (Genitiv des substantivierten In=
finitivs tso⁴) nicht gekostet, (ob es) salzig (war oder) nicht
salzig?

Zehnte Lektion. — ti⁴-ši² k'o⁴.

39. Zusammenhängender Text.

Der verhängnisvolle Vertrag.

yo³ kŏ tso⁴-kuan¹ ti ku⁴ lă yi²-kŏ ken¹-pan¹, minᵍ'rh²
čiāo⁴ kao¹-šeng¹. t'ou²-yi t'ien¹, šang⁴ kung¹, t'a¹ tui⁴
ču³-žen² šuo¹: hsiāo³ ti yo³ san¹ čien⁴ šī¹ č'ing³, lao³-yъ²
ying¹-chun³ lă, hsiao³ ti tsai⁴ t'ung²-hou⁴ lao³-ye² ni.

ču³-žen² šuo¹: ni³ pa³ čê⁴ san¹ čien⁴ šī¹ šuo¹ kei³
wo³ t'ing¹. kao¹-šeng¹ šuo¹: ti⁴-yi² čien⁴ šī¹: ken¹-čŏ
lao³-ye² č'u¹ men², hsiāo³ ti tsai⁴ lao³-ye²hou¹-t'ou² tsou³.
ču³-žen² šuo¹: kai¹čê⁴-mŏ yang¹.

kao¹-šeng¹ yo⁴ šuo¹: ti⁴-örh⁴ čien¹ šī¹: šao¹ lao³-ye²
č'ı̆¹ šeng¹-hsia⁴ ti šī⁴ hsiao³ ti č'ı̆¹. ču³-žen² šuo¹: čê⁴
yъ³ k'o³- i³.

kao¹-šeng¹ yo⁴ šuo¹: ti⁴-san¹ cien⁴, lao³-ye² žu²
kuo³ pu³ yāo⁴ hsiāo⁴ ti, pi² tê³ teng³ tao⁴ hsin¹ nien²
čeng¹-yüe⁴ č'u¹-yi² žı̆¹.

lao³-ye² šuo¹: ni³ šuo¹ ti cê⁴ san¹ cien⁴ šī⁴ tōu¹
k'o³-i³ ying¹ ni³.

cê⁴-yi⁴-t'ien¹ lao³-ye², t'ien¹ hei¹ lă, č'u¹ men², čiāo⁴
kao¹-šeng¹ ta³ teng¹-lung², t'a¹ t'i²-čŏ teng¹-lung²
tsai⁴ pei¹ hou⁴ tsou³, č'ien²-t'ou¹ k'an¹ pu³ cien⁴ tao'rh⁴,
čiu⁴ čiāo⁴ t'a¹ tsai⁴ č'ien²-t'ou² tsou³.

kao¹-šeng šuo¹: hsiāo³ ti yi¹ lai¹ ti šī²-hou'rh⁴, čiu⁴
šuo¹ lă hsiāo³ ti ken¹ tsai⁴ lao³-ye³ hou¹-t'ou² tsou³.

čê⁴ ču³·žęn² yi⁴ hsiang³: pu² ts'o⁴, ši⁴ wo³ ying⁴ lä
ti, mei² yo³ fa³·tsę.

yo⁴ yi⁴·t'ien¹ t'ai⁴·t'ai⁴ čiang¹ pa³ šao⁴·ye² nai³·č'I¹·
wan², hai³ mei² k'ou⁴ niu³·tsę, kao¹·šęng¹ cin⁴·lai² la¹·
k'ai¹ t'ai⁴·t'ai⁴ i⁴·šang¹, ciu¹ c'i¹ nai³.

t'ai⁴·t'ai⁴ šuo¹: kao¹·šęng¹, tsęn³·mŏ wan̆ čang⁴ ti
liào³ pu tê².

lao³·ye² ye³ hęn³ yo³ č'i⁴.

kao¹·šęng¹ šuo¹: lao³·ye² wang² lä mŏ, hsiäo ti
tsao³ šuo¹ kuo⁴, šao⁴~ſlaŏ¹·ye² šęng⁴·hsia⁴ ti ši⁴,
hsiäo ti č'I¹? wei⁴ šęn²·mŏ lao³·ye² t'ai⁴·t'ai⁴ kuai⁴
wo³ ni³?

lao³·ye² t'ing¹ lä, méi³ fa'rh³, šuo¹, tęng³ tao¹ lä
hsin¹ nien² č'u¹·yi² žI⁴, yi³·ting⁴ pu yào¹ t'a¹.

tao⁴ lä hsin¹ nien² čęng¹·yüe⁴ č'u¹·yi² žI⁴ yi⁴·tsao³
kao¹·šęng¹ šuo¹:

tsai⁴ ši⁴ hsin¹ nien² č'u¹·yi² žI⁴, lao³·ye² yào⁴ kao¹·
šęng¹ pa⁴?

lao³·ye² šuo¹: wo³ ši⁴ tso⁴·kuan¹·ti, tsę⁴·žan³ yào⁴
kao¹·šęng¹.

kao¹·šęng¹ šuo¹: žu³·ts'ę³ hsiäo ti čiu⁴ hai² t'ung²·
hou⁴ nin² lä.

Wörter.

tso⁴·kuán¹ ti Mandarin
kęn¹·pan¹ (fpr. kęmban) Diener
ming·rh² Name
kao¹·šęng¹ Avancement
kung¹ Arbeit
ying¹·chun³ (einverstanden·sein—
   erlauben) einwilligen
t'ung²·hou⁴ (begleiten·aufwarten
   =) jem. dienen
č'I¹ Speise
tęng¹·lung² Laterne;
   ta³—, leuchten
pei⁴ Rücken
šáo⁴·ye² (kleiner Vater) junger
niú³·tsę Knopf   [Herr
nai³ Milch
č'i⁴ Zorn
fa'rh³ = fa³·tsę Mittel, Ausweg
ku⁴ mieten
čiáo⁴ a) nennen, b) befehlen
šang⁴ kúng¹ die Arbeit beginnen
kai¹ schuldig sein

šęng⁴·hsia⁴ übriglassen
č'u¹ mén² ausgehen
k'o³·i³ man kann, es ist angängig
ying¹ gewähren
kuo² wirklich
wan·čang⁴ (die Rechnung ver·
   wirren ←) mürrisch sein
hei¹ dunkel werden
t'i² tragen
hsiang³ überlegen
k'ou⁴ zuknöpfen
nái³·č'i¹ säugen
wan² vollenden
čín⁴·lai² hereinkommen
lá¹·k'ai¹ fortziehen
č'i¹ essen, genießen; trinken
kwai⁴ tadeln
tsai¹ soeben, sogleich
žu² wenn (mehr Schriftsprache)
hsin¹ neu
cê⁴·yi¹·t'ien¹ eines Tags
čiang¹ eben, gerade

yi²-ting⁴ beſtimmt
yi⁴-tsao³ ganz früh
tsé⁴-żan² natürlicherweiſe

żu²-ts'é¹ (wie dies =) wenn es ſo
 iſt, unter dieſen Umſtänden
liáo³ pu⁴ tô² unerhört

Erläuterungen.

kö tso⁴-kuan¹ ti ſtatt yi²-kö ꝛc. Das Zahlwort yi wird gern ausge-laſſen, wenn weniger die Einheit betont als die Unbeſtimmtheit her-vorgehoben werden ſoll; kö entſpricht dann ganz unſerm unbeſtimmten Artikel. Vergl. § 262.

ku⁴ la ꝛc. iſt Relativſaß zu tsoi⁴-kuan¹ ti. Das Relativ-pronomen iſt nicht ausgedrückt (§ 330). Ebenſo iſt der mit miⁿg'rh² beginnende Saß Relativſaß zu kęn¹-pan¹.

miⁿg'rh² čido¹ kao¹ ṡeng¹. Konſtruiere: den Namen (anlangend) nannte (man ihn) R.

t'ou²-yi = ti⁴-yi der erſte, vergl. § 234.

ṡang¹ kung¹ eigentlich: die Arbeit beſteigen.

hsido¹ ti (der Kleine), ein beſcheidener Ausdruck für „ich", vergl. Lekt. 15.

čien¹ Zählwort für Angelegenheiten (und Kleider), vergl. § 235.

čing². Bei dem Subjekt von yo³ ſteht häufig ein Infinitiv des Zweckes, z. B.: wo³ mei² yo³ pi³ hsie³ ich habe keinen Schreib-pinſel zum Schreiben.

lao³-ye³ ying¹-chun¹ la, Bedingungsſaß der Art § 256, b. Wir gebrauchen in dieſen Falle das Präſens, der Chineſe korrekter das Perfekt, da die Erlaubnis erſt gegeben ſein muß, ehe die Folge davon eintreten kann.

pa¹ čii⁴ san¹ čien¹, vorangeſtelltes Objekt mit pa³ nach § 201 c.

kei³ wo³, umſchriebener Dativ, vergl. § 282. — Gewöhnlich verbindet man ṡuo¹ nicht mit dem Dativ, ſondern gebraucht dafür kao⁴-su¹ mit dem Objektskaſus.

t'ing¹ kann aufgefaßt werden entweder als Infinitiv des Zweckes oder als finaler Aoriſt mit fehlendem Subjektsfürwort.

č'u¹ męn² wenn ich ausgehe (§ 258, a). — č'u¹ iſt abweichend vom Deutſchen tranſitives Zeitwort und regiert daher den Objektskaſus.

kai¹ — verpflichtet ſein, alſo: man iſt verpflichtet in dieſer Weiſe = es gehört ſich ſo.

č'i¹ wenn er ißt (§ 258, a), beim Eſſen; ṡeng⁴ hsia¹ ti adjek-tiviſches Partizip: übriggelaſſen, hier ſubſtantiviert: das Übriggelaſſene. Das zweite č'i¹ iſt Subſtantiv.

té² teng¹ das Warten bekommen, umſchreibend für das einfache teng³. Wegen des Datums vergl. § 244.

ni¹ ṡuo¹ ti du ſagend — welche du ſagſt. Adjektiviſches Parti-zip als nähere Beſtimmung zu ṡi⁴. Vor dem folgenden k'o³-i¹ iſt „ich" oder „man" zu ergänzen; ṡi⁴ ſteht alſo im abſoluten Kaſus.

t'ien¹ hei¹ la als der Tag (— es) dunkel geworden war, vergl. § 257.

č'u¹ męn² wollte ausgehen, war im Begriff auszugehen, eine häufige Bedeutung des Aoriſts; čiáo⁴ und befahl.

t'a¹ t'i²-čü adverbiales Partizip — da er trug.

k'an⁴ pu² čien¹, ſtatt pu² k'an⁴-čien¹. Über dieſe Zwiſchenſtellung der Negation vergl. Lekt. 17.

yi⁴ lai² ti ŝĭ²-hou'rh⁴. Über ŝĭ²-hou'rh⁴ mit dem abjektiviſchen Partizip zum Ausdruck der Konjunktion „als" vergl. § 257. Das hinzugefügte yi beſtimmt den Zeitpunkt noch genauer = gleich als.

ken¹, wenn er geleitet, in Begleitung = ken¹-čö.

yi hier adverbial = mit eins, ſogleich.

ŝĭ⁴ wo³ ying¹ lă ti = es iſt (es verhält ſich ſo) = es iſt richtig, ich bin ein bewilligt-habender. — ying¹ lă ti iſt abjektiviſches Partizip des Perfekts (vergl. § 216 d), hier prädikativ gebraucht und dem ein= fachen Perfekt (ying¹ lă) in der Bedeutung völlig gleichwertig.

wang³ lă mö, hsiao³ ti ꝛc. vor hsiao³ ti ergänze „daß". Wegen ŝuo¹ kuo⁴ ſtatt ŝuo¹ lă ſiehe § 216 d. — ŝeng⁴-hᴡia⁴ ti ŝĭ⁴ ſteht im abſoluten Kaſus. Das ganze Gefüge iſt alſo wie folgt zu konſtruieren:

„Hat der Herr vergeſſen, daß ich früher geſagt habe, daß ich die Sachen eſſe (hsiao³ ti č'ʏ), die der junge Herr übrig läßt" (ab= jektiviſches Partizip mit Subjekt).

tao⁴ la. Nicht ſelten wird der Infinitiv des Perfekts (im Ad= verbialkaſus) ſtatt des Aoriſts zur Umſchreibung präpoſitioneller Be= griffe gebraucht, wo die Grundbedeutung es geſtattet; vergl. § 252, Anm. 4.

tse⁴-žan² iſt zuſammengeſetzt aus dem meiſt der Schriftſprache angehörigen tse⁴ (ſelbſt) und žan² (-weiſe), einer adverbialen Endung (§ 131). Vergl. franzöſiſch ça va de soi.

žu²-tse'e³ aus (Schriftſprache) žu² (wie) und tse'e³ (dies) = ſo, wenn es ſo iſt.

B. Der ſyſtematiſchen Grammatik zweite Stufe.

Elfte Lektion. — ti⁴-ŝĭ²-yi² k'o⁴.

Erſaß des Artikels.

(Erweiterung des Paragraphen 204.)

§ 260. Die hinweiſenden Fürwörter čê⁴-kö und na⁴-kö werden nicht ſelten in abgeſchwächter Bedeutung gebraucht und entſprechen dann ungefähr unſerem beſtimmten Artikel. In dieſem Falle wird das Zählwort (auch kö) gern fortgelaſſen.

§ 261. Die Beſtimmung eines Hauptwortes kann auch in manchen Fällen durch ſyntaktiſche Mittel erreicht werden, z. B.:

a) steht bei intransitiven Verben das Subjekt voran, so ist es bestimmt, z. B.: ta³-yü² ti lai² lâ = der Fischer kam; aber lai² lâ ta³-yü² ti es kam ein Fischer;

b) steht das Objekt (mit pa³) vor dem Verbum, so ist es meist bestimmt, z. B.: pa³ čî³ kei³ wo³ gieb mir das Papier; aber kei³ wo³ čî³ gieb mir Papier.

§ 262. Auch yi²-kŏ (ein, eine, ein) oder yi allein werden oft in abgeschwächter Bedeutung wie unser unbestimmter Artikel gebraucht. Inmitten des Satzes (nie am Anfang) kann auch kŏ allein in dieser Bedeutung fungieren, z. B.:

yo³ kŏ żen² es war (einmal) ein Mann.

Bei intransitiven Verben ist das nachgestellte Subjekt immer unbestimmt.

Unterscheidung des natürlichen Geschlechts.

(Erweiterung des § 201.)

§ 263. Das natürliche Geschlecht wird gewöhnlich nicht unterschieden.

In manchen Fällen sind besondere Wörter vorhanden, z. B. ko¹-ko¹ (älterer) Bruder, mei¹-mei¹ (ältere) Schwester.

§ 264. Sonst unterscheidet man das Geschlecht mitunter durch Zusammensetzungen mit nan² (Mann), nü² (Weib), bei Tieren durch kung¹ ti (männlich; auch in Zusammensetzungen: kung¹·), mu³ ti (weiblich), z. B.:

nán²-żen² Mann
nü²-żen² Weib
kung¹ ti či¹ Hahn (= kung¹·či¹)
mu³ ti či¹ Henne (= ts'áo³-či¹).

Die gelegentliche Bezeichnung der Mehrzahl.

(Erweiterung des § 201.)

§ 265. Hauptwörter, welche Personen bezeichnen, können (wie die persönlichen Fürwörter) z. T. eine besondere Form für die Mehrzahl durch die Endung men bilden, z. B.:

láo³-ye²-men Herren
hsién¹-šeng¹-men Lehrer

yé²-men Männer
ny**ng'örh²-men Frauen
pó²-hsing⁴-men Männer aus dem Volke u. s. w.
Anm. yé²-men und ny**ng'örh²-men werden häufig auch in singularischer Bedeutung gebraucht.

§ 266. Häufiger ist der Plural der Allheit, der durch Dopplung eines Hauptwortes gebildet und besonders gern im Adverbialkasus verwendet wird, z. B.:

žen²-žen² alle Menschen
t'ien¹-t'ien¹ alle Tage; adverbial: täglich.

Der Akzent liegt auf dem zweiten Teile der Dopplung.

§ 267. Ergiebt sich sonst das Bedürfnis, die Mehr-zahl als solche besonders zu kennzeichnen, so geschieht dies gewöhnlich durch Beifügung eines Adverbs von der Be-deutung (alle) „zusammen, sämtlich", z. B.:

žen² tóu¹ lai² lä die Leute sind sämtlich gekommen.

Wörter zum Übungstext.

yin¹-sẹ¹ Höllengericht *)
yẹn²-wang² Höllenfürst
yin¹-sẹ¹ yẹn²-wang² der Fürst der höllischen Tribunale
p'án⁴-kuan¹ Vorsteher eines yin¹-sẹ¹ Höllenrichter
kuei² Teufel; Geist, abgeschiedene
yáng²-čien¹ Oberwelt [Seele
tái⁴-fu¹ (großer Mann =) Arzt
kou⊦hún²-p'ai ein Paß zum See-lenfangen *)
čiáo⁴ befehlen
čï⁴ heilen, kurieren
čï⁴-sẹ² totkurieren
čien¹ sehen
hsi³ sich freuen

kou¹ locken
tang⁴ etwas sein
č'u¹ming² ti (einer der seinen Na-men herausbringt, seil in die Öffentlichkeit =) berühmt
tsẹ⁴-zan² natürlicherweise, selbst-čia¹ bann, so [verständlich
pi² sicherlich
ko⁴ jeder
tóu¹ insgesamt
hu¹ plötzlich
ts'ai² eben, eben nur, gerade
t'ai⁴ sehr
yi²-ting⁴ bestimmt, sicherlich
tó¹-šao³ wieviel?
hǎo³-hsie⁴-kö viele.

Zusammenhängender Text.
č'ing³ tái⁴-fu¹.

yin¹-sẹ¹-yẹn²-wang² yo³ ping⁴. p'an⁴-kuan¹ čiáo⁴ hsiáo³ kuei³ tao⁴ yang²-čien¹ č'ü⁴, č'ing³ yi²-kö č'u¹-ming² ti tai⁴-fu¹ lai². hsiáo³ kuci³ wẹn⁴ p'an⁴-kuan¹: tsẹn³-mö čï⁴-tao⁴, šï⁴ kö č'u¹-ming² ti tai⁴-fu¹. p'an⁴-

---

*) Die Hölle der chinesischen Buddhisten (žo⁴-yü⁴, wörtl. das heiße Gefängnis) besteht aus 10 yin¹-sẹ¹; an der Spitze eines yin¹-sẹ¹ steht ein p'an⁴-kuan¹, dem als dienstbare Geister die hsiáo³ kuei³ beigegeben sind. Vergl. Eitel, Handbook for the Student of Chinese Buddhism und Selby, The Purgatories of popular Bouddhism in der China Review I, S. 301—311.

kuan¹ šuo¹: ni³ č´ü⁴, k´an⁴ mẹn² č´ien³ ti kuei³ šāo³,
tsẹ⁴-žan² čiu⁴ ši⁴ č´u¹-ming² ti. t´a¹ kei³ žẹn³ č´¹ ping⁴,
č´¹-sẹ³ ti šāo³, pi² ši⁴ č´u¹-ming² ti lă. čê⁴ hsiāo³ kuei³
čiu⁴ tao⁴ yang²-čien¹ k´an⁴ ko¹ tai⁴-fu¹ ti mẹn² č´ien²
tōu¹ ši⁴ hāo¹-hsie¹-kŏ kuei³. hu¹ čien⁴ yi²-kŏ tai⁴-fu¹
mẹn² č´ien² ts´ai² yo³ liang³-kŏ kuei³. hsiāo³ kuei³
t´ai⁴ hsi³: čê⁴ yi²-ting³ ši⁴ kŏ hāo³ tai⁴-fu¹; čiu⁴ yung⁴
kou¹-hun²-p´ai² kou¹ tao⁴ yin¹-sẹ¹. p´an⁴-kuan¹ wẹn⁴:
čê⁴-kŏ tai⁴-fu¹, ni³ tang¹ lă to¹-šāo³ nien³ ti tai⁴-fu¹?
čê⁴ tai⁴-fu¹ šuo¹: wo³ ts´ai² tang¹ lă yi¹ t´ien¹ ti tai⁴-fu¹.

Erläuterungen.

tao⁴ ist hier Verhältniswort; *tao⁴ yang²-čien¹* steht als adverbiale Bestimmung vor *č´ü⁴*; *č´ü⁴* ist Infinitiv, abhängig von *čiao⁴*. Vor *č´ing³*, das gleichfalls von *čiao⁴* abhängt, ergänze „und".

lai² Infinitiv, abhängig von *č´ing³* = zu kommen.

tsen²-mö č´¹-tao⁴ wie soll ich wissen? Der Aorist wird oft so gebraucht. Nach *č´¹-tao⁴* ist im Deutschen die Konjunktion „daß" zu ergänzen (§ 256 b).

ni³ č´ü⁴ Imperativ. *k´an⁴* adverbiales Partizip — wenn du siehst (§ 258); dahinter ist wiederum „daß" zu ergänzen: daß die abgeschiedenen Geister vor der Thür wenige sind.

mẹn² č´ien² ti kuei³. Wegen der Verbindung mit ti vergl. § 290. — *č´ien²* (eigentlich: Vorderseite) ist hier Verhältniswort (§ 250).

t´a¹ u. s. w. *č´¹* und das folgende *č´¹-sẹ³* sind nebengeordnet und beide im adverbialen Partizip zu denken: wenn er den Menschen die Krankheiten heilt (und) wenn die Totkurierten wenige sind, dann u. s. w.

kei² žẹn³ Dativ. Vergl. darüber § 282.

pi²-ši⁴ . . . . . lă er ist sicherlich, nicht etwa: er ist gewesen. Vergl. Lekt. 16.

čê⁴ hsiāo³ kuei³ — der kleine Teufel (§ 260).

tao⁴ yang²-čien¹, hier ist tao⁴ Zeitwort: erreichen, gelangen zu.

k´an⁴ — und sah; dahinter ist abermals „daß" zu ergänzen: „daß vor der Thür jedes Arztes insgesamt viele ausgeschiedene Seelen waren". — ši⁴ statt yo³ ist ungewöhnlich.

hāo¹-hsie¹-kŏ, wörtlich gut einige Stück = viele.

tai⁴-fu¹ mẹn² č´ien² statt tai⁴-fu¹ ti mẹn² č´ien² (vergl. § 272 a).

kŏ hāo³ tai⁴-fu¹: hier ist kŏ reiner unbestimmter Artikel (§ 262).

yung⁴, adverbiales Partizip — gebrauchend, mit (§ 252).

kou¹, dahinter ist t´a¹ zu ergänzen; tao⁴ ist hier wieder Verhältniswort.

čê⁴-kŏ tai⁴-fu¹: Anruf.

tang⁴, oft in Verbindung mit Hauptwörtern, die einen Beamten, Handwerker, Künstler u. s. w. bezeichnen = fungieren als, etwas sein. Ebenso wird tso⁴ (machen) gebraucht (vergl. tso⁴-kuan¹ ti, S. 140).

to¹-šāo³ nien³ ti tai⁴-fu¹, wörtlich: ein Arzt von wieviel Jahren bist du? — wieviel Jahre bist du schon Arzt? — In solchen

Wendungen zieht der Chinese die Zeitbestimmung gern zum Haupt=
wort statt zum Zeitwort.

čê⁴ tai⁴·fu¹ — der Arzt.

Zwölfte Lektion. — ti⁴-šï²-örh⁴k'o⁴.
Das Hauptwort.
(Erweiterung des § 202.)

§ 268. Das Subjekt intransitiver Zeitwörter
kann im Gegensatz zu der allgemeinen Regel (§ 202a) auch
hinter dem Zeitwort stehen. Dies ist regelmäßig der Fall,
wenn das Subjekt aus dem Vorhergehenden nicht bereits
bekannt und daher nicht als bestimmt aufzufassen ist;
über den Unterschied vergleiche § 261a.

§ 269. Steht das Verbum im Perfekt und das
Subjekt folgt, so wird mitunter liao bezw. la zweimal gesetzt
u. z. einmal (liāo) vor, einmal (la) hinter das Subjekt,
z. B. čú⁴ liāo yü³ la der Regen hat aufgehört.

§ 270. Zusammengesetzte Zeitwörter, deren letzter Be=
standteil lai² (kommen) oder č'ü⁴ (gehen) ist, trennen in
diesem Falle die Verbindung und stellen das Subjekt un=
mittelbar hinter die lai² bezw. č'ü⁴ vorangehenden Bestand=
teile, z. B.: čin⁴ ko žen² lai² = es trat ein Mann ein,
von čin⁴-lai² eintreten.

§ 271. Ist das Subjekt unbestimmt, so wird es
gern durch yo³ eingeführt, dem dann das Prädikat in der
Form eines Relativsatzes (ohne verbindendes Relativpronomen)
folgt, z. B. yo³ ko žen² lai = es war ein Mann, welcher
kam = ein Mann kam.

§ 272. (Erweiterung des § 202b.) Die Genitiv=
partikel *ti* wird der Regel nach ausgelassen:

 a) nach dem ersten Genitiv, sofern zwei Genitive auf=
 einanderfolgen, z. B. fu⁴-č'in¹ t'ie³ ti kuo¹ des
 Vaters Topf von Eisen;

 b) meist nach einem substantivisch gebrauchten Eigenschafts=
 wort (vergl. § 204), z. B. hsiāo³ ti (selten hsiāo³ ti
 ti) kuo¹ des Kleinen (= des Dieners) Topf;

 c) nach den persönlichen Fürwörtern, wenn ein hin=
 weisendes Fürwort folgt, z. B. wo³ čê⁴·ko kuo¹ dieser
 mein Topf (wegen der Wortstellung vergl. S. 155);

10*

d) häufig nach den perſönlichen Fürwörtern, wenn ein zwei= oder mehrſilbiges Hauptwort folgt, z. B. wo³ fu⁴-č‘in⁴ mein Vater (neben wo³ ti fu⁴-č‘in¹);

e) mitunter auch ſonſt in ſtändigen Verbindungen und in Entlehnungen aus der Schriftſprache; hier kann häufig nur der Akzent entſcheiden, ob man es mit einer grammatiſchen Verbindung oder mit einer eigentlichen Zuſammenſetzung zu thun hat.

§ 273. Wenn das regierende Hauptwort ausgelaſſen iſt, darf ti niemals fehlen.

§ 274. Mitunter tritt in volkstümlicher Rede t‘a¹ an die Stelle der Genitivpartikel, z. B. fu⁴-č‘in¹ t‘a¹ ko¹-ko² (ähnlich im Deutſchen: Dem Vater ſein Bruder).

§ 275. Subſtantivierte Infinitive werden häufig (unter Ergänzung eines allgemeinen Ausdrucks, wie ŝı⁴ Sache, Handlung) im Genitiv gebraucht und zwar u. a.

a) in der Bedeutung eines adjektiviſchen Partizips (vergl. § 191), das dann ſeinerſeits wieder zur Bildung umſchreibender Verbalformen dient (§ 192);

b) zur Angabe eines Zweckes, z. B. č‘ı¹ ti zu eſſen, zum Eſſen;

c) zur Angabe der Urſache, z. B. tsóu ti (das) kommt vom Gehen.

Anm. Zuſammengeſetzte Zeitwörter (oder ſolche mit einem Objekt) bilden dieſen Genitiv ſo, daß ſie den erſten Teil der Kompo=ſition wiederholen, z. B.: tsou⁸ tao‘rh‘ tsou⁸ ti — das kommt vom Weg gehen.

§ 276. (Erweiterung des § 202c.) Über den (nicht immer konſequent durchgeführten) Bedeutungsunterſchied zwiſchen dem mit pa³ vorangeſtellten und dem nachgeſtellten Objekt vergl. § 261b. In gleicher Funktion wie pa³ findet ſich auch čiang¹, das aber im allgemeinen der Schriftſprache angehört.

§ 277. Ohne pa³ kann das Objekt nie vor das Zeit=wort treten*). Steht ein logiſch als Objekt eines Zeit=wortes zu betrachtendes Hauptwort (oder Fürwort) vor dem Zeitwort, ſo iſt es als abſoluter Kaſus aufzufaſſen, z. B.:

č‘ien², t‘a¹ kei³ lä wo³ = (was) Geld (anlangt), ſo hat er mir (welches) gegeben

---

*) Die entgegenſtehende Regel bei A, z. B.: 323, 383, 129, 489 iſt falſch und beruht auf Verkennung des abſoluten Kaſus.

čê⁴-kǒ šan¹ šang⁴ pu² č'ü⁴ = (was) biesen Berg (anlangt),
Besteigen geht nicht = biesen Berg kann man nicht
ersteigen.

§ 278. Ist ein zusammengesetztes Hauptwort der in
§ 81 erwähnten Art*) als Objekt von einem einfachen
Zeitwort abhängig, so liebt man es, bas Kompositum zu
trennen und jeden Teil als Objekt zu dem zweimal wieder=
holten Zeitwort zu setzen, z. B.:

na² túng¹-hsi¹ ober ⎱
na² tùng¹ na² hsí¹ ⎰ Dinge nehmen.

§ 279. Zusammengesetzte Zeitwörter, deren letztes
Glied lai² (kommen) ober č'ü⁴ (gehen) ist, trennen, wenn sie
mit einem Objekt verbunden sind, lai² bezw. č'ü⁴ ab und
setzen bas Objekt unmittelbar hinter ben verbleibenden Teil
bes Kompositums (vergl. über dieselbe Stellung bes nach=
gesetzten Subjekts bei biesen Verben § 270), z. B. na²-č'ü⁴
fortnehmen: na² hsin⁴ č'ü⁴ ben Brief fortnehmen (wörtlich:
nehmend ben Brief gehen).

§ 280. Ein transitives Zeitwort kann nie ohne Objekt
auftreten. Mangel eines speziellen Objekts muß baher ge=
gebenenfalls ein solches von allgemeiner, passender Bebeutung
hinzugefügt werden, z. B.:

er will nicht schreiben = pu² yảo⁴ hsie³ tse̦⁴ (= er will
nicht Schriftzeichen schreiben)
er will nicht lesen = pu² yảo⁴ nien⁴ šu¹ (= er will nicht
Bücher lesen) u. s. w.

§ 281. (Erweiterung bes § 202 d.) Wenn bas birekte
und bas indirekte Objekt hinter bem Zeitwort zusammen=
treffen, so steht bas indirekte vor bem birekten, z. B. kei³
wo³ č'ien³ gieb mir Gelb. Die Partikel lǎ bes Perfekts
tritt in diesem Falle gewöhnlich hinter bas birekte Objekt:
t'a¹ kei³ wo³ č'ien³ lǎ, er hat mir Gelb gegeben.

§ 282. Verben, welche sowohl bas birekte (Akkusativ)
als auch bas indirekte Objekt (Dativ) im Objektskasus zu
sich nehmen, sind z. B.: kei³ jem. etw. geben, kảo⁴-su⁴ jm.
etw. sagen (nicht šuo¹). Meist wird indes bas indirekte
Objekt durch kei³ (gebend) ober t'i⁴ (vertretend) mit folgenbem
Objektskasus ersetzt.

_____

*) A. S. 230 bezieht bies fälschlich auf alle Komposita.

So werden z. B. stets mit kei^3 verbunden:

mai^4 jm. etw. verkaufen

čie^4 jm. etw. leihen

ti^4 jm. etw. reichen

nien^4 jm. vorlesen (meist noch mit t'ing^1 = zum Hören)

šuo^1 jm. sagen (mit t'ing^1 = erzählen)*).

Anm. 1. huan^2 (zurückgeben) und sung^4 (schenken**) können mit kei^3 oder mit dem einfachen Objektskasus verbunden werden.

Anm. 2. Trotz der Grundbedeutung von kei^3 kann ein damit gebildeter Dativ***) auch die Bedeutung „zu jemds. Schaden" haben.

Anm. 3. Zuweilen steht kei^3 allein und der zugehörige Objektskasus ist aus dem Zusammenhange zu ergänzen.

§ 283. Das indirekte Objekt mit kei^3 (oder t'i^4) kann vor oder hinter dem Verbum stehen.

Trifft es voranstehend mit einem direkten Objekt (mit pa^3) zusammen, so steht (im Widerspruch zu § 280) das letztere voran.

§ 284. Besondere Aufmerksamkeit verlangt der Dativ (mit kei^3) in Verbindung mit den Verben ná^2-lai^2 (herbringen) und ná^2-č'ü^4 (hinbringen):

a) gewöhnlich steht er voran;

b) doch kann er hinter na^2-lai^2 und č'ü^4 treten; in letzterem Falle

c) fallen -lai^2 und č'ü^4 fort, wenn noch ein Infinitiv des Zweckes folgt, z. B.:

a) pa^3 čê^4-kó šú^1 kèi^3 wo^3 ná^2-lai^2;

b) pa^3 čê^4-kó šú^1 ná^2-lai^2 kéi^3 wo^3;

c) pa^3 čê^4-kó šú^1 ná^2 kei^3 wo^3 k'án^4 (zum Ansehen).

§ 285. Der Adverbialkasus hat die Stellung aller adverbialen Bestimmungen, d. h. er steht an der Spitze des Satzes oder vor dem Zeitwort desselben, z. B.:

mei^2-t'ien^1 t'a^1 lai^2 ⎫

t'a^1 mei^2 t'ien^1 lai^2 ⎬ er kommt jeden Tag.

§ 286. Der absolute Kasus dient hauptsächlich zur Hervorhebung eines Satzteils. Seine Anwendung hat

---

*) šuo^1 mit dem bloßen Objektskasus bedeutet a) von jm. sprechen, b) jn. schelten. Seltener sagt man: ho^2 t'a^1 šuo = káo^4-su^4 t'a^1.

**) sung^4 mit dem bloßen Objektskasus bedeutet a) begleiten, b) verklagen.

***) Und dies ist ein Zeichen, daß diese Verbindung bereits zu erstarren und die Grundbedeutung von kei^3 zu verblassen beginnt; also der erste Schritt zur Formenbildung.

aber auch meist eine erhebliche Vereinfachung der Satz=
konstruktion zur Folge. Entferntere Beziehungen, die in an=
deren Sprachen mühsam durch Verhältniswörter und prä=
positionelle Redensarten ausgedrückt werden, werden im
Chinesischen nämlich häufig nicht ausdrücklich bezeichnet, viel=
mehr der betreffende Satzteil aus der grammatischen Ver=
bindung heraus vorangenommen und dem Hörer überlassen,
die Verbindung mit dem Satze im Geiste wiederherzustellen,
z. B. *wo³ pu⁴ yo³ č'ien²* = ich Geld ist bei mir, d. h.
in meinem Besitze, nicht vorhanden.

Wörter zum Übungstext.

hsiáng¹-hsia⁴ Land (im Gegen=
  satz zur Stadt) [Bauer
hsiáng¹-hsia⁴-žèn² Landmann,
ping³ Kuchen
čia⁴ Preis, Wert
ping³-p'u⁴ a) Kuchenladen, b) der
  Inhaber desselben
p'ú⁴-tse-žẹn² (Laden=Mensch =)
  Ladenbesitzer [Tragen)
pién³-tan³ Bambusstange (zum
  t'ung² mit; derselbe
ts'un¹ Dorf
t'úng²-ts'un¹ ti žẹn² Leute des=
  selben Dorfes
mi³ Reis

mien⁴ Mehl
mi³-mien⁴ Reismehl
čiá⁴-č'ien²(Preis=Geld=)čia⁴ Preis
t'ing¹-č'ien⁴ (hörend bemerken =)
  hören
žo⁴ heiß
čun⁴ a) erlauben, b) genau
tso⁴-hsia⁴ (sich setzend = herab=
  steigen =) sich niedersetzen
č'1-wán² mit dem Essen zu Ende
  kommen, fertig essen
ye³ (mit Verneinung) auch nicht,
  nicht einmal
ta³ t'ing¹ (ein Horchen=schlagen =)
  sich erkundigen

Zusammenhängender Text.

ping³-čia⁴.

yo³ yi²-kŏ hsiang¹-hsia⁴ žẹn² tao⁴ č'ẹng² li³ lai², tsou³
tao⁴ yi² ping³-p'u⁴ mẹn² č'ien², t'ing¹-č'ien⁴ šuo¹: č'1¹
ping³! č'1¹ ping³! hão³ žo⁴ ping³! — hsiang¹-hsia⁴-
žẹn² hsiang³, t'a¹ čião⁴ č'1¹ ping³, čun³ š1⁴ č'ing³ wo³
č'1¹, čiu⁴ tso⁴-hsia⁴, č'1¹ lǎ san¹-kŏ, č'1¹-wan² lǎ, čiu⁴
tsou³. ping³-p'u⁴ ho² t'a¹ yào¹ č'ien², t'a¹ yi²-kŏ č'ien²
ye³ mei² yo³, p'u⁴-tse-žẹn² pa³ t'a¹ ta³ lǎ liu⁴ pien³-tan³.

hsiang¹-hsia⁴-žẹn² hui² čia¹. t'úng²-ts'un¹ ti žẹn²
č'1¹-tao⁴, t'a¹ čin¹ č'ẹng², ho² t'a¹ ta³ t'ing¹ č'ẹng² li³
mi³-mien⁴ ti čia⁴-č'ien². hsiang¹-hsia⁴-žẹn² šuo¹: mi³-
mien⁴ ti čia⁴-č'ien² pu⁴ č'1¹-tao⁴, ping³ š1⁴ liang³ pien³-
tan³ yi²-kŏ.

Erläuterungen.

ping³-čia⁴ — ping³ ti čia⁴.
yi²-kŏ, unbestimmter Artikel (§ 262).

tao² č‘eng² li³ wörtlich: nach in die Stadt. Eine derartige Häufung der Verhältniswörter ist sehr beliebt. So sagt man auch *ts‘ung² č‘eng² li³* von (in) der Stadt her u. s. w.

yi hier = *kö*, den unbestimmten Artikel vertretend (§ 262).

ping²-p‘u⁴ men² statt *ping²-p‘u⁴ ti men²*.

čun² si⁴ = (das) ist genau (soviel wie wenn).

č‘i³-wán². Jedes Zeitwort kann mit *wan²* (vollenden) zusammengesetzt werden, um den Abschluß der Handlung zu bezeichnen.

ho² t‘a¹ yao⁴ = forderte von ihm.

t‘a¹ ist absoluter Kasus, *yi²-kö, č‘ien²* des Nachdrucks wegen vorangestelltes Subjekt zu *yo³*.

pa² t‘a¹ = ihn. Vorangestelltes Objekt mit *pa²*.

*ta³ lü liu⁴ pien²-tan², wörtlich: schlug (ihn) sechs Bambus-stangen — versetzte ihm sechs Hiebe mit einer Bambusstange.

č‘i³-tao⁴, adverbiales Partizip: da sie wußten; danach ergänze „daß". — Bei *ho²* beginnt der Nachsatz.

ta³ t‘ing¹, sich erkundigen, wird mit dem Objektskasus der Sache verbunden. — *ho² t‘a¹* = bei ihm

čia⁴-č‘ien², absoluter Kasus.

si⁴, hier soviel wie „kosten, gelten, wert sein".

pien²-tan³ wieder = Hiebe mit einer Bambusstange.

Dreizehnte Lektion. — ti⁴-si²-sán¹ k‘o⁴.
Zusammenfassendes über den Gebrauch des Hauptwortes.

§ 287. Das Hauptwort kann im Chinesischen gebraucht werden

A. außerhalb des grammatischen Zusammen=hangs, im absoluten Kasus (vergl. §§ 179, 202 und 286), z. B.:

Lin² mei² yo³ č‘ién (was) Lin (betrifft), (so) ist kein Geld da = Lin hat kein Geld;

B. im grammatischen Zusammenhang u. zwar:

1. als nähere Bestimmung eines Hauptwortes oder Fürwortes und zwar

a) als Prädikat im Nominativ (vergl. § 202), z. B.: *ni³ si⁴ čung¹-kuo²-zen²* mö? Sind Sie Chinese?;

b) im Genitiv, z. B.: *čung¹-kuo² ti* mä³ Chinas Pferde;

c) als Apposition tritt das Hauptwort unmittelbar hin-ter dasjenige, das von ihm näher bestimmt werden soll und verschmilzt mit ihm zu einer grammatischen Einheit, so daß die Genitivpartikel *ti*, die Plural-partikel *men*, sowie Postpositionen und dergleichen nur hinter die Apposition treten, z. B.: *Lin² lao³-ye² ti* des Herrn Lin;

2. als nähere Bestimmung eines Adjektivs. Hierzu dient der Adverbialkasus, z. B.: nien² hsiåo³ an Jahren jung;

3. als nähere Bestimmung eines Zeitwortes u. zwar
a) ohne Hülfspartikel
α) als Subjekt des Zeitwortes (Nominativ) (vergl. §§ 202 a u. 268 ff.), z. B.: Lin² si⁴ lái² ti Lin kommt,
β) als direktes Objekt } im Objektskasus,
γ) als indirektes Objekt }
z. B.: kei³ żęn¹ ćien² gieb dem Manne Geld!
δ) als Adverbialbestimmung im Adverbialkasus (vergl. §§ 184, 202 c u. 285), z. B. tsao³ am Morgen, früh;
b) mit Präpositionen oder Postpositionen
α) zur Bezeichnung des direkten Objekts (vergl. § 202 c), z. B.: pa³ ćien² kei³ wo³ gieb mir Geld!;
β) zur Bezeichnung des indirekten Objekts (vergl. § 282), z. B.: pa³ ćien² tsie kei³ wo³ leihe mir Geld!;
γ) als Adverbialbestimmung.

§ 288. In allen diesen Verwendungen bleibt die Form des Hauptwortes gänzlich unverändert; nur als Genitiv nimmt es meist das Hülfswort ti hinter sich, wie es auch zur Bezeichnung des direkten und indirekten Objekts, sowie einer Adverbialbestimmung in manchen Fällen mit Ver= hältniswörtern verbunden werden kann bezw. muß.

Die nähere Bestimmung des Hauptwortes.

§ 289. Das Hauptwort kann näher bestimmt werden
a) durch den Genitiv eines anderen Hauptwortes mit oder ohne ti, z. B.: ćung¹-kuo² ti ma³ Chinas Pferde;
b) durch den Genitiv eines substantivisch gebrauchten Für= wortes mit oder ohne ti, z. B.: wo³ ti ma³ meine Pferde;
c) durch ein adjektivisch gebrauchtes hinweisendes oder fragendes Fürwort, z. B.: će⁴-kŏ ma³ dies Pferd, na³-kŏ ma³ welches Pferd?;
d) durch ein Eigenschaftswort mit oder ohne ti, z. B.: håo³ ma³ ein gutes Pferd, håo³ k'an⁴ ti ma³ ein schönes Pferd;
e) durch ein Zeitwort mit oder ohne ti, z. B.: mai³ ma³ oder mai³ ti ma³ ein gekauftes Pferd;

f) durch ein Zahlwort, z. B.: *san¹-kŏ* ma³ drei Pferde;

g) durch eine Bestimmung des Ortes, der Zeit oder der Art und Weise (stets mit ti), z. B. *na'rh⁴ ti* ma³ die Pferde dort;

h) durch einen ganzen Satz (stets mit ti), z. B.: *la¹ č'è¹ ti* ma³ ein Wagen ziehendes Pferd.

§ 290. Von diesen näheren Bestimmungen sind bisher die unter g) und h) noch nicht behandelt worden. Was die erstere anbetrifft, so ist es zwar im Deutschen zulässig, eine Adverbialbestimmung unmittelbar zu einem Hauptwort zu setzen; im Chinesischen muß sie indessen stets vermittels der Partikel ti mit dem Hauptwort verbunden werden, z. B.: *čê⁴-kŏ čie¹ li³ ti fang²-tse* das Haus in dieser Straße.

Auf diese Weise schafft sich das Chinesische vielfach Ersatz für fehlende Adjektive, welche einen Ort, eine Zeit oder eine Art bezeichnen, z. B.: *čê'rh⁴ ti* hiesig, *na'rh⁴ ti* dortig, *čê⁴·mŏ ti* solch.

§ 291. Der Infinitiv eines Zeitworts kann bekanntlich substantiviert werden und daher einen Genitiv bilden. Er behält aber seine verbale Natur insoweit, als er sein Subjekt im Subjektskasus, sein Objekt im Objektskasus zu sich nehmen kann. So kommt es, daß im Chinesischen gewissermaßen ganze Sätze mit folgendem Genitivzeichen zur Bestimmung eines Hauptwortes verwendet werden können. Z. B. wird der Satz *mai⁴ šu¹* (man verkauft Bücher) vermittels der Partikel ti mit dem Hauptwort *žen²* (Mann) in folgender Weise verbunden: *mai⁴ šu¹ ti žen²* und bedeutet: „ein Mann des Bücher Verkaufens" = „ein Bücher verkaufender Mann" oder „ein Mann, welcher Bücher verkauft".

Auf diese Weise werden im Chinesischen alle deutschen Relativsätze ausgedrückt; hiervon wird weiter unten die Rede sein.

§ 292. Der Fall ist nun häufig, daß ein Hauptwort gleichzeitig mehrere nähere Bestimmungen der oben unter a) bis h) bezeichneten Arten zu sich nimmt. Hierbei ist einmal die Stellung zu beachten, die den einzelnen Bestimmungen alsdann nach den Regeln der chinesischen Grammatik angewiesen ist, wie auch einige Abweichungen von der gewöhnlichen Form dieser Bestimmungen.

§ 293. Das Nähere lehren die folgenden Beispiele:

I. *čung¹-kuo² ti ma³* Chinas Pferde:

a + a: fu⁴-č'in¹ čung¹-kuo² ti ma³ des Vaters chinesische Pferde — der erste Genitiv verliert das ti (§ 272a);

a + b: wo³ čung¹-kuo² ti ma³ meine chinesischen Pferde — der erste Genitiv verliert das ti (§ 272a);

a + c: cung¹-kuo² ti čě-kǒ ma³ dies chinesische Pferd;

a + d: čung¹-kuo² ti hāo³ k'an³ ti ma³ ein gutes chinesisches Pferd;

čung¹-kuo² hāo³ k'an³ ti ma³ ein hübsches chinesi-sches Pferd (das erste ti fällt fort);

a + e: čung¹-kuo² mai³ ti ma³ das gekaufte chinesische Pferd (das erste ti fällt fort);

a + f: čung¹-kuo³ ti san¹-kǒ ma³ drei chinesische Pferde;

a + g: na'rh⁴ ti čung¹-kuo² ma³ die chinesischen Pferde dort (das zweite ti fällt fort). Dagegen: čung¹-kuo² na'rh⁴ ti ma³ = die Pferde dort in China.

a + h: čung¹-kuo² la¹ č'ê¹ ti ma³ das den Wagen ziehende chinesische Pferd > (das erste ti fällt fort).

II. *wo³ ti ma³* mein Pferd:

b + b: wo³ ti hāo³ ma³ mein gutes Pferd, wo³ hāo³ k'an⁴ ti ma³ mein schönes Pferd (ti fällt hinter dem Fürwort aus, wenn es auch hinter dem Ab-jektiv steht);

b + c: wo³ čě⁴-kǒ ma³ dies mein Pferd (beachte die vom Deutschen abweichende Stellung;

b + e: wo³ mai³ ti ma³ mein gekauftes Pferd (das erste ti fällt aus);

b + f: wo³ ti san¹-p'i¹ ma³ meine drei Pferde;

b + g: wo³ na'rh⁴ ti ma² mein Pferd dort;

b + h: la¹ č'ê¹ ti wo³ ma³ mein den Wagen ziehen-des Pferd.

III. *čě⁴-kǒ ma³* dies Pferd:

c + d: čě⁴-kǒ hāo³ ma³ dies gute Pferd, čě⁴-kǒ hāo³ k'an⁴ ti ma³ dies schöne Pferd;

c + e: mai³ ti čě⁴-kǒ ma³ dies gekaufte Pferd;

c + f: čě⁴-kǒ san¹ ma³ diese drei Pferde;

*) Mit diesen Buchstaben, die den in § 289 gebrauchten ent-sprechen, bezeichne ich der Kürze wegen die einzelnen Arten der Be-stimmungen.

c + g: čie¹ šang⁴ ti na⁴·kŏ ma³ jenes Pferd auf der Straße;

c + h: la¹ č'ê¹ ti čê⁴·kŏ ma³ dies den Wagen ziehende Pferd (abweichend vom Deutschen).

    IV. hāo³ ma³ **ein gutes Pferd** }
        hāo³ k'an⁴ ti ma³ **ein schönes Pferd** } :

d + d: hāo³ k'uai⁴ ti ma³ ein gutes (und) schnelles Pferd;

d + e: mai³ ti hāo³ ma³ ein gutes gekauftes Pferd;

d + f: san¹ p'i¹ hāo³ ma³ drei gute Pferde;

d + g: na'rh⁴ ti hāo³ ma³ das gute Pferd dort;

d + h: la¹ č'ê¹ ti hāo³ ma³ das den Wagen ziehende, gute Pferd.

    V. mai³ ti ma³ **das gekaufte Pferd:**

e + f: mai² ti san¹ p'i¹ ma³ drei gekaufte Pferde;

e + g: na'rh⁴ mai² ti ma³ die gekauften Pferde dort;

e + h: la¹ č'ê¹ ti mai³ ma³ das den Wagen ziehende gekaufte Pferd.

    VI. san¹ p'i¹ ma³ **drei Pferde:**

f + f: san¹ sę⁴ p'i¹ ma³ drei (oder) vier Pferde (beim ersten Zahlwort bleibt das Zählwort weg);

f + g: na'rh⁴ ti san¹ p'i¹ ma³ die drei Pferde dort (auch: die dort gekauften Pferde);

f + h: la¹ č'ê¹ ti san¹ p'i¹ ma³ die den Wagen ziehenden drei Pferde.

§ 294. Auch **drei** verschiedene Bestimmungen können vor dem Hauptworte zusammentreffen.

Hierbei ist zu bemerken:

  a) das Eigenschaftswort bleibt stets unmittelbar vor dem Hauptwort;

  b) hinweisende Fürwörter und Zahlwörter treten vor das Eigenschaftswort, fehlt ein solches, unmittelbar vor das Hauptwort;

Also: 1. Hinweisendes Fürwort, 2. Zahlwort (mit Zählwort), 3. Eigenschaftswort, 4. Hauptwort.

§ 295. Die einzelnen Bestimmungen eines Hauptwortes können auch ihrerseits wieder bestimmt sein, z. B.: wo³ fu⁴·č'in¹ ti na⁴·kŏ san¹ p'i¹ hāo³ ma³ = jene drei guten Pferde meines Vaters.

Hier ist der Genitiv fu⁴·č'in¹ ti wieder durch wo³ (= wo³ ti) bestimmt.

Wörter zum Übungstext.

fu^1-č'i^1 (Mann und Frau) Ehe-paar
fu^1 Ehegatte
č'i^1 (Ehe-)Frau
t'i^4-p'ęn^4 Niesen; ta^3 — niesen
šęn^1 Körper
č'ęng^2-męn^2-k'ou^3 Stadtthor
hó^2-šang^4 Bonze
hó^2-mei^5 einträchtig leben

č'u^1 wái^4 verreisen
lin^2 im Begriff sein zu
hsiáng^3-nien^4 denken an
hsiang^3 dasf.
yúng^2-i^4 leicht (zu thun)
č'i^3 šęn^1 den Körper aufrichten = sich aufmachen, aufbrechen
ying^2 treffen, begegnen
mien^4 vorn
an^4 heimlich; bei sich

Zusammenhängender Text.

ta^3 t'i^4-p'ęn^4.

yo^3 fu^1-č'i^1 örh^4 žęn^2 hęn^3 ho^2-mei^3. fu^1 yāo^4 č'u^1 wai^4. lin^2 tsou^4 ti šl^2-hou'rh^4, fu^1 węn^4 č'i^1 šuo^1: wo^3 tsai^4 wai^4, tsęn^3-mö čiu^4 čl^1-tao^4, ni^3 tsai^4 čia^1 li^3 hsiang^3-nien^4 wo^3? č'i^1 šuo^1: čê^4-kö yung^2-i^4 čl^1-tao^4; ni^3 yi^4 ta^3 t'i^4-p'ęn^4, čiu^3 šl^4 wo^3 hsiang^3-nien^4 ni^3.

fu^1 č'i^3 šęn^1 tsou^3, čl^4 č'ęng^2-męn^2-k'ou^3, ying^2 mien^4 lai^2 lä yi^2-kö ho^2-šang^4, ta^3 yi^2-kó t'i^4-p'ęn^4. fu^1 an^4 šuo^1: pu^4 hāo^3 lä! wo^3 ts'ai^2 č'u^1 męn^2, wo^3 ti č'i^1 t'a^1 čiu^4 hsiang^3 ho^2-šang^4 lä.

Erläuterungen.

örh^4 žęn^2, zwei Personen, Apposition zu fu^1-č'i^1.
hęn^3 ho^2-mei^1 = welche einträchtig lebten (vergl. § 331).
lin^2 tsou^3 im Begriff sein abzureisen.
šl^4-hou'rh^4 = zur Zeit des = als (§ 257).
wo^3 tsai^4 wai^4 = wenn ich braußen bin.
čl^1-tao^4, ni^4 = wissen, daß du ...
yung^2-i^4 čl^1-tao^4 = leicht zu wissen (vergl. § 206).
yi^4 mit folgendem adverbialen Partizip = sobald als (vergl. dieselbe Konstruktion auf S. 141).
šl^4 wo^3 hsiang^2-nien^4 ni^3 = c'est que je pense à vous. Über dies pleonastische šl^4 vergl. Lektion 16.
ying^2 u. f. w. = er begegnete einem (von) vorn gekommenen Bonzen. — lai^2 lä ist attributives Partizip des Perfekts (vergl. § 217 d).
ta^3 yi^2-kö u. f. w. = welcher einmal nieste (§ 331.)
pu^4 hāo^3 lä = es ist nicht gut geworden = es ist nicht gut.
č'u^1 męn^2 = aus der Thür herausgehen; č'u^1 nimmt sowohl das Ziel wie auch den Ausgangspunkt der Bewegung im Objektskasus zu sich.
wo^3 ti č'i^1 t'a^1 = sie, meine Frau.

Vierzehnte Lektion. — ti⁴-ši²-sé⁴ kʻo⁴.
Das Eigenschaftswort.
(Erweiterung der §§ 203—206.)

§ 296. Das Eigenschaftswort kann gebraucht werden
a) als Bestimmung eines Hauptwortes, u. z.
  α) als dessen Attribut (§ 203),
  β) als dessen Prädikat (§ 204);
b) adverbial, als Bestimmung eines Eigenschafts=
wortes oder eines Zeitwortes (vergl. § 128).

§ 297. Jedes Eigenschaftswort kann substantiviert
werden durch die Partikel ti (zu erklären durch Ellipse von
tung¹-hsi¹ oder ši⁴-čʻing²).

Statt des einfachen Eigenschaftswortes in seiner Ver=
wendung als Attribut oder Prädikat gebraucht man gern
das substantivierte Eigenschaftswort (§ 204).

Attributivisch gebraucht, ist dasselbe im Genitiv (unter
Weglassung des einen ti, § 272 b) zu denken, also hęn hāo³
ti żęn² = ein Mann von großer Güte. Doch pflegt der
Genitiv des substantivierten Eigenschaftswortes nur dann
statt des attributiven Eigenschaftswortes gebraucht zu werden,
wenn dasselbe zusammengesetzt oder durch ein anderes Wort
(Adverb, Zeitwort) näher bestimmt ist:

hāo³ żęn² ein guter Mensch
hęn³ hāo³ ti żęn² ein sehr guter Mensch
hāo³ kʻan⁴ ti żęn² ein Mensch, gut anzusehen =
    ein schöner Mensch.

§ 298. Mitunter wird auch čʻu⁴ (wörtlich: Ort) zur
Substantivierung eines Eigenschaftswortes verwendet, z. B.:
hāo³·čʻu⁴ etwas Gutes = Tugend, Wohlthat, Vorteil.

§ 299. Jedes Eigenschaftswort schließt die
Kopula „sein" (oder „werden") ein. Die Eigen=
schaftswörter sind daher im Chinesischen, genau
genommen, Zeitwörter, die eine Eigenschaft
oder einen Zustand ausdrücken: čê⁴ pu⁴ nęng² hāo³
das kann nicht gut sein (oder werden), hāo³ tê² liāo³ es
kann gut werden.

§ 300. Als Zeitwörter können sie die Endung čŏ (§ 106)
annehmen. Dies geschieht besonders gern beim Prädikat, wenn
dasselbe substantiviert ist; čŏ wird dann stets zu čĭ verkürzt,

z. B.: čê⁴-kŏ ma³ ši⁴ k´uái⁴-ŏl ti na = dies Pferd ist ein schnelleiendes.

Die Schlußpartikel na pflegt hier nicht zu fehlen.

§ 301. Als Zeitwort aufgefaßt, kann das Eigenschaftswort auch ein Perfekt mit liāo³ (lă) bilden, das die Bedeutung „ist .... geworden" hat: hāo³ lă ist gut geworden = ist gut.

Häufig steht es auch im adverbialen Partizipium, z. B.: lęng³, wenn (da, obwohl) es kalt ist.

§ 302. Das Eigenschaftswort kann näher bestimmt werden:

a) durch ein Hauptwort im Adverbialkasus, z. B.: nien² šao⁴ jung an Jahren;

b) durch ein nachgestelltes Zeitwort: hāo³ k´an⁴ (§ 206);

c) durch ein Adverb (§ 205).

Verneint wird das Eigenschaftswort durch pu; yāo⁴-čĭn³ (wichtig) kann auch durch mei² verneint werden.

§ 303. Eine eigentliche Steigerungsform hat das Eigenschaftswort nicht. Die Steigerung muß also umschrieben werden.

§ 304. Ist das Vergleichsobjekt genannt, so wird der Komparativ gewöhnlich durch den Positiv in Verbindung mit dem adverbialen Partizip von pi³ (vergleichen mit, also: im Vergleich mit) folgendermaßen umschrieben*):

čê⁴-kŏ šan¹ pi³ na⁴-kŏ kao¹ dieser Berg im Vergleich mit jenem ist hoch = höher als jener.

Beachte auch die Stellung!

Zum Adjektiv können außerdem die Adverbien hai² (noch mehr), kęng⁴ (in noch höherem Grade) bezw. kęng⁴ pu (noch weniger) gesetzt werden.

Ebenso beliebt ist in dem vorliegenden Falle aber der Gebrauch zweier Adjektive von gegensätzlicher Bedeutung, z. B.: čung¹-kuo² tá⁴, tê²-kuo² hsiāo³ = China ist groß, Deutschland ist klein = China ist größer als Deutschland.

§ 305. Ist das Vergleichsobjekt nicht ausgedrückt, so wird entweder der bloße Positiv in emphatischer Bedeutung oder derselbe in Verbindung mit steigernden Adverbien wie hai², kęng⁴ (kęng⁴ pu) gebraucht, z. B.: na³-yi²-kŏ kao¹

*) Vom Volke in Peking häufig p´ing² gesprochen.

174

mŏ welcher ist hoch (von zweien, also höher); čê⁴-kŏ kao¹, na⁴-kŏ keng⁴ kao¹ dieser ist hoch, jener ist höher.

§ 306. Je (mehr) . . . desto (mehr) . . . mit folgendem Komparativ wird durch yüe⁴ . . . yüe⁴ wiedergegeben.

§ 307. Der Superlativ kann durch den emphatisch gebrauchten Positiv gegeben werden, z. B.: na³-yi²-kŏ kao¹ mŏ welcher ist hoch? (von mehreren, also der höchste).

Meist wird zum Positiv indes ein Adverb gesetzt, welches den höchsten Grad ausdrückt, wie ting³ (in Peking auch t'ing³) außerordentlich, im höchsten Grade, tsúi⁴ im höchsten Grade, z. B.: na⁴-kŏ šan¹ ting³ kao³ jener Berg ist am höchsten.

Anm. Man merke: tá⁴-örh²-tse der älteste Sohn, tá⁴-ku-niàng² die älteste Schwester (oder Tochter).

Beliebt sind auch folgende Umschreibungen:

a) tsai⁴ méi² yo³ pi³ čê⁴-kŏ hăo³ ti = außerdem giebt es im Vergleich zu diesem nichts Gutes = dies ist das Beste;

b) pi³ šei² tōu¹ hăo³ besser als irgend einer = der Beste, pi³ šęn³-mŏ tōu¹ hăo³ besser als irgend etwas = das Beste.

§ 308. Der Grad des Unterschiedes bei einer Vergleichung wird folgendermaßen ausgedrückt:

a) etwas, ein wenig, um ein wenig: hăo³ hsiè'rh¹ etwas besser; hăo³ yi⁴ tiěⁿrh³ ein wenig besser; hăo³ hsiè¹ etwas besser; liao⁴ hăo⁴ yi⁴-tiěⁿrh³ um ein Geringes besser;

b) viel, um vieles: hăo³ tó¹ lä viel besser (wörtlich: besser u. z. ist es viel geworden);

c) nicht viel: hăo³ pu⁴ to¹ nicht viel besser (wörtlich: besser u. z. ist es nicht viel).

§ 309. Die Vergleichung der Gleichheit vollzieht sich nach folgenden Mustern:

a) pa³ čien² ho² t'a¹ ming⁴ yi²-kŏ yaⁿᵍ'rh⁴ (vergl. unten das Lesestück vom ins Wasser gefallenen Geizhals);

b) dieser ist nicht so hoch wie jener = čê⁴-kŏ mei² yo³ ná⁴-ko·(na⁴-mŏ) hăo³ = was diesen anlangt, (so) ist jener nicht (so) hoch vorhanden*).

§ 310. Eigenschaftswörter können ersetzt werden

a) durch Hauptwörter im Genitiv, besonders um den Stoff und die Herkunft zu bezeichnen, z. B.: čin¹

---

*) A. S. 235 übersetzt irrig: dies hat nicht jenes so gut (!).

ti wán³ eine goldene Taſſe, čung¹-kuo² ti ma³ chineſiſche Pferde.

Doch pflegen Stoffbezeichnungen und Ortsnamen ſtatt deſſen ebenſo gern mit dem folgenden Hauptworte zu einer Zuſammenſetzung zu verſchmelzen, z. B.: čin¹-wan³ (Goldtaſſe), čung¹-kuo²-ma³ (China-Pferde).

Das im Genitiv ſtehende Hauptwort kann auch ſeinerſeits näher beſtimmt ſein, z. B. durch ein Für-wort oder ein Zahlwort: čě⁴ yang⁴ ti tung¹-hsi¹ Dinge dieſer Art = derartige Dinge, san¹ nien² ti örh²-tsę ein Knabe von drei Jahren = ein drei-jähriger Knabe;

b) durch ein **attributives Partizip** (d. h. alſo durch den Genitiv eines ſubſtantivierten Infinitivs), z. B.: t'iao⁴ ti ma³ ein ſpringendes Pferd;

c) durch ein ſubſtantiviſch gedachtes Adverb oder eine adverbiale Wendung mit folgendem Genitivzeichen ti, z. B.: čin¹-t'ien¹ ti hsin⁴ der heutige Brief; na'rh⁴ ti ma³ die dortigen Pferde.

Wörter zum Übungstext.

yá¹ ⎫
wú¹-ya¹ ⎬ Rabe
lao³-ya¹ ⎭

kuei¹ ⎫
wú¹-kuei¹ ⎬ Schildkröte

ciang¹ Strom

hsiung¹ Erſtgeburtsrecht

án⁴-pien¹ ⎫
pién¹-an⁴ ⎬ Ufer

tá⁴-ko¹ älterer Bruder

ti⁴ jüngerer Bruder

č'ï¹ Flügel

ná⁴-pien¹ das jenſeitige Ufer

čě⁴-pien'rh¹ das diesſeitige Ufer — diesſeits

čung¹-čien¹ Mittelraum

pien¹ Seite, Ufer

šęn² Geiſt

šęng¹ Laut

č'ęng¹ ſtreiten um

t'ung² zuſammenſein mit

tu³ wetten

fei¹ fliegen

čan² ausbreiten

p'a² kriechen

yi¹ einverſtanden ſein mit

čiáo⁴ rufen

tao⁴ ſagen

wei² machen

čie²-pai⁴ hsiung¹-ti⁴ Blutsbrüder-ſchaft ſchließen

féi-kuo⁴-č'ü⁴ hinüberfliegen über

kúo⁴-č'ü⁴ hinübergehen über

kúo⁴-lai² hinüberkommen über

tá²-yęn² antworten

yi²-hsin¹ Verdacht ſchöpfen

huan²-tao²-č'ü⁴ zurückkehren

ying⁴ šęng¹ (einen Laut ant-worten =) antworten

liu² šęn² (den Geiſt zurückhalten =) ſich faſſen

húng²-p'ien¹ betrügen

šang¹ táng¹ hineinfallen

hsien¹ zuerſt

bou⁴ danach, ſpäter

šui² derjenige, welcher

tsę⁴-čï³ ſelbſt

tsao³ längſt

pu² lun⁴ ohne Rückſicht darauf, ob . . .

yi⁴-č'i² zuſammen

yüan²-lai² wirklich

Chineſ. Konv.-Grammatik. 11

Zusammenhängender Text.

ya¹ kuei¹ č eng¹ hsiung¹.

ta⁴ čiang¹ an⁴-pien¹ yi²-kŏ wu¹-ya¹ t'ung² wu¹-kuei¹
čie²-pai⁴ hsiung¹-ti⁴. tŏu¹ yăo⁴ tso⁴ hsiung¹. wu¹-kuei¹
šuo¹: yo³ yi²-kŏ fa²-tse. tsa²-men tu³ kuo⁴ čiang¹. šui²
hsien¹ kuo⁴-č'ü⁴, čiu⁴ šI⁴ ta⁴-ko¹, hou⁴ tao⁴ ti wei² ti⁴.

wu¹-ya¹ an⁴ hsiang³: t'a¹ ti fa²-tse, tse̦⁴-či³ šang⁴
lă tang¹. wo³ čiang¹ liang³ č'I⁴ čan³, čiu⁴ fei¹-kuo⁴
čiang¹ č'ü⁴; wu¹-kuei¹ pu³ lun¹ p'a³ ti k'uai⁴ man⁴, ye³
tê³ pan⁴ t'ien¹ ti kung¹-fu¹, ts'ai² kuo⁴ tŏ² č'ü⁴.

wu¹-ya¹ šuo¹: čiú⁴ yi¹ ni³ ti fa²-tse. wu¹-ya¹ čiu⁴
fei¹-kuo⁴-č'ü⁴ čiăo⁴: wu¹-kuei¹, kuo⁴-lai² lă mŏ?

wu¹-kuei¹ ta²-ye̦n¹ šuo¹: tsao³ kuo⁴-lai² lă. wu¹-ya¹
yi²-hsin¹ šuo¹: t'a¹ tse̦n³-mŏ ne̦ng² čê⁴-mŏ k'uai⁴! ho²
wu¹-kuei¹ šuo¹: tsa²-men tsai⁴ tu³ yi⁴ hui² huan¹-tao⁴
na⁴-pien¹ č'ü⁴, hsien¹ tao⁴ ti wei² hsiung¹.

wu¹-kuei¹ šuo¹: he̦n³ hăo³! wu¹-ya¹ yo⁴ fei¹ tao⁴
čiang¹ čê⁴-pienⁿ'rh¹ lai², t'ai¹ čiăo⁴: wu¹-kuei¹, tsai⁴ na'rh³?
wu¹-kuei¹ ta²-ye̦n²: tsai⁴ čê'rh⁴ ni.

wu¹-ya¹ šuo¹: tsa²-men tsai⁴ tu³ yi⁴ hui²! wu¹-
kuei¹ šuo¹: he̦n³ hăo³. wu¹-ya¹ fei¹ č'i³ tsai⁴ čiang¹
čung¹-čien¹ čiăo⁴, tao⁴: wu¹-kuei¹, tsai⁴ na'rh³?

hu¹ čien¹ čiang¹ liang³ pien¹-an⁴ šang⁴ yi⁴ pien¹
yi²-kŏ, liang³-kŏ wu¹-kuei¹, yi⁴-č'i² ying⁴ še̦ng¹ šuo¹:
tsai⁴ čê'rh⁴ ni.

wu¹-ya¹ liu² še̦n² yi² k'an⁴: yüan²-lai³ šI⁴ ni³-men
liang³-kŏ wu¹-kuei¹ hu̦ng³-p'ien⁴ wo³ yi¹-kŏ hăo³ že̦n² ni.

Erläuterungen.

ya¹ kuei¹ = der Rabe und die Schildkröte.
ta⁴ čiang¹ an⁴-pien¹ = ta⁴ čiang¹ ti an⁴-pien¹; an⁴-pien¹
steht im Adverbialkasus auf die Frage wo?
t'ung² ist transitives Verbum.
tŏu¹, hier nur auf zwei bezüglich, daher: beide.
tso⁴ und später *wei²* = etwas sein. Vergl. die Bemerkung S. 146.
tu³ kuo⁴ = wetten zu überschreiten.
šui² hier nicht fragend, sondern bezüglich.
hou⁴ tao⁴ ti der später kommende, attributives Partizip.
t'a¹ ti fa²-tse ist absoluter Kasus: was sein Mittel anlangt,
so wird er selbst hineinfallen (wörtlich: ist er selbst hineingefallen.
čiang¹ liang³ č'I⁴ = vorgestelltes Objekt; čiang¹ = pa³ (§ 276).
čan³ = wenn ich ausbreite.
fei¹-kuo⁴ čiang¹ č'ü⁴. Über die Trennung des Kompositums
und die Stellung des Objekts vergl. § 279.

pu^2 lun^1, adverbiales Partizip = nicht berücksichtigend, ohne zu berücksichtigen. Die Konjunktionen „ob ... oder ob" werden danach nicht besonders ausgedrückt. — p'a^2 ti ist umschreibender Aorist = p'a^2.

ye^2 tê^2 = auch wenn sie bekommt, adverbiales Partizip.

ts'ai^4 kuo^4 tê^2 č'ü^4 = kann sie nur eben hinüberkommen. Über tê^2 (= können) vergl. § 362.

neng^2 čê^2-mo k'uai^4 kann so schnell sein (vergl. § 299).

ho^4 . . . . šuo^1 = sagen zu. Seltener statt kāo^4-ꞑu^4 mit dem Objektskasus.

čiang^1 čê^2-pien^n'rh^1 = čiang^1 ti čê^2-pien^n'rh^1.

č'i^2 tsai^4 čiang^1 (ti) čung^1-čien^1 = von in dem Mittelraum des Flusses = von der Mitte des Flusses aus.

čiang^1 liang^2 pien^n-an^4 sang^4 = auf (šang^4) den beiden (liang^2) Ufern (pien^n-an^4) des Flusses (čiang^1 = čiang^1 ti). — yi^4 pien^1 yi^2-kŏ = auf (je) einem Ufer eine = auf jedem Ufer eine.

ying^4 = welche antworteten (§ 330).

liu^2 šen^2 indem er sich faßte (adverb. Partizip). — yi^4 k'an^4 sobald er sah.

Fünfzehnte Lektion. — ti^4-ši^2-wu^3 k'o^4.

Die Fürwörter.

(Erweiterung der §§ 207—215.)

Die persönlichen Fürwörter.

§ 311. Das persönliche Fürwort *wo^3* wird in höflicher Rede gern vermieden und durch Ausdrücke, welche Bescheidenheit und Unterwürfigkeit zur Schau tragen, ersetzt. Hierher gehören z. B.: hsiao^3 ti der Kleine (von Dienern gegenüber dem Herrn), hsiúng^1-ti^4 der jüngere Bruder.

Beamte gebrauchen auch ihre Amtsbezeichnung mit vorgesetztem pen^3, z. B.: pén^3-lïng^3-sï^4 ich, der Konsul.

§ 312. Statt *wo^3 ti* (mein) gebraucht man in höflicher Rede einmal die Genitive von hsiao^3 ti und hsiúng^1-ti^4 sowie ferner die Adjektive bezw. Substantive: hsiao^3 (klein), pi^4 (ärmlich, gering), čien^4 (wertlos, geringwertig), han^2 (kalt), čia^1 (Haus-, Familien-), šê^4 (Hütte), pen^3 (Wurzel). Meist handelt es sich dabei um feststehende Verbindungen mit Verwandtschaftsbezeichnungen u. dgl.

hsiao^3-örh^2 mein Sohn
hsiao^3 niáng^2-tse meine Frau
pi^4-kuo^2 (das ärmliche Land =) mein Vaterland, mein Heimatsland

pi^4-hsing^4 (der ärmliche Familienname =) mein Name
pi^4-yo^3 (der ärmliche Freund =) mein Freund
čien^4-hsing^4 (der wertlose Familienname =) mein Name

11*

ćién⁴-nei¹ (das wertlose Jn=
  nere =) meine Frau
ćién⁴-ŝl⁴(die wertlose Wohnung
  =) meine Frau
hán²-ćia¹ (das kalte Haus =)
  meine Familie
hán²-ŝĕ⁴ (die kalte Hütte =)
  meine Familie   ᶠVater
ćiá¹-fu⁴ (Hausvater =) mein
ćiá¹-mu³ (Hausmutter =)
  meine Mutter

ćiá¹-hsiung¹ (Hausbruder =)
  mein älterer Bruder
ćiá¹-ćie³ (Hausschwester =)
  meine ältere Schwester
ŝĕ⁴-hsia⁴ (die Unterseite der
  Hütte =) meine Wohnung
ŝĕ⁴-ti¹ (Hüttenbruder =) mein
  jüngerer Bruder
ŝĕ⁴-mei¹ (Hüttenschwester =)
  meine jüngere Schwester
pén³-kuo³ mein Vaterland.

§ 313. Die Anrede *ni³* entspricht sowohl dem deutschen
„du" wie dem deutschen „Sie". Im letzteren Sinne gebraucht man häufig die längere Form nin³ oder ni³-na⁴
(auch nin²-na⁴).

In höflicher Rede werden indessen gern Hauptwörter
dafür gebraucht, welche die überragende Stellung des An=
geredeten kennzeichnen, z. B.:

láo³-ye² (alter Vater =) Herr; Sie
  hsién¹-ŝęng¹ (früher Geborener =) Lehrer, Herr; Sie
  lao³-hsiúng (alter älterer Bruder =) Herr; Sie (zu älteren
  ta⁴-kó¹ (großer älterer Bruder =) Herr; Sie [Personen)
  ni³-láo³*) (du Alter =) Herr (im Verkehr der unteren
    Stände)
  kó²-hsia⁴ (der unter der Ratshalle =) Herr; Sie
  tsún¹-ćia⁴ (ehrwürdiger Wagen =) Sie

Hochstehende Personen werden mit tá⁴-lao³-ye² (großer
alter Vater) oder, falls sie Ministerrang haben, mit tá⁴-ŝęn
(großer Mann) angeredet.

§ 314. Für das besitzanzeigende Fürwort „Ihr" (auf
eine Person bezüglich) gebraucht man in höflicher Rede den
Genitiv nin³ ti**), sowie die Genitive der in § 313 aufge=
führten Hauptwörter, welche als Höflichkeitsanrede gebraucht
werden, z. B.: tá⁴-ŝęn² ti t'ién²-ti⁴ Eurer Excellenz Stand=
punkt, oder Ihr Standpunkt, Excellenz.

§ 315. Häufig verwendet man aber statt dessen eines
der folgenden Eigenschaftswörter und attributiven
Partizipien, meist in Zusammensetzungen und fest=

---

*) In Tientsin ni³-lă ausgesprochen.
**) Aber nicht ni³-na⁴ ti oder nin²-na⁴ ti, welche ungebräuchlich sind.

stehenden Verbindungen: kuei^4 (teuer, wert, geehrt), ling^4 (befehlend), tsun^1 (ehrwürdig), kao^1 (hoch), pao^3 (kostbar, schätzbar), z. B.:

kuei^4-hsíng^4 (der werte Familienname =) Ihr Name *)

kuei^4-kán^4 (die werte Beschäftigung =) Ihr Geschäft**)

kuei^4-kuó^2 (das werte Land =) Ihr Heimatland***)

kuei^4-fú^3 (der werte Palast=) Ihre Wohnung

kuei^4-č'ú^4 (der werte Ort =) Ihre Wohnung

kuei^4-kéng^1 (das werte Alter =) Ihr Alter†)

ling^4-tsún^1 (der befehlende Ehrwürdige =) Ihr Herr Vater

ling^4-ts'ó^2(die befehlende Zarte =) Ihre Frau Mutter

ling^4-kao^1-t'áng^2 (die befehlenden hohen Hallen =) Ihre verehrten Eltern

ling^4-hsiúng^1 (der befehlende ältere Bruder =} Ihr (älterer) Herr Bruder

ling^4-tí^4 (der befehlende jüngere Bruder=) Ihr (jüngerer) Herr Bruder

ling^4-ái^4 (die befehlende Geliebte =) Ihr Fräulein Tochter††)

ling^4-láng^4 (der befehlende Sohn =) Ihr Herr Sohn

ling^4-kúng^1 (der befehlende Mann =) Ihr Herr Sohn

ling^4-sao^4-čün (der befehlende junge Fürst =) Ihr Herr Sohn

ling^4-čęng^4 (die befehlende Rechte =) Ihre Frau Gemahlin

tsun^1-t'áng^2 (die ehrwürdige Halle =) Ihre Frau Mutter

tsun^1-č'í^3 (das ehrwürdige Alter =) Ihr Alter?

kao^1-míng^2 (der hohe Zuname =) Ihr Zuname?

kao^1-sóu^4 (das hohe Alter =) Ihr Alter?†††)

pao^3-hio^4 (die schätzbare Firma =) Ihre werte Firma

pao^3-háng (die schätzbare Firma =) Ihre werte Firma.

§ 316. Neben t'a^1 (er, sie, es) besteht noch die Form t'an^1, deren Gebrauch von besonderer Höflichkeit zeugt. Außerdem werden aber in höflicher Rede zur Bezeichnung

*) In dieser Form auch als Frage gebraucht: Wie ist Ihr werter Name?

**) Auch: Was führt Sie her?

***) Auch: Wo sind Sie her?

†) = wie alt sind Sie?

††) Ein anderer Ausdruck dafür ist č'ien^1-čín^1 (die tausend Goldstücke).

†††) Wenn der Gefragte alt ist. Junge Personen fragt man: č'ing^1-č'ún^1 (die blühenden Frühlinge =) Ihr Alter?

der dritten Person dieselben Ausdrücke verwendet, die für die zweite Person (§ 313) üblich sind.

Neben t'a¹ ti (sein, ihr) gebraucht man t'an¹ ti, sowie die Genitive der in § 313 aufgeführten Ausdrücke.

Ebenso können die in § 315 verzeichneten Ausdrücke auch für die dritte Person gebraucht werden.

§ 317. Neben wo³-men findet sich die Form tsá²-men (oft tsá²-men gesprochen.) Tsá²-men schließt die angeredete Person stets ein, wó³-men schließt sie meist aus; wo³-men kann immer gebraucht werden, tsá²-men nur, wenn die an= geredete Person nicht ausgeschlossen ist.*)

Den Singularen hsiǎo³ ti und hsiúng¹-ti⁴ entsprechen die Plurale: hsiǎo³-ti-men und hsiúng¹-ti⁴-men = wir.

Für wo³-men ti (unser) kann in dem oben erörterten Falle auch tsá¹-men ti eintreten, ebenso die Genitive hsiǎo³-ti-men ti und hsiúng¹-ti⁴ men ti.

Die in § 312 verzeichneten Ausdrücke sind auch (soweit die Bedeutung es gestattet) mit Beziehung auf mehrere Personen zulässig, also pi⁴-hsing⁴ = unser Name.

§ 318. Nin³, nin²-na⁴ und ni³-na⁴ (§ 313) bilden keine Mehrzahl.

Dagegen werden in höflicher Rede statt ni³-men z. T. die Plurale der in § 313 verzeichneten substantivischen Aus= drücke gebraucht, u. z. in der durch ihre Reihenfolge ge= kennzeichneten Abstufung a) tá⁴-žen³-men, b) tá⁴-lao³-ye³-men, c) lǎo³-ye²-men, d) kó²-hsia²-men, e) hsién¹-šeng¹-men.

Die Genitive dieser Plurale werden an Stelle von ni³-men ti wie besitzanzeigende Fürwörter verwendet.

Die in § 315 aufgeführten Ausdrücke sind auch bei der Anrede an mehrere zulässig, also ling⁴-tsun¹ = ni³-men ti fu⁴-č'in¹.

§ 319. Von t'an¹ (= t'a¹) wird eine Mehrzahl nicht gebildet. Die in § 318 aufgeführten Hauptwörter im Plural können auch die dritte Person bezeichnen, z. B. lǎo³-ye²-men mei² yo³ lai² die Herren sind nicht gekommen = a) Sie (meine Herren) sind nicht gekommen, b) sie (die Herren) sind nicht gekommen.

Die in § 315 verzeichneten Ausdrücke können in höflicher Rede auch für die dritte Person in der Mehrzahl gebraucht werden, z. B. ling⁴-tsun¹ = t'a¹-men ti fu⁴-č'in¹.

---

*) Der Singular tsa¹ (ich, aber auch „wir") ist veraltet.

Die unpersönlichen Fürwörter „es“ und „man“.

§ 320. Das deutsche Fürwort „es“ wird als Subjekt und Objekt durch t'a[1] nur dann wiedergegeben, wenn es sich auf eine Personenbezeichnung bezieht, die im Deutschen sächlichen Geschlechts ist.

§ 321. In allen anderen Fällen wird das deutsche „es“ im Chinesischen nicht ausgedrückt, so beispielsweise auch nicht als grammatisches Subjekt bei nachgestelltem logischen Subjekt, wie in dem Satze: Es kamen viele Leute = lai[2] la hảo[3]-hsie[1]-kŏ žęn[2].

Hierher gehört auch der Fall, daß „es“ als grammatisches Subjekt durch die Kopula „sein“ mit einem Adjektiv als Prädikat verbunden ist, worauf dann ein (als Subjekt aufzufassender) Infinitiv mit „zu“ oder ein Satz mit „daß“ folgt, z. B.: Es ist nicht gut, abends auszugehen = pu[4] hảo[3] wan[3]-šang[4] č'u[1] męn[2] oder wan[3]-šang[4] č'u[1] męn[2] pu[4] hảo[3].

Ebensowenig bei den Zeitwörtern, welche Witterungserscheinungen ausdrücken, z. B.: Es regnet (im Chinesischen: Regen fällt herab =) hsia[1] yü[3].

Ferner bleibt es unausgedrückt, wenn es sich auf einen bereits erwähnten Vorgang oder eine Handlung bezieht, z. B.: Ich habe es vergessen = wo[3] či[4]-wang[4] la.

§ 322. Wenn ein Zeitwort im Chinesischen ganz ohne Subjekt auftritt, auch aus dem vorhergehenden ein Subjekt nicht zu ergänzen ist, so entspricht dies im Deutschen einem Verbum mit dem unbestimmten Subjekt „man“, z. B.: šuo[1] = man sagt.

Doch kann das Fürwort „man“ auch durch žęn[2] (die Leute) oder durch žęn[2]-žęn[2] (alle Leute) wiedergegeben werden.

Die hinweisenden Fürwörter.
(Erweiterung zu den §§ 210—212.)

§ 323. čĕ[4] und na[4] (ohne Zählwort) können substantivisch und adjektivisch gebraucht werden; substantivisch jedoch nur, wenn sie im Subjekts- oder im absoluten Kasus stehen. Sie bezeichnen alsdann sowohl Personen wie auch Sachen und werden auch neutral in Beziehung auf vorerwähnte Handlungen, Vorgänge oder Umstände gebraucht, entsprechen also auch unserem neutralen „das“.

§ 324. Adjektivisch (d. h. vor folgendem Hauptwort) können čê⁴ und na⁴ nur in folgenden Fällen gebraucht werden:

   a) wenn noch ein Zahlwort folgt;
   b) in der abgeschwächten Bedeutung des bestimmten Artikels (vergl. § 260);
   c) (vor Zählwörtern und) solchen Wörtern, welche eine Maßeinheit bezeichnen (vergl. § 236);
   d) in bestimmten feststehenden Verbindungen und Zu= sammensetzungen, z. B. čê⁴-yang⁴ (auf diese Weise, so). čê⁴-k'uᵃˡ'örh⁴ oder čê⁴-hᵃˡ'örh⁴ (an dieser Stelle =) hier, na⁴-pien¹ (auf jener Seite, dort), na⁴-k'uᵃˡ'örh⁴ oder na⁴-hᵃˡ'örh⁴ (an jener Stelle =) da, dort.

§ 325. In allen anderen Fällen müssen čê⁴ und na⁴ ebenso wie die Zahlwörter mit einem Zählwort verbunden werden, und zwar werden dieselben Zählwörter gebraucht, die in Verbindung mit Zahlwörtern üblich sind. Wo ein spezielles Zählwort nicht angewandt wird, tritt eben das allgemeine Zählwort kô hinter die hinweisenden Fürwörter.

§ 326. Neben den in § 167 aufgeführten Plural= formen sind auch noch die Formen čê⁴-čî³ und na⁴-čî³ in Gebrauch.

§ 327. Von čê⁴ und na⁴ werden die nachfolgenden Adverbien abgeleitet:

   a) durch die Postposition li³; čê⁴ li³ (an dieser Stelle =) hier, und na⁴ li³ (an jener Stelle =) da, dort;
   b) mit dem Suffix örh; čê'rh⁴ (diese Stelle =) hier, na'rh⁴ (jene Stelle =) da, dort;
   c) mit dem Suffix mô: čê⁴-mô (spr.: čêmô), na⁴-mô (spr.: namô) so (vor Eigenschaftswörtern und Zeit= wörtern).

In Verbindung mit wang³ (nach . . . hin) hat čê⁴-mo die Bedeutung „hier" na⁴-mo die Bedeutung „dort".

Absolut d. h. außerhalb der Verbindung mit einem Eigenschaftswort (oder Zeitwort) gebraucht man čê⁴-mô-čô und na⁴-mô-čô (das angehängte čô wird häufig wie čî gesprochen).

čê⁴-mô und na⁴-mô können auch mit kô verbunden werden und entsprechen dann dem deutschen „so einer"

= ein solcher. Auch čĕ⁴-mó yĭ²-kŏ kommt in gleicher
Bedeutung vor.

čĕ⁴-mó hsie¹-kó und na⁴-mó hsie¹-kó bedeuten
„soviel, soviele“.

d) ná⁴-čiu¹, weniger häufig ná⁴-mó čiu⁴, bedeutet „dann*)“,
d. h. unter diesen Umständen, in diesem Falle.

§ 328. Die hinweisenden Fürwörter derjenige,
diejenige, dasjenige; der, die, das, insofern sie
auf ein folgendes bezügliches Fürwort sich beziehen, werden
gewöhnlich nicht ausgedrückt, doch können sie (substantivisch
gebraucht) durch žęn² bezw. tung¹-hsi (šĭ⁴-č'ing²) oder durch
die substantivischen hinweisenden Fürwörter (§ 210), andererseits (adjektivisch gebraucht) durch čĕ⁴-kó und na⁴-kó gegeben
werden, z. B.:

lai² ti (na⁴-kŏ) žęn² derjenige (der) Mensch, welcher
gekommen ist

mai⁴ šú ti (žęn²) derjenige, welcher Bücher verkauft

yo³ ti (tung¹-hsi¹) das, was vorhanden ist u. f. w.

Ersatz des rückbezüglichen Fürwortes.

§ 329. Ein rückbezügliches Fürwort kennt das
Chinesische nicht.

Die deutschen rückbezüglichen Zeitwörter werden im
Chinesischen meist durch einfache Zeitwörter oder durch phra-
seologische Umschreibung wiedergegeben, z. B.:

p'a⁴ sich fürchten vor

kuan³ sich kümmern um

hsiang³ sich sehnen nach.

Häufig dienen die Wörter šęn¹ (Körper) und hsin¹
(Herz) zur Umschreibung des rückbezüglichen Fürwortes, z. B.:

č'i³ šęn¹ den Körper aufstehen lassen = sich aufmachen, sich auf den Weg machen

tung⁴ šęn¹ den Körper bewegen = sich bewegen, sich
aufmachen

liu² hsin¹ das Herz zurückhalten = sich zurückhalten,
sich in acht nehmen.

Das bezügliche Fürwort.

§ 330. Ein besonderes bezügliches Fürwort giebt es
im Chinesischen nicht; Relativsätze werden vielmehr entweder

---

*) Wörtlich: (wenn) das (ist), so . . bzw. (wenn es) so (ist), so . .

mit Hülfe des attributiven Partizipiums ausgedrückt oder ohne besondere Verbindung dem Worte, auf welches sie sich beziehen, nachgefügt.

§ 331. Das letztere ist indessen ziemlich selten und hauptsächlich auf den Fall beschränkt, daß das Hauptwort, zu welchem der Relativsatz gehört, Subjekt des Verbums yo^3 (es ist vorhanden), ist z. B.: yo^3 żęn^2 lai^2 = es giebt Leute, welche kommen.

Doch ist diese Ausbrucksweise nur bei kurzen Relativ= sätzen üblich, bei längeren wendet man das attributive Partizipium an.

§ 332. Die gewöhnlichste Art, einen Satz als nähere Bestimmung eines Hauptwortes (dies ist ja das eigentliche Wesen des Relativsatzes) zu charakterisieren, besteht im Chinesischen darin, daß man das Zeitwort dieses Satzes in das attributive Partizipium setzt. Dies heißt, genau besehen, nach § 191 nicht anders, als daß man das Verbum in den Infinitiv setzt, diesen substantiviert und wie jedes andere Substantiv, das zur näheren Bestimmung eines Haupt= wortes verwendet wird, in den Genitiv setzt, z. B. lai^2 ti żęn^2 = der Mann des Kommens = der kommende Mann = der Mann, welcher kommt.

§ 333. Für gewöhnlich wird in Relativsätzen nur das attributive Partizipium des Aorists (beziehungsweise der Genitiv des substantivierten Infinitivs im Aorist) ver= wendet; doch kommt mitunter der Infinitiv des Perfekts (besonders mit kuo^4) im Genitiv vor, z. B.: lai^2 ti żęn^2 = der Mann, welcher kommt, kam, gekommen ist, gekommen war, kommen wird; lai^2 kuo^4 ti żęn^2 = der Mann, welcher gekommen ist.

§ 334. Wie weiter oben bereits erwähnt, behält auch der substantivierte Infinitiv insoweit seine verbale Kraft, daß er ein Subjekt im Subjektskasus und ein Objekt im Objektskasus zu sich nehmen kann, während der sub= stantivierte Infinitiv (oder gleichwertige Verbal=Substantive) im Deutschen das Subjekt im Genitiv und das Objekt ver= mittels einer Präposition zu sich zu nehmen pflegen*).

---

*) Z. B. a) die Furcht (= das Fürchten) des Kindes (= das Kind fürchtet), b) die Furcht vor dem Tode (= man fürchtet den Tob).

Dieser Unterschied ist ganz besonders wichtig und findet sich in ähnlicher Weise auch beim japanischen Zeitwort.*)

§ 335. Hiernach unterscheiden wir folgende Arten von Relativsätzen, wenn wir diesen Ausdruck hier der Kürze wegen einmal für das Chinesische adoptieren wollen:

a) solche ohne Subjekt und zwar**):

α) mit intransitivem Zeitwort, z. B. lai² ti ʒen³ = der Mann, welcher kommt,

β) mit transitivem Zeitwort, z. B. mai³ ti šu¹ = die Bücher, welche man kauft (vergl. § 322);

b) solche mit Subjekt, aber ohne Objekt. Das Zeitwort ist in diesem Falle stets transitiv, z. B.: t'a¹ mai³ ti šu¹ = die Bücher, die er kauft (kaufte, kaufen wird u. s. w.);

c) solche mit Objekt, z. B.: la¹ č'ê¹ ti ma³ = das Pferd, welches den Wagen zieht.

Selbstredend gilt auch hier die Regel, daß das Subjekt vor und das Objekt hinter dem Zeitwort steht. Auch adverbiale Bestimmungen und ein indirektes Objekt können natürlich mit dem Zeitwort des Relativsatzes verbunden sein und haben die gewöhnliche Stellung. Die Genitivpartikel ti — dies muß unter allen Umständen festgehalten werden — steht jederzeit unmittelbar vor dem Hauptworte, auf welches sich der Relativsatz bezieht. z. B.: die Bücher, welche ich dir gegeben habe: wo³ kei³ ni³ ti šu¹.

§ 336. Nach dem bisher Gesagten ist es augenscheinlich, daß der Fall der Abhängigkeit des bezüglichen Fürwortes von einem Verhältniswort im Chinesischen nicht in Frage kommen kann. Auch wenn im Deutschen das bezügliche Fürwort mit einer Präposition verbunden ist, tritt im Chinesischen stets dieselbe Ausdrucksweise vermittels des attributiven Partizipiums ein, z. B.: die Feder, mit welcher (oder womit) ich schreibe, chinesisch = die Feder des ich-Schreibens Schriftzeichen***) = wo³ hsie³ tse¹ ti pi³.

---

*) Doch zeigt das japanische Zeitwort insofern bereits eine Annäherung an den deutschen Sprachgebrauch, als das Subjekt in dem oben bezeichneten Falle auch im Japanischen im Genitiv stehen kann. Das Objekt freilich steht, wie im Chinesischen, stets im Objektskasus.

**) Wenn man die äußerliche Auffassung beibehält, daß ti ein eigentliches Relativpronomen sei (wie z. B. Arendt es thut), so würde man auch sagen können: solche, in denen das Relativpronomen Subjekt ist.

***) Wegen der Hinzufügung dieses Objekts vergleiche § 280.

§ 337. Wenn der Relativsatz sich auf *ên²* oder *tung¹-hsi¹* (bezw. ší⁴ oder ší⁴-ô'ing³) bezieht, so werden diese Hauptwörter als leicht ergänzbar häufig ausgelassen, so daß der Relativsatz alsdann ohne Anlehnung an ein Hauptwort allein zu stehen scheint. Solche Sätze entsprechen unseren Relativsätzen, sofern solche eingeleitet sind mit:

derjenige, welcher   dasjenige, welches
einer, welcher   etwas, was
jemand, der   das, was
Leute, welche   Dinge, welche
wer u. s. w.   was u. s. w.

Durch derartige Wendungen wird ein großer Teil unserer zusammengesetzten Hauptwörter wiedergegeben, deren Grundwort eine handelnde Person bezeichnet und deren Bestimmungswort das von der Handlung betroffene Objekt ausdrückt. (Vergl. § 90.)

Seltener wird „derjenige, welcher" auch durch šui² ausgedrückt. Ein Beispiel siehe auf S. 162.

§ 338. In seltenen Fällen kann der Genitiv des substantivierten Infinitivs (also das attributive Partizipium beziehungsweise der Relativsatz) auch ohne ti gebildet werden. Doch gehört diese Redeweise im allgemeinen mehr der Schriftsprache an.

§ 339. Mitunter tritt vor das Verbum des Relativsatzes die Partikel *so³*, häufiger indessen nur in dem Falle, daß der Relativsatz absolut (das heißt ohne regierendes Hauptwort) steht und tung¹-hsi¹ oder ší⁴ zu ergänzen ist.

Häufig ist indessen die Wendung so³ yo³ ti = (alles) was es giebt.

Wenn so³ vor dem Verbum steht, wird die Genitivpartikel ti mitunter ausgelassen; doch gehört dieser Sprachgebrauch mehr der Schriftsprache an.

Das gegenbezügliche Fürwort.

§ 340. Das deutsche „gegenseitig, einander" wird meist durch Wiederholung des Verbums und Umkehrung von Subjekt und Objekt ausgedrückt, z. B. t'a¹ ai⁴ wo³, wo³ ai⁴ t'a¹ = er liebt mich (und) ich liebe ihn = wir lieben einander, wir lieben uns gegenseitig (oder auch bloß: wir lieben uns).

Das Eigenschaftswort hsiang¹ (gegenseitig), als Adverb gebraucht, dient gleichfalls zum Ersatz des gegenbezüglichen Fürworts, z. B.:

hsiang¹ hāo³ einander gut sein = einander befreundet sein

hsiang¹ ai⁴ einander lieben

hsiang¹ čien⁴ einander sehen (Subst. Begegnung)

hsiang¹ čin⁴ einander nahe sein

hsiang¹ ho² miteinander harmonieren

hsiang¹ hsiang⁴ einander entgegengesetzt sein

hsiang¹ lien² miteinander verbinden

hsiang¹ pang¹ einander helfen u. s. w.

Das Fürwort „selbst".

§ 341. Das Fürwort „selbst" wird durch tsę⁴-či³ ausgedrückt, z. B. tʻa¹ tsę⁴-či³ lai² lä er ist selbst gekommen; čʻęng⁴ tsę⁴-či³ sich selbst bessern.

Im Genitiv entspricht tsę⁴-či³, mit den persönlichen Fürwörtern verbunden, unserm „eigen", z. B. wo³ tsę⁴-či³ ti čʻién² mein eigenes Geld.

Anm. Mitunter wird či³ allein im Sinne von tsę⁴-či³ gebraucht, z. B. ai⁴ žęn² žu² či³ andere lieben wie sich selbst.

Zusammenhängendes Lesestück.

yaʼ·pa¹ šuo¹ hua⁴.

yo³ i²-kŏ kʻai¹-čiu³-pʻuʼrh⁴ ti, yo³ kŏ hua¹-tsę, šī⁴ ya³-pa¹, čʻang² lai² yāo⁴ čʻien². na² šou³ čī³ tʻa¹ ti i²-kŏ pʻoʻ pʻęn², yo⁴ čī³-čī³ tʻaʼ ti tsui³, moʼ-moʼ tu⁴-tsę. šī⁴ čʻiu² žęn² kei³ tʻaʼ čʻlʼ ti, tʻaʼ tuʼ-tsę liʼ oʼ.

čei⁴-tʻien¹ čêʼ yaʼ-paʼ na²-čŏ či³-kŏ čʻienʼ taoʼ čêʼ čiu³-pʻuʼ taʼ čiu³. mai⁴-čiu³ ti paʼ čiu³ keiʼ tʻaʼ taʼ-šangʼ. ya³-paʼ čie¹-kuo⁴-laiʼ, čʻiao²-iʼ-čʻiao², šuo¹: čʻang³-kuei⁴ ti, ni³ tsaiʼ kei⁴-tʻien¹ iʼ-tienʼrh³ paʼ!

mai⁴-čiu³ ti čʻaʼ-iʼ šuo¹: ni³ pu² šī⁴ čʻaugʼ laiʼ yāo⁴ hsiāo³ čʻienʼrh² ti ya³-paʼ mä. tsęn³-mŏ ni³ činʼrh¹ hui⁴ šuo¹ hua¹ lä. hua¹-tsę šuo¹: ni³ čêʼ-kŏ žęn² hāoʼ hu²-tʻu². pʻing²-čʻang² wo³ i²-kŏ čʻien² tŏuʼ meiʼ yo³, tsęn³-mŏ šuo¹ hua⁴; čêʼ žu²-čin¹ yo³ lä či³-kŏ čʻienʼrh² lä, tsę⁴-žan² šī⁴ čiu hui⁴ šuo¹ hua⁴ lŏ.

Wörter.

yá³-pa¹ ein Stummer	huá¹-tsę Bettler
čiú³-pʻu⁴ Weinladen	pʻęn² Krug
kʻai¹-čiu³-pʻuʼrh⁴ ti Weinladen-	tsui³ Mund
inhaber, Weinhändler	tuʼ-tsę Bauch

o⁴ Hunger
čiǔ³ Wein
mai⁴-čiǔ³ ti Weinverkäufer
čang³-kuei⁴ ti Wirt
čǐ³ zeigen
čǐ³-čǐ³ zeigen
p'o⁴ zerbrechen
mó³-mo³ streichen
č'iu² bitten
ta³ čiu³ Wein trinken
ta²-šang⁴ einschenken
čie³-kuo⁴-lai² an sich nehmen, zu
    sich herannehmen
č'iao² ansehen
kei²-t'ien¹ hinzugeben

č'a⁴-i⁴ staunen
hui⁴ verstehen, können
hú⁴-t'u² dumm
č'ang² fortwährend
p'ing²-č'ang² gewöhnlich, meistens
čei⁴-t'ien¹ eines Tages
čǐ³-kŏ einige
čǐ⁴'rh¹ heute
hǎo³ sehr
čě⁴ žú²-čin¹ gegenwärtig
tsę⁴-žan¹ natürlich
lŏ = lä
mä = mŏ
tsęn²-mŏ wie? wie kommt es,
    daß . . .? wie sollte . . .?

Erläuterungen zum Lesestück.

1. yo³ . . . yo³ es war (einmal) . . . und es war einmal.
2. na² šou³ nehmend die Hand = mit der Hand (§ 252).
3. čǐ³ t'a¹ ti . . . p'ęn² er zeigte auf seinen Krug.
4. t'a¹ ti i³-kŏ p'o⁴ p'ęn², wegen der Wortstellung vergleiche § 294.
5. šǐ⁴ č'iu² = (das) war ein Bitten = damit wollte er die
   Leute bitten.
6. č'ǐ¹ ti, zu ergänzen: tung¹-hsi¹ = etwas zu essen.
7. t'a¹ tu⁴-tsę li³ o⁴ = in seinem Bauche sei Hunger = es
   hungere ihn.
8. čě⁴ statt čě⁴-kŏ vergl. § 260.
9. na²-čǒ besitzend, im Besitze von . . .
10. tao⁴ kommen zu jem. — im Chines. mit direktem Objekt.
11. pa³ čiu³, vorangestelltes Objekt mit pa³, vergl. § 202 c.
12. č'iáo²-i⁴-č'iao², vergl. § 53. Wörtlich: ein Ansehen ansehen
    = einmal ansehen.
13. ni³ pu² šǐ⁴ . . . . ya³-pa¹ mǎ, bist du nicht der Stumme,
    welcher u. s. w.
14. ni³ čě⁴-kŏ žęn² du dieser Mann = du, wie du da bist.
15. wo³ i²-kŏ č'ien² tōu¹ mei² yo³ = was mich anlangt, so ist
    überhaupt (tōu¹) nicht ein Käsch da = ich habe auch nicht
    einen Käsch.
16. yo³ lä = ich habe bekommen, ich habe.
17. č'ie⁴'rh² = č'ien².
18. šǐ⁴, zur Einführung des folgenden Zeitwortes, vergl. § 355.

Sechzehnte Lektion. — ti⁴-šǐ²-liu⁴ k'o⁴.
Übersicht über die Formen des chinesischen Zeitwortes.

§ 342. In der folgenden Übersicht sind sämtliche Formen des
Aorists, des umschriebenen Aorists, des Adverbialtempus
des Aorists, des Perfekts, des umschriebenen Perfekts und
des perfektischen Adverbialtempus verzeichnet.

Die beiden Futura sind mit dem Aorist und dem Perfekt identisch und unterscheiden sich von denselben nur durch die beigefügten Zeitadverbien; der Raumersparnis wegen sind sie daher nicht eigens aufgeführt.

Die Übersicht enthält auch einige Formen, die bisher nicht besprochen waren; das Nähere darüber findet sich in den unten folgenden Bemerkungen.

Die drei aoristischen Tempora.
I. Der einfache Aorist.
a) Der Infinitiv.
Bejahend.

Rein verbal: lai[2] kommen, zu kommen.
Substantivisch: lai[2]
              lài[2] ti tí[4]-fang[1] } das Kommen.
              lái[2] ti

Verneinend.

pú[4] lai[2] nicht kommen, nicht zu kommen.
pú[4] lai[2]
pù[4] lai[2] ti tí[4]-fang[1] } das Nichtkommen.
pù[4] lai ti

b) Der Imperativ.
Bejahend.

Einfach: lai[2] komm! kommt!
Mit Fürwort: ni[3] lái[2] komm!
              ni[3]-men lai[3] kommt!
Mit pa[4]:   (ni[3]) lái[2] pa[4] komm doch!
              (ni[3]-men) lai[2] pa[4] kommt doch!
Mit yāo[4]:   ni[3] yāo[4] lai[2] bitte, komm!
              ni[3]-men yāo[4] lai[2] bitte, kommt!

Verneinend.

píe[2] lai[2] komm nicht! kommt nicht!
ni[3] píe[2] lai[2] komm nicht!
ni[3]-men píe[2] lai[2] kommt nicht!
ni[3] píe[2] yāo[4] lai[2] bitte, komm nicht!
ni[3]-men píe[2] yāo[4] lai[2] bitte, kommt nicht!

c) Der Indikativ.

Bejahend.	Verneinend.
wo³ lái² ich komme, kam, werde kommen.	wo³ pú⁴ lái² ich komme nicht, kam nicht, werde nicht kommen.

d) Das adjektivische Partizip.

a) lái² ti ⎫ kommend.	a) pú⁴ lái² ti ⎫ nicht kommend.
b) lai² ⎭	b) pú⁴ lai² ⎭

e) Das adverbiale Partizip.

lai³ auf dem Wege des Kommens, kommend.	pú⁴ lai³ auf dem Wege des Nichtkommens, nicht kommend.

II. Der umschriebene Aorist.

a) Der Infinitiv.

lai² ti kommen, zu kommen.

b) Der Imperativ.

lai² ti komm! kommt!	pú⁴ lai² ti komm nicht! kommt nicht!

c) Der Indikativ.

Bejahend.

a) wo³ lái² ti
b) wo³ ŝi⁴ lai³ ti } ich komme, kam, werde kommen.

Verneinend.

a) wo³ pú⁴ lai² ti } ich komme nicht, kam nicht, werde
b) wo³ ŝi⁴ pú⁴ lai² ti } nicht kommen.

d) Das adjektivische Partizip.

e) Das adverbiale Partizip.

lai² ti auf dem Wege des Kommens, kommend.	pú⁴ lai² ti auf dem Wege des Nichtkommens.

III. Das aoristische Adverbialtempus.

Bejahend.

a) wo³ lái²
b) wo³ lái² ti } wenn (da, indem, obgleich) ich komme,
c) wo³ ŝi⁴ lái⁴ ti } kam, kommen werde.

Verneinend.

a) wo³ pú⁴ lái²
b) wo³ pú⁴ lái² ti   } wenn (da, indem, obgleich xc.) ich nicht
c) wo³ šl pú⁴ lái² ti   } fomme, fam, fommen werde.

Die drei perfeftifchen Tempora.

I. Das Perfeft.

a) Der Infinitiv.

Bejahend.

a) lái² lä
lái² lä ti ti⁴-fang¹   } das Gefommenfein.
lái² lä ti
b) lái² kuo⁴
lái² kuo⁴ ti ti⁴-fang¹   } das Gefommenfein.
lái² kuo⁴ ti

Verneinend.

mei² lai²
mei² lai² ti ti⁴-fang¹   } das Nichtgefommenfein.
mei² lai² ti

b) Der Imperativ.

lái² liao, lái² lä fomm!   pie² lai² lä fomm nicht!
fommt!   fommt nicht!

c) Der Indifativ.

Bejahend.

a) wo³ lai² lä (liăo³, liao) } ich bin gefommen.
b) wo³ lai² kuo⁴

Verneinend.

a) wo³ méi² lai²   } ich bin nicht gefommen.
b) wo³ méi² yo³ lai²

d) Das adjeftivifche Partizip.

Bejahend.

a) lái² lä ti, lái² kuo⁴ ti } gefommen feiend.
b) lai² lä, lai² kuo⁴

Verneinend.

mei² lai² (ti) nicht gefommen feiend.

c) Das adverbiale Partizip.

Bejahend.

a) lái² lǎ | auf dem Wege des Gekommenseins, ge=
b) lái² kuo⁴ | kommen feiend.

Verneinend.

mei² lai² | auf dem Wege des Nichtgekommenseins, nicht
        | gekommen feiend.

II. Das umschriebene Perfekt.

a) Der Infinitiv.

---

b) Der Imperativ.

Bejahend.	Verneinend.
lai² lǎ ti komm! kommt!	pie² lai² lǎ ti komm nicht! kommt nicht!

c) Der Indikativ.

Bejahend.

a) wo³ lái² lǎ ti
    wo³ lái³ kuo⁴ ti |
b) wò³ šɪ⁴ lái² lǎ ti   } ich bin gekommen.
    wò³ šɪ⁴ lái² kuo⁴ ti |

Verneinend.

wo³ mei² lai² ti |
wo³ mei² yo³ lai² ti | ich bin nicht gekommen.

d) Das adjektivische Partizip.

---

e) Das adverbiale Partizip.

Bejahend.

a) lai² lǎ ti | auf dem Wege des Gekommenseins, ge=
b) lai² kuo⁴ ti | kommen feiend.

Verneinend.

mei² (yo³) lai² ti | auf dem Wege des Nichtgekommenseins,
                  | nicht gekommen feiend.

III. Das perfektiſche Adverbialtempus.
Bejahend.

a) wo³ lái² lä
   wo³ lái² kuo⁴

b) wo³ lái² lä ti
   wo³ lái² kuo⁴ ti

c) wo³ ŝï⁴ lái² lä ti
   wo³ ŝï lai² kuo⁴ ti

wenn (da, indem, obgleich u. ſ. w.)
ich gekommen bin.

Verneinend.

wo³ mei² lai² ti
wo³ mei³ yo³ lai² ti

wenn u. ſ. w. ich nicht gekommen bin.

Erläuterungen zur Überſicht der Verbalformen.

Die drei aoriſtiſchen Tempora.

§ 343. I. Der Aoriſt. Vergl. § 171—173. 190—192. 193 bis 195. Thema: lai².

a) Der Infinitiv: Im Sinne des ſubſtantivierten Infinitivs kann ti⁴-fang¹ mit dem Genitiv des Infinitivs gebraucht werden; ti⁴-fang¹ wird dann als leicht ergänzbar häufig fortgelaſſen.

II. Der umſchriebene Aoriſt. Vergl. § 191 und § 217a. Thema: lai² ti.

c) Der Indikativ: Sehr häufig wird zwiſchen das Subjekt und das adjektiviſche Partizip die Kopula ŝï⁴ geſetzt, die eigentlich (nach § 202 a) ſtets ſtehen müßte, aber oft genug wegbleibt.

III. Das aoriſtiſche Adverbialtempus. Thema: lai² und lai² ti.

Dies Tempus iſt bisher nicht behandelt. Es wird aus dem adverbialen Partizip (lai², lai² ti) gebildet, indem man dasſelbe ins Prädikat ſetzt. So entſtehen die Verbindungen wo³ lai² und wo³ lai² ti. Die Form lai² ti kann auch vermittelſt der Kopula ŝï⁴ mit dem Subjekt verbunden werden.

Was die Bedeutung angeht, ſo dient das Adverbialtempus, wie ſein Name andeutet, zur adverbialen Beſtimmung eines andern Zeitwortes. Wir gebrauchen zu gleichem Zwecke meiſt Nebenſätze mit „wenn, als, da, indem, während, obgleich" u. dergl.

Das Adverbialtempus exiſtiert nur im Indikativ.

Die drei perfektiſchen Tempora.

§ 344. I. Das Perfekt. Vergl. §§ 186. 217 d. Thema: lai² lä oder lai³ kuo⁴; verneint: mei² lai² und mei² yo³ lai².

a) Der Infinitiv. Hinſichtlich der Bildung desſelben vergl. die Bemerkung zu § 342.

b) Der Imperativ iſt dem des Aoriſts (in präſentiſchem Sinne) gleichbedeutend, aber inſofern ſtärker, als er die Ausführung des Befehls als ſchon geſchehen, d. h. als ganz unweigerlich hinſtellt *).

---

*) Ähnliches findet ſich auch in andern Sprachen. So gebraucht der Araber das Perfekt als Ausdruck eines Wunſches.

12*

194

d) Das adjektivische Partizip wird ebenso gebildet wie beim Aorist.

e) Das adverbiale Partizip ist eigentlich (wie im Aorist) der Adverbialkasus des substantivierten Infinitivs des Perfekts.

II. Das umschriebene Perfekt. Vergl. § 217, d. Thema: lai² lĭ ti und z. T. lai² kuo⁴ ti; verneint: mei² (yo³) lai² ti.

a) Das umschriebene Perfekt wird aus dem adjektivischen Partizip des Perfekts gebildet, wie der umschriebene Aorist aus dem adjektivischen Partizip des Aorists.

b) Der Imperativ: Die Form lai² kuo² ti scheint nicht gebräuchlich zu sein.

c) Der Indikativ: Auch hier kann ši⁴ als Kopula eintreten.

§ 345. III. Das perfektische Adverbialtempus ist analog dem aoristischen Adverbialtempus aus dem adverbialen Partizip des Perfekts gebildet und wird wie jenes verwendet, nur daß seine Bedeutung perfektisch ist.

Besonderheiten der Tempusbildung. Weitere umschreibende Formen.

a) Das Futurum der Vergangenheit.

§ 346. Das Futurum der Vergangenheit wird oft durch das Perfekt mit der Partikel pa⁴ (wohl, vermut= lich) ausgedrückt, z. B. t'a¹ lái² lä pa⁴ er ist vermutlich gekommen = er wird (wohl) gekommen sein.

b) Das Perfekt.

§ 347. Die Verba yo³ (dasein), mei³ oder mei² yo³ (nicht vorhanden sein), ši⁴ (sein) und tsai⁴ (darin sein) bilden zwar ein Perfekt, aber mit abweichender Bedeutung.

yó³ lä bedeutet: es ist schon da = es hat sich ge= funden; man hat bekommen = man hat

méi³ yo³ lä | es ist nicht mehr da, es ist alle ge=
méi lä | worden

ši⁴ lä es ist wirklich so, es ist richtig

tsái⁴ lä (immer mit pu²) = nicht mehr am Leben sein.

Das eigentliche Perfekt von yo³ muß durch den Aorist event. mit einem Adverb der Vergangenheit umschrieben werden. Für „ich bin (da und da) gewesen" sagt man meist č'ü⁴ lä (ich bin hingegangen); doch ist auch tai¹ kuo⁴ ge= bräuchlich.

§ 348. Die Partikel lä des Perfekts kann, wenn das Zeitwort mit einem Objekt (oder nachgestelltem Sub= jekt) verbunden ist, auch hinter dieses treten, z. B. wo³ mai³ šu¹ lä = wo³ mai³ lä šu¹.

Im einzelnen Falle entſcheidet der Wohlklang über die Stellung von lä.

Anm. Nicht hierher gehört der Fall*), daß ein adjektiviſches Verbum (vergl. § 299), um den Erfolg einer Handlung zu kennzeichnen, zum Perfekt eines andern Zeitwortes tritt, z. B. t'a¹ hsi³ kán¹-ĕing⁴ lä er hat gewaſchen (und) es iſt rein geworden = er hat rein gewaſchen.

Hier gehört lä zu kán¹-ĕing⁴ (rein ſein), während hsi³ im Aoriſt ſteht, der hier eben nur perfektiſche Bedeutung haben kann.

Nicht ſelten wird die Perfektpartikel doppelt geſetzt, einmal hinter das Zeitwort (dann meiſt in der Form liao), ſowie noch einmal hinter das Objekt (dann lä): wo³ mai³ liao šu¹ lä**).

Dies findet ſich auch, wenn das Subjekt eines Zeitwortes hinter demſelben ſteht: ĕú⁴ liao yü³ lä = yü³ ĕú⁴ lä der Regen hat aufgehört.

§ 349. Zuſammengeſetzte Verben, deren zweiter Teil lai² oder ĕ'ü⁴ iſt, bilden das Perfekt meiſt ſo, daß die Perfektpartikel entweder nur zu dem erſten oder zu beiden Teilen des Kompoſitums tritt, z. B. na² liao ĕ'ü⁴ oder na² liao ĕ'ü⁴ lä er hat weggenommen.

Nach dem erſten Teile lautet die Perfektpartikel ſtets liao.

Verſchieden hiervon iſt der Fall, daß von lai² oder ĕ'ü⁴ ein voraufgehender Infinitiv des Zweckes abhängt, z. B. na² ĕ'ü⁴ lä er iſt gegangen, um (es) zu holen. Hier kann die Perfektpartikel natürlich nur zu ĕ'ü⁴ treten.

§ 350. Statt des einfachen kuo⁴ findet ſich mitunter auch kuo⁴ lä zur Kennzeichnung des Perfekts (vergl. liao lä***).

Die Bedeutung des Perfekts wird häufig dadurch noch beſonders verſtärkt, daß man das betr. Zeitwort mit wan² (vollenden), ſeltener tê (fertig machen) zuſammenſetzt (und zu dem Kompoſitum wie gewöhnlich lä fügt), z. B.

_____

*) Im Gegenſatz zu A.'s Auffaſſung.
**) Dies erklärt ſich ſo, daß das Perfekt von liao³ = liao³ lä zur Bildung des Perfekts eines andern Zeitworts verwendet iſt.
***) A. (S. 372) konſtatiert auch eine in der Umgangsſprache freilich ziemlich ſeltene Perfektbildung durch Verbindung mit tê². Ich glaube nicht, daß dies zu halten ſein wird. Die von ihm angeführten Beiſpiele laſſen ſich wenigſtens ungezwungen anders erklären. t'ing¹-tê² heißt z. B. hörend erlangen = zu hören bekommen und iſt alſo Aoriſt, der natürlich auch perfektiſchen Sinn haben kann u. ſ. w.

wo³ č'i¹-wán² lā ich habe vollendet zu essen, bin fertig mit essen = habe gegessen.

Das Perfekt kann auch durch den Aorist mit folgendem hāo³ lā ausgedrückt werden (und es ist gut = fertig geworden), z. B. wo³ hsie³ hāo³ lā ich schreibe und es ist (nun) gut = ich habe geschrieben.

Dem verneinten Perfekt wird zur Verstärkung oft hāo³ (dann ohne lā) angefügt: hai² mei² hsie³ hāo³ ich habe noch nicht fertig geschrieben.

§ 351. Zweisilbige Zusammensetzungen, deren zweites Glied lai² (kommen = her-) oder č'ü⁴ (gehen = hin-) ist, nehmen, wie oben erwähnt die Tempuspartikel liāo (dann stets so gesprochen) meist in die Mitte, z. B. č'ing³ liāo lai² hergerufen haben, tái⁴ liāo lai² mitgebracht haben. Man sagt aber z. B. stets šang⁴-lai² lā.

§ 352. Man beachte, daß liāo³ nicht etwa stets nur dazu dient, dem Zeitwort perfektische Bedeutung zu verleihen, es tritt vielmehr auch noch in andern Funktionen auf, z. B. č'i¹ pu liāo³ = was das Essen anlangt, so vollendet man es nicht (bringt es nicht zustande =) nicht essen können u. s. w. Vergl. Lekt. 17.

c) Der umschreibende Aorist mit zwei Subjekten.

§ 353. Bekanntlich kann der substantivierte Infinitiv mit seinem Subjekt im Subjektskasus verbunden werden (§ 190). Dies kann daher auch beim adjektivischen Partizip geschehen (das ja eigentlich nur der Genitiv des Infinitivs ist, vergl. § 191).

Beim umschreibenden Aorist (dann stets mit ši⁴ gebildet) kann daher der Fall vorkommen, wenn das Zeitwort transitiv ist, daß zwei Subjektskasus im Satze vorkommen, z. B. čê⁴ hui² ti kuei⁴ sung⁴ šʼ-ting⁴ ši⁴ ni³ ying² ti = der diesmalige geehrte Prozeß wird bestimmt von Ihnen gewonnen.

Hier ist das Hauptsubjekt sung⁴, das Prädikat dazu (durch die Kopula ši⁴ angefügt): ni³ ying² ti. Das Prädikat besteht nun wieder aus dem adjektivischen Partizip ying² ti und dessen Subjekt ni³.

Im Deutschen pflegen wir in diesem Falle das Partizip passiv zu wenden und dessen Subjekt durch die Präposition

„von" einzuführen; wörtlich lautet der obige Satz aber:
Der diesmalige werte Prozeß ist (eine Sache) des=Sie=Ge=
winnens.

d) Die Aufforderungsform.

§ 354. Eine Aufforderung, in welche fich der Redende
einfchließt, wird durch den Aorift gegeben. Oft tritt die
Partikel pa[4] (doch) hinzu: tsa[2]-men tsóu[3] (pa[4]) gehen wir
doch! = laß(t) uns doch gehen!

e) Die Einführung der Verbalformen durch ši[4] (fein).

§ 355. Wenn eine adverbiale Beftimmung oder ein
abfoluter Kafus den Satz einleitet, fo wird das folgende
Verbum gern durch ši[4] eingeführt, z. B. lao[3]-ye[2] ti ši[2]-
šen[1]-piao[3] ši[4] ni[3] t'ou[1] č'ü[4] ya[1] lä = was die Tafchen=
uhr des Herrn anlangt, (fo) ift (es der Fall, daß) du (fie)
geftohlen und verfetzt haft.

Befonders häufig ift ši[4] z. B. nach den Konjunktionen
žo[4] (wenn), k'o[3] (aber).

f) Erfatz des Paffivs.

§ 356. Ein eigentliches Paffiv exiftiert nicht; der
Sinn des Paffivs muß daher durch Umfchreibung erreicht
werden. Hierbei find zwei Fälle zu unterfcheiden:
a) Ift nur die leidende Perfon (oder der leidende
Gegenftand) genannt, fo ftellt man das betr. Haupt=
wort im abfoluten Kafus voran und läßt das
Verbum ohne Subjekt (= man) folgen*), z. B. čê[4]-kö
žen[2] ta[3]-sę[3] lä = diefen Mann (anlangend, fo) hat man
(ihn) totgefchlagen = diefer Mann ift totgefchlagen worden.

Daß diefe Überfetzung im einzelnen Falle zu wählen
ift, erfieht man leicht an dem fehlenden Objekt, das fonft
beim tranfitiven Verbum unentbehrlich ift (vergl. § 280).
Übrigens kann in dem obigen Satze auch noch t'a[1] (ihn)
hinter ta[3]-sę[3] eingefchoben werden.

---

*) Die (noch von A. nicht ganz aufgegebene) Anficht älterer
Sinologen, daß das Verbum je nach dem Zufammenhange im Aktiv
oder im Paffiv zu denken fei, ift irrig Der Satz čê[4]-kö žen[2] ta[3]-
sę[3] lä ift nicht zu erklären = der Mann (Subjektskafus) ift tot=
gefchlagen worden, fondern = was diefen Mann anlangt (abfoluter
Kafus), (fo) hat man (ihn) totgefchlagen Dies hat dann freilich fo
ziemlich denfelben Sinn wie ein eigentliches Paffiv, kommt einem
folchen aber natürlich formell nicht gleich.

b) Ist baneben auch die handelnde Person ausgedrückt, so wird dieselbe Konstruktion wie vorher gewählt, mit dem Unterschiede, daß die handelnde Person zum Subjekt des Satzes gemacht wird: čê⁴-kŏ žęn² tsei² pa³ t‘a¹ ta³·sę³ lä = diesen Mann anlangend, Räuber haben ihn totge=schlagen = er ist von Räubern totgeschlagen worden.

Doch wird statt dessen die handelnde Person gern durch čiāo⁴ (veranlassen) eingeführt: čê⁴·kŏ žęn² čiāo⁴ tsei² pa³ t‘a¹ ta³·sę³ lä = diesen Mann (anlangend, so) veranlaßte man Räuber und sie töteten ihn = er wurde von Räubern getötet.

Diese Ausdrucksweise ist im Sinne unseres Passivs außerordentlich beliebt und wird oft auch in dem unter a) erörterten Falle angewendet, indem man das allgemeine žęn² (Mensch) mit čiāo⁴ verbindet.

§ 357. In einzelnen Fällen werden auch die Verben pei⁴, ai², šou⁴ u. a. (im Sinne von „erleiden“) zur Umschreibung des Passivs gebraucht. Sie werden mit dem Infinitiv ver=bunden, der nach pei⁴ auch sein Subjekt (im Subjektskasus, deutsch: von . . .) bei sich haben kann.

Doch ist diese Art der Umschreibung mit Ausnahme des häufiger verwendeten pei⁴ im allgemeinen auf einige feststehende Fälle beschränkt. Hierher gehören z. B.:

a) *pei⁴*:

    pei⁴ žęn² tá³·sę³ erleiden, (daß) die Leute (einen) totschlagen = von den Leuten totgeschlagen werden

    pei⁴ žęn² húng³ erleiden, (daß) die Leute (einen) be=trügen = von den Leuten betrogen werden;

b) *ai²*:

    ai² tá³ Schlagen erleiden = geschlagen werden

    ai² má⁴ Schmähung erleiden = geschmäht werden;

c) *šou⁴*:

    šou⁴ čiāo¹ Belehrung erleiden = belehrt werden

    šou⁴ hai⁴ Schädigung erleiden = geschädigt werden

    šou⁴ šang¹ Verwundung erleiden = verwundet werden u. s. w.

Zusammenhängendes Lesestück.

lo⁴ šui³.

yo³ i²·kŏ žęn² hęn³ sê⁴·k‘o¹. pa³ č‘ien³ ho² t‘a¹ ming⁴ i²·kŏ yaⁿg‘rh⁴. čei⁴·t‘ien¹ t‘ung² t‘a¹ ti örh³·tsę tsou^3 tao'rh^4, lu^4-yü^4 i^2-tao^4 ho^2, ši^1 čiao^3, tiao^4 tsai^4 šui^3 li^3. t'a^1 ti örh^2-tse či^2 lä, ta'-šeng'rh^1 han^3-čiao^4: yo^3 žen^2 neng^2 hsia^4 šui^3 č'ü^4, pa^3 wo^3 fu^4-č'in^1 čiu^4-šang^4-lai^2, čung^4-čung^4 ti hsie^4 č'ien^2. t'a^1 fu^4-č'in^1 tsai^4 šui^3 li^3 č'iang^2 ča^1-čeng^4-čö šen^1-č'u^1 t'ou^2 lai^2, han^3-čö šuo^1: hsiao^3-tse, pie^2 kei^1 to^1 lä č'ien^2, čiu^4 ši^4 pa^3 wo^3 yen^1-se, tou^1 ši^3-tê, k'o^3 pie^2 to^1 hua^1 č'ien^2 nä.

Wörter.

ming^4 Leben	čiu^4-šang-lai^2 (herauf-) retten.
yang'rh^4 Art und Weise	hsie^4 č'ien^2 (Geld vergelten =)
čiao^2 Fuß	mit Geld belohnen.
hsiao^2-tse Söhnchen	ča^1-čeng^4-čö sich abmühen
pa^3 nehmen	šén^1-č'u^1-lai^2 herausstrecken
lu^4-yü^4 (Wegtreffen =) unter-	tá-šeng'rh^1 laut (Adv.)
wegs treffen	han^3 schreien
ši^1 verlieren	yen^1-se^3 ertrinken
tiao^4 hinabfallen	ši^3-tê es kann geschehen
sè^4-k'o^1 geizig sein	hua^1 ausgeben
lo^4 hinabfallen (mit dem Akk. auf	čung^4-čung^4 ti schwer, stark, sehr
die Frage wohin?)	(Adv.)
či^2 in Bestürzung geraten	č'iang^2 gewaltsam
han^3-čiao^4 schreien, rufen	k'o^3 aber.

Erläuterungen zum Lesestück.

1. *pa^3 č'ien^2* .... *yang'rh^4*, wörtlich: er nahm das Geld und (*ho^2*) sein Leben (für) eine Art = für dasselbe = er schätzte beide gleich hoch.
2. *tsou^3 tao'rh^4* = er ging Weg = er ging spazieren. Sogenannte figura etymologica.
3. *i^2-tao^4 ho^2*, ein Fluß. — *tao^4* ist Zählwort für Flüsse. Vergl. § 235.
4. *neng^2 hsia^4* ist relative Anfügung zu *žen^2*. Vergl. § 331.
5. *pa^2 wo fu^4-č'in^1*, vorangestelltes Objekt zu *čiu^4-šang^4-lai^2*. — *čiu^4* (retten) ist hier mit *šang^4-lai^2* (heraufkommen) zusammengesetzt, weil die Rettung im vorliegenden Falle in einem „Heraufkommen" mit dem ins Wasser Gefallenen besteht.
6. *č'iang^2*, adverb. Part. — Vergl. § 222, b.
7. *šen-č'u^1 lai^2* ist Infinitiv (im Deutschen mit „zu"), abhängig von *ča^1-čeng^4-čö*. Wegen der Stellung von *t'ou^2*, des Objekts zu *šen^1-č'u^1-lai^2* vergl. § 279.
8. *to^1 lä č'ien^2*. *to^1* bedeutet „viel werden" (vergl. § 299), *to^1 lä* als Part. des Verf. „viel geworden", hat also keine andere Bedeutung als das Part. des Aorists *to^1* = viel.
9. *čiu^4 ši^4 pa^3 wo yén^1-se^3* = was anlangt mein Ertrinken.
10. *tou^1 ši^3-tê* = es kann alles geschehen, es ist einerlei.
11. *to^1 hua^1 č'ien^2*, hier ist *to^1* Adverb und steht daher vor *hua^1*.

Siebzehnte Lektion. — tʻiʻ⁴-sī²-čiʻ¹ kʻoʻ⁴.
Vermischte Bemerkungen. Sinismen.

§ 358. Wenn ein Fragesatz keine Negation enthält, so wird er als solcher gern dadurch gekennzeichnet, daß man das Zeitwort noch einmal u. z. mit der Negation wiederholt, z. B. lai² puʻ⁴ lái² kommt er (oder) kommt er nicht?, lai² lä mei² yo³ lai² ist er gekommen (oder) ist er nicht gekommen?

Statt des zweiten Gliedes dieser Doppelfrage kann stets auch mei² yo³ eintreten: lai² mei² yó³ kommt er?

§ 359. Man muß sich hüten, solche Eigenschaftswörter, welche als Prädikat des Objekts von einem Verbum abhängen, mit Adverbien zu verwechseln und etwa vor das Zeitwort zu stellen.

Wenn ich sage: Fege das Zimmer rein!, so kennzeichne ich mit dem Worte „rein" nicht die Art und Weise des Fegens (dies würde ein Adverb sein), sondern die Eigenschaft, welche das Zimmer nach geschehener Handlung haben wird*). „Rein" ist daher in diesem Falle ein Eigenschaftswort, und der Satz muß im Chinesischen lauten: paʻ³ wuʻ¹-tse sao³ kánʻ¹-čingʻ⁴.

§ 360. Statt eines Adverbiums kann mitunter eine Umschreibung mit dem Verbum tê² (dann meist tonlos), erlangen, in Verbindung mit einem substantivierten Redeteil (meist Adjektiv) eintreten, z. B. čêʻ⁴ sīʻ⁴ hao³ tê hénʻ³ dies ist gut erreichend einen hohen Grad = dies ist sehr gut.

§ 361. Die mit dem adjektivischen Partizip auf ti gebildeten Verbalformen nehmen das Adverb hinter sich, z. B. pʻao³ ti kʻuáiʻ⁴ er läuft schnell**).

Da ti und das tonlose tê ziemlich ähnlich gesprochen werden, so werden sie häufig verwechselt.

---

*) A., a. a. O., S. 362 hat diesen Unterschied verkannt.
**) Der Grund ist sehr einfach. Man muß festhalten, daß pʻao³ ti ein Genitiv ist, zu dem sıʻ⁴ als Regens suppliert werden muß. Pʻao³ ti bezw. pʻao³ ti sıʻ⁴ ist daher eigentlich Subjekt eines Satzes, in welchem kʻuáiʻ⁴ Prädikat ist = das Laufen ist schnell. Kʻuáiʻ⁴ ist also eigentlich nicht Adverb, sondern Adjektiv und Prädikat, daher es denn auch nicht vor dem Zeitwort stehen wird. Diese einfache Sachlage wird von A. S. 339 ff. völlig verkannt. Er kommt daher zu den sonderbarsten Auffassungen wie z. B. in § 58, 1—3, die ganz unhaltbar sind.

§ 362. Das beutfche „können" ift hui⁴, wenn es fo=
viel bebeutet wie „verftehen", k´ó³-i⁹, wenn es foviel bebeutet
wie „bürfen".

In den fonftigen Bedeutungen von „können" ift meift
neng² ober néng²-kou⁴ gebräuchlich.

Statt der beiden letzteren Zeitwörter wird aber außer=
ordentlich häufig eine Umfchreibung gewählt.

Hierzu dient zunächft als Hülfsverbum tê² (erreichen,
erlangen). Die Umfchreibung wird ftets nach folgendem
Mufter vorgenommen:

č´ſ¹ tê² was das Effen anlangt, fo erreicht man es =
    man kann effen

č´ſ¹ pu⁴ tê² was das Effen anlangt, fo erreicht man
    es nicht = man kann nicht effen.

Hierzu kann ein weiterer abfoluter Kafus als virtuelles
Subjekt treten, z. B. cê⁴-kŏ fan⁴ č´ſ¹ pu⁴ tê² = was biefen
Reis anlangt, fo kann man (ihn) nicht effen.

Bei zufammengefetzten Zeitwörtern (aber nur folchen der
in § 108 α, β und γ befchriebenen Art) tritt tê an die Stelle, wo
nach § 279 das Objekt ftehen würbe, z. B. na³ tê² č´ü⁴ =
was das Nehmen anlangt, fo erreicht man es und geht =
man nicht kann nehmen und gehen = man kann fortnehmen.

Der Ton liegt dann ftets auf dem zweiten Teile der
gefprengten Kompofition.

In der negativen Form (na³ pu č´ü⁴) wird ftatt pu
tê² nur pú gebraucht.

„Nicht können" wird auch fonft häufig durch pu mit fol=
gendem lai² (kommen), č´ü⁴ (gehen), šang⁴ (hinaufſteigen), hsia⁴
(hinabſteigen), č´u¹ (herauskommen), kuo⁴ (übertreffen) und
anderen Verben der Bewegung gegeben, z. B. ko¹ pu²
hsiá⁴ = was das Legen anlangt, fo kommt es nicht herab
= man kann es nicht hinlegen.

Welches Verbum man wählt, hängt von dem Begriffe
ab, den man ausbrücken will. Auch giebt der Sprachgebrauch
hier häufig den Ausfchlag*).

---

*) Diefe ziemlich einfache Lage der Dinge hat A. § 82 ff.
wiederum vollftändig verkannt, weil er es verfäumt hat, fich die Frage
nach der Entftehung diefer Ausbrucksweife vorzulegen. Es giebt kaum
ein Kapitel in A.'s Buche, in dem foviel Scharffinn an eine ganz
verlorene Sache verfchwendet ift. Für den Lernenden find diefe Ab=
fchnitte mit ihren endlofen Verwicklungen, Unklarheiten und Wider=
fprüchen eine wahre Qual.

Zusammenhängendes Lesestück.*)
wang⁴ sung⁴ ćje²-li³.

yo³ i²-wei¹ ćiao⁴ šu¹ ti (ḫ)sien¹-śeng¹. yin¹ wu³-yüe⁴-
ćje² ti ćje²-li³ tung¹-ćia¹ mei² sung⁴, ćiu¹ ḫo² hsüe²-śeng¹
šuo¹: mei² tao⁴ lä ćje²-hsia⁴, nien² hsia⁴, ni³ fu⁴-ć´iu¹
tōu¹ sung⁴ ćje²-li³ kei³ wo³; wei¹ šen²-mo tuan¹-yang²-
ćje² pu⁴ kei³ wo³ sung⁴ ćje²-li³? ping⁴-ć´ie³ tao⁴ nien²,
tao⁴ ćje² tōu¹ kei³ (ḫ)sien¹-śeng⁴ sung⁴ li³. ćia¹-ćia¹ tōu¹
šl⁴ čê⁴-mö yang⁴. hsüe²-śeng¹ t´ing¹ lä (ḫ)sien¹-śeng¹ ti
hua⁴, hui³ ćia¹, ćiu¹ tui⁴ t´a¹ fu⁴-ć´in¹ šuo¹: wo³-men
lao³-šl¹ ts´ai² wen⁴, čê⁴-kö wu³-yüe⁴-ćje², fu⁴-ć´in¹ wei¹
šen²-mö pu⁴ kei³ t´a¹ sung⁴ ćje²-li³. t´a¹ fu⁴-ć´in¹ käo⁴-
su¹ hsüe²-śeng¹ (ḫ)sien¹-śeng¹ tsai¹ wen⁴, ćiu¹ šuo¹, wo³
wang⁴ lä. hsüe²-śeng¹ yo⁴ tao¹ šu¹-fang¹ li³ käo⁴-su¹
(ḫ)sien¹-śeng¹ šuo¹: ts´ai²-kang¹ wo³ č´ü⁴ wen⁴ lä. wo³
fu⁴-ć´in¹ šuo¹, pa³ čê⁴ ćien¹ šl¹ wang⁴ lä. (ḫ)sien¹-śeng¹
šuo¹: wo³ č´u¹ i²-kö tui⁴-tse, ni³ tui⁴. tui⁴ ti pu⁴ häo³,
i²-ting⁴ yäo⁴ ta³:

„han⁴-č´ao² san¹ ćje²: čang¹-liang², han²-hsin⁴,
wei¹-č´ê-kung¹“.

hsüe²-śeng¹ pu⁴ neng² tui⁴. hui³ ćia¹ käo⁴-su⁴ t´a¹
fu⁴-ć´in¹. t´a¹ fu⁴-ć´in¹ šuo¹: ni³ ć´ü⁴ käo⁴-su⁴ hsien¹-
śeng¹, wei¹-č´ê-kung¹ šl¹ t´ang²-č´ao² ti žen², pu² šl¹
han⁴-č´ao² ti žen². hsüe²-śeng¹ ćiu¹ pa³ čê⁴-kö hua⁴
ć´ü⁴ käo⁴-su⁴ (ḫ)sien¹-śeng¹. (ḫ)sien¹-śeng¹ šuo¹: ni³ fu⁴-
ć´in¹ pa³ ći³ ćien¹ nien² ti šl¹ tōu¹ ći⁴-tê hen³ ć´ing¹-
č´u³, tsen³-mö pa³ ts´ai⁴ i¹ liang³ t´ien¹ ti wu³-yüe⁴-ćje²
ćiu⁴ wang⁴ lä mä.

Wörter.

ćje²-li³ Festgeschenk
sung⁴ a) senden, b) schenken
ćiao⁴ lehren, unterrichten
ćiao⁴ šu¹ in der Litteratur unterrichten
yin¹ da, weil
wu³-yüe⁴-ćje² Fest des fünften
   Monats
tung¹-ćia¹ Meister, Patron (einer
   Schule)
mei³ jeder
ćje²-hsia⁴ Festzeit
nien²-hsia⁴ Neujahrszeit, Jahres-
   anfang

tuan¹-yang²-ćje² das Drachenbootfest, am fünften Tage des
   fünften Monats
ping⁴-ć´ie³ außerdem, überdies
ćie² Fest
ćia¹-ćia¹ in jeder Familie
čê⁴-mö yang² so
hsüe²-śeng¹ Schüler
lao³-šl¹ alter Lehrer
ts´ai²
ts´ai²-kang¹ } soeben
č´u¹ aufgeben (eine Aufgabe)
tui⁴-tse Parallelsatz (s. u.)
tui⁴ einen Parallelsatz bilden

*) Der Text dieses Lesestücks in chinesischen Schriftzeichen findet
sich am Schluß des Buches.

i¹-ting⁴ sicherlich, bestimmt. gewiß | či³ einige
hán⁴-č‘ao² die Han-Dynastie | či⁴-tê sich erinnern an (mit Ob-
t‘áng²-č‘ao² die Tang-Dynastie | jekt.)
čie² Held, Heros. | č‘ing¹-č‘u³ deutlich, klar.

mä = mö.

Erläuterungen zum Lesestück.

1. i²-wei⁴, wei⁴ ist Zählwort (§ 235).
2. čiao⁴ šu¹ ti, Relativsatz zu hsien¹-šeng¹.
3. yin¹ .... sung⁴. In diesem Satze ist čie²-li² absoluter Kasus, tung¹-čia¹ Subjekt.
4. mei³ tao⁴ lä = zu jeder (Zeit, wenn) kam = so oft ... kam.
5. tuan¹-yang²-čie². Das Drachenbootfest findet am fünften Tage des fünften Monats statt. Vergl. B. Navarra, China und die Chinesen, S. 369.
6. tao⁴ nien² = wenn ein (neues) Jahr kommt.
7. čia¹-čia¹ jede Familie, vergl. § 123.
8. tui⁴ žen³ šuo¹ = ho² žen² šuo¹ = käo⁴-su⁴ žen².
9. čê⁴-kö wu³-yüe⁴-čie², absoluter Kasus.
10. hsien¹-šeng¹ tsai⁴ wen⁴ = wenn der Lehrer wieder fragt.
11. pa³ čê⁴ čien¹ ši⁴, vorgestelltes Objekt zu wang⁴ lä. čien⁴ ist Zählwort (§ 235).
12. tui⁴-tsę. Das tui⁴ ist eine beliebte Geistesübung der Chinesen, die in der Aufgabe besteht, zu einer gegebenen Phrase eine entsprechende mit gleicher oder entgegengesetzter Bedeutung (Pendant, Antithese) zu finden.
13. tui⁴ ti pu⁴ hao³ = wenn das gefundene nicht gut ist.
14. ni³ fu⁴-č‘in¹ ... či⁴-tê u. s. w. = wenn dein Vater u. s. w.
15. či³ č‘ien¹ nien² ti ši⁴ = Dinge von einigen tausend Jahren = Dinge, die vor einigen tausend Jahren geschehen sind.
16. pa³ ts‘ai⁴ i⁴ u. s. w. = das Drachenbootfest vor ein, zwei (= wenigen) Tagen.

VIII. Häufige Redensarten.

1. Fragende Sätze.

Wer bist du?

ni³ šī⁴ šéi² (šúi²)	Wer bist du?
nin²-na⁴ šī⁴ šéi²	Wer sind Sie?
ni³ šī⁴ šẹn²-mó žẹn²	Was bist du für ein Mensch = Wer bist du?
čê⁴-kŏ žẹn² šī⁴ šéi² ni	Wer ist dieser Mann?
čê⁴-i² wei⁴ šī⁴ šéi² ni.	Wer ist dieser Herr?

Was ist das?

čê⁴ šī⁴ šẹn²-mŏ	Was ist dies?
na⁴ šī⁴ šẹn²-mo	Was ist das?
čê⁴ šī⁴ šẹn²-mŏ túng¹-hsi¹	Was ist das für ein Gegenstand?
na⁴-kŏ šī⁴ šẹn²-mŏ hua¹	Was ist das für eine Blume?
čê⁴ šī⁴ šẹn²-mŏ šī⁴	Was ist das für eine Angelegenheit? Was hat das zu bedeuten?
šẹn²-mŏ šī⁴-č´ing²	Was für eine Angelegenheit? Was ist los? Was giebt's?
. . . . šī⁴ šẹn²-mŏ i⁴-sẹ¹	Was bedeutet es, daß . . . .?
čê⁴-kŏ tsẹn³-mŏ lă.	Wie verhält sich das?

Der Name?

hsién¹-šẹng¹, tsun¹ hsíng⁴	Ihr werter Name, mein Herr?
ni³ kuei⁴ hsíng⁴	(Wie ist) Ihr geehrter Familienname?
ni³ hsíng⁴ šẹn²-mŏ	Wie heißt du?
čê⁴-t´iao⁴ hú²-t´ung⁴ čiāo⁴ šẹn²-mo míng²-tsẹ⁴.	Wie heißt diese Gasse?

205

Die Heimat? Die Wohnung?

ni³ šī⁴ ná˙rh³ ti	Woher bist du?
ni³ šī⁴ šén²·mò žęn²	Was bist du für ein Landsmann?
kuei⁴ fu³ ná³ li³	Wo ist Ihre werte Heimat?
kuei⁴ kuó²	(Wo ist) Ihr wertes Vaterland?
ni³ čų⁴ tsai⁴ na³ li³.	Wo wohnen Sie?

Das Alter?

čin¹·nien² kuei⁴ kęng¹	In diesem Jahr Ihr wertes Alter? = Wie alt sind Sie jetzt?
ni³ či³ súi⁴	Wieviel Lebensjahre (haben) Sie? = Wie alt sind Sie?
čin¹·nien² tsun¹ č˙i³ ä²	In diesem Jahr (beträgt) Ihr ehrwürdiges Alter? = Wie alt sind Sie?
líng⁴·lang² či³ súi⁴	Wie alt ist Ihr Herr Sohn?
čê⁴·i² wei¹ č˙ien¹ čin¹ šī²·či³ sui⁴.	Wie alt ist diese junge Dame*)?

Das Geschäft?

ni³ šī⁴ kõ tso⁴ šén²·mò ti žęn²	Was bist du?
ni³ kuei⁴ kán⁴	Ihr wertes Geschäft?
ni³ tao⁴ čing¹ lai², yo³ šén²·mò kuei⁴ kán⁴.	Was für ein Geschäft führt Sie nach Peking**)?

Woher kommst du?

ni³ ts˙ung² nā˙rh³ lai²	Woher kommst du?
nin³ šī⁴ č˙i³ čia¹ li³ lai² mò	Kommen Sie von Hause?
nin³ ts˙ung³ t˙a¹ nā˙rh⁴ lai² mò.	Kommen Sie von ihm?

Wohin gehst du?

ni³ šang⁴ nā˙rh³ č˙ü⁴	Wohin gehst du?
t˙a¹ šang⁴ nā˙rh³ č˙ü⁴ lä } t˙a¹ wang³ ná³·mò č˙ü⁴ lä }	Wohin ist er gegangen?
ni³ mang²·máng² ti wang³ nā˙rh³ č˙ü⁴	Wohin gehst du so eilig?

---

*) Wörtlich: Diese 1000 Goldstücke sind zehn und (dazu) wieviel Jahre?

**) Wörtlich: Was ist's für ein wertes Geschäft, daß Sie nach Peking kommen.

Was willst du?

ni³ yāo⁴ šẹn²·mó	Was willst du?
čê⁴·kó žẹn² yāo⁴ šẹn²·mó	Was wünscht der Mann?
hai² yāo⁴ píe² ti mó	Wünschst du noch etwas?
ni³ yāo⁴ nä³·kó (nái³·kó)	Welches willst du?

Was kostet das?

tó¹·šāo³ č'ien²	Wieviel Geld? = was kostet es?
čê⁴·kó šu¹ tó¹·šāo³ č'ien²	Wieviel kostet dies Buch?
ni³ yāo⁴ tó²·šāo³ č'ien²	Wieviel verlangst du?
čê⁴·kó šu¹, ni³ yāo⁴ tó¹·šāo³ č'ien²	Wieviel verlangst du für dies Buch?
čê⁴·kó mai⁴ tó¹·šāo³ č'ien².	Wie teuer verkaufst du dies?

Wann?

t'a¹ tó¹·tsan¹ sẹ³ lä ⎫ t'a¹ šī⁴ tó¹·tsan¹ sẹ³ ti ⎭	Wann ist er gestorben?
t'a¹ tó¹·tsan¹ lai²	Wann kommt er?
ni³ tó¹·tsan¹ tao⁴ t'a¹ nä`rh⁴ č'ü⁴	Wann gehst du zu ihm?
t'a¹ šī⁴ tó¹·tsan¹ hui²·lai² ti	Wann ist er zurückgekommen?
ni³ hsiáng³·čö tó⁴·tsan¹ . . .	Wann gedenkst du zu . . .?
ni³ tá³·suan⁴ tó¹·tsan¹ . . .	Wann beabsichtigst du zu . . .?
čê⁴ šī⁴ šẹn²·mó šī²·hou`rh¹ ti šī⁴·č'ing².	Wann ist das passiert?

Wie? Wieweit? Wieviel?

šang⁴ pei³·cing¹ wang³ nä³·mó č'ü⁴	Wie kommt man von hier nach Peking?
. . . . hǎo³ pu⁴ hǎo³	Wie denkst du darüber*), (wenn . . .); was meinst du dazu, wenn . . .?
šī⁴ tsẹn³·mo tíng⁴·kuei¹ ti	Wie ist die Verabredung?
ts'ung²·t'ien¹·cing¹ tao⁴ péi³·cing¹ yo³ tó¹·šāo³ lī³·ti⁴.	Wieviel Meilen sind es von Tientsin nach Peking?
t'a¹ lai² kūo⁴ čī³ hui²	Wie oft ist er hier gewesen?
ni³ tsai⁴ čúng⁴·kuo ⎫ tai⁴ kuo⁴ čī³ nien² lä ⎭	Wie lange sind Sie in China gewesen?
ni³ ču⁴ ti fang²·tsẹ ta¹·hsiňo³.	Wie groß ist das von dir bewohnte Haus?

---

*) Wörtlich: Ist es gut oder nicht gut, wenn ꝛc.?

yo³ tó¹-šáo³ č'ang², tó¹-šáo³ k'uan¹	Wie lang und wie breit ist es?
ni³ tsén³-mo čí¹-tao⁴	Woher weißt du es?

Bermischte Fragen.

ší⁴ čę̆-mo-čŏ mŏ	Ist es so? Verhält es sich so?
nin² t'íng¹-čien⁴ lă mŏ	Haben Sie es gehört?
t'a¹ šúo¹ ti ší⁴ šén²-mo hua⁴ ni	Was hat er gesagt?
na⁴-kŏ žęn³ šuo¹ šęn²-mo	Was sagt der Mann?
ší⁴ šéi² šuo¹ ti	Wer hat das gesagt?
t'a¹ šuo¹ lă čê̆⁴-kŏ hua⁴ mei² šuo¹	Hat er das gesagt oder nicht?
ni³ ší⁴ tsén³-mo káo⁴-su⁴ t'a¹ ti	Was hast du ihm gesagt?
ni³ šuo¹ ti ší⁴ šén²-mo ší⁴ ni	Wovon sprichst du?
ni³ šuo¹ t'á¹ mŏ	Sprichst du von ihm? Meinst du ihn?
ni³ tung³-tê pu⁴ túng³-tê	Verstehst du oder nicht?
wo³ ti hua⁴, ni³ túng³ pu⁴ tung³	Verstehst du, was ich sage?
ni³ túng³-tê kuan¹-hua⁴ pu⁴ túng³	Verstehst du Chinesisch?
węn⁴ wó³ mă	Fragen Sie mich?
čê̆⁴ ší⁴ ní³ ti mŏ	Gehört dir dies?
čê̆⁴ ší⁴ šui² ti fang²-tsę	Wem gehört dies Haus?
čê̆⁴ ší⁴ šéi²-čia¹ ti kú¹-niang²	Wessen Tochter ist dies?
ni³ húi⁴ hsie³ tsę̆¹ mŏ	Kannst du schreiben?
yo³ žęn² lái² liao² mŏ	Ist jemand gekommen? Ist jemand dagewesen?
yo³ mí³ mŏ	Ist Reis da?
yo³ č'í¹ ti mei² yo³	Ist etwas zu essen da?
. . . . nă'rh³ č'ü⁴ lă	Wohin ist . . . . gekommen?
ni³ wei⁴ šęn²-mó lái² ti čę̆-mo č'í²	Warum kommst du so spät?
čiäo³ wó³ č'ü⁴ mŏ	Soll ich gehen?
čiäo⁴ wo³ kęn¹-čŏ mŏ	Soll ich mitgehen?
fan⁴ tê̆⁴ lă mei² yo³	Ist das Essen fertig?
hai² pu² k'uai⁴ wán² mŏ	Ist es noch nicht halb fertig?

pei³-čing¹ li²-čě'rh⁴   hai²   Ist Peking noch weit von hier?
    yüán³ mó

ni³ an⁴-čó wo³ ti hua⁴ pán⁴   Haft du meinen Auftrag aus-
    lǎ mei² yo³   geführt?

hsing² pu⁴ hsíng²   Geht das oder nicht? Ist
    das angängig?

ni³ kęn¹ šéi²   Bei wem stehst du in
    Diensten?

2. Bejahende Säße.

yo³. yo³ ti   Es ist da, es ist vorhanden, ja.
ši⁴. ši⁴ ti   Es ist (so), ja.
pu² ts'o⁴   Es ist nicht unrichtig = sehr
    richtig! Du hast recht.

ši⁴ čě⁴-mö-čö (ná⁴-mö-čö)   Es ist so. Es verhält sich so.
túi⁴ (ſpr. tóē) lǎ   Es stimmt.
ši⁴ lǎ   Es ist sehr richtig.
čü⁴ wó³ k'an⁴-lài³, ši⁴ ná⁴-   Nach meiner Ansicht verhält
    mö-čö   es sich so.
čü⁴ t'a¹ šuo¹, ši⁴ ná⁴-mö-čö   Nach seiner Aussage verhält
    es sich so.

so³ šúo¹ ši⁴ ši²   Was ich sage, ist die Wahrheit.
ši⁴, pu² ts'ó⁴ ti   Es ist ganz richtig.
wo³ fáng³-fu² či⁴-tê   Wenn ich mich recht erinnere.
ni³ so³ čien¹, či³ ši⁴   Ihre Ansicht ist durchaus zu-
    treffend. Sie haben ganz
    recht.

wo³ hsiäng³-č'i³-lai² . . .   Es fällt mir ein, daß . . .
wo³ hsiáng³-č'i³-lai² lǎ . . .   Es ist mir eingefallen, daß . . .
wo³ t'ing¹-čien⁴ šuo¹   Ich höre sagen.
šuo¹   Man sagt. Es heißt.
hua⁴ č'áng²   Die Rede ist lang = darüber
    läßt sich viel sagen; das
    ist eine lange Geschichte.

k'o³ hsin⁴ ti   Das ist glaubwürdig.
wo³ hsin⁴ ni³ ti huá⁴   Ich glaube, was du sagst.
čě⁴ ši¹ ni³ ti pú³-ši¹   Das ist dein Fehler. Daran
    bist du schuld.

wo³ yíng¹-hsü³ . . .   Ich verspreche, daß . . .
hai² yo³ ši²-hou'rh⁴   Es ist noch Zeit.
t'a¹ tsai⁴ čia¹   Er ist zu Hause.

čê⁴·kŏ šı⁴·č'ing² hāo pán⁴³	Diese Sache ist leicht zu ordnen.
ču³·i⁴ tíng⁴ liao	Mein Entschluß steht fest.
wo³ yo³ hua⁴ kāo⁴·su⁴ ni³.	Ich habe dir etwas zu sagen.
wo³ yo³ šı⁴	Ich habe Geschäfte. Ich habe zu thun.
čê⁴·kŏ šı⁴ wó³ ti	Dies gehört mir.
wo³ šı⁴ č'ung⁴·čŏ t'á¹ ni	Es geht auf ihn. Ich habe ihn dabei im Auge.
kai¹·táng¹ ti.	Es gehört sich (so).
čê⁴·kŏ tōu¹ šı⁴ kai¹·táng¹ ti	Das ist ganz in der Ordnung. Das gehört sich so.
tōu¹ šı⁴ yíng¹·tang¹ ti	So gebührt es sich. Das ist (meine, deine u. s. w.) Pflicht.
tōu¹ ı³·yang⁴	Alles gleich. Einerlei.
čê⁴·kŏ tŏu¹ ı³·kŏ yáng⁴	Das ist alles gleich. Das ist ganz einerlei.
wo³ yāo⁴ mai³ . . .	Ich wünsche . . . zu kaufen.
wo³ ó⁴ lă. — wo³ kuai⁴ ó⁴ ti	Ich bin hungrig. Mich hungert.
wo³ k'ó³ lă. — wo³ kuai⁴ k'ó³ ti	Ich bin durstig. Mich dürstet.
wo³ fä² lă. — wo³ kuai⁴ fä² ti	Ich bin müde.
wo³ k'ún⁴ lă	Ich bin schläfrig.
wo³ šı⁴ té-kuo²·žen²	Ich bin ein Deutscher.
hsiāo³ ti čiao⁴ čang¹	Ich heiße Tschang.
hsiāo³ ti hsing⁴ čang¹	Ich heiße mit Familiennamen Tschang.
čien⁴ hsing⁴ \ pi⁴ hsing⁴ / čáng¹	Mein geringer Familienname ist Tschang.
wo³ yo³ sê⁴·šı² sui⁴ (spr. sue⁴)	Ich bin 40 Jahre alt.
t'a¹ pi³ wo³ nien²·či⁴ tá⁴	Er ist älter als ich.
t'a¹ nien²·či⁴ pi³ wo³ ta⁴ pu⁴ tó¹	Er ist nicht viel älter als ich.
t'a¹ pi³ wo³ ta⁴ šı² sui⁴	Er ist zehn Jahre älter als ich.
wo pi³ t'a¹ hsiāo³ šı² sui⁴	Ich bin zehn Jahre jünger als er.
č'ien² t'ai⁴ tó¹	Das Geld ist zuviel = das ist mir zu teuer.

13*

č'ien² t'ái⁴ šáo³	Das Geld ist zu wenig = a) Du bietest nicht genug. b) Das Geld reicht nicht.

5. Verneinende Sätze.

mei² yo³	Es ist nicht da, nicht vorhanden. Nein.
pú² ši⁴ čê⁴-mŏ-čŏ	Es ist nicht so. Es verhält sich nicht so.
mei² yo³ žęn²	Es ist niemand da.
wo³ mei² yo³ šęn²-mŏ	Ich habe nichts.
wo³ pú² yāo⁴ šęn²-mŏ	Ich will nichts.
mei² yo³ žęn² lai²	Es ist niemand gekommen.
wo³ mei² k'án⁴-čien⁴	Ich habe es nicht gesehen.
wo³ mei² t'ing¹-čien⁴ šęn²-mŏ	Ich habe nichts gehört.
wo³ pu⁴ čï¹-tao⁴	Ich weiß es nicht.
wo³ pu⁴ túng³-tê	Ich verstehe nicht.
wo³ méi² tung³-tê	Ich habe nicht verstanden.
wo³ pu² čí⁴-tê . . .	Ich erinnere mich nicht an . . .
wo³ čí⁴-tê pu⁴ míng²-pai²	Ich entsinne mich nicht genau.
čê⁴-kŏ pu² yāo⁴-čïn³	Es ist unwichtig. Es kommt nicht darauf an.
čê⁴ tōu¹ ší⁴ mei² yāo⁴-čïn³ ti ší⁴-č'ing²	Das ist alles nicht von Bedeutung.
mei² ší⁴ mei² šęn²-mo ší⁴-č'ing²	a) Es ist nichts vorgefallen. b) Es ist nichts zu thun.
. . . mei² yó³ la	Es ist kein . . . mehr da.
ni³ čê⁴-kŏ hua⁴ pu² tui⁴ (spr. tóê⁴)	Diese deine Rede stimmt nicht.
čê⁴ pu³ kóu⁴ ti	Das genügt nicht.
ni³ pu² yung⁴ . . .	Du brauchst nicht zu . . .
t'a¹ pu⁴ k'ęn³ . . .	Er mag nicht . . . Er weigert sich zu . . .
pu⁴ yüan³ tê hęn³	Es ist nicht sehr weit.
pú⁴ hsing²	Es geht nicht.
čê⁴-yang⁴ pu⁴ hsing²	So geht es nicht.
hai² mei² tê²	Es ist noch nicht fertig.
wo³ méi² tai⁴ č'ién²	Ich habe kein Geld bei mir.
ni³ tsúng³ mei² káo⁴-su⁴ wo³	Du hast es mir überhaupt nicht gesagt.
láo³-yê² pú² tsai⁴ čia¹	Der Herr ist nicht zu Hause.

211

tʻái⁴-tʻai⁴ méi² tsai⁴ čia¹	Die gnädige Frau ist nicht zu Hause.
ni³ ti kʻóu³-yin¹ pu⁴ hāo³	Deine Aussprache ist nicht gut.
čê⁴-kŏ piao³ pu⁴ čún³	Diese Uhr geht nicht richtig.
pu⁴ čún³	Nicht erlauben.
čê⁴-kŏ pu⁴ hāo³ kʻán⁴	Dies sieht nicht gut aus.
pu² hsín⁴	Ich glaube es nicht.
wo³ pu⁴ kán³ . . .	Ich wage nicht zu . . .
tʻa¹ pu⁴ kuaṇ³ šï⁴	Er kümmert sich nicht um die Geschäfte.
wo³ pu⁴ tê² kúng¹-fu¹.	Ich habe keine Zeit.

4. Befehle, Bitten.

ni³ tsóu³	Geh! Mach, daß du fort= kommst!
čʻü⁴ pa⁴	Geh nur!
man⁴-mán⁴ ti tsou³	Geh langsam!
ni³ čao⁴ čê⁴-yang⁴ kǎo⁴-su⁴ tʻa¹-mẹn čʻü⁴	Geh und benachrichtige sie dementsprechend!
lái³ pa⁴	Komm doch!
kʻuai⁴ lái³	
kʻuai⁴-kʻuᵃ¹ʻörh⁴ ti lai² }	Komm schnell!
ni³ kúo⁴-lai²	Komm heran! Komm näher!
šang⁴ wó³ čê`rh⁴ lai²	Komm hierher zu mir!
tsáo³ hsie¹ lai²	Komm etwas früher!
šáng⁴-lai²	Komm herauf!
hsiá⁴-lai²	Komm herunter!
čin⁴ wú¹ li³ lai² pa¹	Komm doch herein ins Zimmer!
kʻuai⁴ čʻú¹-lai²	Komm schnell heraus!
čán⁴-čʻi³-lai² pa¹	Steh doch auf!
ni³ šuo¹ . . .	Sagen Sie . . . !
ni³ yao⁴ kǎo⁴-su⁴ tʻa¹ . . .	Sie mögen ihm sagen . . .
kei³ wó³ pa⁴	Gieb es mir doch!
kei³ wo³ i⁴-kʻou³ šúi³ ho¹	Gieb mir einen Schluck Wasser zu trinken!
kuan¹ mẹn²	
kuan¹ liao mẹn²	
kuan¹-šang⁴ mẹn³ }	Mache die Thür zu!
pa³ mẹn² kuan¹-šang⁴	
kuan¹ po¹-li¹-čʻuáng¹	Schließe das Fenster!

pai³ t'ái²	Decke den Tisch!
šang⁴ fán⁴	Trage das Essen auf!
č'ê⁴ t'ái²	Decke den Tisch ab!
ná²-č'u¹ čê⁴-kŏ tung¹-hsi¹ č'ü⁴	Trage das hinaus!
pa³ téng¹ na²-k'ai¹	Nimm die Lampe fort!
ko¹ (tsai⁴) čê'rh⁴	Lege es hierher!
ni³ tsó⁴-čŏ pa⁴	Bleibe doch sitzen!
tso⁴ k'ái¹-šui³	Mach heißes Wasser!
ko¹-hui² yüán²-č'u'rh⁴ č'ü⁴	Lege es wieder an seinen (ursprünglichen) Platz!
tien³ téng¹ pa³ teng¹ tien³-šang⁴	Zünde die Lampe an!
k'uai⁴ č'uan¹ i¹-sang¹	Zieh dich schnell an!
to¹ ho¹ i⁴-pei¹ čiú³*) pa⁴	Trink doch noch ein Glas Wein!
ni³ tsai⁴ čén¹-čŏ čèn¹-čŏ pa⁴	Überlege es dir doch noch einmal!
č'ing³ wén⁴ . . .	Darf ich fragen . . . ?
čiāo⁴ t'a¹ . . .	Befiehl ihm zu . . . !
čiāo⁴ t'a¹ lái² pa³ t'a¹ čiāo⁴ (liao) lai²	Befiehl ihm zu kommen! Rufe ihn her!
č'ing³ t'a¹ lái² pa³ t'a¹ č'ing³ (liao) lai²	Bitte ihn zu kommen! Bitte ihn her!
ta¹-ying¹	Antworte!
wen⁴ t'a¹	Frage ihn!
žung² wo³ sán¹ t'ien¹ ti kúng¹-fu¹.	Gewähre mir drei Tage Frist!

5. Verbote, Abmahnungen.

pie² p'á⁴. — pu² p'á⁴	Fürchte dich nicht!
ni³ pú² yung⁴ hai⁴-p'á⁴	Du brauchst dich nicht zu fürchten!
pie² čệ-mó p'áo³	Laufe nicht so!
pie² tsai⁴ nä'rh⁴ čún⁴-čŏ	Bleibe dort nicht stehen!
pie² wáng⁴ lä	Vergiß es nicht!
pie² tíu¹ lä	Verliere es nicht!
pie² kāo⁴-su⁴ žện²-čia¹	Sage es niemand anderem!
pie² hái⁴ wo³	Thue mir nichts zu Leide!
pie² túng⁴ wo³	Rühre mich nicht an!

---

*) Spr. čióu³.

213

pu³ yung⁴ tung⁴ č'i⁴.   Du brauchst nicht böse zu werben!

pu² yāo⁴ čien⁴-kuái⁴.   Nimm es mir nicht übel!

6. Abschlagen, Verweigern.

čê⁴ pú⁴ hsing²   Das geht nicht.

tso⁴ pu⁴ lai²   Das kann nicht gethan werden, ist unmöglich.

pu⁴ néng² ti   Das kann nicht sein, geht nicht an.

wo³ pu⁴ neng² pán⁴ čê⁴-kŏ šĭ⁴-č'ing²   Ich kann mich auf diese Angelegenheit nicht einlassen.

šĭ²-tsai⁴ pu⁴ hsíng²   Es geht wirklich nicht.

k'o³ hsĭ²   Es thut mir leid.

wo³ pu⁴ neng² tso⁴ sén²-mŏ   Ich kann nichts thun.

čê⁴ hen³ nan² pán⁴   Das ist sehr schwer zu machen.

čê⁴ pú⁴ tsai⁴ wo³   Das steht nicht bei mir.

čê pú² tsai⁴ šou³.   Das liegt nicht in meiner Hand.

7. Danken.

hsie⁴-hsie⁴. — t'ó¹-fu³   Ich danke!

tó¹-hsie⁴   Vielen Dank!

č'ien¹ én¹ pai² hsie⁴ }
č'ien¹ én¹ wan² hsie⁴ }   Tausend Dank!

kan²-én¹   Ich bin Ihnen dankbar.

kán²-či¹ pu²-čín⁴ }
kán²-hsie⁴ pu²-čín⁴ }
kan²-én¹ pu⁴-čín⁴ }   Ich bin Ihnen unendlich dankbar.

fei⁴ ni³-na ti hsín¹   Ich bin Ihnen sehr verbunden!

č'eng²-húi⁴ tê hén³   Sie sind sehr gütig.

čê⁴-yang⁴ tsai⁴ wo³ šén¹ }
šang⁴ yung⁴ hsín¹, šĭ²-tsai⁴ kán³-hsie⁴ pu²-čín⁴ }   Ich bin Ihnen wirklich sehr dankbar, daß Sie sich soviel Mühe um mich geben.

lao² nín²-čia¹ · }
lao² čia¹ }   Ich belästige Sie.

wo³ nán²-wei² ni³   Ich falle Ihnen lästig.

hǎo³ šuo¹. — hǎo³ hua⁴   Ich danke sehr (als Antwort auf Höflichkeiten).

fei⁴ hsín¹, fei⁴ hsín¹   Sie sind wirklich sehr liebenswürdig.

lao²-tung⁴ lao²-tung⁴	Ich fürchte, Ihnen beschwerlich zu fallen.
kai¹-táng¹ ti	Das ist meine Pflicht.
pu³ yung⁴ fei⁴ hsín¹.	Bitte, bemühen Sie sich nicht!

8. Ausrufe.

hāo³	Gut!
na'rh³ ti huá⁴ ni	Was für eine Rede! Was für ein Unsinn! Bewahre!
wo³ mei³ čing¹·küo⁴	So etwas ist mir noch nicht vorgekommen!
mei³ čing¹-küo⁴ ti št⁴-č'ing³	Eine unerhörte Angelegenheit! Unerhört!
čê⁴·kŏ yáng⁴-tse liāo³ pu tê	Das ist ja unerhört!
čê⁴·kŏ hāo³-čī² lā	Das ist ja vortrefflich!
k'o³ hsī¹·liāo'rh³ ti	Ach, wie schade! Das thut mir ja sehr leid!
k'o³ hsiáo⁴	Das ist zum Lachen!
k'o³ hén⁴. — k'o³ wú⁴	Das ist abscheulich!
čê⁴ hsin⁴ pu⁴ tê²	Das ist unglaublich!
č'i³ kán³, č'i³ kán³.	Wie sollte ich es wagen! Ich denke nicht daran!

9. Grüße und Glückwünsche.

č'ing³ án¹	Ich wünsche Ruhe = Guten Tag!
č'ing³ án¹ węn⁴ háo³	Begrüßen und nach dem Befinden fragen.
ni³ č'ī¹ lā fán⁴ lā mei² yó³	Haben Sie schon (Ihren) Reis gegessen? (Beliebte Begrüßungsformel.)
kung³ šóu³	Die Hände (nach chin. Art) zum Gruße falten.
č'ing³ án¹·č'in³	Ich wünsche ruhigen Schlaf = Gute Nacht!
č'ing³ liao	Leben Sie wohl! Abieu!
mán⁴ tsou³. — mán⁴ č'ü⁴	Gehen Sie gemächlich = Abieu!
č'ing liao míng²·t'ien¹ čien⁴	Auf Wiedersehen morgen!

(č'ing³) i¹·lú⁴ fú²·hsing¹	(Ich wünsche) während der ganzen Reise Glücksstern = glückliche Reise!
šui³·lú⁴ p'ing²·án¹	(Ich wünsche) zu Wasser und zu Lande Bequemlichkeit und Ruhe = glückliche Reise!
i¹·lú⁴ p'ing²·án¹	Glückliche Reise!
č'ing³ ni³ t'i⁴ wo³ wẹn⁴ li³ lao³·ye² háo³	Ich bitte Sie, Herrn Li von mir zu grüßen!
wo³ č'iú² ni³ t'i⁴ wo³ wẹn⁴ ling⁴·tsun¹ háo³	Ich bitte Sie, Ihren Herrn Vater von mir zu grüßen!
kung¹·hsi³, kung¹·hsi³	Ich gratuliere! Besten Glückwunsch!
wo³ čiᵐ·rh¹·kŏ kúng¹·kung¹· čing⁴·čing⁴ ti kei³ ni³ tao⁴· hsí³ lai² là	Ich bin heute gekommen, um Ihnen meinen ergebensten Glückwunsch abzustatten.
hsin¹·hsí³ a¹! tê² tsę³ a¹, kūo⁴ fú²·kuei⁴ ti žī⁴·ts' a¹	Viel Glück zum neuen Jahr! Mögen Sie Söhne bekommen! Mögen Sie glückliche Tage verleben!
yí⁴·pai³ súi⁴	Hundert Jahre! (sagt man, wenn einer niest).
láo³·ye² šī⁴ kŏ tsao⁴·hua⁴ žẹn².	Sie sind ein glücklicher Mensch!

10. Das Befinden.

ni³ hsiang⁴·lái² na⁴·fú² mŏ	Sind Sie bisher glücklich? = Wie geht es Ihnen?
ni³ čin¹·lai² háo³ mŏ	Geht es Ihnen gut?
kuei⁴ t'i³ p'ing²·án¹	Befindet sich der geehrte Körper wohl? = Wie geht es mit Ihrer werten Gesundheit?
ni³ háo³ pu⁴ hāo³	Geht es Ihnen gut?
fu³·sáng⁴·žẹn⁴ tōu¹ háo³ mŏ	Ist bei Ihnen zu Hause alles wohl?
sê⁴·hsia⁴ ti žẹn² tōu¹ háo³	Zu Hause ist alles wohl.
to¹ č'ẹng² či⁴·nien⁴	Dank der gütigen Nachfrage!
čê⁴ liang³ žī⁴ šẹn¹·tsę yo³ ping⁴	Diese letzten Tage war ich krank.

hiāo³ ti mú³-č'in¹ yo³ ping⁴	Meine Mutter ist krank.
wo³ ti kó¹-ko¹ píng⁴ ti hẹn³ lí⁴-hai⁴	Mein älterer Bruder ist heftig erkrankt.
t'a¹ šẹng¹ lǎ 'tá⁴ ping⁴	Er hatte eine schwere Krankheit.
wo³ šou⁴ lǎ hsie¹ hán²	Ich habe mich etwas erkältet.
wo³ pu² k'uai⁴-huo²	Mir ist nicht wohl.
ni³ k'ó³-i³ č'ing³ tái⁴-fu¹ č'ü⁴	Du kannst gehen und einen Arzt holen.
yin³-šĭ² tōu¹ mei² yo³ wéi⁴	Essen und Trinken schmecken mir nicht.
k'ai¹ lǎ i²-kǒ fáng¹-tsẹ	Er hat ein Rezept verschrieben.
hsién⁴-tsai⁴ č'üan² yü⁴ mǒ	Sind Sie jetzt gänzlich wiederhergestellt?
t'o¹-fu², hāo³ lǎ	Danke, es ist wieder gut!
t'a¹ ping¹ hāo³ lǎ mǒ	Ist er von seiner Krankheit genesen?
t'a¹ hāo³ lǎ	Er ist wiederhergestellt.
t'a¹ hai² húo²-čǒ ni.	Er lebt noch.

II. Das Wetter.

t'ien¹-č'i⁴ hāo³ mǒ	Ist das Wetter gut?
t'ien¹-č'i¹ hāo³ pu⁴ háo³	Wie ist das Wetter?
t'ien¹-č'i⁴ háo³	Es ist schönes Wetter.
t'ien¹-č'i⁴ léng³	Es ist kaltes Wetter.
t'ien¹-č'i⁴ žo⁴	Es ist warmes Wetter.
čin¹-t'ien¹ t'ien¹ háo³	Heute ist das Wetter gut.
t'ien¹ žó⁴-č'i³-lai²	Das Wetter beginnt heiß zu werden.
t'ien¹ i³-čing¹ léng³ lǎ	Das Wetter ist schon kalt geworden.
t'ien¹ k'uai⁴ léng³ lǎ	Das Wetter wird bald kalt werden.
t'ien¹ pu² ta⁴ žó⁴	Das Wetter ist nicht sehr heiß.
čê⁴-či³ t'ien¹ žó⁴ tê² lí⁴-hai⁴	In den letzten Tagen war es furchtbar heiß.
čín¹-nien² žó⁴ ti liāo³ pu tê²	In diesem Jahre ist es unerträglich heiß.
čín¹-t'ien¹ hẹn³ žó⁴, wo³ hún²-šẹn¹ č'u¹ hán⁴	Heute ist es sehr heiß; ich schwitze am ganzen Körper.
túng¹-t'ien¹ léng³, hsiá⁴-t'ien¹ žó⁴	Im Winter ist es kalt, im Sommer warm.

t'ien¹ léng³ — Bei kaltem Wetter.
túng¹-t'ien¹ feng¹ léng³ — Im Winter ist der Wind kalt.
wái⁴-t'ou² hen³ léng³ — Draußen ist es sehr kalt.
hsia⁴-č'i³ yü³ lai² — Es fängt an zu regnen.
hsia⁴ yü³-tiéⁿ'rh³ nǎ — Es tröpfelt.
hsia⁴ yǘ³, hsiá⁴ ti hen³ tá⁴ — Es regnet sehr stark.
hsiá⁴ lǎ yü³ pu³ šǎo³ — Es hat nicht wenig geregnet.
yü³ čú⁴ lǎ ⎫
ču⁴ lǎ yü³ lǎ ⎭ — Der Regen hat aufgehört.
pa³ káng¹ k'an⁴-čien⁴ mó — Siehst du den Regenbogen?
t'ien¹-č'i⁴ č'ing²-ho² — Das Wetter ist mild und klar.
činⁿ'rh¹-kŏ ší⁴ č'ing³-t'ien¹ — Heute ist ein klarer Tag.
ší⁴ yín¹-t'ien¹ — Es ist ein trüber Tag.
č'u¹ t'ái⁴-yang² — Die Sonne scheint.
t'ai⁴-yang² t'ai⁴ tá⁴ — Die Sonne scheint sehr stark.
t'ai⁴-yang² láo⁴ lǎ — Die Sonne ist untergegangen.
mei² yo³ yüe⁴-liang⁴ — Es ist kein Mondschein.
kua¹-č'i³ feng¹ lai² — Es beginnt zu wehen.
kua¹ hsüán⁴-feng¹ — Es weht ein Wirbelwind.
kua¹ tá⁴-feng¹ — Es stürmt.
ta³ léi². — hsing² léi² — Es donnert.
ta³ šán³. — šan³-tien⁴ — Es blitzt.
hsia⁴ hsüe³ — Es schneit.
hsia⁴ lú⁴ — Es fällt Tau.
hsia⁴ páo²-tse — Es hagelt.
hsia⁴ wú⁴ — Es fällt Nebel.
čiú¹-t'ien¹ ší⁴ tsui⁴ hǎo³ ti t'ién¹-č'i⁴ — Im Herbst ist das schönste Wetter.

12. Zeit und Uhr.

č'ùn¹ hsia⁴ č'iu¹ túng¹ čiú⁴ ší⁴ sę̣⁴-ší² — Frühling, Sommer, Herbst und Winter sind die vier Jahreszeiten.

ší²-örh⁴-kŏ yüe⁴ ší⁴ i²-kŏ nién² — Zwölf Monate sind ein Jahr.

1. čęng¹-yüe⁴ ⎫
2. örh⁴-yüe⁴ ⎪
3. sán¹-yüe⁴ ⎬ Die Namen der zwölf Monate.
4. sé⁴-yüe⁴ ⎪
5. wú³-yüe⁴ ⎭

6. líu⁴*)-yüe⁴
7. č'í¹-yüe⁴
8. pá²-yüe⁴
9. čiu³-yüe⁴ (spr. čióu³-yüe⁴)
10. šī²-yüe⁴
11. šī²-yí²-yüe⁴ ob. túng¹-tse̥-yüe⁴
12. šī²-örh⁴-yüe⁴ ob. lá⁴-yüe⁴

         Die Namen der zwölf Monate.

čéng¹-yüe⁴ č'u¹ i²-šī⁴	Am ersten Januar.
sé⁴-yüe⁴ örh⁴-šī² šī⁴	Am 20. April.
č'ú⁴-nien². — čiú⁴-nien³	Im vergangenen Jahre.
kuo⁴ i²-kǒ yüe⁴	In einem Monat.
liang³-kǒ yüe⁴ ti kúng¹-fu¹	Ein Zeitraum von zwei Monaten.
čiⁿ'rh¹ čī'rh³ lǎ	Der wievielte ist heute?
čin¹-t'ien¹ šī⁴ čeng¹-yüe⁴ na³-yi t'ien¹	Heute ist der wievielte Januar?
čé⁴ t'ien¹. — yó³ t'ien¹	Eines Tages.
šī⁴ čī³-tien³ čung¹	Wieviel Uhr ist es?
čī³-tien³ čung¹ lai²	Um wieviel Uhr kommt er?
sán¹-tien³ čung¹	Drei Uhr. Um drei Uhr.
sán¹-tien³ pán⁴ čung¹	3½ Uhr. Um 3½ Uhr.
sán¹-tien³ čung¹ sán¹ k'o⁴ ling² wú³ fe̥ⁿ'rh¹	Drei Stück Stunden + drei Viertelstunden + 5 Minuten = 10 Minuten vor vier Uhr.
čé⁴-kǒ piao³ pu⁴ čún³	Diese Uhr geht nicht richtig.
č'iao¹ lǎ sán¹-tien³ čung¹	Es hat drei Uhr geschlagen.
ni³ ti piao³ šang⁴ lǎ mǒ.	Hast du deine Uhr aufgezogen?

---

*) Spr. léo⁴.

Chinesisch-deutsches Wörterbuch.

a¹ Schlußpartikel; auch Fragepartikel	1421
a⁴.-	1421
á¹-ko¹ (Mandschuwort) Sohn, junger Herr	243
ai (volkstümlich) = tsai⁴ darin sein; ai-čé'rh⁴ = tsai⁴-čé'rh⁴ hier; ai-nä'rh⁴ = tsai⁴-nä'rh⁴ dort	—
ai¹ a) daneben (Adv.) b) neben (Präp.)	559
ái¹-čö a) daneben (Adv.) b) neben (Präp.)	1062
ai² a) bekommen b) erleiden, erdulben	559
ai⁴ lieben; gerne thun, pflegen	502
an¹ a) ruhig sein b) Ruhe c) beruhigen	349
an²-	1527
án¹-č'un¹ Wachtel	1525
an⁴ Ufer	396
an⁴ bunkel, unsichtbar	641
án⁴-lun³-č'uan¹ (unsichtbar = Rad = Schiff =) Schraubendampfer	1330 + 1127
an⁴ Streitfall, Prozeß, (amtliche)Angelegenheit, Fall, Vorgang	689
an⁴-	557
án⁴-čao⁴ genau gemäß	1155
án⁴-čö gemäß	1155
ang¹-	1099
áng¹-tsang¹ schmutzig werden	1110
ao² a) kochen (Suppe) b) nachtwachen	837
ao²-yfe⁴ = b)	306
ao³ Rock; Mantel, Gewand	1237
ča¹ ja wohl	255

ča¹ stechen; ča¹-sç³ totstechen	530
ča¹-p'ó⁴ (stechend zerbrechen =) ein Loch hineinstechen in	954
čai¹ abnehmen (Hut); auswählen	581
čai² eng	989
čai⁴ Schulden; Guthaben	94
čan⁴ stehen, stehen bleiben	994
čán⁴-čö stehen (nur von Lebewesen) = čan⁴.	
čán⁴-č'i³-lai² aufstehen (vom Sitzen)	
čán⁴-ču⁴ stehen bleiben	57
čan⁴·	643
čan⁴-č'ié³vorläufig(Adv.)	10
čang¹ (bestehende) Bestimmung.	996
čang¹ 1. Zählwort für Tische und Stühle sowie für „Blatt" Papier; Bogen. 2. häufiger Familienname	445
čang³ Handfläche, Fußsohle; ma³-čáng³ Huf, Hufeisen	569 1495
čang³- kuéi⁴- ti Geschäftsführer	724
čang³ wachsen; älter werden	1410
čáng³-č'u¹ herauswachsen	130
čáng³-tá⁴ heranwachsen	309
čáng³-tê² gewachsen sein, sein	459
čang⁴ Schuld; das jm. geliehene Geld, Guthaben	1296
čang⁴ Mosquito-Vorhang	413
čang⁴ Rute = 10 chin. č'T².	4
čang⁴-fu¹ Mann, Gatte	312
čang⁴ a)kämpfen b) sich verlaffen auf (= čang⁴-čö)	44

čáng⁴·čŏ (mit Objektsl.)	
ſich verlaſſen auf	
čao²·	1155
čao²·či² ungebulbig wer-	477
ben	
čao³ a) ſuchen b) beſuchen	536
čáo³·č'u¹·lai² heraus-	
ſuchen	
čao⁴ Million	104
čao⁴ a) auf ... ju b) ge-	831
mäß =čáo⁴·čŏc)hinein-	
ſehen in	
čáo⁴·čŏ = čao⁴ gemäß	
čáo⁴·kuan³ beauſſich-	1009
tigen	
čě¹ = ča¹ ja wohl!	255
čě¹ ſtechen (v. Inſekten)	1201
čě⁴ bieſer (§ 210), Pl. čě⁴·	1349
či³·kŏ	
čě⁴ = čei⁴ bieſer	
čě⁴·li³ hier	1231
čě⁴·rh⁴ (ſpr. čě⁴rh⁴) hier	108
čě⁴·mŏ ſo (vor Abjekt.	1539
u. Verben)(ſpr. čě⁴·mo)	
čě⁴·inŏ·čŏ ſo (§ 327)	
(ſpr. čě⁴·mŏ·čŏ)	
čě⁴·mŏ·kŏ (ſpr. čě⁴ ꝛc.)	
ein ſolcher (auch čě⁴·	
mŏ·i²·kŏ)	
čě⁴·mŏ·hsiě¹·kŏ (ſpr.	
čě⁴ ꝛc.) ſo viel'e)	
čě⁴·čiu⁴ jeßt gleich	382
čě⁴·	780
čě⁴·čiang¹ (die Provinj)	762
Cheliang	
čěi⁴ = čě⁴·yi⁴ bieſer (vergl.	
Gramm. § 210)	
čěn¹ a) ausgießen, ein-	614
ſchenken b) überlegen	
čěn¹·čŏ überlegen	
čěn¹ wirklich	937
čěn¹ Nähnadel	1391
čěn¹·čiěⁿ·rh¹ Nabelſpiße	380
čěn¹·yěn³ Nabelöhr	938
čěn⁴ Stoß (vom Wind)	1424
čěng¹ aufmachen, offen	940
halten (die Augen)	
čěng³ ganj, vollſtändig	740
čěng¹·čěng³ ti ganj	
čěng¹·či² a) ju etwas	1544
machen b) ganj	
čěng³· [ten	740
čěng³·čī⁴ beſtrafen, quä-	771

čěng⁴ a) aufrecht, gerabe	735
b) richtig, korrett	
čěng⁴·čing¹ orbentlich,	1037
brauchbar	
čěng¹·yüě⁴ ber erſte(chin.)	654
Monat [ſeßen	
čěng⁴·tso⁴ ſich obenan	285
čěng⁴·šui⁴Hauptjölle(Ex-	980
port· unb Importjoll)	
čěng⁴ mit čŏ während, ge-	
rabe als	
čěng⁴ Familienname	1373
či¹·	127
či¹·liao·kúng³rh¹ ti hin	
unb wieder	
či¹ (veraltet) a) hungern,	1492
i hungrig ſein b) Hunger	
či¹·	752
či¹·pa¹ penis	753
či¹·tsę = či¹·pa¹ penis	
či¹	723
či¹·hui⁴ gute Gelegenheit	653
či¹ Huhn	1440
či¹·tsě'rh³ Hühnerei	340
či¹·tán⁴Hühnerei	1190
húo⁴·lung⁴· či¹· tsě'rh³	
Rühreier	
t'an²·či¹·tsě'rh³ Spiegel-	
eier	
či¹ Theetiſchchen	127
či'rh¹ Tiſchchen	
či² (körperliches) Leiben,	905
Krankheit	
či² erreichen	187
či² im höchſten Grabe	708
(meiſt Wenhua)	
či²·či¹ (erreichend· an·	1117
langend =) wenn erſt	
einmal	
či³ 1) wie viele 2) einige	425
(§ 248) 3) nach Zahlen:	
unb einige = či³·lai²	
4) vor Zahlen: (ſo unb	
ſoviel) Mal	
či'rh³ der wievielte	
či³·ší² (im Norden nicht	633
mehr gebr.) wann?	
či³·	1092
či³·liang² Rücken (ſpr.	693
či²·liang²)	
či³·niang² = či²·liang²	
(auch či²·niang² unb	
či²·ning² geſpr.)	

či[4] Jahreszeit	344
či[4] festbinden	1049
či[4]-k'u[4]-tái[4] (Hosen-	1229
binde-Gürtel =) Hosen-	
träger	414
či[4] a) sich erinnern, sich	1251
merken b)Erinnerungen,	
Denkwürdigkeiten	
či[4]-čö behalten (im Ge-	
dächtnis)	
či[4]-té[2] sich erinnern	
či[4]-šang[4] sich notieren	6
či[4] Dosis	154
či[4] a) vollendet sein b) adv.	624
P. nachdem, da ja.	
či[4] befördern, expedieren	362
(Gepäck, Briefe 2c.)	
či[1] wissen	949
či[1]-tao[4] wissen	1356
či[1]-fu[3] Präfekt; Regie-	428
rungspräsident, Vor-	
steher eines fu[3]	
či[1]-čou[1] Landrat, Vor-	399
steher eines čou[1]	
(Kreis)	
či[1]-hsien[4] Stadtmagi-	1045
strat, Vorsteher eines	
hsien[4]	
či[1]-	1196
či[1]-ču[1] Spinne = čú[1]-	1191
ču[1]	
či[1] ob. či[1]-tsç Heeresab-	675
teilung, Corps	
či[1]-	1129
či[1]-ma[2] Sesam (das Zei-	1166
chen für ma[2] ist bei A.,	
Seite 294 falsch ange-	
geben)	
či[1]-ma[2]-tsç'rh[3] Sesam-	
korn	
či[1] von (Postpof.)	20
či[1] Zählwort für Hunde,	1432
Schiffe, Kisten	
či[2] a) gerade b) steil c) ge-	931
radezu, in einem fort	
či[2] wert sein	80
či[2]-té[2] sich lohnen, der	
Mühe wert sein	
či[2] a) Finger b) Zehe	556
či[2]-[2]-t'ou[2] Finger	1470
či[2]-čia[3] Fingernägel	890
či[3] stehen bleiben, vergl.	734
tao[4]	
či[3]-ču[4] (einer Sache) Ein-	57
halt thun, aufhören	
lassen, hemmen	
či[2] Papier	1027
či[3] nur	198
či[4] (in der Umgangsspr.	1117
wenig gebr.) eigentlich:	
erreichen, dann adver-	
bial: a) äußerst b) bis	
či[4]-šáo[3] wenigstens	379
či[4]-tó[1] höchstens	305
či[4] a) hinstellen b) hin-	1054
stellen lassen	
či[4] behandeln (Krankheiten)	771
či[4] háo[3] heilen	320
či[4] Weisheit	949
či[4]-	1436
či[4]-či[1] eine Fasanart	1440
(syrmaticus Reevesii)	
či[4] 1) Wille 2) Geschichte	467
čia[1] Haus, Heim	360
tá[1]-čia[1] (großes Haus =)	309
alle	
čiá[1]-hsiung[1] mein älterer	103
Bruder	
čiá[1]-čü[4] ansässig sein,	57
wohnen	
čiá[1]-fu[4] mein Vater (§312)	846
čia[1]-	83
čiá[1]-huo[3] Hausgerät,	51
Möbel	
čiá[1]-huo[3]-fáng[2] (-'rh)	524
Anrichtezimmer	
čia[1]-	156
čiá[1]-šang[4] hinzufügen	6
čia[2] Panzer	890
čiá[2]-yü[2] (Panzerfisch =)	1512
Schildkröte (kleine)	
čia[3] falsch, unecht, trü-	82
gerisch; eitel	
čia[3]-	82
čiá[3]-žu[2] gesetzt den Fall,	321
daß	
čia[4] Urlaub; kao[4] čia[4]	82
Urlaub nehmen	
čia[4] a) Gerüst, Gestell	677
b) Zählwort für Ka-	
nonen	
čia[4] (mit ob. ohne kei[3])	338
a) jm. zur Frau geben,	
mit jem. verheiraten	
b) jem. heiraten (v. d.	
Frau)	

čie³-čie² ältere Schwester
čie³-mei⁴ Schwestern 324
čie⁴ a) jm. leihen, borgen 79
  b) sich leihen, borgen
čie⁴ (Goobr. čie¹⁻²) tren- 1430
  nen
čie⁴-pf'rh³ (indem eine 298
  Wand trennt)
čie⁴- 892
  čie⁴-čï'rh³ (spr. čęrl³) 556
  Ring
čie⁴- 1130
  čie⁴-mo⁴ (spr. čie⁴-mä) 662
  Senf, Mostrich
čien¹ rösten 827
čien¹ Schulter 1083
čien¹ gleichzeitig 120
čien¹ a) Zwischenraum 1417
  b) in (bei Jahreszahlen)
  c) Zählwort für Zim-
  mer
čien¹ spitz 380
  čienⁿrh¹ Spitze
čien³ a) abkürzen b) ein- 1012
  fach (Amt)
  čien³-čï² ti geradezu, 931
  durchaus
  čién²-čüe² entschlossen, 765
  breist, entschieden
čien³ aufheben 525
  čién³-č'i³ (-lai²) aufheben 1246
  (von der Erde)
  čién³-č'ü⁴ aufheben und 185
  mitnehmen
čien³ schneiden (mit der 148
  Scheere)
  čién³-tae Scheere
čien³- 100
  čién²-šeng² sparsam sein 935
čien⁴- 810
  čien⁴-čien⁴ ti ob. čien⁴-
  čięⁿrh¹ ti allmählich
čien⁴ Schwert 153
čien⁴ a) sehen, wahrnehmen, 1241
  bemerken b) besuchen
  čien⁴-knái⁴ böse sein 480
  čien⁴-t'ien¹ täglich (Abv.) 310
čien⁴ Zählwort für t'ing¹- 48
  hsi¹ u. šï⁴-č'ing²
čien⁴ errichten, bauen 439
čien⁴ billig 1298
  čien⁴-néi⁴ (das billige 109
  Innere =) meine Frau

čien⁴ a) warnen b) War- 1268
  nung
čin¹ Gold 1389
  čin¹ yin² ts'ai² pao³ 1395
  (ständige Wortgruppe) 1285
  Gold, Silber, Reich- 368
  tümer und Kostbar-
  keiten
  čin¹-čü'rh³ Goldorange 685
čin¹ Pfund = 1¹/₃ Pfd. 615
  engl.; catty = 16 157
  liang³
čin¹- 41
  činⁿrh¹ heute
  činⁿrh¹-kö heute
  čin¹-t'ien¹ heute 310
  čin¹-čï⁴ heute 625
  čin¹-nien³ in diesem 421
  Jahr, heuer
čin³ (Abv.) a) äußerst 1042
  b) eng, dringend 101
čin⁴ a) hineingehen in (Akk.), 1351
  einfallen in b) vor-
  wärtsgehen
  čin⁴-č'ü⁴ hineingehen 185
  čin⁴-lai² hereinkommen 63
  čin⁴ k'ou³ eingeführt 193
  werden, importiert wer-
  den
  čin⁴-k'ou³-šui⁴ (-yin²) 980
  Importzoll, Einfuhr- (1395)
  zoll
  čin⁴-k'ou³ ti šui⁴-yin³
  = čin⁴-k'ou³-šui⁴
čin⁴ erschöpfen; Abv. äußerst, 927
  erschöpfend; äußerst,
  pu²-čin⁴ unerschöpflich
  = äußerst
čin⁴ verbieten 970
  čin⁴-čï³ verbieten 734
čin⁴ a) nahe sein (mit Ob- 1341
  jektskasus) b) nahe
  čin⁴-lái² neuerlich 63
čin⁴ Kraft 158
čing¹ Iris 939
čing¹ Nachtwache; sän¹ 648
  čing¹ t'ièn¹ zur Zeit
  der dritten Nachtwache
čing¹ = péi³-čing¹ Peking 36
  čing¹-č'ęng² Hauptstadt 288
čing¹ a) ein klassisches Buch 1037
  b) erleben
čing³ Brunnen 33

14*

čúng¹-čï³ Mittelfinger | 556
čúng¹-žęn² Mittels- | 37
 perſon
čung¹-čien¹ (mit oder | 1417
 ohne voraufgehendes ti)
 in der Mitte, zwiſchen
čung¹-diöⁿ'rh¹ Mitte; |
 tsai² tang¹ — gerade
 in der Mitte
čung¹-kuó³ das Reich | 276
 der Mitte
čüng¹-t'ang² (mittlere | 299
 Halle) Ehrentitel der
 Mitglieder des großen
 Sekretariats
čung¹-čúⁿg'rh¹ ti mittel- |
 mäßig
čung¹ (Wand-) Uhr; | 1405
 Stunde
čung¹ treu, patriotiſch | 470
čung¹ a) beendigen, zu | 1031
 Ende führen b) er-
 ledigen c) Ende
čung³ 1) Same 2) Art | 983
čung⁸ anſchwellen | 1097
čung⁴ a) treffen (ein Ziel) | 17
 b) beſtehen (eine Prü-
 fung)
 pu čung⁴-yúng⁴ nichts | 888
 taugen
čung⁴ a) ſchwer b) rauh | 1385
 (z. B. Behandlung)
 c) koſtbar d) achten
čung⁴-tá⁴ (ſchwer und | 309
 groß =) bedeutſam,
 gewichtig
čung⁴-páo⁴ ſich dankbar | 291
 erweiſen (gegen)
čung⁴ 1) alle (vor dem | 925
 Subſt.) 2) die meiſten
čung⁴- | 983
čung⁴-tí⁴-ti (žęn²) (das | 283
 Land beſtellend =)
 Landmann, Bauer
čü¹ ausbeſſern (Porzellan) | 1400
čü¹ wohnen | 388
čü²-tsę Apfelſine 685 ob. | 729
čü² (-tsę) Büreau, Anſtalt, | 387
 Amt
čü³-
 čü³-čien⁴ empfehlen (mit | 1170
 kei³ verbunden)
čü⁴ Satz | 196

čü⁴ Regel, Muſter | 950
čüan¹ einſchließen (in einen | 1209
 Raum)
čüan¹ kaufen (ein Amt) | 563
čüan² aufrollen | 565
čüe² merken | 1243
čüe² entſcheiden | 765
 čüe²-tuan⁴ entſcheiden, | 919
 ſich(in einer Angelegen-
 heit) entſcheiden
čün¹ Fürſt; čün¹-tsę guter | 215
 Menſch, Edelmenſch
 čün¹-čü³ a) der König, | 19
 unſer Herr b) König
 (eines der Vertrags-
 ſtaaten)
čün¹ Heer | 1324
č'a¹ ſich unterſcheiden | 403
č'a¹-
 č'á¹-tsę Gabel | 1408
č'a² prüfen, unterſuchen | 679
 č'a²-čáo⁴ Kenntnis neh- | 831
 men von etwas
č'a² Thee | 1351
 č'á²-č'i'rh² Theelöffel | 168
 č'a²-čuán¹ oder čuán¹- | 963
 č'a² Ziegelthee (brick-
 tea), beſonders in Han-
 kow fabriziert
č'ai¹- | 403
 č'ái¹-šï³ Amtsgeſchäft, | 62
 amtlicher Auftrag
 č'ái¹-i⁴ Gerichtsdiener | 452
č'ai²- | 682
 č'ái²-huo³ Brennholz | 816
č'áng² koſten, probieren | 261
č'ang² Eingeweide | 1101
 č'áng²-tsę a)Eingeweide
 b) Wurſt
č'áng² lang | 1401
 č'áng²-č'iang¹ (lange | 701
 Lanze =) Lanze, Speer
 č'ang²-čiang¹ (der lange
 Strom) = ta⁴-čiang¹
 der Yangtſe
 č'áng²-yüan²-ping³
 (lange-runde-Kuchen
 =) Löffelbiskuits
č'ang² immer, beſtändig, | 415
 in einem fort
 č'ang²-č'áng² oder — —
 ti immer, beſtändig, in
 einem fort

c'ang^4 fingen | 249
c'ao^1 abſchreiben | 538
c'áo^1-haie^3 = c'ao^1 ab- | 366
  ſchreiben
c'áo^1-pao^4 bie hanb- | 291
  ſchriftliche Peking-Zeitung
c'ao^2 a) nach . . . hin | 659
  b) mit Bezug auf c) im
  Intereſſe von
c'ao^2-čŏ(= c'ao^2) a) nach | 1062
  . . . hin b) mit Bezug
  auf c) im Intereſſe von
c'ao^2 Dynaſtie; pén^3-c'ao^2 | 659
  bie regierenbe Dy-
  naſtie
c'áo^2-t'ing^1 Hof (eines | 438
  Fürſten)
c'ao^2- | 811
c'áo^2-šui^3 Flut (+ Ebbe) | 757
c'ao^3 braten | 818
c'áo^3-c'i^1-tsę̌'rh^3 Spiegel-
  eier
c'é^1 Karren, Wagen (zwei- | 1323
  räbrig, ohne Febern)
c'é^4- | 463
c'é^4 t'ái^2 ben Tiſch ab- | 1118
  räumen
c'ęn^2 Unterthan, Beamter, | 1112
  Würbenträger
c'ęn^2 alt (früher) | 1427
c'ęn^2-an^4 (früherer | 689
  Streitfall =) Präce-
  benzfall
c'ęn^2 Morgen | 637
c'ęn^3 kleine Steinchen (im | 964
  Reis ober bergl.)
c'eng^1 titulieren | 984
c'eng^2 a) helfen b) erhalten | 537
c'eng^2 vollenben, beenbigen; | 516
  — nién^2 ti bas ganze
  Jahr hinburch
c'eng^2 es geht
c'eng^2 čiá^1 einen Haus- | 360
  ſtanb grünben
c'eng^2 Stabt | 288
c'eng^2- | 981
c'ęng^2-tsę ein längerer
  Zeitraum
c'é^4 c'eng^2-tsę währenb
  bieſer ganzen Zeit
c'eng^4 Magiſchale | 979
c'i^1 kochen (Getränke) | 764

c'i^1 Frau, Gattin | 325
c'i^1-tsę Frau
c'i^1 ſieben
c'i^1-hsing^1-káng^1 (Sie- | 3
  ben - Stern - Behälter) | 630
  =) Plat-de-menage | 1051
c'i^1-yęn^2-pa^1-yü^3 (ſieben
  Worte unb acht Rebens-
  arten =) Geſchwätz
c'i^1- | 212
c'i^1-šui^3 (Ziſchwaſſer =) | 757
  Selterswaſſer
c'i^2 (Wenhua) ſein = | 117
  (Suhua) t'a^1 ti
c'i^2 Schach; heia^4 c'i^4 Schach
  ſpielen   700 ob. | 959
c'i^2-p'án^2 Schachbrett | 928
c'i^2-tsę̌'rh^3 Schachfiguren | 340
c'i^2 reiten | 1500
c'i^2 merkwürbig, ſelten | 314
c'i^2-kuai^4 merkwürbig, | 480
  ſonberbar
c'i^2- | 23
c'i^2-kai^4 ober c'i^2-kai^4 | 9
  Bettler
c'i^2 | 623
c'i^2-tsę Fahne, Banner
c'i^2-žęn^2 Bannermann, | 37
  Bannerleute
c'i^3 a) ſich erheben b) = | 1303
  ta⁴ung^2 von . . . her
  c) erheben
c'i^3 . . . li^3 a) aus . . . | 879
  heraus b) infolge von
c'i^3 šęn^1 (ben Körper | 1319
  erheben =) aufbrechen,
  ſich aufmachen
c'i^3 ši^4 einen Eib leiſten | 1260
c'i^3 míng^2 einen Namen | 211
  geben
c'i^3-lai^2 aufſtehen (vom | 63
  Sitzen ober Liegen)
c'i^3-lai^2 (einem Verbum
  angehängt =) anfangen
  zu
c'i^3 nä-mŏ ba, in bieſem | 1367
  Augenblicke | 1539
c'i^3 (mehr Schriftſprache)
  wie?
c'i^4 Gefäß, Gerät | 264
c'i^4 a) Atem, Geiſt b) Zorn | 756
c'i^4-hsiang^1 (Geiſtes-Ge-
  ſtalt =) Ortsſitte | 98

č'in¹·	731
č'ín¹·č'ai¹ Gesandter	403
č'in²·	1132
č'in²-ts'ai¹ Sellerie	1146
č'ing¹ grün; grünend, blü-	1453
hend; schwarz (von Klei-	
dern); č'ing¹-č'un¹ grü-	
nende Frühlinge =	
(Lebens)Alter	
č'ing¹-kuo³ (Grün-	674
frucht =) Olive	
č'ing¹-ts'ai¹ (grünes Ge-	1146
müse =) Gemüse	
č'ing² Umstände	492
č'ing² heiter (Wetter)	640
č'ing³ a) bitten b) enga-	1266
gieren	
č'ing³ · č'u¹ · lai² zu.	
herausbitten	
č'ing³ = 100 mu³ (Feld-	1465
maß)	
č'iú¹ Herbst	977
č'iú² bitten (um eine Gunst)	760
č'ou¹ a) herausziehen	545
b) schrumpfen	
č'óu¹-č'ou¹ zusammen-	
schrumpfen	
č'óu¹-t'i⁴ Schublade	389
č'ou¹ betrübt sein	497
č'ou² hassen, Haß; Feind	40
č'ou²·	1028 ob. 1038
č'ou²-tse Seide(nstoff)	
č'óu²-tuan⁴ Seide und	1040
Atlas, Seidenstoffe	
č'óu²-i¹-fu² seidene Klei-	
der	
č'óu²-i¹-šang¹ seidene	
Kleider	
č'ou³ anblicken, ansehen	946
č'óu³-čien⁴ sehen	1241
č'ou³ häßlich	1382
č'ou⁴ a) stinken b) ver-	1116
derben	
č'óu⁴ · č'ung² (Stink-	1184
käfer =) Bettwanze	
č'óu⁴-ta⁴-čie³ (die große	309
Stinkschwester=)Blatt-	326
wanze	
č'óu⁴-č'un² die stinkende	705
Akazie, eine Akazien-	
art [Alt.)	
č'u¹ herausgehen (aus =	130
č'u¹ hán¹ schwitzen	761

č'u¹ wái⁴ ins Ausland	304
gehen, nach außerhalb	
gehen, verreisen	
č'u¹-li⁴ sich anstrengen,	155
thätig sein, sich Ver-	
dienste erwerben	
č'u¹ sé²-li⁴ (tote Kraft	743
daransetzen =) sich un-	155
nütz abmühen	
č'u¹ čiá¹ (aus der Fa-	360
milie heraustreten =)	
Mönch werden	
č'u¹ mén² ausgehen	1411
č'u¹ mén²-tsŏ (zur Thüre	1411
hinausgehen =) hei-	
raten (von Mädchen)	
č'u¹ miug² ti den Namen	211
hervortreten lassend,	
berühmt	
č'u¹-pín⁴ ti (hinaus-	746
gehend zu einem Leichen-	
begängnis =) Leid-	
tragende [machen	19
č'u¹ čú²i⁴ einen Plan	500
č'u¹ káo⁴-ŠI¹ eine Pro-	223
klamation erlassen	967
č'u¹ k'óu³ ausgeführt	193
werden, exportiert wer-	
den	
č'ú·k'ou³· šui¹ (-yin²)	980
Exportzoll, Ausfuhrzoll	(1395)
č'u¹-k'ou³ ti šui⁴·yin²	
= č'u¹-k'ou³-šui¹	
č'u¹-šou² sich selbst (der	1493
Behörde) anzeigen	
č'u¹ ping⁴ in den Krieg	116
ziehen	
č'u¹ ta⁴ č'ai¹ zur großen	309
Amtshandlung aus-	403
ziehen = die Hinrich-	
tungen vollziehen	
č'ú¹-č'ü⁴ ausgehen,	185
hinausgehen	
č'ú¹-lai² herauskommen	63
č'u¹-tsu¹ vermieten	978
č'u¹ Anfang	135
č'ú¹-ŠI²-čien¹ (während	633
der Anfangszeit =) im	1417
Beginn, in der ersten	
Zeit	
č'u³ beseitigen, ausrotten;	1425
ausschließen, abziehen	
(von einer Summe)	

č'u³ (adv. P. des Aor.)
oder č'ú² liao (adv. P.
des Perf.) ausgenom=
men, außer; abgesehen
davon, daß
č'u² hái⁴ ein Übel be= 359
seitigen
č'u²-č'û⁴ a)abziehen, fub= 185
trahieren; b) adv. Part.
außer, ausgenommen
č'u²- 433
č'ú²-tse Koch
č'ú²-fáng³ (Kochzim= 524
mer =) Küche
č'u⁴ Ort; hão²-č'u⁴ etwas 1180
Gutes, Tugend, Vorteil
č'uan¹ anziehen, tragen 988
(Kleider)
č'uán¹-šang⁴ anziehen, 6
tragen (Kleider).
č'uan³ Schiff, Boot 1127
č'uan⁴ überliefern, erzäh= 93
len
č'uang¹ Geschwür 907
č'uang⁴. 991
č'uáng¹-hu⁴ Fenster 523
č'uang³ Bett 426
č'úi¹ blasen 221
č'un¹ Frühling 631
č'un¹ Akazie 705
hsiáng⁴-č'un¹ die wohl=
riechende Akazie, eine
Akazienart
č'ung² verdoppeln, wieder= 1385
holen
č'ung²- 1184
č'úng²-tse Insel
č'ung⁴.
č'ang⁴ = č'ung⁴ čö ==
č'ao²-čö (vulg., nicht
geschrieben)
č'ung⁴-čö ju. im Auge
haben, es auf ihn ab=
sehen
č'ü³ a) auswählen b) neh= 332
men (eine Frau)
č'ü³ hsi³-fu'örh¹ eine 336
Frau nehmen 335
č'ü³ nehmen, empfangen, 191
holen
č'ü²-lai³ herholen
č'ü⁴ (wohin) gehen, fort= 185
gehen, weggehen

č'ü³ č'ü⁴ gehen um zu 191
holen, herholen
č'ü⁴-lu⁴ Weg ;Auskunfts= 1315
mittel
č'ü⁴-nien² das vergan= 421
gene Jahr; im vergan=
genen Jahr
č'ü³. 647
č'ü'rh³ Lied, Melodie
č'ü⁴. 1307
č'ü'rh⁴ Vergnügen, In=
teresse; yö³ č'ü'rh⁴
amüfant fein
č'üán¹ Fauft 550
č'üán² vollständig, fämt= 115
lich
č'üán⁴ ermahnen 163
č'üe⁴ erledigtes Amt, Va= 1052
kanz; Amt
č'ün² a) Haufe b) Herde 1063
c) Menge d) alle
č'ün²- 1233
č'ün²-tse Unterrock
č'ya¹, zusammengezogen
aus č'i³-yö³ wie sollte
es geben?

en¹ Güte (gewöhnlich: 483
en¹-tien³)
én¹-ai⁴ (Güte und Liebe 502
=) Geschlechtsliebe
en¹-tien³ Güte 118

fa¹- 911
fa¹-fú² ftark werden, Em= 972
bonpoint bekommen, zu=
nehmen.
fa¹-č'ie⁴ fich ängftlich 481
zeigen
fa² a) beftrafen (mit Geld) 1055
b) Strafe
fa² a) müde werden b) 21
Müdigkeit
fa³ a) Gefetz, Recht b) Art 773
und Weife [Ausweg
fá ³·³-tsě Mittel, Plan,
fá³-lü⁴ Gefetze 457
fa⁴- 773
fá⁴-kuö² Frankreich 276
fa⁴-č'áng² Richtplatz 294
fa⁴. 880
fa⁴-lán² Cloisonné, Zel= 1171
lenfchmelz

fa^4-lan^2-tsó^4 Cloisonné- 60
Fabrik

fan^1 vorwärts= und rück= 1065
wärtsfliegen

fan^1 lién^3 ein böses Ge- 1107
sicht machen, böse wer-
den

fan^1 a) umwenden, um- 1065
kehren b) umfallen

fan^1-kúo'rh^4 umkehren, 1355
auf den Kopf stellen

fan^1-lái^2 fu^2-č'ü^4 hin-
und herwenden

fan^2 a) bemühen b) Be- 832
mühung c) mühsam d)
jn. bitten um

fan^2 fremd 896

fan^2 jeder 128

tan^4 *fân^2* ti == alle, 55
welche

fan^3 a) umgekehrt b) rebel- 189
lieren, sich empören

fan^4 übertreten (Gesetz), 859
verstoßen (gegen)

fan^4 a) (gekochter) Reis, 1483
b) Essen

sán^4-čï^1 Huhn mit Reis 1440

fan^4-kúo^1 Reistopf, 1404
Pfanne

fan^4-t'ing'rh^2 Speisezim- 437
mer

fang^1 Laden 284

fang^1 1) Seite, Gegend, 620
2) viereckig

fang^2 524

fáng^2-tse a) Haus b) mit
dem Zählwort č'u^4) An-
wesen (aus mehreren
Gebäuden bestehend)

šáng^4-*fang^2* das Herren- 6
haus

fang^3-

fang^3-fu^2 anscheinend

fang^4 a) hinlegen, hinsetzen 600
b) laufen lassen c) auf
die Weide treiben

fang^4 p'ing^2 niedersetzen 420
(Sänfte)

fáng^4-čö a) daliegen b) 1062
dasein, vorhanden sein

fang^4 hsin^1 sich beruhi- 464
gen, unbesorgt sein

fei^1 fliegen 1479

fei^4 ausgeben, verschwen- 1293
den, nicht sparen, ver-
brauchen

fei^4 liáng^2 tao^4 šóu^3
(zwei Wege Hand ver-
schwenden =) sich dop-
pelte Mühe machen

féi^4-yung^4 ausgeben 888

fèn^1 a) teilen b) unter- 132
scheiden c) Teil; šī^2-
fèn^1 (zehn · Teile =)
sehr; d) der 10. Teil
eines č'ién^2, canda-
reen, cf. li^2 e) ¹ ₁₀
ts'un^4. Linie

fén^1-kei^3 jm. etw. ab= 1034
geben

fèn^1-pie^2 a) unterscheiden 136
b) Unterschied

fèn^1-šui^3 (Wasserteiler 757
=) Flosse

fèn^4 Anteil (vergl. dagegen 132
fèn^1)

feng^1 Wind 1477

féng^1-čï^1 wildes Huhn 1440

féng^1-yü³-*piáo^2* (Wind= 1444
Regen=Uhr =) Baro- 1219
meter

feng^4 a) siegeln b) versie- 371
gelt werden; zufrieren
(Fluß) c) Zählwort für
Briefe

feng^1 Biene, Wespe 1195

feng^2 nähen 1046

fo^2 Buddha 59

fo^2-hsin^1 (buddhaherzig 464
=) unschuldig (von Kin-
dern)

sou^2 == fu^2 schwimmen 786

fu^1 (Wenhua) a) Mann 312
b) Gatte

fu^1-žén^2 Gemahlin 37

fu^2 Glück 972

fu^2-č'i^4 Glück 756

fú^2-čien^4 (Provinz) Fu- 439
kien

fu^2 umwenden, umkehren 461

fu^2 schwimmen (von Gegen- 786
ständen)

fu^2-č'iáo^2 Schiffsbrücke 721

fu^2-ší^2 Bimstein 952

fu^2-t'óu'rh^2 obenauf be- 1470
findlich

hḗn⁴ pu tḗ² böſe ſein,
daß man nicht ... fann,
etwas am liebſten thun
heng¹ hm! hm! ſagen | 245
heng¹ = huang¹; tḗ | 504
heng¹
(einem Verbum nach=
geſtellt) außerordentlich
heng² quer, wagerecht | 713
ho³ trinfen | 257
ho¹ t'ang¹ Suppe eſſen | 800
ho¹⁻ | 1526
hó¹⁻ĕi¹ eine Faſanenart | 1440
(Crossoptilon mant-
churicum)
ho² Fluß | 768
ho²⁻kóu¹⁻tsę (Waſſer= | 803
graben =) Bach
ho²⁻pién⁻rh¹ Flußufer | 1366
ho² a) übereinſtimmen mit, | 208
harmonieren mil (Ob=
jeftslaſ.) b) Eintracht
c) adj. P. frieblich, ein=
trächtig d) adv. P. mit,
unb (meiſt ho⁴) e) aus=
machen, ergeben f) ¹/₁₀
šeng¹ g) zumachen,
ſchließen (die Augen)
ho²⁻ǯi⁴ jm. paſſen, ſei= | 441
nem Wunſche entſpre=
chen
ho²⁻čung⁴⁻kuò² die Ver= | 925
einigten Staaten (von | 276
N.=A.)
hó²⁻kuo² Holland | 276
ho² a) Waſſerlilie b) er= | 1140
halten
hó²⁻hua¹ Lotosblume | 1131
hó²⁻lan²⁻kuò² (ho²⁻lán²⁻ | 1177
kuo²) Holland | 276
ho²⁻lan²⁻ſúi³ (Holland=
waſſer =) Selterswaſſer
ho²⁻ | 684
hó²⁻t'ao² Walnuß | 687
ho² (Schriftſpr.) was? wo= | 58
hin? ǯi²⁻ho² wieviel?
ho⁴ mit (= han⁴ oder | 208
hai⁴)
ho⁴ t'a¹ hǎo³ mit ihm
befreundet ſein
hó²⁻yṅe¹ Vertrag | 1024
hó⁴⁻šang⁴ bubbhiſtiſcher | 381
Prieſter

hou² Graf, Marquis | 66
hóu²⁻ye³ Herr Graf | 850
hou⁴ warten | 78
hou⁴ bid (von Flächen) | 183
hou⁴ a) Hinterſeite b) hin= | 458
ter c) hinten
hóu⁴⁻lai² ſpäter, fünſtig= | 63
hin
hóu⁴rh⁴(-kö)übermorgen
hóu⁴⁻ǯi⁴ übermorgen | 625
hóu⁴⁻t'ien¹ übermorgen | 310
hón⁴⁻pan⁴⁻t'ien¹ Nach= | 176
mittag's) | 310
hóu⁴⁻pan⁴⁻yie⁴ die zweite | 176
Hälfte der Nacht | 306
hóu⁴⁻nien² bas über= | 421
nächſte Jahr; im über=
nächſten Jahr
hóu⁴⁻pan⁴⁻nien² die | 176
zweite Hälfte bes Jah= | 421
res
hóu⁴⁻ǯęn² Nachwelt | 37
hóu⁴⁻t'ou² a) hinten b) | 1470
hinter
hou⁴⁻húi³ bereuen | 490
hu¹ plötzlich | 473
hu¹⁻žán² plötzlich | 825
hu² Kanne | 302
hu²⁻ | 1021
hú²⁻tu¹ (wörtl. verflei= | 295
ſtert unb mit Lehm
ausgeſchmiert) bumm
hu²⁻ | 1510
hú²⁻tsę Bart
hu²⁻ | 1089
hú²⁻čiaо¹ Pfeffer (in | 704
Körnern)
hú²⁻čiaо¹⁻miĕn⁴rh¹ Pfef= | 704
fer (zerrieben) | 1536
hú² lò¹⁻po² Mohrrüben
hú²⁻t'ung⁴ Gaſſe | 210
hu²⁻ | 860
hú²⁻li² Fuchs (ſpr. hú²⁻li) | 863
hu²⁻ | 799
hu²⁻nán² (bie Provinz | 179
Hunan
hu²⁻péi³ (bie Provinz | 167
Hupe
hu² Tiger | 1179
hu⁴⁻huàn⁴ austauſchen (bie | 31
Ratifikationen eines | 577
Vertrages
hu⁴⁻ | 523

huo²· | 308
  húo³-čï⁴ Gefährte, Ge- |1248
  noſſe
húo⁴ Unglück |1287
huo⁴ Ware(n) | 971
húo⁴ oder | 518
  húo⁴ . . . húo⁴ ſei es
  nun . . . . ober
  húo⁴-čë³ ober |1067

hsi¹ bebauern | 493
Hsi¹ Weſten |1239
  hsi¹-kua¹ (Weſtmelone| = 882
  =) Waſſermelone.
  hsi¹-yáng² Europa | 777
  hsi¹·yang²-žen² Euro-| 37
  päer
hsi²· |1162
  hsi²-tse Schilfmatte
Hsi³ ſich freuen | 256
Hsi³ waſchen | 778
  hsi³-tsáo³ (waſchen = rei-| 813
  nigen =) baden
hsi³· | 336
  hsi³-fu’örh⁴ Frau (auch| 335
  hsi³-fu’örh⁴-tse)
hsi⁴ a) fein, bünn b) (als|1030
  Adv.) genau (z.B.prüfen)
  hsi⁴-hsi⁴ ti ober hsi⁴-
  hsi’rh⁴ ti genau, ſorg-
  fältig (Adv.) | 943
hsia¹ a) blind b) grundlos
  hsiá¹-tse ein Blinder |1198
hsia¹·
  hsiá¹ - mi³ Krabben |1015
  (shrimps)
hsia²· | 170
  hsiá²-tse Schachtel
hsia⁴ Sommer | 303
hsia⁴ erſchreden (intr.) | 266
  hsiá⁴-hu³ erſchreden (tr.)| 251
hsia⁴ herabſteigen, hinab-| 7
  ſteigen
  hsia⁴ čiào⁴ aus der|1235
  Sänfte ſteigen [ſteigen
  hsia⁴ má³ vom Pferde|1495
  hsia⁴ č’uan² a) an Bord|1127
  gehen b) ans Land gehen
  hsia⁴ yü³ es regnet|1444
  hsiá⁴ wo³ i:’-t’iao⁴ ich|1316
  habe einen Schreck be-
  kommen

ta³ yi⁴ hsiá⁴ (eine her-
  unterhauen =) einen
  Schlag geben
pu² hsiá⁴ . . . nicht zu-
  rückbleiben unter =
  minbeſtens . . . betragen
hsiá⁴-lai² herunterkom-| 63
  men
hsiá⁴-č’ü⁴ hinuntergehen|176 [185
hsia⁴-šeng⁴ übrig blei-|151
  ben
hsiá⁴-yüe⁴ ber nächſte|654
  Monat; im nächſten
  Monat
hsiá⁴-p’ing² ber untere|300
  gleiche (= zweite) Ton
hsiá⁴-ši⁴ bie zweite Le-| 11
  benshälfte, bas Alter
hsiá⁴-pan⁴-t’ien¹ Nach-|176
  mittag(s) |310
hsiá⁴-t’ou² (wenig gebr.)|1470
  unten
hsiá⁴-pien¹ a) unten b)|1366
  unterhalb, unter
hsiá⁴-mien⁴ = hsiá⁴-|1456
  pien¹ unten; unterhalb
hsiang¹·   [unter|1494
  hsiang¹-yüán² Zitrone|728
hsiang¹· |1010
  hsiáng¹-tse Kiſte
hsiang¹ gegenſeitig |933
  hsiang¹ hao³(gegenſeitig|320
  gut =) befreunbet
  hsiang¹-háo³ ti Freunb
  hsiang¹-ying¹ a) ent-|513
  ſprechen b) angemeſſen
  ſein
hsiang¹ a) wohlriechenb b)|1494
  Weihrauch
  hsiáng¹·čiang³ (ober|796
  -kang³) Hongkong
hsiang¹· |1372
  hsiáng¹-hsia⁴ bas Land| 7
  (imGegenſatz zurStabt);
  Adv. auf bem Lande
  hsiáng¹-ts’un¹ Dorf|669
hsiang³ erſchallen, tönen,
  klingen   1463 ob.|232
hsiáng³ denken, meinen,|499
  glauben; ſich ſehnen
  (nach; erſinnen, er-
  benken, gebenken; beab-
  ſichtigen

ku⁴ (W.) Grund, Ursache | 601
ku⁴-i¹ (ti) absichtlich | 500
(Abv.)
kú⁴-tê, z. B. mei¹ kú⁴- | 455
tê er nahm sich nicht +
die Zeit dazu | 459
kua¹ Melone | 882
kua¹ wehen; — fêng¹ es ist | 1478
windig
kua⁴ hängen | 572
kuá⁴-čö hangen, hängen ob.
(intr.) | 555
kuá⁴-čung¹ (Hänge-Uhr | 1405
=) Wanduhr
kua⁴ Rock | 1226
tá⁴ kua⁴-tsç (großer Rock ob.
=) Mantel | 1235
kuai¹ hinken | 549
kuai⁴ merkwürdig; kuai⁴ | 480
(Abjektiv) ti furchtbar
(Abjektiv)
kuái⁴ pu⁴ tê² es ist kein
Wunder, daß
kuán¹ zumachen, schließen; | 1419
kuán¹-šang¹ dasf. ob. | 1420
kuan¹ Beamter | 352
kuán¹-č'ai¹ Amtsgeschäft | 403
kuán¹-hua⁴ Mandari- | 1257
nensprache; chinesisch
kuán¹-hsien² Amtstitel | 1398
kuán¹-yüan² (Beamter | 234
+Beamter=)Beamter
kuán¹-tung¹ Mandschu-
rei 1419 + | 671
kuán¹-sç¹ Prozeß 352 + | 205
kuán¹-hsi⁴ a) folgen- | 1420
schwer sein, wichtig sein +
b) Folgen, Wichtigkeit | 68
kuán³ 1) Röhre 2) Zähl- | 1009
wort für Pinsel 3) sich
bekümmern um
töu¹ pu⁴ kuán³ es ist
mir ganz gleichgültig
kuán²-čia¹(-ti) Hausver- | 360
walter
kuan²-ši⁴-ti (verwaltend | 28
die Angelegenheiten =
Haushofmeister
kuán³-pao³ (sprich: | 71
kwám³-mö) wahrschein-
lich, vermutlich
kuan⁴ sich gewöhnen an | 706
(mit Objektsf.)

kuán⁴ lä gewöhnt sein
an
kuan⁴ aufreihen(z.B. Cash) | 1289
kuang¹ a) Glanz b) glän- | 106
zend c) bloß
kuáng¹-čing³ Art und | 639
Weise
kuáng¹-kun¹ Spitzbube | 697
kuang². | 436
kuáng¹-hsi¹ die Provinz | 1239
Kuangsi
kuáng²-tung¹ die Pro- | 671
vinz Kuangtung
kuang⁴ spazieren gehen
1346 ob. | 1320
kuáng¹-čü⁴ spazieren | 185
gehen | 741
kuei¹ (sprich kwi¹) a) zurückkehren b) wieder
an seinen Platz kommen
c) wieder an seinen
Platz legen
kuei¹ (spr. kwī) a) Kom- | 1242
paß b) Regel c) Sitte
kuéi¹-čü⁴ (spr. kwī) gute | 950
Sitte, Anstand
kuéi¹-fei¹ (kwf²-fei⁴) | 1293
Kosten, Gebühren
knei⁴ teuer; geehrt, ange- | 1291
sehen
kuei⁴ knien | 1314
kuéi⁴-hsia⁴ niederknien | 7
kun⁴. | 697
kún⁴-tsç Stock
kung¹ aussagen (bei einem | 65
Verhör)
kung¹ Bogen | 442
kung¹ Palast | 357
kung¹-mên²-č'ao¹ die | 1411
Hofnachrichten in der +
Peking-Zeitung | 538
kung¹ a) öffentlich; — si⁴ | 112
öffentliche Angelegen-
heiten; b) männlich;
kung¹ či¹ Hahn
kúng¹-čü⁴ Prinzessin | 19
kung¹-só³ (-rh) Amts- | 525
bureaus
kung¹-kuán³ (Gesandt- | 1490
schafts-)Hotel
kúng¹-tao⁴ a) Gerechtig- | 1356
keit, Billigkeit; b) ge-
recht

15*

kúng¹-či¹ Hahn | 1440
kung¹ Arbeiter | 400
kúng¹-pu⁴ Ministerium | 1370
  der öffentlichen Arbeiten
kung¹-čiang⁴ Handwer= | 169
  ter
kúng¹-č'ien² Lohn | 1402
kúng¹-fu¹ Zeitraum, | 312
  Zeit
kúng¹ Bogen, Armbruft | 442
kung¹ höflich, achtungsvoll | 487
  fein
č'u¹ kúng¹ zu Stuhle | 130
  gehen
kúng¹-čing⁴ ehrerbietig | 607
  fein
kúng¹-kung¹-čing⁴-čing⁴
  ti ehrerbietig, achtungs=
  voll (Adv.)
kung⁴ zusammen | 114
kung⁴-tsúng³ zusammen= | 1047
  genommen
kúo¹ Keffel, Topf | 1404
kuó² Land, Reich, Staat | 276
kuó²-čia¹ Vaterland, Re= | 360
  gierung
kuó²-wáng² König | 873
kuó³- | 674
kuó³-žán² in der That, | 825
  wirklich
kúo³-tse Frucht
kúo⁴ a) vorübergehen b) | 1855
  verleben c) Partikel des
  Perfekts d) Adv. P.,
  auch kúo⁴ lä nach (Zeit)
  pu²-kúo⁴ (nicht über=
  fteigend, =) nur, nicht
  mehr als
kuo⁴ ži⁴-tse a) fein Le= | 625
  ben hinbringen b) den
  Lebensunterhalt beftrei=
  ten
hsin¹ li³ kuo² pu² č'ü⁴
  (im Herzen nicht über=
  winden können =) es
  nicht verwinden können
kuo⁴-wáng² vorüber= | 454
  gehen
kúo⁴-č'ü⁴ vorübergehen, | 185
  vorbeigehen b) hinüber=
  gehen c) hingehen
kúo¹-lai² a) vorüberkom= | 63
  men, vorbeikommen b)

her'an)kommen c) her=
  überkommen
k'á¹- | 229
  k'á¹-la¹ Tuch, Wollenzeug | 253
k'ai¹ a) öffnen b) fich öff= | 1413
  nen c) anfangen zu
  kochen (Waffer), vergl.
  k'ai¹-čö d) eröffnen (ei=
  nen Laden) e) auffchrei=
  ben f) blühen
k'ai¹ pu⁴ k'ai¹ fich nicht
  öffnen laffen, nicht auf=
  gehen
k'ai¹-čö offen ftehen
k'ai¹ t'áng² ausnehmen, | 1104
  ausweiden
k'ai¹-tsái³ verzeichnen; | 115
  verzeichnet ftehen
k'ái¹-č'a¹-lai² auffchrei= | 130
  ben | 63
k'ai¹ lä k'óu³-tse lä der
  Fluß ift ausgetreten
  (wörtlich: es hat fich
  der Damm geöffnet)
k'ai¹ kuó⁴ č'ü⁴ lä ver=
  blüht fein
k'an¹ beauffichtigen, be= | 936
  wachen
k'an¹-mén²-ti (beauffich= | 1411
  tigend - Thür) Portier
k'an³ fällen, abhauen | 953
  k'an³-hsia⁴(-lai²) ab= | 7
  hauen | (63)
  k'án³-čienⁿrh¹ Wefte | 1083
k'án¹ 1) anfehen 2) lefen | 936
  (ein Buch)
k'an¹ pu³ kúo⁴ es nicht
  mehr mit anfehen können
k'an⁴-č'i³-lai² betrachten, | 1246
  anfehen | 63
k'án⁴-čien⁴ fehen | 1241
k'án¹-hsia⁴ (fehen — | 7
  hinabfteigen =) genau
  anfehen, in Augenfchein
  nehmen
k'án⁴-č'eng³ (für jn.) | 527
  forgen, fich (für jn.) in=
  tereffieren (mit Ob=
  jekft.)
k'an¹-lai² meinen | 63
k'ang¹ ein Name | 432
k'ang⁴ verweigern | 540
k'ang⁴ das chin. Ofenbett | 819

liebte =) Ihr Fräulein
  Tochter

ling⁴·lang² (befehlender 1369
  Mann =) Ihr Herr
  Sohn

líng⁴·ti⁴ Ihr jüngerer 444
  Herr Bruder

líng⁴·bsiung¹ Ihr älterer 103
  Herr Bruder

liu² fließen 784

liú²·lo⁴ umherirren, hei-
  matlos sein

liu² zurückhalten 893 ob. | 900

liu² hsin¹ sich in acht 464
  nehmen

liu²·pú⁴ ob. liú²·pu⁴ (seine 737
  Schritte anhalten =)
  Halt machen

liu²·sen²) den Geist zurück- 969
  halten =) sich in acht
  nehmen

liú²·hsia⁴ (zurückhalten- 7
  hinabsteigen =) zurück-
  lassen, hinterlassen

lin⁴ (spr. lĕo⁴) sechs 113

liu⁴·pú⁴ (= lu⁴·pú⁴) die 1370
  6 Ministerien

liu⁴ Reihe, Flucht (von Zim- 802
  mern, Häusern, Stühlen,
  2c.)

liú¹·ta¹ hin- u. hergehen, 1357
  spazieren gehen

li³·yü² Karpfen 1514 ob. |1512

lö = liao³ 27

lo²· 1501

ló²·tse Maultier

lo²· 1178

ló²·po² Rabieschen 1153

lo⁴· 1499

ló⁴·t'o² Kamel 1497

ló⁴·t'o²·zúng² Kamel- 1035
  wolle

lo⁴ sich freuen 715

lou² 1) oberes Stockwerk 716
  2) mehrstöckiges Ge-
  bäude 3) Turm

lou⁴ lecken, undicht sein 807

lou⁴· 1452

lóu⁴·č'u¹·lai² sichtbar 130
  werden, herausschauen,
  zum Vorschein kommen 63

lu⁴ Hirsch 1533

lu⁴ Weg, Straße 1315

lu⁴· 1452

lú⁴·šui² Tau ＼ 、 ´ 、 ╱ 757

luan⁴ verwirrt sein, in Un- 26
  ordnung sein (auch lan⁴)

lan² Rad 1330

lun⁴ a) erörtern b) rechnen 1265
  oder zählen nach c) ge-
  rechnet werden nach

lung² Drache 1546

lúng²·hsü¹·ts'ai⁴ (Dra- 1511
  chenbartgemüse =) 1146
  Spargel

lung² taub l 1078

lü² Esel 1503 ob. | 1504

lü⁴ Gesetz, Gesetze, Gesetz- 457
  buch

lön²· 788

lün²·šŕ¹ = lin²·šŕ¹ durch- 815
  nässen

ma¹ vulg. statt mö (Frage- 260
  partikel)

ma¹· 337

má¹·ma¹ Mama, Mutter 337

ma² 1537

má²·li⁴ flink 137

ma³ Pferde 1495

ma³·čúng³ a) Huf b) 569
  Hufeisen

má³·fu¹ Pferdeknecht 312

ma³·p'éng² Pferdestall 701

mä³·kua'rh⁴ (Pferderock 1235
  =) Jacke; huáng² ma³·
  kua'rh⁴ die gelbe Jacke

ma³ (seltener ma³ k'o⁴) 1495
  Mark (deutsche)

ma³ 1200

má³·i³ Ameise 1206

mai² begraben 287

mai³ kaufen 1292

mái³·mai⁴ Handel 1300

tso⁴ mái³·mai⁴ Handel 84
  treiben

mai⁴ verkaufen 1300

mai⁴·čin⁴ vollständig 927
  verkaufen

mái⁴·šü¹·ti Buchhändler 649

mai⁴· 1535

mai⁴·tse Weizen

man² verbergen, verheim- 944
  lichen; täuschen

man²· 1517

ming² Beiname, Rufname 211
 yǒ³ ming² einen Namen
 haben == berühmt sein
ming²-mu⁴ ... ne. 930
ming²-tsḛ⁴ Name 342
miᵘᵍ'rh² Name 211
hsiáo³ ming²'rh² der kleine
 Name
ming²-p'ien²Bisitenkarte 853
ming⁴ Leben 230
mö Fragepartifel 1539 ob. 1538
mo²- 1175
 mó²-ku¹ Pilz, Cham- 1145
 pignon
mo⁴- 544
 mo²-šang⁴ aufstreichen 6
mo⁴ nicht (Wenhua statt 1143
 pie⁴)
mo⁴ Ende; yi²-mo'rh⁴ 662
 (vulg.) einmal
mo⁴ Tusche 296
mo⁴- 662
 mo'rh⁴ Abfall 662
mo⁴- 770
 mó⁴-tsḛ Schaum
mou³ (== mu³) Morgen 894
 (Feldmaß); vergl. auch
 pu⁴ und č'ing³
mu² Muster 717
mu² sterben 744
 mú²-yang⁴ Gestalt, Aus- 718
 sehen
mu³- 749
 mú³-č'in¹ Mutter 1244
mu⁴- 660
 mú⁴-t'ou² Holz 1470
 mú⁴-čiang⁴ Tischler 169

na == ni¹ Schlußpartifel 239
 228 ob.
na² a) nehmen b) nehmend 554
 == mit (Wertzeug) c)
 festnehmen
ná²-čö a) nehmen, hal- 1062
 ten b) nehmend == mit
 (§ 252)
na² ču²-i⁴ einen Entschluß 19
 fassen 500
ná²-lai² herbringen 63
ná²-č'in⁴-č'ü⁴ hinein- 1351
 bringen 185
ná²-č'in⁴-lai² herein- 1351
 bringen 63

ná²-č'u¹-č'ü⁴ hinaus- 130
 tragen [men 185
ná²-č'u¹-lai² herausneh- 130
ná²-hsia⁴ a) herunter- 7
 nehmen b) festnehmen
ná²-hsia⁴-lai² herunter- 7
 nehmen, herunterbringen 63
ná²-šang⁴-č'ü⁴ hinauf- 6
 bringen 185
ná²-šang⁴-lai² herauf- 6
 bringen 63
ná²-k'ai⁴ fortnehmen (von 1413
 einer Stelle)
ná²-č'i⁴-lai² a) hoch- 1246
 nehmen b) in die Hand 63
 nehmen
ná²-kuo⁴-č'ü⁴ a) hin- 1355
 übertragen b) hintragen 185
ná²-kuo⁴-lai² a) herüber- 1355
 bringen b) herbringen 63
ná²-hui²-č'ü⁴ wieder mit 272
 zurücknehmen 185
ná²-hui²-lai² hierher zu- 272
 rückbringen 63
ná²-č'u festhalten, fest- 57
 nehmen, ergreifen.
na³ welcher? (§ 214); Pl. 1367
 ná³-či³-kö⁴ oder ná³- 425
 či³-kö'rh⁴ 75
ná³-li³ wo? 1231 ob. 1232
ná³-k'ua⁴'örh⁴ wo? 292
ná³-h'örh⁴ (vulg.) statt
 ná³-k'ua⁴'örh⁴
na'rh³ wo?
na⁴ jener 1367
ná⁴-li³ da, dort 1231 ob. 1232
ná⁴-k'ua⁴'örh⁴ da, dort
ná⁴-h'örh⁴ (vulg.) statt
 ná⁴-k'ua⁴'örh⁴
na'rh⁴ da, dort
ná⁴-pien⁴ (jene Seite ==) 1366
 dort; na⁴-pien¹-ti dortig
ná⁴-pien'rh¹ dort 108
ná⁴-mö (spr. ná⁴-mo) so 1539
 (vor Adjeft. u. Berben)
ná⁴-mö-čö (spr. ná⁴- 1539
 mö-čö) so 1062
ná⁴-mö-či == ná⁴-mö-
 čö (ebenso geschrieben)
ná⁴-mö-yang⁴ == ná⁴-
 mö so
ná⁴-mö-hsiḙ¹-kö (spr.
 ná⁴ etc.) so viel(e)

nu⁴ a) zürnen b) Zorn — 475
(Wenhua)
nuan²- — 953
　nuán²-huo³ warm — 816
nü³ Weib — 318
　nü³-hai³'örh² Tochter — 345
　nü³-zęn² Weib, Frau — 37
　nü'rh³ Tochter
nung² Aderbau — 1340
　núng¹-fu¹ Aderbauer, — 312
　　Landmann
nung⁴ machen — 440
　nung⁴-huái⁴ läzerbrochen — 300
　　sein

o³ Gans — 1524
o⁴ hungrig — 1487
o⁴ das Böse; das Laster — 494
o⁴. — 69
　ó⁴-kuõ² Rußland — 276
　ó⁴-kuõ²yang-č'ièn²Rubel
ou³. — 89
　òu²-örh² hin und wieder — 851
örh² (Wenhua) noch, und, — 1068
　aber
　örh²-č'ié³ und ferner — 10
　pu²tán⁴ .... örh² č'ié³
　nicht nur .... sondern
　auch
örh²- — 108
　örh²-tsę Sohn
　örh²-nü³ (Söhne u. Töch- — 318
　ter =) Kinder
örh³ Ohr — 1071
　örh³-to³ Ohr — 665
örh⁴ zwei, vergl. liáng² — 29

pa¹- — 753
　pá¹-tsę vulva
pa¹,² acht (Gram. § 37) — 111
　pa¹ hsién¹ die acht Halb- — 45
　götter
　pa¹-hsién¹-čõ¹-tsę (acht
　Genien-Tisch chin. Tisch
　für 4—6 Personen
pa¹, — 406
　pá¹-čang² Handfläche, — 569
　flache Hand
　pa¹-pa¹ Schall der Axt- — 406
　schläge
pa¹, — 736

pa¹ pu⁴ nęng²-kóu'rh⁴ ti
　die Zeit nicht erwarten
　können
pa¹ pu⁴ té'rh⁴ti die Zeit
　nicht erwarten können
pa³ a) Zählwort f. Stühle — 539
　(vergl. čang¹) b) Par-
　tikel des vorangestellten
　Objekts
pa⁴ auffordernde Endpar- — 1057
　tikel
　pá⁴ lie¹ und damit fertig! — 231
　basta!
pai² Seide — 915
pai² weiß — 912
　pai²-fán² Alaun — 965
　pái²-t'ang²,weißerZucker — 1022
　=) Zucker
　pái²-ts'ai⁴ (weißes Ge- — 1146
　müse =) Kohl
　pái²-yęn² (weißes Salz — 1531
　=) Salz
　pái²-žï⁴ (am weißen — 625
　Tage =) bei Tage
pai³ a) Pendel b) arran- — 592
　gieren, ordnen
　pai³ t'ái² (den Tisch — 1118
　ordnen =) den Tisch
　decken
　pái³-č'u¹-lai² ausbreiten, — 130
　aufstellen — 63
pai³ hundert (vergl. po⁴, — 913
　po²)
pai⁴ sich vor jm. verehrungs- — 543
　voll niederwerfen, ihn
　besuchen; pai⁴ k'o⁴ Be- — 355
　suche machen
　pai⁴ nién² zu Neujahr be- — 421
　suchen und gratulieren
pan¹ Art und Weise; i⁴- — 1125
　pán¹ ob. i⁴-pan²rh¹ (spr. — 1
　yi⁴-pęrl¹) ebenso, gleich
pan¹ bunt — 611
　pán¹-či¹ Perlhuhn — 1440
pan¹ fortbewegen (schwere — 578
　Gegenstände)
　pán¹-čin⁴-lai² herein- — 1351
　schaffen — 63
　pán¹-č'u¹-č'ü⁴ hinaus- — 130
　schaffen — 185
　pán¹ k'ai¹ fortschaffen — 1413
pan⁴, — 534
　tã³-pan⁴ anlegen (Kleid) — 532

pi^4 hölzerne Wand | 298
pi^4 jm. ausweichen, sich vor ihm verbergen | 1364
  pí^2-hui^4 jm. ausweichen | 1273
pi^4 sicherlich, gewiß (Adv.) | 465
pi^4 ärmlich, jämmerlich; mein (§ 312) | 604
piao^3 Taschenuhr | 1219
pie^4 a) etw. zurückhalten, unterdrücken b) eiterndes Geschwür | 908
pie^2 a) nicht (§ 182) b) (auch mit ti) ein anderer | 136
pie^3.
  pie^3-kuo^4 t'ou^2 lai^2 den Kopf umdrehen, sich umdrehen | 448
pién^1 Seite; túng^1-pien^1 im Osten | 1366
pien^1 b) Adv. neben (Postp.) | 1366
  pién'rh^1 a) Seite = pién^1 b) Adv. an der Seite, neben (Postp.) | 1366
pien^1 a) flechten b) verfassen | 1044
  pién^1-c'eng^2 (verfassend vollenden =) verfassen | 516
pien^3. | 526
  pién^3-wan^1 Schnittbohnen | 1284
pien^4 überall | 1354
  yi^2-pién^4 einmal rundherum | 1
pien^4 a) verändern, verwandeln b) sich verändern | 1280
pien^4 (W.) = ciu^4 dann | 67
pin^1 a) Gast b) unterhalten | 1286
pin^4 Leichenbegängnis | 746
ping^1. | 116
  ping^1-min^2? Soldaten und Volk | 755
  ping^1-pu^4 Kriegsministerium | 1370
ping^4 a) gefrieren b) Eis, | 758
  ping^1-t'ang^2 (Eiszucker =) Kandiszucker | 1022
ping^3 Kuchen | 1485
ping^4 1) Krankheit 2) krank | 906
ping^4 (vor Negationen) durchaus 422 ob. | 14
po^1. | 875
  pó^1-li^1 Glas (Fremdwort) | 881

po^1-li^1-c'uang^1 Fenster | 991
po^1. | 1488
  pó^1-po^1 Kuchen | 1488
po^1. | 774
  pó^1-se^1 Persien | 617
po^1. | 1148
  pó^1-ts'ai^4 Spinat | 1146
po^2 100 s. pai^3 | 913
  pó^2-hsing^4 das Volk.i^2-kŏ — ein Mann aus dem Volke; Pl. — -men. | 328
  po^2-huá^1 allerlei Blumen | 1131
  po^2-kuán^1 (= po^4-kuán^1) die Beamtenschaft | 352
po^3. | 1471
  pó^2-tsę Nacken
po^4 100 s. pai^3. | 913
pu$^{1. 2. 4.}$ nicht | 8
pu^3 das Schicksal befragen, sich wahrsagen lassen | 615
pu^3 flicken, ausbessern; ausfüllen | 1230
  pu^3-c'üo^1 einen erledigten Posten ausfüllen, ein Amt bekommen | 1052
  pü^3-yao^4 stärkende Medizin, Stärkungsmittel | 1174
pu^4 Baumwollenzeug | 409
  pu^4-kuo^3 Preußen, vergl. | 276
  pù^4-lu^4-sę^1 | 1315
  pù^4-lu^4-sę^1 Preußen | 617
pu^4 a) Ministerium b) (litter.) Werk | 1370
pu^4 a) Schritt, ½ Rute = 5 chin. Fuß (c'ï^3), b) der 240. Teil eines mu^3 | 737
  pu^4-nién^{2}rh^3 zu Fuß | 1331
  pu^4-pu^4 auf Schritt und | 737
p'a^2. | 1310
  p'á^2-šang^4 hinaufklettern auf | 6
p'a^4 fürchten, sich fürchten vor | 448
p'ai^1 klopfen, (in die Hände) klatschen; — pai^2-c'ang^3 in die Hände klatschen | 548
p'ai^2 aneinanderreihen | 570
  p'ái^2-k'ai^1 in einer Reihe aufstellen | 1413
p'ai^2. | 570
  p'ái^2-ku^3 Kotelette | 1505
  yang^2-p'ái^2-ku^3 Hammelkotelett

ꜱang¹.	690
sang¹-šu⁴ Maulbeer- baum	719
sang⁴- süng²-tsę Kehle ?-	259
ssao¹ stinken; nach Harn riechen; abj. P. stinkend	1108
ssao³ fegen	566
sę¹ dieser (Schriftsprache)	617
sę¹ denken an	476
sę¹ a) privat b) eigensüch- tig c) heimlich	976
sę¹-hsia⁴ privatim, im Geheimen	7
sę¹-ši⁴ Privatgeschäfte	28
sę¹-hai²-tsę Bastard	345
sę¹-hsin¹ Eigennutz	464
sę¹-ho² unerlaubter Um- gang (zwischen den Ge- schlechtern)	208
sę³ sterben	743
sę⁴ Tempel	370
sę⁴ a) ähnlich wie, als ob b) als (nach einem Kom- parativ)	54
sę⁴ vier	270
sę⁴-či¹ (die vier Glied- maßen =) die Glieder	1082
sę⁴-c'uan¹ (die Provinz) Szechuan	398
sę⁴-šü¹ die vier klassischen Bücher zweiten Ranges: die große Lehre, die veränderliche Mitte, die Gespräche des Konfuzius und die Werke des Menzius.	649
sę⁴-min² die vier Klassen des Volkes	755
ꜱo³ zuschließen (mit dem Schlüssel)	1406
só⁸-šang⁴ = ꜱo⁸ zu- schließen	6
ꜱo³ a) Ort b) Zählwort, z. B. yi⁴ ꜱo³ fang²- tsę ein Haus, ein Anwesen, eine Häuser- gruppe	525
ꜱo³ ... ti Relativpar- tikel (vergl. § 339); alles, was	
ꜱo³ yó³ ti (tōu¹) alles, was es giebt = alles, alle	

ꜱo'rh³ = ꜱo³ a) Ort	525
b) Zählwort	
só⁸-tsai⁴ Ort, Anwesen	282
só⁸-yi³ deshalb	47
ꜱu¹-	1167
ꜱú¹-ts'ai⁴ Gemüse	1146
ꜱu² gewöhnlich	70
ꜱú²-hua⁴ Umgangssprache	1257
ꜱú²-yü'rh⁸ Sprichwort	1261
ꜱu⁴ errichten (eine Statue)	1524
ꜱuan⁴ sauer	1378
ꜱuan⁴ Knoblauch	459
ꜱuan⁴ rechnen; knausern	1005
ꜱuan⁴ ši⁴ a) gelten als b) als Thatsache anzu- sehen sein	634
ꜱuán⁴-tê² ši⁴ = ꜱuán⁴ ši⁴, siehe ꜱuan⁴	
ꜱuán⁴-p'an² Rechen- brett	928
ꜱúe⁴ = ꜱúi⁴ Jahr	
ꜱui¹ obgleich, obschon, ob- wohl	1437
ꜱui¹-žán² obgleich, ob- schon, obwohl	825
ꜱúi⁴ a) in kleine Stücke zerhacken oder zerbrechen, zerkleinern b) Bissen, Stückchen	960
ꜱúi⁴-žou⁴ Hackfleisch	1079
ꜱúi⁴ Jahr (vom Lebensalter)	739
ꜱun¹-	346
ꜱún¹-tsę Enkel (der männlichen Linie)	
ꜱung¹ Fichte	672
ꜱúng¹-či¹ (Fichtenhuhn =) Haselhuhn (tetras- tes bonasia)	1440
ꜱung¹ a) loslassen b) lose, aufgelöst (Haar)	1509
ꜱúng¹-t'ung¹ weit, bequem (von Kleidungsstücken)	1347
ꜱung⁴ a) begleiten b) aus- tragen (Briefe) c) brin- gen, schenken d)verklagen	1344
ꜱung⁴-hsing² (mit kei³) jm. das Geleit geben	1212
ꜱung⁴-hsin⁴-ti (austra- gen Briefe =) Brief- träger, Kurier	72
ꜱúng⁴-lai² (her-)bringen	63
ꜱúng⁴-šang⁴-lai² herauf- bringen	6
bringen	63

Chines. Konv.-Grammatik. 16

šáng⁴-ĉ'ü⁴) hinaufgehen b) hingehen	185
šáng⁴-lai²·heraufkommen, herkommen	63
šang⁴ - tiáo⁴ sich auf= hängen	209
šao¹·	567
šao'rh¹ a) Wipfel b) Schiffshinterteil	
šao¹ verbrennen (tranf.)	840
šáo¹·ping³ (Röstkuchen) ein Backwert mit auf= geftreuten Sesamkör= nern	1485
šao¹ befördern, expedieren	562
šao¹·	982
šáo¹·šang⁴ mit in eine Sache verwickelt wer= ben	6
šao² Löffel (größer als šao²·tsự)	164
šao²·tsự Löffel	
šáo³ wenig	379
šáo³ pu⁴ tĕ² a)nicht ent= behren können b) es kann nicht ausbleiben, baß	
šao⁴ jung	379
šáo⁴·ye² junger Herr	85
šě² auseinanderbrechen (intr.)	535
šě²	1121
šě²·t'ou² Zunge	1470
niu²·šě²·t'ou² Rinder= zunge	
šě² vulg. Ausspr. in P. für šúi² wer?	
šě² sich trennen von, ver= laffen (mit Objettsf.)	564
šě³ pu⁴ tĕ² a) sich nicht trennen können von b) es nicht übers Herz bringen können	
šě⁴ = ší²	
šei² vulg. Ausspr. in P. für šúi² wer?	
šei²·ĉia¹ wer!	
šě⁴ Hütte	1122
šě⁴·ti⁴ mein jüngerer	444
šện¹ a) tief b) sehr	791
šện¹(·tsự) Körper	1319
tsai¹ wo³ šện¹ šang⁴ (an meinem Körper =)	

für mich, in meinem In= tereffe	
šện² Geift. Gott	969
šện²·nü³ Göttin	318
šện²·hsien¹ Gott, Göttin	45
šện² - fó² (Götter und Bubbhas =) Götter	59
šện²· 885 ob.	38
šện²·mó (ſpr. šện²·mö) was?	1539
šệng¹ ertragen	162
šệng¹ a) zeugen, gebären b) geboren werden; fein c) roh	887
šệng¹·tĕ (von Natur) fein	459
šệng¹ ĉ'i⁴ sich erzürnen, zornig werden	756
šệng¹ (kö) ĉ'uáng⁴ ein Geschwür betommen	907
šệng¹·ts'ai⁴ Salat	1146
šệng¹·i⁴ Handelsgeschäfte	500
šệng¹ Hohlmaß = 1,031 l; = 10 ho² = ¹⁄₁₀ tou³	174
šệng¹·	857
šệng¹·k'ou³(Tiermaul=) Tier	193
šệng¹ Ton, Stimme	1074
šệng²·	1048
šệng²·tsự Strid	
šệng³ a) Provinz b)Haupt= stabt derselben	935
šéng³·fện⁴ = šệng³ Pro= vinz	132
šéng³·tĕ² sich etwas er= fparen können, nicht brauchen	
šệng⁴ übrig bleiben	151
šéng⁴·hsia⁴ übrig bleiben	7
šệng⁴ heilig	1072
ší¹ naß	815
ší¹ verlieren, einbüßen	948
ší¹ Leichnam, toter Körper	383
ší¹·	412
ší¹·fu⁴ Lehrer	846
ší¹·	869
ší¹·tsự Löwe	
ší¹ zehn	172
ší²·tsự²·ĉia⁴ Kreuz 342 +	677
ší² Jahreszeit	633
ší²·ší² zu jeder Zeit	633
ší²·hou⁴rh⁴ Zeit, Zeit= punkt [ftunde	78
ší²·ĉ'ện² chin. Doppel=	1339

16*

ta¹ 1) antworten 2) Antwort | 1001
tá¹·ying⁴ a) antworten | 513
  b) einwilligen
ta³ a) schlagen b) = ts'ung³ | 532
  von . . . . her c) fangen
  (m. b. Netze) [hindurch
ta⁸ . . . li⁸ durch . . . | 1232
tá·³sao³ fegen | 566
ta³ suán⁴·p'an² das | 1005
  Rechenbrett benutzen, | 928
  rechnen
tá⁸·fa¹·lui² herrschicken | 911
ta³ čán'rh⁴ zittern | 521
ta³ č'áo²·čiao³ mit jm. | 550
  ringen | 1100
ta³čáng⁴ (Kampf schlagen | 44
  =) Krieg führen (mit
  = ho⁴)
ta³ kuán¹·sę¹ einen Pro- | 352
  zeß führen | 205
tá·³·suan⁴ beabsichtigen | 1005
tá·³·sę³ totschlagen | 743
tá·³·čao² treffen (von ei- | 1062
  nem Geschoß)
tá·³·fa¹ schicken | 911
ta³·k'ai¹ öffnen | 1413
ta³·číng¹·ti (schlagend | 648
  Nachtwache =) Nacht-
  wächter
ta³·ts'árb²·ti (schlagend | 1439
  Allerlei =) Kuli
ta³·káng⁴·tsę ti Straßen- | 710
  räuber, Wegelagerer
ta⁴ 1) groß 2) ein Cash | 309
ta⁴·čiáng¹ (großer Strom | 762
  =) Pangtse
ta⁴·č'íng¹·kuó² China | 276
  793 +
ta⁴·fan² im großen und | 128
  ganzen, im allgemeinen
ta⁴·kú¹ Tafu, Außen- | 773
  hafen von Tientsin
tá⁴·lao³·ye² (großer alter | 1066
  Vater) geehrter Herr | 850
tá⁴ örh²·tsę der älteste
  Sohn
ta⁴·pái³·tse der ältere | 61
  Bruder des Mannes
tá⁴·ye² der ältere Bruder | 850
  des Vaters
tá⁴·žęn² (großer Mensch) | 37
  Seine Excellenz der
  Herr Minister

tá⁴·fu¹ a) Würdenträger, | 312
  Minister; b) Steuer-
  mann
ta⁴·h'áo³·lă vollständig | 320
  wiederhergestellt sein
ta⁴·hsiao² (groß oder | 387
  klein? =) wie groß?
tá⁴·tao⁴ freimütig | 1356
tá⁴·žęⁿg'rh¹ ti mit lauter | 1074
  Stimme, laut
tá⁴·hou⁴·t'ien¹ überüber- | 637
  morgen | 310
ta⁴·č'ién²·t'ien¹ oder ta⁴- | 145
  č'ién'rh³·kö vorvor- | 310
  gestern
tá⁴·č'é¹ Lastwagen | 1323
tai³ warten, nur in der | nicht ge-
  Verbindung tái¹ i⁴· | schrie-
  hui'rh³ warte ein Weil- | ben
  chen
tai⁴ tragen (eine Kopfbe- | 522
  deckung)
tai⁴ a) mitnehmen, bei sich | 414
  haben b) Zählwort: eine
  Strecke
tái⁴·čö mitnehmend = | (§ 252)
  mit (§ 252)
tái⁴·č'ü⁴ mitnehmen | 185
tái⁴·hui²·č'ü⁴ mit zurück- | 272
  nehmen, wieder mit- | 185
  nehmen, mit nach
  Haus nehmen
tái⁴·tsę Gürtel | 414
tai⁴·lú⁴·ti (führend Weg | 1315
  =) Wegweiser
tai⁴·súi⁸·ti Lootse | 757
tai⁴ a) vertreten b) für, | 50
  anstatt c) Generation
tai⁴ Beutel | 1222
tai⁴ behandeln | 455
tai⁴· | 309
  tái⁴·fu¹ a) Arzt b) | 312
  Steuermann (= ta⁴·
  fu¹)
tai⁴ (volkstümlich) = tsai⁴
  darin sein
tai⁴·čé'rh⁴ = tsai⁴·čö'rh⁴
  hier
tai⁴·nä'rh⁴ = tsai⁴·
  nä'rh⁴ dort
tan¹ auf der Schulter tra- | 546
  gen (mittels der Trag-
  stange)

tan¹ a) allein, einfach b)	242
ungefüttert (Kleid) c)	
nur	
tan¹-tsę Liste.	
tan³- 1105 ob.	1085
tán³-tsę Mut	
tan⁴ nur	55
tan⁴ Kugel; Kloß	447
tan⁴ Ei	1190
tan⁴ a) chin. Zentner =	546
100 čin¹ b) Traglast	ob.
tán⁴-tsę Traglast	595
tang¹ etwas sein; tang¹	898
ping¹ Soldat sein	
tang¹ čiä¹ den Hausstand	360
führen	
tang¹-č'u¹ gleich anfangs	135
táng¹-żï⁴ früher, vor	625
alters	
tang¹-píng¹ ti (Soldat	116
seiend =) Soldat	
tao¹ a) Messer, Dolch b)	131
Säbel, Schwert	
táo¹-tsę baof.	
tao² Insel	397
tao⁴ a) Weg b) Zählwort	1356
für Edikte, für Flüsse	
tao⁴-hsi³ gratulieren	256
táo⁴-lu⁴ Weg	1315
tao'rh⁴ == tao⁴ Weg	
táo⁴-čiao⁴ Taoismus	603
tao⁴ a) ankommen b) bis	138
zu, bis nach, bis; tao⁴	
. . . čï³ bis zu	434
tao⁴ a) doch, nun gerade	77
im Gegensatz zur Er-	
wartung) b) eingießen	
(Thee, Wasser ꝛc.), vergl.	
čęn² [dern
tao¹ rauben, stehlen, plün-	926
táo⁴-tsei² a) Räuber und	1295
Diebe b) Diebe	
tê² a) bekommen, erlangen	459
b) zum Ausdruck des	
deutschen „können" ver-	
gleiche § 362	
tê²-čao² erlangen	1062
tê²-la (nach einem Ver-	27
bum) == wán²-lä	
tê²-lai² == tê² erlangen,	63
bekommen	
tê² Tugend	462
tê²-hsing² Tugend	1212

tê²-kuo² Deutschland	276
tê²-i⁴-čï deutsch 500 +	467
tê⁴ fertig werden	
tei³ müssen	459
tèi³-yào⁴ (wollen müssen	1240
=) gebrauchen	
tęng¹ Lampe 838 ob.	817
tęng¹-lung² Laterne	1013
tęng³ a) Klasse b) warten	1004
c) u. dgl. m.	
tęng³-čö warten	
tęng⁴ Familienname	1374
tęng⁴.	726
tęng⁴-tsę Bank	
ti¹ Genitivpartikel	914
ti²-	608
ti² - ping¹ Feind (im	116
Kriege)	
ti³ Boden, Unterseite	427
ti³-hsia⁴ a) späterhin b)	7
unter	
ti³-hsia⁴-żęn² Bedienter,	7
Diener	37
ti³-kęⁿrh¹ ursprünglich	1313
ti⁴ Erde	283
ti⁴ hsia⁴ a) unter der	7
Erde b) unten auf der	
Erde	
ti⁴-fang¹ (Erdseite =)	620
Gegend , Ortschaft;	
Flächenraum; Platz	
ti⁴-pu³ Trappe	1523
ti⁴-mien⁴ (Erdfläche =)	1456
Territorium	
ti⁴ der jüngere Bruder	444
ti⁴-hsiung¹ Brüder	103
ti⁴ reichen (= darreichen)	1358
ti⁴-kuo⁴-č'ü⁴ reichen (zu.	1355
die Hand)	185
ti⁴ Reihenfolge (§ 238);	1000
vergl. ts'ê⁴-ti⁴	
tiao zwischen den Zähnen	202
(im Schnabel) halten	
tiáo¹-č'ü⁴ im Maule	185
fortschleppen	
tiao⁴ angeln	1392
tiao⁴ fallen lassen	568
tiao⁴-hsia⁴(-lai²) herab-	7
fallen lassen, fallen	63
lassen, verlieren	
tie¹ Vater	849
tie¹ a) verstauchen b) stol-	1311
pern, fallen	

tíe².	901
tíe²-ts'ç⁴ zu wiederholten Malen	730
tíe²- č'i³-lai² zusammenlegen, zusammenfalten	1246 63
tíe².	961
tíe²-tsç a) Deckel b) Untertasse c) kleiner Teller	
tien¹.	245
tien¹-hsién⁸ gefährlich	1431
tien³ a) anzünden b) nicken c) auswählen d) interpungieren e) Zählwort für Stunden	1542
tien³ čü⁴ durch Interpunktion in Sätze teilen	196
tién³-šang⁴ anzünden (z. B. Lampe)	6
yi⁴-tién'rh³ oder bloß tién'rh³ ein wenig	1
tien⁸, tién'rh⁸ Punkt	1542
tién'rh³ Tropfen	1542
tién³-hsin¹ a) Imbiß, Frühstück b) Süßigkeit, süße Speise	464
tién³-tsç ein bißchen	1542
tien³ Richtschnur, Regel, Satzung	118
tien⁴ Blitz (W.)	1459
tién⁴-č'i⁴ (Blitzgeist =) Elektrizität	756
tién⁴-lu·ien⁴ Telegraphendraht	1041
tién⁴-hsin⁴ (Blitzbrief =) Telegramm	72
tién⁴-pao⁴ (Blitznachricht =) Telegramm	291
tién⁴-pao⁴-čü² Telegraphenamt	291 387
ting¹ annageln	1390
ting¹-tsç Nagel (von Eisen)	
tíng¹-sç³ (annagelnd töten =) kreuzigen	743
ting¹	2
tíng¹-hsiang○ Gewürznelke	1494
ting³ (Grundbedeutung: Gipfel) a) höchst (Adv.) b) Zählwort für Sänften	1464
tíng³-tsç Knopf (oben auf den Hüten, den Sänften ꝛc.)	
ting³-tai⁴ Amtsinsignien	522
ting⁴ bestimmen, festsetzen	353
i²-tíng⁴ = i²-ting⁴ gewiß, sicherlich	1
ting⁴-č'ien² Angeld	1402
ting⁴hsia⁴ festsetzen	7
ting⁴-kuei¹ festsetzen, verabreden	1242
tiu¹ 1) verlieren 2) verloren gehen	12
to¹ viel; nach Zahlen (auch to¹ lai²): mehr als, über	305
to¹ (vor einem Verbum) noch (dazu)	305
tó'rh¹-č'ien² wieviel Geld (Pek. vulg. statt tó¹-šao³-č'ien²)	
tó¹-šao³ (oder to¹-šáo³) wieviel? (ohne Zählwörter) wieviel(relativ)	379
tó¹-tò¹ eine Menge, sehr viel	305
tó¹-tsan¹ wann? 254 ob.	237
to¹ lä (bei Adjektiven) viel; (bei Verben) zu viel	
to³ jm. aus dem Wege gehen (mit Objektsf.), sich verstecken vor	1321
tó³-k'ai¹ jm. weit aus dem Wege gehen (mit Objektsf.)	1413
to⁴ Steuerruder	1126
to⁴-kung¹ (Steuerruder-Arbeiter =) Steuermann	400
to⁴ ordnen, sammeln	567
tou¹ alle, beide (Gramm. § 248)	888
tou³ = 10 šeng¹ (Hohlmaß)	612
tou⁴-tsç Bohne 1139 ob.	1283
tu¹.	262
tú¹-nang¹ murmeln	268
tu² studieren	1481
tú-šu¹-žçn² (Bücher studierender Mensch =) Gelehrter	649 37
tu² einsam, allein	870
tú²-tsç einsam, für sich allein	
tu⁴.	1080
tu⁴-tsç Bauch	

kommendes Feuer =) 816
Streichhölzer
tsę⁴-žán² natürlich, , un- 825
gezwungen
tsę⁴-ts'úng² seitdem 460
tsę⁴ (Schriftspr.) = ts'úng² 1115
von . . . her
tsęn³· 474
tsęn³-mö(spr. tsęm³-mo) 1589
wie?(auch mit angehäng-
tem ŏŏ, ĕi)
tsei² a) Dieb, Räuber b) 1295
Rebell, Feind
tso²· 632
tso'rh² gestern
tsó'rh²-kĕ gestern 75
tsó²-t'ien¹ gestern 310
tsó²-žï⁴ gestern 625
tso³ links 401
tso⁴ Thron 430
tso⁴ sich setzen, sitzen 285
tsó⁴-ŏŏ sitzen = tso⁴
tsó⁴-hsia⁴ sich setzen
tso⁴ machen   84 ob. 760
tso⁴ (in Zusammensetzun-
gen) Fabrik, Werkstatt
tso⁴ kuán¹ Beamter sein
tso⁴-wán³-lä (tso⁴-té²-lä) 350
fertig gemacht sein
tso⁴ čü² oder tso⁴ cü'rh³
(= Herr sein =) eine
Entscheidung treffen 188
tsó⁴-č'u¹-lai² herstellen +63
tsó⁴-liao⁴ Zuthaten, Ge- 613
würze [und Tempel
tso⁴ Zählwort für Berge 430
tsou³ gehen 1302
tsou³ lä šúi³ lä (Wasser
ist gegangen =) es ist
Feuer ausgebrochen (ge-
wesen)
tsou³-táo'rh⁴ der Gang 1356
(den jem. hat)
tsòu³-tung⁴ a) mit jm. 161
verkehren b) Stuhlgang
haben c) verdoppelt
tsòu³ pu² túng⁴ nicht von 8
der Stelle kommen kön- 161
nen
tsóu³-tung⁴-tsòu³-tung⁴ 161
sich Bewegung machen
tsou⁴ berichten (an den 315
Thron)

tsou⁴ = ts'ao⁴ beschlafen 119
tsu¹ mieten (nur von Häu- 978
sern u. dgl.)
tsú¹-hsia⁴ mieten 7
tsu³ a) Fuß b) genug 1308
tsu³ Vorfahr, Ahne 968
tsú³-fu⁴ Großvater und 846
Vater =, Vorfahren,
Ahnen
tsú³-tsung¹ die Ahnen, 351
Vorfahren
tsui³ (spr. tsŏö³) Mund 263
tsui⁴ (spr. tsuĕ) a) Schuld, 1053
Sünde, Unrecht, Ver-
brechen b) Strafe
tsui⁴ betrunken 1379
tsúi⁴ (spr. tsuĕ ob. tsŏë⁴) 652
höchst (Adv.)
tsun¹ a) ehrwürdig b) Zähl- 375
wort für Buddhas, Ka-
nonen
tsun¹ befolgen 1362
tsun¹-čáo⁴ sich nach etw. 831
richten, etw. befolgen
tsung¹ a) Ursprung b) Ahne 351
tsung³ a) durchaus; tsung³ 1047
pu durchaus nicht;
tsung³ mei² noch nie
b) General —
tsung³-li³ko⁴-kuŏ²šï⁴-wu⁴
ya³-men² der volle Titel
des Tsungli Yamens
tsùng³-li³ yá²-men² Aus- 879
wärtiges Amt 1251+ 1411
tsùng³-šu³ (Allgemeine- 1056
Behörde =) Tsungli
Yamen
tsúng³-ling²-šï⁴ General- 1469
konsul 28
tsúng³-tu¹ General- 942
gouverneur, Statthalter
tsung⁴· 1020
tsúng⁴-tsę ein in Blätter
gewickelter Kuchen (zum
Mitsommerfest gegessen)
ts'a¹ abreiben, abwischen 591
ts'á¹-pu² Serviette 409
ts'ai¹ a) vermuten b) raten 867
(Rätsel)
ts'ai¹ zuschneiden 1227
ts'ái³-fęng² Schneider 1046
ts'ai² eben, eben erst, erst 1050
ts'ai²· 529

266

ts'ai²-tsę ein Mann von Genie

ts'ai² Reichtum | 1285

 ts'ái²-ču³ reicher Mann | 19

ts'ai³ bunt | 451

ts'ai⁴ Gemüse; Essen | 1146

ts'an² vernichten; — ·či²ein vernichtendes = chronisches Leiden | 745 / 905

ts'an³Seidenraupe 1210 ob. | 1187

ts'ang² ·sich verstecken, sich verbergen | 1172

 ts'áng³·č'i³·lai² a) verstecken b) sich verstecken | 1246 / 63

ts'ao¹ anstrengen | 594

ts'ao³ Gras, Kraut, Gebüsch | 1138

 téng¹·ts'ao² Lampendocht | 838

ts'áo³· | 1138

 ts'áo³-či¹ Henne | 1440

ts'ao⁴ beschlafen | 119

ts'e²entlassen (des Dienstes) | 1338

ts'e³ (Schriftspr.) dieser | 736

ts'e⁴ a) Dorn b) Stachel c) Gräte | 140

ts'e⁴ Mal (Schriftspr.) | 730

 ts'é⁴·ti⁴ Reihenfolge | 1000

ts'e⁴ Seite | 88

ts'eng² a) schon b) ein Familienname | 650

 ts'eng²-čing¹ = ts'eng² schon | 1037

ts'o⁴ a) sich irren b) irrtümlich, falsch | 1403

ts'o'rh⁴ Irrtum, Versehen

ts'u¹ dick, grob, roh | 1066

ts'u⁴ Essig | 1380

ts'un¹ Dorf (nur in Eigennamen, sonst hsiáng¹·ts'un¹) | 669

ts'un² Zoll, ¹/₁₀ č'ı³; er hat 10 fęn³ | 369

ts'ung¹ Zwiebel | 1158

ts'ung¹· | 1073

 ts'úng¹-ming² (feinhörig und hellsichtig =) klug, gescheit | 627

ts'ung² a) vorüberkommen b) von . . . . her, von . . . . an | 460

 ts'ung²-ts'é³ von jetzt an | 736

 ts'úng²-č'ién⁴ (oder ts'úng²-č'ien-) früher | 145

wa²· | 330

 wá²-tsę Kindchen

wa³ Ziegelstein | 383

 wá³·čiang⁴ Maurer, Baumeister | 169

wa⁴· 1238 ob. | 1461

 wa⁴-tsę Strumpf

wai⁴ a)Außenseite b)außerhalb | 304

 wái⁴-kuo² Ausland | 276

 wái⁴-kuo²-či¹ (Auslandshuhn =) Truthahn | 276 / 1440

 wai⁴· č'ın¹ Verwandte mütterlicherseits | 1244

 wái⁴-t'ou², tsai⁴ wái⁴· t'ou² draußen, außerhalb | 1470

wan¹· | 1284

 wán¹-tou¹ Erbsen, Schoten | 1283

wan³ fertig sein, zu Ende sein | 350

 wán³ lä (nach einem Verbum) zu Ende, fertig =, auf=

wan²· 1467 ob. | 874

 waⁿ'rh² spielen

 wán²-hsiao⁴ scherzen | 999

wan²· | 18

 wún²-tsę Kloß

wan³ abends, spät | 636

 wán³-fan⁴ Abendbrot | 1483

 wán³-šang⁴ Abend | 6

 wán³-pan⁴·šaⁿg³rh³(vulgär) nachmittags | 176 / 635

wan³ Tasse | 958

wan⁴ 10000 1151 ob. 1152 ob. | 177

 wan⁴-kuo² alle Staaten, international | 276

wang² König, Prinz | 873

 wáng²-pa¹ Schildkröte (große) | 111

wang³ nach hin 453 ob. | 454

 wang³ húi²-lai²ob.wang² húi²-li³ (lai² und li³ wie lä gespr.)nach rückwärts, zurück | 272 / 63 / (1231)

 wang³ cě⁴·mö hierher

 wang³ ná⁴·mo dorthin

 wang³ ná³·mö wohin?

 wang³ ná'rh³ wohin?

wang³ Netz | 1036

yáng² · zou⁴   Hammel= | 1079
   fleiſch
yang² Weibe, Silberpappel | 706
yang³   a) erzeugen, ge- | 1486
   bären, haben (Rinder)
   b) ernähren, halten
   (Haustiere)
yáng³ - hsin⁴   erzeugen, | 7
   gebären, haben (Rinder)
yáng³·huo²   (ernähren, | 782
   lebenlaſſen =) ernähren,
   unterhalten
yang³-má³- ti   (haltend | 1495
   Pferde =) Pferdever-
   mieter
yang³ jucken   909
yang⁴ Art, Art und Weiſe; · 718
   ćao⁴yang'rh⁴ ganz nach
   Vorſchrift; ćé⁴ yang⁴
   auf dieſe Weiſe, ſo;
   ćao⁴ ćé⁴ yang⁴ auf
   dieſe Weiſe, ſo
   yanᴋ'rh⁴ Sorte
   ćé⁴·yang³rh⁴ ti (dieſer.
   Art =) ſolch
   yáng⁴ - tsę a) Art und
   Weiſe b) Muſter, Bei-
   ſpiel
yang² das männliche Prin- 1428
   zip
yang²·wu⁴   Zeugungs-   856
   glied
yao¹- | 1098
   yao'rh¹ Lenden, Hüfte
   yáo¹·tsę Niere
yao² a) verleumden b) Lüge, 1276
   Verleumdung
   yáo²-yęn² Gerücht   1247
yao³ a) beißen, ſtechen b) 236
   bellen
yáo⁴ a) wollen, wünſchen, 1240
   verlangen (von = ho⁴)
   b) müſſen, dürfen c)
   jn. mögen, haben wollen
   yáo⁴-ćin³ wichtig   1042
yao⁴ Medizin   1174
   yáo⁴·sī⁴ wenn 1135 +   634
yao⁴-
   yáo⁴·tsę Stiefelschaft   1459
ye³-   850
   ye'rh² (ſpr. yīrl) liá³ ein   74
   Vater mit ſeinem
   Sohne

yé²·męn a) Männer b) |
   Mann
yě³ a) auch b) Schlußpar= · 24
   tifel (letzteres nur Wenhua)
yé³·ćiu⁴ a) und ſo b) 382
   dennoch, doch
yęn¹ a) Rauch b) Tabat 821
   c) Opium
   yęn¹-tsi⁴ Tabatspfeife   1222
   yęn¹·ćüán'rh⁴ (Tabats-
   rolle) Cigarre 826 + · 565
yen¹-   826
   yén¹-t'ai² Tſchifu (Che- 201
   foo)
yen¹ überſchwemmen   794
   yén¹-sę³ ertrinken   753
yen² Salz   1532 + 1531
yen²-   1473
   yén²·sć⁴ Farbe   1128
yen²-   1247
   yén²·yü³ ſprechen, reden; 1261
   ſiehe auch yüán²·yü³
yen³ a) Öffnung b) Auge 938
   c) Zählwort für Brun-
   nen
   yén³· tsę die Öffnung
   des Afters
   yén³·ćing¹ Auge [ſehen 939
   yén³ ćien⁴ mit Augen 1241
   yèn³ pa¹·pǎ'rh¹ ti un- 406
   verwandten Blicks
yen³ üben, ausüben [ten 808
   yen³ping¹ Soldaten dril- 116
yen⁴ Schwalbe   841
yen⁴ Wildgans   1434
yen⁴ a) prüfen, unterſuchen 1502
   b) bezeugen c) Zeugnis
   yen⁴ sang¹ eine Wunde   95
   unterſuchen
   yen⁴ ć'uan² ein Schiff 1127
   unterſuchen
yen⁴-   957
   yén⁴-t'ai⁴ Tuſchtaſten   201
yi¹ ſich (grüßend) verneigen; 576
   tso⁴ yi² daſſ.
yi¹· ²· ⁴· Nebenform von   1
   i¹· ²· ⁴· eins
yíe³ wild   1386
   yíe³·ći¹ (Wildhuhn =)
   Goldfaſan (Phasianus
   torquatus) 1440 ob. 1441
   yíe³·ćú¹ Wildſchwein   868

yüan² 1) runb 2) (Schrift- | 279
spr.) Dollar (Rubel),
Zählwort für Dollars
yüan²·méng⁴ ti Traum- | 307
beuter
yüan² Garten | 278
yüan² ursprünglich | 102
yüan²·šuai⁴ Feldherr | 411
(wörtlich: erster Befehlshaber)
yüán² nien² das erste | 421
Jahr einer Periode
yüan²·č 'ú'rh⁴ der ur-
sprüngliche Ort (wo et-
was früher war)
yüan²·pao²Silberbarren | 368
im Werte von etwa
50 Taels
yüan²·hsing² ursprüng- | 450
liche Gestalt
yüan²-
yüan²·yü³ = yón²·yü³;
siehe auch yüan²·yi
yüán²·yi flüchtige Aus-
sprache für yüán²·yü²
yüan² (W) Grund, Ursache | 1043
yüán²·ku⁴ Grund, Ur- | 1459
sache
yüan² weit | 1359
yüán³·čin¹ (weit oder | 1341
nah? =) a) wie weit?
b) Entfernung
yüan⁴ | 1062
yüán⁴·yi⁴ (auch yüan⁴· | 500
yi⁴) wünschen
yüan⁴· | 1423
yüán⁴·tsẹ Hof (eines
Hauses)
yüan⁴ böse sein, unwillig | 479
sein
yüán⁴ pu⁴tê² es ist kein
Wunder, daß
yüe¹ Vertrag | 1024
yüe¹ sagen (meist Wenhua) | 646
yüe⁴· | 1305
yüe⁴ ... yüe⁴ pú je
mehr ... desto weniger
yüe⁴ lai² ... yüe⁴ je
länger ... desto
yüe⁴ ... yüe⁴ je ...
desto ...; je mehr ...
desto mehr |Grade
yüe⁴·fa¹ in desto höherem | 911

yü⁴·e Monat | 654
yüe⁴ · č'ú¹ Monatsan- | 135
fang; am Anfange des
Monats
yüe⁴·ti² Monatsschluß, | 427
am Ende des Monats
yüe⁴·ping² (Mondkuchen) | 1485
ein Backwerk, das am
Mondfest gegessen wird
yüe⁴·tsẹ der Monat nach
der Geburt eines Kindes
yüe⁴·   1019 ob. | 1305
yüe⁴·nán² Annam | 179
yün²· | 30
yün²·yün² (W.) und so | 30
weiter
yün²· | 1445
yün²·ts'ai³ Wolke | 451
yün⁴· | 458
yün⁴·č'i⁴ Geschick, Schick- | 756
sal, Glück
ẓang² schreien | 267
ẓang⁴ a) nachgiebig sein, | 1282
gestatten b) Nachgiebig-
keit
ẓẹn² Mensch | 37
ẓẹn²·čia¹ (Menschen·Fa- | 360
milie =) Mensch, Per-
son, Leute, ein Anderer
ẓẹn²·hsiung² Bär | 835
ẓẹn'rh² Menschlein | 37
ẓẹn² a) Menschlichkeit, | 39
Wohlwollen b) Tugend
ẓẹn³ a) geduldig ertragen, | 466
still erdulben, in sich
verschließen b) Geduld
ẓẹn³·tê² = ẓẹn³
ẓẹn³ pu⁴ ču⁴ nicht aus-
halten können
ẓẹn⁴ lernen, erkennen | 1259
ẓẹn⁴·tê² kennen | 459
ẓẹn⁴·čẹn¹ ernst nehmen, | 937
genau nehmen
ẓẹn⁴·ši¹ kennen (nur in | 1277
Bezug auf Personen)
ẓẹn⁴ pekin. für ẓun⁴ ein-
schalten
ẓẹn⁴·yü⁴ Peking·Aus-
sprache von ẓun⁴·yüe⁴·
ẓẹn⁴· | 49
ẓẹn⁴·čú sich verlassen
auf (mit Objektsf.)
ẓẹn⁴·čö ir'h⁴ ti (abv. | 500

D.) fich (feinem) Gut-
bünten überlaffenb =
ganz nach Laune

ženg¹ werfen; žéng¹-ð'û⁴	531
fortwerfen	185
žéng¹-hsia⁴-ð'û⁴ hinab-	7
werfen	185
žen⁴-	484
žen⁴ žen²-mŏ was es auch immer fei	
žı⁴ 1) Sonne 2) Tag	625
žı⁴-hou⁴ (nach Tagen =) fpäter, feiner Zeit	458
žı⁴-kuŏ² Spanien	276
žı⁴ - pén² (Sonnenur- fprung =) Japan	663
žı⁴-t'ou² Sonne	1470
žı⁴-tse Tag	

žo³ reizen, provozieren	495
žo³ šı⁴ (die Dinge reizen =) Streit her- vorrufen	
žo⁴ heiß 834 ob.	833
žó⁴-náo⁴ (heißer Lärm) a) Lärm, Treiben b) lebhaft, belebt.	1415
žou⁴ Fleisch	1079
žou⁴-wán²-tse a) Fleisch- flöße b) Klopfe	18
žu² wie (meist Wenhua)	321
žú²-t'ung² gerade so wie	210
žú²-čin¹ jetzt [Monat]	41
žun⁴ einschalten (einen	1414
žún⁴-yüe⁴ Schaltmonat	654
žung² gewähren (Frist)	361
žung² Sammet	103

Deutsch-chinesisches Wörterbuch.

A.

Wer A sagt, muß auch B sagen čien4 tsai4 hsien2 šang4, pu4 tê2 pu4 fa1 (= Ist der Pfeil auf der Sehne, so muß er auch abgeschossen werden) oder: tu4 žęn2, tu4 šang4 an4 (= wenn du Leute übersetzt, so setze sie bis ans andere Ufer über).

Aal šán4·yü2 (das Zeichen für šan4 ist bei A. S. 294 falsch angegeben).

abbrechen tuan4.

abbrennen (vom Feuer betroffen werden =) pei4 húo3.

abdämmen, Wasser, chá2·sang4 šui3.

Abend wán3·šang4.
    abends héi1·hsia4; wan3.

Abendbrot wán3·fan4.

Abenddämmerung huang2·hún1.

aber örh2; k'o3.

aber andererseits k'o3 yo4.

Abfall mo'rh4.

abfallen (vor Kummer = magerer werden) ai1·šang1.

abgeben, jm. etw., fén1·kei3.

abgesehen davon, daß č'u2 (abv. P. des Aor.) oder č'ú2 liao (abv. Part. des Perf.).

abhauen k'án1·hsia4(·lai2); k'an3.

abholen, jn., čie1.

abkochen ao1.

abkratzen (mit dem Messer) hsiao1.

abkürzen čien3.

ablaben hsie4.   [tang4.
abmachen šuo1 hǎo3; šuo1 t'ing2-
    — fest šuo1 t'ó3·tang4.

abmühen, sich unnütz, č'u1 sę3·li4 (tote Kraft daransetzen).

abnehmen (Hut) ðai1.

abordnen wei3; p'ai4.

abreiben ts'a1.

Absceß yung1.

abschaben t'i1.

abschneiden tuan4; čie2.
    — (etwas Hängendes) kó3·hsia4·lai2.

Abschnitt čie2; t'iao'rh2.

abschreiben č'ao1.
    — č'ao1·hsie3 = č'ao1.

Absicht čü3·i4.

absichtlich (Adv.) ku4·i4 (ti).

abwerfen (vom Pferde) šuai1.

abziehen č'u2·č'ü4.
    — (von einer Summe) č'u2.

ach so! kán3·č'ing2.

acht, sich in — nehmen (den Geist zurückhalten) liu2 šen2;
    — liu2 hsin1 (Gramm. § 329); pa1·2 (Zahlwort).

achten čing4·čung4; čang4.
    — auf li3.

achtungsvoll kung1·kung1·čing4· čing4 ti (Adv.).
    — sein kung1.

Ackerbau nung2.

Ackerbauer núng2·fu1.

Abler ying1.

Admiral (Seesoldaten·General) šui3·ši1·t'í2·tu1.
    — t'í2·tu1.

älter werden čang3.

ängstlich č'ie4.

Ärger, ein Halsvoll — (wörtlich Bauch), i2 tu4·tsę č'i4.
    —, durch — töten č'i1·sę3.

ärgerlich, es ist (man kann es hassen), k'o3 wú4; k'o3 hén4.

ärmlich pi3.

äußerst čin3 (Adv.); čin4; čí4 (in

der Umgangsſprache wenig
gebr.).
aha! kán³-č'ing¹.
Ahne tsung¹; tsu³.
Ahnen, die, tsú³-tsung¹.
— tsú³-fu⁴.
ähnlich wie sç⁴.
Akazie č'un¹.
— die ſtinkende, č'óu⁴-č'un¹.
— die wohlriechende, hsiang¹-
č'un¹.
Alabaſter pai²-yü⁴.
Alaun pai²-fán².
albern ša³.
alle (vor dem Subſt.) čung⁴;
(Gramm. § 248) tōu¹; ko⁴;
tan⁴ fan² ti; č'ün²; i²-
kái⁴; — (großes Haus) tá⁴-
čia¹.
alle, alles, alles, was es giebt so³
yó³ ti (tōu¹).
alles, was so⁸ . . . ti.
allein, für ſich, tú²-tsç; tan¹;
i²-kü-žen'rh² z. B. wo³ — ich
allein; tu².
allgemeinen, im, ta⁴-fan².
allmählich čien⁴-čién⁴ ti ob. čien⁴-
čién'rh⁴ ti.
alltäglich č'ien³.
als (nach einem Komparativ vergl.
§ 304) sç⁴.
— ob sç⁴.
alſo! kán³-č'ing².
alt lao³.
— (Gegenſatz zu neu) čiu⁴; ku⁴;
kú²-lai²-ti.
— (früher) č'çn².
Alter, das, č'l³; hsiá⁴-šl⁴.
alters, vor, táng¹-žl⁴; kú³-lai².
Ameiſe má²-i³.
Amme á¹-ma¹.
Amt čtl² (-tsç).
— erledigtes č'üe¹.
— auswärtiges tsung³-li³ ya²-
mçn³.
— ein — bekommen pu³.
Amtsbureaus kung¹-só³ (-rh).
Amtsgebäude šu³; yá²-mçn³.
Amtsgeſchäft kuán¹-č'ai¹; č'ái¹-
šl³.
Amtsinſignien ting²-tai⁴.
Amtstitel kuán¹-hsien².
amüſant ſein yö³ č'ü'rh⁴.

an (dem Subſt. nachgeſtellt) šang⁴.
anbinden šuan¹.
anblicken č'ou³, č'óu³-čö, k'an⁴;
einander — hsiang¹ k'an⁴.
anderer, ein, žén-čia¹.
— piệ² (auch mit ti).
— t'á¹-žçn².
ändern (ver-) kai³.
Anekdote hsiáo⁴-hná'rh⁴ = hsiao⁴-
huá⁴.
Anfang č'u¹; t'ou'rh².
— aller Anfang iſt ſchwer, wan⁴
šl⁴ č'i³-t'ou² nan³ (= der
zehntauſend Dinge Anfang iſt
ſchwer).
anfangen zu (einem Verbum angehängt =) č'i²-lai².
anfangs, gleich tang¹-č'u¹.
anflehen ái¹-č'iu², ái¹-k'çn³; — jn.
yáng¹-č'iu².
anführen čiáng¹; šuai² (nur W.)
vergl. yüán²-šuai⁴ und šuái⁴-
č'i².
Angelegenheit šl⁴; šl⁴-č'ing²; šl⁴-
wú⁴; wu⁴; — (amtliche) an⁴.
Angelegenheiten, öffentliche,
kung¹ šl⁴.
—, die auswärtigen, yáng²-wu⁴.
angeln tiao⁴.
angemeſſen ſein hsiang¹-ying¹.
angeſehen kuei⁴.
anhalten t'ie¹-čö.
anhalten (in einer Bewegung)
t'ing².
anheften t'ie¹.
angeheftet ſein t'ie¹-čö.
anhören t'ing¹.
Ankerplatz čiang³.
ankommen tao⁴.
anlegen (Kleid) tá²-pan⁴.
anlehnen, ſich — an p'ang²;
p'áng¹-čö; k'áo⁴-čö.
annageln ting¹.
annagen (von Inſekten) čü⁴-čao².
Annam yüe⁴-nán².
angeſehen werden können als k'o³
suán⁴.
Anrichtzimmer čiä¹-huo³-fáng²
(-'rh).
anrühren tung⁴.
anſäſſig ſein čiá¹-ču⁴.
anſchließen, ſich, kçn¹; šun⁴.
anſchwellen čung³.

anſehen k'an^4; k'án^4-č'í^3-lai^2; ku^4; č'iáo^2; č'ou^3; — genau (ſehen = hinabſteigen =) k'án^4-hsia^4.
— es nicht mehr mit — können k'án^4 pu^2 kúo^4.
Anſtalt čü^2 (-tse).
Anſtand kuei^1-čü^4 (ſprich kwf^1-čn^1).
anſtatt (abv. P.) t'í^1-tai^1; tai^4.
anſtrengen, ſich, č'u^1 - lí^1; lei^4; yung^4 li^4 (= die Kraft gebrauchen); yng^4 kung^1 (Mühe aufwenden); mien^3.
— ts'ao^1.
Anteil ſen^4.
Antilope (gelbe Ziege) (gutturosa) buáng^3-yang^2.
Antliß mien^4.
Antwort ta^1.
— (auf einen Brief) hui^2-hsin^4.
antworten ta^1; tá^1-ying^4.
anweiſen čiao^1; č'í^1.
Anwendung yúng^4-fa^3.
Anweſen (aus mehreren Gebäuden beſtehend) fáng^2-tse (mit dem Zählwort č'u^1.)
anzeigen pao^4.
— ſich ſelbſt (der Behörde) č'u^1 šóu^8.
anziehen (Kleider) č'uan^1; č'uan^1-šang^4.
anzünden tién^2-šang^4.
Anzug i^1-šang^1.
Apfel p'íng^2-kuo^3. Der Apfel fällt nicht weit vom Stamm, lung^2 šeng^1 lung^2-tse, feng^4 šeng^1 feng^{2}rh^2 (= Drachen erzeugen Drachenkinder, Phönixe Phönixkinder).
Apfelſine čü^2-tse.
Apriloſe hsing^{4}rh^4.
Arbeit (Hand-) húo^2-či^4.
arbeiten, hart, yung^4 kung^1 (Arbeit anwenden).
Arbeiter čiáng^4-žen^2; čiáng^4; kung^1.
Arbeitszimmer šú^1-fang^2 (auch šu^1-fàng^2).
arg hsiúng^1.
arm č'iung^2.
Arm ko^1; kó^1-pei^4.
Arm, auf dem — tragen pao^4.

Armband čo^2-tse.
Armbruſt kung^1.
arrangieren pai^3.
Art čung^2; yang^4.
Art und Weiſe yang^4; kuáng^1-čing^3; fa^3; pan^1; yáng^4-tse.
Artikel (eines Vertrages) t'iáo^2-k'uan^3.
Arzt tái^4-fu^1; yí^{1}šeng^1 (in Tientſin ſtatt tái^4-fu^1); i^1 (Schriftſpr.). Vergl. tái^4-fu^1.
Asa foetida á^1-wei^4.
Aſien yá^2-hsi^4-yá^8.
Atem č'i^4.
Atlas tuan^4 (-tse).
auch ye^2.
auf (dem Subſt. nachgeſtellt) šang^4; — (mit Aff.) šang^4; šáng^4-pien^1; — šáng^4-mien^4 = šang^4-pien^1; — sáng^4-t'ou^2; — .... zu čao^4; — (= fertig) wán^2-lä (nach einem Verbum).
aufbewahren šóu^1-ši^2; čuang^1; šou^3.
aufbrauchen hua^1-fei^4-čin^4; yung^4-wán^2 (beendigen zu brauchen).
aufbrechen (den Körper erheben) č'i^8 šen^1.
auffordern ču^3; čú^3-fu^4 (ob. čú^2-fu^4); — fu^4.
aufgeben, etw., kó^1-hsia^4.
aufgegeſſen ſein č'í^1-wán^2-lä (č'í^1-méi^2-lä).
aufgehen, nicht, k'ái^1 pu^4 k'ái^1.
aufgelöſt (Haar) sung^1.
aufgeregt huang^4.
aufhängen, ſich, šang^1-tsiáo^4.
aufhäuſen lei^2; tui^1.
aufheben čien^3; — (von der Erde) čién^3-č'í^3(-lai^2); — (vom Boden) ší^2.
aufheben und mitnehmen čién^3-č'í^4.
aufhören ču^4.
— laſſen čí^3-ču^4.
aufladen šang^4.
aufmachen čung^1.
— ſich č'í^3 šang^4.
aufmerkſam yung^4 hsín^1 ti; — ſein yang^4 hsín^1.
aufnehmen, bei ſich, šóu^1-liu^2.
aufrecht čeng^4.

aufreißen (z. B. Cash) kuan⁴.
aufrücken kao¹-šéng¹.
aufschreiben hsiö²-šang⁴.
— k'ai¹ (-č'u¹-lai¹).
aufstehen (vom Sitzen oder Liegen) č'i²-lai³.
— (vom Sitzen) čán⁴-č'i³-lai².
aufstellen pái³-č'u¹-lai².
aufstreichen mó³-šang⁴.
Auftrag (amtlicher) č'ái¹-ši¹.
auftragen tuan¹; šang⁴.
aufwachen hsing⁴.
aufziehen (Uhr) šang⁴-hsién².
Auge yén³; yén³-čing¹.
Augen, mit — sehen yén³-čien⁴.
Augenblick, ein húi˙rh³.
— i⁴-ši².
— in diesem —-e č'i³-ná-mó.
Augenschein, in — nehmen k'án⁴-hsia⁴.
aus, — . . .˙ heraus č'i³ . . . li³.
Weder ein noch aus wissen,
šang⁵ t'ien¹ wu² lu⁴, žu⁴
ti⁴ wu² mẹn² (= es ist
kein Weg da, um in den
Himmel zu steigen und keine
Thür, um in die Erde hinein-
zugehn).
ausbessern pu³.
— ši²-tsé; — (Porzellan) čü¹.
ausbleiben, es kann nicht —, daß
šáo³.
ausbreiten p'u¹.
— p'ai³-č'u¹-lai².
auseinanderbrechen (intr.) šé².
auseinandersetzen šuo¹ ming².
Ausflug, einen — (eine Reise)
machen č'u¹ wái⁴.
ausführen pan⁴.
ausführlich, ganz, i⁴-wú³ i⁴-ši¹
ti (Abv.).
Ausführungsbestimmung li⁴.
ausfüllen pu³.
Ausfuhrzoll č'u¹-k'ou³-šui⁴.
Ausgaben yúng⁴-tu⁴; — yúng⁴-hsiang⁴.
ausgeben fei⁴; — hua¹; — (Geld)
huá¹-fei⁴; — fei⁴-yung⁴; —
yung⁴ č'ién².
ausgehen č'ú¹-č'ü⁴.
— č'u¹ mén².
ausgeführt werden č'u¹ k'ou³.

ausgenommen č'u¹ (abb. P. des
Aor.) oder č'ü² liao (abb. P.
des Perf.).
— (abb. Part.) č'u²-č'ü⁴.
ausgießen čén¹.
aushalten nai⁴.
— nicht — können žẹn³ pu²
ču⁴.
Auskunftsmittel č'ü⁴-lu⁴.
auslachen hsiáo⁴-hua⁴.
Ausland, ins — gehen č'u¹ wái⁴.
— wai⁴-kuo².
ausländisch yang² (in Zusammensetzungen).
auslegen p'u¹.
auslöschen (tr.) míe⁴.
ausmachen ho².
ausnehmen (ein Tier) k'ai¹
t'áng².
ausrotten č'u².
ausruhen án¹-hsie¹.
— sich hsie¹; án¹-hsie¹.
aussagen (bei einem Verhör)
kung¹.
Aussatz lai⁴.
aussätzig lai⁴.
ausschlagen č'i¹.
ausschließen č'u².
ausschließlich čuan¹.
Aussehen mú²-yang⁴.
Außenseite wai⁴.
außer (abb. Part.) č'u²-č'ü⁴.
— č'u² (abb. P. des Aor.) oder
č'u² liao (abb. P. des Perf.).
außerhalb wai⁴, wái¹-t'ou², tsai⁴
wái⁴-t'ou².
außerordentlich heng¹ = huang¹;
tê heng¹ (einem Verbum nachgestellt).
Aussprache k'ou³ yin¹.
aussprechen, sich — (d. h. darlegen,
daß man recht hat), p'ing²-
p'ing².
ausspülen (den Mund) šu⁴.
austauschen (die Ratifikationen
eines Vertrages) hu⁴-huán⁴.
ausstoßen, einen Seufzer ai³ ti
i³ šeng¹ (= einen Laut seufzen).
Auster kó³-li⁴.
austragen (Briefe) sung⁴.
ausüben yén³.
auswählen čai¹; — tién³; — č'ü³.

auswechseln huán⁴.

Ausweg ſá².⁵-tsę.

ausweichen. jem. pi⁴.

— pi⁴-hui⁴.

ausweiden k'ai¹ t'áng².

avanzieren kao¹-ʂéng¹.

Art fuᵃ-tsę.

ausziehen (Kleider und Schuh) t'o¹; — (Kleider) t'ó¹-hsia⁴-lai² = t'o¹.

Bach (Waſſergraben =) ho²-kóu¹-tsę.

Backwerk, ein, das am Mondfeſt gegeſſen wird (Mondkuchen), yüe¹-ping².

baden (waſchen, reinigen) hsi²-tsáo².

— tsao².

Bär ʐén²-hsiung².

— hsiung²; — (die kleinere Art) kóu²-hsiung².

bald tsáo²-ᵃ兀⁴.

— k'uái⁴.

Ballen (Stoff) p'i¹.

Bambus ču²-tsę.

Band (eines Werkes) t'ao⁴.

Bank téng⁴-tsę.

Banner č'í²-tsę.

— die chineſiſchen bán⁴ čún⁴.

— General čiáng¹-čün¹.

Bannerleute č'í²-ʐén².

Bannermann č'í²-ʐén².

Barbaren, die ſüdlichen, mán²-tsę.

Barometer (Wind · Regen · Uhr) ſéng¹-yü²-piáo².

Barren (den Fluß ſperrender Sand =) làn²-čiang¹-ſá¹.

Bart hú²-tsę.

— (Schnurr·) hsü¹.

Barvermögen (Geld und Reichtum) č'ien²-ts'ái².

Baſtard sę¹-hai²-tsę.

Bauch tu⁴-tsę.

bauen tsao⁴.

— kai⁴; — čien⁴.

Bauer (= das Land beſtellend) čung⁴-ti⁴-ti; — čuang¹ · čia¹-han¹rh⁴.

Baum ʂu⁴.

Bäume, Zählwort für, k'o¹.

Baumeiſter wá²-čiang⁴.

Baumwolle mién²-hua¹.

Baumwollenzeug pu⁴.

Baumwolltuch pu⁴.

beabſichtigen tá²-suan⁴.

— hsiáng².

Beamter kuan¹; — (Beamter u. Beamter) kuán¹-yüan¹.

— ʂ⁴-huan⁴; — huan⁴; — č'ęn²; — ſein tso⁴ kuán¹.

Beamtenſchaft, die, po²-kuán¹ (= po⁴-kuán¹).

beauffichtigen čǎo⁴ · kuan²; — k'an¹.

Becher čúng²-tsę; — pei¹.

Becken p'ęn².

bedauerlich, es iſt — k'o³ hsi¹ liǎo²rh³ (ti).

bedauern hsi¹.

— es iſt zu — k'o³ hsi¹.

bedauernswert! o wie, k'o³ lien²-čié²rh⁴ ti.

bedecken kai⁴.

— kái⁴-ʂang².

bedeutſam (ſchwer und groß =) čung⁴-tá⁴.

Bedeutung í⁴-sę¹; — i⁴.

Bedienter tí²-hsia⁴-ʐęn².

Bedrängnis k'ú²-č'u³.

— (Erduldung von Mühſal =) ʂóu⁴-lei⁴.

bedrücken ya¹.

Bedürfnis, kleines (kleine Bequemlichkeit), hsiǎo²-pién⁴.

Bedürfniſſe, yúng⁴-tu⁴.

Beefſteak niù²-ʐou⁴-p'á¹.

beeinfluſſen kan² (A. giebt kan³).

beendigen tso⁴-wán²,č'ęng²,č'eng²-č'úán².

Befehl yü⁴; míng⁴-ling⁴.

befehlen čiǎo⁴; — ʂ⁴; — fu⁴.

befehlend (§ 315) ling⁴.

befinden, ſich (irgendwo), tsai⁴.

befindlich, obenauf, fu²-t'óu²rh².

befolgen tsun¹; etw. — tsun¹-čǎo⁴.

befördern ʂao¹.

befördert werden kao¹-ʂéng¹.

befreundet, mit ihm — ſein ho⁴ t'a¹ hao³.

— (gegenſeitig gut) hsiang¹ hǎo².

begegnen yü⁴; — tsao¹; — yû⁴-čien⁴.
begehren t'an¹; — tan¹-hsin¹.
Beginn, im —, in der ersten Zeit (während der Anfangszeit =) č'ú¹-šī²-čien¹.
begleiten sung⁴.
begraben mai².
Behälter kang¹.
behalten (im Gedächtnis) či⁴-čŏ.
behandeln tai⁴; — etwas pan⁴-li³. (Krankheiten) či⁴.
Behandlung (Hand und Fuß =) šou²-čiáo³.
Behörde šu³; — yá²-men³.
beide liang³-kŏ žĕn² tŏu¹.
Bein t'ui³.
Beiname ming².
Beinkleider k'u⁴-tsç.
Beispiel, zum, pí³-fang¹.
beißen yao².
beißend (scharf) la⁴.
Bekassine šui²-čá.
bekleiden (ein Amt) šī⁴.
bekommen tê²; — tê²-lai² = tê²; — ai²; — šou¹; — čie¹; — šou¹.
bekümmern, sich, um kuán³; — li³.
belebt žŏ⁴-nao⁴.
belehren čiao¹· ⁴ (mit oder ohne kei³).
bellen yao².
belohnen šang³.
Belohnung šang³.
bemerken čien⁴.
bemitleiden k'o³ lién²; — lien².
bemitleidenswert k'o³ lién².
bemühen fan²; — sich, yung⁴hsin¹; — lei⁴.
Bemühung fan².
benachrichtigen (offiziell) tsç¹-hsing².
benagen (von Insekten) čü⁴.
bequem (von Kleidungsstücken) súng¹-t'ung¹.
beraten šáng¹- liang²; — sich, šáng¹-liang².
bereden hung³.
bereuen hou⁴-húi³.
Berg šan¹; — einen — besteigen šang⁴ šán¹.
Berge, in die — gehen šang⁴ šán¹.

berichten (an den Thron) tsou⁴.
berühmt ming²; — (den Namen hervortreten lassend) č'u¹ ming² ti.
beruhigen an¹; — sich, fang⁴ hsin¹.
beschädigen hai⁴.
beschäftigen, sich mit etw., kan⁴.
Beschäftigung yfe⁴; — kan⁴.
beschenken šang³.
beschlafen ts'ao⁴; — tsou⁴ = ts'ao⁴.
Beschlag belegen, mit, lan³.
beschützen hú⁴-wei⁴.
beseitigen č'u¹.
Besen sao²-čou³, sao³-pa¹.
besorgen (mit Objektskasus) liáo⁴-li.³
besprechen i¹-lun⁴.
— und abmachen šuo¹-t'ó³.
besser č'iang².
Besserung (eine Krankheit) hsiáo⁴.
beständig č'ang²; — č'ang² č'áng² oder č'ang²-č'áng²-ti (Adv.).
bestehen (eine Prüfung) čung⁴.
besteigen šang⁴.
bestimmen ting².
bestimmt čun².
Bestimmung (bestehende) čang¹.
bestrafen tsê²-či⁴; — čĕng²-či⁴.
Besuche machen pai⁴ k'o⁴.
besuchen wúng⁴-k'an⁴; — jn. pai⁴; — čao³; — čien¹; — zu Neujahr und gratulieren pai⁴ nién³.
Betracht, in — ziehen ku⁴.
betrachten k'án⁴-č'i³-lai³; ku⁴.
betragen, unter mindestens . . . . — pu² hsiä⁴.
betreffend kai¹ kuán³.
betroffen werden von pei⁴.
betrübt sein č'ou⁴.
betrügen hung².
Betrüger húng³-žĕn².
betrunken tsui⁴.
Bett č'uáng².
Bettler č'í²-kai⁴ oder č'í²-kai⁴; — t'ao³ fan³rh⁴-ti (erbittend Speise =); — (alter Blumen-sohn) lao³-huá¹-tsç.
Bettwanze (Stinkkäfer =) č'ou⁴-č'ung².

Bettzeug (zum Ausbreiten und Zudecken) p'ú¹-kai⁴.
Beutel k'óu²-tai⁴; — tai⁴.
beurteilen p'ing².
bewachen hú⁴-wei⁴; — k'an¹.
bewässern čiao¹.
bewegen, sich, tung⁴.
Bewegung, sich machen, tsóu²-tung⁴-tsóu³-tung⁴.
Beweis p'ing²-čü⁴.
bewohnen ču⁴.
bezahlen na⁴.
bezeugen yen⁴.
Bezug, mit — auf č'ao²; — č'ao²-čŏ (= č'ao²).
Bibliothek šú¹-fang² (auch šu¹-fáng²).
Biene feng¹.
Bier p'i²-čiu¹; — p'rh¹-čiu³.
Bildung hsüe²-wen⁴.
Bild hua'rh⁴ = hua⁴.
billig čien.
Billigkeit kúng¹-tao⁴.
Bimstein fu²-ši².
Birne li².
bis či⁴ (Schriftsprache); — tao⁴; — zu tao⁴. — či³; — nach tao⁴.
bißchen, ein tién³-tse.
Bissen súi¹.
bestohlen werden (vom Diebstahl betroffen werden) pei⁴ táo⁴.
bitter k'u³.
bitten (um eine Gefälligkeit) t'o¹; — kao⁴; — č'ing³; — flehentlich — yáng¹ č'iu³; — (um eine Gunst) č'iu².
blasen č'üi¹.
Blatt (der Pflanzen) yie'rh⁴ (spr. yirl⁴) oder yie⁴-tse — (Papier) čang¹; — p'ien⁴.
Blattwanze (die große Stinkschwester) č'òu¹-ta⁴-čie³.
blau lan².
bleiben, übrig — hsia⁴-šeng⁴.
Blicke, unverwandten, yèn³ pa¹-pà'rh¹.
blind hsin¹.
Blinder, ein, hsiá-tse.
Blitz šan³; — 'W.) tien⁴.
blitzt, es, ta³ šan².
bloß kuang¹.
Blume hua¹; — hua'rh¹.

Blumen, allerlei, po²-hua⁴.
blühen k'ai¹.
Boden t'u³; — ti³.
böse sein yüan⁴; — hen⁴; — čien⁴ kuái⁴; baß man nicht . . . . kann hen⁴ pu⁴ tê³.
Böse, das, o⁴.
böse werden fan¹ lién³.
Bogen čang¹ (Papier); — kung¹ (Waffe).
Bohne tou⁴-tse.
Boot č'uán².
Bord, an — gehen šang⁴ č'uán²; — hsia⁴ č'uan².
borgen, jm., čie⁴; fich —, čie⁴.
Bote páo⁴-tse.
Brandy p'u²-lán²-ti¹.
Branntwein p'u²-lán²-ti¹.
braten k'ao²; — č'ao².
brauchbar čeng⁴-čing¹.
brauchen (wollen müssen =) tèi³-yào⁴; — yung⁴; nicht —, šeng³-tê².
Brei ní⁴-tse.
breit k'uan¹.
brennen. Ein gebranntes Kind fürchtet das Feuer yi¹ hui² čo² še² yao² örh¹ hui² pu¹ tsan³ ts'ao³.
Brennholz č'ai²-huo³.
Brett p'an⁴.
Brief hsin⁴.
Briefbuch hsin⁴-pen²-tse.
Briefe, Zählwort für, feng¹.
Briefpapier hsin⁴-či³.
Briefträger (austragend Briefe) sung⁴-hsin⁴-ti.
bringen ná²-lai²; — sung¹; — (her-) sung⁴-lai².
Bronze t'ung⁴.
Brot (europ.) (Mehlpaket =) mien⁴-páo¹; — man²-t'ou².
Bruder, älterer — ko'rh¹ (auch kerh¹ gespr.); — kó¹-ko¹ (in Zuf. auch hsiung¹).
— der jüngere — des Vaters šú²-šu²; —, mein älterer — čiá¹-hsiung¹; —, der ältere des Vaters tá⁴-yié².
Brüder ti⁴-hsiung¹; — zwei — (oder ein Bruder und seine jüngere Schwester) ko'rh¹ liá².

Bruber, ber jüngere bes Mannes hsiao³· šú²· tsę; — jüngerer hsiúng⁴ti⁴ (in Zuf. auch ti⁴).
Brunnen čing².
Brücke č'iao³.
Buch šu¹; — ein klaffifches, čing¹.
Buchdeckel (abnehmbare) šu¹-t'áo'rh⁴.
Bücher, bie vier klaffifchen — (zweiten Ranges: bie große Lehre, bie unveränberliche Mitte, bie Gespräche bes Konfuzius unb bie Werfe bes Mencius) sę⁴-šú¹; — bie fünf klaffifchen — erften Ranges wu³-čing¹.
Bücherei sú¹-fang²'(auch)šu¹-fáng²).
Buchhändler mai⁴-šú¹-ti.
Bubbha fo³.
bücken, fich (bie Lenben beugen), ha¹ yáo'rh¹.
Bündel k'an³.
bunt pan¹; — ts'ai³.
Büreau šú¹-fang² (auch)šu¹-fáng²); — hsié³ - tse⁴ - fáng²; — čü² (-tsę).
Bürge páo³-zęn³.
bürgen für (mit Objektäl.) pao³.
Bürgschaft leiften für pao³.
Bürfte šuá¹-tsę.
bürften šua¹.
Bufen huai²; — huái²-pao⁴ (-'rb).
Butter yu²; — (Gelbfett) huang²-yú².

Canbiszucker (Eiszucker) píng¹-t'ang².
Cash, ein — č'ien²; — ta⁴.
Caviar yü³-tsę'rh³.
Ceremoniell li³.
Champagner sán¹-pin¹-čiu³.
Champignon mó²-ku¹.
Chekiang (bie Provinz)čê⁴-čiang¹.
China ta⁴-č'ing¹-kuô².
Chinefe han⁴.
Chinefen (im Gegenf. zu ben Bannerleuten) min²-zęn²; — mán²-tsę.
Chinefifch kuán¹-hua⁴.
chin. Centner (= 100 čin¹) tan⁴.
Cigarre yen¹-čüán'rh³ (Tabaksrolle.

Civil· wen³.
Cloisonné-Fabrif fa⁴-lan²-tsó¹.
Corps túi⁴; — čï¹ ober šï¹-tsę.
Courier (austragenb Briefe)sung¹-hsin⁴-ti; — (laufenb laffenb Briefe) p'ao¹-hsin⁴-ti.
Da ná⁴-k'u'-örh⁴; — ná⁴-li³; — nä³-rh⁴; — ift yo²; — ja či⁴; — neben (Abv.) ai¹· čö; — finb yo³.
baher so³ i³.
balaffen liú²-hsia⁴.
baliegen, fichtbar, hsien⁴-fáng⁴-cö.
Damm fáng⁴-čö.
Damaft tuán⁴-pu⁴.
Dame, eine t'äi⁴-t'ai⁴.
Damen t'áng⁴-k'o⁴ (Hallengäfte).
Damm k'óu³-tsę.
Dampfschiff (Feuerrabfchiff) húo³-lun²-č'uan³.
baneben (Abv.) ai¹; — (Präp.) ai¹; — p'áng³ pie³'rb¹.
banfbar fein kan³ (A. giebt kan⁵); — kán³-hsié⁴; — kan³-či¹.
Danfbarkeit (in Worten ausgefprochen) hsié⁴; — (im Herzen) kan³.
bann čiu⁴; — pien⁴ (W.) = čiu⁴.
barauf, kurz pu³ ta⁴ húi 'rh³ čiú⁴.
barin li³ t'ou²; — li³ - mien⁴ = li³-pien¹; — li⁴-pien¹; — fein tsai⁴ (volfstümlich) = tsai¹; — ai (volfstümlich) = tsai¹.
barüber šáng⁴ - pien¹; — šáng¹-t'ou²; — šáng⁴-mien⁴ = šang⁴-pien¹; unb — (nach Zahlen) yo³ ling².
barunter (= zwifchen) néi⁴-čing¹; —, mit — fein tsai⁴ néi⁴.
bafein fáng⁴-čö; — tsai⁴.
Dativzeichen kei³.
Deckel tie²-tsę.
Decke. Sich nach ber Decke ftrecken liang¹ t'i³ ts'ai³ i¹ (miß ben Körper unb bann fchneibe bas Kleib zu).
benfen hsiáng²; — hsiáng² - čö; — an sę⁴.
Denfwürbigfeiten či⁴.
belegieren wei³.
Delegierter wéi²-yüan².

demgemäß pien⁴.

dennoch yé³-čiu⁴.

Depesche (Diplom.) wén²-šu¹ (Litterarschrift).

deshalb só³-yi³.

deutsch tê²-i⁴-čí.

Deutschland tê²-kuo².

dick (von Flächen); kou⁴; — (von runden Gegenständen) ts'u¹.

Dieb tào⁴-tsei²; — tsei².

Diener tí³-hsia⁴-žęn²; — (wörtlich: dem Rang folgend) kęn¹-pán¹-ti (spr. kęm¹-bán¹-ti).

dienen. Man kann nicht zwei Herren dienen yi¹ čî¹ čiao² tao⁴ pu⁴ tê² liang³ čî¹ č'uan² (ein Fuß kann nicht auf zwei Schiffe treten).

diesmalig čê⁴ hui² ti.

disputieren čiáo⁴-pi³.

Dienst treten (oder sein), bei jm. in, kęn¹.

dieser (§ 210) čê⁴, (Pl.) čê⁴-čî-kö; — ts'ê³ (Schriftspr.); čéi⁴ (vergl. Gramm. § 210) = čê⁴-yi⁴; — čê⁴ = čei⁴.

Ding wu⁴; — túng¹-hsi¹.

Distrikt zweiten Ranges čou¹; — dritten Ranges hsien⁴.

doch tao⁴; — yé³-čiu⁴.

Dochte, Zählwort für, kęn¹.

Dolch tao¹; — tào¹-tsę.

Dollar, ein i²-k'uai⁴(-yáng²)-č'ién²; — (Schriftsprache) yüan²; — ³/₄ — san¹ čiáo'rh³; — ¹/₄ — i⁴-čiáo'rh³.

Donner lei³.

donnert, es, ta³ léi².

Doppelstunde, chin., ší³ č'ęn².

doppelzüngig, yi¹ tsui³ liang³ šê-t'ou² (= ein Mund, zwei Zungen).

Dorf hsiáng¹-ts'un¹; — t'un² (nur in Eigennamen, sonst hsiáng¹-ts'un¹).

Dorn ts'ę⁴.

dort ná⁴-k'u²-örh⁴; — ná⁴-li³; — ná⁴-pién¹ (jene Seite); — ná'rh⁴; — ná⁴-pienⁿ'rh¹; — ai⁴-ná'rh⁴ = tsai⁴-ná'rh⁴; — tai⁴-ná'rh⁴ = tsai⁴-ná'rh⁴.

dorthin wang³-ná⁴-mö.

dortig na⁴-pien¹-ti.

Dosis čî⁴.

Drache lung².

draußen wái⁴-t'ou³, tsai⁴ wái⁴-t'ou³.

drei san¹.

dreist čién³-čüe³.

bringend čin³.

bringen, in jm., yáng¹-č'iu².

drücken ya¹.

du ni³.

dumm yü¹-č'un³; — hu⁴-tu¹ (wörtl. verkleistert und mit Lehm ausgeschmiert).

Dummkopf, mu⁴-t'ou²-žęn² (= Holzmensch); — ša⁴-tsę.

dünn (von Flächen) pao³; — hsi⁴.

düngen yung⁴ šî³-čiao¹.

Dünger (Kot · Bewässerung) šî³-čiao¹.

dunkel héi¹; an⁴; — werden hei¹-šang⁴-lai².

dunkeln, im, héi¹-hsia⁴.

durch .... hinburch ta³ .... li³.

durchaus čien³-čî² ti; — tsung³; — (mit Negationen) ping⁴; — nicht tsung³ pu.

durchbringen t'ou⁴.

durchnässen lin²-šî¹; = lün²-šî¹.

dürfen, nicht — pu² yao⁴.

Dynastie č'ao²; — die regierende, pén³-č'ao².

durstig, adj. P., k'o³; — sein k'o³.

Eben (soeben) kang¹; — ts'ai²; — (gerade) p'ing²; — erst ts'ai⁴.

ebenso i⁴-pán¹ oder i⁴-panⁿ'rh¹ (spr. yi⁴-perl¹).

Eckchen čiao'rh³.

Edelmensch čün¹-tsę.

Edelstein, geschnittener, yü⁴.

Edikt yü⁴.

Ehrentitel der Mitglieder des großen Sekretariats čúng¹-t'ang¹ (mittlere Halle).

ehrerbietig (Adv.) kung¹-kung¹-čing¹-čing⁴ ti.

ehrerbietig sein kúng¹-čing⁴.

ehrwürdig tsun¹.

Ei tan⁴.

Eid ſhí⁴; — einen — leiſten č'i⁸ ſhí⁴.
eiferſüchtig ſein (= Eſſig eſſen) č'ı¹ ts'ú¹.
eifrig (Adv.) yang⁴ hsin¹ ti.
eigen č'in¹.
eigenhändig č'in¹-ſou³.
Eigennuß sé¹·hsin¹.
eigenſüchtig sç¹.
eigentlich pen³-lái²; — pen³.
Eigentümer pen³-čü'(rh³).
Eilbote (laufen laſſend Briefe) p'ao³-hsin⁴-ti.
Eile mit Weile mang³ čung¹ yo³ ts'o⁴ (= in der Eile ſind Fehler).
eilig mang²; — (Adv.) mang¹-máng²·ti.
Einband t'ao⁴.
Einbuße k'uei¹ (ſprich k'uī¹).
einbüßen ſhí¹.
einfach (Amt) čien¹; č'ien⁴; — tan¹.
einfallen in čin⁴.
einfältig ſha³.
Einfuhrzoll čin⁴-k'ou³-ſhui⁴ (yin²).
eingeführt werden čin⁴ k'óu³.
eingemacht t'ang².
Eingeweide č'ang²; — č'áng²-tse.
eingießen (Thee, Waſſer ꝛc.) tao⁴ vergl. čen¹.
Einhalt thun (einer Sache) či³-čü⁴.
einigen (§ 248) či⁸-kö; — hsie⁸; — und einige (nach Zahlen) či³ = čí⁸-lai².
einigen, ſich nicht — können (die Erörterung wird nicht entſchieden) í⁴-lun⁴ pu² tíng⁴.
Einigkeit macht ſtark yi¹- kö pa¹ čang³ p'ai¹ pu⁴ hsiang² (eine Hand kann nicht klatſchen).
einmal (vulg.) yi²-mo³rh⁴; — noch — yu⁴ (ſpr. yö⁴); — rundherum yi²·pién⁴.
eins i¹·²·⁴ (wegen der Betonung vergl. Gramm. § 37); ſiehe auch yi¹·²·⁴.
einſam tu¹; — tı²-tse.
einſchalten žen⁴, pekin. für žun⁴ (einen Monat).
einſchenken čen¹; — (nur von Wein) čen¹; — (Wein) (Wen-hua) čo²·⁴.

einſchlafen ſhui⁴-čáo².
einſchließen (in einen Raum) čüan¹.
einſtellen, ſich não⁴.
Eintracht ho²·ma⁴.
einträchtig (adj. P.) ho².
eintreten (von ſchlimmen Dingen) nao⁴.
einwickeln pao¹.
einwilligen tá¹·ying⁴.
einzeln i²·ko⁴·ko'rh⁴·ti.
einzuholen ſuchen cúi².
Eis ping¹.
Eiſen t'ie⁴·³. Das Eiſen ſchmieden, ſo lange es warm iſt ta¹ t'ie⁴ kan³ žo⁴ (= das Eiſen ſchlagen und dabei nach heißem ſtreben).
Eis frieren t'ung⁴ ping¹.
Elektricität (Blitzgeiſt) tién⁴·č'i⁴.
Embonpoint bekommen fa¹·fú².
Empfang, in — nehmen čie¹·tao⁴; — čie¹·kuo⁴·lai².
empfangen ſhou⁴; — ſhou¹; — č'ü²; — čie⁴.
empfehlen čü⁴·čien⁴ (mit kei² verbunden).
Ende, zu wán¹·là (nach einem Verbum); — mo⁴; zu — kommen wan²; zu — führen čung¹.
endlich čing⁴.
Endpartikel, auffordernde pa⁴; — fragende mö, ni.
Endung, vulg. — des präbik. Adjekt. (§ 300) čı¹·tı¹·na.
eng čai³; — čin³.
engagieren č'ing².
England ying¹·kuö².
Enkel (der männlichen Linie) sún¹·tse.
entbehren, nicht — können ſhao³ pu⁴ tê².
Ente yá¹·tse.
Entenleber ya¹·kán¹rh¹.
entfernt von li².
Entfernung yüán²·čin⁴.
entlaſſen, jn., san⁴; — (des Dienſtes) t'e.
entſcheiden (einen Streit) p'íng²·lun⁴; — čüe²; — čüe²·tuan⁴; ſich ~ (in einer Angelegenheit) čüe²·tuan⁴; — tuan⁴; — etwas pan⁴; — pan⁴·li⁸.

Entſcheidung, eine — treffen (= Herr ſein) tso⁴ čú³ ober tso⁴ čú'rh³.
entſchieden čién³-čůe².
entſchloſſen čién³-čůe².
Entſchluß faſſen, einen, na² ču³-i⁴.
entſenden (amtlich) i⁴.
entſetzlich, (das) iſt entſetzlich liáo³ pu tê².
entſprechen hsiang¹-yíng¹.
entſtehen (baraus) — (Unglück) náo⁴-č'u¹-lai¹.
entrichten (Zoll) na⁴.
er t'a¹; — (§ 316) t'an¹ = t'a¹.
erbitten, bringend t'ao³.
Erbſen wán¹-tou¹.
Erde ti⁴; unter ber — ti⁴ hsia⁴; unten auf ber — ti⁴ hsia⁴; — t'u⁸.
erbenken hsiáng³.
erbulben ſou⁴; — ai²; — ſtill żen³.
ergeben ho⁸.
ergreifen ná²-ču⁴.
erhalten čie¹; — (erhalten — gelangen) = čie¹·tao⁴; — č'eng²; — ſou⁴.
erheben (Zölle) sou¹; —, ſich, č'i³.
erinnern, ſich, či⁴; — ſich či⁴ -tê²; — ſich an etw., hsiáng³- č'i³ (— lai³).
Erinnerung či⁴.
erkennen żen⁴; — ſl².
erklären čiáng²; — ſuo¹ ming².
erkälten, ſich, ſang¹ feng¹.
erkundigen, ſich tá²-t'ing¹ (ein Hören ſchlagen).
erlangen tê²-lai² = tê²; — tê²-čao².
erlauben čun³.
erlaubt ſein hsů³.
erleben tsao¹; — čing¹.
erledigen pan⁴; — čung¹; — pan⁴-li³.
erleiden ai²; — (mit Objektsk.) pei⁴; — ſou⁴.
ermahnen č'ůán⁴; — čú²-fu⁴ (ob. čú²-fu⁴).
ernähren yang³-huo² (ernähren leben laſſen); — yang³.
Ernte ſou¹·č'eng³; — nién²-č'eng³.

eröffnen (einen Laben) k'ai¹.
erörtern i⁴-lun⁴; — p'ing²; — lun⁴.
erregt huang¹.
erreichen či⁴ (in ber Umgangsſpr. wenig gebr.); — tao⁴.
errichten čien⁴; — (eine Statue) su⁴.
erſchallen hsiang³.
erſchöpfen č'in⁴.
erſchöpfend (adv. P.) čín⁴.
erſchrecken (tr.) hsiá⁴ - hu²; — (intr.) hsia⁴.
erſehen, (baraus) kann man — k'o³ čién⁴.
erſinnen, etwas, ſáng⁴ - liang²- č'u¹; — hsiáng³.
erſparen, ſich etw. — können ſeng³-tê².
erſt ts'ai².
erſte, ber (§ 238), t'óu²-yi.
ertragen, nicht zu — ſein ſou¹ pu² tê²; — ſeng¹; — gebulbig żen³.
ertrinken yen¹-sę³.
erwählen zu (mit folg. tso⁴) (= zu ſein) t'ui¹.
erwähnt kai¹-kuán².
erwähnen, t'i²-č'i³-lai³ = t'i².
erweiſen, ſich bankbar, (gegen) čung⁴-páo⁴.
ewig yung³; — yung²-yůán³.
erzählen, jm., ſuo¹ kei³ żen² t'ing¹; — č'uan³.
erzeugen yáng²-hsia⁴; — yang³.
es t'a¹.
Eſel lü².
Eſeltreiber (treibenb Eſel) kan³-lü²-ti.
Eſſen fan⁴; eſſen č'ī¹; — yung⁴ fan⁴ = č'ī¹ fan⁴.
Eſſig ts'u⁴.
Eunuch (alter Mann) láo³-kung¹.
Europa hsi¹·yáng²; — t'ai⁴ hsi¹ (ber ferne Weſten).
Europäer hsí¹-yang²-żen².
Excellenz, Seine tá⁴-żen².
expedieren ſao¹.
Exportzoll č'ů¹-k'ou²-ſui⁴ (-yin²).
exportiert werben č'u¹ k'ou².
Expedition (Zeitungshaus) páo⁴-fang².

Fabel hsiáo^4-huá'rh^4 = hsiao^4-huá^4.

Fabrik tso^4 (in Zusammensetzungen).

Fächer šán^4-tsę.

Faden hsien^4.

Fähigkeit liang^4; — néng^2-nai^4.

Fahne č'í^2-tsę.

Fall, gesetzt den —, daß čiá^2-žu^2; Fall (Vorfall) an^4.

fallen tie^1; — lao^4; → lassen tiao^4.

fällen k'an^3.

fällt, es — mir ein (in China persönlich) hsiáng^3-č'í^3 (-lai^2).

Falke ying^1.

falsch čia^3.

Familienname hsing^4; —, mit. F. heißen hsing^4; häufige ts'ęng^2; — tęng^4; — čęng^4; — čang^1.

fangen (m. b. Netze) ta^3.

Farbe yęn^2-sê^4.

Fasan (wildes Huhn =) yťe^2-čí^1; — (Berghuhn) šán^1-čí^1 = yťe^2-čí^1.

Fasanenart, eine (rossoptilon mantschuricum), hó^1-čí^1; — eine (syrmaticus Reevesii) čí^4-čí^1.

faul lán^2-to^4.

Faust č'üán^2.

fegen sao^3; — tá^2-sao^3.

Fehler (körperlicher) máo^2-ping^4.

fehlerhaft hsie^2.

feige č'íe^4.

fein hsi^4.

Feind č'óu^2; — tsei^2; — (im Kriege) tí^2-ping^1.

Feindschaft vergelten, die pao^4 č'óu^2.

Felber čuáng^1-čia^1.

Feldherr čiáng^1-cün^1; (wörtlich: erster Befehlshaber) yüán^2-šuai^4.

Feldherrnfahne šuái^4-č'í^2.

Fell. Er hat ein dickes Fell lien^3 yo^3 č'ęng^2-č'iang^2-hou^4 (= sein Gesicht hat Stadtmauerdicke); — p'í^2.

Fels ší^2-t'ou^2.

Fenster č'uáng^1-h'u^4.

ferner č'ié^3; — und — örh^2-č'ié^3.

fertig = wán^1-lä (nach einem Verbum); — t'o^3; — hão^3 (hinter dem Verbum); — mit etw. nicht — werden lái^3 pu-čí^2 (kommend nicht erreichen können; — sein wan^2.

und damit fertig! basta! pá^4 lie^1.

fest kang^1.

festbinden či^4.

festhalten ná^4-ču^4; — sich an etw. — páo^4-ču^4.

festnehmen ná^2-ču^4; — ná^2-hsia^4; — na^3.

festsetzen ting^4; — ting^4-kuei^1; — ting^4-hsia^4; — šuo^1 t'ing^2-tang^4.

Fett yu^2.

Feuer huo^3; — es ist ein — ausgebrochen (gewesen) (Wasser ist gegangen) tsou^3 lä šui^3 lä.

Fichte sung^1.

Fidibus (Feuerpapier-Kohle) huo^3-čí^3-méi^2-tsę; — huo^3-čí^3-mei'örh^3.

Finanzministerium hú^4-pu^4.

Finger čí^1; — čí^{3,2}-t'ou^2.

Fingernägel čí^3-čia^3.

Fisch yü^4.

Fischer ta^3-yü^2 ti.

Fläche mien^4.

Flächenraum tí^4-fang^1.

Flasche p'ing^2; oder p'ing^2-tsę.

flechten yeh^1.

flehentlich hęn^3-hęn^3-ti.

Fleisch žou^4.

Fleischklöße žou^4-wán^4-tsę.

fleißig sein yung^4 kung^1 (Arbeit aufwenden).

flicken (von Eisengeräten) ku^1; — ší^2-tě (für ší^2-tao^4; — pu^3).

Fliege. Zwei Fliegen mit einer Klappe schlagen yi^1 čü^2 liang^3 tê^2 (ein Aufheben, zwei Bekommen).

fliegen, fei^1 — vorwärts und rückwärts, fan^1.

fließen liu^2.

flink má^2-li^4.

Flinten, Zählwort für, kan^3.

Floh kó^4-tsao^4 (spr. kó^4-tsę).

Flosse (Wasserteiler =) fęn^1-šui^3.

Flucht (von Zimmern, Häusern, Stühlen ꝛc.) líu^4.

Fluß ho^2, čiang^1.

Fluß, der, ist ausgetreten (wörtl.: es hat sich der Damm geöffnet) k'ai^1 lä k'óu^3-tsę lä.

Flußufer ho^2-pién'rh^1.

Flut (opp. Ebbe) č'áo^2-šui^3.

Folgen kuán^1-hsi^4.

folgen kęn^1; — kęn^1-čǒ.

folgenschwer sein kuán^1-hsi^4.

folgsam sein šun^4.

Form hsing^2; — hsing^2-hsiang^4.

formen hsing^2.

fort, in einem, čī^2.

fortlaufen p'ao^3.

fortbewegen (schwere Gegenstände) pan^1. [k'ai^1.

fortnehmen (von einer Stelle) ná^2-

fortrücken (schwere Gegenstände) no^2-k'ai^1.

fortschaffen pán^1-k'ai^1.

fortstellen kó^1-k'ui^1.

fortwerfen žęng^1-č'ü^4.

Frage wen^4.

fragen wen^4.

Fragepartikel mö; — a^1; — im zweiten Gliede der Doppelfrage hai^2.

Frankreich fá^1-kuo^2.

Frau hsi^1-fu'örh^4 (auch hsi^3-fu'örh^4-tsę); — lúo^3-p'o^2; — č'i^1; — nü^3-žęn^2; — č'i^1-tsę; — eine nehmen č'ü^3 hsi^3-fu'örh^4; — meine — (das billige Innere) čien^4-néi^4; — jm. zur — geben čiú (mit od. ohne kei^3); — alte — láo^3-lao^3.

Frau, eine — niang^{2}örh^2-men.

Frauen niang^{2}örh^2-men.

Fräulein kú^1-niang^2; — Ihr — Tochter č'ien^1-čin^1.

Frauengemächer, die — (die inneren Gemächer) néi^4-fang^2.

freilich k'o^3.

freimütig tá^4-tao^4.

fremd fan^2.

freuen, sich, hsi^3; — lo^4.

Freund hsiang^2-háo^3 ti; — tsę^4-č'i^3-žęn^2; — p'éng^2-yo^3.

Freundschaft, mit jm. — schließen čie^3-čiao^1; — čiao^1.

friedlich hó^2 (adj. P.).

frieren tung^4.

frisch hsin^1-hsien^1; — hsien^1.

Frosch, der eßbare, t'ién^3-čī^1 (Feldhuhn =); — há^2-ma^1.

Frostbeule túng^4-č'uang^1.

Frucht kúo^3-tsę.

früher hsien^1; — táng^1-ži^4; — ts'ung^1-č'ién^2 (ob. ts'úng^2-č'ien^2).

Frühling č'un^1.

Frühstück tién^3-hsin^1; — tsáo^3-fan^4.

Julien (Provinz) fú^2-čien^4.

fünf wu^3.

für tai^4; — t'i^4; — wei^4; — wei^2.

für mich (an meinem Körper =) tsai^1 wo^3 šęn^1 šang^4.

furchtbar (Adjektiv) kuai^4; — (Adv.) li^4-hai^1.

fürchten k'úng^3-p'a^4.

fürchten, sich hai^1-p'á; — p'a^4; — sich vor p'a^4.

Fürst čün^1.

Fuß čiáo^3; — tau^2; — (Längenmaß) č'ī^3 (= 10 ts'un^4 à 10 fęn^1 — 10 č'ī^3 sind ein čang^4); — zu — pu^4-nién'rh^3.

Fußbank čiao^3-t'a'rh^1.

Füßen, mit den — stoßen t'i^1.

Fußsohle čang^3.

Futter (eines Kleides) lī'rh^3.

füttern wei^4.

Gabel č'á^1-tsę.

Gabeln. Zählwort für, kan^2.

Gang, der — (den jm. hat) tsou^3-táo'rh^4 — (Essen) tun^4.

Gans o^2.

ganz čęng^3; — t'ung^1; — čęng^3-čęng^3 ti; — čęng^3-č'ī^2; — hun^2.

Garten yuán^2.

Gasse hú^2-t'ung^4.

Gast k'o^4; — pin^1.

Gatte čang^4-fu^1; — fu^1.

Gatte und Gattin (die beiden Männer) liang^3-k'óu^3-tsę.

Gattin, die — (bescheidener Ausdruck = meine Frau) néi^4-žęn^2; — č'ī^1.

gebären yáng²-hsia¹; — yang²;
— šeng¹.
Gebäude, mehrstöckiges, lou².
geben kei²; — yü⁴ (meist Schriftspr.); — wie sollte es geben?
č'i²-yō³.
geboren werden šeng¹.
gebrauchen yung⁴; — i²(Wenhua);
— zu — sein šï²-tê².
gebrauchend = mit (Werkzeug)
yung⁴; — i³.
Gebrauchsart yúng⁴-fa³.
gebraucht werden können šï³-
tê².
Gebrechen (körperliches) máo²-
ping⁴.
Gebühren kuéi¹-fei⁴ (kwí¹-fei⁴).
Gebüsch ts'ao³.
gedenken hsiáng³-čö; — an etw.
— hsiáng³-č'i³ (- lai²);
hsiáng³.
Geduld žen³.
geehrt kuei⁴.
gefährlich tien¹ - hsién³; —
hsien³.
Gefährte húo²-či⁴.
Gefahr hsien³.
Gefäß č'i⁴.
gefrieren t'ung⁴; — ping¹.
Gefühle (Herz und Eingeweide)
hsin¹-č'ang².
Gegend tí⁴-fang¹ (= Erdseite).
gegenseitig hsiang¹.
Gegenstand túng¹-hsi¹.
Gegenteil tui⁴-mién²'rh⁴; — im
— (zur Erwartung) tao⁴.
gegenüber mién⁴ - č'ien²; —
tui⁴ - kúo'rh⁴ (vulgär tui⁴-
kúo'rh²).
Gegenwart, in — von kęn¹-
č'ién².
geheimen, im sę¹-hsia⁴.
gehen č'ü⁴; — tsou³; — um zu
holen č'ü³ č'ü⁴; — vorwärts
— čin⁴; — rückwärts —
t'ui⁴ (spr. t'óē⁴); — spazieren
— huáng⁴-č'ü⁴; — nach außerhalb — č'u¹-wái⁴; — richtig
— (Uhr) čun³; — (wohin)
č'ü⁴.
Gehirn nao³-tsę.
geht, es — č'ęng²; — hsing².
Geist šęn²; — č'i⁴.

geizig sein sö⁴-k'o¹.
Gelag, ins — hineinreden (sich
auf den Mund verlassen =)
hsin⁴ k'óu².
Gelage yin².
gelangweilt męn⁴.
geläufig lién²-kuan⁴.
gelb huáng².
Geld č'ien²; — das jm. geliehene
čang⁴; — großes tá⁴ - č'ien²
(auch ta⁴-č'ién², cash, vergl.
liang²); — wieviel (Pek. vulg.
statt tó¹-šáo²-č'iên²) tó'rh¹
č'ien².
Gelegenheit, gute — č'í¹-hui⁴.
Geleit, jm. das — geben sung⁴-
hsing² (mit kei³).
Gelehrsamkeit hsüe²-węn⁴.
gelehrt sein (im Bauch Gelehrsamkeit haben) tu⁴-tsę li³yo³ hsüe²-
węn⁴.
Gelehrter (Bücher studierend) nien⁴
šú¹-ti; — šï⁴-tsę; — tú²-šu¹-
žęn² (Bücher studierender
Mensch).
Geliebte, befehlende (Ihr Frl.
Tochter) ling⁴-ái⁴.
gelten können für k'o³ suán⁴;
— als suan⁴ šï⁴; — wei².
gemacht,. fertig — sein tso⁴-wán²-
lä (tso⁴-tê¹·²-lä).
Gemälde hua'rh⁴ = hua⁴.
Gemahlin fu¹-žęn².
gemäß čáo⁴-čö = čao⁴ án⁴-čao⁴;
— adv. P. šun⁴.
gemeinsam hui⁴.
Gemüse (frisches Gemüse) hsién¹-
ts'ai⁴; — ts'ai⁴; sú¹-ts'ai⁴;
— (grünes Gemüse) č'ing¹-
ts'ai⁴.
Gemütsart p'i²-č'i⁴.
gen hsiang⁴.
genannt werden čiáo⁴-tso⁴; —
čiáo⁴.
genau hsi⁴; čun²; — (als Adv.)
(z. B. prüfen) hsi⁴-hsi⁴ oder
ti hsi⁴-hsi'rh⁴ ti.
Genoß p'ei⁴.
Genosse húo² - či⁴; — t'ung²-
šï⁴-ti.
General t'í²-tu¹.
Generalgouverneur tsúng³-tu¹.
Generalkonsul tsúng²-ling²-šï⁴.

Generation tai^4.

genießen šóu^4-yung^4.

Genitivpartikel ti^1.

genug kou^4; — tsu^2.

genügen kou^4.

gerade či^2; — čeng^4; — tao^4; — so wie žú^2-t'ung^2.

Gerät č'i^4.

geräuchert hŝûn^1.

gerechnet werden nach lun^4.

gerecht kúng^{1}tao^4.

Gerechtigkeit kúng^1-tao^4; — i^4.

Gericht yáo^2-yęn^2; — tun^4.

Gerichtsdiener č'ái^1-i^4.

gering č'ien^3.

gering achten (jn.) (mit kalten Augen ansehen) lęng-yęn'rh^3 k'an^4.

Geringes, um ein liáo^4.

gerne thun ai^4; — hao^4

gerührt sein kán^3-tung^4.

Gerüst čia^4.

gesammelt hui^4.

gesamt č'üan^2.

Gesandter č'in^1-č'ai^1.

Geschäft ší^4-č'ing^2; — kán^4; — ší^4 vergl. ší^4 č'ing^2.

Geschäfte, die — führen pan^4 ší^4.

Geschäftsführer čang^3-kuéi^4-ti.

gescheit ts'úng^1-ming^2 (feinhörig und hellsichtig =).

Geschenk, als — darbringen hsiáo^4-č'ing^2.

Geschichte, lustige —hsiáo^4-huá'rh^4 = hsiao^4-huá^4; — č'i^4; — čuán^2; ší^2.

Geschichtenerzähler (redend Bücher) šuo^1-šú^1-ti.

Geschick yûn^4-č'i^4.

geschickt č'iao^3.

Geschlechtsliebe (Güte u. Liebe) én^1-ai^4.

Geschmack wei'rh^4 (spr. werl^4).

Geschrei. Viel Geschrei und wenig Wolle, ta^3 tê^2 lei^2 ta^4, lo^4 tê^2 yü^3 hsiáo^3 (= es donnert laut, aber regnet wenig).

Geschütz p'ao^4.

Geschwätz (sieben Worte und acht Redensarten) č'i^1-yęn^2-pa^1-yü^3.

Geschwür č'uang^1; — ein — bekommen šęng^1 (kŏ) č'uáng^1; eiterndes — pie^1.

gesellen, sich — zu t'ung^2; — t'úng^2-čö.

gesellend, sich — mit = t'úng^2-čö.

Gesetz lü^4; — fa^3.

Gesetze fá^8-lü^4.

Gesetzbuch lü^4.

Gesicht lién^4-mien^4; — lién^3; ein böses — machen fan^1 lién^3.

Gesinnung hsín^1-č'ang^3.

Gestalt mú^2-yang^4,hsing^2-hsiang^4; — ursprüngliche — yüan^2-hsing^2.

gestatten žang^4.

Gestell čia^4.

gestern tsó^{2}rh^2-kĕ; — tsó^2-ží^4-tso'rh^2; — tsó^3-t'ien^1.

gestobt hui^4.

Getreide ku^3; — liáng^2-ší^2.

Getreidefeld t'ien^2.

getrocknet (Früchte) kan^1.

gewachsen sein čáng^1-tê^2.

gewähren ying^4; — (Frist) žung^2.

Gewand i^3.

Gewehr č'iang^1.

Gewerbe šóu^8-i^4.

gewichtig čung^4-tá^4.

Gewinn li^3.

gewinnen. Wie gewonnen, so zerronnen i^4-tê^2-lai^2, i^4-tê^2-č'ü (leicht gekommen, leicht gegangen); — (Geld) čuán^4; — es über sich — žęn^3.

gewiß i^2-tíng^2 = í^2-ting^4; pi^4.

Gewissen. Ein gutes Gewissen ist ein sanftes Ruhekissen wei^2 žęn^2 pu^4 tso^4 k'uei hsien^1-ší^4 pan^4-yie^4 č'iao^4 męn^2, hsin^1 pu^4 čing^1 = wenn man sein Gewissen nicht verletzt, so erschrickt das Herz nicht, wenn um Mitternacht an die Thür geklopft wird.

gewöhnen, sich — an kuan^4 (mit Objektsf.).

gewöhnlich, für — p'íng^2-ží^4-čia^1; — su^2; — p'íng^2-č'áng^2.

gewöhnt sein an kuán^4 lă.

Gewürze tso^4-liao^4.

Gewürznelke tíng^1-hsiang^1.

18*

giebt, es — yö3.
Gilde hang2.
Glanz kuang1.
glänzend kuang1.
Glas (Fremdwort) pó1-li1; — (Becher) pei1.
glatt hua2; — p'ing2.
glauben hsin4; — hsiáng3; — jm. hsin4.
gleich i4-pán1 ob. i4-pan⁰rh1 (spr. yi4-perl1); — (Adjektiv) t'ung1.
gleichgültig, es ist mir ganz — tou1 pu4 kuán3.
gleichzeitig čien1.
Glieder, die — (die vier Gliedmaßen) sẹ4-čï1.
glitscherig hua2.
Glück yün4-č'i4; — tsáo4-hua4; — fu2-č'i4; — fu2.
Gold čin1.
Goldfasan (Wildhuhn =)(Phasianus torquatus) yfe3-čï1.
Goldorange čin1-čü1rh2.
Gott t'ién1-čü3; — šẹn2-hsien1; — šẹn2; — (oberster Herrscher) šáng4-ti4.
Göttin šẹn2 - nü3; — niáng2-niang2.
Götter (Götter und Buddhas =) šẹn2-fó2.
Graben kou1.
Grabe, in noch höherem, keng4; — im höchsten — ting3; — či2 (meist Wenhua); in besto höherem — yüe4-fa1.
Graf hou2.
Gram ái1-šẹn2.
Granatapfel šï2-lin2 (lčo2).
Gras ts'ao3.
Gräte ts'ẹ4.
gratulieren tao4-hsï3; — zu Neujahr — und besuchen pai4 nién2.
grausam k'u3.
grob ts'u1.
Groll hẹn4.
groß ta4.
großen, im — und ganzen ta1-fan2.
Grund yüán1-ku4; — yin1; — (W.) yüan1; — ku4; — ohne — und Ursache wu2 yüan1 pai1 kù4 ti; — einer Sache

auf den Grund gehen wa1 šu4 hsiu2 kẹn1 (= einen Baum ausgraben und die Wurzel suchen).
Grund, ohne allen —, wu2 yüán2 wu3 kù4 ti.
Grundbesitz yfe4.
Grunde, im pẹn3-lái2.
Grundsatz li2.
grün č'ing1.
grüßen wẹn4 t'a1 hāo2.
Gurke (gelbe Melone) huáng2-kua1.
Gürtel tái4-tsẹ.
gut hāo3; — hāo-hāo3-ti.
gut und böse hāo3-tái3.
Güte ẹn1 (gewöhnlich ẹn1-tien3).
Gutes, etwas, hāo3-č'u4.
Guthaben čang4; — čai4.

Haar mao2; — t'óu2-fa3; sich das — machen šu1-t'óu2.
haben yo4; — (Kinder) yang3; — yáng3-hsia4; — nicht — méi2; — bei sich — tai4; im Munde — han2; — wollen yáo4.
Hackfleisch súi4-žou4.
Hafen (am Meere) hai3-k'ou1; — čiang2; — k'óu2-tsẹ.
Hafenpaß k'ou3.
Hagel páo2-tsẹ.
Hahn kúng1-čï1.
Haken kóu1-tsẹ.
halb pan4; — man muß nichts halb thun čien4 tsai4 hsien2 šang4, pu4 tẹ2 pu3 fa2 oder tu4 žẹn2, tu4 šang4 an4 (die Übersetzg. siehe unter A.).
Halbgott hsien1 (-tsẹ).
Halbgötter, die acht, pa1-hsién1.
Halbschlaf tun⁰rh3; — im — sein tun3.
Halle t'ang2; — innere, néi4-ko2; — t'ing2rh1.
Hälfte, die zweite — des Jahres hóu4-pan4-nien2; — die zweite — der Nacht hóu4-pan4-yie4; — die erste — des Jahres č'ien2-pan4-nien2; bie erste — der Nacht č'ién2 - pan4-yie4.

Halsbinde líng²-täⁱᶜrh⁴.
Halt machen liu² pú⁴ ob. liú²-pu⁴ (seine Schritte anhalten).
halten, im Munde (Maul) h'en²; — an sich — tönnen žen³; — (Haustiere) yang³.
Hammel yang³.
Hammelfleisch yáng²-žou⁴; — gestobtes (Irish stew) hui⁴ yáng²-žou⁴.
Hammelkotelette yang²-p'ái²-ku².
Hand šóu³; —fläche, pú¹-č'ang³; — anlegen tung⁴ šóu³; — in die Hand nehmen ná²-č'i²-lai³.
Hände, in die — klatschen p'ai¹ pa¹-č'ang³.
Handel mái³-mai⁴.
Handel treiben tso⁴ mái³-mai⁴.
handeln pan⁴; — hsing².
Handelsgeschäfte šéng¹-i⁴.
Handelssuperintendent der nördlichen Häfen pei³-yáng²-ta⁴-č'en².
Handelstaotei hái³-kuan¹-táo⁴.
Handelsverbindungen anknüpfen t'ung¹ šáng¹.
Händen, unter den — haben (= vorhaben) šou³-tí³-hsia⁴.
Handfläche pá¹-č'ang³; — č'ang³.
Handschuhe šou³ t'áo'rh⁴.
Handtuch šóu³-čin¹.
Handwerk šóu³-i⁴.
Handwerker čiáng⁴-žen²; —kung¹-čiang⁴; — čiáng⁴.
Han-Dynastie han⁴.
Hanfluß hán⁴-čiang¹.
hängen kua⁴; — (intr.) kuá⁴-čŏ.
hangen kuá⁴-čŏ.
Hankow hán⁴-k'ou³.
harmonieren ho² (mit Objektsf.).
Harn, nach — riechen sao¹ (adj. P. stinkend).
hart ying⁴; kang¹.
Hase (wilde Katze =) yie³-máo¹.
Haselhuhn (Fichtenhuhn)(tetrastes bonasia) súng¹-či¹.
Haß č'óu²; — hen¹.
hassen č'óu²; — hen⁴.
häßlich č'ou³; — ya²; — hán²-č'en¹ (immer hán²-č'en gespr.).
Haufe č'ün²; — tun⁴.
Haupthaar t'óu²-fa³.

Hauptstabt čing¹-č'eng¹.
Hauptzölle čéng¹-šui⁴ (Export- u. Importzoll).
Haus fáng²-tse; — (Familie) čia¹; mit nach — nehmen tái⁴-hui³-č'ü⁴.
Hause, drinnen im, tsai¹ néi⁴.
Hausgerät čiá¹-huo³.
Haushofmeister (verwaltend die Angelegenheiten) kuan³-šř⁴-ti.
Hausstand, einen — gründen č'eng² čiá¹; — den — führen tang¹ čiá¹.
Hausverwalter kuán³-čia¹(-ti).
Haut p'i².
Heer č'ün¹.
Heeresabteilung čí¹ ob. čí¹-tse.
Heerführer čiáng¹-č'ün¹.
Heft pen³.
heftig hen³-hén³-ti.
heilen čí⁴ hǎo³.
heilig šeng⁴.
Heim čia¹.
heimlich yin¹; — se¹.
heimatlos sein liú²-lo⁴.
heiraten hún¹-p'ei⁴; — (ein Weib) hun¹; — (von Mädchen) (zur Thüre hinausgehen) č'u¹mén³-tse; — jn. — čiá⁴ (mit ober ohne kei³).
heiser ya³.
heiß žo⁴.
heißen čiǎo⁴-tso⁴; — čiǎo⁴.
heiter (Wetter) č'ing².
helfen pang¹; — č'eng².
hell ming².
Helm t'ou²-k'uéi¹ (spr. — k'uī¹).
Hemd (Schweiß-) han⁴-šanⁿrh¹; — han⁴-t'á'rh¹; — šanⁿrh¹.
hemmen čí³-ču⁴.
Henne ts'áo²-čí¹.
herabfallen lassen tiao⁴-hsia-lai².
her(an)kommen kúo⁴-lai².
heranwachsen čang³-tá⁴.
heraufbringen ná²-šang⁴-lai²; — sùng⁴-šang⁴-lai².
heraufkommen šúng⁴-lai³.
herausbitten, jn., č'ing³-č'u¹-lai².
herausgehen (aus = Aff.) č'u¹.
herausholen (aus dem Wasser) láo¹-č'u¹-lai².

herauskommen č'ú¹-lai².
herausnehmen ná²-č'u¹-lai².
herausschauen lou⁴-č'u¹-lai².
herausschöpfen láo¹-č'u¹-lai².
heraussuchen čáo³-č'u¹-lai².
herauswachsen čáng³-č'u¹.
herausziehen č'ou¹; — lá¹-č'u¹-lai².
herbringen ná²-lai².
Herbst č'iú¹.
Herde č'ün².
hereinbringen ná²-čin⁴-lai².
hereinkommen čin⁴-lai².
hereinrufen čiáo¹-čin⁴-lai.
hereinschaffen pán¹-čin⁴-lai².
herholen č'ü³ - lai³; — č'ü³ č'ü¹.
herkommen šáng⁴-lai².
herlaufen, hinter etw. — (mit Objektsf.) kan³.
Herr ču³; č'ü¹rh³; — (oppos. Diener) túng¹-čia¹; — (hinter einem Namen oder als Höflichkeits-anrede) láo³-ye², hsién¹-šeng¹, hsiung¹; — der Minister tá⁴-žen²; — geehrter (großer alter Vater) tá⁴-lao⁴-ye; junger (Mandschuwort) á⁴-ko¹; — junger — šáo⁴-ye²; — unser — čün²-čú²; Ihr jüngerer — Bruder ling⁴-ti⁴; — Ihr älterer — Bruder ling⁴-hsiung¹; — verehrter (alter älterer Bruder) (§ 313) lao³-hsiúng; — sein eigener tse⁴-čü¹.
Herr Graf hóu²-ye².
Herrenhaus, das, šáng⁴-fang².
herrichten (z. B. Zimmer) ší²-tê-č'u¹ - lai²; — šóu¹ - šī²; ší²-tê.
Herrschaft t'ien¹-hsia⁴.
herschicken tá³-fa¹-lai².
herstellen tsó⁴-č'u¹-lai².
herüberbringen ná²-kuo⁴-lai².
herüberkommen kúo⁴-lai².
herunterhauen, eine, ta³ yi² hsia⁴.
herunterkommen hsiä⁴-lai².
herunternehmen ná²-hsia⁴; — ná²-hsia⁴-lai².
Herz, es nicht übers — bringen können šǒ³ pu⁸ tê².
Herzen, etw. auf dem — haben

(Worte im Bauch haben) tu⁴-tse li⁸ yo³ hua⁴.
heuer čin¹-nien².
heute čin¹-ži⁴; — čin¹-t'ien¹; — čin¹rh¹-kŏ; — čin¹rh¹.
hier čé⁴-k'u¹-örh⁴; — čé⁴ - li²; — čé⁴rh¹ (spr. čê³rh⁴); — tai⁴-čé⁴rh¹ = tsai⁴-čê³rh¹; — ai-čé⁴rh⁴ = tsai čê³rh⁴.
hierher wang³-čé⁴-mö.
Himmel t'ien¹.
hinabspringen t'iáo⁴-hsia⁴-č'ü⁴.
hinabwerfen ženg¹-hsia⁴.
hinaufbringen ná²-šang⁴-č'ü⁴.
hinaufgehen šáng⁴-č'ü⁴.
hinaufklettern auf p'á²-šang⁴.
hinaufsteigen auf šang⁴.
hinausgehen č'ú¹-č'ü⁴.
hinausschaffen pán¹-č'u¹-č'ü⁴.
hinaustragen ná²-č'u¹-č'ü⁴.
hindern ai⁴; — lan².
hineilen nach pen⁴.
hineinbringen ná²-čin⁴-č'ü⁴.
hineingehen in (Aff.) čin⁴; — čin⁴-č'ü⁴.
hineinsehen in čao¹.
hineinthun čuang¹.
hineintragen (auf den Armen) pao⁴-čin⁴-č'ü⁴.
hin und her gehen, spazieren gehen liú¹-ta¹.
hineingehen čin⁴-č'ü⁴.
hin und her wenden fan²-lái² fu¹-č'ü⁴.
hin und wieder či¹-liao-kúng`rh¹ ti; — òu⁸-örh³.
hingehen kúo⁴-č'ü⁴; — šáng⁴-č'ü⁴.
hinhalten hung³.
hinken kuai³.
hinlegen ko¹; — kó¹-hsia⁴; — fang⁴; — čuang¹; — sich — t'áng³-hsia⁴; — wieder — ko¹-hui²-č'ü⁴.
Hinrichtungen, die — vollziehen (zur großen Amtshandlung ausziehen) č'u¹ ta⁴ č'ái¹.
hinsehen č'iáo².
hinsetzen kó¹-hsia⁴; — fang⁴; — sich — (Vögel) lao⁴.
hinstellen kó¹-hsia; — ko¹; — lassen čī¹.
hinten hóu⁴-t'ou²; — hou⁴.
hinter hou⁴; — hóu⁴-t'ou².

hintereinander yi⁴-*lien*².
hinterlaſſen liú²-hsia⁴.
Hinterſeite hou⁴.
hintragen ná²-kuo⁴-č'û⁴.
hinübergehen kúo⁴-č'û⁴.
hinübertragen ná²-kuo⁴-č'û⁴; —
  t'ai²-kuo⁴-č'û⁴.
hinunterbringen ná²-hsia⁴-č'û⁴.
hinuntergehen hsiá⁴-č'û⁴.
hinuntertragen ná²-hsia⁴-č'û⁴.
hinzufügen čiá⁴-ſang⁴.
Hirſch lu⁴.
Hitze šu³.
hm! hm! ſagen heng¹.
Hoangho, der Strom huáng²-
  ho².
hoch kao¹.
höchſt (Adv.) tsúi⁴ (ſpr. tsúĕ⁴ ob.
  tsŏĕ⁴); — (Adv.) ting³ (Grundbedeutung Gipfel).
höchſtens čī⁴-tó¹.
Hof (eines Hauſes) yüán⁴-tse; —
  (eines Fürſten) č'áo²-t'ing¹.
hoffen p'an⁴; — wang⁴.
höflich kung¹; — ſein kung¹.
Hofnachrichten, die, in der Peking-
  Zeitung king¹-men²-č'áo¹.
Hohlmaß = 1,031 l. šeng¹ =
  10 ho² = ¹⁄₁₀ tou³; — tou³
  = 10 šeng¹.
holen (zu holen gehen =) č'ú³
  č'û⁴; — č'û³.
Holland hó²-lan²-kuò (ho²-lán²-
  kuo); — hó²-kuo.
Holz mú⁴-t'ou².
Holzkohlen t'an⁴.
Honig mi⁴.
Honigbiene mí⁴-ſeng¹ = ſeng¹.
hören t'ing¹-čien⁴-wen²; — auf
  t'ing¹.
Hörnchen čiao'rh³.
Hoſen k'u⁴-tse.
Hoſenträger (Hoſenbinde = Gür-
  tel) čī⁴-k'u¹-tái⁴.
Hotel (Geſandtſchafts-) kung¹-
  kuán³.
hübſch (gut anzuſehen) hāo³-
  k'án⁴.
Huf ma³-čáng³.
Hufeiſen ma³-čáng⁶.
Hüfte yao'rh¹.
Huhn či¹; — wildes. féng¹-či¹;
  — mit Reis fan⁴-či¹.

Hühnerei či¹ - tsé'rh³; — či¹-
  tán⁴.
Hülfsloch (helfender Koch) pang¹-
  č'ú²-ti.
Hülfszahlwort(vergl. Gram. § 231)
  ling².
Hunan (die Provinz) hu²-nán².
Hund kou³.
hundert pai³ (vergl. po⁴, po²).
Hunger iſt der beſte Koch, tu³ či¹
  hao⁴ č'ī¹ mai⁴ mi⁴-ſan⁴ (=
  wenn der Bauch ordentlich
  hungrig iſt, ißt man Weizen-
  und Reisſpeiſe); — o⁴; — či¹
  (veraltet).
hungern o⁴; — či¹ (veraltet).
hungrig ſein o⁴; — či¹ (veraltet).
Hupe (die Provinz) hu²-péi³.
Hut máo⁴-tse.
Hütte šě⁴.
Hygrometer tsáo⁴-ši¹-piào³ (Trockne - Näſſe - Uhr).

Ich allein wo³ i²-kŏ-žen⁴rh³.
ich (der Kleine) hsiáo³-ti, Pl.
  hsiáo³-ti-men; — tsa¹ (veraltet); — wo³; — wu² (Wenhua).
Imbiß tién³-hsin¹.
immer, noch hai²-ši⁴; — č'ang²;
  — č'ang²-č'áng ob. č'ang²-
  č'áng ti; — bis jetzt hsiang⁴-
  lai².
importiert werden čin⁴ k'ou³.
Importzoll čin⁴-k'ou³-šui⁴ (yìn²).
in einem fort yung³-yüán³; —
  č'ang²-č'áng³ ob. č'áng-č'áng²
  ti; — č'ang⁴.
in tsai¹ (W. yü¹); — (mit Aff.)
  šang⁴; — (bei Jahreszahlen)
  čién¹.
Indigo lan².
Ingwer čiang¹.
Inland néi⁴-ti⁴.
Innere, das li³.
innerhalb li³-mien⁴; — li²-pien¹;
  li³-t'ou².
Inſekt č'úng²-tse.
Inſel tao³.
inſtand ſetzen ši²-tě.
inſtändig (Adv.) hen³-hén³-ti.
inſtruieren č'ī⁴.

Interesse č'ŭ'rh⁴; im — von č'ao²-čŏ (= č'ao²) — im — jmds. t'i⁴; in meinem — tsai⁴ wo³ šen¹ šang⁴.

interessieren, sich (für jn.), k'án⁴-c'eng² (mit Objektf.).

international wan⁴-kuŏ².

interpungieren tién³.

Interpunktion, durch — in Sätze teilen tien³ čŭ⁴.

irgendwer súi².

Iris čing¹.

Irrlehre hsié²-čiáo⁴.

irren. Irren ist menschlich, žen² yo³ ši¹-ts'o⁴, ma³ yo³ lou⁴-t'i² (= der Mensch irrt, (wie) das Pferd stolpert); — sich, ts'o⁴.

Irrtum ts'o'rh⁴.

irrtümlich, falsch ts'o⁴.

ja kŭn³-č'ing²; — ča¹.

ja doch tao⁴.

ja wohl! čŏ¹ = ča¹.

Jade, die gelbe huáng²-ma³-kuá'rh⁴; — (Pferderock) má⁴-kua'rh⁴.

Jagd, auf die — gehen ta³ wei².

Jahr nien²; — (vom Lebensalter) súi⁴; — voriges — č'ién²-nien²; das ganze — hindurch č'eng² nien² ti; — im übernächsten — hóu⁴-nien²; — das übernächste — hou⁴-nien²; — im vergangenen — č'ŭ⁴-nien²; — das vergangene — č'ŭ⁴-nien².

Jahr, das nächste, míng²-nien²; — im nächsten — ming²-nien²; — das vergangene — čiú-nien²; — das vorvorige — č'ién²-nien²; — in diesem — čin¹-nien²; — das erste einer Periode yüan²-nien²; — in höhere — kommen (in der Jahreszahl hinaufsteigen =) šang⁴ súi⁴-šŭ'rh⁴.

Jahren, jung an, nien²-yo⁴; — in höhere — kommen šang⁴ nién²-čŭ⁴.

Jahreszeit ši²; — či⁴.

jämmerlich pi¹.

jammern ai¹ č'i⁴, ai¹-k'u¹.

Japan tung¹-yang² (Ostmeer); — (Sonnenursprung) ži⁴-pén³.

japanisch wo¹.

je . . . . besto yüe⁴ . . . yüe⁴.

je länger . . . . besto yüe⁴ lai² . . . . yüe⁴.

je mehr . . . . besto mehr yüe⁴ . . . . yüe⁴.

je mehr . . . . besto weniger yüe⁴ . . . . . yüe⁴ pú.

jeder (einzelne) mei³; — ko⁴; — fan³.

jener na⁴; — ná⁴-kŏ; — ná⁴-yi⁴ = nŭi⁴ = nei⁴ = nĕ⁴ (§ 210 ff.).

jetzt žŭ²-čin¹.

jetzt gleich čŏ⁴ čin⁴.

jucken yang³.

jung yo⁴.

jüngerer, mein — Bruder, šŏ⁴-ti⁴.

Jüngling nien²-č'ing⁴ ti.

Jujuben tsao'rh³.

just tao⁴.

Justizministerium hsing²-pu⁴.

Kaffee ká¹-fö¹.

kahl t'u¹.

Kahlkopf t'ú¹-tsẹ.

Kaiser huáng²-šang⁴; — šang¹.

kaiserlich kuan¹.

Kaki (Diosyros Kaki) ši⁴-tsẹ.

Kalb hsiáo²-niú²; — niú²-tú⁴-tsẹ.

Kalbfleisch hsiáo³-niú²-žou⁴.

kalt han²; — liang¹; — leng³.

Kälte han²; — tung⁴.

Kamel lŏ⁴-t'o².

Kamelwolle lo⁴-t'o²-žung².

kämmen šu¹.

kämpfen čang⁴.

Kanne hu².

Kanone p'ao¹; — mit Kanonen nach Spatzen schießen, k'an³ tao³ šu⁴, cho¹ pa¹-ko¹ (einen Baum fällen, um einen Black-bird zu fangen) oder ta⁴ p'ao⁴ ta³ ma²-č'iao² (= eine große Kanone schlägt einen Sperling).

Kanone, Zählw. für, tsun¹.

Kapital pén³-č'ien².

Kapitel hui²; — t'iao'rh¹.

Karpfen li³-yü².

Karren čʻě¹.

Kartoffel šàn¹·yao⁴·tóuʻrh⁴.

Kartoffelpüree šàn¹-yao⁴-touʻrh¹-ní⁴-tsę.

Käse (Milchkuchen) nai³·pingʻ-tsę.

Kastanie. Die Kastanien aus dem Feuer holen mao¹-tsę pan¹ tao³ tsęng⁴, tʻiʻ kou-tsę kan² tao čangʻ (die Katze stiehlt den Reis und der Hund kommt und frißt ihn); — liʻ-tsę.

Kastanienpüree liʻ-tsę-níʻ-tsę.

Katze, mao¹; — mao¹-tsę; — maoʻrh¹.

Katze. Ist die Katz aus dem Haus, so tanzt die Maus, maoʻrh¹ čʻúʻ, lao³-šu³ čʻu¹-laiʻ čęn¹ yao² (= Wenn die Katze ausgeht, so kommen die Ratten heraus und recken die Lenden); — die Katze im Sack kaufen, ko² kʻou²-taiʻ mai³ mao¹.

kaufen mai³; — (ein Amt) ğüan¹.

Kaufmann kʻó³-żęn²; — šang¹.

Kehle sang³-tsę; — šäng²-tsę; — (Nebenform von sang³-tsę).

keineswegs (mit Negat.) ping⁴.

Kellner (durchlaufend die Halle) pʻaoʻ-tʻáᴺᴷʻrh²-ti.

kennen żęnʻ-tě²; — ši²; — (nur in Bezug auf Personen) żęnʻ-ši².

Kenntnis nehmen von etw. čʻa²-čáo⁴.

Kerl, ein tüchtiger, hǎo³ hánʻ-tsę.

Kern. Wer den Kern haben will, muß die Nuß knacken, puʻ žuʻ hu³ hsôeʻ, puʻ tě³ hu³ tsę³ (wenn man nicht in des Tigers Höhle geht, bekommt man keine jungen Tiger).

Kerze la⁴.

Kessel kúo¹.

Kesselflicker ku¹-lou⁴-kúo¹ ti.

Keule (Fleisch) tʻui³.

Kind hai²-tsę.

Kindchen wá¹-tsę.

Kinder tsę³; — und Enkel tsę³-sun¹; — (Söhne u. Töchter) örh²-nű³.

Kindesliebe hsiáo⁴.

Kirchenmaus, arm wie eine, hsiang⁴ ta⁴ šui³ hsi² liao³ (= wie ein mit vielen Wassern gewaschener).

Kirsche ying¹·tʻao².

Kiste hsiang¹-tsę.

klar wie der Tag šui³-tiʻ-šà¹-ming² (= klar wie der Sand auf dem Grunde des Wassers).

Klasse teng⁴.

Klassen, die vier — des Volkes sęʻ-mín³.

klatschen pʻai¹.

Kleid iʻ-šang¹, iʻ-fu²; — das Kleid macht den Mann yo³ iʻ taʻ-panʻ, pien¹ šʻęng² żęn² (wenn man einen Anzug hat, dann ist man ein ganzer Mensch).

Kleider, seidene, čʻóu²-iʻ šang²; — cʻóu²-iʻ-fu².

klein hsiao³.

kleinere Gegenstände líng²·sui⁴ (spr. — súe).

klettern auf pʻa²-šang⁴.

klingen hsiang³.

klopfen (auf oder an) pʻai¹; — (in die Hände) pʻai¹.

Klopfe žou⁴-wán²-tsę.

Kloß wán²-tsę; — tan⁴.

Klöße, gefüllte, čʻu²-pó¹-po¹.

klug tsʻúng¹ming² (= feinhörig und hellsichtig).

knien kuei⁴.

Knoblauch suan⁴.

Knochen kú³·²-tʻou².

Knochen und Fleisch ku³-žou⁴ (meist ku²-žou⁴ gespr.).

Knopf niú²-tsę (spr. niô²-dsę); — (aber auf den Hüten, den Sänften ꝛc.) ting²-tsę.

Knoten číe³-tsę.

Koch čʻúʻ-tsę. Viele Köche verderben den Brei. čʻi¹ šao¹-kung¹, puʻ šui³·šou³, ni² čʻi², wo³ puʻ čʻi² (= sieben Steuerleute, acht Matrosen; du bist einverstanden, ich nicht).

kochen čʻu³; — tun⁴; — čʻi¹; — (Getränke) čʻi¹; — (Suppe) ao²; — anfangen zu (Wasser) kʻai¹, vergl. kʻai¹-čó.

Kognak p'u^2-lán^2-ti^1.

Kohl (weißes Gemüse) pái^2-ts'ai^4.

Kohlrabi p'ié^4-lo^2; — p'ie^4-lie popul. statt p'ie^3-lo^2.

koloffal mɛng^3 (volkstümlich).

Komet sao^4-čou^4-hsing^1 (= Besenstern).

kommen lai^2; — auf etw., hsiáng^2-č'i^1(-lai^2).

Kompaß kuei^1.

Konfucius, Familienname des k'ung^3 (Pfau).

König (einer der Vertragsstaaten) čǔn^1-čú^3; — kuǒ^2-wáng^2; — wang^2.

königlich kuan^1.

können k'ó^3-i^3 (ob. k'ó^2-i^3); — nɛng^2; — k'o^3 (siehe k'ó^3-i^3); — néng^2-kou^4.

Konsul (Geschäfte führender Beamter), ling^3-ší^4-kuàn^1; — ling^3-ší^4.

kontrahieren čie^2.

Kopf náo^3-tai^4; — t'ou^2.

Kopf. Viele Köpfe, viele Sinne č'ien^1-kŏ ší^1-čuan^4, č'ien-kŏ fu^3 (= 1000 Handwerker, 1000 Mittel) oder žɛn^2 to^1, šɛ^2-t'ou^2 to^1 (= wenn die Leute viel sind, sind die Zungen viel); — auf den — stellen fan^1-kúo'rh^4; — mit aussätzigem — lai^4-t'ou^2; — umdrehen den — pie^3 kuo^4 t'óu^2 lai^2.

Köpfe, Zählwort für, k'o^1.

Kopfschmuck šóu^3-ší^1.

korrekt čɛng^1.

Körper šɛn^1(-tsɛ); —, der ganze, t'ung^1 šɛn^1; toter — ší^1; — am ganzen hun^2-šɛn^1.

kostbar čung^4.

Kostbarkeiten čin^1 yin^2 ts'ai^2 pao^3 (ständige Wortgruppe); — pao^3.

kosten č'áng^2 (= probieren).

Kosten kuéi^1-fei^4 (kwi^1-fei^4).

Kotelette p'ái^2-ku^3.

Krabben (shrimps) hsiá^1-mi^3.

Kraft li^4; — čin^4.

Kragen líng-tsɛ.

Krähe. Eine Krähe hackt der andern die Augen nicht aus ší^1 pu^4 t'an^2 ší^1, i^1 pu^4 t'an^2 i^1 (= der Lehrer spricht nicht gegen den Lehrer, der Arzt nicht gegen den Arzt).

krähen ta^3 mɪɒɡ'rh^3.

Kranich hsién^1-hao^2.

krank ping^4.

Krankheit ping^4; — či^2.

Kraut ts'ao^3.

Kreis čou^1.

Kreuz ší^2-tsɛ^4-čiá^4.

kreuzigen (annagelnd töten) ting^1-sɛ^2.

Krieg, in den — ziehen, č'u^1 ping^1; — führen (Kampf schlagen =) ta^3 čáng^4 (mit = ho^4).

Kriegsministerium píng^1-pu^4.

Kröte há^2-ma^1.

Kuangsi, die Provinz kuáng^3-hsi^1.

Kuangtung, die Provinz kuáng^3-tung^1.

Küche (Koch-Zimmer) č'ú^3-fang^2.

Kuchen pó^1-po^1; — ping^3; — ein in Blätter eingewickelter (zum Mitsommerfest gegessen) tsúng^4-tsɛ.

Kugel (Flinten-) č'iang^1-tsɛ'rh^3; — tan^1.

Kuh niu^2.

kühl liang^3.

Kuhmilch niu^2-nái^3.

Kuli (schlagend Allerlei =) ta^3-tsâ'rh^3-ti; — (bittere Kraft) k'ú^3-li^4.

Kultusministerium lí^3-pu^4.

Kummer ai^1-šɛn^2.

Kunde (der) čú^3-ku^4.

künftighin hóu^4-lai^2.

kunstvoll č'iao^3.

Kupfer t'ung^2.

Kürbis wó^1-kua^1 (= japanische Melone).

Küstenzoll fú^2-čin^4-k'ǒu^3 ti pán^4 šui^1.

kurz tuán^3.

kurzem, vor, hsin^1-čin^4.

Kutscher (treibend Wagen) kan^2-č'ɛ^1-ti.

lachen hsiáo^4.

lächerlich, es ist, k'o^3 hsiáo^4.

Laden p'u^4-tsɛ; — fang^1; — p'u^4.

Lager (Feld-) ying².
Lamm káo¹-yang².
Lampe teng¹.
Lampendocht téng¹-ts'ao³.
Land, das (im Gegensatz zu Stadt) hsiáng¹-hsia⁴ (Abb. auf dem Lande); — kuó²; an — gehen šang⁴ án⁴ oder auch heia⁴ č'uan².
Lande, auf dem, hsiang¹-hsia⁴.
Landmann (das Land bestellend) čung⁴-ti⁴-ti; — núng²-fu¹.
Landrat čí¹-čou¹.
lang č'ang².
Langes, etwas, t'iáo'rh².
Langeweile me͏n'rh⁴; — die — vertreiben čie³ me͏n'rh³.
langsam man⁴; — (Abb.) man⁴-mán⁴-ti, auch man⁴-mán'rh⁴-ti.
längst, schon, tsáo³-i³.
Lanze (lange Lanze) č'áng²-č'iang¹; — č'iang¹.
Lärm (heißer Lärm =) žó⁴-nāo⁴; — nāo⁴.
lärmen nao⁴.
lassen žang⁴; — čiāo⁴.
Last lei⁴.
Laster, das, o⁴.
Lastwagen tá⁴-č'ē¹.
Laterne, große (sie ärgert den Wind tot) č'i⁴-sę³-fę͏ng¹; — téng¹-lung¹.
laufen lassen fang⁴; — p'ao³.
Laune, ganz nach — (sich [seinem] Gutdünken überlassend =) žę͏n⁴-čö i'rh¹ ti.
laut tá⁴-šę͏ng'rh¹ ti.
lauter (= nichts als) čing⁴.
Leben péi⁴-tsę; — ming⁴.
leben húo²-čö.
Leben, sein — hinbringen kuo⁴ ží⁴-tsę.
Lebensalter (grünende Frühlinge) č'ing¹-č'un¹; — (Jahr-Reihe) nién²-čí⁴.
Lebenshälfte, die zweite, hsiá⁴-ší⁴.
Lebensunterhalt, sich einen gesicherten — schaffen li⁴ yfe⁴.
Leber kan¹.
lebhaft žó⁴-nāo⁴.
lecken lou⁴; — t'ien³.
leer hsü¹; — k'ung¹.
Legitimation p'ing²-čü⁴.

lehnen, sich, či²-tě².
Lehre čiao⁴.
Lehrer (früher geboren) hsién¹-šę͏ng¹; — lao³-ší¹; — ší¹-fu⁴.
Leibesinnere, das, t'ang².
Leichenbegängnis pin⁴.
Leichnam ší¹.
leicht yung²-i⁴; —i⁴ (Wenhua).
Leiden, ein (vernichtendes =) chronisches, ts'an² či² ; — (körperliches) či².
Leidtragende (= hinausgehend zu einem Leichenbegängnis) č'u¹-pín⁴-ti.
leihen, jm., čiě⁴; — sich čiě⁴.
leise č'iao²-č'iáo'rh³-ti (Abb.).
leiten čiáng¹.
Leithammel. Wenn der Leithammel vorangeht, folgt die ganze Herde yi¹ yang² č'ien² hsing², čung⁴ yang³ hou⁴ či⁴.
Lenden yao'rh¹.
lenken (Schiff) ší³.
lernen žę͏n⁴; — hsiao²; — hsüě² = hsiao².
lesen, etwas, bis es einem geläufig geworden nien⁴-šón²; — laut nien⁴; — (ein Buch) k'án⁴.
Leuchter la⁴-téng¹.
Leute žę͏n²-čia¹.
lieben hao⁴ (ob. hǎo⁴); — ai⁴; — č'in¹; — zärtlich t'éng²-ai⁴.
Lieb č'ü'rh³.
liegen (von Gegenständen) kó¹-čö; — t'ang³-čö = t'ang³; — t'ang³; — wo⁴; — lassen lá⁴-hsia⁴.
Linie (¹/₁₀ ts'un⁴) fę͏n¹.
links tso³.
Liqueur (Honigwein) mí⁴-čiu³.
Liste tán¹-tsę.
Litterat (= einer, der das unterste litter. Examen bestanden) hsiü⁴-ts'ai² (spr. hsiú⁴).
Loch, ein — hineinstechen in — (stechend zerbrechen) ča¹-p'ó⁴.
Löcher in etwas hineinstechen ča¹-p'ó⁴.
Löffel (größer als šao²-tsę) šao²; — c'i²-tsę; — šao²-tsę.
Löffelbiscuits (lange, runde Kuchen) č'áng²-yüan²-ping³.
Lohn kúng¹-č'ien².

lofe sung¹.
löfen čič³.
loslaffen sung¹; — es¹.
loslöfen, fich, čič³.
Lotosblume hó²·hua¹.
Lotfe (führend Waffer =) yín³·
šui³·ѕen² (litterär ftatt tai⁴·
šúi⁴ ti); — tai⁴ šúi³·ti.
Löwe šі¹·tsę.
Löwenhaut. Ein Efel in der Löwen·
haut, hu³ čia³ hu³ wei² (ein
Fuchs borgt des Tigers Ma·
jeftät).
loyal i⁴.
Lüge yao²; — huang².
lügen (Lügen loslaffen) sa¹ huáng³.

machen tso⁴; — tsao⁴; — nung⁴;
— ju etw. čęng³·č'i²; — wei².
Madame t'ái⁴·t'ai⁴.
Mädchen, junges, kú¹·niang²; —
č'ien¹·čin¹.
Magd (alte Mutter) lao²·má¹;
— yü²·t'ou².
Magnolie yü⁴·lan².
mähen ko².
Mal hui²; — (Schriftfpr.) tse'e⁴;
— das vorige č'ien²·hui²;
— čang⁴·hui², čang⁴·ts'e⁴;
— (foundfoviel —, vor Zahlen)
či³.
malen hua⁴.
Malen, ju wiederholten, tie²·
ts'e⁴.
Mama má¹·ma¹.
Mandarinenfprache kuán¹·hua⁴.
Manbfchurei kuán¹·tung¹.
manbfchurisch mán³·čou¹.
Mann žen²; — žen²·(Gatte)
čang¹·fu¹; —, ein, aus dem
Volfe i²·kŏ pó²·hsing⁴; Pl.
— ·men; — ein, von Genie
ts'ái²·tsę; — alter lao³·
t'óu²rh²; — lang² (Schrift·
fpr.); — befehlender (Ihr
Herr Sohn) ling¹·lang²; —
tüchtiger, bán⁴·tsę; — fu¹;
— yé³·men; — reicher ts'ái²·
ču³.
Männer yé²·men.
männlich kung¹; — lang²(Schrift·
fprache).

Mantel (großer Rock) tá⁴·kua⁴·
tsę; — ao³; — p'áo²·tsę.
Marinefoldaten šúi³·šі¹.
Mark (deutfche) ma³ (feltener mu³·
k'o⁴).
Markt šі¹; — (für eine Ware)
háng²·č'ing² ober auch háng²·
šі⁴.
Marquis hou².
Maß (Fuß u. Zoll) č'i³·ts'un⁴.
Maft wéi²·kan¹.
Matrofe (wörtl. Wafferhand) šúi³·
čou⁸.
Matrofen (der Kriegsmarine) šúi³·
šі¹.
Maulbeerbaum sang¹·šu⁴.
Maulbeerblätter sang¹·yie⁴.
Maulbeerplantage sang¹·t'ien².
Maule, im, fortfchleppen tiáo¹·č'0⁴.
Maultier ló²·tsę.
Mauer č'iang².
Maurer wá³·čiang⁴.
Maus húo⁴·tsę.
Medizin yao⁴; —, ftärkenbe, pú³·
yao⁴.
Meer hai³; — yang³. 2
Mehl mien⁴.
Mehlkloß mien⁴·tan¹.
mehr als, über = to¹.
mehr, nicht — als pu¹·kúo⁴.
Meile, chinef., etwa = ½ km,
li³; — li⁸·li⁴.
mein wo³ ti; — (§ 312) pi⁴.
meinen hsiáng³.
Meinung, feine, beutlich fagen,
šuo¹ ming² pai².
meisten, die, čung⁴.
melben pao⁴.
Melodie č'ü'rh².
Melone kua¹.
Menge, eine ganze, hao³·či³;
— č'ün²; — eine tò¹·tò¹.
Menfch (Menfchen = Familie =)
žén·čia¹; žęn²; — guter
čün·tsę; — tüchtiger han⁴.
Menfchlein žęu¹rh².
Menfchlichkeit žęn².
merfen, fich, či⁴; — čůe².
merfwürdig kuai¹; — č'i²; — č'i²·
kuai⁴.
meffen liang².
Meffer táo¹·tsę; ' — tao³.
Meffing t'ung².

mieten tsú¹-hsia⁴; — tsu¹; — ku⁴.
Milch nai⁸.
Militär- wu⁸.
Million čao⁴.
Minister tá⁴-fu¹.
Ministerien, die sechs, liu⁴-pú¹
(= lu⁴-pú⁴).
Ministerium der Ceremonien li³-
pu⁴; — der öffentlichen Arbeiten kúng¹-pu⁴.
Missionsanstalt čiang²-šu¹-t'úng²
(Buch-Erklärungshalle =).
mit hai⁴; — (abv. Pl.) ho⁴;
— ho⁴ (= han⁴ ob. hai⁴);
(jm. sprechen) hsiang⁴; — Abv.
Part. kẹn¹; — kén¹-čŏ; —
(als Adverb) i⁴-t'úng²-čo; —
han⁴ = ho²; — yü³ (meist
Schriftspr.).
mitgehen i⁴-t'úng²-čŏ č'ǔ⁴; —
kén¹-čŏ.
mitkommen kẹn¹-čŏ.
Mitleid ai¹, ai¹-č'o¹; Mitleid
haben mit ai¹-čing¹, ai¹-hai³,
ai¹-lien².
mitnehmen tái⁴-č'ǔ⁴; — tai⁴; —
wieder tai⁴-hui²-č'ǔ⁴.
mitnehmend = mit tái⁴-čŏ.
mitsamt (abv. Part.) lién².
mitzurücknehmen tái⁴-hui²-č'ǔ⁴;
— wieder, ná²-hui²-č'ǔ⁴.
Mitternacht, um, pan⁴-yíe⁴ li³.
Mittelsperson čúng¹-žẹn².
mittelmäßig čung¹-čúng²rh¹ ti.
Mittelfinger čúng¹-č'í³.
Mittel, es bleibt kein anderes —
übrig als, šuo¹ pu tê².
Mittag(s) šáng³-wu³ (spr. šáng²-
hu).
Mittagsmahlzeit šáng³-fan⁴.
Mittagsschläfchen, ein — halten,
šui⁴ čúng¹-čiǎo¹.
Mittagszeit šang³.
Mitte čung¹; —, gerade in der,
tsai² tang¹ čung¹-čién¹rh;
— in der, čung¹-čien¹; —
čung¹-čién¹rh¹ (mit ob. ohne
voraufgehendes ti).
Mittel fá²⁻³-tsẹ.
Möbel čiä¹-huo².
mögen, jn., yäo⁴.
möglich k'ó³-i³ (ob. k'ó²-i³).
möglichen, alle, ko⁴.

Mohrrüben hú² lò²-po².
Monat yǘe⁴; — der vorige, šáng⁴-
yǘe⁴; — im vorigen, šáng⁴-yǘe⁴;
— im nächsten, hsia⁴-yǘe⁴;
— der nächste, hsiá⁴ - yǘe⁴;
— der zwölfte, lá⁴-yǘě⁴.
Monat, der elfte, túng¹-tsẹ-
yǘe⁴ (der kleine Wintermonat
=); — der erste (chin.), čẹng¹-
yǘě⁴; — der nach der Geburt
eines Kindes yǘe⁴-tsẹ.
Monats, am Anfange des, yüe⁴-
č'ú¹; — am Ende des yǘe¹-ti³.
Monatsanfang yǘe⁴-č'ú³.
Monatsschluß yǘe⁴-ti⁴.
Mönch werden (aus der Familie
heraustreten) č'u¹ čiä¹.
Mongolei (außerhalb der Pässe)
k'où³-wài⁴.
monopolisieren lán³.
morgen míng rh² - kẹ; — míng²-
ži¹; míng²-t'ien¹; — ming²rh².
Morgen č'ẹn²; — (Feldmaß)
mou³ (= mu³); vergl. auch
pu⁴ und č'ing³.
morgens tsáo³-č'i³; — tsáo³-č'ẹn².
Morgens, des, tsáo³-č'í³. [wó¹.
Morgenschuhe (Haarnest) mao¹rh²-
Moskito wẹn²-tsẹ; — wẹn⁴.
Mostrich číe⁴-mo¹ (spr. číe⁴-mä).
Motte p'u¹-tẹng¹-ó² tsẹ oder p'u¹-
tẹng¹-ó²rh²; eine große, ku¹-
lou⁴-kúo¹ ti.
müde werden fa²; — k'un⁴.
Müdigkeit, die, überwinden čie³
fá² (die Müdigkeit lösen).
Muhammedaner hui²-hui³;—húi²-
tsẹ.
Mühe, der, wert sein č'í²-tê²;
sich — geben yung¹ hsin⁴;
sich doppelte — machen (zwei
Wege Hand verschwenden) fei⁴
liáng³ tao⁴ šou³.
Mühsal erdulden šou⁴ léi⁴.
mühsam fan².
Mund tsui³ (spr. tšóe³); — k'ou⁴.
murmeln tú¹-nang¹.
Muschel, eßbare, kó³-li⁴.
müssen kai¹-tang¹; — kai¹; —
tei³; — yao⁴; — ying¹-tang¹;
— ying¹; — (weil Vernunft
oder Recht es verlangen) ying¹-
tang¹.

müßig hsien².

Muſter mu²; — yáng⁴ - tsę; — čŏ⁴.

Mut tán³-tsę.

Mutter má¹-ma¹; — mú³-č'in¹; — niang²; —, eine, mit zwei Kindern niaⁿgʼörh² sá¹.

Müße máo⁴-tsę.

nach . . . . hin pęn⁴; — hin wang³; hin č'ao²; — hin šang⁴; — hin č'ao²-čŏ (= č'ao²); — hin hsiang³.

Nachbar čie¹-fang¹.

nachdem (adv. P.) či⁴.

nachdenken yú¹-lü⁴.

nachgiebig ſein žang¹.

Nachgiebigkeit li³-žang⁴; — žang⁴.

nachher hóu¹-lai²; — húi²-lai².

Nachkommenſchaft tsę³.

nachlaufen, jm., čuí¹.

Nachmittag(s) hóu¹-pan⁴-t'ien¹; — hsiá⁴-pan⁴-t'ien¹.

nachmittags wán³- pan⁴ - šaⁿgʼrh³ (vulgär).

Nachricht hsin⁴.

nachſichtig ſein šu⁴; — k'uán¹-šu⁴; — k'uan¹.

Nacht yĕ⁴ (yĕ⁴).

Nachtbeinkleider k'ún⁴-k'u⁴.

Nachteil k'uei⁴ (ſpr. k'uⁱ¹).

Nachthemde k'ún⁴-šaⁿʼrh¹.

Nachtjacke k'ún⁴-šaⁿʼrh¹.

Nachtwache keng¹ (ſchriftgemäß) čing¹; —, zur Zeit der dritten, sán³ čing¹ t'iĕn¹.

nachtwachen ao²-yĕ⁴; — ao².

Nachtwächter (ſchlagend Nachtwache) ta³-číng¹ - ti; — kĕng¹ - fu¹, litterär für ta³-čing¹-ti.

Nachwelt hóu¹-žęn².

nachzählen (herauszählen =) šú³-č'u¹-lai².

nachzudenken, ohne (adv. P.), hun⁴.

Nacken pó²-tsę.

Nadelſpiße čęn¹-čiéⁿʼrh¹.

Nagel (von Eiſen) tíng¹-tsę.

nahe čin⁴; — ſein, čin⁴ (mit Objektskaſus).

nähen fęng¹.

Nähnadel čęn¹.

nämlich kán³-č'ing².

Name ming²; — ming²-mu⁴; — der kleine, hsiǎo³ miⁿgʼrh²; — míng²-tsĕ⁴; — miⁿgʼrh².

Name, der offizielle, des Kaiſers von China (Erkennungszeichen der Jahre) niĕn²-hao⁴.

Namen, einen, geben č'i³ míng²; — haben, einen = berühmt ſein yo³ míng².

Naſe pi².

Naſenrücken pi²-liaⁿgʼrh².

naß ši¹; — machen liu²-ši¹; — werden liu².

natürlich tsę⁴-žán².

Nebel wu⁴.

neben (Präp.) ái¹; — (Adv., Poſtp.) pien¹.

Nebenſtehende p'áng²-žęn².

nehmen na²; — č'ü³; — (eine Frau) č'ü³; — hoch, ná⁴ č'i³- lai²; — ernſt, žęn⁴-čęn¹; — genau, žęn⁴-čęn¹.

nehmend = mit na²; — ná²-čŏ.

Neſt wo¹.

Netz wang³.

neu hsin¹.

neuerlich čin⁴-lái².

Neujahr, zu — gegeſſener Kuchen ču³-pó¹-po².

neulich (neu) hsin¹-čin⁴.

neun čiu³ (vergl. čiŏu³); — čiŏu³ = čiu³.

nicht pu¹· ²· ⁴ (Tonregel ſ. § 37); — pie²; — mei²; — mo³ (Wenhua ſtatt pie²).

nicht da ſein méi².

nicht nur . . . . ſondern auch pu² tán¹ . . . örh² č'ié³.

nicht haben wollen pu²-yao⁴.

nicken tun³; — tién³.

nie yung³ pu.

niederknieen kuei⁴-hsia⁴.

niederlaſſen, ſich, lao⁴.

niederlegen, ſich, t'ang³.

niederſeßen (Sänfte) fang⁴ p'íng²; — kó¹-hsia⁴.

niederwerfen, ſich vor jm. verehrungsvoll, pai⁴.

niedrig ai³; — pei¹; — ein niedriges Haus oder Zimmer ái²-fang²; — ai⁴ wú¹-tsę; — ein niedriger Baum ái²-šu⁴.

Niere yáo¹-tsę.

niefen a¹-t'i⁴.
nimmermehr yung³ pu.
noch hai²; — örh² (Wenhua); —
  (dazu) to¹ (vor einem Berbum).
noch einmal von vorn čle¹ t'ou'rh²
  tsai⁴.
noch immer nicht pu lao².
noch nicht hai² mei³.
noch nie tsung³ mei⁴.
notieren, sich, či⁴-šang⁴.
nötig haben yung⁴.
Norden pei³ (pē).
Nordpol pei³-či².
Not šou⁴-lei⁴; — ši³; — k'ú³-č'u².
Note wén²-šu¹ (Litterarschrift).
Notizbuch pén²-tse.
Novelle hsiao²-šúo'rh¹.
nüchtern hsing³.
Nudeln (Mehlstreifen) mien⁴-
  t'iáo'rh².
nun gerade (im Gegensatz zur Erwartung) tao⁴.
nur či¹; — tan⁴; — tan³; —
  (nicht übersteigend) pu²-kúo⁴.
nur immer čing⁴.
nur wenn čú²-féi¹.
Nutzen yúng⁴-č'u⁴.

oben šáng⁴-pien¹; — šáng⁴-t'ou²;
  — šáng⁴ · mien⁴ = šang⁴-
  pien¹.
Oberfläche mien⁴.
oberflächlich č'ien³.
oberhalb šáng⁴ - mien⁴; šang⁴-
  pien¹ — šang⁴-t'ou².
Obere, der, šang⁴.
obgleich sui¹-žán²; — sui¹.
obschon sui¹-žán²; — sui¹.
obwohl sui¹-žán²; — sui¹.
Ochse niu².
oder húo⁴-č⁴³; — húo⁴.
Ofenbett, das chin., k'ang⁴.
offen stehen k'ái¹-čö.
offen halten (die Augen) čeng¹.
öffentlich kung¹.
öffnen k'ai¹; — tá³ · k'ai¹; —
  (ein Fenster) č'-č'i³; sich
  k'ai¹; sich nicht — lassen
  k'ai¹ pu⁴ k'ái¹.
Öffnung, die — des Afters yén³-
  tse; — yen³.
ohne (adv. P. =) wu³ (meist W.).

Ohr örh³-to³; — örh³.
Öl — yu²; Öl ins Feuer gießen
  huo³ šang⁴ t'ien¹ yu².
Olive (Grünfrucht) č'ing¹-kuo²;
  — kán³ · lan³ (sprich ká²-
  lan³).
Opium yen¹; — yá³-p'ien⁴-yen¹;
  — yáng² yao⁴ (westliche Medizin).
Orchidee lan².
ordentlich čeng⁴ · čing¹; hao²;
  — (Adv.) hao³-hao³ ti oder
  hao³-häo'rh³ ti; — t'o³.
ordnen pai³; — to⁴.
Ordnung, in — bringen ši²-to⁴
  (sprich ši² - tê²); — hsiú¹-li³
  hao³; — in — gebracht, t'o³-
  tang⁴; — t'o³.
Ort č'u⁴; — só³-tsai⁴; — so'rh³
  = so⁴; — so³ . . . ti; — der
  ursprüngliche (wo etw. früher
  war) yüán²-č'u'rh⁴.
Ortschaft ti⁴-fang¹ (= Erbseite).
Ortssitte (Geistes-Gestalt) č'i⁴-
  hsiang⁴.
Osten, im, túng¹-pien¹; — tung¹.

Paar šuang¹.
paaren, sich, p'ei⁴.
paarweise i²-túi⁴ i²-tui⁴ (ti).
Pack schlägt sich, Pack verträgt
  sich, kou³ hsiang⁴ ao¹, yi⁴ tê²
  hao³ (Hunde bellen einander
  an und versöhnen sich wieder).
Paket pao¹.
Palanquin čiáo⁴-tse.
Palast kung¹.
Panzer čiä¹.
Papa pá⁴-pa⁴.
Papier či³.
Papst. Wer den Papst zum Vetter
  hat, kann leicht Kardinal werden, č'ao² čung¹ yo³ žen²,
  hao³ wei² kuan¹ (wenn man
  bei Hofe Leute hat, ist es gut
  d. h. leicht, Beamter zu werden).
Paragraph t'iáo²-k'uan³.
Perle. Die Perlen vor die Säue
  werfen, pao⁴ p'i²-p'a¹ čin⁴
  mo² fang¹, tui² niu² t'an² č'in³

(= mit der Guitarre in eine Mühle gehen und den Ochsen auffpielen).
Partie (Schach) p'an².
Partikel des vorangestellten Objekts, im Wenhua ćiáng¹ = Suhua pa⁴; — der Frage, mö, ni.
passen, jm., ho²-šī⁴.
patriotisch ćung¹.
Pavillon t'ai².
Peking péi³-ćing¹; — ćing¹ = péi³-ćing¹; — Zeitung, die handschriftliche ć'áo¹-pao⁴.
Pelz p'í².
Pelzrock p'í²-ao³.
Pelzwaren p'í-huo⁴.
Pendel pai².
penis ći¹-tsę = ći¹·pa¹.
Perle ćú¹-tsę.
Perlhuhn pán¹-ći¹.
Persien pó¹-sę¹.
Personalpronomina, Pluralsuffix der (Gramm. § 207) męn¹.
Person ć'ü²rh²; — žę̈n²-ćia¹.
persönlich pę̈n³-žę̈n³rh².
Pfahl kán¹-tsę.
Pfanne fan⁴-kúo¹.
Pfannkuchen (eine beliebte Mehlspeise) láo⁴-ping⁸.
Pfeffer (zerrieben) hú² - ćiao¹-mién³rh⁴; — in Körnern hu²-ćiao¹.
Pfeil ćien⁴; — (Wenhua) šī³.
Pfeiler ćuang¹-tsę; — ću⁴-tsę; —, Zählwort für, ken¹.
Pferd ma³; — er setzt fich gerne aufs hohe Pferd, ai⁴ tai⁴ kao¹ mao⁴-tsę (er liebt einen hohen Hut zu tragen); — vom Pferde steigen, hsia⁴ ma³; —vermieter yang³-má³-ti (haltend Pferde =).
Pferdeknecht má³-fu¹.
Pferdestall má³-p'ęng.
Pfirsich t'ao³rh².
Pflaume lí³-tsę.
pflegen ai⁴; —, sich, t'iao²-yáng³.
Pfosten ćuang¹-tsę.
Pfund (1 ¹'s engl., catty = 16 liang³) ćin¹.
Philosoph tsę³.

Pilz mó²-ku¹.
Pinsel pi³; — Zählwort für, kuán³; — und Tusche pi³-mó⁴.
Plan ćú³-i⁴ (ćú²-i⁴); — fá²·³-tsę; — einen — machen ć'u¹ ćú²-i⁴.
Plat de menage (Sieben-Stern-Behälter) ć'i¹-hsing¹-káng¹.
Platz kommen, wieder an seinen, kuei¹ (sprich kwi¹); — legen, wieder an seinen — kuei¹ (spr. kwi¹).
plötzlich hu¹-žán²; — hu¹.
plündern tao⁴.
Pluralsuffix der Demonstrativa hsie¹.
Portion (Schelte) tun⁴.
Portier k'an¹-męn²-ti.
Postamt (Briefbureau =) hsin⁴-ćü²-tsę.
Posten, einen erledigten — ausfüllen pu³.
Präcedenzfall (früherer Streitfall) ć'ęn²-an⁴.
Präfekt ćī¹-fu³.
Präfektur fu³.
Preis ćiä⁴-ć'ien²; — ćiä³rh⁴.
Preußen pu⁴-kuo³, vergl. pù⁴-lu⁴-sę¹; — pú⁴·lu⁴·sę¹, vergl. pu⁴-kuo³.
Priester, buddhistischer, hó⁴-šang⁴.
Princip, das männliche yang²; — das weibliche — yin¹.
Prinz, ein blutsverwandter — (der kaiserl. Familie) ćin¹-wang².
Prinzessin kúng¹-ćü³.
privat sę¹.
Privatgeschäfte sę¹-šī⁴.
privatim sę¹-hsin⁴.
probieren šī¹-yęn²; — ć'áng².
Proklamation káo⁴-šī⁴; — eine — erlassen ć'u¹ káo⁴-šī⁴.
Provinzen, Kuangtung und Kuangsi, die (die beiden Kuang =) liang³-kuáng³.
Provinz šęng³-fę̈n⁴ = šęng³.
provozieren žo³.
Prozeß an⁴; — sung¹; — kuán¹ sę¹; — einen — führen ta³ kuán¹-sę¹.
prüfen yęn⁴.
Punkt tien³, tién³rh³.

Pubel, wie ein begossener Pudel. hsiang^4 ta^3-yang^1 ti kou^2-tsẹ (wie ein geprügelter Hund).
Püree ni^4-tsẹ.
Pyjamas k'ün^4-k'u^4.

quälen čéng^3-čï^4.
Quelle (eines Gewässers) yüán^2-t'ou^2; — heiße t'ang^1.
quer heng^2.

Rabe lao^3-kua^1.
rächen, sich, pao^4 č'óu^4.
Rad lun^3.
Rabdampfer (sichtbar Rad-Schiff) míng^2-lun^4-č'uan^1.
Rabieschen, rote, hung^2 ló^2-po^2; — ló^2-po^2.
Rang hsién^2; — -Klasse p'in^3.
rasch k'uai^4.
rasieren t'i^4.
raten (Rätsel) ts'ai^1; — (= einen Rat geben) kei^3 t'a^1 na^2 ču^2-i^1.
Rätsel mï^1 'örh^4 (sprich merh^4).
rauben tao^4; — č'iang^3.
Räuber tsei^2.
Rauch yẹn^1.
rauchen (Rauch essen) č'ï^1-yẹn^1.
räuchern heün^1.
Rebell tsei^2.
rebellieren fan^3.
Rebhuhn (Sandhuhn) (perdrix barbata) šá^1-či^1.
Rebhuhnart, eine (Steinhuhn, Caccabis chukar, var. pubescens) šï^2-či^1.
Rechenbrett suán^4-p'an^2; das — haben ta^3 suán^4-p'an^2.
rechnen ta^3 suán^4-p'an^2; — lun^1.
Recht, das, šï^1; — fa^3; — und Unrecht háo^3-tái^3.
rechts yo^4.
Rede hua^4.
Reden ist Silber, Schweigen ist Gold, k'ai^1 k'ou^3 pu^4 žu^2 hsien^2 k'ou^3 wẹn^3 (= den Mund zu öffnen ist nicht so gefahrlos wie ihn zu schließen); — es im — (mit jm.) nicht aufnehmen können šuo^1 pu^2 kúo^4.
reden yẹn^2-yü^3 (siehe auch yüán^2-yü^3) šuo^1-huá^1.
reformieren hua^4.

Regel čü^4; — kuei^1; — tien^3.
Regen yü^3. Aus dem Regen in die Traufe kommen, čeng^4 li^3 lang^2 wo^1, fan^3 fẹng^2 hu^3 k'ou^3 (= eben der Höhle des Wolfes entrinnen und in des Tigers Rachen geraten).
Regenschirm yü^3-san^3.
Regentropfen yü^3-tién^0'rh^3.
Regierung kuó^{3}čia^1.
Regierungsbezirk fu^3.
Regierungspräsident čï^1-fu^3.
Regierungszeit, während der, nién^2-čien^1.
regnet, es, hsia^4 yü^3.
Reh p'ao^2-tsẹ.
Reich, kuó^2; — t'ién^1-hsia^4; das — der Mitte, čúng^1-kuó^2.
reich fu^4.
reichen (jm. die Hand) ti^4-kuo^4-č'ü^4; — (= barreichen) ti^4.
Reichtum ts'ai^2.
Reichtümer čin^1 yin^2 ts'ai^2 pao^3 (ständige Wortgruppe).
Reif šuáng^1.
reif šou^3.
Reifen, ein, ku^1.
Reihe (von Zimmern, Häusern, Stühlen u. s. w.) liu^4; — (Schriftzeile) hang^1; — t'ang^4; — in einer — aufstellen p'ai^2-k'ai^1.
reihen, aneinander, p'ai^2.
Reihenfolge ti^4 (§ 238); vergl. ts'ḗ^4-ti^4.
Reiher hsién^1-hao^2.
rein kán^1-čing^4; — čing^4.
reinigen čing^4; — tsao^3.
Reis mi^3; — (gekochter) fan^4; — und Getreide mi^3-kú^2.
Reisegepäck hsing^3-li^3.
Reisen, sich auf — begeben č'u^1 wái^4.
Reissuppe mi^3-t'ang^1; — čou^1.
Reistopf fan^4-kúo^1.
Reiswasser čou^1.
reiten č'i^2.
reizen žo^1.
Relativpartikel (vergl. § 330) ti so^3 . . . . ti.
Religion čiao^4.
reparieren hsiú^1; — hsiú^1-li^3; — šóu^3-šï^1.

resibieren in čuⁱ; — ŏúⁱ-čᴀ³ (ob.
čuⁱ-čä²).
richten, sich nach etw., tsunⁱ-čáoⁱ.
richtig čɛng⁴; — šIⁱ; — (das)
ist sehr — (§ 347) šIⁱ-lä; — sein
tuiⁱ.
Richtige, das, šIⁱ.
Richtplatz faⁱ-č'áng².
Richtschnur tien³.
Rind niu².
Rinderbraten k'ào³-niú²-žouⁱ.
Rinderpökelfleisch hsién³ niü²-
žouⁱ.
Rinderzunge niu²-šɛ̃ⁱ²-t'ou².
Rindfleisch niú²-žouⁱ; — gepökel-
tes hsién² niú²-žouⁱ.
Ring čie³-ŏf'rh³ (spr. čɛrl³).
ringen, mit jm., ta³ č'üan²-
čiao².
Rippe ku³.
Rock kuaⁱ; — ao³; — wattierter,
miénⁱ-ao³.
Roggen (Fischkinder) yü²-tsɛ̃'rh³.
roh šɛng¹; — ts'u¹.
Röhre kuán³; — t'ung³.
rollen (auf-) čüan³.
Roman hsiao²-šúo'rh¹.
rösten k'ao³; — čienⁱ.
Röstkuchen (ein Backwerk mit auf-
gestreuten Sesamkörnern) šáoⁱ-
ping².
rot hung².
Rubel, ein, i²-k'uaiⁱ(-yáng²)-č'ién²;
— óⁱ-kuo² yang²-č'iènⁱ.
Rübe mán²-čing¹.
Rücken čí³-liang² (spr. čí²-liang²);
— peiⁱ; — auf den — neh-
men péiⁱ-šangⁱ; — sich (etw.)
auf den — laden péiⁱ-šangⁱ.
rücken (schwere Gegenstände) no².
rückwärts, nach, wang³ húi²-laiⁱ
ob. wang³ húi²-liⁱ (laiⁱ und
li³ wie lä gespr.).
Rufen, durch — zum Stehen-
bleiben veranlassen čiaoⁱ-čuⁱ.
Rufname ming².
Ruhe an¹; in — und Frieden
leben p'ing²-an¹.
ruhen t'ing².
ruhig sein an¹.
Rührei er húoⁱ-lungⁱ-čiⁱ-tsɛ̃'rh³.
rund yüan².
Rußland óⁱ-kuo².

Rute čang⁴ (10 chin. Fuß, č'I³);
¹/₂ = 5 chin. Fuß (č'I³) puⁱ.

Saal, t'ingⁱ'rh¹.
Saaten čuángⁱ-čiaⁱ.
Säbel táoⁱ-tsɛ; — tao¹.
Sache wuⁱ; — túng¹-hsi¹; — šIⁱ,
vergl. šIⁱ-č'ing²; — šIⁱ-č'ing²;
— šIⁱ - wuⁱ; — mit in eine
— verwickelt werden šáoⁱ-
šang⁴.
sachte č'iao²-č'iáo'rh³ ti (Adv.).
Sack č'óu³-taiⁱ. Er schlägt den
Sack und meint den Esel ta³
ts'ao³ ding¹ šɛ̃² (= auf das
Gras schlagen, um die Schlange
zu erschrecken) oder: ša¹ či¹
hsia¹ hou² (das Huhn töten,
um den Affen zu erschrecken).
sagen, jm., kǎoⁱ-suⁱ; — šúo¹;
— (meist Wenhua) yüeⁱ; —
das ist leicht gesagt, šuo¹ ti
č'u¹-lai², tso¹ puⁱ č'u¹-lai².
Salat šéngⁱ-ts'ai¹.
Salbe kǎoⁱ-yaoⁱ.
Salon (Gasthalle) k'oⁱ-t'ang².
Salz (salziges Salz) hsién²-yɛn²;
— (weißes Salz) páiⁱ-yɛn²;
— yɛn².
salzig hsien².
Same čung².
sammeln toⁱ.
Sammet žung².
sämtlich i²-káiⁱ; — č'üan²; —
(mit einem Schnitt =) i²-č'ieⁱ.
Sand šá-tsɛ; — ša¹.
Sänfte čiaoⁱ-tsɛ; — čiaoⁱ; —
aus der — steigen hsia² čiaoⁱ.
Sänftenträger (Sänftenmann)
čiaoⁱ-fu¹.
Satz čüⁱ.
Satzung tién³.
sauer suan¹.
Säule čuⁱ-tsɛ.
Schach č'i²; — spielen hsiaⁱ
č'i².
Schachbrett č'i²-p'án².
Schachfiguren č'i²-tsɛ̃'rh³.
Schachtel hsiá²-tsɛ.
schabe, es ist, k'o³ hsi¹; — wie
— k'o³ hsi¹ liǎo'rh³ (ti).
schabe! k'o³ hsi¹ liǎo'rh³ (ti).
schaben, jm., háiⁱ-lo³.

Schaben k'nei¹ (spr. k'ui¹); — erleiben ǒ'l¹ k'uei¹.

schädigen hai⁴.

Schaf yang².

Schall, der Artschläge pa¹-pá¹.

Schälchen, ein, yü²-tsę.

Schaltmonat žún⁴-yüě⁴; žęn⁴-yüe⁴ (Pek.).

schämen, sich, hai⁴-sáo⁴.

Schantung šán¹-tung¹.

scharf la⁴.

Schatten yin¹.

schätzen liang².

Schatzhaus yin²-k'u⁴ = k'u⁴.

Schaum mó⁴-tsę.

Scheibe ǒ'iáo⁴-tsę.

schelten (jn.) šúo¹.

Schenkel t'ui³.

schenken sung⁴; — (einem Höherstehenden) hsiáo⁴-čing⁴.

Schere čién²-tsę.

scheren, sich, (ben Kopf) t'i⁴.

schicken tă¹-fa¹.

Schicksal yün⁴-č'i⁴; — bas — befragen pu³.

Schiebkarren (kleines Wägelchen) hsiáo²-č'ǒ¹-tsę.

Schiebsspruch, einen — fällen (die Erörterung kritisieren) p'íng²-lun⁴.

schießen auf šl³.

Schiff č'uán²; — ein — untersuchen yęn⁴ č'uan².

Schiffsbrücke fu²-č'iáo².

Schiffshinterteil šao'rh¹.

Schildkröte (kleine) (Panzerfisch) čiá⁴-yü²; — (große) wáng²-pa¹.

Schilfmatte hsí²-tsę.

Schinken (Feuerbein) hùo²-t'ui³.

Schirm san³.

Schirting yáng² pu⁴.

schlachten tsai³; — t'u³.

Schlächter t'ú²-hu⁴.

Schläfchen, ein — halten šui⁴ yi² čiáo⁴; — ein — machen (am Tage) ta² tun'rh³.

schlafen šui⁴-čiáo⁴; — šúi¹ (šúe⁴); — wo⁴.

schläfrig k'un⁴.

schläfrig sein k'un⁴.

Schlafzimmer šui⁴-čiáo⁴ ti wu¹-tsę; — wó⁴-fang².

Schlag geben, einen, ta² yi² hsiá⁴.

schlagen ta²; —, gegen etwas, p'u¹.

Schlange, eine große, mang².

schlau č'iao³.

schließen kuán¹; — kuán¹-šang²; — (die Augen) ho²; — in sich, pao¹.

schließlich čing⁴.

schlimm hsiúng¹.

Schluck k'ou³.

Schlußpartikel (§ 157) ni¹; — ná = ni¹; — a¹; — yě² (letzteres nur Wenhua).

Schlund (Kehle) sang³-tsę·yęn³rh³.

Schmeichelei yü².

schmeicheln yü².

schmerzen t'ęng².

schmücken hsiú¹.

schmutzig áng¹·tsang¹; — werden tsang¹; áng¹-tsang¹.

Schnee hsüe².

schneiden (mit der Schere) čién²; — (mit bem Messer) čiě⁴.

Schneider ts'ái²-fęng².

schneit, es, hsia⁴ hsüe².

schnell k'uái⁴; — (Abv.) k'uai⁴-k'uái⁴ ti, auch k'uai⁴-k'uai⁴-örh⁴-ti.

Schnepfe šui³-čá³.

Schnittbohnen pién²-wan¹.

Scholle t'á⁴-mu⁴-yü² (sprich t'á⁴-mä-yü).

schon lange nicht mei¹ lao¹.

schon ts'ęng²-čing² = ts'ęng²; — i³-čing²; i³.

schön (gut anzusehen) hǎo³-k'án⁴; — hsiá⁴ (spr. hsiǒ⁴).

Schoten wán⁴-tou¹.

Schraubendampfer (unsichtbar Rad = Schiff) án⁴-lun²-č'uan².

Schreck, ich habe einen — bekommen hsiá⁴ wo³ i²-t'iao⁴.

schrecklich li⁴-hai⁴ (Abv.).

Schrei (eines Vogels ober überhaupt eines Tieres) ming²; — ming³rh².

Schreibart pí³-mo⁴.

schreiben hsiě³; fertig — hsiě² hǎo³.

Schreiben, ins Reine t'ęng²-č̣u¹.

Schreibzimmer hsiě³-tsę⁴-fáng².

schreiten žang³.

Schriftzeichen tsę⁴·yén³rh³; — tsę⁴.

Schritt pu^4; auf — und Tritt pu^4·pú^4.

schrumpfen č'ou^1.

Schublade č'óu^1·t'i^4.

Schuh hsie^2.

Schuld čang^4; — (Unrecht) pú^2·šī^4; — (Sünde) tsui^4 (spr. tsúé).

schulden kai^1.

Schulden čai^4; — haben (Rechnungen schulden) kai^1·čáng^4.

schuldig sein kai^1.

Schüler hsüe^2·šeng^1.

Schulter páng^3·tse; — čien^1; — auf der — tragen t'iao^1 = tan^1.

Schuster, bleib bei deinem Leisten čiao^4·hsiao^2 pú^4 li^4 šu^1, č'iung^2 žen^2 pu^4 li^2 ču^1 (ein Lehrer trennt sich nicht von den Büchern, ein armer Mann nicht von den Schweinen).

schützen pao^3.

Schutzwehr hsien^3.

Schwalbe yen^4.

Schwan t'ien^1·ó^2 (Himmelsgans).

schwanger werden huai^2·t'ái^1; — werden (Schwangerschaft bekommen) šou^4 t'ái^1.

Schwanz wei^2.

schwarz hei^1; — (Kleider) č'ing^1.

Schwein ču^1.

Schweiß han^4.

schwer nan^2; — (Gewicht) čung^4.

schwerhörig pei^4.

Schwert čien^1; — táo^1·tse; — tao^1.

Schwester čie^3·mei^4; eine — mit ihrem jüngeren Bruder čie'rh^3 liá^3; jüngere — méi^4·mei^4; — ältere — čie^3·čie^3.

Schwestern, zwei, čie'rh^3 liá^3.

schwimmen(von Gegenständen) fu^2; — fou^2 = fu^2; — (von lebenden Wesen) fu^4 šúi^3; — können hui^4 šúi^3 (sich aufs Wasser verstehen).

schwitzen č'u^1 hán^4.

schwören šī^4.

Schwur šī^4.

sechs liu^4 (spr. lfo^4).

Seekrabbe, große, túi^4·hsia^1.

Seeräuber hai^3·tséi^3.

Seesoldaten šúi^3·šī^1.

Seezunge t'á^4·ma^4·yü^2 (spr. t'á^4·mā·yü).

sehen k'án^4·čien^4; — čien^4; — č'iáo^2·čien^4; — č'óu^2·čien^4.

Sehne (des Bogens) hsien^2.

sehnen (nach), sich, hsiáng^2.

sehr hen^3; — (vulg.) lao^3; — viel tó^1·tò^1; — (nachstehend) tê·hen^3; — ti^1·hen^3; — šen^1; šī^2·fen^1 (zehn Teile).

sei es nun . . . . ober húo^4 . . . . húo^4.

seicht č'ien^3.

Seide und Atlas č'óu^2·tuan^4.

Seide pai^2.

Seidentraube ts'an^3.

Seide(nstoff) č'ou^1·tse.

Seidenstoffe č'óu^2·tuan^4.

sein (von Natur) šeng^1·tê; — čáng^2·tê^2; — (esse) šī^4; — šeng^1; — wei^2; — etw. — tang^1; — tso^4.

seitdem tse^4·ts'úng^2.

Seite, die, p'ang^2; — pién^1; — pién^n'rh^1 = pién^1; — fang^1; — ts'é^4; — bei — lassen kó^1·k'ai^1; — bei — stellen kó^1·kai^1.

Sekretariat, Großes néi^4·ko^2.

selbst pen^3·žen^3·rh^2; — tsé^4·či^3; — č'in^1; — tse^4 (Wen-hua).

Sellerie č'ín^2·ts'ai^4.

selten č'i^2.

Selterwasser (Hollandwasser) ho^2·lan^2·šúi^3; — (Zischwasser) č'i^1·šui^3.

Senf čie^4·mo^4 (spr. čie^4·mä).

servieren tuan^1.

Serviette ts'á^1·pu^4.

Sesam čī^1·ma^2 (das Zeichen für ma^2 ist bei A., S. 294, falsch angegeben).

Sesamkorn čī^1·ma^2·tse'rh^3.

setzen, sich, tso^4; — tsó^4·hsia^4; — sich obenan — čeng^4·tso^4.

seufzen ái^3·t'an^4.

Seufzer ái^3·t'an^4.

Shanghai šáng^4·hai^3.

Shansi (die Provinz) šán^1·hsi^1.

Siam hsién^1·lo^2.

ſicherlich i²-tíng⁴ = i²-ting⁴; — pi⁴.

ſichtbar ming²; — werben lóu⁴-č'u¹-lai³.

Sie (§ 313) kó²-hsia⁴; — ní²-lä; tientſineſiſch für ni³ - lao³ (§ 313); — nin³; — ní³ - na⁴ = ni³; — nín²-na⁴ = ní³-na⁴.

ſie (Einz.) t'a¹; — (Mehrz.) t'á¹-men.

ſieben č'i¹.

ſiegeln feng¹.

Silber yin²; — (in Barren) yin²-tsę.

Silberbarren im Werte von etwa 50 Taels yüán²-pao³.

Silberfiſch yin²-yü².

Silberpappel yang³.

ſingen č'ang⁴.

Sinn i⁴-sę¹; — i⁴.

Sitte, gute, kuéi¹-čü⁴ (ſpr. kwī); — kuei¹.

ſitzen = tsó⁴-čŏ; — tso⁴; — (Vögel) láo⁴-čŏ.

ſo (vor Adj. und Adv.) čê⁴-mŏ (ſprich čęmo), ná⁴-mŏ (ſprich ná⁴-); — (vor Verben) čê⁴-mŏ, ná⁴ - mo; — ná⁴ - mŏ-yang⁴, čao⁴ čê⁴ - yang⁴; — (alleinſtehend) čê⁴-mŏ-čŏ, ná⁴-mŏ-čŏ.

ſobald als i²·⁴ (mit adv. Part. =).

ſoeben kang¹-ts'ái²; — kang¹.

ſogar auch lien³ .... yę²; — lien² .... to ¹.

Sohn órh²-tsę; — tsę⁵; — der älteſte tá⁴ órh-tsę; — (Mand-ſchuwort) á⁴-ko¹.

ſolch čê⁴ - yang'rh⁴ ti (dieſe Art =).

ſolcher, ein, čê⁴-mŏ-kŏ (ſpr. čê ꝛc.) (auch čê⁴-mŏ-i²-kŏ); — ein ná⁴-mŏ-kŏ (ſpr. ná⁴ ꝛc.).

Soldat (Soldat ſeiend) tang⁴-ping⁴ ti; — ſein tang¹ ping⁴.

Soldaten brillen yęn³ píng¹; — und Volk ping¹-min².

Sommer hsià⁴.

ſonderbar č'i²-kuai⁴.

ſondern ling⁴.

Sonne žī⁴; — žī⁴ - t'ou²; — t'ai⁴-yang² (das große männ-

liche Prinzip); der — ausſetzen šai¹.

ſonnenklar, ſiehe „klar wie der Tag“.

ſorgen (für jn.) k'án⁴-č'ęng².

ſorgfältig (Adv.) hsi⁴ hsi⁴ ti ob. hsi⁴-hsī'rh⁴ ti.

Sorte yang'rh⁴.

ſowohl . . . als auch yo⁴ .... yo⁴.

ſpalten p'i¹.

Spanien žī⁴-kuŏ².

ſpannen yin⁴; — (Bogen) lá¹-k'ai¹.

ſparen, nicht, ſei⁴.

ſparſam ſein čién²-šęng³.

Spargel (Drachenbartgemüſe) lúng³-hsü¹-ts'ái⁴.

Spaß hsiáo⁴-huá'rh⁴ = hsiao⁴-huá⁴.

ſpät wan²; — (meiſt W.) č'i²; —, zu, wan³.

ſpäter (nach Tagen =) žī⁴-hou⁴; hóu⁴-lai².

ſpäterhin tí³ - hsia⁴; — čiang¹-lai².

ſpazieren gehen kuang⁴; — liú¹-ta¹.

Speer č'áng² - č'iang¹; — č'i-ang¹.

Speiſe, ſüße, tién²-hsin¹.

Speiſeſtöckchen k'uái⁴-tsę.

Speiſezimmer fan⁴-t'ïng'rh¹.

Sperling. Ein Sperling in der Hand iſt beſſer als zehn auf dem Dache wan⁴ šī⁴ pu⁴ žu² pei¹ tsai⁴ šou³(= 10000 Dinge ſind nicht wie ein Becher in der Hand).

ſpeziell čuan¹.

Spiegelei t'án²-či¹-tsę'rh³.

ſpielen wan"rh³; — wei² (eine Rolle).

Spinat pó¹-ts'ai⁴.

Spinne čī¹ - ču¹ = čü¹-ču¹.

ſpitz čien¹.

Spitzbube kuáng¹-kun⁴.

Spitze čien"rh¹.

ſprechen von šůo¹ (mit Objektſ.); — yęn²-yü⁴.

Sprichwort su²-yü'rh⁵.

ſpringen t'iao³.

Staat kuŏ².

Staaten, die Vereinigten (von
N.-A.), ho²·čung⁴·kuŏ²; —
alle wan⁴·kuŏ².
Staatsmantel máng³-p'ao².
Stab kán¹-tsę.
Stachel ts'ę⁴.
Stadt č'ęng²; — erſten Ranges
fu³.
Stadtbriefbote t'ing¹·č'ái¹(·ti)
(Aufträge anhörend =).
Stadtmagiſtrat čï¹-hsien⁴.
Stadtmagiſtratur hsien⁴.
Stahl kang¹.
Stand, in — ſetzen šóu¹-šI²; —
bsiú¹-li³.
Standpunkt t'ién²-ti⁴.
Standuhr li⁴-čung¹.
Stangen, Zählwort für, kęn¹.
ſtark č'iang²; — werden fa¹-fú².
ſtärker č'iang².
Stärkungsmittel pú²-yao⁴.
ſtatthaft ſein šI³-tê²; — hsing³;
— hsing²·tê² (ſeltener als
hsing²).
Statthalter tsúng²-tu¹.
Statue hsiáng⁴.
Staub t'u³.
ſtechen yao³; — ča¹; — (von Inſekten) čê¹.
ſtehen li⁴; — čan⁴; — (von
Gegenſtänden) kó¹-čŏ; — verzeichnet —, k'ai¹-tsai³; — čán⁴-
čŏ (nur von Lebeweſen).
ſtehen bleiben čán⁴-ču⁴; — čan⁴;
— čI³ tao⁴.
ſtehlen tao⁴; — t'ou¹.
ſteigen auf šang⁴.
ſteil čI².
Stein šI²-t'ou².
Steinchen, kleine (im Reis oder
dergl.) č'ęn³.
ſteinhart kęn¹ šI²-t'ou² čê⁴-mŏ
ying⁴.
Steinkohlen mei².
Stelle, nicht von der — kommen
können tsŏu³ pu² túng⁴; an
die — ſetzen t'í⁴·tai⁴; —
vertreten jn. — t'í⁴.
ſtellen li⁴; — ſich (thun als ob),
čuang¹; — ſich tot, čuang¹-
sę'rh³.
Stellvertreter t'í⁴·sęn'rh¹ (vertretend den Körper); — (ver-

tretend die Arbeit, t'í⁴-kung'rh¹-
ti.
ſterben sę²; — ku⁴; — mu²;
— pu²-tsai⁴.
Stern hsing¹.
ſtets yung³.
Steuermann tái⁴-fu¹ (= ta⁴-fu¹);
— ta⁴-fu¹; — (Steuerruder-
arbeiter) to⁴-kung¹.
Steuern (= Geld + Viktualien)
č'ién²-liang².
Steuerruder to⁴.
Stiefel haŭe¹-tsę.
Stiefelſchaft yáo⁴-tsę.
Stier niu¹.
Stil pi³-mo⁴.
Stimme šęng¹; — mit lauter, tá⁴-
šęng'rh¹ ti.
ſtimmen (überein-) túi⁴.
ſtinken č'ou⁴; — sao¹.
Stirn ó²-t'ou².
ſtochern (Zähne) t'i¹.
Stock kún⁴-tsę; — kán¹ tsę.
Stöcke, Zählwort für, kęn¹.
Stockwerk, oberes, lou².
ſtolpern tiē¹.
ſtören čiao¹.
Stoß (vom Wind) čęn⁴; — tun⁴.
ſtoßen t'ui¹; — gegen etw., p'u¹.
Strafe, fa³; — tsúi⁴.
Straße, lu⁴; — čiē¹.
Straßenräuber ta²-káng¹-tsę ti.
Streichhölzer yàng² č'u³-tęng²'rh¹;
— tsę⁴-lai²-huo³ (von ſelbſt
kommendes Feuer).
Streifen, ein, t'iáo'rh³; — p'ien⁴.
Streit hervorrufen (die Dinge
reizen =) žo³ šI⁴.
ſtreiten, ſich, čiáo⁴-pi²; (mit =
ho⁴).
Streitfall an⁴.
Strich šęng²-tsę.
Strudel hsüan²'rh¹.
Strumpf wa⁴-tsę.
Stück (einer Anzahl) ko'rh⁴; —
k'uai⁴.
Stücke, in kleine — zerhacken ob.
zerbrechen súi⁴.
Stückchen súi⁴.
ſtückweise i²-ko⁴-ko'rh⁴-ti.
ſtudieren nien⁴; — tu².
Stuhl i³-tsę. Vergl. yī³-tsę.
Stühle, Zählwort für, pa³.

Stuhle, gehen, zu č'u¹ kúng¹; —, gehen, zu (ordinärer Ausdruck) la¹ šī³.
Stuhlgang haben tsóu²-tung⁴.
stumm yá²-pa¹; — ya⁵.
stumpf (d. h. nicht spitz) t'u¹.
Stunde čung¹.
Subpräfekt t'úng²-čī¹.
Subpräfektur t'ing¹.
subtrahieren č'u²-č'ü⁴.
suchen čao³.
Süden nan³.
Sünde tsui⁴ (spr. tsúě).
Suppe t'ang¹; — essen ho¹ t'áng¹.
süß t'ién².
Süßigkeit tién²-hsin¹.
Szechuan (die Provinz) sê⁴-č'uan¹.

Tabak yen¹.
Tabakspfeife yen¹-tai⁴.
Tael Silber, ein, liáng³ = 10 č'ién².
Tag žī⁴-tsę; — t'ien¹; — žī⁴.
Tage, bei (am weißen Tage), pái²-žī⁴; an jedem — méi²-t'ien¹;
Tages, eines, yö³ yi⁴ t'ien¹; —, eines, yö³ t'ien¹; —, eines, čê⁴ t'ién¹.
täglich (Adv.) čién⁴-t'ien¹; — méi²-t'ien¹; — t'ien¹-t'ién¹.
Taku, Außenhafen von Tientsin, ta⁴-kú¹.
Talent pén³-šī⁴.
Taoismus táo⁴-čiao⁴.
Taoismus, Begründer des, láo²-tsę.
Tapet, aufs — bringen t'i²-č'i³-lai² = t'i².
Taschenkrebs p'áng²-hsie⁴.
Taschentuch šóu²-čin¹.
Taschenuhr šī² - č'ęn² - piao³; — piao³.
Tasse wan³.
Tau (der) lú²-šui³.
taub lung².
Taube kó³-tsę.
taugen, nichts, pu² čung⁴-yúng⁴.
tausend č'ién².
Teich č'i²-tsę.
Teil (zehnter) eines fęn¹ (candareen), ein cash, li²; der 240. — eines mu³, pu⁴; — fęn¹; — čie².

teilen fęn¹.
teilhaftig werden pei⁴.
Teilnehmer t'ùng²-šī⁴-ti.
Telegramm (Blitzbrief) tién⁴-hsin⁴; — (Blitznachricht =) tién⁴-pao⁴.
Telegraphenamt tién⁴-pao⁴-čú².
Telegraphendraht tién⁴-hsien⁴.
Teller p'an²; — kleiner, tié²-tsę.
Tempel miao⁴; — sę⁴.
Temperament p'i²-č'i¹.
Terrasse t'ai².
Territorium tí⁴ · mien⁴ (= Erb-Fläche.)
teuer kuei⁴.
That, in der, čin⁴; — kuō³-žán².
thätig sein č'u¹-lí⁴.
Thatsache, als — anzusehen sein, suan⁴-ai⁴.
Thee č'a².
Theelöffel č'á²-č'ī'rh².
Theetischchen či¹.
Thermometer (Kälte · Hitze · Uhr) hán²-šu³-piao³.
thöricht yü¹-č'un¹.
Thron wei⁴; — tso⁴.
Thür męn²; — męn²-k'ou³ oder męn² - k'oa'rh³; Thürhüter k'an¹-mén²-ti.
thun hsing²; — tso⁴; — kan⁴; — tsao⁴; —, etwas am liebsten, hęn⁴ pu tê².
Tibet tsang⁴.
tief šęn¹.
Tiefgang, vier Fuß — haben č'ī¹ sę⁴-č'i³ šui³ (Wasser essen).
Tientsin t'ién¹-čing¹. [maul).
Tier šou⁴; — šeng¹-k'ou³ (Tier-Tiger hu³.
Tisch, chin., für 4—6 Personen (acht · Genien · Tisch) pá¹-hsien¹-čō¹-tsę; — t'ai²; čó¹-tsę; — decken, den (den Tisch ordnen) pai³ t'ái²; den — abräumen č'ê⁴ t'ái².
Tischchen čī'rh¹.
Tischdecke čó¹-pu⁴.
Tischler mú⁴-čiang⁴.
Tischplatte (abnehmbare) čó¹-mién⁴-tsę.
Tischtuch t'ái²-pu⁴.

Titel hsién²; — der volle — des Tsungli Damens tsung³-li³ ko⁴-kuŏ² šĭ⁴-wu⁴ ya²-mẹn².
Titelname tsẹ⁴.
titulieren ð'eng¹.
Tochter nü³'rh³; — nü³ - hal'-örh².
Töchterchen niú'rh¹.
Tobe, sich zu — ärgern ð'í-sẹ'.
Ton šeng¹; —, der untere gleiche (zweite) hsiá⁴-p'ing²; —, der steigende, šáng⁴·²·šeng¹; —, der obere gleiche, šáng⁴·p'ing²; —, ein, yin¹.
tönen hsiang³.
Topf, kúo¹.
Tor mẹn² - k'ou¹ oder mẹn²-k'ou'rh³.
totbrücken yá¹-sẹ³.
töten ša¹.
totschlagen tá³-sẹ³.
totstechen ča¹-sẹ³.
Tracht tá³-pan'rh⁴; — (Prügel) tun⁴.
Tradition čuán⁴.
träge lán³-to⁴.
tragen (eine Kopfbedeckung) tai⁴; — auf dem Rücken pei¹; — (Kleider) ð'uan¹ oder ð'uán¹-šang⁴; —, zusammen, t'ai²; —, (Lasten, von Lasttieren) t'o².
Traglast tan⁴; — tán⁴-tsẹ; — t'iao'rh¹.
Tragsessel niéⁿ'rh³.
Tragstuhl ciáo⁴-tsẹ³.
Trappe ti⁴-pú³.
Traumdeuter yüan¹-méng⁴ ti.
träumen méng⁴-čien⁴.
traurig mẹn⁴.
treffen, sich so —, daß . . . yü⁴; — (von einem Geschoß) tá³-čao²; — (ein Ziel) čung⁴.
Treiben žó⁴-nao¹.
trennen, sich, li²; —, sich von li²-k'ai¹; sich voneinander — san⁴; sich nicht können — von šě³ pu⁴ tě³; sich — von (Goodr. čie⁴· ²) ling¹; — ko² (W.) = čie⁴; — (Goodr. čie⁴· ²).
treten t'a⁴.
treu čung¹.
Treue i⁴.

trinken yin³; — ho¹; — (Thee) ð'ĭ¹ ð'a² (neben ho¹ ð'a²).
Trinkgeld čiú³-ð'ien².
trocken kan¹.
Trockne (Luft) tsao⁴.
trocknen (an der Sonne) šai⁴.
Trompete lá⁴-pa¹.
tröpfelt, es, hsia⁴ yü³-tiéⁿ'rh³.
Tropfen tiéⁿ'rh³.
Truppe (Soldaten-) tui¹.
Truthahn (Feuerhuhn) húo³-či¹; — wái⁴ - kuo² - či¹ (Auslands-huhn).
Tschifu (Chefoo) yén¹-t'ai⁴.
Tsungli Damen, das, tsùng²-li³ yá²-mẹn²; — tsúng²-šu³ (Allgemeine Behörde).
Tuch k'á-la¹.
Tugend tě³-hsing⁴; — žẹn²; — háo²-ð'u⁴; — tě².
tugendhaft hsién²-hui⁴.
Turm lou².
Tusche mo⁴; — und Pinsel pi³-mó⁴.
Tuschkasten yẹn⁴-t'ai⁴.

Übel, ein — beseitigen, ð'u² hái⁴.
üben yẹn³.
über šáng⁴-mien⁴ = šang⁴-pien¹; — šáng⁴-t'ou²; — (mehr als) to⁴; — (dem Substantiv nachgestellt) šang⁴.
überall pien⁴.
übereinstimmen mit ho².
Übereinstimmung sein, in (mit Objektst.) ho².
Überhosen t'áo⁴-k'u⁴.
überlegen šáng¹-liang³; — čẹn¹-ð'ó²; — čẹn¹.
überliefern čiao¹; — ð'uan².
übermorgen hóu⁴-žĭ⁴; — hóu'rh⁴ (-ko); — hou⁴-t'ien¹; über tä⁴-hou⁴-t'ien¹.
überschwemmen yẹn¹.
übersetzen (übers Wasser) tu⁴; ans andere Ufer übersetzen tu¹-šang⁴ án⁴.
übertreten (Gesetz) fan⁴.
Überzug t'ao⁴.
übrig bleiben šéng⁴- hsia⁴; — šeng⁴.
Übung macht den Meister hsi²-kuan⁴ ð'eng² tsẹ⁴-žan² (=

Übung und Gewohnheit ver-
vollkommnet von selbst) oder
yi⁴ hui² šeng¹, örh⁴ hui² šou²
(= das erste Mal ein Schüler,
das zweite Mal geschickt).
Ufer an⁴.
Uhr piao²; — (Wand-) čung¹.
umändern hua⁴.
umarmen pao⁴.
umdrehen, sich (Personen), pie³
kūo⁴ t'óu² lai²; —, sich,
čuán³·⁴.
umfallen fan¹.
umfassen pao⁴; —, fest, pao⁴-ču⁴.
Umgang, unerlaubter (zwischen den
Geschlechtern), sę⁴¹-ho².
Umgangsformen, die höflichen —
beachten hsing² li².
Umgangssprache sü²-hua⁴.
umgehen. Sage mir, mit wem
du umgehst, und ich will dir
sagen, was du wert bist čin⁴
pao⁴ čê² č'ou⁴, čin⁴ lan² čê²
hsiang¹ (= in der Nähe fauler
Fische stinkt man, in der Nähe
von epidendrum duftet man)
oder čin⁴ ču¹ čê² tse³, čin⁴
mei⁴ čê² hei¹ (in der Nähe
von Purpur wird man rot, in
der Nähe von Tinte schwarz).
umgekehrt fan³.
umgestalten hua⁴.
umherirren liú²-lo².
umkehren fu²; — fan¹ kúo'rh⁴;
— fan¹.
Umschlag t'ao⁴.
Umstände č'ing².
umtauschen húan⁴; —i⁴(Wenhua).
umwenden fu²; — fan¹.
umzingeln wei².
Umzingelung wei².
unaufhörlich (Adv.) pu² čü⁴ ti.
unbesorgt sein fang³ hsin¹.
Unbeteiligte p'áng³·żen².
Unbilden yüán¹-č'ü¹; — zu erleiden haben yüán¹-č'ü¹.
unbrauchbar yung⁴ pu⁴ liao³,
yung⁴ pu⁴ tê.
und ho⁴ (adv. P.) (auch ho²);
örh².
und dergl. m. teng³.
und so (zur Fortführung der Er-
zählung) k'ó³-čiu⁴; — yé³-čiu⁴.

undicht sein lou⁴.
unecht čia³.
unerschöpflich = äußerst pu² čin¹.
unerträglich sein šou⁴ pu⁴ tê.
unerwartet (Adj.) hsiang³ pu²
táo⁴ ti.
ungeduldig werden čao²-či².
ungefähr (bei Zahlangaben) lai².
ungefüttert (Kleid) tan¹.
ungeschickt pen².
ungezwungen tsę⁴-žán².
Unglück hūo⁴.
Unglück kommt selten allein (der
Chinese sagt: Glück kommt
nicht paarweise und Unglück
geht nicht allein:) fu² pu⁴
šuang¹ čI⁴, huo⁴ pu⁴ tan¹
hsing¹.
Unordnung, in — sein luan²
(auch lan⁴).
Unrat šI³.
unrecht. Unrecht Gut gedeihet
nicht yüan¹-wang³ ta'ai² lai³,
yüan¹-wang³ č'ü⁴ (übel erwor-
bener Reichtum kommt und
geht).
Unrecht pú³·šI⁴; — tsui⁴ (spr.
tsûê).
unrein (von Speisen) hun¹.
unschuldig (von Kindern) (bubbha-
herzig) fo²-hsin¹.
unsichtbar an⁴.
unsterblich yung²-yüán² pu⁴ sę³.
unten hsiá⁴ - mien⁴ = hsiá⁴-
pien¹; — hsiá⁴ - t'ou² (wenig
gebr.).
unter hsiá⁴-pien¹; — tí³·hsia⁴;
— (= zwischen) néi⁴-čung¹.
Unterabteilung einer Provinz fu³;
— eines tä³ čou¹.
Unterarm pei².
Unterbeamter i⁴.
unterdrücken píe¹; — ya¹.
Untergebener, ein, šou³-hsia⁴-żen².
untergehen lao⁴.
unterhalb hsiá⁴-pien¹.
unterhalten pin¹; —, sich, šuo¹
huá⁴; — yáng³-huo² (= er-
nähren, leben lassen).
Unterricht čiáo⁴-hua⁴; — bekommen šou⁴ čiáo¹.
unterrichten čiáo¹ (mit oder ohne
kei³); —čiáo¹-tao³·⁴; —čiao¹·⁴.

unterrichtet werden šou⁴ čiáo¹.
Unterrock ð'ún³-tsę.
unterscheiden fęn¹; —, fich, č'a¹.
Unterschied fęn¹·pie²; — i⁴.
Unterseite ti³.
unterfuchen č'a²; — yęn⁴.
Untertasse tíe³-tsę.
Unterthan č'ęn².
Unterwelt yin¹.
unvermutet hsiang³ pu² táo⁴ ti.
unwillig fein yüan⁴.
unzuverlässig hau¹.
Urin, niao⁴; ben — abschlagen, sa¹ niao⁴.
Urlaub čiá⁴; — nehmen kao⁴ čia¹.
Ursache yüan² · ku⁴; — yüan²; — yin¹; — ku⁴.
Ursache. Alles hat feine Ursache šui² yo³ yüan²-t'ou³, mu⁴ yo³ kęn¹ (= Wasser haben Quellen, Bäume haben Wurzeln) oder fęng¹ pu⁴ lai², šu⁴ pu² tung⁴ (= wenn der Wind nicht kommt, bewegen sich die Bäume nicht).
Ursprung pęn³; — tsung¹.
ursprünglich pęn³; — yüan²; — ti³·kęn²rh¹.

Vakanz č'üe¹.
Vater fú⁴-č'in¹; (nur in Komp.) fu⁴; —, mein, čiá¹-fu⁴ (§ 312); ein Vater mit feinem Sohne, ye'rh² (fpr. yIrl) liú³; — láo³-tsę (wörtl. der Alte); --, der alte, láo³-yě²; — pá⁴-pa⁴; — tie¹.
Vaterland kuó²-čia¹.
verabreden ting⁴-kuei¹; — šuo¹-t'ö³.
verändern pien⁴; —, fich, pien⁴.
veranlassen čiao¹· ⁴.
verbergen man²; —, fich vor jem., pi⁴; —, fich, ts'ang².
verbieten čin⁴-č'I³; — čin⁴.
Verbindungen anknüpfen t'ung¹; — anknüpfen mit čiao¹.
verblüht fein k'ai¹-kúo⁴-č'ü⁴ lǎ.
verbrauchen, vollständig. hua¹-fei⁴-čin⁴.
Verbrechen tsui⁴ (fpr. tsûe).
verbrennen (tranf.) šao¹.

verbunden fein lién²-čð.
verbürgen, fich nicht dafür — können, daß páo³ pu² ting⁴; — páo³ pu² čü⁴.
verbauen hsiáo¹·hua⁴.
verdecken kái⁴-č'u⁴.
verderben huái⁴; č'ou⁴.
verderbt hsie³.
verdienen čuan⁴.
Verdienste, fich — erwerben č'u¹-li⁴.
verdoppeln č'ung².
verdoppelt tsóu³-tung⁴.
verehren čing⁴·čung¹; — čing⁴.
Verehrung čing⁴.
Vereinigten Staaten von N.-A., die, méi³-kuó³.
verfahren, in einer Sache fo und fo, pan²·li³.
verfallen, auf etw., hsiáng³-ð'i³ (-lai³).
verlaffen (verlaffend vollenden =) pién¹-č'ęng²; — pien¹.
verfolgen čui¹.
Vergangenheit kúo⁴-č'ü⁴.
Vergehen tsui⁴.
vergeffen lá⁴-hsia⁴; — (Schriftfpr. wang⁴ =) wang⁴.
Vergleich, im — zu, p'ing², volkstümlich in Peking für pi³.
vergleichen pi³; — fich nicht — können mit pi³ pu² šang⁴.
Vergnügen č'ü'rh⁴.
Verhalten, das rechte — gegen die Eltern hsiáo⁴; — das rechte — des jüngeren gegen den älteren Bruder t'i⁴.
verheimlichen man².
verheiraten, mit jm., čiá⁴ (mit oder ohne kei²); — fich (von Mädchen) č'u¹ mén²-tsę.
verhindern ai⁴.
verhören hsün⁴.
verlaufen mai⁴; —, vollständig, mai⁴ čin⁴.
verkehren, mit jm., tsóu³-tung⁴; — miteinander — lai²-wáng³ (ob. lai²-wang³).
verkehrt čnün³· ⁴.
verknüpfen, miteinander lién².
verlangen (von = ho⁴) yǎo⁴.
verlassen (mit Objektsl.) šě³; — fich — auf (mit Objektsl.)

žen⁴·čŏ; — ſich — auf čang⁴ (= čang⁴-čŏ).
verleben kúo⁴.
verletzen šang¹-hai⁴; — šang¹; — hai⁴.
verleumben yao².
Berleumbung yao².
verlieren šī¹; — tiu¹; — (= z. B. einen Prozeß) šu¹; — (einen Teil von etw., z. B. pęn³, am Kapital) k'uei¹ (ſpr. k'wı).
verloren geben tiu¹.
vermeiden, ſchwer zu — ſein nàn³ mién³.
vermieten ŏ'u¹·tsú¹.
Vermögen liang⁴.
vermuten kú¹·mo¹; — ts'ai¹.
vermutlich kuán³·pao²(ſpr. kwám³·mŏ).
verneigen, ſich (grüßend) yi¹ tso⁴; — yi⁴.
vernichten ts'an²; — mie⁴.
Vernunft, was recht iſt, was ſich ſchidt, li³.
verpacken čuang¹.
verpflichtet ſein kái¹-tang¹; — kai¹; — ying²-tang¹.
verreiſen ŏ'u¹ wái⁴.
verrenken (z. B. den Fuß) šan³.
verſammeln, ſich hui⁴.
Verſchlag p'eng².
verſchließen, in ſich, žęn³.
verſchluden t'un¹.
verſchütten sa³.
verſchwenden fei⁴.
Verſehen ts'o'rh⁴.
verſiegelt werden feng¹.
verſperren lan³.
verſprechen, etw., ying¹-hsü³.
verſtändig ts'úng¹-ming².
verſtändigen, ſich šuo¹ míng²-pai²; — šang¹- liang⁴ míng²-pai² lä.
verſtauchen tie¹.
verſtecken ts'áng²-č'i³-lai²; —, ſich, ts'áng²-č'i³-lai²; —, ſich, ts'ang².
verſtehen hui⁴; — túng³-tê²; — (klar und deutlich machen) míng²-pai²; — (= túng³-tê²) tung³.
verſtorben ku⁴.
verſtoßen (gegen) fan⁴.

verſuchen šī⁴·yęn³; — šī⁴.
vertauſchen huán⁴.
Vertrag t'iáo¹·yüe¹; — hó²·yüe¹; — yüe¹.
vertreten, jn. (im Amt), šu⁴; — tai⁴.
vertröſten hung².
Verwahrung, in — nehmen šou³.
verwandeln pien⁴.
Verwandte der weibl. Linie ŏ'in²-č'i⁴; — mütterlicherſeits wai⁴-ŏ'in².
Verwandter ŏ'in¹.
verweigern k'ang⁴.
verwenden šī³.
verwinden, es nicht — können (im Herzen nicht überwinden können =) hsin¹ li³ kuo⁴ pu² c'ú⁴.
verwirrt ſein hun⁴; — luan⁴; — lan⁴ = luan⁴.
verwunden šang¹·hai⁴; — šang¹.
verwundet werden (eine Wunde bekommen) šou⁴ šáng¹; — werden (eine Wunde empfangen =) pei⁴ šáng¹.
verzeichnen k'ai¹·tsái⁴.
verzeihen k'uán¹·šu⁴.
ſo viel (ſo) nä⁴·mö·hsiě¹·kŏ (ſpr. nä⁴).
viel to¹; — to¹ lä (bei Adjektiven); ſo viele čě⁴·mö·hsiě¹·kŏ (ſpr. čě⁴ ꝛc.); zu — to¹·lä (bei Verben).
viele, wie, ŏi³.
vier sę⁴.
viereckig fang¹.
Viertelſtunde k'o⁴.
Viſitenkarte míng²·p'ien⁴.
Vize fu⁴.
Vizekonſul fú⁴·ling³·šī⁴.
Vogel, kleiner, ŏ'iáo'rh³.
Volk (meiſt W.) min²; das — pó²·hsing⁴.
vollenden č'eng²; (eigentl.) liao³ (Gramm. § 186).
vollendet ſein či⁴.
vollſtändig čeng³; — č'üán².
von (Poſtpoſ.) č'i¹; — . . . . an ts'ung²; — . . . . her tso⁴ (Schriftſpr.) = ts'ung²; — . . . her čiě⁴ = ts'ung²; — . . . her č'i³ = ts'ung²; —

. . . her ta²ts'ang²; — jetzt
an ts'ang²; — . . . an čie¹:
— 'jm. verlangen) hsiang⁴, ho⁴.
vor mién⁴-č'ien²; — č'ien²-t'ou²;
— (adv. P. =) (nur von der
Zeit č'ien²; — kęn¹-č'ien²;
— kęn²-č'ien⁹'rh² 'volkstümlich ſtatt kęn¹-č'ien⁹).
voraufgehen (mit Objeftsl.) č'ien².
voraus, im, hsien¹.
vorbeigehen kúo⁴-č'ü⁴.
vorbeikommen kúo⁴-lai².
Vorderſeite č'ien².
Vorfahr tsu³.
Vorfahren (Großvater und Vater
=) tsú³-fu⁴; — tsú³-tsung¹.
Vorgang an⁴.
Vorgeſetzter (oberer Verwalter)
šáng⁴-sę¹.
vorgeſtern č'ién²-t'ien¹; — č'ién²-
žl¹; č'ien⁹'rh²; — č'ien⁹'rh²-kŏ.
vorhanden yo³, fáng⁴-čŏ; nicht
— ſein mei² yo²; — nicht
— ſein (meiſt W) wu² (Wenhua ſtatt mei² yo⁴).
Vorhang, Mosquito-, čang⁴.
vorige šang⁴.
vorläufig 'Adv.) čan⁴-č'ié³.
vorleſen, jm., nién⁴ kei³ žęn⁴
t'ing¹.
Vormittag(s) šáng⁴-pan⁴-t'ien¹;
— (s) č'ién²-pan⁴-t'ien¹.
vorn č'ién²-t'ou².
Vorſchein, zum — kommen loú⁴-
č'u¹-lai²;   t'ui¹.
vorſchieben, jn., (als Schuldigen)
Vorſchrift, ganz nach, čao²
yang'rh⁴.
Vorſteher eines t'ing¹, t'úng²-čl¹;
— eines hsien⁴, čł¹-hsien⁴; —
eines fu³, čł¹-fu³; — eines
čou¹ (Kreis), čł¹-čou¹.
Vorteil i²-č'u⁴; — li⁴; — hǎo³-
č'u⁴.
vorübergehen kúo⁴; kúo⁴-č'ü⁴; —
kuo⁴-wúng³.
vorüberkommen kúo⁴-lai²; ts'ung².
vorvorgeſtern ta⁴-č'ién³-t'ien¹ ob.
ta⁴-č'ien⁹'rh²-kŏ.
vulva pá¹-tsę; — (vulgär) pi¹.

Wachs la⁴.
wachſen čang³.

Wachtel án¹-č'un³.
wagen kan³.
Wagen (zweiräbrig, ohne Federn)
č'ê¹.
wagrecht hęng².
Wagſchale č'eng⁴
Wagſchalen, Zählwort für, kan³.
wahr šl³.
währen, was lange währt, wird
gut man⁴ kung¹ č'u¹ hsi⁴
huo⁴ (= langſame Arbeit
ſchafft feine Waren).
wahrnehmen čien⁴.
wahrſagen, ſich — laſſen pu².
wahrſcheinlich kuán³-pao³ (ſprich
kwám³-mŏ).
Wald. Den Wald vor Bäumen
nicht ſehen, č'i² lû² mi⁴ lû²
(= einen Eſel reiten und den
Eſel ſuchen).
Wald lin²-tsę; — šu⁴-lin²-tsę
(Baumwald).
Walnuß hó¹-t'ao².
Wand, hölzerne, pi⁴; indem eine
— trennt čie⁴-pł'rh³; —
č'iang⁴.
Wanduhr (Hängeuhr) kuá⁴-čung¹.
wann? čł³-šl² (im Norden nicht
mehr gebr.); — tó¹-tsan¹.
Ware huo⁴.
Waren, einheimiſche, t'ú³-huo⁴.
warm nán³-huo³ = nuán³-
huo³.
warnen č'ien⁴.
Warnung č'ien⁴.
warte tái¹ (nur in der Verbindung tái¹ i⁴-hui³'rh³ warte ein
Weilchen).
warten tęng³; — tęng³-čŏ; —
hou⁴.
was? šęn²-mŏ (ſpr. šęm²-mŏ).
was hū² (Schriftſpr.); — es auch
immer ſei žęn⁴ šęn²-mŏ; —
so³ . . . ti.
Waſchbecken (Geſichtsbecken) lién³-
p'ęn².
Wäſche i¹-šang¹.
waſchen hsi³.
Waſſer šui³ (ſpr. šuč³); — trinken
č'l¹ šui³ (neben ho¹ šui³).
Waſſerlilie ho².
Waſſermelone (Weſtmelone) hsi¹-
kua¹.

Wasserpfeife šui³·yén¹·tai⁴.

Watte mién²·hua¹.

Weg táo⁴·lu⁴; — tao⁴; — tao'rh⁴ = tao⁴; — lu⁴; — č'ú⁴·lu⁴.

Weg. Viele Wege führen nach Rom t'iao²·t'iao³ ta⁴·lu⁴ t'ung¹ pei³·čing¹ (= jede Landstraße geht durch Peking).

Wege, jm. weit aus dem — gehen (mit Objettsf.) tó³·k'ai¹.

Wege, jm. aus dem — gehen (mit Objektsf.) to³.

Wegelagerer ta³·káng⁴·tsę ti.

wegen wei⁴; — yín¹·wei⁴.

Weges, geraden, i⁴·čï².

wegfegen sao³·č'u³.

wegnehmen ná²·k'ai¹.

Wegstrecke t'ang⁴.

Wegweiser (führend Weg =) tai⁴·lú⁴·ti.

wegwerfen p'ie³; — ženg¹.

weh thun t'eng².

wehen kua¹.

Weib nü³; — fu⁴; — nü³·žęn².

Weide (Baum) yang²; auf die — treiben fang⁴.

weigern, sich, pú⁴·k'ęn³.

Weihrauch hsiáng¹.

weil yín¹·wei⁴.

Weilchen, ein, húi'rh³.

Weile, keine große, pu³ ta⁴ húi'rh⁴ čiú⁴ (= kurz darauf).

Wein čiú³ (sprich čiou³).

weinen k'a¹.

Weinstöcke, Zählwort für, k'o¹.

Weintrauben p'ú³·t'ao¹.

Weise, unerwarteter, hsiàng³ pu² táo¹; Art und — yang⁴; auf diese — čao¹ čě⁴ yang⁴.

Weisheit čï⁴.

weiß pai².

weit (von Kleidungsstücken) súng¹·t'ung¹; — k'uan¹; — yüan³.

weiter, und so, yün²·yün² (W.).

Weizen mái⁴·tsę.

welcher? na³. ná³·kŏ, ná³·yi²·kŏ; Plur. ná³·čï³·kŏ⁴ ob. ná³·čï³·kŏ'rh⁴; nei³ = nái³ = na³·yi⁴ (§ 214); — (bezügl. Fürw.) vergl. § 330 ff.

Welt šï⁴; —, auf der ganzen, p'ú³ t'ién¹·hsia⁴; auf die — kommen t'ién¹·sęng¹.

wenig šǎo³; —, (um) ein, hsie¹, hsie'rh¹; —, ein —, yi⁴·tiénʳh³ ob. bloß tiénʳh³.

wenigstens čï⁴·šǎo³.

wenn erst einmal (erreichend, anlangend =) čï²·čï⁴; — yáo⁴·šï⁴.

wer? šei vulg. Aussyr. in P. für šui¹; — šč² vulg. Aussyr. in P. für šui².

wer es auch immer sei šui² tou¹.

werfen ženg¹.

Werk (litter.) pu⁴.

Werkstatt tso⁴ (in Zusammensetzungen).

wert sein čï².

weshalb wei⁴ šęn²·mŏ; — (W.) wei⁴ hó².

Weste (Rücken und Herz) pei⁴·hsin¹; — k'án²·čienʳh¹.

Westen hsi¹.

Wetter t'ien¹; — t'ién¹·č'ï⁴; — trübes — yin¹·t'ien¹.

wichtig sein kuán¹·hsi⁴; — yǎo⁴·čin³.

Wichtigkeit kuán¹·hsi⁴.

widerstreben, nicht, šun⁴.

wie? tsęn²·mŏ (spr. tsém³·mŏ); — (meist Wenhua) žu²; — (mehr Schriftspr.) č'i³.

wie groß? (groß oder klein?) ta⁴·hsiǎo³.

wieder (adv. P. =) fu⁴; — yü⁴ (yu⁴); — tsai⁴; — yu⁴ (spr. yü⁴).

wiederhergestellt, vollständig — sein ta⁴·hǎo³·lā.

wiederholen fu⁴; — č'ung².

wiederholentlich tsai⁴ sán¹ tsai⁴ sě⁴ ti.

wieviel (ohne Zählwörter) tó¹·šǎo³ (ob. to¹·šǎo³).

wieviele čï²·hó² (Wenh.).

wievielte, der, čï'rh⁴.

wie weit? (weit oder nah? =) yüan³·čin⁴.

wild yě³.

Wildgans yęn⁴.

Wild(·pret) (wilder Geschmack) yě³·wei⁴.

Wildschwein yie¹·čú¹.

Wille čï⁴.

willig sein k'ęn³.

Wind feng[1]. Welcher Wind hat dich hergeweht? šen[2]·mo feng[1] č'ni[1] liao[2] ni[3] lai[2].

windig, es ist, kua[1] feng[1].

Winter tung[1]-t'ien[1]; im — tung[1]-t'ien[1].

Winterszeit tung[1]-t'ien[1].

Wipfel šao'rh[1].

wir wó[3]·men; — tsá[2]·men[1] (oft tsä[2]·men gesprochen); — tsa[1].

Wirbel hsüan'rh[1].

Wirbelwind hsüan[1]-feng[1].

wirklich (Adv.) ši[2]·tsai[4]; — kuo[3]·žän[2]; — ši[1]; — čen[1].

wissen. Was ich nicht weiß, macht mich nicht heiß, yen[3] pu[2] čien[4], hsin[1] pu[2] yüan[4] (= wenn die Augen nicht sehen, ärgert sich das Herz nicht).

wissen hsiáo[3]·tê[2]; — či[1]·tao[4]; — či[1].

wo? nǎ'rh[3]; — ná[3]·k'ua[1]'örh[4]; — ná[3]·li[3].

wohin? wang[3]·nǎ'rh[3]; — wang[3]·ná·mö; — hü[2] (Schriftspr.); — šang[4]-ná'rh[3].

wohl hǎo[3].

wohlbefinden, sich, šú[1]-t'an[3]; — šú[1]-fu[2].

wohlriechend hsiäng[1].

Wohlwollen žen[2].

wohnen (be-) ču[4]; — čiä[1]-ču[4].

Wohnhaus ču[4]-fang[2].

Wolf láng[2].

Wolf. Er ist ein Wolf im Schafskleide, wai[4]-p'i[1] yang[2]-p'i[1], nei[4]-ts'ang[2] lang[2]-hsin[1] (= die äußere Haut ist Schafshaut, das innere Verborgene ist ein Wolfsherz (besser ist vielleicht nei[4]-tsang[4] zu lesen = das innere Eingeweide).

Wolf. Man muß mit den Wölfen heulen, yü[4] žen[2], šuo[1] žen[2] hua[4], yü[4] kuei[3], šuo[1] kuei[3] hua[4] (= triffst du Menschen, so rede Menschensprache; triffst du Teufel, so rede Teufelssprache).

Wolke yün[2]-ts'ai[3].

wollen yäo[4]; — k'en[3].

Wollenzeug k'ai[1]-la[1].

Wunde šang[1]; — šang[1]-č'u[4]; eine — untersuchen yen[4].

Wunder, es ist kein —, daß yüan[4] pu[2] tê[2]; — es ist kein —, daß kuái[4] pu[2] tê[2].

Wunsche, seinem — entsprechen, ho[2]-ši[4].

wünschen yüan[4]-yi[4] (auch yüan[4]-yi[4]); — yüan[4]·i[4]; — yäo[4]; — wang[4].

Würdenträger tá[4]-fu[1]; — č'en[2].

Wurst č'ang[2]-tse.

Wurst. Die Wurst nach der Speckseite werfen, i[3] hsiao[2] tao[4] ta[4] (= das Kleine gebrauchend zum Großen gelangen) oder p'ao[1] čuan[1] yin[3] yü[4] (einen Ziegel werfen, um einen Edelstein heranzuziehen).

Wurzel pen[3].

Wusung, der Außenhafen von Shanghai wú[2]-sung[1].

Yangtse, der, č'ang[2]-čiang[1] (der lange Strom); ta[4]·čiang[1] (großer Strom).

Zahl šu[4] ob. šu'rh[4] (sprich ša'rh[4]); — šú[4]-mu[4].

zahlen siehe bezahlen.

zählen nach lun[4]; — šu[3].

Zählwort; liä[3] statt liáng[3]. mit einem belieb. anderen Zählwort gebr.; für Straßen, Gassen und Beinkleider t'iao[2]; — für Sänften ting[3]; — für Stunden tien[3]; — für Respektspersonen wei[4]; — für Maultiere und Esel t'ou[2].

Zählwort für Fische wei[3]; — für Edikte und für Flüsse tao[4]; — für Buddhas tsun[1]; — für Angelegenheiten čien[4]; — für Brunnen yen[3]; — für Berge und Tempel tso[4]; — für Dollars yüan[2]; — für Kanonen čia[3]; — für Schiffe, Kisten či[1]; — für Hunde či[1].

Zählwort, z. B. yi[4] so[3] fang[3]-tse ein Haus, ein Anwesen, eine Häusergruppe; — für Thüren und Fenster šan[4]; —

für Haare kẹn¹; — für Masten
kẹn¹; — für Pfähle kẹn¹;
— allgemeines (vergl. Gramm.
§ 234) kö; — für Perlen
k'o¹.
Zählwort für Tische und Stühle,
sowie für „Blatt" Papier
čang¹; — für Wagen liáng⁴;
— für Pferde p'i¹; — für
große und kleine Bedürfnisse
p'ao¹; — für túng¹-hsi¹ u. ši⁴-
č'ing², čien⁴; — für Zimmer
čién¹.
Zählwort für Gemälde fu⁴.
Zählwort für eine Strecke tai⁴.
zahm láo³-ši².
Zahn ya²; — ya² č'I³.
Zähne yá²-č'I³.
Zähnen, zwischen den — (im
Schnabel) halten tiao¹.
Zahnstocher ya²-č'ién²'rh¹; — t'i¹-
yá²-ti.
zehn ši¹² (statt ši¹² mit einem Zählwort auch šá).
zeichnen hua⁴.
Zeichnung t'u².
zeigen, sich ängstlich, fa¹-č'ie⁴.
Zeile hang².
Zeit ši²-hou'rh⁴; — kúng¹-fu¹;
— die — nicht erwarten können
pa¹ pu nẹng²-kóu'rh⁴ ti; —
die — nicht erwarten können
pa¹ pu tě'rh³ ti; — während
dieser ganzen — čě⁴ č'ẹng²-tsẹ.
Zeit, er nahm sich nicht die —
dazu mei² kú¹-tě (kú⁴-tě²);
— diese — t'ung²-ši²; — zu
derselben — t'ung² · ši²; —
seiner — ši⁴-hou⁴; — gerade
zur rechten — č'iao³; — zu
jeder — ši¹²-ši².
Zeit, die, die man auf einmal
hintereinander schläft, ciňo⁴.
Zeit. Jedes Ding hat seine Zeit,
ta³ wang³ ži⁴, šai⁴ wang³ ši¹²
(ein Tag des Fischens, eine
Zeit des Netztrocknens).
Zeitpunkt ši²-hou'rh⁴.
Zeitraum kúng¹ - fu¹; —, ein
langer, č'ẹng², č'ẹng²-tsẹ.
Zeitung pao².
Zellenschmalz (Cloisonné) fa⁴-lán².
Zelt p'ẹng¹.

Zentralasien, chin.(das neue Gebiet)
hsin¹-čiáng¹.
zerbrechen (meist intr.) p'o⁴; —
huái⁴; — tsa².
zerbrochen sein nung⁴-huái⁴ lä.
zerkleinern sui⁴.
zerreißen (intr.) p'o⁴.
zerteilen. Ich kann mich nicht
zerteilen (d. h. zwei Dinge auf
einmal thun =) čẹn¹ wu²
liang³ t'ou²li⁴ (= eine Nadel
hat zwei Spitzen).
zeugen (= erzeugen) šẹng¹.
Zeugnis yẹn⁴.
Zeugungsglied yang²-wu⁴.
Ziegel čuan¹.
Ziegelstein wa³.
Ziegelthee (brick-tea), besonders
in Hankow fabr., č'a²-čuán¹
oder čuán¹-č'a³.
ziehen la¹.
Zimmer wú¹-tsẹ; — t'ang²; —,
im, wú¹-lä (wú¹-lö) vulg.
Aussprache für wú¹-li³.
Zinnober ču¹.
zinnoberrot ču¹.
Zinsen li¹-č'ien².
Zitrone hsiang¹-yüán².
zittern ta³ čán'rh⁴. [li⁴-pu⁴.
Zivilverwaltung, Ministerium der,
Zoll šui⁴-yin¹; — (Maß) ts'un¹.
Zollbeamter šou¹-šui⁴-ti.
Zölle (Waren-) šui⁴.
Zolleinnehmer šou¹-šui⁴-ti.
Zolltarif šui⁴-tsě².
Zorn č'i⁴; — (Wenhua) nu⁴.
zornig werden šẹng¹-č'i⁴.
zu (jm. sagen) hsiang⁴, ho⁴; — (=
zu sehr) t'ai⁴.
Zucker pái²-t'ang²; — t'ang²;
ersteres (eig. weißer Zucker) ist
häufiger.
Zuckermelone t'ién²-kua¹ (süße
Melone).
zudecken kái⁴-šang⁴.
zuerst hsien¹.
zufällig k'o³-č'iáo².
zufälligerweise k'o³-č'iáo³.
zufrieden sein, nicht mit (mit
Akk.) hsién².
zufrieren (Fluß) fẹng¹.
Zukunft wei⁴-lái²; —, in, čiang¹-
lái²; —, in, i³-hóu⁴.

zuläſſig ší³-tč²; — ſein hsing²-tč² (ſeltener als hsing²); — ſein hsing²; — ſein k'ó²-i³ (ob. k'ó²-i²).

zumachen kuán¹; — kuán¹-šang⁴; ho².

zunehmen fa¹-fú².

Zunge šé²-t'ou².

zürnen nu⁴.

zurückbleiben, nicht, pu² hsiá⁴ . .

zurückbringen, hierher, ná²-hui²-lai².

zurückgeben huan².

zurückgehen hui²-č'ü⁴; — t'ui⁴ (ſpr. t'öč⁴).

zurückhalten, etw., pie¹; — liu².

zurückkehren kuei¹ (ſprich kwi¹); — nach húi².

zurückkommen hui²-lai².

zurücklaſſen (zurückhalten = hinab-ſteigen =) líu²-hsia⁴; — lá⁴-hsia⁴.

zuſammen (Abv.) t'ung²; — kung⁴; — (an einem Orte) i²-k'uai²örh⁴; — mit (Präp.) t'ung¹.

zuſammenbinden k'un³.

zuſammenfalten tie²-č'i²-lai².

zuſammengenommen kung⁴-tsúng³; — t'ung¹-kúng⁴.

zuſammenhängend (Abv.) lién²-kuan⁴.

zuſammenlegen tie²-č'i²-lai².

zuſammenſchrumpfen č'óu¹-č'ou¹.

zuſammentreffen hui⁴.

zuſchließen (mit dem Schlüſſel) so³; — só³-šang⁴ = so³.

zuſchneiden ts'ai².

zuſehen č'iáo².

zuſtändig kai¹-kuán³.

Zuthaten tsó⁴-liao⁴.

zuverläſſig t'ó²-tang⁴; — čun³.

Zwang č'iang³.

zwangsweiſe č'iang³.

zwar k'o³.

zwei örh⁴ (vergl. liáng³); — liáng³.

Zwerg ái³-hsiáo³-žęn², ái³-žęn², ái³-tsę.

Zwiebel ts'ung¹.

zwingen mién³-č'iang³ (abv. Part. mit Gewalt); — č'iang³.

zwiſchen čung¹-čien¹ (mit oder ohne voraufgehendes ti).

Zwiſchenraum čien¹.